중국소설의 근대적 전환

中國小說敍事模式的轉變
陳平原, 1988

중국소설의 근대적 전환

초판 1쇄 발행 2013년 5월 16일

지은이 천핑위안
옮긴이 이종민
펴낸이 강수걸
펴낸곳 산지니
편집 손수경 권경옥 양아름 윤은미
디자인 권문경
등록 2005년 2월 7일 제14-49호
주소 부산광역시 연제구 거제1동 1498-2 위너스빌딩 203호
전화 051-504-7070 | 팩스 051-507-7543
홈페이지 www.sanzinibook.com
전자우편 sanzini@sanzinibook.com
블로그 http://sanzinibook.tistory.com

ISBN 978-89-6545-214-0 94820
        978-89-6545-194-5(세트)

*책값은 뒤표지에 있습니다.
*이 도서의 국립중앙도서관 출판시도서목록(CIP)은 e-CIP 홈페이지
(http://www.nl.go.kr/ecip)에서 이용하실 수 있습니다.
(CIP 제어번호: CIP 2013001769)

크리티카 & 04

중국소설의 근대적 전환

천평위안 저 · 이종민 역

산지니

일러두기

- 중국에서 통용되는 현대(現代, 1917년 문학혁명 전후~1949년 중화인민공화국 수립) 시기는 한국의 근대(近代)에 해당하는 시기이므로 본문에서는 現代를 근대라고 번역하였습니다. 다만 도서명 등 고유명사는 원문 그대로 번역하였습니다.
- 과거인명은 종전의 한자음을, 근대인명은 중국어 표기법을 따라 표기하였습니다.
- 첫머리에 *표가 달린 주는 역주입니다.

『동서문화의 충돌』서문에서 말했듯이 나는 '작은 제목의 대작'을 주장한다. 입은 작게 열어도 상관없지만 전진한 후에는 넓고 깊이 있게 개척해야 한다. 결코 작은 제목이 모두 대작이 될 수는 없다. 이것은 중점적인 문학현상에 대한 이해와 파악에 의지해야만이 가능한 일이다. 전체 중국소설사에서 보자면 1898년에서 1927년 사이의 30년은 매우 짧은 시간이지만, 그것이 맡은 역사적인 중책—고대소설이 근대소설로 발전하기 위한 과도기의 과제—으로 보자면 이 짧은 30년의 시간은 주목할 만한 가치가 있다. 이 30년 소설발전의 역사는 문체학, 유형학, 주제학, 서사학 등의 다양한 측면에서 종합적으로 파악할 수 있다(처음부터 이러한 연구를 시도할 것이다). 그러나 특징을 제일 선명하게 표현하고 관련성이 비교적 넓은 서사양식의 변천을 선택하면 아마도 더욱 깊게 논술할 수 있을 것이다. 물론, '형식 혁명'이라고 불리는 서사양식의 변천을 선택하여 논술하는 데에는 '내용층위'를 지나치게 강조한 기존의 연구에 반발하려는 의도가 없지는 않다.

논술과정에서 나는 근대 서양문학의 연구방법을 차용하였다. 이것은 과시하거나 숨길 필요가 없는 일이다. 어떠한 연구방법이든지 일종의 가설일 뿐이다. 관건은 이러한 연구방법을 빌려 실제 연구 속에서 정확하게 역사를 투시할 수 있느냐 여부이다. 연구대상과 결합되지 않는 어떠한 '신방법'도 공허한 말에 불과하다. 일단 깊이 있는 연구에 들어가면 전체

문학현상을 포괄할 만한 신방법이 존재하지 않을 수 있다. 나는 나의 연구에 시야를 개척해준 신방법의 창조자에 진심으로 감사한다. 그러나 새롭고 과학적인 어떠한 연구방법을 위하여 정채로운 예증을 찾지는 않을 것이다. 나의 관심은 언제나 살아 있는 문학의 역사이다.

연구에 있어서 결론은 오히려 부차적이고, 논증이 중요한 것일 수 있다. 이 점을 강조하는 것은, 현재 시중에 유행하는 '사상의 불꽃'식의 경솔한 결론에 불만스럽기도 하며, 정채로운 결론은 연구자의 사전 설계가 아니라 종종 많은 자료와 엄숙하고 진지한 추론에 의해 도출될 수 있기 때문이다. 본서의 서술은 처음에 서양소설의 계발을 주로 고찰하지만, 전통의 창조적 전화작용이 갈수록 부상하여 또 하나의 논술중심, 더 나아가 이론의 활력중심이 될 것이다. 아마도, 이론설계와 서술과정의 오류로 인해 내가 추출한 결론에 편차가 생길 수 있다. 그러나 나는 본서에서 제공하는 많은 자료가 진일보한 연구에 편리함을 제공할 수 있기를 진심으로 바란다. 동시에, 진일보한 검증을 위하여 나는 논증과정에 개입하기 쉬운 감정색채나 '사상의 불꽃'을 가능한 한 배제할 것이다.

본서는 문학의 내부연구와 외부연구를 접목하여, 순수형식적인 서사학 연구를 문화배경에 주목하는 소설 사회학 연구와 결합시키고, 아울러 이를 위해 필요한 많은 자료를 준비하는 작업이 되길 바랐다. 그러나 서술 결과가 뜻대로 되지 않아서, '소설의 서면화' 장을 부록으로 보류하고 성숙되지 않은 다른 부분은 빼버리지 않을 수 없었다.

사전(史傳)전통과 시소(詩騷)전통이 공동으로 중국 서사문학 발전을 제약한다는 이론구상은 중국소설, 희곡, 서사시의 주요 형식적 특징에 관한 연구를 통해 얻어낸 기본 이해이다. 본래 「시사(詩史)를 말한다」 등의 글을 완성하여 서술을 위한 비교적 견실한 기초를 제공하려고 했으나 안타깝게도 한 편밖에 완성하지 못하였다. 이것을 부록에 붙여 제7장 「사전전통과 시소전통」의 보충으로 삼는다. 가능하면 이 문제에 대해 진일보한 연구를 할 것이다.

본서는 나의 박사학위 논문이다. 주제의 선정, 제요의 통과에서 최후로 논문을 쓸 때까지 시종 나의 스승인 왕야오 선생의 진심 어린 지도를 받았다. 이에 대해 심심한 감사를 표한다.

나의 학위논문 토론에 참여한 우주샹, 웨다이윈, 순위스, 뤼더선, 판쿼, 왕춘위안 등 여러 선생들은 논문 수정에 귀한 의견을 많이 제공해주었다. 그밖에 지전화이 선생은 연로하심에도 불구하고 나를 위해 논문의 몇 장을 읽어주셨다. 해외 학자 리오우판 선생은 논문의 기본적인 구조에 대해 매우 좋은 건의를 해주었다. 나의 친구 첸리췬, 황즈핑, 자오위안, 멍웨, 우샤오밍 등은 내가 논문을 쓰는 과정 중에 매우 많은 지지를 보내주었다.

이 책이 완성되기까지 나를 신뢰하는 아내 샤오홍의 큰 도움이 있었다. 정신상의 격려와 생활상의 보살핌을 받았을 뿐 아니라, 본서를 서술하는 과정에서 매우 많은 정채로운 자료를 제공해주었고, 아직 정식으로 출판되지 않은 저서의 관점을 내가 인용하도록 허락해주었다. 그리고 최초의 독자가 되어 본서의 매 장절에 많은 건설적인 수정 의견을 제시해주었다.

1987년 6월 25일 베이징대학에서

| 차례 |

2부 | 전통문학이 중국소설 서사양식의 변천에 미친 영향

서론

제1장 서론

1. 중국소설의 근대화 진행과정과 서사학 연구의 이론양식

20세기 중국문학의 역사과정에서 소설은 발걸음이 가장 견실하면서 성과가 가장 컸던 예술형식이다. 몇십 년이라는 짧은 시간에 중국소설은 고대소설에서 근대소설로 신속하게 변화하였고 아울러 세계 문단에 루쉰(魯迅), 라오서(老舍), 마오둔(茅盾), 바진(巴金), 선충원(沈從文) 등의 소설 대가 및 많은 예술 진품을 선사하였다. 중국소설 근대화의 과정을 고찰하는 것은 물론 매력적인 과제이지만 매우 모험적인 시도이기도 하다. '소설의 근대화'란 무엇인가? 이 과정은 언제 시작되었고 어디에서 끝났는가? '소설의 근대화'는 역사적 개념인가 아니면 가치기준인가? 이러한 일련의 문제들 때문에 우리는 정식적인 연구를 시작하기 전에 사용개념과 논술범위 및 연구방법을 규정하고 그 대략적인 이론 틀을 제시해야 한다.

'중국소설의 근대화'는 탄력성이 매우 큰 개념이어서 많은 사람들이 그 개념을 사용하고 있지만, 지금까지 정확한 정의를 내린 사람이 아무도 없다. 사실상 이 글에서도 그것에 대한 정의가 준비되어 있지는 않다. 여전히 이 개념의 모호성과 개방성을 견지하여 처음부터 한없는 개념논쟁에 빠져들지 않기를 바란다. 그러나 이는 결코 그 개념을 값싼 종이모자나 월계관으로 삼아 근대사에서 생활한 모든 중국 작가에게 선사하는 것과는 다르다.

5·4시기 저우쭤런(周作人)은 "신소설과 구소설을 구별하는 데에는 사상이 당연히 중요하지만 형식도 대단히 중요하다"[1]고 지적하였다. 이론상으로는 누구도 소설의 근대화에 소설 내용의 근대화와 소설 형식의 근대화라는 두 가지 층위가 포함되어야 한다는 점에 반대하지 않지만, 실제 연구에서는 거의 뛰어넘기 어려운 곤란한 상황에 직면하게 된다. 내용 층위는 주로 소설에 침투된 반제 반봉건적 사상의식을 가리키는데, 이 점에 대해서는 그래도 연구자들이 공통적인 이론기준을 가지고 있는 듯하다. 그러나 형식 층위에서는 여러 가지 의견이 분분하여 일정한 규범이 없으며, 대체적으로 5·4문학혁명 후에 창작된 『외침(吶喊)』과 『침몰(沈淪)』을 대표로 하는 근대소설을 참조지수로 삼는다. 통일적인 이론기준이나 상대적으로 고정적인 이론기준이 없는 이상, 소설형식에 관한 연구가 심화되기는 어렵다. 이 때문에 본래 있어서는 안 될 난처한 국면—중국소설의 근대화가 마치 중국소설의 주제 사상의 근대화인 것 같은 상황—이 조성되었다.

오늘날 내용과 형식의 이분법은 나날이 강력해지는 형식주의·구조주의·기호학·현상학적 미학의 도전을 받게 되어 다시는 천하를 통일하는 독존적 지위를 유지할 수 없게 되었다. 또한 형식 없는 내용을 부정하거나 내용 없는 형식을 부정함으로써 내용과 형식을 하나로 용해하는 각종의 새로운 이론양식이 수시로 생겨나게 되었다. 이 글에서는 이들 양식에 관해 상세히 고찰하고 평가하지는 않는다. 단지 내용과 형식의 이분법에 의거하여 중국소설의 근대화라는 과제에 별도로 접근하는 것보다는 유형학·장르학·주제학·서사학 등의 층위에서 종합적으로 파악하는 것이 좋다는 점을 지적하고 싶을 뿐이다. 이 글은 서사양식의 변천이라는

---

1) 周作人, 「日本近三十年小說之發達」, 『新青年』 5권 1호, 1918년.

층위에서 중국소설의 근대화 과정의 한 측면을 파악하려고 한다. 논제가 중국소설 서사양식의 변천으로 바뀌더라도 연구자의 시각은 여전히 중국소설의 근대화라는 매혹적인 과제에 고정될 것이다.

　이론적 양식이 없는 형식 연구는 자질구레한 평가가 될 뿐이지만, 일단 이론적 양식을 건립하면 수시로 형성되는 인위적인 폐쇄성을 방지할 수 있다. 그래서 이 글에서는 역사적 요소를 끌어들여 소설형식의 연구와 문화배경의 연구가 결합될 수 있도록 노력할 것이다. 소설 서사양식이 '의미 있는 형식'이고 '형식화된 내용'임을 승인한다면, 소설 서사양식의 변천은 문학전통이 변화하는 명확한 증거일 뿐만 아니라 문학영역에 반영된 사회변천(생활 형태와 이데올로기)의 우회적 표현이다. 특정한 사회배경에는 반드시 그에 상응하는 심리적 배경과 문화적 배경이 존재하기 때문이다. 문학의 발전과정에서 소설 서사양식이 모종의 독립성을 가진다는 주장은 결코 그것을 폐쇄된 체계로 간주하여 언제나 사회의 충격을 받는다는 점을 부인하는 것이 아니라, 사회적 존재와 문학형식을 직접적으로 대응시키는 논리를 피하자는 것이다. 그래서 구체적인 연구에서는 사회적 변천으로 문학적 변천을 증명하지 않고, 소설 서사양식의 변천 속에 나타나는 문화배경의 변화를 탐구하거나 소설 서사양식 속에서 변화하는 이데올로기적 요소를 탐구할 것이다.

　문화배경의 변천이 문학형식의 변천에 작용을 일으킬 수 있다는 사실은 주지하는 진리이다. 그러나 도대체 어떠한 문화요소가 어떠한 문학형식의 어떠한 요소에 작용을 일으키는가에 대해서는 일목요연하지도 않으며 찾아볼 수 있는 관례도 없다. 필자가 관심을 가지는 것은 만청(晩淸)에서 5·4까지의 기간에 발생한 중국소설 서사양식의 변천이다. 그래서 백화시(白話詩)의 흥기나 소설 주제의 변화에 결정적인 작용을 일으킨 문화요소는 이 글의 범위가 아니며, 명청(明淸)의 장회체(章回體) 소설이나 20세기 30년대의 감각파(感覺派) 소설에 결정적인 작용을 끼친 문화요소도 마찬가지로 이 글의 범위에 들어가지 않는다. 필자가 관심 가지는 것이 소설 서사양식의 변천인 이상 이 변천과 직접적인 관계가 있거나 그것에 관한 문화요소에 대해서는 많은 논술을 하겠지만, 이 변천과 직접적인 관계가 있되 수많은 다른 변천과도 모두 관계있는 문화요소에 대해서는 생략하지 않을 수 없다. 다시 말해서, 이 글에서 여러 가지 문화요소에 대한 논술의 편폭은 소설 서사양식에 영향을 주는 정도를 기준으로 하지 자체적인 가치의 높고 낮음을 기준으로 삼지 않으며, 이러한 모든 논술도 가능한 한 소설 서사양식을 중심으로 전개될 것이다. 한마디로 역사적 요소와 문화적 요소를 끌어들이기는 하지만 이 글에서 논술하는 중심은 여전히 소설 서사양식이다.

서사학 연구에는 다양한 이론적 양식이 있을 수 있다. 제라르 주네트[2]는 『서사 담론』에서 다섯가지 서술 분석의 중요한 분류—순서, 지속, 빈도, 심경, 어태(語態)—를 열거하였다. 츠베탕 토도로프[3]는 『서사로서의 담론』에서 언어 수단을 세 부분—서사시간, 서사어태, 서사어식—으로 나누었다. 이 글에서 이론 틀을 설계할 때 필자는 이 두 사람의 소설 이론가에게서 영감을 얻었다. 그러나 문학사연구자로서 필자는 이론 자체의 추상성과 완정성(完整性)보다는 중국소설 발전의 실제적인 과정을 더 많이 고려하지 않을 수 없었다. 필자는 중국소설 서사양식의 변천은 서사시간, 서사시점, 서사구조의 세 층위를 포함해야 한다고 생각한다. 그중 '서사시간'은 주네트와 토도로프의 '플롯의 시간'과 '서술의 시간'에 대한 보다 정치한 분석을 취하기보다는 러시아 형식주의 학파의 '사건(fabula)'과 '플롯(sjuzet)'의 구분을 참고하였다. '서사시점'은 대체로 토도로프의 '서사어태' 및 주네트의 '초점조설'과 비슷하다. '서사구조'는 중국소설의 발전과정에 근거하여 설계된 것으로, 작가가 창작할 때의 구조의식에 착안하였다. 이야기, 성격, 배경의 세 가지 요소 중 어느 것을 구조의 중심으

---

2) *Gerard Genette(1930~). 프랑스 구조주의 문예이론가. 『수사격』 1, 2, 3, 『모의론』 등의 저작이 있다.

3) *Tzventan Todorov(1939~). 프랑스 구조주의 비평가.

로 선택하느냐의 문제는 현재 소설이론가들이 중시하지 않는 이론적 깊이가 얕은 과제인 것 같지만 중국소설 서사양식의 변천에는 오히려 대단히 중요한 것이다.

이 이론 틀에 의거하여 평가해보면, 중국 고대소설은 개별적으로 도치서술[4]을 채용하기도 하였고, 1인칭 제한적 서사[5]와 3인칭 제한적 서사[6]를 채용하기도 했으며, 성격이나 배경을 구조의 중심[7]으로 삼기도 하였다. 그러나 전체적으로 보아 중국 고대소설은 서사시간에서는 기본적으로 순차서술을 채용하였고, 서사시점에서는 기본적으로 전지적 시점을 채용했으며, 서사구조에서는 기본적으로 이야기를 구조의 중심으로 삼았다. 이러한 전통적인 소설 서사양식은 20세기 초에 서양소설의 준엄한 도전을 받았다. 일련의 '대화' 과정 속에서 외래 소설 형식의 적극적인 이식과 전통 문학형식의 창조적 전화(轉化)가 공동으로 중국소설 서사양식의 변천을 촉진하였다. 그래서 근대 중국소설은 순차서술 · 도치서술 · 교차서술 등의 각종 서사시간을 채용하고, 전지적 서사 · 제한적 서사(1인칭, 3인칭) · 순객관적 서사 등의 다양한 서사시점을 채용하며, 이야기 중심 · 성격 중심 · 배경 중심 등의 다양한 서사구조를 채용할 수 있었던 것이다.

2. 중국소설 서사양식 변천의 상한선과 하한선

중국소설 서사양식의 변천이 도대체 언제 시작되고 어디에서 끝나는가라는 점은 골치 아픈 문제임에 틀림없다. 상대적으로 보아 기점은 그래도 말하기 편하다. 우리가 중국소설 서사양식의 변천이 서양소설의 자극

---

4) 唐代 李復言의『續幽怪錄』중의「薛偉」, 淸代 王士禎의『池北偶談』중의「女俠」.
5) 唐代 王度의『古鏡記』, 淸代 王晫의『看花述異記』.
6) 唐初 無名氏의『補江總白猿傳』, 淸代 蒲松齡의『聊齋志異』중의「崂山道士」.
7) 蒲松齡의『聊齋志異』중의「嬰寧」과「山市」.

에 유도되어 완성되었다는 점을 승인한다면, 중국인이 자각적으로 외국소설을 번역하고 학습하며 차용하기 시작한 때를 기점으로 삼을 수 있을 것이다. 그러나 종점의 경계선은 정하기 어렵다. 우리는 이러한 변천을 경계가 모호한 '나아가기'로 나타낼 수 없을 뿐만 아니라 모년 모일을 변천의 철저한 종결이나 완성으로 단정할 수도 없다. 소설의 근대화를 과정으로 설정한 이상, 운동 속에서 부단히 자신을 성숙시켜가며 근본적으로 개방적이라는 점을 승인해야 한다. 그러나 연구의 필요 때문에 변천의 시간적 하한선을 정하지 않을 수 없다. 절충적인 방법은 변천이 기본적으로 완성된 시점을 찾아 연구자의 가설적인 임시 종점선으로 삼는 것이다.

그렇다면 '기본적인 완성'은 무엇인가? 몇 퍼센트인가? 인문과학연구의 가장 큰 결점은 불확정성이다(그러나 연구자의 상상력과 사고력을 최대한 자극하기 때문에 가장 큰 장점이기도 하다). 그래서 수량분석에 기초하여 확정적인 연구를 진행할 수 없으며, 모두 연구자 자신의 감각과 이해에 의존할 수 있을 뿐이다. 대부분의 인문과학 연구에서 이것은 경하할 만한 '영원한 아쉬움'이지만, 특정한 범위 내에서 수량분석 방법을 적절하게 끌어들이면 틀림없이 연구의 과학성을 강화시킬 수 있을 것이다. 소설 서사양식의 세 층위의 상이한 변수에 근거하여, 필자는 20세기 초(정확하게는 1902~1927년) 중국소설(창작과 번역) 797부(편)를 표본 분석함으로써 이 변천의 대략적인 운동과정을 논술하고, 아울러 1898년과 1927년을 이 글에서 연구하는 중국소설 서사양식 변천의 상한시간과 하한시간으로 삼는다.

1898년 이전에 중국에 번역 소개된 외국소설은 새벽별처럼 손가락으로 꼽을 수 있을 정도다. 1872년 4월 15일부터 18일까지 『신보(申報)』에 게재된 「걸리버 여행기」[8], 1872년 4월 22일 『신보』에 실린 「一睡七十年

---

8) *스위프트의 『걸리버 여행기』의 처음 부분.

(Rip Van Winkle)」[9], 1873년부터 1875년까지『영환쇄기(瀛寰瑣記)』[10], 3기부터 28기에 연재된 잉글랜드 소설『흔석한담(昕夕閑談)』, 1882년 화도신보관(畵圖新報館)에서 번역 인쇄한『안락가(安樂家)』, 1888년 천진시보관(天津時報館)에서 대신 인쇄한『이솝우화』[11], 1894년 광학회(廣學會)에서 출판한 미국 소설『百年一覺(Looking Backwork)』[12]이 있다. 더 찾을 수 있겠지만 이런 정도라면 다음과 같은 기본 견해를 바꾸기는 어려울 것이다. 이처럼 적은 외국소설의 번역으로는 중국 작가들에게 충격파를 던져줄 수 없었을 뿐 아니라, 더욱이 서양소설 서사기교를 배우려는 열정을 촉발시킬 수도 없었다.

갑오전쟁(甲午戰爭)[13]의 패배는 주요한 전환점이었다. 중국 지식인은 서양의 군사장비와 기기, 제도와 법률에 대한 학습에서 서양의 사상 문화(문학예술도 포함)에 대한 전면적인 학습으로 전환하였다. 무술변법(戊戌變法)으로 캉여우웨이(康有爲)와 량치차오(梁啓超)[14]로 대표되는 유신파(維新派)가 정식으로 정치무대에 등장하면서, 동시에 그들은 '정치 개량'에 부응하기 위해 '신소설'을 문학무대에 등장시켰다. 1897년의「본사에서 설부를 덧붙여 인쇄한 취지(本館附印說部綠起)」와 1898년의「정치소설 번역 인쇄 서문(譯印政治小說序)」은 중국 작가가 자각적으로 외국소설을 차용하고 전통소설과는 다른 신소설을 창작하기 시작했다는 사실을

---

9) *워싱턴 어빙(Washington Irving, 1783~1859, 아메리카의 낭만주의 산문가)의『립 밴 윙클(Rip Van Winkle)』.

10) *同治11년(1872) 9월 창간. 중국 최고의 문학잡지.

11) 『이솝우화』는 명말에 교회에서 출판한 중국어본『況義』가 있고, 1840년 廣東에서 출판된 영어와 중국어 발음이 대조된『意拾蒙引』이 있다.

12) *에드워드 밸러미(Edward Bellamy)의 정치소설인『Looking Backward, 2000-1887』, 1888년.

13) *1894년에 발생한 청일전쟁.

14) *량치차오(1873~1929). 廣東 新會출신으로 康有爲의 제자. 무술개혁시기나 신해혁명 시기에『時務報』,『新民業報』등의 필자로서 문명을 떨친 개혁 사상가.『飲氷室合集』에 저작의 대부분이 수록되어 있다.

나타낸다. 비록 창작에 끼친 외국소설의 영향은 『신소설(新小說)』[15]이 창간되면서 뚜렷하게 나타나기 때문에 1902년부터 통계를 시작할 수밖에 없지만, 그래도 중국소설 서사양식의 변천은 1898년 량치차오와 린수(林紓)[16] 등의 신소설가가 정식으로 무대에 등장한 시점까지 소급해야 한다.

중국소설 서사양식의 변천은 기본적으로 량치차오, 린수, 우젠런(吳趼人)[17]으로 대표되는 세대와 루쉰, 위다푸, 예성타오(葉聖陶)로 대표되는 세대의 작가들이 공동으로 완성하였다. 전자는 1902년 『신소설』의 창작을 표지로 삼아 '소설계 혁명'의 주장을 정식으로 실천하였고[18], 중국 고대소설이나 5·4 이후의 근대소설과 다른 과도기적인 작품을 대량으로 창작하였다. 당시 사람들은 이들의 작품을 '신소설'이라고 불렀다. 후자는 소설계 혁명과 같은 대표적인 선언은 없었지만 1918년 「광인일기(狂人日記)」의 발표를 표지로 하여, 주제·장르·서사방식 등의 층위에서 전통소설의 울타리를 전면적으로 극복하고 지금까지 연속되는 중국 근대소설을 정식으로 창시하였다. 보충 설명해야 할 것은, 필자는 신해혁명(辛亥革命) 이후부터 『신청년(新靑年)』 출판 전까지 원앙호접파(鴛鴦胡蝶派) 소설[19]이 성행했던 몇 년간을 독립적인 단계로 보지 않고, 그것을 단지 신소설 사조의 미성(尾聲)으로 간주한다는 점이다. 실제로 리보위안(李伯元)[20]의 『해천홍설기(海天鴻雪記)』, 우젠런의 『한해(恨海)』가 이미 원

---

15) *일본에 망명 중이던 량치차오가 光緖 28년(1902)에 창간한 중국 최초의 소설 전문 월간지.

16) *린수(1852~1924). 수많은 서양소설을 고문체로 번역하여 이름을 떨친 문학가.

17) *우젠런(1866~1910). 晚淸 4대 譴責小說 작가. 대표작으로 『二十年目睹之性現狀』, 『恨海』 등이 있다.

18) 梁啓超, 「論小說與群治之關系」, 『新小說』 창간호, 1902년 참조.

19) *辛亥革命에서 5·4운동을 전후하여 성행한 문학유파. 원앙호접이란 이 파가 주로 才子佳人을 묘사한 것을 비유하여 일컫는 말이다. 吳雙熱과 李定夷 등이 「小說叢報」 및 「小說新報」 등에 文言文으로써 才子佳人의 애정소설을 발표하여 소시민의 취미에 영합한 유파로 上海를 중심으로 활동하였다.

20) *리보위안(1867~1907), 晚淸 4대 譴責小說 작가. 대표작으로 『官場現形記』가 있다.

앙호접파 소설의 서막을 열어놓았으며, 초기 정치소설의 영향도 신해혁명 후의 애정소설에 침투되어 똑같은 순정(殉情)이라 하더라도 하몽하(何夢霞)는 규방에서 독을 먹지 않고 무창(武昌)성 아래에서 전사하였다(쉬전야(徐枕亞)의 『옥리혼(玉梨魂)』). 탐정소설은 공안(公案)소설[21] 및 견책(譴責)소설과[22] 결합하여 흑막(黑幕)소설이라는 괴상한 태아를 출산하였다. 원앙호접파 작가가 초기 신소설가의 사상적 한계를 한층 노골화시키고 막 수입된 약간의 외국소설 서사기교를 도식화시켰다는 점을 질책할 수 있지만 그들이 신소설의 합법적 계승자임을 승인하지 않을 수는 없다. 따라서 필자는 1898~1916년에 주로 활동한 소설가를 '신소설가'로 통칭하고, 1917~1927년에 주로 활동한 소설가를 '5·4소설가'로 통칭할 것이다.

두 세대 작가가 공동으로 완성한 변천의 운동과정을 비교적 정확하게 묘사하기 위해 필자는 다섯 시기로 나누어 표본 분석하려고 한다. 제1기는 1902~1906년 상반기이고, 제2기는 1906년 하반기~1911년이며, 제3기는 1912~1916년이고, 제4기는 1917~1921년이며, 제5기는1922~1927년이다.

신소설을 분석한 〈표1〉에서 제1기는 『신소설』, 『수상소설(繡像小說)』[23]에서 뽑았고, 제2기는 『월월소설(月月小說)』[24]과 『소설림(小說林)』[25]에서 뽑았으며, 제3기는 원앙호접파 소설의 전성기였던 1914년 하반기의 『소

---

21) *宋代 小說의 분류명칭으로, 의지가 굳고 청렴하며 태산과 같은 법의 집행을 특징으로 하는 청렴한 관리들의 사건 해결을 주요 내용으로 하는 소설.

22) *청나라 말기인 1900년대에 성행한 신소설의 한 유형. 자신의 정치적 입장을 선전하고 다른 입장들을 공격적으로 풍자하고 있다. 루쉰이 『중국소설사략』에서 이러한 유형의 소설을 견책소설이라고 불렀다.

23) *光緒 29년(1903)에 창간된 반월간 소설 전문 잡지. 72기까지 간행.

24) *光緒 32년(1906) 9월에 창간. 1908년 정간 吳趼人, 周桂笙 주편.

25) *光緒 33년(1907) 1월 창간. 1908년 정간. 12기 발행. 발행자 曾樸. 주편은 黃摩西와 徐念慈.

⟨표1⟩

잡지명칭	출판시간	종류	수량	순차 서술	도치 서술	교차 서술	전지적 서사	1인칭 서사	3인칭 제한적 서사	순객관적 서사	이야기 중심	성격 중심	배경 중심	부분적으로 전통양식 극복
新小說	1902~1906	저서, 번역서	22	15	7	0	19	3	0	0	22	0	0	10
		저서	9	6	3	0	8	1	0	0	9	0	0	3
繡像小說	1903~1906	저서, 번역서	40	26	14	0	27	10	3	0	37	3	0	21
		저서	18	13	5	0	16	0	2	0	17	1	0	6
月月小說	1906~1909	저서, 번역서	107	85	22	0	74	31	1	1	107	0	0	45
		저서	65	61	4	0	52	11	1	1	65	0	0	15
小說林	1907~1908	저서, 번역서	35	29	6	0	27	8	0	0	35	0	0	12
		저서	19	18	1	0	15	4	0	0	19	0	0	4
小說業報 (部分)	1914	저서, 번역서	26	24	2	0	22	4	0	0	26	0	0	5
		저서	20	20	0	0	19	1	0	0	22	0	0	1
小說月報(一) (部分)	1914	저서, 번역서	30	26	4	0	25	5	0	0	30	0	0	9
		저서	19	19	0	0	16	3	0	0	19	0	0	3
中華小說界 (部分)	1914	저서, 번역서	18	14	4	0	12	4	0	2	18	0	0	8
		저서	13	9	4	0	8	4	0	1	13	0	0	5
禮拜六 (部分)	1914	저서, 번역서	31	25	6	0	23	7	1	0	30	1	0	10
		저서	28	24	4	0	23	4	1	0	27	1	0	7

〈표2〉

잡지명칭	출판시간	종류	수량	순차 서술	도치 서술	교차 서술	전지적 서사	1인칭 서사	3인칭 제한적 서사	순객관적 서사	이야기 중심	성격 중심	배경 중심	부분적으로 전통양식 극복
新青年	1917~1921	저서, 번역서	44	33	8	3	18	12	12	2	33	7	4	28
		저서	9	7	1	1	3	3	1	2	7	1	1	6
新潮	1919~1921	저서, 번역서	35	33	2	0	11	7	9	8	28	6	1	28
		저서	25	24	1	0	8	6	7	4	19	6	0	20
小說月報(二)(部分)	1921	저서, 번역서	47	38	8	1	18	22	7	0	32	10	5	30
		저서	23	17	6	0	9	12	2	0	16	5	2	15
小說月報(三)(部分)	1923~1927	저서, 번역서	136	115	18	3	45	52	35	4	94	37	5	96
		저서	86	71	12	3	26	35	25	0	54	30	2	64
創造(季刊,月刊,週報日刊)	1922~1927	저서, 번역서	100	62	28	10	34	33	32	1	57	37	6	79
		저서	95	61	24	10	33	30	31	1	52	37	6	74
莽原	1925~1927	저서, 번역서	79	61	14	4	30	32	14	3	55	17	7	56
		저서	50	35	11	4	13	23	13	1	32	15	3	42
淺草一沉鐘	1923~1927	저서, 번역서	47	28	17	2	12	17	18	0	31	15	1	41
		저서	41	23	16	2	11	14	16	0	27	13	1	36

〈표3〉

잡지명칭	출판시간	종류	수량	순차 서술	도치 서술	교차 서술	전지적 서사	1인칭 서사	3인칭 제한적 서사	순객관적 서사	이야기 중심	성격 중심	배경 중심	부분적으로 전통양식 극복
新小說 繡像小說	1902~1906	저서,번역서	62	41	21	0	46	13	3	0	59	3	0	31
			%	66%	34%	0	74%	21%	5%	0	95%	5%	0	50%
		저서	27	19	8	0	24	1	2	0	26	1	0	9
			%	70%	30%	0	89%	4%	7%	0	96%	4%	0	33%
月月小說 小說林	1906~1909	저서,번역서	142	114	28	0	101	39	1	1	142	0	0	57
			%	80%	20%	0	71%	27%	1%	1%	100%	0	0	40%
		저서	84	79	5	0	67	15	1	1	84	0	0	19
			%	94%	6%	0	80%	18%	1%	1%	100%	0	0	23%
小說叢報 小說月報(一) 中華小說界 禮拜六	1914	저서,번역서	105	89	16	0	82	20	1	2	104	1	0	32
			%	85%	15%	0	78%	19%	1%	2%	99%	1%	0	30%
		저서	80	72	8	0	66	12	1	1	79	1	0	16
			%	90%	10%	0	83%	15%	1%	1%	99%	1%	0	20%
新青年 新潮 小說月報(二)	1917~1921	저서,번역서	126	104	18	4	47	41	28	10	93	23	10	95
			%	83%	14%	3%	37%	33%	22%	8%	74%	18%	8%	75%
		저서	57	48	8	1	20	21	10	6	42	12	3	44
			%	84%	14%	2%	35%	37%	18%	10%	74%	21%	5%	77%
小說月報(三) 創造 莽原 淺草一沈鐘	1922~1927	저서,번역서	362	266	77	19	121	134	99	8	237	106	19	272
			%	74%	21%	5%	34%	37%	27%	2%	65%	30%	5%	75%
		저서	272	190	63	19	83	102	85	2	165	95	12	216
			%	70%	23%	7%	30%	38%	31%	1%	61%	35%	4%	79%

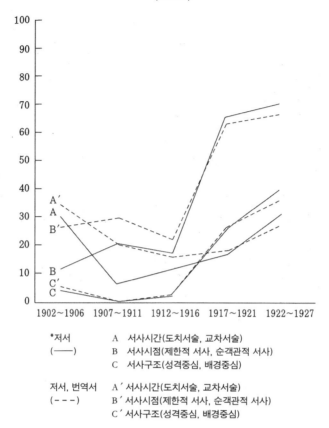

〈도표1〉

```
*저서        A   서사시간(도치서술, 교차서술)
(———)       B   서사시점(제한적 서사, 순객관적 서사)
             C   서사구조(성격중심, 배경중심)

저서, 번역서  A ′서사시간(도치서술, 교차서술)
(- - -)      B ′서사시점(제한적 서사, 순객관적 서사)
             C ′서사구조(성격중심, 배경중심)
```

설총보(小說叢報)』(3~4기), 『소설월보(小說月報)』[26](7~12기), 『중화소설계
(中華小說界)』(7~9기)와 『토요일[禮拜六]』[27]에서 뽑았다. 5·4소설을 분
석한 표2에서 제4기는 『신청년(新靑年)』, 『신조(新潮)』[28]와 『소설월보(小
說月報)』(1921년 1~6기)에서 뽑았고, 제5기는 『소설월보』(1923년 1~6기,

---

26) *宣統 2년(1910)7월 창간. 民國 6년(1921) 1월 文學硏究會의 기관지로 바뀜. 이후 근
   대 소설가들의 등용문 역할을 함.
27) *1914년 6월 上海에서 창간. 원앙호접파 작품 출간. 周刊.
28) *1919년 1월 北京에서 창간. 月刊.

〈도표2〉

```
* D    부분적으로 도치서술, 교차서술, 제한적 서사,
  (────)  순객관적 서사, 성격중심, 배경중심을 채용한 저서

  D′    부분적으로 도치서술, 교차서술, 제한적 서사,
  (- - -)  순객관적 서사, 성격중심, 배경중심을 채용한 저서·번역서
```

1925년 1~6기, 1927년 1~6기), 『창조(創造)』[29)](계간, 월간, 주보, 일간), 『망원(莽原)』[30)]과 『천초(淺草)』[31)](『침종(沈鐘)』)에서 뽑았다. 여기에서 두 가지를 설명해야 한다. 첫째, 어떤 잡지에서는 게재된 소설을 전부 수록하였지만 어떤 것에서는 일부만 수록하였다. 그 목적은 보다 합리적으로 표본을 추출하여, 한 가지 잡지에 실린 소설이 과다하게 수록되어 전체를 독차지하게 되는 상황을 피하기 위해서였다. 둘째, 분석기준은 이 책의

---

29) *1922년 上海에서 창간.

30) *1925년 4월 魯迅이 그를 추종하는 청년 작가들과 같이 창간. 周刊.

31) *1924년 上海에서 陳翔鶴, 陳煒謨 등이 창간. 季刊.

제2장, 제3장, 제4장의 제1절에 논술된 것을 참조하면 되고 여기서는 덧붙이지 않는다. 총체적으로 말하면 신소설은 관대하게, 5·4소설은 엄격하게 평가하였다.

〈표3〉에서 필자는 두 단계 다섯 시기의 소설 서사양식의 각 변수를 결합시키고 비례화함으로써 비교가능성을 지니도록 만들었다. 〈도표1〉은 소설의 서사시간, 서사시점, 서사구조의 극복(전통소설의 서사양식과 대비해)을 저서·번역서와 저서의 두 가지 선에 따라 도표화시킴으로써 이 변천의 운동과정을 일목요연하게 하였다. 〈도표2〉에서는 서사시간, 서사시점 또는 서사구조 중의 어느 한 측면에서 전통소설 서사양식을 극복한 소설의 비례를 도표화해 이 변천의 진행 과정을 종합적으로 고찰하는 가장 요약적인 결론으로 삼을 수 있게 하였다.

이상의 도표와 표를 종합하면 아래와 같은 간략한 판단을 내릴 수 있을 것이다.

첫째, 각 항목의 각 단계에는 약간의 기복이 있어서 신뢰하기에 충분치 않으며, 종합적으로 고찰해야만 이 변천의 커다란 추세를 정확하게 묘사할 수 있다. 작가가 어떤 때는 서사시간의 변혁에 대해 흥미를 느끼고 어떤 때는 서사시점이나 서사구조의 변혁에 흥미를 느끼지만, 진정한 의미의 극복은 일면의 극복에만 그칠 수 없다. 따라서 이 책에서 중국소설의 서사시간, 서사시점, 서사구조의 변천을 3장으로 나누어 파악했음에도 불구하고, 필자는 이 삼자의 횡적 연계를 강조하여 유기적 정체(整體)로 파악되도록 노력할 것이다.

둘째, 중국소설은 1902년부터 전통소설 서사양식과 크게 달라지기 시작하였다. 신해혁명 후에 약간의 정체와 퇴행 경향이 있었지만 전통적 양식으로 완전히 회귀하지는 않았다. 5·4전후에 비약적으로 발전하여 중국 근대소설 서사양식의 기초를 확립하였으며, 그 이후에 한층 발전하고 성숙해나갔다.

셋째, 전체 중국소설 서사양식의 변천과정에서 서사시간의 변천이 가장 빨리 시작되었고, 서사시점의 변천이 그 다음이며 서사구조의 변천은 가장 험난하였다. 그러나 변천의 폭은 서사시점이 가장 크고 서사시간이 오히려 가장 작았다. 그래서 필자의 논술은 서사시간의 변천으로 시작하지만 서사시점과 서사구조의 변천을 중심으로 삼는다.

넷째, 순차서술의 서사시간을 극복할 때 도치서술이 주요한 작용을 하였고, 전지적 서사의 서사시점을 돌파할 때 제한적 서사(특히 1인칭 서사)가 주요한 작용을 했으며, 이야기 중심의 서사구조를 돌파할 때 성격(실제로는 심리, 정서-제4장 1절 참조) 중심이 주요한 작용을 하였다. 5·4소설에는 교차서술, 순객관적 서사 또는 배경을 구조의 중심으로 한 작품이 사실상 많지 않았지만 이후의 발전에 견실한 일보를 내디뎠기 때문에 여전히 진지하게 분석할 가치가 있다.

다섯째, 신소설가의 번역은 창작에 비해 전통소설의 서사양식에서 더욱 벗어났지만 5·4소설가의 경우는 반대였다. 다시 말해서, 5·4작가가 창작한 소설은 서사시간, 서사시점, 서사구조를 막론하고 모두 같은 시기에 소개되어 들어온 외국소설보다 더욱 '근대화'—만약 전통소설의 서사양식에 대한 부정적 이해를 소설의 근대화로 본다면—되었다. 물론 이것은 결코 5·4작가의 창작이 번역작품에 비해 예술적으로 더 성숙하고 가치 있다는 말과는 다르다. 소설 서사양식은 결코 소설의 가치—예술적 가치일지라도—를 평가하는 유일한 기준이 아니다. 그러나 그것은 확실히 우리에게 충분히 중시할 만한 다음과 같은 정보를 제공해준다. 1922년에서 1927년의 소설 창작 중 약 79%의 작품이 전통소설 서사양식을 극복하였는데, 이것은 중국소설이 이미 서사양식의 변천을 기본적으로 완성한 가장 뚜렷한 표지일 것이다.

3. 소설의 서면화 경향

중국소설 서사양식의 변천은 위상을 전이시키는 두 가지 합력(合力)에 기초하였다. 첫째, 서양소설이 수입되면서 중국소설은 그 영향을 받아 변화가 발생하였다. 둘째, 중국문학 구조에서 소설은 주변부에서 중심으로 이동하였고 이동과정에서 전체 중국문학의 양분을 섭취함에 따라 변화가 발생하였다. 후자의 위상 전이는 전자의 위상 전이에 의해 야기되었지만 그렇다고 해서 후자의 중요성이 감소되지는 않는다. 후자의 위상 전이가 없었다면 20세기 중국소설은 몇십 년의 짧은 시간 내에 자신의 독립적인 품격과 성과를 획득하지 못했을 것이다. 서양소설의 계발을 논술할 때, 필자는 중국소설 서사양식의 변천을 서양소설이 중국소설에 끼친 영향 과정으로 단순화시켜, 도전-응전의 양식 속에서 중국 소설형식의 변화를 이해함으로써, 두 세대인이 공동으로 완성한 변천의 운동과정을 상세하게 그려볼 것이다. 전통의 창조적 전화를 논술할 때, 필자는 신소설가와 5·4작가가 주로 중국 고대소설을 수용한 것이 아니라 시문(詩文)을 정통[正宗]으로 하는 전체 전통문학의 영향을 수용했다는 점을 중점적으로 강조할 것이다. 소화(笑話), 일화, 문답, 유기(遊記), 일기, 편지 등의 형식을 소설에 유입하고 사전(史傳)전통과 시소(詩騷)전통을 차용하는 과정에서 의식적이든 무의식적이든 중국소설 서사양식을 부분적으로 변천시켰던 것이다.

필자는 서양소설의 계발과 전통문학의 전화를 논술의 중점으로 삼을 것이다. 그러나 문화배경의 변천이 중국소설 서사양식의 변천에 필요한 역사적 조건을 제공하였다는 사실을 부인하지는 않는다. 순형식적인 소설서사학 연구와 문화배경을 중시하는 소설사회학 연구를 결합시켜 문학의 내부 연구와 외부 연구를 교류하면서 견강부회에 빠지지 않는 것은 대단히 필요한 일이지만 결코 쉬운 일이 아니다.

표면적으로 만청(晚淸)작가와 5·4작가의 구별은 후자가 전자에 비해 서양소설의 기교를 보다 많이 차용했다는 것으로 표현된다. 이렇게 말하면 중국소설 서사양식의 변화과정도 중국 작가가 차츰 서양소설의 기교를 파악하는 과정이 된다. 그러나 이것은 복잡한 문학운동을 단순화시키

는 논리이다. 만청작가의 근본적인 결함은 사회사조의 영향을 받았음에
도 불구하고 '중체서용(中體西用)'32)의 틀을 극복할 힘이 없었기 때문에,
새로운 기교를 수용하면서 구도덕을 유지하려는 환상을 품었다는 점이
다. 린수와 우젠런에서 신해혁명 후의 원앙호접파 작가들에 이르기까지
모두들 서양소설의 서사기교만을 차용하고 그 사상 내용을 던져버릴 수
있다고 생각하였다. 특히 개인의 내면생활에 대한 관심을 내버리고 1인칭
서사를 배우거나, 근대인의 사유의 도약과 작가의 주체의식의 강화를 내
버리고 서술시간의 변형을 배우면 모두 '구성'을 변환시키는 유의 광대놀
음으로 전락한다는 사실을 몰랐다. 저우쭤런은 직역33)을 이야기하고 모
방34)을 말했으며, 루쉰과 선안빙(沈雁氷, 마오둔의 본명)은 사상 학습과 동
시에 기법 학습을 주장하였다.35) 5·4작가는 '가져오기 주의(拿來主義)'36)
의 도움을 받아 중체서용(中體西用)의 제한을 타파하고 서양소설의 '내
용'과 '형식'을 유기적 정체(整體)로 삼아 수용하였다. 만청작가와 5·4작
가의 거리는 구체적 표현기교에 있지 않고 이들 기교를 지배하는 가치관
념과 사유방법에 있다. 세계와 자아에 대한 인식을 작가가 극복하고 혁
신해야만이 소설 서사양식의 변천이 진정으로 실현될 수 있다. 새로운 기
교는 새로운 인물의 새로운 의식을 적합하게 표현할 때에만 진정으로 감
지되고 이용될 수 있다. 5·4작가는 소설 속의 비이야기적 요소를 부각시

---

32) *晚清의 관료인 張之洞(1839~1909)이 「勸學篇」에서 언급한 '中學爲體, 西學爲用'에
   서 유래한 말로, 서양의 과학기술, 무기제조법을 중국의 정신을 바탕으로 수용해야 한
   다는 논리이다.
33) 「點滴·序言」, 「點滴」, 北京大學出版部, 1920년.
34) 「日本近三十年小說之發達」, 『新青年』 5권 1호, 1918년.
35) 마오둔은 "서양 문학을 소개하는 목적의 반은 그들의 문학 예술을 소개하는 것이고
   반은 세계의 근대 사상을 소개하기 위함이다. 그리고 이것이 보다 주의해야 할 목적이
   다"라고 하였다(「新文學硏究者的責任與努力」). 루쉰은 "새로운 내용을 수입하는 데
   있을 뿐 아니라 새로운 표현법을 수입하는 데 있다"라고 하였다(「關於飜譯的通信」).
36) *루쉰이 서양문학을 수용하는 방법으로 제시한 것, 서양문학을 그대로 받아들이는 것
   이 아니라, 중국적 상황에 맞게 비판적으로 수용해야 한다는 논리.

키고, 강렬한 감정 색채를 손쉽게 자아내는 1인칭 서사(일기체, 편지체 포함)를 차용하였으며, 인물의 내면감정에 근거하여 이야기 시간을 새롭게 편집하였다. 이것들은 당연히 작가의 주관적 감정과 예술적 개성을 부각시키기 위한 것이다. 그리고 이 모두는 개성과 자아를 존중하는 5·4시대 개성주의 사조와 일맥상통하는 것임에 틀림없다.

단순히 사회사조(예를 들어 신소설가는 서양사상을 수용할 때 집단의식에 경도되어 개체의식을 홀시하고, 5·4작가는 개방적 심리상태와 개성해방을 요구하였다)의 측면에서 보면, 물론 이 두 세대 작가의 예술 혁신의 성패와 이해를 부분적으로 해석할 수 있지만, 소설 혁신(시가 혁신이나 희극 혁신이 아니라)의 특징을 진정으로 나타내기 어려울 것이다. 그래서 필자는 소설의 서면화 경향과 작가의 지식구조의 변천을 소설 서사양식 변천에 영향을 끼친 문화요소로 삼아 중점적으로 논술할 것이다.

서양소설의 번역·소개 외에 중국소설의 형식 발전에 진정으로 영향을 준 것은 아마도 "소설은 문학의 최상승이다(小說爲文學之最上乘)"라는 경계 없는 '포괄적인 말'일 것이다. 소설이 가상적인 최고 지위로 부상한 것은 결코 그것이 시, 희극, 산문에 비해 뜻을 나타내는 데 적합하고 심미적 가치가 커서가 아니라, 사회개량에 도움이 되기 때문이었다. "저 아메리카, 잉글랜드, 독일, 프랑스, 오스트리아, 이탈리아, 일본 등 각국의 정치발전에 정치소설이 가장 높은 공을 세웠다."[37] 이처럼 허황되고 과장된 논술은 20세기 초의 중국에서만 광범하게 수용될 수 있었다. 이러한 현상은 현실 변혁에 대한 바람과 동서양의 모범을 취하려는 열정 이외에, 문학은 세상의 도리와 인심에 관심을 가져야 한다는 오래된 교훈이 있었기 때문이다. 강희제는 소설을 금지하는 유시(諭示)에서 다음과 같이 말하고 있다.

---

37) 任公(梁啓超), 「譯印政治小說序」, 『淸議報』 제1책, 1898년.

짐은 천하를 다스림에 인심과 풍속을 근본으로 삼는다. 인심을 바로 잡고 풍속을 두터이 하려면 반드시 경학(經學)을 숭상하고 성인(聖人)의 책이 아닌 것은 엄절해야 하는데, 이는 바뀔 수 없는 도리이다. 근래에 세상에서 많이 팔리는 소설의 음란한 말을 보면, 황당하고 비속하여 거의 올바른 도리가 아니다. 어리석은 백성들을 유혹할 뿐만 아니라, 사대부와 서생들도 두루 바라보며 미혹된 길로 빠져들고 있다. (소설은) 풍속에 관련된 것이 상세하지 않으니, 즉시 통행을 엄하게 금지해야 한다.[38]

한편 량치차오는 소설을 제창하는 글에서 다음과 같이 말하고 있다.

한 나라의 백성을 새롭게 하려면 먼저 그 나라의 소설을 새롭게 하지 않으면 안 된다. 그래서 도덕을 새롭게 하려면 소설을 새롭게 해야 하고, 종교를 새롭게 하려면 소설을 새롭게 해야 하며, 정치를 새롭게 하려면 소설을 새롭게 해야 하고, 풍속을 새롭게 하려면 소설을 새롭게 해야 하며, 학예를 새롭게 하려면 소설을 새롭게 해야 한다. 그리고 인심을 새롭게 하고 인격을 새롭게 하려면 소설을 새롭게 해야 한다.[39]

이 두 가지 글은 결론이 완전히 상반되지만 사유방식은 오히려 비슷하다. 그래서 량치차오가 높은 곳에 올라 한 번 외치자 호응하는 사람이 구름같이 몰려든 것은 이상할 게 없다. 만청 소설논문의 거의 반은 소설이

---

38) 『大淸聖祖仁皇帝實錄』258권, 王曉傳이 편집한 『元明淸三代禁毁小說戱曲史料』, 作家出版社, 1958년. "朕惟治天下, 以人心風俗爲本. 欲正人心, 厚風俗, 必崇尙經學, 而嚴絶非聖之書, 此不易之理也. 近見坊間多賣小說淫詞, 荒唐俚鄙, 殊非正理. 不但誘惑愚民, 卽縉紳士子, 未免遊目而蠱惑焉. 所關於風俗者非細. 應卽通行嚴禁."

39) 梁啓超, 「論小說與群治之關系」, 『新小說』1권 1호, 1902년. "欲新一國之民, 不可不先新一國之小說. 故欲新道德, 必新小說, 欲新宗敎, 必新小說, 欲新政治, 必新小說, 欲新風俗, 必新小說, 欲新學藝, 必新小說, 及至欲新人心, 欲新人格, 必新小說."

세상의 도리와 인심에 도움이 되기 때문에 문학의 최상승이라는 단순한 논리를 반복적으로 논증하고 있다. 비록 추론과정이 매우 졸렬하지만, 중국인의 구미에 적합하고 효과가 대단하여 만청 소설계 혁명의 기치가 되었다.

캉여우웨이는 『일본서목지(日本書目志)』 10권에서 '세속에 통용된다'는 각도에서 소설이 환영받는다는 점을 강조하였다.

내가 상해 점석자에게 어떤 책이 잘 팔리느냐고 물으니, 그는 서경(書經)은 팔고문(八股)만큼 팔리지 못하고 팔고문은 소설만큼 팔리지 못한다고 대답하였다. 송대에 이 문체가 시작되면서 세속에 통용되었기 때문에 천하에 소설을 읽는 사람이 가장 많게 되었다.[40]

1900년에 이르러 캉여우웨이는 시를 지어, 츄웨이아이(邱煒薆)에게 무술정변에 관한 설부(說部)를 짓도록 촉구하였는데, 그 착안점은 여전히 "정나라(음란한) 음악은 싫증 나지 않는데 아악(우아한 음악)은 졸리웁네. (그래서) 사람이 좋아하는 것은 성인도 꾸짖지 않는다네"[41]라고 하였다. 10년 이내에 소설의 문학적 가치는 이미 광범한 선비들에게 인정되었고 논자들은 다음과 같이 강조하였다. "20세기가 개막되어온 세상이 교류하자 소설의 풍조가 태평양을 건너 동쪽으로 넘어왔다",[42] "20세기의 개막은 우리나라 소설계 발달의 시초이다",[43] "20세기의 개막은 우리나라 소

---

40) "吾問上海點石者曰 何書宜售也? 曰 書經不知八股, 八股不知小說. 宋開此體, 通於俚俗, 故天下讀小說者最多也."

41) 「聞菽園民士欲爲政變說部詩以速之」, 『淸議報』 제63책, 1900년. "鄭聲不倦雅樂睡, 人情所好聖不呵."

42) 伯耀, 「小說之支配於世界上純以情理之眞趣爲觀感」, 『中外小說林』 1권 15기, 1907년. "二十世紀開幕, 環海交通, 小說之風濤趣太平洋東渡."

43) 耀公, 「小說與風燈之關係」, 『中外小說林』 2권 5기, 1908년.

설계가 힘차게 상승한 연소점이다",[44] "20세기는 소설이 발달한 시대이다."[45] 이상을 통해 신소설 이론가들이 상용하던 과장된 어조를 염두에 두더라도, 당시에 소설의 가치가 갑자기 상승하여 문인들에게 얼마나 깊은 인상을 주었는지를 대략 알 수 있을 것이다. 중국 역사에서 소설의 지위를 제고하고 크게 강조한 지식인들이 없지는 않았지만, 소설의 가치가 일반 사회에 승인된 것은 확실히 이전에는 없었던 일이다. 논자들이 소설의 심미적 가치에 착안하지 않고 세상의 인심과 사회의 진보에만 관심을 가지기는 했지만, 결국 소설이 시가를 대신하여 일약 가장 주목받는 문학형식이 될 수 있었다.

세인들이 소설을 즐겨 읽는 일은 만청에서 시작된 것이 아니다. 캉여우웨이는 소설이 널리 전파된 것을 개탄하여 "식자층만 하더라도 경서는 읽지 않는 사람이 있지만 소설을 읽지 않는 사람은 없다"[46]라고 하였다. 원명청 삼대에서 소설을 금지하고 만청에서 소설을 제창한 가장 큰 요인은 경서를 이해하지는 못하지만 일반 문장은 조악하나마 읽을 수 있는 '어리석은 백성'을 흡수하기 위해서였다. 실제로 학식이 풍부한 선비도 소설을 즐겨 읽지 않은 적이 없으며, 단지 관습에 지배되어 분명하게 이야기하지 않았을 뿐이다. 여러 차례의 금지가 있었음에도 불구하고 "사대부 집의 책상 위에는 『수호전』, 『금병매』를 펼쳐놓고 소일거리로 삼지 않는 곳이 없었다(士士夫『家幾上, 無不陳『水滸傳』, 『金瓶梅』以爲把玩)."[47] '소일거리'이기 때문에 당연히 "어린아이의 가벼운 놀이"나 "지방 호족"들이 "집에다 한 편씩 쌓아두고 사람마다 한 상자씩 품고서" 반란을 일으키는

---

44) 老伯, 「曲本小說與白話小說之宜於普通社會」, 『中外小說林』 2권 10기, 1908년. "二十世紀開幕, 爲吾國小說界騰達之燒點."

45) 訐伯, 「論二十世紀系小說發達的時代」, 『廣東戎煙新小說』 7기, 1907년. "二十世紀爲小說發達之時代."

46) 康有爲, 『日本書日志』 14권, 上海大同譯書局. "僅識字之人, 有不讀經, 無有不讀小說者."

47) 昭璉, 「嘯亭續錄」; 孔另境 편, 『中國小說史料』, 上海古籍出版社, 1982년, 新1판에서 재인용.

것과는 다르다.[48] 그러나 바로 '소일거리'이기 때문에 또한 고급예술(大雅之堂)에 오르지 못하고 단지 개인적으로 읽고 즐길 수밖에 없었다.[49] 만청의 소설계 혁명은 출판상인이 당당하게 소설을 인쇄하고 팔아도 다시는 유배와 징역을 걱정하지 않도록 만들었을 뿐 아니라, 독서인이 당당하게 소설을 사고 읽어도 다시는 대관원(大觀園)의 가보옥(賈寶玉)처럼 설보채(薛寶釵)의 기세등등한 권유와 아버지의 살기등등한 꾸짖음을 걱정하지 않도록 만들었다.[50] 소설에 대해 이야기하는 것이 더 이상 경박한 일이 아니라 새로움을 좇는 일이 되었다. 그래서 사대부들이 "스스로 사서(四書)와 오경(五經)에만 빠져 있던 습관을 바꾸어 신소설을 구독하려는"[51] 것이 조금도 이상할 게 없다.

1902년 개명서점(開明書店) 주인 샤송라이(夏頌萊)는 『금릉매서기(金陵賣書記)』에서 "소설이 잘 팔리지 않는다"라고 했지만, 그가 가리킨 것은 "입만 열면 목구멍까지 보이는"(정치소설─역자) 졸렬한 작품일 뿐이며, 『톰 아저씨의 오두막집(黑奴籲天錄)』, 『십오 소년 표류기(十五小豪傑)』 등은 "많은 사람들이 구독하였다." 사실상 신소설의 판매수량에 대한 정확한 통계가 없지만, 남아 있는 당시 사람들의 단편적인 말을 통해 얼마나 환영을 받았는지 쉽게 상상할 수 있다. 예를 들어, 『얼해화(孼海花)』는 출판된 지 4~5년에 "6, 7판을 거듭 찍어 2만 부 정도"[52] 팔렸고, 『옥리

---

48) 「譚瀛室筆記」, 『中國小說史料』에서 재인용.

49) 郎坤은 이 법칙을 이해하지 못하고 "『三國志』 소설의 말을 상소문에 인용하였다." 과연 황제는 대노하여 영을 내려 그의 직책을 삭탈하고 "징역, 3개월, 곤장 1백 대"에 처했다(『雍正上諭內閣 · 雍正6年』과 奕의 『佳蘿軒叢著管見所及』 참조). 그러나 황제가 어디에서 『삼국지』 소설을 보았고, 郎坤이 인용한 것이 『삼국지』 소설의 말이었음을 어떻게 한눈에 알아보았는지에 대해서는 아무도 묻지 않았다.

50) *「홍루몽」 23회 참고.

51) 老棣, 「文風之變遷與小說將來之位置」, 『中外小說林』 1권 6기, 1907년.

52) 「小說新語」, 『小說時報』 9기, 1911년.

혼(玉梨魂)』은 "출판된 지 2년 이내에 2만 부 이상 팔렸다."[53] 당시 출판업의 낙후함과 독자층의 취약함(만청시기 영향이 컸던 『신민총보(新民叢報)』의 경우에도 최고 발행량은 1만 4천 부였고, 오래된 『신보(申報)』의 경우에도 1918년에야 3만 부를 발간하였다. 잡지가 이러했으니 서적은 가히 짐작할 수 있다[54])을 고려한다면 2만 부 이상 판매된 것은 상당한 숫자였다. 만청소설은 발행량이 많았을 뿐 아니라 출판 종류도 많았다. 가장 전형적인 경우가 1907년이다. 상무인서관(商務印書館)에서 출판된 서적이 182종 435책(잡지 포함)[55]이었는데, 당시 상무인서관의 매출액을 전국 서적업의 3분의 1로 추산한다면,[56] 이 해에 전국에서 출판된 서적은 대략 550종 1300책이고 그중 소설이라고 증명할 수 있는 것이 199종(번역 135종, 창작 64종) 남짓 되었다.[57] 이것을 근거로 보면, 만청소설의 판매망이

---

53) 「枕亞啓事」, 『小說叢報』 16기, 1915년.
54) 혁명을 선전한 소책자는 예외였다. 方漢奇의 『中國近代報刊史』(山西人民出版社, 1981)에 의하면, 『革命軍』은 10년이 못 되어 20여 판을 인쇄했고 110여만 부가 발행되었다 한다.
55) 李澤彰, 「三十午年之出版業」, 張靜廬 편, 『中國現代出版社料丁編』, 中華書局, 1957년.
56) 陸費逵, 「六十年來中國之出版業與印刷業」, 『中國出版社料補編』.
57) 〈표4〉

출판년대	저서	번역서	합계
1898	1	0	1
1899	1	2	3
1900	4	1	5
1901	0	6	6
1902	8	9	17
1903	27	46	73
1904	20	41	61
1905	18	62	80
1906	52	105	157
1907	64	135	199
1908	58	94	152
1909	97	59	156
1910	51	31	82
1911	50	25	75
연대미상	47	31	78
합계	498	647	1145

아주 좋았다고 할 수 있다.

　주의할 만한 점은 신소설의 주요한 독자가 더 이상 '어리석은 백성'이 아니라 독서와 예의를 아는 서생이었다는 것이다. 쉬녠츠(徐念慈)의 통계에 의하면 그해에 신소설을 구독한 사람은 "90%가 구학계에서 나와 신학설을 수입한 자"였고 "9%만이 보통 사람에서 나왔다."[58] 이렇게 많은 문인과 학사들은 소설을 읽고 논의하는 것에만 그치지 않았다. 어떤 사람은 손발이 근질근질함을 참기 어려워서, 어떤 사람은 각종 이해 타산에서 출발하여, 중도에서 진로를 바꾸어 전문적으로 소설을 짓는 사람이 많았다. 만청시기에 도대체 소설가가 몇 명이었는지는 분명하게 말할 수 없고 몇 권의 소설이 출판되었는지도 정확하게 통계낼 수 없지만, 아잉(阿英)이 수록한 서목만 보아도 수량이 이미 상당한 정도임을 알 수 있다. 물론 천여 종의 소설이 대부분 별다른 문학적인 가치가 없지만, 만청 소설잡지와 서적의 급증 및 출판주기의 단축은 여전히 소설 서사양식의 변천에 깊은 영향을 끼쳤다.

　서사양식의 측면에서 보면, 당 전기(傳奇)가 같은 시기의 서양소설보다 그 수준이 높다는 것은 의심할 바 없다. 1인칭 서사, 3인칭 제한적 서사, 도치서술 및 세밀한 경물묘사는 모두 당 전기에서 어렵지 않게 찾을 수 있는 성공적인 사례이다. 그러나 문언은 표현기능이 제한되기 때문에 문언소설은 중국문학에서 진정으로 발전하기 어려웠다. 중국소설의 주조는 사실상 송원 화본(話本)에서 발전하기 시작한 장회소설(章回小說)이었다. 백화(白話)는 서사와 묘사, 서정에 유리하지만, 장회소설은 설서인(說書人)이라는 외피를 벗어던질 수 없어서 작가는 자신이 청중에게 직접 이야기하는 상황을 가상할 수밖에 없었다. 가상적이기는 하지만 문자가 아니라 음성을 전달매체로 삼기 때문에 작가는 설서인의 입담으로 이야기가 중심이 되는 고사를 순차적으로 강술할 수밖에 없다. 자각적으로 창

---

58) 東海覺我,「丁末年小說界發行書目調査表」,『小說林』 9기, 1908년.

작의 대상을 '청중'이 아니라 '독자'로 설정한 것은 만청에 와서야 가능하였다. 신문과 잡지의 출판은 소설을 '아침에 탈고하면 저녁에 인쇄'될 수 있게 만들었고, 심지어 다음 장을 시작하지 않아도 앞의 장은 이미 활자로 인쇄되어 독자에게 선보일 수 있게 되었다. 서적의 대량 인쇄로 작가는 더 이상 명산(名山)에 보관하여 후세에 전하지 않고 직접 신속하게 독자와 대화할 수 있었다. 가상적으로 이야기하는 것에서 명확하게 소설을 쓰는 것으로의 발전은, 소설의 전달방식이 가상적으로 이야기하는 것에서 명확히 쓰는 것으로 발전하여, 작가는 '쓰기-읽기'의 전달방식이 허용하는 각종 기교에 대해 진지하게 고려할 수 있었다. 설서인의 입담은 없어도 되고, 순차서술도 선택하지 않아도 되며, 반드시 이야기를 구조의 중심으로 삼지 않아도 되었다. 중국소설의 이러한 전달방식의 변천—구두화(가상적)에서 서면화로—이 중국소설 서사양식의 변천에 필요한 문화적 배경을 제공하였다는 사실은 의심할 여지가 없다.[59]

4. 신교육과 작가 지식구조의 변천

량치차오는 과거를 폐지하고 학교를 열어 인재를 교육하는 것을 정치상의 '변법의 근본'으로 삼았다. 사실 이것은 문예상의 '변법의 근본'[60]이기도 했다. 어떤 의미에서 '신교육'이 없었으면 중국의 근대소설이 없었고 중국소설의 서사양식의 변천도 없었을 것이다. 신교육이 중국소설 서사양식의 변천과 맺는 연관성을 논술하려면 원래 작가와 독자의 두 층위에서 동시에 전개해야 하지만, 독자층의 변화에 관한 부분은 직접적인 자료가 충분하지 못하다. 우리는 단지 쉬녠츠의 「나의 소설관(餘之小說觀)」, 5·4작가가 흑막소설을 비판한 글 및 5·4신문학 잡지와 서적의 발

---

59) 이 책의 부록 「소설의 서면화 경향과 서사양식의 변천」 참조.

60) 梁啓超, 「變法通議·論變法不知本原之害」, 『時務報』 제3책, 1896년.

행경로를 통해 다음과 같은 사실을 간접적으로 알 수 있을 뿐이다. 만청소설의 주요 독자는 청년 학생이었다. 바로 신교육을 받은 이들 청년 학생이 5·4작가를 지지하고 그들에게 협조하여 중국소설 서사양식의 변천을 초보적으로 완성하였던 것이다. 그러나 우리는 독자층 변화의 큰 추세가 이 30년간 신교육의 신속하고 맹렬한 발전과 커다란 관계가 있지만,[61] 더 이상 진일보한 연구를 진행하기가 어렵다는 것을 지적할 수 있다. 그래서 필자는 전통 문인과 다른 이 두 세대 작가의 지식구조에 주의력을 집중할 것이다. 신소설가의 지식구조는 5·4작가의 지식구조와 커다란 차이가 있으며, 신소설가 중에서도 육예(六藝)를 익혀 과거에 합격한 사람과 해외로 유학한 사람을 함께 논의할 수 없다. 여기서는 각 작가의 차이를 세밀하게 연구할 수 없기 때문에 커다란 흐름만을 말할 수 있을 뿐이다.

이 두 세대 작가의 지식구조가 소설 서사양식의 변천에 유리했던 원인은 주로 외국어 수준, 인문과학 지식 및 신교육에 따라 형성된 자아의식과 개성해방의 요구에 기인한 것이었다.

50년 전만 해도 서양소설 기교를 학습하는 문제는 존재하지도 않았고 외국어 이해의 문제는 말할 나위도 없었다. 또한 50년 후에도 서양소설의 명작이 이미 대량으로 번역 소개되어, 외국어를 이해하지 못해도 번역본의 도움을 받아 차용할 수 있었기에 치명적인 약점이 될 수 없었다. 그러나 서양소설의 함성이 높았던 20세기 초의 30년은 어떠했는가? 마오둔(茅盾)은 당시의 문단을 아래와 같이 서술하였다.

서양문학의 명작 중에서 번역 소개된 작품이 거의 없는 거나 마찬가지였다. 따라서 이른바 '기교학습'에 관해서는 원문을 읽을 수 있는 사

---

61) 『新敎育』 5권 4기(1992년)에 게재된 「全國歷年公私立小學校學生數表」, 「全國各等學校學生數表」 참조.

람을 제외하면 전혀 말할 수 없었다.[62]

만약 중국소설이 천하 제일이라는 생각을 품고 있다면 외국어를 하지 못해도 오히려 마음은 편안할 것이다. 그러나 서양소설의 가치를 알고 있지만 배울 길이 없다면 어찌 마음이 조급하지 않겠는가? 린수는 이에 대해 재삼 탄식하였다.

서양 말을 몰라서 친구의 구술에 의지하였다. 그래서 서양인의 문자의 묘함에 대해서는 더욱이 자세하게 묘사할 수 없었다.[63]

내 나이 이미 쉰넷이므로, 책을 끼고 학생의 뒤를 따라, 서양 스승의 문하에 들어가 가르침을 청하지 못함이 애석하다.[64]

청말 민초에 서원이 학교로 바뀐 후 수업과정이 완전히 달라졌는데, 그중 가장 두드러진 것은, 서원에서는 외국어를 배우지 않았지만 학교에서는 외국어를 필수과목으로 명문화시켜 규정했다는 점이다. 1902년 청나라 정부는「흠정소학당장정(欽定小學堂章程)」,「흠정중학당장정(欽定中學堂章程)」,「흠정고등학당장정(欽定高等學堂章程)」을 반포하고 다음과 같이 규정하였다. 초급소학과정 8과목, 고급소학과정 11과목, 외국어는 포함시키지 않는다. 중학당 과정은 12과목, 외국어는 7번째이고, 매주 9시간 수업한다(전체 과목 중에서 비중이 가장 컸다). 고등학당은(외국어 요구는 더욱 높아서) 제1외국어 한 과목과 제2외국어 한 과목을 두고, 원칙적

---

62) 茅盾,「『中國新文學大系 小說一集』序」.

63) 林紓,「洪罕女郎傳・跋語」,『洪罕女郎傳』, 商務印書館, 1906년 "不知西文, 恃朋友口述, 而於西人文章之妙, 尤不能曲繪其狀."

64)「撒克遜劫後英雄略・序」,『撒克遜劫後英雄略』, 商務印書館, 1905년 "惜餘年已五十有四, 不能抱書從學生之後, 請業於西師之門."

으로 서양과목은 서양 교사를 임용한다. 그리고 "대체로 외국 교사의 수업시간은 매일 4시간 이상, 중국교사의 수업시간은 5시간 이상이어야 한다."[65] 그러나 교사의 수준과 학생의 소질 미달로 인해 이 기준은 대개 달성하기 어려웠다.[66] 그럼에도 불구하고 중고등학교와 대학교를 나온 사람은 정식으로 외국어를 배웠던 셈이었다. 게다가 청나라 정부는 1872년에 미국으로, 1896년에는 일본으로 유학생을 보내기 시작했기 때문에 20세기 초에는 외국어를 이해하는 유학생이 이미 적지 않았다.[67] 신소설가 중 일본에 유학한 사람으로는 수만수(蘇曼殊) · 량치차오 · 장자오퉁(張肇桐) · 뤄푸(羅普) · 천톈화(陳天華)등 몇 명에 불과하였다. 국내에서 외국어 학교에 입학하거나 독학으로 외국어를 익혔던 정푸(曾樸) · 바오톈샤오(包天笑) · 저우서우쥐안(周瘦鵑) 등을 더한다 해도 만청소설가 중에서 외국소설의 원저를 읽을 수 있는 사람은 그렇게 보편적이지는 않았다. 그러나 5 · 4작가 중에는 루쉰 · 궈모뤄(郭沫若) · 마오둔 · 왕퉁자오(王統照) · 정전둬(鄭振鐸) · 리제런(李劫人) · 쉬즈모(徐志摩) · 왕루옌(王魯彦) · 샤몐준(夏丏尊) 등 자유자재로 번역과 창작을 할 수 있었던 사람이 많았다. 상당히 많은 5 · 4작가들이 비록 외국 문학작품을 번역한 적이 없었다 하더라도 그 외국어 수준은 서양소설의 명작을 감상하기에 충분하였다. 가령, 일본에 유학한 위다푸 · 타오징순(陶晶孫) · 청팡우(成仿吾) · 장즈핑(張資平) · 텅구(滕固), 미국에 유학한 천헝저(陳衡哲) · 장원톈(張聞天), 소련에 유학한 장광츠(蔣光慈), 프랑스에 유학한 수쉐린(蘇雪林), 게다가 국내

---

65) 「欽定高等學堂章程」(1902), 舒新城 편, 『中國近代敎育史資料』 중역본, 人民敎育出版社, 1961년.

66) 周作人은 『魯迅小說裏的人物』(人民文學出版社, 1957) 중 「學堂生活」이라는 글에서 이렇게 말했다. "(학교는) 일주일에 5일은 서양어를 배웠고 하루는 중국어를 배웠다." 그러나 학생들은 서양어를 출세수단으로만 생각했기 때문에 서양어를 훌륭하게 배우지 못했다.

67) 舒新城, 『近代中國留學史』, 上海中華書局, 1929, 54-55쪽, 230-234쪽; 사네토 케이슈, 『中國人留學日本史』, 中譯本, 三聯書店, 1983, 35쪽-43쪽 참조.

대학의 외국어학과를 졸업한 평원빙(馮文炳)·펑즈(馮至)·천샹허(陣翔鶴)·천웨이모(陳湋謨)·린루지(林如稷)·링수화(淩叔華)·리진밍(蔡錦明) 등이 있었다. 국내 대학교의 중문과를 졸업하거나 고등학교·전문학교를 졸업하더라도 하나의 외국어는 구사할 수 있었다.[68] 5·4시대 작가들의 평균적으로 높은 외국어 수준, 당대 외국문학에 대한 깊은 이해 및 세계문학과 발맞추려는 강렬한 바람은 신소설가가 미처 따라오지 못할 뿐만 아니라 30년대 이후의 중국작가라 하더라도 필적하기 어려울 것이다.

외국어를 알고 문학을 좋아하는 사람이 반드시 훌륭한 소설을 쓸 수 있는 것은 아니지만, 20세기 초 중국작가의 경우에는 외국어를 알고 외국문학 명작을 읽을 수 있다는 것은 서양소설의 기교를 직접 차용할 수 있다는 점을 의미하였다. 그리고 이 점이 서양소설을 차용하여 중국소설 서사양식에 충격을 가하고 개조하는 혁명에 틀림없이 중요한 영향을 끼쳤을 것이다.

이러한 풍조가 시작되기 전에 소설은 단지 '잠을 도와주는 도구'였을 뿐이었다. 그러나 서양의 풍조가 수입되자 소설은 "바다를 건너는 배"[69]가 되었다. 황보야오(黃伯耀)뿐만 아니라 수많은 신소설 이론가들은 소설을 창작하고 읽고 평가하려면 모두 학문을 수양한 사람이 되어야 한다고 강조하였다.[70] 중국 고대작가도 루쉰의 『중국소설사략(中國小說史略)』에 '청대의 소설로 재학을 드러낸 자'라는 전문 항목이 있는 것처럼 재주를 뽐내고 힘써 학문을 자랑하였다. 그런데 무엇 때문에 신소설 이론가들이 이것을 보고도 못 본 척하며, 중국 고대소설 중에도 '문학에 과학적

---

68) 趙景深, 「現代作家生年籍貫秘錄」, 『文壇懷舊』, 北新書局, 1948년. 이 글에서는 文學硏究會 회원의 입회지원서 중 134호 후 23인의 약력을 발췌했는데, 그중 하나 이상의 외국어를 이해하는 사람이 20명 있고 나머지 3명 중에서 최소한 歐陽予倩은 일어를 이해하였다.

69) 耀公, 「小說發達足以增長人君學問之進步」, 『中外小說林』 2권 1기, 1908년.

70) 梁棨超, 「論小說與群治之關系」; 老樣, 「文風之變遷與小說將來之位置」; 미상, 「讀新小說法」 등 참조.

인 것을 겸하고', '일상 이치에 철리를 겸한' 작품이 있다는 것을 부인하였는가?[71] 원래 논자의 마음속에 있는 학문은 전통적인 경사자집(經史子集), 병시의산(兵詩醫算. 병법서, 시, 의서, 산술서)이 아니라 당시에 막 수입되어 사람의 이목을 일신시킨 격치학(格致學)[72], 심리학, 정치학, 윤리학 등의 '신학(新學)'이었다. 개략적으로 말하면, 중국소설 서사양식의 변천에 영향을 끼친 학문은 신소설가에게는 정치학적 지식이었고 5·4작가에게는 심리학적 지식이었다.

"'과두체제'와 '다두체제'가 무슨 말이고 '산악당(山嶽黨)', '소탄당(燒炭黨)'이 무슨 명칭인지"를 모르면 신소설은 정말로 "벙어리가 연극대사를 하듯이 엉망진창이 되어, 제대로 된 것이 하나도 없"[73]을 수 있다. 그러나 새로운 정치용어 내지 이론체계를 이해한다고 해서, 소설의 예술가치가 상승된다고 보증할 수 있는가? 신소설가는 이 문제를 고려할 여유가 없었던 듯하다. 한편으로는 문이재도(文以載道)의 전통사상이 방해를 하였고, 다른 한편으로는 이러한 신사상이 그들의 심장을 연소시키고 그들의 피를 끓게 하여, 작가들은 실제로 표현기교를 고려할 틈이 없이 다만 빨리 토로하려고만 하였다. 이 시기는 필경 정치적 격정이 모든 것을 압도하던 시대였다. 신사상을 수입한 공헌을 제외하면 소설의 형식기교 측면에서 그들은 도대체 무엇을 남겼는가? 없다고 말할 수는 없다. '논저인 것 같으면서 논저가 아니고', '설부(說部)인 것 같으면서 설부가 아닌' 정치소설은 이야기 중심의 서사구조에 대해 커다란 충격을 가함으로써 전통소설의 울타리에 적지 않은 파열구를 만들었다. 그러나 그것을 대신해서 일어난 장편의 의론이 오랫동안 독자를 끌어들이지 못하여, 시간이 지나자 구름이 흩어지듯 사라지게 되었다.

사숙(私塾)의 선생들은 당연히 과거시험과 아무 관계 없는 심리학적 지

---

71) 저자 미상, 「讀新小說法」, 『新世界小說社報』 6-7기, 1907년.

72) *사물의 이치를 파고드는 학문. 물리, 화학과 같은 자연과학을 가리킨다.

73) 저자 미상, 「讀新小說法」.

식을 가르칠 수 없었으나, 20세기 초에 이르러 심리학과 관련된 논문과 번역서가 계속 출현하면서 심리학이 갈수록 많이 중시되었다.[74] 1902년 청 정부가 반포한 「흠정고등학당장정(欽定高等學堂章程)」은 심리학 과정의 개설을 요구하지 않았지만 1903년에 반포한 「주정고등학당장정(奏定高等學堂章程)」에서는 첫 번째 학과(문과) 2학년에 '심리학' 과정을 개설하도록 규정하였다. 1906년 학부(學部. 오늘날의 교육부)는 「학부개정우수사범학교선택과목간장(學部訂定憂級師範選科簡章)」을 반포하여 사범 본과 2학년에 심리학의 지위는 약화되지 않고 강화되었다.[75] 5·4작가 중 의학을 공부한 사람(루쉰, 궈모뤄, 타오징순 등)은 자연히 정규 심리학 훈련을 받았으며, 대학이나 사범학교에 다닌 사람도 심리학 수업을 받았을 가능성이 매우 크다.

5·4작가는 아마도 학교의 심리학 과정이 그들에게 미친 영향을 자각적으로 의식하지는 못했던 것 같다. 예를 들어 왕퉁자오의 「난간 사이(一欄之隔)」는 심리학 교사가 '정서와 감각의 전이'를 얼마나 건조하게 강의하는지에 대해 조롱조로 묘사하고, "수업 끝나는 종이 울렸는데 나는 도대체 이 심리학 수업이 강의하는 것이 무엇인지를 모르겠다"라고 결말지었다. 그러나 소설의 총체적 구상—"이 봄날 새벽의 새로운 감각으로부터 어린 시절의 경험을 연상하는"—에서 보면 작가의 심리학 수업을 들었거나 두세 권의 심리학 서적을 읽었다 하더라도, 인간에 대한 이해가 전통적인 유생과 확연히 다를 수 있었다. 예성타오의 「공포스런 밤(恐怖之夜)」에서 '연상'에 관한 논의는 심리학 서적에서 차용했음이 분명하다. 루쉰이 번역한 구리야가와 하쿠손(廚川白村)의 『고민의 상징』, 저우쭤런이 추종한 앨리스의 『성심리학』, 꿈과 잠재의식에 관한 궈모뤄의 담론,[76] 욱

74) 高覺敷가 主編한 『中國心理學史』(人民教育出版社, 1985)의 통계에 따르면 1900년에서 1918년 사이에 심리학 관계 번역서가 30종 출판되었다.
75) 913년 반포된 「教育部公布大學規程」, 「教育部公布師範學校課程標準」 참조.
76) 郭沫若, 「批評與夢」, 『文藝論集』, 上海光華書局, 1925년.

달부가 '성욕과 죽음'이라는 '인생의 두 가지 근본문제'를 표현한 작품이 가치가 크다는 점을 인식한 것,[77] 왕런수(王任叔)가 소설에서 '잠재의식', '의식', '의식의 경계'에 대해 대담하게 이야기한 것[78] 등은 특히 변태심리학[79]에 대한 5·4작가의 특별한 흥미를 증명하고 있다. 5·4작가들은 모두 변태심리학 지식을 자랑하는 병폐를 지니고 있었지만(위다푸와 같은 우수한 작가도 예외가 아니다), 총체적으로 보아 심리학적 지식은 인간의 내면세계에 대한 그들의 이해를 심화시켜주었다.

서양의 소설 및 문학관념의 수입으로 5·4작가는 갈수록 소설 속의 인물심리에 관심을 가졌다. "동작 묘사를 희생하고 대신 인물 심리변화에 대한 묘사에 주목하는 것"이 바로 서양 근대소설의 예술적인 커다란 진보이자[80] 5·4소설의 예술적인 커다란 진보이기도 하였다. 그러나 인물심리를 표현하려는 주관적인 바람만으로는 충분치 않으며 인물심리를 정확하게 파악하는 능력이 있어야 한다. 5·4작가의 이러한 능력은 한편으로 생활체험에서, 다른 한편으로는 근대 심리학적 지식에서 도움을 받았다. 5·4작가의 심리학적 지식이 중국소설 서사양식의 변천에 미친 영향 가운데서 제일 명확한 것으로 두 가지를 들 수 있다. 하나는 소설구조의 심리화로, 이야기가 아니라 인물심리를 소설의 구조중심으로 삼은 것이고, 또 하나는 소설 시공간의 자유화로, 이야기의 '흐름'이 아니라 인물의 '정서의 흐름'에 따라 서사시간을 안배함으로써 도치서술뿐 아니라 교차서술도 할 수 있어서 전통적인 연관서술을 고수할 필요가 없었다는 것이다.

---

77) 郁達夫,「文藝鑑賞上之偏愛價置」, 創造周報 14호, 1923년.

78) 王任叔,「風子」,『監獄』, 上海光華書局, 1927년.

79) *정상인의 이상한 심리 상태나 비정상인의 병적 심리 상태를 연구하는 심리학의 한 분야. 범죄자나 이상아의 정신 병리학적 연구, 꿈이나 최면 등의 특수한 심적 상태, 성적(性的) 이상 행동의 심리 등을 다룬다.

80) 沈雁氷,「人物的硏究」,『小說月報』16권 3호, 1925년.

이 두 세대 작가에 미친 신교육(유학과 신학당을 포함)의 영향 가운데서 가장 중요한 것은 아마도 표면적인 학식이 아니라 잠재적인 기질과 정감 및 취미일 것이다. 학교에서 어떤 과정을 설치했는가는 조사할 수 있는 기록이 남아 있지만 학교가 학생에게 제공한 것은 과정표에만 국한되지 않는다. 전문적 지식을 '신교육'한다는 점 이외에, 학생에게 사상을 자유롭게 발전시키고 재능을 자유롭게 발휘할 수 있는 조건을 제공하였다. 바꾸어 말하면, 신학당이 학생—미래의 소설가—에게 줄 수 있었던 것은 진리에 그치지 않고, 진리를 추구하는 바람 및 독립적으로 사고할 수 있는 용기와 세계를 개조하려는 열정이었던 것이다.

이 점은 아마도 당초 학교를 세운 사람이 예상하지 못했을지도 모른다. 만청시기에 장빙린(章炳麟)[81]처럼 학교를 설립하고 병원을 개설하고 민주를 정립하는 것과 연계시키거나,[82] 량치차오처럼 "정신교육은 자유교육이다"[83]라고 주장했던 사람은 사실 많지 않았다. 서학(西學)을 채용하여 학당을 세울 것을 제창한 수많은 식견 있는 사람들은 여전히 실학(實學)의 각도에서 입론하였다(물론 그래야만이 청 정부에 수용될 수 있었다). 장즈통(張之洞)의 '중체서용(中體西用)'은 학교교육에도 적용되어, 서양의 과학기술을 들여오면서도 서양의 정치사상은 배척하고자 하였다.

> 학교 설립 취지는 어떤 학당이든 모두 충효를 근본으로 삼고 중국의 경사지학(經史之學)을 기초로 삼아 학생의 심성을 순정하게 한 후, 서학으로 그 지식과 예능을 단련시킴으로써, 훗날에 인재가 되어 각자 실무에 적합하도록 힘쓰게 하기 위해서이다.[84]

---

81) *장빙린(1869~1936). 전통문학의 재정리를 바탕으로 신문학의 새로운 흐름을 포용한 민족주의 사상가이자 문학가.

82) 章炳麟, 「變法箴言」, 『經世報』 제1책, 1897년.

83) 梁啓超, 「精神教育者自由教育也」, 『自由書』.

84) 張百熙, 榮慶, 張之洞, 「奏定學堂章程」, 1904년. "立學宗旨, 無論何等學堂, 均以忠孝

다만 이러한 생각은 바람일 뿐이었다. 국내 학당은 이렇게 규정할 수 있지만(제대로 시행되었는지는 차치하고) 유학생은 어떻게 할 것인가? 유학생에게 "『효경』·『소학』·『오경』 및 『국조율례(國朝律例)』 등의 책을 수업"하고 "군주를 존중하고 어버이를 섬기는 뜻을 나타낼 것"[85]에 대해 요구하였으나, 사실상 근본적으로 시행할 수 없었다. 1881년 청 정부는 유학생들이 "유가의 책을 많이 배우지 못하여 덕성이 견고하지 못하고, 미처 저들의 기능을 배우기 전에 먼저 그 악습에 물들었"기 때문에 전부 철수시켜버렸다. 유학생이 더 이상 무릎 꿇고 절하는 예를 행하지 않았다고 해서 '그 악습에 물들'었다고 단언한 것은 황당한 일이지만, "아무리 애써 정돈하려 해도 완전히 방비하기가 어렵다는 것을 안다"[86]라고 밝힌 것은 숨길 수 없는 사실이었다. 서양학당에 들어가서 민주사상을 다소간 접촉하였다면 봉건 전제를 증오하지 않을 수 있었을까? 국내의 대학과 중고등학교를 정부가 엄하게 통제했음에도 불구하고, 교사는 대부분 서양식 교육을 받은 중국과 외국의 학자였고 교재도 대부분 일본과 서양의 것을 채택하였으며, 게다가 청년학생의 천성적인 정치열정과 혁명당원의 적극적인 활동으로 인해, 국내 학당도 결코 조용한 뒤뜰이 아니라 수시로 폭발할 수 있는 화산이었던 것이다. 청 정부에게 이것은 진퇴양난의 곤경이었다. 유학생을 파견하지 않고 신학당을 설립하지 않으면 선진적인 생산기술을 장악하여 허약한 국가와 가난한 국민을 변화시킬 수가 없을 뿐 아니라 나아가 열강의 침략과 분할에 저항하지 못할 것이고, 유학생을 보내고 신학당을 세우자니 이것은 부르주아 사상의 침식을 받아 봉건 전제적인 정치체제의 무덤을 파는 사람을 배양하는 것이었다. 양자는 틀림

　　爲本, 以中國經史之學爲基, 俾學生心術壹歸於純正, 而後以西學淪其知識, 練其藝能, 務期他日成才, 各適實用.'
85) 李鴻章, 「選派幼童出洋肄業應辨章程折」.
86) 「總理各國事務奕訢等奏折」, 1881년.

없이 청 정부가 바라지 않았던 것이다. 그러나 후자에 대한 엄중한 인식이 부족하였고 게다가 대세에 밀려서, 만청의 신교육은 여전히 청 정부의 묵인 내지 지지하에 나날이 발전하였다.

20세기 초 중국의 정치, 경제, 문화, 군사 등의 각 방면에 대한 유학생 파견과 신학당 설립이 끼친 영향은 매우 심원하였다.[87] 그러나 소설 서사 양식의 변천에 가장 직접적으로 영향을 끼친 것은 노예심리에 대한 신교육의 비판과 자주의식의 배양이었다. 모두가 '자아 존중'[88]을 명확하게 주장한 것은 아니었고 '복종하는 마음과 보수적인 마음'을 배양하는 구교육을 비판한 것도 아니었으며[89] 아울러 '압제에서 벗어난 자유스런 인간의 양성'을 교육의 이념으로 삼은 것도 아니었지만,[90] 신교육은 의심할 나위없이 부패한 사회에 신선한 공기를 불어넣었다. 루쉰 등은 고향의 인민에게 편지를 보내 "젊은 선비들은 빨리 유학을 가서" "국정을 쇄신해야 한다"라고 주장하였고,[91] 저우쭤런은 당시에 학당에서만이 『신민총보(新民叢報)』, 『신소설』, 양임공(梁任公, 량치차오)의 저서 및 옌지다오(嚴幾道, 옌푸)[92], 린친난(林琴南, 린수)의 괴서(怪書)"[93]를 볼 수 있었다고 회고하였으니, 학교가 학생에게 제공한 것이 결코 전문적인 지식만이 아니었음을 알 수 있다. 사상계몽에 필연적으로 수반되는 것은 인간의 점차적인 각성이다. 마오둔이 말하듯이 "인간의 발견, 즉 개성의 발전이자 개인주의가 5·4시기 신문학운동의 주요한 목표가 되었다."[94]

---

87) 舒新城의 「近代中國留學史」, 「中國人留學日本史」, 汪一駒의 「中國知識分子與西方」.

88) 「教育泛論」, 『遊學譯編』 9기, 1903년.

89) 蔡元培, 「全國臨時教育會議開會詞」, 『教育雜誌』 4권 6호, 1912년.

90) 金一, 『女界鐘』, 1903년.

91) 「紹興同鄉公函」 유인본, 현재 紹興 魯迅紀念館에 보존됨.

92) *옌푸(1854~1921). 福建侯官 출신. 청말의 개혁사상가. 『天寅論』 『原富』 등 서구 자본주의 사상의 소개에 커다란 역할을 함.

93) 「學堂生活」, 『魯迅小說裏的人物』 부록.

94) 「關於"創作"」, 『北斗』 창간호, 1931년.

"만약 작가가 상이한 방법으로 자아를 관찰한다면, 상이한 방법으로 자신의 인문을 보게 되고, 이에 새로운 표현방식이 자연스럽게 탄생할 것이다."[95] 프루섹은 5·4문학의 주관화 경향에 대해 논술하고,[96] 리오우판(李歐梵)은 5·4작가의 고백적인 정조를 평가하였는데,[97] 이들은 5·4작가의 정신풍모 중 두드러진 측면을 포착한 것이다. 필자가 지적하고 싶은 것은, 소설 속에서 자아에 대한 작가의 인식과 평가가 변화하고 창작에서 작가의 주체의식의 작용과 소설 속에서 인물 심리묘사의 지위가 변화함에 따라 소설 서사양식의 변천이 비로소 실행될 수 있었다는 점이다. 작게는 일기체, 편지체 소설이 흥기하거나 1인칭 소설이 들은 이야기의 기록에서 정감의 표현으로 전환하였고, 크게는 소설가가 자아의 표현을 중시하여 이야기 중심의 구조에서 인물심리 중심의 구조로 변화하고, 사건의 순차적 순서에 따른 구성에서 인물의 정서나 작가의 심미이상을 기준으로 새롭게 서사시간을 편집하고, 상이한 서사시점을 선택하여 이야기의 서술 속에서 작가의 주관적인 의도를 잘 구현하는 것으로 변천되었다. 이 모든 것들은 5·4작가의 개성 발전과 자아 표현의 자각적인 요구에 부응한 것이다.

5. 두 세대의 공동 노력 – 고난과 희망의 역사 진행과정

5·4작가와 그들이 '낡은 신당(老新黨)'이라 부른 신소설가 사이에는 사상 의식에서부터 구체적인 예술 감상방식에 이르기까지 커다란 차별점

---

95) E. M. 포스터, 『小說面面觀』 중역본, 花城出版社, 1981년 146쪽. *한국어 번역본은 이성호 역, 『소설의 이론』, 문예출판사, 1997.

96) "Subjectivism and Individualism in Modern Chinese Literature", Archiv Orientalni, 25, 1957년. *이 글은 「중국 현대문학 중의 주관주의와 개인주의(中國現代文學中的主觀主義和個人主義)」(李燕喬 역, 『普實克中國現代文學論文集』, 湖南文藝出版社, 1987)로 번역되었다.

97) The Romantic Generation of Modern Chinese Writers, Harvard University Press, 1973.

이 있다. 그러나 필자는 여전히 량치차오, 우젠런, 린수를 대표로 하는 신소설가와 루쉰, 위다푸, 예성타오를 대표로 하는 5·4작가를 함께 논술함으로써 그들이 중국소설 서사양식의 변천을 공동으로 완성했다는 점을 강조하였다. 여기에는 5·4소설의 개척적인 의의를 과소평가하거나 만청소설의 역사적 지위를 과대평가하려는 의도가 없으며, 이 양자의 역사적인 연계를 강조하기 위해서이다. 5·4작가는 자신이 받은 신소설의 영향을 결코 숨기지 않았다. 린수가 번역한 소설은 나중에 5·4의 주요한 작가가 된 일군의 청년학생을 외국소설에 관심을 가지도록 유도하였고,[98] 량치차오의 '소설개량군치(小說改良群治)'의 주장과 5·4작가의 '문학은 인생을 위하여'라는 이론은 긴밀하게 연계되어 있으며,[99] 우젠런, 리보위안, 류어, 정푸의 소설은 비록 평가가 편파적이긴 하지만 5·4작가들의 주요한 토론대상이었다.[100] 루쉰과 저우줘런은 린수, 량치차오, 천렁쉐(陳冷血)의 번역문체를 모방한 적이 있고,[101] 류반농과 예성타오는 신소설 진영에서 뛰어나온 맹장이었다. 이 두 세대 사람들을 하나의 정체(整體)로 보는 목적은, 그들이 많든 적든 서양소설의 영향을 수용하였고 자각적이든 비자각적이든 전통소설을 등지고 새로운 표현형식과 표현기교를 찾기 시작했다는 점을 강조하기 위해서이다.

순문학의 측면에서 고려한다면 만청 세대의 작가들은 불행한 이들이다. 명청소설과 같이 특별히 성숙한 풍격이나 5·4소설과 같이 앞길이 창창한 생기도 없으며, 4대 견책소설[102]이라 하더라도 예술적으로는 상당

---

98) 許壽裳의 「亡友魯迅印象記 · 雜談名人」, 郭沫若의 「少年時代 · 我的童年」, 周作人의 「知堂文集 · 我學國文的經驗」 참조.

99) 周作人의 「魯迅先生紀念集 · 關於迅之二」 참조.

100) 『신청년』 3, 4권에 실렸던 중국소설에 관해 胡適과 錢玄同이 토론했던 일련의 편지 참조.

101) *리보위안의 『관장현형기』, 우젠런의 『이십년목도지괴현상』, 류어의 『노잔유기』, 정푸의 『얼해화』.

102) 周作人의 「林琴南與羅振玉」, 周啓明의 「魯迅與淸末文壇」, 陳夢熊의 「知堂老人談『哀

히 거친 편이다. 또한 이러한 '거침'은 결코 작가 자신의 예술적인 재능의 한계가 아니라 탐색자와 초보자가 피하기 어려운 '비틀거림'이었다. 그러나 문학사의 측면에서 착안하면 이 세대의 작가들은 행운아이기도 하였다. 중국 근대소설과 고대소설의 연계성과 차별성을 탐구하고 중국소설에 대한 서양소설의 영향 및 중국소설 변화의 내부기제를 연구하려는 사람이라면 모두 이 세대의 작가들을 피할 수 없을 것이다. 그들의 조그만 개량, 앞과 뒤를 둘러보는 탐색, 배회하며 심지어 실족하여 물에 빠지는 것들에는 진정으로 역사 진행과정의 복잡함과 험난함이 나타나 있다. 그들 자신의 너무나 많은 모순과 결함은 예술적 탐색의 깊이와 폭을 심각하게 제한하지만, 바로 이러한 모순과 결함이 연구자가 중국소설의 변천(서사양식의 변천도 포함)을 파악하는 데 믿을 만한 실마리를 제공해준다. 이 세대 사람들의 고뇌와 환락의 정신적 역정을 추적할 때 우리는 중국소설형식 발전의 맥박을 명확하게 파악할 수 있을 것이다. 이 세대 작가들의 노력에 주의하지 않으면 5·4작가의 성공은 다만 서양문학의 이식이라고 쉽게 오해될 것이다.

탁자 하나를 옮기는 데도 피를 흘려야 했던 나라에서 두 개의 새 단어를 창조하는 것은 큰 전쟁이었고, 몇 개의 구두점을 수입하는 것도 큰 전쟁이었으니,[103] 중국소설의 서사시간·서사시점·서사구조를 변천시키는 것은 당연히 보다 큰 전쟁이었다. 백화문운동처럼 진영이 분명하여 공격대상을 분별할 수 있었던 것도 아니며, 신시운동처럼 기세가 두드러져 일시에 사람들의 주목을 끌었던 것도 아니었다. 중국소설 서사양식의 변천은 시종일관 조용하게 진행되었다. 이것은 독자와 작가 자신의 심미취미를 대상으로 하는 예술혁명이었다. 포연도 없었고 거대한 파도가 일어나지도 않았는데, 이것은 적수가 없어서가 아니라 긴 시간 동안 쌍방이 이 변천

塵,「『造人術』的三封信」에 인용된 周作人의 편지(『魯迅硏究動態』, 1986년 12기) 참조.
103) 魯迅,「懷劉半農君」,『且介亭雜文』, 上海三閑書屋, 1937년 참조.

의 중요성을 자각적으로 의식하지 못하고 적합한 이론적 언어도 찾아내지 못했기 때문이었다. 선언이 없는 혁명[104]은 경시되기 쉽지만 많은 불필요한 장애를 감소시킬 수도 있다. 이 때문에 필자는 작가의 모순된 심리상태가 체현된 반제품(半製品) 및 작가의 몽롱한 예술추구가 중도에서 그쳐버린 창신(創新)에 더 많은 관심을 가지고 있다. 바로 이 자그마한 자각적ㆍ비자 각적인 창신이 중국소설 서사양식의 변천을 촉진시켰던 것이다.

비록 변천의 발걸음이 험난했지만 순조롭게 이루어진 듯하여, 당시 사 람들은 이것이 소설 영역의 진정한 혁명이라고 생각하지 않았다. 반세기 후의 오늘날의 사람들은 량치차오 등이 오늘날에는 초등학생조차도 이 해할 수 있는 '서두 장면제시(開局突兀)'의 도치서술을 찬탄해 마지않았 다는 사실 때문에 코웃음을 칠 뿐, 신소설가의 험난했던 탐색을 홀시하 고 있다. 그것은 창조와 오해, 기쁨과 고통이 충만한, 험난하면서도 동경 해 마지않는 역사적 과정이었다. 결코 매 시대의 작가가 모두 진정한 의 미의 송구영신(送舊迎新)하는 과도기 세대가 될 수는 없다. 그러나 성숙 한 걸작이 많이 창작되지 않았더라도, 작가와 작품이 출현했다는 사실은 확실히 경축할 만하고, 전체 소설의 발전방향에 영향을 끼친 점에 대해서 는 틀림없이 주의할 만하다.

여기에서 중국소설은 새로운 단계로 접어들었고, 그로부터 새로운 물 줄기로 진입하였다. 이 책의 논술범위 내에서는 새로운 서사양식을 채용 한 것이다. 이러한 도약지점에는 자세히 식별해야 할 수많은 선구자의 족 적, 길 잃은 사람의 그림자와 희생자의 몸체가 있을 것이다.

---

104) 梁啓超의 「論小說與群治之關系」와 周作人이 초안한 「文學硏究會宣言」 모두 소설 서사양식 문제에 대해서는 언급하지 않았다.

1부

서양소설의 계발과 중국소설 서사양식의 변천

중국소설 서사시간의 변천

중국소설 서사시점의 변천

중국소설 서사구조의 변천

제2장 중국소설 서사시간의 변천

시간은 소설의 중요한 구성 요소이다. 나는 시간이 이
야기와 인물과 같은 중요한 가치를 지닌다고 생각한
다. 내가 생각한 것을 진정으로 이해하거나 본능적으로
소설의 기교를 이해한 작가라면, 시간요소를 극적으로
이용하는 것에 대해 찬성할 것이다.[1]—엘리자벳 보웬

1. 중국 고전소설의 서사시간

자신의 감각방식의 활용에 자각적으로 심취하여 소설 속의 시간을 자
유롭게 재단하고 변화시켜 특수한 미학적 효과를 거두기 시작한 것은 18
세기 영국 작가 로렌스 스턴(Laurence Sterne)[2]에 의해서였다. 그러나 사건
의 서술 속에서 본능적으로 순차적 시간 순서를 깨뜨린 것은 이미 예전
부터 있었던 일이다. 『사기 · 진섭세가(史記 · 陣涉世家)』에서는 진승(陳勝)
이 일으킨 봉기가 실패하는 장면을 서술한 후, 다시 진승이 말이 많은 옛

---

1) 「小說家的技巧」 중역본, 『世界文學』, 1979년 1기.
2) Laurance Sterne(1713~1768). 주요작품인 『The Life and Opinious of Tristram Shaudy』는
   서사시간에 있어서 많은 새로운 양식을 개척하여 프루스트, 조이스, 울프 등 근대 작
   가들에게 영향을 끼쳤다.

동료를 처단하여 친한 친구와 부장들이 배반한 사실을 부연 서술하고 있다.『사기 · 맹상군열전(史記 · 孟嘗君列傳)』에서는 맹상군의 일생을 서술하고 나서, 다시 앞 글의 약 2분의 1의 편폭을 사용하여 풍환(馮驩)이 칼을 튕겨 노래 부르고 농민들의 차용증서를 태워버리는 민간 고사를 부연 서술하고 있다. 사마천의 목적은 역사가의 역사적 지식을 표현하기 위한 것이었지만, 무의식중에 사건의 순차적 시간 순서를 깨뜨렸다. 실제로 후세 고문가와 소설평론가들도 대부분 '구성[布局]'이라고 부르기는 했지만, 마음속으로 서사시간을 안배하는 방법을 깨달았다. 주목할 만한 것은, 중국 고대작가와 이론가들이 관심을 가진 부분이 소설의 '플롯의 시간'이 아니라 '담론의 시간'이라는 점이다.

서양 소설이론가들의 서사시간에 대한 연구에는 러시아 형식주의자들의 '사건(fabula)'과 '플롯(sjuzet)'의 구분, 제라르 주네트의 '역사적 사실', '기술', '서술'의 구분 이외에, 또한 '독서의 시간'과 '플롯의 시간'의 구분 등이 있다.[3] 대체적으로 '이야기의 시간', '연대기적 시간', '서술의 시간'은 확연히 달라서, 작가의 처리를 거쳐 소설 속에서 드러난 시간을 가리키기도 하고 혹은 작가가 쓰는 데 걸린 자체의 시간을 가리키기도 한다. '플롯의 시간'과 '허구의 시간'은 어떻게 동일한 이야기 흐름을 잘라 앞의 이야기를 뒤에 배치하여 새롭게 편집 · 조합하는가를, '담론의 시간'과 '서술의 시간'은 어떻게 하면 상이한 이야기의 흐름을 깨뜨리고 새롭게 결합하여 교차적으로 사용할 수 있는가를 더 많이 고려한 것이다. 예를 들면, 전자는 같은 시계를 사용하여 끊임없이 시침을 앞뒤로 흔드는 것과 같고, 후자는 두세 개의 시계를 사용하여 한 번은 이것, 한 번은 저것을 사용하여 각 시계 간의 간격이 똑같이 움직일 수도 있고 그렇지 않을 수도 있는 것과 같다. 교차서술의 연구에 있어서도 마찬가지로, 전자는 동일한 이야

---

3) S. Chatman, *Story and Discouse,* Chapter Ⅱ, Cornell Universty Press, 1978. *한국어 번역본은 한용환 역,『이야기와 담론』, 고려원, 1990.

기를 서술하되 현재, 과거, 미래를 잠시 순환하여 교차하는 것을 가리킬 수 있고, 후자는 동시에 두 개의 이야기를 서술하되, "잠시 한 이야기나 다른 이야기를 중단하고 나서, 중단할 때 앞의 이야기를 다시 계속하는"[4] 것을 가리킬 수 있다. 만약에 앞의 것을 '플롯의 시간', 뒤의 것을 '담론의 시간'이라 한다면, 본문의 주요 연구대상은 '플롯의 시간'이다.

"어떤 의미로 보면 서사의 시간은 일종의 선(線)적인 시간이지만, 이야기 발생의 시간은 입체적이다. 이야기 가운데 몇몇 사건은 동시에 발생할 수 있지만 서술할 때는 하나씩 차례로 써야 하기 때문에 복잡한 형상이 일직선상에 투사된다."[5] 이 점에 대해서는 중국작가들도 일찍부터 깨달은 듯하다. "두 가지 이야기를 하나씩 서술한다(花開兩朶, 各表一枝)"는 물론 어쩔 수 없는 수법이었지만, 김성탄이 『수호전(水滸傳)』을 비평한 "횡운단산법(橫雲斷山法)"[6], 모종강이 『삼국연의(三國演義)』를 비평한 '횡교쇄계(橫橋鎖溪)'[7], 장죽파(張竹坡)가 『금병매(金甁梅)』를 비평한 '협서타사(夾敍他事)'[8]는 모두 평론가들의 '담론의 시간'에 대한 직관적인 파악을 드러낸 것이다. "종래의 설부(說部)에는 없던" 자칭 '천삽장섬지법(穿揷藏閃之法)'에 대한 한즈윈(韓子雲)의 해설은 이 방면에 대한 중국 소설가들의 자각적인 추구를 설명한다. "물결이 잠들지 않고 일렁이더니, 마침내 많은 풍파가 연달아 일어났다. 동쪽에서 일어나는가 싶더니 서쪽에서 일어나고, 남쪽에서 일어나는가 싶더니 어느새 북쪽에서 일어났다. 손 가는 대로 서술하다 보니 완결된 사건은 없지만 하찮은 일이라도 빠뜨린

---

4) 츠베탕 토도로프, 「서사담론」, 『미학문예학방법론』 중역본, 文化藝術出版社, 1985년.

5) 츠베탕 토도로프, 위의 책.

6) 『讀第五才子書法』. *한 사건의 묘사를 너무 길게 지속시키면 단조롭고 불필요한 단락도 끼어들기 쉽기 때문에, 대사건의 전개에 간격을 두어 다른 삽화를 끼워넣는 방법.

7) 『讀三國志法』. *매우 긴 이야기를 서술할 때 단조로움을 피하기 위하여, 다른 이야기를 삽입함으로써 이야기를 분리하는 방법.

8) 『批評第一奇書金甁梅讀法』. *급박한 상황에서 두 사람이 함께 대화를 할 때 한 사람의 이야기가 끝나기 전에 다른 사람의 이야기를 끼워넣는 방법.

것이 없다."[9] 그러나 이러한 '단(斷)', '쇄(鎖)', '협(夾)', '천삽(穿揷)'은 모두 이야기의 순차적인 시간 순서를 깨뜨리지 못하였다. 주요한 이야기는 부차적인 이야기의 삽입으로 인해 중단될 수 있지만, 일단 삽입된 이야기가 끝나면 주요 이야기가 다시 연이어 서술된다. 축가장(祝家莊)에 대한 두 차례의 공격을 서술한 후 해진(解珍)과 해보(解寶)의 일을 삽입하고 다시 축가장에 대한 세 번째 공격을 서술할 수 있지만, 축가장에 대한 세 번째 공격을 서술한 후 다시 두 번째 축가장 공격으로 돌아갈 수는 없었다.[10] "뒷부분에서 요긴하게 쓰일 문장을 순서를 바꾸어 먼저 앞부분에 삽입시키는" 김성탄의 '도삽법(倒揷法)',[11] "이 편에서 빠진 부분은 저 편에서 보충"하는 모종강의 '첨사보면법(添絲補綿法)'[12]은 모두 작가들이 문법의 변화를 추구하는 작은 기교일 뿐, 결코 소설의 '플롯의 시간'을 진정으로 이해한 것이 아니었다.

청나라 사람 왕원(王原)은 이에 대해 매우 정교한 의견을 제시하였다.

추서법(追敍法)을 누가 모르겠는가? 그러나 오늘날 말하는 추서(追敍)란, 사건 가운데 함께 서술할 수 없는 것을 뒤에다 배치하여 보충한 것에 불과하다. 이는 케케묵은 방법이지 어떻게 활기 있는 방법이라 할 수 있겠는가? 추서법이란 바로 룽공도탈법(凌空跳脫法)이다.[13]

---

9) 『海上花列傳·例言』. "一波未平, 一波又起, 或竟接連起十餘波, 忽東忽西, 忽南忽北, 隨手敍來, 幷無一事完全, 幷無一絲掛漏."

10) *『수호지』 47~50회 참고.

11) 『讀第五才子書法』.

12) 『讀三國志法』.

13) 「左傳·文公 2년」의 평어, 『左傳評』, 居業堂藏書. 王源(1684~1710)의 자는 昆繩, 호는 或庵, 河北 大興 사람이다. 康熙 癸西年의 擧人, 주요 저작으로 『居業堂文集』 등이 있다. "追敍之法, 誰不知之? 但今之所謂追敍者, 不過以其事之不可類敍者, 置之於後作補筆耳. 如此是一死套而已, 豈活法乎? 追敍之法乃凌空跳脫法也."

왕원이 마음속으로 생각한 '룽공도탈법'은 대개 아래의 글에서 벗어나지 않는다.

중간의 이야기나 뒤의 이야기를 앞에 두며 앞의 이야기는 중간이나 뒤에 두어, 독자들이 서두를 본다면 바로 중간이나 끝부분을 보는 듯할 것이며, 중간이나 끝부분을 본다면 서두나 중간부분을 보는 듯할 것이다. 신령스러운 뱀이 운무 속으로 치솟듯이, 서술에 일정한 순서가 없게 된 후에 비로소 살아 숨쉬는 글이 될 수 있다.[14)

이와 같이 시간의 변화를 강조하여 서사효과를 부각시키는 경우는 중국 고대 문학비평가들에게 찾아보기 힘든 일이다.

그러나 이것은 "중간의 이야기나 뒤의 이야기를 앞에 두고 앞의 이야기는 중간이나 뒤에 두는"『좌전(左傳)』의 '룽공도탈법'이 오래전부터 사라져서 역대 소설가들에 의해 잊혀졌다는 말과는 다르다. 상반되게도 문언소설 속에서는 도치서술이 결코 기이한 것이 아니었다. 당나라 이복언(李復言)의『속현괴록(續玄怪錄)』속「설위(薛偉)」는 먼저 설(薛)의 쾌유를 서술한 후 다시 꿈속에서 물고기로 변한 일을 도치서술하고 있다.『원화기(原化記)』속의「의협(義俠)」은 먼저 관리인이 도적의 배반을 욕하며 침대 밑을 통해 협객에게서 탈출하는 장면을 묘사하고, 다시 도적이 협객에게 관리의 목을 베어 오라는 요구를 도치서술하고 있다. 명나라 송무징(宋懋澄)의『구약집(九籥集)』중에서「진주삼기(珍珠衫記)」는 주요 이야기의 서술을 마치고 나서, 마지막 단락에서 신안(新安) 사람의 죽음으로 인해 그 부인이 초나라 사람의 후실이 된다는 사실을 보충서술하고 있다. 청나

---

14)「左傳·文公 11년」평어,『左傳評』. 이 편은 叔孫이 신하를 얻어 오랑캐를 鹹지역에서 물리치는 상황을 서술한 것이다. 그 서술순서는 獲僑如③—獲緣斯①—獲焚如④—獲榮如, 簡如②이다. "唯中者前之, 後者前之, 前者中之後之, 使人觀其首, 乃身乃尾, 觀其身與尾, 乃首乃身, 如靈蛇騰霧, 首尾都無定處, 然後方能活潑潑也."

라 왕사정(王士禎)의 『지북우담(池北偶談)』 가운데 「여협(女俠)」, 호가자(浩歌子)의 『형창이초(螢窓異草)』 중에서 「요동객(療東客)」, 화방액(和邦額)의 『야담수록(夜譚隨錄)』 중 「이화(梨花)」는 예술적인 성공 여부에 상관없이 소설에서 모두 도치서사수법을 사용하였다. 앞의 세 편은 화본소설 『설록사어복증선(薛錄事魚服證仙)』, 『이병공궁저우협객(李洴公窮邸遇俠客)』과 『장흥가중회진주삼(蔣興哥重會珍珠衫)』으로 각색할 때, 소설의 시간을 모두 순차적으로 재정리하였다. 뒤의 세 편도 만약 백화소설로 고쳐 쓴다면, 도치서술을 사용하지 않을 가능성이 매우 크다. 중국 고대 문언소설과 백화소설 양대 체계의 상이한 기능·매개·독자대상 및 발전경로가 소설 서사양식을 견제하고 있다는 사실에 대해 여기서 논술할 수는 없지만,[15] 우리는 한 가지 간단한 현상을 생각해볼 수 있다. 비록 몇몇 문언소설가들이 우연히 도치서술법을 사용하였다 하더라도, 19세기 말에 이르기까지 예술적 성취가 비교적 높고 중국소설사에서 주요한 위치를 차지했던 장편 장회소설은 여전히 『좌전』의 '릉공도탈법'을 실천에 옮기지 못했다는 사실이다. 이로 볼 때, 서양소설을 접하기 시작한 20세기 초 이전의 중국소설은 기본적으로 순차서술 방법을 사용하였다고 할 수 있을 것이다.

2. 정치소설의 서사시간

중국 소설가들이 전통 서사양식을 극복하는 데 있어 무의식중에 '플롯의 시간'을 돌파구로 선택한 것은 결코 우연이 아니다. 중국 고전소설의 대부분이 이야기를 구조의 중심으로 삼았기 때문에 작가들의 주된 관심은 자연히 사건의 구성에 있었다. 또한 김성탄, 모종강 등도 고문의 필법

---

15) 부록 「소설의 서면화 경향과 서사양식의 변천」 참고.

으로 소설을 비평하였기 때문에,[16] 그들의 관심은 여전히 사건의 구성에 있었다. 그래서 20세기 초 중국문인들이 구성의 각도에서 외국소설을 평가한 것이 이상할 게 없다. 더욱 중요한 것은, 그해 번역 소개된 외국소설은 "대부분 원서의 줄거리(구성)만을 번역해낼 수밖에 없었기 때문에, 원서의 묘사방법은 전달될 수 없었다"는 점이다. 이 때문에 작가들은 "서양소설의 구성만을 모방할 수 있을 뿐이었다."[17] 또한 외국소설의 "구성"에 대한 찬탄은 대부분 소설의 서두에만 집중되어 있었다. 뜻밖에 "뒤의 이야기를 앞에서 서술할 수"있게 되자, 이전과 같이 신기한 원숭이가 태어났다거나[18] 홍태위(洪太尉)가 요괴의 굴로 잘못 들어가는 장면[19]에서 서두를 시작하지 않고, 직접 이야기의 중심을 취하였다. 작가들은 경탄한 나머지 앞을 다투어 모방해 마지않았으며, 이처럼 단순한 "서두 장면제시"는 매우 오랫동안 많은 신소설가와 신소설 이론가들이 끊임없이 토론하는 화제이자 상호 표방하는 기치가 되었다.

1894년 상해 광학회(廣學會)에서 티모시 리처드[20]가 대략의 줄거리를 번역한 정치소설 『百年一覺(Looking Backward, 2000-1887)』이 출판되었다. 1896년에서 1897년까지 상해 『시무보(時務報)』에서는 셜록 홈즈의 탐정소설 4편을 번역·출간하였고,[21] 1899년 복주(福州)에서는 린수가 번역한 '애정소설' 『파리다화녀유사(巴黎茶花女遺事)』[22]를 간행하였다. 이

---

16) 解弢는 『小說話』(中和書局, 1919년)에서 "김성탄, 모종강 두 사람의 소설비평은 문장을 논한 것이지 소설을 논한 것이 아니다"라고 말하고 있다.

17) 沈雁氷, 「自然主義與中國現代小說」, 『小說月報』 13권 7호, 1922년.

18) *『서유기』의 서두.

19) *『수호지』의 서두.

20) 티모시 리처드(Timothy Richard, 1845~1919년), 영국 침례교 소속의 프로테스탄트계 선교사.

21) 『英包探勘盜密約案』(6~9책), 『記偃者復仇事』(10~12책), 『繼父誑女破案』(24~26책), 『呵爾哈斯緝』(27~30책).

22) *뒤마(A. Dumas fils)의 작품 『La Dame aux Camelias』.

세 권의 초기 번역작품은 신소설의 주요한 세 가지 이야기 유형을 개척했을 뿐만 아니라, 신소설가들이 외국소설의 서사시간을 배우는 세 가지 경향과 단계를 대표하고 있다.

연구자들은 일반적으로 우젠런의 『구명기원(九命奇寃)』을 서양소설의 도치서술수법을 배운 최초의 작품으로 보고 있다.[23] 그러나 사실은 『구명기원』 출간 1년 전에 량치차오가 이미 『신중국미래기(新中國未來記)』에서 도치서술의 사용을 시도하였고, 그 후로 소설의 '서두 장면제시'를 어떻게 사용할 것인지에 대해 끊임없이 이야기하였다. 1902년 초 량치차오는 프랑스 소설 『십오 소년 표류기』를 일본어판에서 번역하고 2회 뒤에 다음과 같은 평어를 실었다.

　　이 책은 담고 있는 사상이 깊고 구성이 장엄하여 독자들이 전체를 읽고 나면 내 말이 망령되지 않음을 믿게 될 것이다. 서두 장면제시를 보면 독자들은 오리무중에 빠져 아득히 그 내원을 알지 못하게 되는데, 그것도 서양문학에서 기백이 웅혼한 곳이라고 볼 수 있다.[24]

"구성이 장엄하다", "기세가 풍부하다" 등의 상투적인 비평어는 어떤 실질적인 의미도 지니고 있지 않지만, '서두 장면제시'는 량치차오의 진정한 발견이라고 할 수 있다. 이미 이러한 '발견'을 하고 일단 소설 창작을 희망한 이상 당연히 "발단된 곳에서 힘써 기교를 구하지 않을 수 없는데"[25], 결국 "전체적으로 환몽도영법(幻夢倒影法)"[26]을 사용한 『신중국미

---

23) 胡適이 최초로 이 점을 지적하였다. 『五十年來中國之文學』, 申報館, 1922년 참고.

24) 『新民叢報』 제2호, 1902년 2월 22일. "此書寄思深徹, 結構宏偉, 讀者觀全豹後, 自信餘言之不妄. 觀其一起之突兀, 使人墮五裏霧中, 茫不知其來由, 此亦可見泰西文字氣魄雄厚處."

25) 「新小說第一號」, 『新民叢報』 20호 '신간소개'란, 1902년 10월 15일.

26) *미래의 환몽 속에서 현재의 이야기를 거슬러 전개하는 서술방법.

래기』가 탄생하게 되었다.[27]

『신중국미래기』 제1회에서는 서기 1926년 정월 초하루에[28] 남경에서 유신 50년 축전이 거행되고, 상해에서는 대박람회가 열려, 공각민(孔覺民) 선생이 '중국 근 60년사'를 연설하면서 황극강(黃克强)의 이야기를 끌어들이고 있다. 이와 같은 '서두 장면제시'로 시작하는 것은 분명히 미국의 유토피아 소설인 『회두간(回頭看)』과 일본소설 『설중매(雪中梅)』의 도움을 받은 것이다.[29] 전자는 티모시 리처드가 『백년일각』이라는 제목하에 문언으로 줄거리를 번역하여, 량치차오가 일본으로 망명하기 전에 이미 소개되었다.[30] 후자는 량치차오가 소설을 창작하기 이전에 이미 평한 바 있지만, 『설중매』의 최초 중국어 번역본은 1903년에 비로소 출판되었기 때문에,[31] 아마 일본어판으로 읽었을 것이다.

『회두간』에서는 "지하실에 몸을 숨기고 백 년 만에 잠에서" 깬 '나는' 20세기의 이상사회에서 생활하면서 끊임없이 19세기의 현실세계로 돌아온다. 이렇게 미래와 현실의 강렬한 대비를 빌려 작가의 정견을 드러내는 필법이 량치차오 소설의 전체적인 구상을 계발하였다. 그러나 티모시 리처드는 중국인의 구미에 맞추기 위해, 20세기의 사건으로 서술하고 나서 다시 주인공이 "백년 전의 이야기를 여러분께 알려드립니다"라는 원작의 서두를 19세기에서 직접 서술하는 것으로 바꾸었다. 따라서 량치차오는 『신중국미래기』의 서두 장면제시를 주로 스에히로 뎃초(末廣鐵腸)의 『설

---

27) 「中國唯一之文學報新小說」, 『新民叢報』 14호, 1902년 7월 15일.

28) 원문에는 "서기 2062년"이라고 되어 있으나, 光緖 28년을 기점으로 60년 후라는 구절에 근거하면 1962년이 되어야 한다.

29) 에드워드 벨러미(Edward Bellamy), 『Looking Backward, 2000-1887』, 1888년; 스에히로 뎃초, 『雪中梅』, 1886년.

30) 량치차오는 1896년 상해에서 간행한 『西學書目表』 가운데 『百年一覺』을 소개하였다. 그 밖에 『繡像小說』 25~36기에 『回頭看』을 백화로 번역하였으나 역자를 밝히지 않았다.

31) 량치차오는 『自由書 · 普及文明之法』(『淸議報』에서 간행) 가운데서 『雪中梅』를 소개하였으나, 熊垓의 『설중매』 중역본은 1903년에 비로소 江西尊業書館에서 출판되었다.

중매』에서 모방하였던 것이다. 『설중매』의 서두는 명치 173년(서기 2040)
10월 3일 동경의 국회 154주년의 경축 장면을 묘사하고, 신문과 잘려진
비석에서 "그 당시의 인정(人情)과 명치 23년의 정치사회의 경황"을 뽑아
기록하고 나서, 다시 구니노 모도이(國野基)의 이야기에 대한 서술로 넘
어간다—이것이 바로『신중국미래기』 '설자(楔子)'의 직접적인 모델이 되
었다.

  『설중매』를 모방한 작가는 결코 량치차오 한 사람만이 아니었다. 천텐
화의『사자후(獅子吼)』의 '설자'도 확실히『설중매』를 모태로 하여 나온
것이다. 작가는 꿈 속에서 커다란 도시에 가서 "부귀하고 번화하면서도
기이하고 기묘하여 말로 다하기 어려운" 시장의 상황을 서술하고 있다.
『공화국년감(共和國年鑑)』에는 학교 · 군비 · 교통 · 전신전보 · 세금징수
등 민심을 고양시키는 통계 숫자까지 기록하고 있다.[32] 원래 그곳은 중국
으로, '광복 50년 기념회'가 막 개최되고 있는데, 작가가『광복기사본말
(光復紀事本末)』을 훔쳐내는 장면이 소설『사자후』의 발단이 된다. 그 다
음부터 비로소 이야기가 정식으로 시작된다.

  『신중국미래기』,『사자후』의 도치서술은 비록 유치하지만, 상이한 시공
간의 정경(情景)을 함께 나열함으로써 강렬한 대조 · 대비의 예술 효과를
낳았다. 혈루여생(血淚餘生)의『화신몽(花神夢)』(1905년『수상소설(繡像小
說)』56~59기에 간행, 미완성)과 샤오란위성(蕭然郁生)의『유토피아 유기
(烏托邦遊記)』(1906년『월월소설(月月小說)』1~2기에 실림, 미완성)에 와
서는 이미 필기나 서적의 연원을 설명하는 인자(引子)로 변질되어, 더 이
상 '서두 장면제시'라고 말할 수 없을 정도였다. 필기 혹은 서적에서 이야
기를 끌어내는 수법은 동시대의 견책소설에서도 많이 채용하였는데, 우
젠런의『이십년목도지괴현상(二十年目睹之怪現狀)』과『흑적원혼(黑籍冤

---

32) 『설중매』의 발단도 2040년 일본의 거리풍경, 교통, 군비, 학당, 국회 등의 묘사와 관
   련이 있는데, 그것은 중국 민족의 부강을 상징하는 당시인의 마음속의 표지였다.

魂)』, 왕쥔칭(王濬卿)의 『냉안관(冷眼觀)』, 첸시바오(錢錫寶)의 『도올췌편
(檮杌萃編)』 등이 바로 그러하였다. 그러나 이것도 신소설가들의 독창적
인 수법이 아니며, 『홍루몽(紅樓夢)』에 이미 이러한 선례가 있다.

"정치소설은 저자들이 그 마음속에 품은 정치사상을 토로한 소설"[33]이
며, 목적이 "마음속에 품은 정치적 의론을 모두 소설에 기탁하"[34]는 이상,
그들이 솔선하여 도치서술을 중국에 소개하고 소설 창작에 응용하더라
도, 정치소설가들이 소설의 서사시간에 대해 진일보한 탐구를 하지 못한
것은 당연한 일이다. 유일한 예외는 징관즈(靜觀子)의 『육월상(六月霜)』
(改良小說社, 1911년)이다. 그러나 『육월상』은 정치이상만을 전적으로 쓴
정통적인 정치소설이 아니라, 견책소설과 애정소설적인 요소가 섞인 작
품이다. 이 소설의 서사시간은 대단히 특별한 것이다. 1~2회에서 월란석
(越蘭石)은 츄진(秋瑾)의 어려운 상황이 신문에 실린 것을 보고 마음이 아
파 『츄진전(秋瑾傳)』을 지어 신문에 실었다. 3~6회에서는 소흥지부(紹興
知府) 부록(富祿)이 츄진을 사로잡아 죽이니 오뉴월에 서리가 내린 장면
을 도치서술하고 있다. 7회에서는 츄진의 죽음에 대한 사람들의 느낌과
평가를 쓰고 있다. 8~11회에서는 거꾸로 츄진이 이혼한 후 동양으로 건
너갔다가 고국에 돌아와 학당을 설립하는 장면을 서술하고 있다. 12회에
가서야 비로소 서두로 돌아와 월란석은 소흥에 가서 츄진을 위해 주검을
거두고 묘지를 세운다.[35] 소설은 월란석의 이야기 속에 츄진의 이야기를
포함하여 중간에 두 차례 도치서술하는데, 구성이 치밀하고 빈틈이 없다.
그러나 재능의 한계로 문장의 표현력이 부족하다. 작가들은 확실히 외국

---

33) 『中國唯一之文學報新小說』.

34) 任公(량치차오), 「譯印政治小說序」, 『淸議報』 1책, 1898년.

35) 阿英은 靜觀子의 『六月霜』이 贏宗李女의 전기(傳奇) 『六月霜』(改良小說社, 1907년)
을 근거로 지어진 것이라고 인식하였다(『晚淸小說史』, 人民文學出版社, 1980년, 100
쪽). 그러나 후자는 '여성계의 구세주인' 芙蓉仙子(秋瑾)가 속세에 내려왔다 돌아가는
것을 서두와 결말로 삼고, 중간에 연관적으로 서술한다. 예술적인 구성이 완전히 전자
와 달라서 둘 사이에 직접적인 전승관계가 있다고 보기는 매우 어렵다.

소설의 서사시간을 배웠으나 전환점에서는 전통 설서(說書)의 상투어—예컨대, "속어에서 '한 입으로 두 곳의 말을 하기 어렵다'고 했으니 이때가 바로 붓 하나로 두 곳의 일을 묘사하기 어려운 상황이다"라거나 "독자 여러분, 너무 성급해하지 마시고 작가가 이야기를 천천히 보충하여 여러분에게 알려드릴 때를 기다리십시오"[36]—를 사용하고 있다. 이로 볼 때 아직 서사시간의 혁신적인 의의를 자각하지 못했음을 알 수 있다.

3. 탐정소설의 서사시간

신소설가 및 독자들에게 가장 매력적인 것은 사실 정치소설이 아니라 탐정소설이었다. 평론가들은 줄곧 정치소설의 번역과 창작을 거듭 호소하고, 정치소설 · 탐정소설 · 과학소설을 함께 수입하여 중국소설을 개조하는 관건으로 삼았으나,[37] 정치소설의 독자층은 매우 제한적이었다. 당시 애정소설 · 사회소설 · 정치소설을 경시하는 사람은 있었으나, 서양의 탐정소설에 대해서는 칭찬하지 않는 사람이 없었다. 애정소설로는 『홍루몽』, 사회소설로는 『금병매』가 있고, 정치소설로 『수호전』이 있다면[38] 탐정소설에 해당하는 작품은 무엇인가? 샤런(俠人)이 "우리 중국문학은 전 세계에서 자부심을 느낄 수 있다", 중국소설은 서양소설보다 훨씬 뛰어나며, "탐정소설만이 서양소설가들의 유일한 전문영역이다"[39]라고 인식한 것도 이상할 게 없다. 딩이(定一)는 "나는 서양소설 읽기를 좋아하는데, 그중에서도 특히 탐정소설을 좋아한다"[40]고 밝혔으며, 저우구이성도

---

36) "俗語說的 '一口難說兩處話', 在下此刻, 正是一筆難寫兩處事了", "看官切莫性急, 待作者把它慢慢的補敍出來, 給諸位知道."

37) 『小說叢話』(『新小說』15호, 1905년) 속의 定一의 논술인 듯하다.

38) 소설의 분류는 『新小說』의 「小說叢話」에 따른다.

39) 「小說叢話」, 『新小說』 13호, 1905년.

40) 위의 책.

탐정소설은 "중국에서 거의 존재하지 않기 때문에 서양의 탐정소설이 독보적이라고 하지 않을 수 없다"[41]고 인정하였다.

우젠런만이 "외래의 것을 숭배하는 사람의 입을 막기"[42] 위하여 예전부터 전해오는 이야기나 당대인의 필기 속에서『중국정탐안(中國偵探案)』을 편집하여 개작하였다. 그중 18작품에 작가(서명 野史氏)의 평어를 덧붙여 중국의 공안관리가 서양의 탐정가보다 훨씬 뛰어나다고 재삼 강조하지만, 기본적으로 사건을 조사하는 데 쓸데없이 많은 시간을 허비하여 더 중요한 미스테리의 해결과정은 재빨리 처리해버렸다. 그리고 이러한 찬양은 오히려 중국 작가의 우매함(『守貞』의 황당무계함)과 중국 탐정소설의 낙후성(『鍾鹿』의 "그 집에 들어가 여러사람을 접하고 나서 드디어 그 사건의 전모를 밝혀내었다"는 구절처럼 가장 관건적인 탐정과정을 과거의 일로 처리하고 있다)을 부각시켰다. 가슴을 두근거리는 긴장감, 넋을 잃게 하는 추리와 문득 크게 깨닫는 사건해결이 탐정소설의 관건이다. 그것은 법원의 기소문이 아니다. 당시인들은 사건 해결에 관한 문서 같은 중국의 탐정소설보다[43] "재치 있고 활발한" 서양의 탐정소설을 더 좋아한 듯하다.[44] 쉬넨츠의 통계에 따르면, 소설림사에서 출판한 책 중에서 판로가 제일 좋은 것이 탐정소설이며, 대략 판매액의 70~80%를 차지했다고 한다.[45] 우젠런 역시 "최근에 번역된 탐정소설이 헤아릴 수 없을 정도로 서점에 가득차 있지만, 구매자의 의향을 맞추기에는 오히려 부족하다"[46]고 우려하면서 개탄하였다.

41) 「歇洛克復生偵探案·弁言」, 『新民叢報』 3권 7호, 1904년.
42) 吳趼人, 「中國偵探案·弁言」, 『中國偵探案』, 上海廣智書局, 1906년.
43) 吉은 「上海偵探案」(『月月小說』 7호, 1907년) 서두에서 『中國偵探案』은 "탐정"이 아니라 "사건 해결에 관한 문서"라고 비평하였다.
44) 周桂笙, 「歇洛克復生偵探案·弁言」. 佀生, 「小說叢話」(『小說月報』 2권 3호, 1911년).
45) 覺我, 「餘之小說觀」, 『小說林』 9~10기, 1908년.
46) 「中國偵探案·弁言」.

만청 탐정소설은 번역량도 많고[47] 시작도 빨랐으며, 일본이라는 중간 지점을 거치지 않고 직접 서양의 소설을 모범으로 삼아서 심지어 일본보다 훨씬 빠른 진전을 보여주었다.[48] 이 특수한 예술영역에서만큼은 기본적으로 세계문학 조류와 보조를 맞추었는데,[49] 이것은 주목할 만한 문학 현상이다. 작가의 예술감상 능력이 낮다고 간단히 귀결시킬 수 없을 만큼, 당시의 주요 작가들 중에서 탐정소설에 관심을 갖지 않는 사람은 드물었다(저우구이성, 쉬녠츠, 린수, 바오톈샤오, 저우서우쥐안 등은 모두 탐정소설을 번역한 적이 있다. 우젠런, 류어 등의 작품은 확실히 탐정소설의 영향을 받았다). 일반적으로 이러한 사람들의 예술수양도 낮다고 말할 수는 없다. 한편으로 청대 공안소설의 유행은 탐정소설을 수입하는 데 좋은 토대가 되어, 셜록 홈즈를 포공, 시공 혹은 팽공과 비교해볼 때[50] 그가 근대 사회의 법률준수와 인권중시라는 면을 훨씬 정교하고 과학적으로 체현하고 있다는 사실을 쉽게 발견할 수 있었다. 다른 한편으로 탐정소설은 확실히 그 독특한 예술적 매력을 지니고 있어서 이야기 감상에 뛰어난 중국 독자를 매료시킬 수 있었다. 설령 린수 등의 보수적인 문인들이 늘 문이재도(文以載道)를 고집하며 그 가운데에서 미언대의(微言大義)를 억

---

47) "약 천백 부의 청말소설 중에서 번역한 탐정소설 및 탐정소설의 요소를 지닌 작품이 3분의 1정도 차지한다." 나카무라 타다유키 「淸末探偵小說史稿(三)」, 『淸末小說硏究』 4기(1980년), 日本淸末小說硏究會出版.

48) 나카무라 타다유키, 「淸末探偵小說史稿」, 『淸末小說硏究』 2~4기, 1978~1980년 참고.

49) 1896년 『時務報』에서 번역하여 게재한 두 편의 셜록 홈즈 이야기는 1894년에 출판된 『The Memoirs of Sherlock Holmes』에서 취한 것이다. 그리고 같은 시기에 번역하여 소개된 애정소설, 사회소설은 대부분 18세기에서 19세기 전기의 작품이다. 연대가 제일 가까운 정치소설은 일본에서도 이미 쇠락하였다.

50) 「小說叢話」(『新小說』 13호) 속에서 定一은 "『包公案』을 중국 유일의 탐정소설로 간주해서는 안 된다"라고 말하고 있다. 蠻의 「小說小話」(『小說林』 9호)에서는 『三俠五義』를 서구의 탐정소설과 비교하고 있다. *포공, 시공, 팽공은 중국 公案小說에 등장하는 '爲民作主'하고 공명정대한 淸官人物로, 민중들의 환영을 받았다.

지로 찾아내어 탐정소설이 세상의 도의와 사람의 마음에 어떻게 도움이 되는가를 증명하고자 했지만,[51] 대부분의 이론가들은 "탐정소설은 구성은 뛰어나지만 구법상에서는 뛰어나지 않으며, 형식상에서는 우수하지만 정신상에서는 우수하지 않다"[52]고 인정하였다. 그래서 그들이 탐정소설은 "근본적으로 구성이 우여곡절에 뛰어나며",[53] "이러한 삽입변화의 기량은 실제로 다른 사람이 미칠 수 있는 바가 아니다"[54]라고 자주 말하였던 것이다.

중국 고대소설이 변화가 적다거나 우여곡절하지 않다고 말하기는 어렵지만, 신소설가들을 경탄하게 만들었던 것은 실제로 탐정소설가들이 "사건의 단순한 연대기적 순서에 불만을 느껴, 단선식으로 소설을 전개하지 않고, 곡선으로 묘사하기를 원하여" 주인공의 삶에서 죽음의 과정을 묘사하지 않고 먼저 그의 죽음을 서술한 후 다시 그의 삶을 묘사하는, 즉 "이야기를 시체가 발견된 지점에서 시작하여, 위협하고 살해하는 과정을 도치서술하는"[55] 점이었다. 두 가지의 상이한 서술시간은 두 가지의 상이한 예술효과를 낳았다. 분명히 도치서술은 긴장감에 의지하여 독자를 사로잡고, 이야기를 복잡하게 하여 신비감이 충만하도록 만드는 데 더욱 용이하였다. 이것은 중국 작가와 독자들에게 대단한 흡인력을 지니고 있었다. 초기 3대 탐정소설을 번역하고 평가·소개한 저우구이성, 쉬녠츠, 린수는 이에 대해 대체적으로 공통된 의견을 제출하였는데, 주로 서두 장면제시에 집중되어 있었다.

우리 중국의 소설장르는 늘 글 속에서 먼저 주인공의 성씨와 내력을

---

51) 林紓의「神樞鬼藏錄·序」, 陳熙績의「歇洛克奇案開場·序」참고.

52) 覺我,「第一百十三案·贅語」,『小說林』1호, 1907년.

53) 3庵,「3庵漫筆」,『小說林』7기, 1907년.

54) 半儂,「福爾摩斯偵探案全集·跋」,『福爾摩斯偵探案全集』, 中華書局, 1916년.

55) 비고츠키,『藝術心理學』중역본, 上海文藝出版社, 1985년, 197~198항.

한차례 서술하고 나서 그 사건에 대해 서술하거나, 혹은 설자·인자·사장·언론 등을 그 앞머리에 두는데, 이렇게 하지 않으면 시작할 방법이 없다. (그러나 이러한 서두는) 옛것을 그대로 답습하여 거의 천편일률적이기 때문에, 독자들이 이미 다 알고 있는 것이다. 이 작품은 프랑스의 거장 엘리자벳 보웬이 지은 것이다. 그 서두는 부녀간에 문답하는 말로 시작하는데, 그 뜬금없는 서술은 기이한 봉우리가 우뚝 솟아나서 하늘 밖에서 날아온 듯하며, 화포를 쏘아 올려 불꽃이 어지러이 일어나는 듯하다. 그러나 자세히 살펴보면 모두 조리가 있어서, 숙련된 솜씨가 아니면 이러한 필법을 내놓을 수 없다. 그렇지만 이 또한 서양소설의 일상적인 형태일 뿐이다.[56]

중국소설은 서두가 평면적이고 단순하며 결말이 원만한 것이 많다. 서양소설은 서두가 뜻밖의 장면으로 시작되며 결말이 대범한 것이 많다.[57]

글의 서두에 살인자를 노출시키고 하권에 가서야 그 이유를 서술함으로써, 독자들을 앞에서 놀라게 하여 (흥미를) 그 뒤까지 끊이지 않게 만든다. 그리고 글 중간에 고의로 멈추어 단서를 축적시키고, 결말에 가서야 조금씩 그 원인을 밝힘으로써 독자를 깨닫게 만든다. 이것은

---

56) 知新室主人(周桂笙), 「毒蛇圈·譯者語」, 『新小說』 8호, 1903년. "我國小說體裁, 往往先將書中主人翁之姓氏來歷敍述一番, 然後詳其事於後, 或亦有楔子, 引子, 詞章, 言論之屬, 以爲之冠者, 蓋非如是則無下手處矣. 陳陳相因, 幾於千篇一律, 當爲讀者所共知. 此篇爲法國小說巨子鮑福所著, 乃其起筆處卽就父女問答之詞, 憑空落墨, 怳如奇峰突兀, 從天處飛來, 又如燦放花暑, 火星亂起. 然細察之, 皆有條理, 自非能手, 不能出此. 雖然, 此亦歐西小說家之常態耳."

57) 覺我, 「電冠·贅語」, 『小說林』 8호, 1908년. 『電冠』은 결코 탐정소설이 아니며, 도치서술을 채용한 것도 아니다. 쉬녠츠가 原意를 확대하여 해석한 것이다. "我國小說, 起筆多平鋪, 結筆多圓滿, 西國小說, 起筆多突兀, 結筆多灑脫."

사건의 진수를 보여주어 실마리를 풀게 하는 방법이다.[58]

　탐정소설에 대한 신소설가들의 평상시와 다른 열정에 대해서 조소할
필요는 없다.『셜록 홈즈 탐정집(福爾摩斯探案集)』의 부류가 문학명저라
고 할 수는 없지만, 오히려 신소설가들이 도치서술 수법을 파악하도록
절실한 도움을 주었다. 똑같이 서두를 도치서술로 시작한『구명기원』(우
젠런)과『옥불연(玉佛緣)』(嘿生,『수상소설』53~58호에 간행)을 대비해보
자. 전자는 탐정소설『독사권(毒蛇圈)』을 본받아서 기세가 대단하고 활
기가 있지만, 후자는 중국적인 토양에서 자라나 본래 제4회에 놓여야 할,
순무(巡撫)가 돈을 바쳐 무량사(無量寺)를 짓는 장면을 서두에 배치하고
몇 마디를 강술할 뿐이어서 밋밋하고 맛이 없다.

　만청 4대 소설잡지[59]에서는 도치서술수법을 이용한 소설 51편을 게재
하였는데, 그중 탐정소설과 탐정소설의 요소를 갖춘 것이 42편이나 되었
다. 이로 볼 때 신소설가들이 도치서술 기교를 파악하는 데 있어 탐정소
설이 일으킨 작용력을 알 수 있다. 탐정소설의 기교를 배우는 것은 결코
수치스러운 일은 아니지만, 안타깝게도 신소설가들의 대부분이 탐정소
설에서 배운 도치서술을 단지 탐정소설(혹은 소설 가운데 탐정소설적인 이
야기 요소)이나 심지어 흑막소설에만 사용하였다. 그래도 다행스럽게 만
청의 가장 우수한 장편소설 두 편에 모두 서양 탐정소설이 끼친 영향이
남아 있어서 우리의 연구를 위해 뚜렷한 실마리를 제공해준다.

　우젠런과 류어는 의심할 나위 없이 탐정소설의 열렬한 독자였다. 우젠
런은『구명기원』과 같은 그럴듯한 탐정소설을 지었을 뿐만 아니라,『이
십년목도지괴현상』의 비평어를 통해 구사일생(九死一生)은 "한 명의 탐

---

58) 林紓,「歇洛克奇案開場·序」,『歇洛克奇案開場』, 商務印書館, 1908년. "文先言殺人者
　之敗露, 下卷始敍其由, 令讀者駭其前而必繹其後, 而書中故爲停頓蓄積, 待結穴處, 始
　一一點淸其發覺之故, 令讀者恍然. 此願虎頭所謂傳神阿堵也."
59) *신소설, 수상소설, 월월소설, 소설림.

정이며"(13회), 33회에서는 "바로 탐정사건으로 읽을 수 있다"라고 지적
하였다. 한편 류어는 백공(百工)의 입을 빌려 노잔을 홈즈라고 불렀다.
신소설가 중에서 아주 능숙하고 효과적으로 서양 탐정소설의 도치서술
수법을 운용한 작가는 대체로 우젠런과 류어뿐이다. 『이십년목도지괴현
상』은 87~106회에 이르기까지 구재(苟才)의 죽음을 서술하고, 『노잔유기
(老殘遊記)』는 15~20회에서 제동 마을을 뒤흔든 13인의 살인사건에 대해
폭로하고 있다. 모두 도치서술을 통해 끊임없이 긴장감을 자아내며, 현재
의 이야기와 과거의 이야기를 규합하고, "발견"의 과정을 빌어 이미 지나
가버린 이야기의 전모를 점차 드러내고 있는데, 그 구성의 치밀함은 시간
순서가 순차적인 전통소설에 비할 바가 아니다.

4. 애정소설의 서사시간

만청 문단에서 가장 인기 있는 외국소설 속의 인물은 홈즈와 다화녀
(마르그리트)인데, 많은 작가들은 소설 속에서 그들의 이름을 붙여 재주
와 학식을 드러내기 좋아하였다.[60] 그런데 신기하게도 똑같이 인기 있는
소설이면서,[61] 『셜록 홈즈 탐정집』은 번역을 하자마자 모방하는 사람이
많았는데 반해, 『다화녀』를 배우는 사람은 점점 볼 수 없게 되었다. 츄웨
이아이는 "독자들은 마크의 아름다운 영혼, 아만다의 눈물만을 보고서
도, 뒤마와 렁훙성의 감정이 일시에 모두 살아나 더할 나위가 없었다"[62]
고 주장하였다. 그러나 실제로 대부분의 독자들은 " 마크의 아름다운 영

---

60) 『老殘遊記』, 『醫意』(『月月小說』 7호)는 모두 소설 속에서 주인공을 셜록 홈즈라고
   부른다. 『文明小說』 23회에서는 인물이 "영웅은 남녀를 나눌 수 없으며 문명국에는 다
   화녀가 있다"라고 말한다. 『孽海花』 12회에서는 彩雲이 '다화녀의 화신'처럼 분장했다
   고 칭찬하고 있다.
61) 재미있는 사실은 1899년 素隱書屋에서 오늘날 보기에 절대로 유사하지 않은 『茶花
   女遺事』, 『華生包探案』을 합간하였는데, 이 때문에 두 책이 일시에 유행하게 되었다.
62) 『揮塵拾遺 · 茶花女遺事』, 1901년 간행.

혼, 아만다의 눈물"만을 보고서 슬픈 애정 이야기에 감동하였을 뿐이다." 중국 한량들의 애간장을 녹인"(옌푸의 시) 것은 다화녀이지 작품『다화녀』가 아니었다.[63] 링훙성의 감정을 깨닫고 칭찬을 많이 한 사람이 얼마나 되었겠는가? "뒤마의 감정"은 오랫동안 중국 독자들에게 이해되거나 받아들여지지 않았다 정치소설과 탐정소설이 소개되자마자 끊임없이 서두 장면제시가 거론되고 이야기의 변화무쌍함(의론의 천박함에도 불구하고)이 지속적으로 모방된 것과 상대적으로『다화녀』는 떠들썩함 속의 냉담을 맛보면서 10년이 지난 후에야 비로소 중국에서 사숙(私淑)한 제자(쉬전야—역자)를 찾을 수 있었다. 당시 만청작가들의 관심이 정치에 집중되어, "남성과 여성의 사생활을 묘사한 소설은 당시 사회에서 이목을 끌지 못했"[64]으니, 당연히『다화녀』의 서사기교를 모방하였을 리 만무하다. 다른 한편으로 중국에는 "애정"문학의 감상전통이 유구할 뿐만 아니라, 이미『홍루몽』이라는 우수한 작품이 있었으니, 중국 작가들이『다화녀』등의 서양 애정소설을 안중에 두었을 리 없다. 또 그것을『홍루몽』과 비교해볼 때 실제로 미흡한 면이 있으니[65] 모방하여 배우려 하였겠는가? 1911년에 "내가 일찍이 중국에는 동방의 아만다, 동방의 춘희는 능히 있을 수 있지만, 동방의 소뒤마는 없다고 말한 적이 있다"[66]고 개탄한 사람이 있는데 이는 당연한 일이다. 종신칭(鐘心靑)은『다화녀』의 깊은 정을, 허춰(何諔)는『춘희』의 애절함을, 린수는『다화녀』의 서사시간을 배우기 시작하였다(『옥리혼』서두의 도치수법과 균청(筠鯖)의『임종일기』를 인용한 결말).[67]

---

63) 阿英이 편한「晚淸文學叢鈔 · 小說戱曲研究卷」중에서『茶花女』에 관한 글 참고.

64) 阿英,『晚淸小說史』제5항, 人民文學出版社, 1980년.

65) 徐維則,『東西學書錄』, 1899년 간행.

66) 侗生,「小說叢話」,『小說月報』2권 3호, 1911년.

67)『玉梨魂』29회에서는 石癡校長이 본래 작가에게 동방의 뒤마라는 명성이 있음을 알고서 그에게『옥리혼』을 지어줄 것을 부탁한다. 이로 볼 때 쉬전야가 분명히 "소뒤마의 文心"을 모방할 뜻이 있었음을 알 수 있다.

정치소설, 탐정소설이 서두 장면제시에만 치중한 비해 만청 때 소개된 애정소설, 사회소설은 서사시간의 처리에 있어서 훨씬 정교하고 복잡하였다. 그러나 독자들은 서사시간이 복잡하게 처리되어 이해하기 어려운 부분을 원망하지 않았는데, 이는 린수 등의 소개 설명과 관계가 있다.『괴육여생술(塊肉餘生述)』[68] 제5장을 번역할 때 린수는 여기서 사용한 것이 '예시'의 필법이라고 독자들을 깨우치면서, 이러한 서양문법은 자체적인 특징이라 바꿀 수 없다고 설명하였다.

외국문법은 왕왕 뒤에서 벌어질 사건을 끌어다가 미리 말함으로써 독자들을 갑자기 어리둥절하게 만든다. 이것이 (중국의 필법과) 그 필법이 다른 점이다. 내가 번역한 책은 약간 앞뒤를 바꾸어 보기가 편리하도록 만들었다. 이 절은 원서에 있는 것을 결코 바꿀 수 없기 때문에 그 문장을 그대로 따른다.[69]

티모시 리처드는 중국인들의 감상습관에 적응하기 위해『백년일각』의 서사시간을 순차적으로 만들어 번역하였다. 린수는 "그 문장을 그대로 따랐다"라고 했는데, 이것은 의심할 여지없이 고명한 판단이다. 설령 린수가 초기에는 고문가의 눈으로 "번잡한 것을 삭제하고 난삽한 것을 추려내어" 에피소드를 잘라내기 좋아하였지만,[70] 원작의 전체적인 구성에 있어서는 그다지 많이 바꾸지 않았다. 단지 그는 중국독자들이 읽어서 이해되지 않겠다고 생각되는 부분에서만 설명을 달았던 것이다. 예를 들면

---

68) *찰스 디킨스의 「David Copperfield」.
69) "外國文法往往抽後來之事預言, 故令讀者突兀驚怪, 此其用筆之不同者也. 餘所讀書, 微將前後移易, 以便觀者. 若此節則原書所有, 萬不能易, 故仍其文."
70) 린수는『파리다화녀유사』를 번역할 때, 후반 23장은 기본적으로 변동이 없으나, 전반 4장에는 삭제한 장이 비교적 많다. 주로 작가의 감개와 부인, 공작의 허식, 마크 누이의 유산상속 등 전체적인 줄거리와 관계없는 에피소드를 삭제하였다.

『다화녀』의 제7장에서 괄호를 첨가하여 "이하는 아만다의 말이다"라는 주를 달았다. 『가균소전(迦菌小傳)』[71] 제8장에서는 "이것은 대개 보충 설명한 말이다"라는 말을 덧붙였다. 『애취록·엽자비리박(哀吹錄·獵者斐裏樸)』[72] 속에 도치서술된 머리말에 두 개의 괄호를 첨가하여 "아래에서 별도로 제시한 단락은 전반의 일을 보충 서술하는 것이지, 무덤 속에 있는 사람의 말과는 상관이 없다", "이상은 모두 필립과 스티븐이 전쟁의 위험에서 벗어나는 상황을 삽입 서술하고 있다"라고 주를 달았다. 그러나 안타깝게도 린수는 서양소설의 '보충', '삽입'에 대해 호감을 가지고 누차 설명하였으나, 정작 자신의 소설창작 속에서는 과감하게 도입하지 못하고 심지어 이야기의 순차적 시간 순서를 엄격히 지키기 위해 담담하게 소설시점의 통일을 파괴하기도 하였다.[73]

신해혁명 후 애정소설의 성행으로 도치서술이 광범위하게 응용되자 평론가들은 '전후도치법'과 '건룡무수법(乾龍無首法)'[74]을 구분하기 시작하였다. 전자는 탐정소설에서 자주 볼 수 있는 것으로, 지금도 애정소설 작가에 의해 수용되고 있다.[75] 그러나 작가의 태도는 갈수록 안이해져서 나중에는 결말을 인자(引子)로 삼아 앞에 배치한 것에 불과하게 되었다. 『쇄금루(碎琴樓)』(何諏)의 서두는 "독자를 사로잡는" 면이 있으나, 『금해석(禽海石)』(符霖)과 『기부단장사(棄婦斷腸史)』(徐枕亞)의 서두는 실마리를 제기하기에 편리할 뿐이다. 후자의 "서두를 글의 중간에 배치한다(屈首入

---

71) *헨리 라이더 해거드(Henry Rider Haggard, 1856~1925)가 지은 『Joan Haste』.
72) *프랑스의 오노레 드 발자크(Honoré de Balzac)가 지은 소설집. 원명은 「Adieu」.
73) 『劍腥錄』은 견문 전부를 중광 한 사람에게 예속시키려고 애를 썼지만, 제30장에서는 백부형제가 순국하는 사건을 기록하고 있다. 린수는 "대체로 이것은 모두 사건이 발상한 후에 비로소 관찰한 것인데", 사건의 순차적인 과정을 따르기 위하여 중광의 시점에서 서술하지 않는다고 분명하게 말하고 있다.
74) 解弢, 『小說林』 36, 35항, 中華書局, 1919년 1월.
75) 쉬전야의 『毒藥瓶』에서는 신랑이 독을 먹고 죽는 상황을 먼저 묘사하고, 다시 "이 신혼부부가 결혼하기 이전의 사정"을 도치서술하는데, 분명히 탐정소설에서 배워 온 것이다.

腹)"는 "결말의 내용을 서두에 배치하"거나 "중간의 내용을 서두에 배치하고", "서두의 내용을 중간이나 결말에 배치하는" 것일 따름이다. 다시 말하면 서사시간은 복잡하게 다양화할 수 있어서 '서두 장면제시' 한 가지 방법에만 그치지 않는다는 사실을 강조하는 셈이다. 이것은 틀림없이 인식의 심화이다. 그러나 이러한 심화는 창작의 진일보한 발전을 추동할 수 없었고, 오히려 더욱 고루한 상투어로 매우 빨리 변질되었다. '나' 혹은 그는 일정한 배경하에서 어떤 사람인지 그 자신이나 혹은 다른 사람에게 과거의 사건을 이야기하는 것을 듣는다. 우연히 이 과거의 이야기가 현재의 이야기의 발전의 추동할 수 있지만(저우서우쥐안의 『운영(雲影)』), 대부분의 소설은 과거 이야기에 대한 기록을 마치고 나서 몇 마디의 감개한 심정을 표출하고 끝내버린다(린수의 『부수승(浮水僧)』, 톈샤오성(天笑生)의 『우붕서어(牛棚絮語)』), 헌런(恨人)의 『매아참사(埋兒慘史)』, 시여우(息遊)의 『고황조(孤凰操)』 등). 이러한 상투적 방식은 새로운 면과 낡은 면이 잘 결합되어 일시에 많은 주목을 받음으로써 곧바로 20년대 중, 후기까지 연속되었다.[76] 그것을 새롭다고 하는 것은 작가가 마침내 의식적으로 도치서술을 하고 있기 때문이며, 낡았다고 하는 것은 이 상투적 방식이 『다화녀』와 같은 시기에 번역된 서양 단편소설의 영향을 받았다기보다는[77] 전통 서사시와 필기소설의 영향을 받았기 때문이다. 외국소설은 그들이 도치서술을 사용할 수 있도록 이해시켜주었으며, 두보의 『병거행(兵車行)』, 백거이의 『비파행(琵琶行)』 및 호가자(浩歌子)의 『요동객(遼東客)』, 방액(邦額)의 『이화(梨花)』는 그들에게 도치서술을 어떻게 사용하는지를 가르쳐주었다. 동서합작의 결과로 인해 도치서술의 시장이 확대되어 누구든지 이 조류를 실험할 수 있었지만, 반면에 이토록 가련한 예술 창신을 빨리 상투적인 것으로 전락시켜버렸다. 도치서술이 광고언어에

---

76) 1927년 上海 大東書局에서 출판된 『周瘦鵑包天笑說集』 참고.
77) 『小說月報』 5권 11호에 간행된 『蠻荒情鐘記』, 『禮拜六』 7기에 간행된 『五十年前』.

진입되어 상인들이 고객을 초청하는 초대장이 되었을 때,[78] 창신(創新)은 더 이상 새롭지 않게 되었다.

5. 서사시간에 대한 5·4소설 이론가들의 담론

유감스럽게도, 위에서 서술한 서사시간이 점점 새로워졌지만 신소설 속에서는 그렇게 많이 보이지 않았다. 많은 작가들은 여전히 순차적 시간 순서의 사용에 익숙해져 있어 마치 상점에서 장부를 기록하는 것과 같이 하나도 빠뜨리지 않고 서술하였다.[79] 가령, 평양어우(彭養鷗)는『흑적원혼』에서 우(吳)씨 집안의 5대에 걸친 아편의 고통을 서술하고 있는데, 세대마다 서술에 조금의 변화도 없다. 리보위안의『관장현형기(官場現形記)』같은 작품은 여행자가 기차에 앉아 풍경을 보면 "눈앞의 경치가 산과 바다의 뒤로 밀려나듯이"[80] 장면과 장면 사이에는 어떤 통일된 시간표준도 없으며, 모든 장면의 서사시간은 순차적 시간 순서로 다루고 있다. 왕쥔칭의『냉안관』같은 작품은 구슬을 꿰어놓은 목걸이 같아서, 많은 '구슬'(많은 사람들이 진술한 이야기, 일화 우스개 이야기) 중에서 몇 개를 뒤바꾸어 조리와 순서가 없다 하더라도, "목걸이"(에피소드적인 나의 '여행'의 삽입)이기 때문에 여전히 순차적이다. 어떤 작가들은 전통소설 서사시간의 단점을 인식하고 복잡하게 선회하는(蟠曲回旋) 방법을 사용하여 편리한 대로 시작하고 끝을 맺는 방법(隨便起止)[81]을 대체하거나 도치서술(倒戟而入)로 이원적인 이야기 서술(話分兩頭)[82]을 대체하였다. 그러나 우

---

78) 『小說叢報』16기(1915년)에 간행된『換巢鸞鳳』을 "책 전체의 필법으로 도치서술을 순수하게 사용하고 있으며, 구성의 기이함은 특히 신소설 중에서 새로운 영역을 개척했다고 할 만하다"라고 광고하고 있다.

79) 沈雁氷,「自然主義與中國現代小說」,『小說月報』13권 7호, 1922년.

80)「小說管窺錄·憲之魂」, 阿英이 편한『晩淸文學叢鈔·小說戲曲研究卷』에서 재인용.

81) 曾樸,「修改後要說的幾句話」,『孽海花』, 眞美善書店, 1928년.

82) 誕叟(錢錫寶),『檮杌萃編』15회, 漢中中亞書局, 1916년.

리들은 여전히 이와 같은 작은 혁신을 서양소설의 도치서술이 중국 고전소설의 인물배경 소개("여러분은 ○○의 내력을 알 수 있을 것입니다", "원래는……"), 사건의 보충설명("처음에는……") 및 두 개의 이야기 흐름이 전환할 때의 접점("두 가지 이야기를 하나씩 서술한다")과 생경하게 결합한 현상으로 간주할 수밖에 없다. 『얼해화』 12회와 『도올췌편』 14, 15회의 전환, 삽입서술은 연결수단이 늘어났다는 점을 제외하면, 서사시간에 있어서 전통소설과 거의 구별되지 않는다.

신소설가들이 비록 소설의 서사시간을 즐겨 말하더라도 중국소설은 이야기를 중심으로 한다는 색안경을 쓰고 있기 때문에, 서양소설 가운데서 눈에 쉽게 띄는 서두 장면제시를 찾을 수밖에 없었다. 서사시간의 혁신을 도치서술에 집중시키고, 도치서술을 서두 장면제시로 단순화시키는 것으로 보아, 이러한 혁신이 도달할 수 있는 깊이와 넓이를 가히 짐작할 수 있을 것이다. 정치소설의 시·공간의 차이는 필기의 내원을 설명하는 인자로 변질되고, 애정소설의 회고와 삽입도 『비파행』의 수법을 따르며, 탐정소설도 대체로 성숙하기는 했지만 매우 빨리 잘못된 길로 빠져들었다. 그래서 우리들은 신소설가들이 전통소설 서사시간을 변혁하려고 강렬히 희망하였다거나, 중국 독자들이 서양소설 도치서술의 기교를 이해하는 데 도움을 주었다고 말할 수 있을 뿐이며, 도치서술과 교차서술을 세련되게 사용한 성공적인 작품은 찾아보기 매우 어려운 것이다.

5·4작가들은 소설의 서사시간에 대해 그다지 많이 논하지 않았는데, 이것은 도치서술이나 교차서술이 이미 매우 평범한 것이 되었기 때문이다. 이야기하지 않은 것은 이해를 못하거나 좋아하지 않아서가 아니라, 너무 일반화되어 있어서 선배들이 즐겨 이야기한 화제처럼 느껴졌기 때문이었다. 후스와 선안빙은 신소설의 도치서술을 총괄적으로 평가할 때[83] 서

---

83) 胡適, 「五十年來中國之文學」, 『『申報』五十周年記念册』, 1922년. 沈雁氷, 「自然主義與中國現代小說」.

양소설을 모방하고 차용하는 적극적인 의의를 인정하였다. 그러나 후스는 역사연구에 착안하였기 때문에 평가가 낮을 수밖에 없었다. 소설에 입문한다는 측면에서 볼 때 도치법과 회상을 이용하여 몇십 년 동안의 일을 아주 짧은 시간 내에 표현해낼 수 있는 '과거의 일을 거슬러 올라가는 구성법'[84]은 당연히 유익한 것이다. 그러나 평론가들은 이에 대해 중시하지 않았다. 그들은 도치서술을 아름다운 삽화라고 찬양할 수도 있고, 도치서술이 "등장할 때 항상 정교하지 못하다"[85]고 비판할 수도 있었다. 칭찬을 하든 비판을 하든 간에 모두 도치서술을 특수한 서사기교로 대하지 않았다. 이 시기에 번역 소개된 외국소설의 논저에서도 서사시간에 대해 그다지 중시하지 않고 가볍게 몇 마디로 끝내버렸다.[86] 또 중국인들이 쓴 소설전문서는 더욱 심하여 대부분 언급조차 하지 않았다. 위다푸도 "순차서술을 하든 도치서술을 하든 아니면 순차서술과 도치서술을 함께 서술하든 모두 중요하지 않다. 단지 사건을 잘 전개하여 앞뒤 연결만 잘되면 그만이다"[87]라고 냉담하였다. 그 외 다른 소설이론서에서는 전혀 언급하지도 않았다.[88] 이러한 현상은 한편으로 탐정소설의 도치서술은 너무 간단하여 말할 것도 없었고, 다른 한편으로 로렌스 스턴과 도스토옙스키 소설의 서사시간은 너무 복잡하여 5·4이론가들이 할 수 있는 말이 없어서[89] 결국 침묵할 수밖에 없었기 때문이다. 그러나 작가들은 적극적으로

---

84) 趙景深,「短篇小說勸結構」,『文學周報』5권 7호, 1927년.

85) 成仿吾,「『一葉』的評論」, 계간『創造』2권 1호, 1923년.

86) 해밀턴(Hamilton)의 『小說法程』(華林一 역, 商務印書館, 1924년) 제4장에서는 "한 이야기를 도치서술하든 순차서술하든 모두 가능한 일이다"라고 말하고 있다.

87) 『小說論』제4장, 上海光華書局, 1926년.

88) 淸華小說硏究社가 저술한 『短篇小說作法』(淸華小說硏究社,1921년), 倪工이 저술한 『小說作法講義』(上海中華書局, 1923년), 薰巽觀이 저술한 『小說學講義』(上海大新書局, 1923년), 陳景新이 저술한 『小說學』(泰東圖書局, 1927년 재판), 沈蘇約이 편한 『小說通論』(梁溪圖書館, 1925년), 玄珠가 저술한 『小說硏究ABC』(世界書局, 1928년).

89) 鄭振鐸은 『文學大綱』제20장(『小說月報』16권 5호, 1925년)에서 스타인의『크리스찬 상디』의 구조가 좋지 않다고 비평하며, 沈雁氷은 「도스토옙스키의 사상」(『小說月

서양소설(특히 서양 근대소설)을 모방하여 주요 소설 장르가 장편에서 단편으로, 소설의 기능은 이야기를 진술하는 것에서 세태묘사와 감정 표현으로 바뀜에 따라, 5·4소설의 서사시간은 자연스레 전통소설과 확연히 달랐으며 신소설과도 큰 차이를 지니고 있었다. 그렇지만 이러한 변화가 매우 자연스럽게 진행되어 작가들은 소설 서사시간의 급변을 의식하지 못한 것 같다. 아마도 그들은 소설이 본래 순차서술, 도치서술, 교차소설을 모두 사용할 수 있으며, 여기에는 어떠한 독창성 여부의 문제가 없다고 생각한 듯하다. 이것은 신소설가들이 '서두 장면제시'에 대해 크게 경탄한 것과 선명한 대비를 이룬다. 신소설가들은 도치서술을 늘 생각하면서 상황에 따라 사용하여 자기 현학적인 인상이 강했으나, 5·4작가들은 도치서술과 교차서술을 염두에 두지 않았다. 만약 우연적으로 채용한다 하더라도, 이것을 빌어 현란하게 꾸미려는 것이 아니라 이렇게 쓰지 않으면 안 되기 때문이었다.

　우리들은 루쉰의 「광인일기(狂人日記)」, 빙신(氷心)의 「유서(遺書)」, 루인(廬隱)의 「리스의 일기(麗石的日記)」, 궈모뤄의 「낙엽(落葉)」 등 일기체 소설의 첫머리에, 정치소설에서 변천해온 이야기의 내원을 설명하는 소인(小引)의 흔적을 볼 수 있다. 그 가운데는 실제로 다른 차원의 심미적인 기능을 수행하는 것도 있지만(예를 들면 「광인일기」), 천헝저의 「구침의 옛 이야기(一枝扣針的古事)」, 왕통자오의 「기예(技藝)」, 다이징농(臺靜農)의 「나의 이웃(我的隣居)」, 옌랑차이(嚴良才)의 「최후의 위로(最後的安慰)」에서는 탐정소설 서사기교의 영향을 볼 수 있다. 작가의 사회 책임감으로 인해 그들은 탐정소설의 창작을 바라지는 않았지만, 긴장감을 먼저 조성한 후에 도치서술의 도움을 빌어 점차 비밀을 풀어내는 탐정소설의 방법은 분명히 5·4작가들에게 대단한 흡인력을 지니고 있었다. 그리고 궈모

報』 13권 1호, 1922년)에서 『카라마조프의 형제』, 『죄와 벌』의 시간관념이 불분명하다고 비평하고 있다.

뤄의 「목동의 슬픈 이야기(牧羊哀話)」, 쉬디산(許地山)의 「상인의 아내(商人婦)」, 왕통자오의 「산길 옆(山道之側)」, 뤄자룬(羅家倫)의 「사랑인가 아니면 고통인가(是愛情還是苦痛)」는 당사자들이 과거의 이야기를 강술하도록 재촉하는 애정소설의 상투성에 근접하고 있다. 총체적으로 말하자면, 도치서술로 문장의 중복성을 피하여 소설의 밀도를 증가시키고, 긴장감을 조성하여 소설의 구성감을 높인다는 면에 있어서, 5·4작가들은 단지 신소설가들의 설익은 시험적인 기교를 성숙시켰을 뿐이다.

이러한 창작경향을 가장 잘 대표할 수 있는 것은 '나그네가 고향에 돌아오다(遊子歸鄕)'라는 모티브이다. "아마도, 어려서 집을 떠나, 태양이 막 솟아오르고 인생의 광명을 보게 되었을 때, 자기 자신도 모르는 사이에 고향을 미화할 것이다. 아마도, 거리가 미감을 낳을 수 있으니, 오랫동안 헤어져 지내며 고향 저편에 있는 사람들은 종종 어린 시절 고향의 추억 속에 심취되어 저 멀리 사라져버린 세월에 젖어들 것이다. 아마도 주위환경의 더러움을 증오하여, 무의식중에 정신을 기탁할 만한 고향을 꾸며낼 것이다…… 이러한 요소들이 서로 얽히어 고향의 형상은 나그네의 마음속에서 갈수록 미화되고 깨끗해진다. 그러나 쫓겨난 사람들에게 고향은 그들의 것이 아니다. 그래서 고향이 있어도 돌아가기 어렵고, 고향을 그리는 마음은 향수로 변한다."[90] 더욱 고통스럽게 만드는 것은, 멀다 않고 하루아침에 돌아온 고향이 더 이상 나그네가 밤낮으로 생각하고 그리워하던 고향이 아니라는 점이다. 원이둬의 시를 인용해보자. "나는 와서 고함쳤노라, 피눈물 뿌리며— '이는 나의 중국이 아니다, 아니다, 아니다!'" 여기서는 이 모티브의 형성, 변천 및 그 성과와 한계를 상세하게 분석하지 않고 단지 지나간 일의 삽입이 소설에 미치는 작용만을 지적하고자 한다. 그것은 오늘날 고향의 쇠퇴와 나그네의 감상을 헤아리는 데 참고가 될 것이다. 루쉰의 「고향」, 쉬친원(許欽文)의 「부친의 화원(父親的花

---

90) 졸고, 「論"鄕土文學"」, 『在東西方文學碰撞中』, 浙江文藝出版社, 1987년 참고.

園)」, 건젠아이(蹇先艾)의 「귀가한 저녁(到家的晚上)」, 천웨이모(陳煒謨)의 「랑선장군(狼籠將軍)」, 위다푸의 「푸른 연기(靑煙)」, 왕이런(王以仁)의 「귀향(還鄕)」, 니이더(倪貽德)의 「귀향(歸鄕)」, 저우취안핑(周全平)의 「떠나온 고향(故鄕之逝)」, 순량공(孫俍工)의 「고향(故鄕)」 등의 소설은 구체적인 표현수법은 다르지만 전체적인 틀이 유사하다. 오랫동안 유학한 지식인이 실제로 고향으로 돌아오거나 상상 속에서 고향의 쇠퇴하고 파괴된 모습 및 고향 친구가 빈곤에 빠진 상태를 바라보면서, 고향의 아름다운 옛 모습에 대한 회고가 현재 자신의 곤궁함을 생각하는 데 이르면, 끝없는 비탄에 빠지지 않을 수 없다.

이러한 모티브 소설에서 보이는 서사시간에 대한 처리는 『신중국미래기』 등의 정치소설과는 달리, 주로 현재와 미래의 대비가 아니라 현재와 과거의 대비를 하고 있으며, 서두 장면제시를 하지 않고 사건의 중간에 삽입하여 처리하고 있다. 이러한 모티브 소설의 목적이 작가의 독특한 주관적 정서를 두드러지게 하는 데 있다면, 정치소설은 작가가 속한 정당과 사회단체의 통일된 정치 이상을 선전하는 데 있다. 바로 소설 시간의 변화무쌍함을 강조하여 작가의 주관적인 의도에 복무하는 점에 있어서 5·4작가들은 신소설가들에 비해 한층 매진하였으며, 소설 서사시간의 다양화를 위한 광활한 전경(前景)을 개척하였던 것이다.

6. 5·4소설의 서사시간

소설시간을 의식적으로 바꾸는 것은 코난 도일처럼 이야기를 더욱 복잡하고 곡절하게 하여 사람들을 매료시키기 위해서일 수도 있으며, 로렌스 스턴처럼 "인물의 내면적 세계와 그의 변화무쌍한 정서에 대한 묘사"[91]를 편리하게 하기 위해서일 수도 있다. 만약 신소설가들이 도치서술

---

91) 어니스트, 『英國文學史綱』 중역본 246항, 人民文學出版社, 1908년.

을 배워 더욱 효과적으로 이야기를 진술하였다고 말한다면, 5·4작가들은 교차서술을 배워 인물의 정서를 표현하고 작품의 전체 분위기를 두드러지게 표현하였다고 할 수 있다.

5·4시대에 이미 베르그송의 시공관이 소개되었지만,[92] 소설 서사시간의 변천에 직접적으로 영향을 끼치지는 않았던 것 같다. 5·4작가들은 당대 철학사조 가운데서 소설 서사시간을 변혁할 영감을 얻지 못하고[93] 대부분 루쉰처럼 "먼저 읽어본 적이 있던 백여 편의 외국작품들에 의존하였다."[94] 외국소설이 물론 5·4작가들이 교차서술을 채용하는 직접적인 모범이 되었지만, 더욱 중요한 것은 5·4작가들의 주의력을 인물의 외재적인 동기로부터 인물의 내면적인 세계로 바뀌도록 촉진한 데 있다. "연구를 할 생각이 없다면 그만이지만, 연구를 해야 한다면 먼저 인물의 심리 연구에서 시작해야 한다. 감정의 성장변천, 성립된 의식의 가벼움과 신중함, 감각의 섬세함과 거칠음, 민첩함과 둔함 및 다른 모든 사람의 행동의 근본적 동기 등은 바로 우리 연구의 목표이다."[95] 또한 인물의 의식 깊은 곳에 들어갈수록 순차적인 시간 순서가 적당하지 않게 된다. 사람들이 언제나 이성적이고 순차적이며 연관적이고 완전하게 회상하고 사고하지는 않는다.

5·4작가들은 심리학의 측면에서 소설 서사시간을 이야기한 경우가 대단히 적다. 그러나 연상, 꿈, 환상, 잠재의식에 대한 그들의 관심에서 심리학에 대한 그들의 흥미를 쉽게 발견할 수 있다. 또한 이러한 흥미로 인해 많은 작가들이 소설 속에서 심리학 이론을 빌어 인물의 심리를 해부하

---

92) 劉叔觀,「베르그송의 哲學」,『新青年』 4권 2호, 1918년; 範壽康,「베르그송의 時空觀),『學藝』, 2권 9호, 1920년 등.
93) 이언 와트는 뉴턴, 로크의 시공관이 18세기 영국소설 속의 '시간'에 대해 결정적인 영향을 끼쳤다고 강조한다.『소설의 발생(The Rise of the Novel)』 제 1장 참고.
94) 魯迅,「我怎麼做起小說來」,『南腔北調集』, 上海同文書店, 1934년.
95) 郁達夫 역,「小說的技巧問題」,『洪水』 3권 27기, 1927년.

였다. 의학도인 루쉰과 궈모뤄는 자연스레 이러한 실험의 선구가 되었다. 어느 외국학자는 1911년 판의 『브리태니커 백과사전』을 가지고 루쉰의 「광인일기」와 비교하여 다음과 같은 결론을 내렸다. "우리들은 루쉰이 어떻게 그렇게 많은 심리학 방면의 책을 읽었는지 모른다. 이 때문에 광인에게 근대 심리학에 대한 루쉰의 이론적 지식이 어느 정도 반영되어 있는지 정확하게 판정할 수는 없다. 그러나 적어도 광인에게 나타난 병적 증세는 근대 의학책 속에서 이야기하는 것과 상당히 일치한다는 사실을 증명하고 있다."[96) 궈모뤄의 「늦봄」은 확실히 프로이트 정신분석학의 영향을 받았다. "내가 착안한 것은 사실의 진행이 아니라 심리묘사이다. 내가 묘사한 심리는 잠재의식의 흐름이다."[97) 주목할 만한 것은 작가의 관심이 보통 심리학이 아니라 변태 심리학에 있었다는 점이다. 이것은 전체 학술계의 흥미와 그들이 접촉한 서양 근대 문학사조와 관계가 있다. 그러나 프로이트의 심층 심리학과 헨리 제임스의 의식류가 5·4작가들에게 끼친 영향은 주로 소설 서사구조의 변천 속에 체현되어 있으며, 소설 서사시간의 변천을 촉진한 것은 주로 보통 심리학에서 연구하는 '연상'이었다.

예성타오의 소설 「공포스런 밤」에서는 왕잠자리를 보면서 개똥벌레를, 다시 형제가 배로 돌아가는 것을, 사람이 벌레만 못하다는 것을, 생물의 진화 가운데 인간의 뛰어남을, 『진화론(進化論)』의 해석이 사람을 만족시킬 수 없음을, 다윈은 수염이 너무 길어 밥을 먹기에 불편함을, 나의 수염도 자라고 있음을 연상한다. 예성타오는 이러한 연상의 전 과정을 아래와 같은 의론문으로 발표하였다.

연상은 넝쿨로 비유할 수 있다. 넝쿨은 뿌리에 기탁하여 깨진 담장을 따라 올라갈 수 있다. 이웃집 정원의 관목을 휘감고 있는 줄기의 끝은

---

96) J. D. Chinnery, "The Influence of Western Literature on Lu Xun's 'Diary of a Madman'", Bulletin of the School of Orental & African Studies, 23:2, 1960.

97) 郭沫若,「批評與夢」,『文藝論集』, 上海光華書局, 1925년.

오히려 나무 아래 놓여 있는 어지러운 풀이다. 당신이 그 뿌리가 어디에 있는지를 찾거나 혹은 얼마나 널리 번져 있는가를 살펴려는 것은 대단히 어려운 일이다. 사람의 마음에 일시적으로 연상된 어떤 것이라도 모두 이러하니, 왕잠자리에서 마침내 "나의 수염"까지 번졌던 것이다.

오늘날 심리학에 대한 지식이 조금이라도 있는 독자들에게 이 의론은 조금도 신기하지 않을 것이다. 그러나 5·4작가들이 자각하였든 아니든 간에 이러한 자유연상의 권리를 소설의 인물에 부여하였을 때, 소설 서사 시간에 심각한 변화가 발생할 수밖에 없었다.

이미 낭만주의 작가들이 "마음! 이것은 예술에서 특히 필요한 것이다"[98]라고 강조하고, 현실주의 역시 반드시 "외면적 사실로부터 심리적 사실을 말해야 한다"[99]고 말한 이상, 인물 심령의 고동을 충실하게 기록하고 표현하며, 인물이 순식간에 드는 온갖 생각을 추적하고 포착하는 것은 5·4작가들의 공동임무였다. 이러한 사유는 「계수나무(木樨)」(陶晶孫), 「대숲의 이야기(竹林的故事)」(廢名), 「탐스런 누런 오이(嫩黃瓜)」(李霽野)와 같이 특정 장면을 접하자 감성이 생겨나서 완정한 기억을 이끌어내는 것이 아니라, 하늘 높이 솟아 올라 눈 깜짝할 사이에 사라지는 '불규칙'한 연상이다.

흄의 연상의 3법칙(유사성의 법칙, 공간과 시간의 근접 법칙, 인과 법칙)에 대해 동의하든지 아니면 3대연상률을 접근율 하나로 통합한 하틀리(Hartly)에 동의하든지 간에, 모두 연상이 돌출되더라도 찾을 수 있는 흔적이 있다는 점을 인정하는 것이다. 문제는 동일한 정경이 불러일으키는 연상이 사람에 따라 다르다는 데에 있다. 설령 함께 겪은 사건을 연상하더라도 착안점이 서로 다를 수 있다. 모든 사람은 자기 자신도 모르게 어

---

98) 成仿吾, 「眞的藝術家」, 『使命』, 創造社出版部, 1927년.
99) 木天, 「寫實文學論」, 『創造月刊』 1권 4호, 1926년.

떤 부분은 강조하고 어떤 부분은 잊어버린다. 만약 인물의 어느 한 순간의 생각을 진실하게 기록한다면 완정한 사건이 아니라 어느 사건의 단편(머릿속에 남아서 막 환기되는 인상)일 수 있다. 이러한 인상은 결코 발생한 순차적 시간의 순서에 따라 떠오른 것이 아니라 연상물과의 밀접한 관계 혹은 처음 느낌의 생동감, 재현된 빈도수의 많음, 시간거리의 가까움 등의 원인에 따라 우선적으로 떠오른다.[100] 이것은 마치 독일의 심리학자 에빙하우스(Ebbinghaus)가 "일정한 시간 동안 A는 의식 중에서 사라지지만 B는 극성(極盛) 상태에 놓여 있으며, C는 맑은 의식 상태로 상승 중이지만 D는 모호하게 겨우 나타난다고 할 수 있다. 이로 인해 A-C와 A-D와 같은 연계뿐만 아니라 D-C와 C-A와 같은 역방향의 연계도 있을 수 있다"[101]고 서술한 것과 같다. 작가의 붓이 심령의 걸음을 쫓아간다면, 소설은 반드시 순차서술로부터 교차서술로 바뀌어야 한다. 꿈을 묘사하는 것조차 반드시 앞뒤가 연관되고 수미가 완정한 범위 내에서 처리해야 한다는[102] 것은 혁명적인 변화라고 하지 않을 수 없다. 신소설가들이 단지 이야기를 도치서술했을 뿐이라면, 5·4작가들은 이야기를 부수고 그것을 인물의 정서에 근거하여 자잘한 단편을 골라 다시 조합하였다고 할 수 있다. 그래서 보수파 문인들이 "이해하지 못하겠다"라고 소리친 것은 당연할지도 모른다.

　루쉰의 「광인일기」가 세상을 놀라게 했던 이유는 강렬한 반봉건 의식

---

100) 토머스 브라운의 연상에 관한 9개의 규칙 참고.
101) G. 모비, J. 쿼츠의 『近代心理學歷史導引』(중역본 상권 255-256쪽, 商務印書館, 1982년)에서 재인용.
102) 解弢는 『小說話』(中華書局, 1919년)에서 "꿈을 묘사한 우리나라의 작품에는 뛰어난 문장이 없지만, 사람들은 모두 꿈을 징조라고 여긴다. 징조 있는 꿈이 아니면 서술하지 않는다. 꿈을 징조라고 여긴 이상 꿈의 경계가 수미일관하여 사실과 심하게 어긋나서는 안 된다. 대체로 일상적인 꿈의 경계는 하늘의 구름같이 갑자기 변화하고, 물거품처럼 산산이 부서져, 마침내 구체적인 흔적을 지니지 않지만, 오랫동안 사라지지 않는 것이다"라고 말하고 있다.

뿐만 아니라, 소설 서사시간에 대한 처리를 포함한 완전히 새로운 표현기교 때문이었다. 「광인일기」 속에는 두 개의 시간 즉, 현재와 과거가 있다. 과거의 사건들은 주인공의 감정과 연상을 빌려 현재의 시간 속에 삽입시켰다. 20년 전 구쥬(古久) 선생의 여러 해 묵은 금전출납부를 발로 차버렸다(제2절). 며칠 전 낭자촌에서 사람을 잡아먹었다는 소문을 들었다(제3절). 어렸을 때 큰 형이 "재해가 심하여 자식을 서로 바꿔 삶아 먹었다"라고 말하는 것을 들었다(제5절). 누이가 죽었다(제11절). 4~5살 때 큰 형이 "넓적다리의 살을 잘라내어 약으로 사용하였다"라고 말하는 소리를 들었다(제11절)—이러한 일련의 연상은 자질구레할 뿐만 아니라 순차적 시간 순서에 따라 출현하지도 않았다. 만약 광인이 4~5살 때부터 쓰기 시작했다면 순서대로, 금전출납부를 차고, 낭자촌에서 사람을 잡아먹고, 미치광이라 인정되어 방에 갇히고, 모든 역사서에 "사람을 잡아먹는다"는 두 글자가 가득하다는 사실을 깨달았을 것이다. 현재의 틀에 따라 지난 일의 연상이 순서대로 출현하더라도 물론 반봉건예교 사상을 표현할 수 있지만, 그 예술매력을 유지하기는 매우 어려울 것이다. 적어도 광인의 불안한 소동과 어지러운 생각으로 가득한 심태를 표현할 수 없으며, '정상'적이고 '이지'적이며 '깨어 있는' 세계에 대한 작가의 풍자였다면 오히려 밋밋해져 「광인일기」는 일반적인 의미의 고발서밖에 될 수 없었을 것이다.

마치 마오둔이 말한 것과 같이 "청년들에게 있어 「광인일기」가 끼친 가장 큰 영향은 오히려 체재였다. 왜냐하면 이것은 청년들에게 분명히 하나의 암시를 주어 그들로 하여금 '헌 술병'을 버리고 새로운 형식을 사용하여 자기의 사상을 표현하게 만들었기 때문이다."[103] 이러한 새로운 형식의 감화력은 일기형식으로 쓴 소설(예를 들면 빙신의 「미친 사람의 수필」, 루인의 「리스의 일기」)을 이끌어내었을 뿐만 아니라, 가장 중요한 것은 중

---

103) 雁氷, 「讀『吶喊』」, 『文學周報』 91기, 1923년.

국 작가들이 인물의 감성에 근거하여 다시 이야기를 새롭게 편집하고 서사시간을 안배하도록 일깨워주었다는 점이다. 신소설가들(쉬전야, 저우서우쥐안)이 일기체 소설형식으로 하나의 완정한 이야기를 순서대로 강술한 사실을 이해하기만 한다면, 「광인일기」가 당시 문학계에 일으킨 진동을 명백히 알 수 있을 것이다.

상대적으로 말하면, 위다푸, 궈모뤄 등 창조사 작가들의 서사시간에 대한 처리가 더욱 쉽게 중국 독자들에게 받아들여졌다. 그들은 이야기의 진행과정에서 불시에 과거생활에 대한 주인공의 추억을 삽입하였는데, 이러한 추억에 비록 인물의 정서가 배어 있기는 하지만 오히려 보충 설명하는 성질이 매우 강하며, 비교적 구성이 완정하고 이야기성이 강하며, 인물의 정서에 충실하다고 말하기는 어렵다. 거꾸로 천초-침종사(淺草-沈鐘社)의 외국문학을 배운 몇몇 작가들이 인물정서의 시공간 특징에 더욱 주목하여 소설시간을 자각적으로 바꾸었다. 펑즈의 「매미와 저녁기도(蟬與晚禱)」와 천웨이모의 「랑선장군」은 이미 간단한 도치서술이 아니며, 아직 경계가 분명하기는 하지만 과거의 시간과 현재의 시간이 나란히 진행되고 있다. 천샹허의 「눈(眼睛)」과 린루지의 「곧 지나가다(將過去)」는 아주 뚜렷하게 현대파적인 색채를 띠고 있으나, 시공간의 처리가 모호하여 과거와 현재가 마치 인물의 순간적인 감정 속에 동시에 존재하는 것 같다. 독자들은 그것을 순차적으로 이해할 필요나 능력도 없었는데, 이는 작가들이 명확한 시간 표준을 제공하지 않았기 때문이었다. 「눈」은 줄거리를 따라 9절로 나눌 수 있지만 사건을 순차적으로 복원할 수는 없다. 이와 같이, 독자들이 얻을 수 있는 것은 더 이상 수미 일관된 이야기가 아니라 특정한 환경 내 인물의 특수한 심리태도였다.

위다푸, 궈모뤄의 소설(예를 들면 「조라행(蔦羅行)」, 「기로(岐路)」)이 더욱 쉽게 광범위한 독자들에게 받아들여지고 후세 작가들이 모방한 이유는, 바로 그들이 인물의 정서를 부각시키고 동시에 이야기 흐름의 완정성을 유지하여 독자들이 매우 빨리 사건을 이해할 수 있었기 때문이다. 리진밍의 「희미한 인상(輕微的印象)」이 기록한 것은 결코 인상이 아니라 아주 명확한 인과관계가 있는 이야기의 편린들이어서 각 부분의 순차적인 시간순서를 3-2-4-1-5로 표현해내기가 어렵지 않았다. 왕통자오의 「난간 사이」가 표면적으로 이야기하고 있는 것은 정서와 감각의 전이이지만, 실제로는 심리학 교사의 목소리를 매개로 삼아 상이한 시공간에서 발생한 두 개의 생활 장면을 연상을 통해 그리고 있다.

5·4작가들이 교차서술을 사용한 것은 진실된 인물의 감정을 재현하기 위해서일 뿐 아니라 작가의 심미의식을 부각하는 데 편리하기 때문이었다. 장딩황(張定璜)의 「길에서(路上)」, 다이징농의 「새 무덤(新墳)」, 예성타오의 「일과(一課)」 및 리지예의 「미소짓는 얼굴(微笑的臉面)」 등 4편의 소설은 모두 두 개의 시계를 교차적으로 사용하고 있다. 앞의 두 편은 과거와 현재의 상호 삽입이며, 뒤의 두 편은 현재와 미래(환상, 허구)를 상호 삽입한 것이다. 이러한 삽입은 말발굽 소리, 단조롭게 강의하시는 선생님의 목소리, "밥 가져와"라는 미치광이 신랑의 고함, 혹은 편지 읽는 동작의 끊임없는 재현을 빌어 시간을 끊어놓음으로써 강렬한 리듬감을 낳았다. 만약 소급제시(analepsis) 혹은 사전제시(prolopsis)의 시간 처리방법이 소설 구조를 더욱 치밀하게 만들고 소설이 표현할 수 있는 시공간의 용량을 늘릴 수 있다면, 상술한 서로 다른 시공간 장면의 교차서술이 부각시키는 것은 두 장면 사이의 장력이다. 다시 말하면, 상이한 시간의 '더블 프린팅(疊印)'에 의지하여 특수한 미학적인 효과를 만들어내면, 작가가 창작하려는 주관적인 의도를 더욱 잘 구현할 수 있다. 이러한 수법은 영화의 "몽타주 수법"을 쉽게 연상하게 만든다. 에이젠슈타인이 『영화예술에 관한 네 가지 이야기(電影藝術四講)』에서 "서로 다른 거울 두 개를 함께 맞대 놓으면, 그들은 무한한 병렬상태에서 새로운 개념과 성질을 만들 수 있다"라고 말한 것과 같다. 동시대의 서양 작가들에게는 영화의 몽

타주 수법을 빌어 소설을 창작하는 일이 널리 퍼져 있었으나,[104] 5·4작
가들에게는 영화가 낯설지 않았다 하더라도 오히려 이러한 자각이 없었
던 듯하다.[105] 이 때문에 이러한 '연상'도 연상으로 한정될 수밖에 없으며
과학적으로 논증할 수 없다. 가장 큰 가능성은 5·4작가들이 서양소설
을 모방하는 과정에서 소설형식에 침투한 영화의 몽타주 수법을 무의식
중에 배웠을 것이라는 점이다. 이러한 작품에서 억지로 완정한 이야기를
읽어 내려 한다면 아무래도 원작의 맛을 잃어버리기가 쉽다. 타오징순의
「음악회 소곡(音樂會小曲)」에서 '봄', '가을', '겨울' 세 장면의 더블 프린
팅을 수미일관된 사건으로 연결한다면, 정교한 '노래'가 저속한 '전기(傳
奇)'로 변질될 것이다.

---

104) 알버스 마이어의 「電影對文學的影向」, 『外國文藝思潮(1)』, 陜西人民出版社, 1982년
참고.

105) 유학생을 생각지 않더라도 국내에서 생활한 작가들도 영화 형식에 익숙했을 가능성
이 매우 크다. 1896년 상해에서는 서양영화가 방영되었고, 1903년에는 중국인이 독
립적으로 영화를 방영하였으며, 1905년 북경 豊泰사진관에서는 연극을 촬영하였고,
1913년 鄭正秋는 이야기를 촬영하였다(程季華가 주편한 『中國電影發展史』(1), 中國
電影出版社, 1962년에 근거).

제3장 중국소설 서사시점의 변천

> 나는 소설의 기교중에서 시점문제—서술자와 이야기 사
> 이의 관계—를 제일 복잡한 방법문제라고 생각한다.[1]
> —퍼시 러벅

1. 고대소설의 서사시점

서사시점(퍼시 러벅은 '시점', C. 브룩스와 R. P. 워렌은 '서술초점', 츠베탕
토도로프는 '서사양태', 제라르 주네트는 '초점조절'이라고 함)은 "19세기 말
이래 서술기교에 관한 토론 중에서 가장 관심을 끌었던 화제로서, 이미
부인할 수 없는 연구성과를 거두었다."[2] 본장에서는 주로 퍼시 러벅, 츠
베탕 토도로프, 제라르 주네트의 이론을 참고하여, 세 종류의 서사시점으
로 나누어 연구의 기본논점으로 삼았다.

(1) 전지적 서사
화자는 어디든지 존재할 수 있고, 무엇이든 모르는 것이 없으며, 글 속

---

1) Percy Lubbock, *The Craft of Fiction*, 1928년, p.251
2) 제라르 주네트, 「敍事話語 · 敍事話式」, 『外國文學報道』, 중역본, 1985년 제5기.

의 어떠한 인물도 알 수 없는 비밀을 알 권리가 있다. 러벅은 이를 '전지적 시점'이라 하였고, 토도로프는 '화자〉인물'이라 하였으며, 주네트는 '제로초점서사'라 하였다.

(2) 제한적 서사

화자가 알고 있는 정도가 작중인물이 알고 있는 정도와 같다. 인물이 모르는 일은 화자 역시 서술하고 말할 권리가 없다. 화자는 한 명일 수도 있고, 때에 따라 여러 명이 될 수도 있다. 제한적 서사는 1인칭 또는 3인칭으로 서술할 수 있다. 러벅은 '초점서사', 토도로프는 '화자=인물', 주네트는 '내부초점서사'라 하였다.

(3) 순객관적 서사

화자는 인물이 보고 들은 것만을 묘사할 수 있을 뿐이며, 주관적 평가나 인물의 심리분석을 할 수 없다. 러벅은 '시점서사', 토도로프는 '화자〈인물', 주네트는 '외부초점서사'라 하였다.

이것은 결코 세 이론가의 관점이 완전히 일치한다는 말이 아니다. 오히려 그들의 구체적인 논술 가운데는 상당한 차이가 존재한다. 본문에서는 그 대략적인 것을 취하여 본문을 구성하는 데 필요한 이론적 틀로 사용할 뿐이기 때문에, 그것들 사이의 이론적인 분기에 대해서는 더 자세히 논하지 않는다. 그러나 반드시 설명해야 할 점이 있다. 필자가 소설가는 "어떠한 한 방법에 충실해야 하며, 일단 그 방법을 수용하게 되면 반드시 그 법칙을 따라야 한다"는 러벅의 주장을 좋아하지 않고, "격조의 전환(變調)과 목소리의 변화(變音)"를 구상하는 주네트의 이론에 찬성한다 하더라도, 신소설가와 5·4작가들이 서양소설의 제한적 서사와 순객관적 서사를 모범으로 삼으려고 한 높은 열정과 적극적인 공헌을 고려하여, 소설의 시점을 고정시키려는 그들의 노력(어떤 때는 지나치게 도식적이지만)에 높은 평가를 부여할 것이다. 아울러 '주요 규칙'을 이해한 후의 의식적인 '목소리의 변화'와 '주요 규칙'을 이해하지 못한 '엉성함'을 가능한 한 구별할 것이다.

20세기 초 서양 소설이 중국에 대량으로 유입되기 이전에도 실제 창작 속에 제한적 서사를 채용한 작품이 출현하기는 했지만, 중국의 소설가와 소설이론가들은 전지적 서사를 극복하려는 자각의식을 형성하지 못했다고 말할 수 있다. 의화본 가운데에는 문인적인 색채가 매우 짙은 『요상공음한반산당(拗相公飮恨半山堂)』같이 제한적 서사를 채용한 작품이 있고,[3] 명청의 장편소설 가운데서도 제한적 서사를 채용한 장이나 단락이 많다. 그러나 총체적으로 말하자면, 중국 고대 백화소설의 서술은 대부분 전지전능한 설화인의 입을 통해서 이루어졌다고 할 수 있다. 소설 평론가들은 직관적으로 제한적 서사를 채용한 장절, 단락의 가치를 의식하고 높이 평가하였다. 예를 들면, 김성탄은 『수호전』 제9회의 "'살펴보건대(看時)'라는 말의 묘미는 바로 이소이(李小二)의 눈에 비친 사건에 있다"[4]고 평가하였다. 지연재(脂硯齋)는 『홍루몽(紅樓夢)』 제3회가 "임대옥(林黛玉)의 눈을 통해 세 사람을 묘사하였다"[5]라고 높이 평가하였다. 무명씨(無名氏)는 『유림외사(儒林外史)』 제29회의 두신경(杜愼卿)의 시점에서 우화대(雨花臺)를 묘사한 장면에 대해 "이 풍경은 상투적인 생각에서 묘사된 것이 아니다"[6]라고 지적하였다. 그러나 이것을 특수한 기교로 생각하여 이론상에서 총결적인 평론을 하는 사람이 없었고, 단지 문체의 변화를 위해 우연히 사용한 문법이라고 여길 뿐이었다.

그러나 이것은 중국 고대소설이 모두 전지적 서사를 사용하였다는 말

---

3) 설서인의 술어와 총체적인 비평어 이외에, 『拗相公』의 서술은 기본적으로 趙弼의 『效顰集 · 鐘禽叟媧傳』을 근거하고 있다.

4) 『수호전』 제9회 비평어.

5) 脂硯齋評本 『石頭記』 제3회 비평어.

6) 臥閑草堂本 『儒林外史』 제29회 비평어.

이 아니다. 당 전기(傳奇)에서 명청 필기소설(筆記小說)에 이르기까지 제한적 서사를 채용한 많은 예를 찾아볼 수 있다. 문언소설이 전지적 서사를 극복한 방법에는 대체로 아래와 같은 세 가지 유형이 있다.

첫째, 작가가 1인칭 서사를 사용하였다. 당 전기 중에서『고경기(古鏡記)』(王度),『유선굴(遊仙窟)』(張鷟),『사소아전(謝小娥傳)』(李公佐),『진몽기(秦夢記)』(沈亞之),『주진행기(周秦行紀)』(圍瓘)등과 명청 필기소설『동유기이(同遊記異)』(董玘),『간화술이기(春花述異記)』(王晫),『회선기(會仙記)』(徐喈鳳),『부생육기(浮生六記)』(沈三白) 등은 모두 '나(予)'와 '나(餘)'의 입을 빌려 서술하여, '나(予)'와 '나(餘)'의 시야 안에 제한될 수밖에 없었으므로, 의심할 여지없이 전지적 서사의 울타리를 뛰어넘은 것이다.

둘째, 작가가 사전(史傳)의 필법을 계승하여, 인물을 묘사의 중심으로 삼아 그 행동을 기록하고 심리를 묘사하였다. 외부 사물 중에서 전(傳)의 주인공과 관계되지 않는 것은 일절 서술하지 않으며, 관계된다 하더라도 전의 주인공의 시점에서 유입하였다.『유의전(柳毅傳)』(李朝威)에서는 전당군(錢塘君)이 경수(涇水)의 용을 징벌하는 장면을 설명하는데 용궁에서 유의가 보고 듣는 범위 안에서 설명하고 있다. 먼저 전당군이 '푸른 하늘로 날아가는' 것을 보고, 다음으로 '상서로운 바람과 구름'이 일면서 용녀를 붙잡고 돌아가는 것을 본다. 그리고 전당군이 경양(涇陽)에서 오시(午時)에 벌인 싸움에 관해 이야기하는 것을 듣는다. 이러한 유형은 전의 주인공의 이목을 시점으로 삼는 소설로,『보강총백원전(補江總白猿傳)』(無名氏),『두자춘(杜子春)』(李復言),『이청전(李淸薛)』(薛用弱),『담구(譚九)』(和邦額),『상관완고(上官完古)』(樂鈞) 같은 중국 고대 문언소설 속에 대량으로 존재하고 있다. 원진(元鎭)의 『앵앵전(鶯鶯傳)』, 채우(蔡羽)의『료양해신기(遼陽海神記)』,『포송령(蒲松齡)』,『하화삼낭자(荷花三娘子)』,『소사(小謝)』,『향옥(香玉)』과 상술한 작품은 제재는 다르지만 서술기교는 동일하다. 즉, '생(生)'의 시점에서 전의 주인공을 묘사하고, 생을 이목으로 삼아 생이 현장에 존재하지 않는 사건은 모두 직접 묘사하지 않으며,

필요한 경우에는 담화를 사용하거나 편지를 매개로 전달한다.

셋째, 작가가 기인(奇人)의 신비를 부각시키기 위하여 의식적으로 그의 행동을 직접 묘사하지 않고 일반인의 시점으로 관찰하고 서술함으로써, 복잡하여 한눈에 알아보기 어려운 예술효과를 조성하였다. 이렇게 전지적 서사를 무의식중에 극복하였다. 당대 황보(皇甫)씨의 『최신사(崔愼思)』는 협녀(俠女)가 어떻게 최씨와 결혼하고, 아버지의 원수를 갚은 후에 떠나며, 후에 다시 돌아와 아이에게 젖을 먹이고 다시 떠나는 과정을 서술한다. 이 모든 장면은 최씨의 시점에서 출발하기 때문에 협녀가 돌아와서 아이에게 젖을 먹이는 장면을 자세하게 서술할 수가 없다. 이야기의 결말도 "신사가 한참이 지나도록 아이의 울음소리가 들리지 않는 것을 이상하게 여겨 살펴보니, 이미 그에 의해 살해되었다(愼思久之, 怪不聞嬬兒啼, 視之, 已爲其所殺)"로 끝을 맺는다. 설용약의 『가인처(賈人妻)』, 호가자(浩歌子)의 『요동객(遼東客)』, 포송령의 『노산도사(勞山道士)』도 '기인'에 접근하는 범인을 선택하여 관찰과 서술의 시점으로 삼아 시점의 통일을 엄격하게 유지하는데, 이것은 엄격한 의미에서 근대 소설이론에서 말하는 3인칭 제한적 시점에 가깝다고 할 수 있다.

'역사적 사실을 기록하는 필치'를 선양하고, '문장에 재주를 부리는 필치'를 억누르며 '작가가 대신 말하여 어디에서 보고 들었는지'의 곤경에 빠지지 않기 위하여[7] 스스로 기문일사(奇聞逸事)의 충실한 기록자가 되기를 원했던 기윤(紀昀)[8]과 같은 경우는, 표면적으로 항상 1인칭을 사용하였을 뿐 '나'에게 이야기를 들려주는 사람이 사용한 것은 여전히 전지적 서사였다. 이러한 작품은 중국 고대 필기소설 속에 절대적으로 우세한 위치를 차지하고 있지만, 결코 본문에서 토론하려는 제한적 서사가 아니다.

상술한 제한적 시점을 사용한 세 종류의 문언소설은 행장(行狀)을 서

---

7) 盛時彦의 「姑妄聽之 · 跋」에서 紀昀의 말을 인용하고 있다.

8) *기윤(1724~1805). 자는 曉嵐. 『四庫全書』 편찬에 일생의 정력을 기울여 『四庫提要』와 그 목록을 쓴 대학자.

술하든 보고 들은 것을 기록하든, 모두 상대적으로 이야기가 단순하여 중국 고대의 기인기사(記人記事) 산문에 접근하기 때문에, 작가가 쉽게 시점의 통일을 유지할 수 있었다. 만약 포송령도 조설근처럼 인물이 많고 줄거리가 복잡한 장편의 장회소설을 썼다면, 아마도 제한적 서사의 성공적인 운용을 보장하기 어려웠을 것이다.[9] 그래서 장편 백화소설을 주로 쓴 신소설가들이 창작을 시작했을 때, 전통 소설은 제한적 서사를 채용한 어떠한 성공적인 사례도 제공할 수 없었으며, 번역소설을 통해 점차적으로 제한적 서사의 기교를 깨닫게 되었다. 5·4작가들에 이르러서야 서양소설 시점이론의 직접적인 영향하에 전통소설의 전지적 서사양식을 의식적으로 극복할 수 있었다.

2. 구성을 위주로 한 신소설의 제한적 서사

신소설가들은 기본적으로 소설의 서사시점 문제를 토론하지 않았다. 인칭이라는 면에서 자서(自敍), 타서(他敍)의 구분을 논의하기는 했지만 대단히 늦은 일이었다.[10] 그러나 "이야기하지 않았다"는 것은 "배우지 않았다"는 것과는 다르다. 서양소설을 대량으로 접촉한 후에 신소설의 서사시점에 자연스레 변화가 일어났던 것이다. 우리들은 신소설 작가들의 구체적인 창작 및 단편적인 평론 속에서 그들의 고심과 예술적 추구를 쉽게 맛볼 수 있다. 그들은 상이한 경로를 거쳐 조금씩 전지적 서사의 한

___

9) 만약 胡適이 말한 바와 같이 『醒世姻緣傳』이 정말로 蒲松齡의 작품이라면, 그것도 그에게 제한적 서사를 장편소설에 운용할 능력이 없었다는 사실을 증명한다.

10) 如成之의 「小說叢話」(『中華小說界』 1914년 3~8기), 解弢의 『小說話』(中華書局, 1919년). 필자는 웨인 부스의 다음과 같은 견해에 동의한다. "이야기를 인칭이나 3인칭으로 강술한다는 것은 결코 어떠한 중요한 사실도 알려주지 않는다. 우리들이 더욱 명확하게 이해해야 할 것은 서술자의 특수한 신분이 어떻게 모종의 특수한 효과에 연계되는지의 문제이다."(The Rhetoric of Fiction, University of Chicago Press, 1961, p.50) 위에서 인용한 두 글은 공교롭게도 이 관건적인 측면을 빠뜨리고 있다.

계를 극복해나갔던 것이다. 그러나 정확한 이론적인 지도가 없어서 전진하기가 매우 어려웠으며, 전통적인 심미습관의 견제로 인해 일보 전진하면서 반보 후퇴하는 역정을 거치게 되었다.

최초의 어려움은 창작이 아닌 번역에서였다. 서양소설을 중국의 설부(說部)로 번역할 때, 상이한 소설 형식 간의 심연을 어떻게 좁힐 것인가? 원작에 충실할 것인가, 아니면 중국인의 구미에 맞출 것인가? 그러나 실제 과정은 완전히 충실하거나 부합되지도 않은 채 상호 침투하고 상호 개조하는 것이었다. 량치차오는 중국의 설부를 이용하여 『십오 소년 표류기』를 번역하였는데, "회를 나누어서" 회목(回目)은 늘어났으나 기본적인 줄거리는 변함이 없었다.[11] 저우구이성은 『독사권(毒蛇圈)』을 번역하면서, 몇 곳에 "원래대로 번역하여 중국 소설계에 소개하고자 한다"라고 주를 달았으나 불시에 중국 현실과 관련되는 익살과 유머를 삽입하였다.[12] 린수의 초기 소설번역 태도는 대단히 신중하여, 늘 "원서대로 번역해야 한다"라고 주장하였으나, 자신의 재능을 과시하기 위하여 월권 행위를 하지 않을 수 없었다.[13] 그 당시 번역가들은 원작을 개작하는 것을 수치로 여기지 않았으며, 심지어 이(원작)대로 번역하면 자신의 재능을 나타내기에 부족하다고 느껴, 종종 자기의 생각에 따라 창조하기를 좋아하였다. 량치차오는 원작에 따르지 않고 번역하는 것을 자신하여, 심지어 "(자신의) 의도대로 정비한 곳이 오히려 원문보다 뛰어난 것 같다고 생각하였다."[14] 우젠런은 독자들에게 책속의 의론과 해학은 모두 그 자신

---

11) 『십오 소년 표류기』 제1회 비평어. 『新民叢報』 2호, 1902년.

12) 예를 들면, 3회에서는 소년을 아름답게 묘사하고 나서 "안타깝게도 그는 프랑스에서 성장하여 이렇게 아름다운 남자를 보지 못하였다. 그래서 서복은 그를 적절하게 비유할 수 없었다. 중국인이 그를 보고 소설을 지었다면, 분명히 얼굴은 관모에 다는 구슬 같고, 입술은 붉은 색을 칠해 놓은 듯하며, 용모는 반악처럼 단정하고, 재주는 송옥과 같다고 묘사했을 것이다"라는 말을 삽입한다.

13) 錢鐘書의 「林紓的飜譯」, 『舊文四篇』, 上海古籍出版社, 1979년 참고.

14) 『십오 소년 표류기』, 제1회 비평어, 『新民叢報』 2호, 1902년.

의 글로서, "독자들의 흥미를 끌기 위한 것이니 사족이라고 비방하지 말라"[15]고 그 목적을 밝혔다. 『소선원(小仙源)』의 역자는 책에 "약간 고친 부분이 있으며", "장회체를 모방하면서도 문언으로 서술하는" 점을 인정하면서도, 얼토당토않게 "내용을 전달하는 데 부끄럽지 않다"라고 선전하였다.[16]

번역가들이 어떤 의도로 개작하든지 간에, 서양소설의 기본적인 면모는 대단히 빨리 중국에 소개되었다. 설자(楔子)와 대우회목(對偶回目)도 없어졌을 뿐 아니라, "증명할 시가 있다(有詩爲證)" 및 "이후의 사건을 알고 싶으면 다음 회를 들으십시오(欲知後事如何, 且聽下回分解)" 같은 상투어가 없어지고, 일련의 서양소설의 표면적인 특징들이 중국 작가들에 의해 모방되었다. 그래서 "증명할 시가 있다"가 가장 먼저 없어졌고 (류어의 『노잔유기』, 우젠런의 『이십년목도지괴현상』 등), 설자의 대부분은 이야기 속으로 들어가거나 완전히 사라졌으며(우젠런의 『상해유참록(上海遊驂錄)』, 이밍(佚名)의 『고사회(苦社會)』 등), 장편문언소설은 대우회목을 사용하지 않아도 결코 기괴하지 않았으며(저우쭤런의 『고아기(孤兒記)』, 린수의 『검성록(劍腥錄)』), 장편 백화소설에서도 대우회목을 사용하지 않는 추세가 시작되었다(펑위(彭兪)의 『규중검(閨中劍)』, 중궈량쉐런(中國涼血人)의 『거약기담(拒約奇談)』 등).[17] 제일 완고했던 "이후의 사건을 알고 싶으면, 다음 회를 들으십시오"[18]는 이때에도 간간이 출현하였으나, 최소한

---

15) 「電述奇談 · 我佛山人附記」.

16) 「小仙源 · 凡例」, 『繡像小說』 16호, 1904년.

17) 20년대 중기에 이르러 陳景新은 『小說學』(泰東圖書局, 1927년) 속에서, "중국 장회체 소설의 대구로 된 작은 제목은 기억과 흥미의 힘이라는 측면에서 산만한 구절이나 한 글자로 된 서두에 비해 훨씬 뛰어나다. 이는 서구의 문장에서 있을 수 없는 것이다"라고 강조하고 있다.

18) 실제로 韓子雲이 1892년에 창작한 『海上花列傳』은 이미 이 상투어를 쓰지 않고 있다. 그러나 작가의 마음속에는 여전히 매우 높은 위치를 차지하고 있다. 『小說叢報』 제4기(1914년)에는 定夷의 장편소설 『潘郞怨』을 간행한 후에 "이 책의 3회 끝에는 '이후의 사건을 알고 싶으면 다음 회를 들으십시오'라는 구절이 빠져 있어서, 특별히 여

쟝저(壯者)의 『소미추(掃迷帚)』와 치여우즈(杞憂子)의 『고학생(苦學生)』에서는 이러한 상투어가 사라졌다. 표면적으로 이러한 자잘한 개량이 대세에 커다란 도움이 되지는 않았지만, 조금씩 스며드는 이러한 변동들은 모두 중국소설계에 몇천 년 동안 굳게 자리 잡고 있었던 전지전능한 설서인을 향하고 있었다. 설서인의 상투어가 약화되어 점점 사라지는 변화는 중국소설이 전지적 서사를 뛰어넘기 위한 전제였다.

전지적 서사는 폭넓은 삶의 모습을 전개하거나, 많은 인물의 심리를 자유롭게 분석하기에 편리하여 그 나름의 장점이 있다. 그러나 근대 독자들은 전지전능한 화자의 서술이 진실한지 아닌지에 대해 의문을 품기 시작하여, 많은 작가들이 제한적 서사를 사용하도록 만들었다. 신소설도 소설의 진실감을 추구하였지만 대개 제한적 시점에서 시작하지 않았다. 그들은 역사사실을 바탕으로 하여 소설을 구상하거나 사회에 떠도는 유명한 사람의 일화를 도입하며, 신문에 간행된 뉴스나 기사를 인용하거나 구독하는 서적의 필기 등에 인용된 이야기를 수집하였는데, 목적은 이를 빌려 소설의 권위성을 증대시키기 위해서였다. 린수와 첸시바오는 어떻게 하면 버려져서 알 수 없는 이야기를 빌려 소설의 진실감을 유지할 것인가에 대해 토론하였는데, 이러한 버려진 이야기는 시점인물이 아니면 알 수 없기 때문에 작가가 서술해서는 안 되는 것임을 인식하고 있었다. 린수는 『검성록』 제39장에서 다음과 같은 말을 하고 있다 .

궁정의 비화는 때때로 전해 들을 수 있지만, 검증하여 사실이라고 여길 수 없을 뿐 아니라, 글로 쓸 수도 없다. 간혹 훗날 개인이 기록하여, 점차 세상에 전해지면, 특별히 사람들을 슬프게 만드는 것이 있다. (그러나) 서술자(外史氏)는 재능이 부족하지만, 억측한 사건으로 기이한 이야기를 꾸미지는 않을 것이다. 독자들은 마땅히 내 심정을 자세히 살

기서 보충하여 알려드립니다"라는 부록이 있다.

펴야 할 것이다.[19]

첸시바오는『도올췌편』제15회에서 다음과 같이 말하고 있다.

> 도학 선생은 이 일을 매우 비밀스럽게 만들어, 마치 부녀자들이 내통한 일을 단단히 입막음하는 것처럼, 자기의 처첩과 자식의 면전에서도 한마디도 누설하지 않았다. 그래서 길거리에서라도 (이 일을 알고 있는) 주위 사람을 만나면, 당신이 한 이야기는 어디서 들은 것인지, 감히 그를 대신하여 마음대로 말할 수 있는지에 대해 깨우쳐주고 싶다.[20]

린수의 글은 궁정의 정사와 비화가 똑같이 시점인물인 중광(仲光)의 이목 밖에 있다 하더라도, 황제가 도망가고 단옥(端玉)이 실각하는 등 궁정의 정사(正史)만을 기록하고 '궁정비화'를 기록하지 않는다는, 작가의 '정사의 보조'라는 취지만을 설명할 뿐이다. 첸시바오의 글은 순전히 소설가가 허구적으로 꾸며낸 것이니, 어찌 '가장 비밀스런 일'이겠는가? 가단보(賈端甫)가 호우수(胡雨帥)에게 삼천금을 주는 방면은 마음대로 과장할 수 있으며, 홍중당(洪中堂)에게 후한 선물을 주는 것도 "마음대로 서술할 수 있다." 대체로 모두 작가의 '허실상생(虛實相生)'의 필법으로 귀결될 수 있을 따름이다. 분명히 이 두 가지의 취사선택은 모두 제한적 서사의 측면에서 착안한 것이 아니다.

평론가들 중에서도 제한적 서사에 주목한 사람이 있었으나, 소설의 진실감에 착안할 것은 아닌 듯하다. 사람들의 주목을 가장 쉽게 끈 것은 당

---

19) "至於宮廷幽閣之事, 時亦得諸傳聞, 未敢據以爲實, 亦未便著筆. 或者他日私家記載, 稍稍流傳人間, 有別足生人憒嘗者. 外史氏才力疏薄, 不欲用臆度之事, 侈爲異聞, 讀者當曲諒吾心也."

20) "逢著道學先生做到這些事體最爲秘密, 雖是自己妻妾兒女面前都不肯漏泄一字, 比那婦女人家像漢子還要口緊些, 所以當道裏頭也最願意提拔這些外方內圓的人, 你叫做書的到那裏去打聽? 又何敢替他隨意聲敍呢?"

연히 1인칭 서사였다. 종쥔원(鐘駿文)은 『금해석(禽海石)』에 대해 "이 책은 병환 속에서 유년의 정사(情事)를 자술(自述)한 것으로, 끊임없이 슬픔에 잠기고 우여곡절하며, 모든 사건이 경험에서 우러나오고 모든 언어를 마음속에서 건져내어, 가련한 생활을 지면 위에 전개하였다"[21]고 평가하였다. 천즈췬(陳志群)은 『얼원경(蘗冤鏡)』의 서문에서 "이 책 속의 인물과 사건은 자신의 경험을 바탕으로 이야기한 것으로 높이 평가할 만하다"[22]고 서술하였다. 그러나 이 두 사람은 모두 화자와 인물의 동일함이 독자들을 감동시키기에 용이하다는 측면에서 입론했을 뿐이다. 제한적 서사를 진정으로 이해하게 되면 결코 구속받지 않고 매우 자유로울 수 있으며, 작가가 '불필요한 서술 피하기(趨壁)', '조리 있게 서술하기(鋪敍)'에 더욱 유리하다. 대체로 위밍전(兪明震)만이 이 점을 인식하였다. 당시의 동년배들이 모두 셜록 홈즈의 신통함과 작가의 구성기교에 대해 토론할 때, 그는 오히려 코난 도일이 왓슨을 서사시점으로 삼은 오묘함에 주의하였다.[23]

　　나는 이 소설에서 가장 뛰어난 곳이 전적으로 "왓슨의 시점에 의한 서술"에 있다고 생각한다. 한 사건이 해결되기까지는 시일이 걸리기 때문에, 아무리 유명한 탐정가라 하더라도 반드시 불필요한 의심과 행위가 있어서, 읽고 나면 흥미가 감소되기 마련이다. (그러나) 코난 도일은 왓슨의 시점에서 서술하여, 셜록 홈즈가 하루 외출하고 나면, 이미 그 사건이 해결되어 있다. 이것은 "불필요한 서술 피하기(趨壁)"에 능하다고 할 수 있다. 그리고 사건의 추리를 이상적인 계획에 전적으로 의지하여, 어떻게 사건이 발생하여 전개되고 해결될 것인지가 일일이 앞에서 분명하게 서술되면, 범인이 체포되고 난 후에 맥이 빠지기 마련이다.

---

21) 寅半生(鐘駿文), 「小說閑評·『禽海石』」, 『遊戱世界』.
22) 『蘗冤鏡』, 民權出版部, 1914년.
23) 셜록 홈즈의 이야기 중 홈즈의 친구 왓슨에 의한 사건 전개.

그러나 셜록 홈즈는 사건을 매번 범인이 체포된 후에, 그 추리과정을 상세하게 서술한다. 그 전에 쓸모없는 추리과정을 서술하지 않아서, 결국 셜록 홈즈가 예지적이며 신성한 인물이라고 느껴지게 만든다. 이것은 "조리 있게 서술하기(鋪敍)"에 능하다고 할 수 있다. 왓슨은 본래 주변인이기 때문에, 셜록 홈즈의 모든 비밀을 미리 얘기할 수 없는데, 결코 억지로 그렇게 만든 것이 아니다. 왓슨은 아득히 모르고 있다가, 갑자기 범인이 체포되고 나면, 예상 밖이라고 의아해한다. 잘린 나무의 뿌리를 찾듯이, 앞의 일은 반드시 설명해야 하는데, 이 소설은 구성의 기교에 의해 결말에 도달하여, 마침내 독자들도 의아해서 어찌할 바를 모른다. 그래서 내가 "이 소설에서 가장 뛰어난 곳이 전적으로 '왓슨의 시점에 의한 서술'에 있다"라고 생각한 것이다.[24]

위밍전은 코난 도일이 주변인 왓슨을 서사시점으로 선택하여 모든 것을 왓슨의 입장에서 서술하고 있기 때문에 그 예술적 구상—趨壁와 鋪敍—이 모두 자연스럽다고 생각하였다. 이는 그가 제한적 서사를 빌려 어떻게 소설의 진실감을 창조하는가의 문제를 이미 이해하고 있다고 볼 수 있다. 그러나 안타깝게도 위밍전 본인뿐만 아니라 다른 신소설 이론가들 모두가 이러한 측면에서 탐구를 계속하지 않았다.

신소설가들이 제한적 서사방법을 깨달은 것은, 주로 소설의 진실감을

---

24) 蛻庵(兪明震),「蛻庵漫筆」,『小說林』1권 5기, 1907년. "餘謂其佳處全在" "華生筆記" 四字. 一案之破, 動經時日, 雖著名偵探家. 必有疑所不當疑, 爲所不當爲, 令人閱之索然 寡歡者. 作者乃從華生一邊寫來, 只須福終日外出, 已足了之, 是謂善於趨避. 且探案全 恃理想規劃, 如何發縱, 如何指示, 一一明寫於前, 則雖犯人弋獲, 亦覺素然意盡. 福案每 於獲犯後, 詳述其理想閭劃, 則前此無益之理想, 無益之規劃, 均可不敍, 遂覺稿爾摩欺 若先知, 若神聖矣. 是謂善於鋪敍. 因華生本局外人, 一切福之秘密, 可不早宣示, 絶非勉 强. 而華生旣茫然不知, 忽然罪人斯得, 驚奇自出意外, 截樹尋根, 前事必需說明, 是皆由 其布局之巧, 有以致之, 遂令讀者亦爲驚奇不置. 餘故曰 "其佳處全在 '華生筆記' 四字" 也."

부각하는 점에서가 아니라 소설의 구성의식을 강조하는 데서 시작하였다. 이것은 제2장에서 제기한 익숙한 문제로, 20세기 초 중국 소설가와 소설이론가들은 단지 구성의 측면에서 외국소설을 이해하고 비판하며 모범으로 삼을 수밖에 없었기 때문이다. 여기에서 소설가와 소설이론가들의 견해는 서로 근접하지만 평가는 오히려 상반되었다. 외국어 수준의 한계로 많은 소설이론가들은 실제로 요약된 번역본만을 읽었을 뿐이기 때문에,[25] 중국소설과 서양소설의 차이를 비교하기에는 당연히 커다란 한계를 지니고 있었다. 그러나 많은 사람들은 중국소설의 구성이 서양소설보다 뛰어나다는 점을 반복해서 증명하였는데, 이것은 실제로 진지하게 생각해볼 만한 문제이다.

　　서양소설에는 인물이 항상 적지만 중국소설에는 인물이 항상 많다. 서양소설에서 서술되는 것은 대부분 한두 사람의 역사이지만 중국소설에서 서술되는 것은 대부분이 한 사회의 역사이다. …… 우리나라의 정치와 법률은 비록 서양보다 못한 것이 많지만, 문학과 이상에 있어서는 항상 서양의 것으로 중국 민족의 것에 보태기를 바라지 않는다.[26]
　　중국소설에 나열된 사람과 서술된 사건은 그 종류가 매우 많지만,

---

25) 俠人은 솔직하게 "나는 서구의 글을 몰라서 서구인이 지은 소설을 읽을 수 없다. 겨우 한두 개 번역된 책에 기대어 읽을 뿐이다. …… 그 장단점을 비교하면 다음과 같다"라고 말하고 있다(「小說叢話」,『小說林』13호, 1905년).

26) 「小說叢話」(『小說林』11호, 1904년) 속에 있는 漫殊(梁啓勛)의 말. 黃霖, 韓同文이 選注한『中國歷代小說論著選』은 楊世驥의『文苑談往』에 근거하여 위에서 인용한 문장의 작자 '만수'를 麥仲華라고 단정하였는데, 실제로 틀린 말이다. 량치쉰은『曼殊室隨筆』에서 금병매를 논한 부분은 이와 문장이 같으며, 그 뒤에 "30년 전 나는 이름을 밝히지 않은 짧은 글에서 이 사건을 논하여 요코하마의『新小說』에 실은 적이 있다. 우연히 그것이 기억나서 여기에 덧붙인다"는 부언을 하고 있다. "泰西之小說, 書中之人物常少; 中國之小說, 書中之人物常多. 泰西之小說, 所敍者多爲一二人之歷史; 中國之小說. 所敍者多爲一種社會之歷史.……吾國之政治法律, 雖多不如人, 至於文學與理想, 吾雅不欲以彼族加吾華胄也."

한데 모아서 융합할 수 있다. 그러나 서양소설은 그렇지 않다. 책 한 권에 겨우 하나의 사건을 서술하고 단선적인 진행을 한다. 대개 한 권의 소설은 한 종류의 인물만을 서술하고 있다. 정(情)을 묘사하면 백치여인을 서술하고, 군사를 묘사하면 대장군을 서술하고, 모험을 묘사하면 탐험가를 서술하고 있다. 그 나머지는 비록 보조로 사용되기는 하지만 거의 특징이 없다. (서양소설과 달리) 이것은 중국소설의 장점 중의 하나이다.[27]

　서양소설은 대부분 한 사람과 한 사건으로 구성된 이야기(一人一事)를 서술하지만, 중국소설은 대부분 여러 사람과 여러 사건으로 구성된 이야기(數人數事)를 서술한다. 어떤 논자는 이것을 고급스러운 것과 조야한 것의 구별이라고 말하지만, 나는 유독 그렇지 않다고 생각한다. 사건이 번다하고 국면이 변화스러우면, 인물에 있어서 충신과 간신, 현명한 사람과 어리석은 사람을 함께 나열하고, 사건에 있어서 교묘한 것과 졸렬한 것, 기이한 것과 바른 것을 섞어 진술해야 앞뒤가 연결되고 서로 어울리면서 변화를 지닐 수 있다. 서술 구조의 규모가 크고 문장에 뛰어난 자가 아니면 이것을 할 수 없을 것이다. 이상을 구체화하는 방법을 깊이 있게 알고 있으면, 한 번 읽고 나면 다시 읽고 싶어지고, 열 번 백 번 읽어도 싫증 나지 않게 만들 수 있다. 그러나 서양소설 가운데는 이러한 맛을 풍부하게 지니고 있는 작품이 참으로 드물다. 어느 것이 우수하고 어느 것이 졸렬한 것인지는 말하지 않아도 이해할 수 있을 것이다.[28]

　또한 서양소설에서 언급하고 있는 것은 일인일사인 반면 중국소설에

---

27) 「小說叢話」 속의 俠人의 말(『新小說』 13호, 1905년)
28) 東海覺我(徐念慈), 「小說林緣起」, 『小說林』 창간호, 1907년.

서 다루고 있는 것은 수인수사(數人數事)이다. 이것은 중국소설계의 자부할 만한 것이다.[29]

단독적인 소설은 일인일사(一人一事)를 위주로 묘사하고 있다. 복잡한 소설은 그 반대이다. 서양소설을 중국소설과 비교해보면 대부분이 단독적이다. 이것이 바로 중국소설만큼 환영을 받지 못하는 원인이다.[30]

그렇다면 무엇 때문에 '여러 사람과 여러 사건으로 구성된 이야기'를 펼쳐놓은 소설구성이 '한 사람과 한 사건으로 구성된 이야기'를 수미일관하게 서술하는 것보다 뛰어나단 말인가? 쉬녠츠가 구조의 난이도에서 입론한 것도 물론 일리 있는 것이지만, 중국의 심미취미를 가장 대표할 수 있는 것은 량치쉰(梁啓勛)의 의견—수인수사(數人數事)의 서술방법이 "한 사회의 역사"를 서술하기에 편리하다—일 것이다. "정사에 빠진 부분을 보충할 수 있는가 아닌가"의 측면에서 두 소설의 구성을 비교하고 평가하면 중국소설을 찬양하고 서양소설을 폄하하는 논리로 기울게 마련이다.

오히려 소설가들이 이러한 관습에서 벗어나 여러 사람과 여러 사건으로 구성된 이야기를 일관된 흐름으로 삼는 구성 기교의 우수성을 이해하였다. 린수는 해거드(Henry Rider Haggard, 1856~1925)의 『斐洲煙水愁城錄(Allan Quatermain)』을 완역하면서, 재삼 독자들에게 이 절은 "모두 로커를 매개고리로 삼지 않은 것이 없"는데, 이것은 『사기 · 대원전(史記 · 大宛傳)』의 전반부는 박망후(博望候)를 중추로, 후반부는 한혈마(汗血馬)를 매개고리로 삼는 것과 매우 비슷하다고 일깨워주었다. "그래서 그 착안점

29) 天謬生(王鐘麟), 「中國歷代小說歷論」, 『月月小說』 1권 11기, 1907년.
30) 戌之(呂思勉), 「小說叢報」, 『中華小說界』 1권 3기, 1914년.

을 살펴보면 로커를 전체의 축으로 묘사하고 있는데 이것이 바로 사마천 (司馬遷)의 연락법(連絡法)이다. 문심(文心)은 쓸쓸하고 한적하지만 황당무계하지 않으니, 진정으로 문장에 능하다고 할 수 있다."[31] '고문의법(高文儀法)'에 대한 깊은 깨달음으로 인해 린수는 얼토당토않게 서술하기는 하지만 외국소설의 서사기교를 더욱 쉽게 받아들일 수 있었다.[32] 우젠런은 의식적으로 이러한 서사기교를 운용하여 『이십년목도지괴현상』을 창작하였다. "이 책은 거정(擧定) 일인을 위주로 서술하고 있는데, 마치 천군만마가 한 사람의 조정에 의해 움직이는 듯하고, 곳곳에 강물을 한곳으로 모으는 듯한 기묘함이 있다. 이러한 서술방식으로 드디어 대단원을 이루었다."[33]

첫 단계는 한 사람과 한 사건으로 구성된 이야기로 일관된 흐름을 구성하고 나서, 다음 단계로 한 사람의 눈을 통해 세상을 바라볼 수 있었다. 신소설가들이 첫 단계로 매진한 것은 자각한 것이었지만, 다음의 단계는 거의 우연에 가까우며 항상 중도에서 그만두곤 하였다. 리보위안의 『문명소사(文明小史)』전반 12회는 호남(湖南) 영순(永順)지방의 관료세계를 집중적으로 묘사하고 있으며, 『중국현재기(中國現在記)』의 1회에서 3회까지는 주시랑(朱侍郞)을 중심으로 일관된 이야기를 형성하는데, 이 작품들은 『관장현형기』에 비해 구성은 긴밀하지만 여전히 전지적 서사를 사용하고 있다. 그런데 『이십년목도지괴현상』, 『냉안관』, 『노잔유기』, 『린녀어』(連夢靑) 등에 이르면 크게 달라진다. 작가들은 가능한 한 사건을 '나(我)' 혹은 노잔(老殘), 김불마(金不磨)의 시야 속에 제한시키고, 주인

---

31) 「斐洲煙水愁城錄 · 序 」, 『斐洲煙水愁城錄』, 商務印書館, 1905년.

32) 연구자들은 항상 린수가 사마천의 필법을 서양소설에 비교하는 것을 비웃지만, 이것은 이러한 비교가 서양소설의 기교를 이해하는 데 얼마나 유리한지에 대해 별로 생각하지 않는 처사이다. 이는 매우 공정하지 못한 일이다.

33) 「二十年目睹之怪現狀 · 總評」. 작자가 이름을 밝히지 않았지만, 문장의 의미에 근거하면 틀림없이 우젠런 자신일 것이다.

공의 견문을 통해 사건을 전개하고 있다. 앞의 두 작품은 느슨하게 처리되고 뒤의 두 작품도 모두 중도에서 그쳤지만, 이러한 예술탐색은 여전히 가치 있는 일이다.

여기서 끌어들인 것은 결코 서사 인칭의 다양화 혹은 작품 구성을 위한 작은 기교만이 아니라 인물을 관찰하고 사고하는 문제, 이야기를 구성하고 서술하는 특수한 시점에 관한 문제였다. 바로 그것이 중국소설 발전의 전체적인 국면에 영향을 끼쳤기 때문에 전통적인 심미취미의 견제를 받지 않을 수 없었다. 그래서 일련의 중국과 서양의 소설 서사시점의 대화에 있어서 제한적 서사는 끊임없이 발전하고 영향력을 확대하였으나 끊임없이 자기의 예리함이 손상되어, 제한적 서사가 신소설을 개조시킨 공헌에 대해서는 찬탄하지 않을 수 없지만 개조의 성공적인 사례는 찾아보기 어려운 것이다. 아마도 이것은 신소설가들의 모순된 심리상태와 관계있을 것이다. 서양소설의 제한적 서사의 표현특징을 배워 '한 사람과 한 사건으로 구성된 이야기'로 전체를 일관하려고 하지만 자유롭게 시공간을 전환하는 전통소설의 전지적 시점의 장점을 버릴 수 없고, 제한적 시점을 이용하여 감각의 진실을 구하려 하지만 역사사실을 끌어들여 역사의 진실을 획득하려 하고, 예술적 가치를 추구하기 위하여 제한적 시점으로 소설의 완정함을 강조하지만 역사적 가치(정사의 보조)를 추구하기 위해 전지적 시점으로 가능한 한 커다란 사회의 면모를 담아내려고 하였다.

3. 신소설의 1인칭 서사

아마도 묘한 일치이겠지만, 최초로 중국 작가들에게 영향을 끼친 서양소설의 세 가지 번역작품—정치소설 『백년일각』(1984), 탐정소설 『화생필기안(華生筆記案)』 2편(1896)과 애정소설 『파리다화녀유사』(1899)—은 모두 1인칭 시점을 사용하고 있다. 대개 중국 독자들이 이 서사방법에 습관이 되어 있지 않거나 독자들이 소설속의 '나'를 번역자로 동일시할까 염려되어, 티모시 리처드는 '나'를 '모(某)'로 고쳤으며, 린수는 '나'를 '소뒤마'로 고쳤고, 『시무보(時務報)』에서는 '나'를 '왓슨'으로 고쳤다. 이렇게 해서 번역자들은 "황당하다"거나 "음탕하다"는 비방을 면할 수 있었으나 서양 소설가들의 문심(文心)이 이 때문에 중국에 전해지기가 어려웠다. 다행히도 이러한 상황이 빨리 지나가고 1인칭 시점의 서양소설이 중국에 대량으로 전파되어, 번역자나 독자도 익숙해져서 금방 일상적인 것이 되었다. 기이하게도 처음에 한 '개역(改譯)'이든 그 후에 한 '직역(直譯)'이든 간에 오랜 시간 동안 번역자와 독자가 모두 1인칭 서사에 대해 침묵을 지켰는데, 이것은 '서두 장면제시'에 대해 상당한 관심을 표한 것과 강렬한 대조를 이룬다. 처음에는 까닭없이 가로막더니 나중에는 영문도 모르는 채 유행하게 되었다. '가로막음'에서 '유행'에 이르는 과정은 물론 중국인들의 소설관념에 대한 진보를 증명하는 것이다. 그러나 그 중간에 존재했음직한 '교량'은 오히려 당시 사람들의 침묵으로 인해 사라져버렸다. 만약 지금 '진화의 사슬'을 보충, 완성하기 위하여 어떠한 '교량'을 재건하더라도, 이것은 말할 나위 없이 이론적인 가설에 불과한 것이다.

초기 1인칭 소설의 번역작품에서 그 화자인 '나'가 대부분 보조인물이었다는 사실도 주목할 만하다. 다시 말하면, '나'가 보고 들은 것은 '나'의 친구 이야기이지 '나' 자신의 이야기가 아니라는 것이다. 만청 4대 소설잡지들은 모두 1인칭 서사를 채용한 36편의 외국소설 번역작품을 실었는데, 위고의 『철창홍루기(鐵窓紅淚記)』를 제외하고 그 나머지는 기본적으로 모두 부인물시점이었다. 이른바 사회소설 『한만유(汗漫遊)』(스위프트의 『걸리버 여행기(格列佛遊記)』), 애정소설 『허클베리핀의 모험(山家奇遇)』(마크 트웨인), 정치소설 『회두간(回頭看)』(『백년일각』의 새로운 번역본), 외교소설 『러시아 궁정 안의 귀신(俄皇宮中之人鬼)』(량치차오 역), 과학소설 『목성을 날아서 방문하다(飛訪木星)』 등은 모두 '나'가 낯선 사람이 되어 낯선 세계에서 보고 듣고 생각하고 느낀 바를 기록하고 있다. 또한 수량이 가장 많은 탐정소설도 '나'의 친구의 이야기를 서술하고 있다. 이야기의 기록자이면서 신세계의 관찰자로 출현하는 '나'는 중국 고대 문언소설 속에서 흔히 볼 수 있다. 그러나 중국 고대소설에서는 1인칭 서사의 관건이자 매력이 존재하는 '나'가 자신의 이야기를 서술하는 부분이 결핍되어 있다. 초기 신소설가들은 이 부분을 피하고 '유기(遊記)', '견문록(繭門錄)'을 읽는 시점으로 서양의 1인칭 서사소설을 읽었다. 매우 빨리 읽고 통용되기는 했지만, 실제로 진정한 깨달음이 없이 중국적인 오독(誤讀)을 거쳐 수용되었다. 또한 도치서술 수법만큼 환영받지는 못했지만, 처음부터 서양소설의 수법으로 인정되어 모방·차용하기에 편리하였다.

아주 오랫동안 신소설가들은 견문록을 기록하는 방법으로 1인칭 서사소설을 구상하였다. 우젠런의 『이십년목도지괴현상』, 왕쥔칭의 『냉안관』, 샤오란위성(蕭然郁生)의 『유토피아 유기(烏托邦遊記)』 등은 단순히 제목에서도 작가가 구상하는 틀을 추측할 수 있다. 실제로 대부분의 초기 단편소설, 예를 들면 우젠런의 『흑적원혼(黑籍冤魂)』, 『대개혁(大改革)』, 『평보청운(平步靑雲)』, 쉬줘다이(徐卓呆)의 『온천욕(溫泉浴)』, 타오바오피(陶報癖)의 『경찰지결과(警察之結果)』, 사오취푸(邵粹夫)의 『정거장(停車場)』 등은 모두 형태만 바뀐 견문록이었다.[34] '나'의 여행을 틀로 삼아 다른 사람의 이야기를 인용하는 이러한 서사방법은 후기 신소설가들도 많이 운용하고 있다. 예를 들면 바오톈샤오의 『우붕서어(牛棚恕語)』, 저우서우쥐안의 『운영(雲影)』, 왕둔건(王鈍根)의 『여지귀우(予之鬼友)』, 시여우의 『고황조(孤凰操)』, 헌런의 『매아참사(埋兒慘史)』 등이다. 이러한 서사방법은 표면적으로는 매우 새로운 것 같으나, 뼛속은 대단히 구식이어서 전통 중국소설의 시점에 커다란 충격을 줄 수 없었다. 또한 광대한 독자들이 눈

---

34) "독자들로 하여금 본인이 번역한 것인지 어떤지를 의심하도록 만든" 吳趼人의 단편소설 『豫備立憲』이 한 예이다. 그 밖에 『二十年目睹之怪現狀』은 견문록이면서 자서전이다. 여기서는 그것을 단독적인 유형으로 삼아 해부하지 않는다.

여겨볼 만한 것이 없을 뿐 아니라, 심지어 찬성하거나 반대하는 사람도 없을 정도였다.

바로 이러한 의미에서 필자는 『금해석(禽海石)』, 『단홍령안기(斷鴻零雁記)』 등의 자전체 소설의 혁신적인 의의를 충분히 긍정한다. 1906년 군학사(群學社)에서는 푸린(符霖)이 창작한 『금해석』을 간행하였는데, 이는 중국문학사상 최초로 장회소설의 형식을 사용하여 자신의 생활 역정을 묘사한 작품으로, 1인칭 서사방법을 신소설 창작에 진정으로 운용한 것이다. "시종 정자(情字)만을 썼을 뿐"이라고 자칭한 이 소설은 이야기 자체에 새로운 의의를 많이 가지고 있다고 말하기는 어렵지만, 작가가 전통적인 전지적 서사를 1인칭 서사로 바꾸었기 때문에 독자들에게 "모든 일은 몸소 겪은 것을 쓰고, 모든 말은 마음 한가운데에서 선택하는" 감각을 주어 평론가들조차 "다 읽고 책을 덮고 나서도 감탄하지 않을 수 없었다."[35]

1인칭 서사는 '말하기'라는 동작에 의지하여 주인공의 이야기에 완정함을 지니도록 만들기가 매우 쉽다. 이것은 분명히 기교를 손쉽게 취할 수 있는 구조방법이다. "그의 체험이 논리적이고 예술적으로 연결되지 않더라도, 적어도 모든 부분이 동일한 일치성을 지니고 있기 때문에 한 부분을 다른 부분에 연결시킬 수 있을 것이다. …… 1인칭은 연관되지도 구조적이지도 않은 이야기를 하나로 결합하여, 억지로라도 완정함을 이루게 할 수 있다."[36] 그래서 후기 신소설가들이 1인칭으로 이야기를 강술하는데 열중하여, 시점을 버림받은 여인(쉬전야의 『棄婦斷腸史』)이나 과부에게 의탁하거나(저우서우쥐안의 『此恨綿綿無絶期』) 심지어 "현신설법(現身說法)"[37]으로 진실감을 조성하였는데, 모두 크게 고심하지 않고 단지 이야기의 애절함과 서술의 편리함에 착안했을 뿐이었다. 자아의 정감을 표

---

35) 寅半生, 『小說閑平』.

36) Percy Lubbock, *The Craft of Fiction*, London, 1928년, p.131.

37) *자신의 경험을 바탕으로 이야기를 서술하는 방법.

출하기에 편리하다는 측면에서 1인칭 서사방식을 채용한 작품으로는 대체로 수만수의『단홍령안기』등 몇 편 정도를 들 수 있을 뿐이다. 설령 수만수 소설에 대한 위다푸의 평가가 그다지 높지 않았다 하더라도,[38] 필자는 여전히 "수만수의 문예는 커다란 간격을 뛰어넘어, 창조사의 낭만주의 운동에 접목되었다"[39]는 타오징순의 견해에 동의한다. 더 나아가 필자는 『단홍령안기』는 위다푸의 자서전적 소설의 선구라고 지적하고자 한다. 만약 삼각연애가 아니라 '탈속한 사람도 견디기 어려운 슬픔'이라는 측면에서 이해하고 읽기만 한다면, 그 감정의 실마리를 쉽게 발견할 수 있을 것이다. 이것은 결코 애절한 이야기가 아니라 동서의 문화, 고급한 생활과 저급한 생활 사이의 모순 가운데서 괴롭게 발버둥치는 심경의 자백이다.[40]

1인칭 서사의 변격인 일기체, 편지체 소설들도 점차적으로 신소설가들의 주목을 받았다. 1901년 츄웨이아이는『다화녀』의 "끝부분에 춘희가 죽음에 이르자 아픔을 위로하려고 쓴 몇 페이지의 일기를 덧붙였다"[41]고 지적하였다. 1915년 린수는『어안결미(魚雁抉微)』(몽테스키외의『페르시아인의 편지』)를 "환상 속에서 쓴 편지체"[42]라고 지적하였다. 쉬전야의『옥리혼』29장은 균천(筠倩)의 임종 당시의 일기를 인용하여 기록하고 있는데, 이것은 확실히 다화녀를 모방한 것이다. 바오텐샤오의『명홍(冥鴻)』은 미망인이 죽은 남편에게 보내는 11통의 편지를 연결하여 만든 것인데, 이는 당연히 '환상 속에서 쓴 편지체'이다. 그러나 신소설가들은 일기체, 편지체 소설의 형식을 사용하여 이야기를 말하거나 혹은 자신의 정견을 표현

---

38) 郁達夫의「雜評曼殊的作品」(『洪水』3권 31기, 1927년)에서는 이 소설을 "매우 부자연스럽고 비사실적이며, 너무 지나치게 만들었다"라고 비평하고 있다.

39) 陶晶孫,「急忙談幾句曼殊」,『牛骨集』,太平書店, 1944년.

40) 졸고,「論蘇曼殊, 許地山小說的宗敎色彩」(『在東西文化碰撞中』,浙江文藝出版社, 1978년) 참고.

41) 邱煒蔈,「揮塵拾遺 ·『茶花女遺事』」.

42) 林紓,「魚雁抉微 · 序」,『東方雜志』12권 9호, 1915년.

하는 데 사로잡힌 채 감정을 솔직하게 토로하지 않았기 때문에, 5·4작가들이 자유자재로 구사한 일기체, 편지체 소설 형식이 신소설가들의 수중에서는 늘 부자연스러웠다.[43] 이것은 분명히 기교의 문제만은 아니다. 신소설가들은 창작의 경험뿐만 아니라 바로 5·4작가의 자유정신, 개성 및 반항의식이 결핍되어 있었다.

4. 신소설의 3인칭 서사

만약 서양소설의 1인칭 제한적 서사가 분별하기 쉬워서 신소설가들의 관심을 끌었다고 한다면, 3인칭 제한적 서사는 시종 언급하는 사람이 없었다고 할 수 있다. 필자가 추출하여 분석한 309편의 신소설 저서 번역서 중에서 3인칭 제한적 서사를 채용한 서양소설은 단지 셴코비치의 『등대지기(燈臺卒)』1편뿐이며, 3인칭 제한적 서사를 시도한 중국소설은 『노잔유기』, 『린녀어』, 『상해유참록』(우젠런)과 『화개화락(花開花落)』(저우서우쥐안) 등 4편뿐이다. 신소설가들은 결코 직접적으로 서양소설의 3인칭 제한적 서사를 모방하지 않았고, '한 사람과 한 사건으로 구성된 이야기'로 일관하는 서양소설의 구성기교를 빌리고 견문을 기록하는 중국소설의 방법을 참고하여, 가능한 한 전체 이야기를 일관된 주인공의 시야에서 처리하였는데, 여기에서 신소설가의 독특한 3인칭 제한적 서사 의식이 형성되었다.

프루섹은 20세기 초 중국소설의 화자의 작용변화를 논술할 때, 리보위안의 소설이 많은 의론을 첨가한 것에 대해 "이것들은 모두 전통 사시(史詩)의 객관성을 손상시켰으며, 객관적인 서술형식과 서로 모순된다"라고 비평하였다. 이와 더불어 "정푸는 소설 속의 인물의 개인 이야기를 역사사건에 결합시켰는데, 이 방법은 서로 다른 성질의 재료를 기계적으로 결합

---

43) 일기체, 편지체 소설의 중국에서의 변천에 관해서는 제6장 참고.

시켜놓으면 최후에 어떻게 실패하게 되는지를 잘 설명해준다"[44]라고 비평하였다. 이러한 비평은 대체로 타당하다. 그러나 그는 똑같이 이야기와 의론, 개인 이야기와 역사사건을 결합시켰지만 기본적으로 전체적인 통일을 유지하는 다른 소설을 주의하지 않은 듯하다. 비교적 견문록에 가까운 형식을 이용한 『노잔유기』, 『린녀어』, 『검성록』(『京華碧血錄』)은 상술한 두 가지 모순을 비교적 잘 해결하였다. "견문록에 가깝다"는 말은 당연히 작가가 창작한 것이 결코 순수한 견문록이 아니라는 것을 의미한다. 한편으로 견문록의 형식을 빌려 시점의 통일을 획득하지 않을 수 없으며(네 권의 소설 제목에서 그 일면을 볼 수 있다), 다른 한편으로 견문록으로는 자유롭게 정견을 발표하거나 광활한 역사화면을 표현할 방법이 없음을 불안하게 생각하여, 어쩔 수 없이 견문록의 형식에서 벗어나지 않을 수 없었다. 후인들은 작가들이 일관된 시점을 시종 관철하지 못하는 것에 대해 안타깝게 여길 수 있지만,[45] 당시 사람들은 주인공의 시야에서 벗어나 역사사건을 전지적으로 서술한 것에 대해 대단히 흥미를 느낀 것 같다.[46] 새로운 기교의 유혹과 오래된 취미의 견제 사이에서 배회하면서 신소설가들은 절충적인 방법을 채용하지 않을 수 없었다. 그래서 그들은 일관된 인물을 허구적으로 설정하여 집안과 국가, 자신의 신세에 대해 표현하거나[47] "서로 사

---

44) Prusek, "The Changing Role of the Narrative in Chinese Novels at the Beginning of the Twentieth Century", Archiv Orientalni, 38, 1970.

45) 阿英의 『晚淸小說史』(人民文學出版社, 1980) 제 45항에서는 『隣女語』를 "만약 중도에 계획이 변동되지 않고 이전 6회의 방법에 따라 묘사될 수 있었다면, 정말로 우수한 작품이 되었을 것이다"라고 평가하고 있다.

46) 5회부터 劉鶚은 '蝶隱'이란 필명으로 『隣女語』를 평가하는데, 관찰자 金不磨를 전혀 염두에 두지 않고, 책 속에서 묘사된 사회상황과 역사사건에 대해 많이 평론하고 있다.

47) 劉鶚의 「老殘遊記·自序」. "지금 우리의 삶에는 개인의 감정, 국가의 감정, 민족의 감정이 있다. 그 감정이 더욱 깊어지는 이는 눈물도 더욱 애통해진다. 이것이 鴻都百煉生(류어)이 『노잔유기』를 창작한 이유이다."

회의 상황을 토론"[48]하며 혹은 이를 빌어 사변의 전모를 서술하였던 것이다.[49]

『노잔유기』의 서술방식은 역대로 연구자들이 상당히 중시한 것이다. 일찍이 20년대 루쉰은 바로 "이 책은 철영(鐵英), 호(號)가 노잔이라는 자의 여행을 통해 그의 언론과 견문을 두루 기록한 것"[50]이라고 지적하였다. 60년대 샤즈칭(夏志淸)은 한걸음 더 나아가서 류어가 "전통적인 소설가들의 상투적인 사건 서술에서 벗어나, 사건을 서술하는 관습적인 모든 요인을 개인의 식견 속으로 귀속시키는 방법을 사용하였다"[51]고 지적하였다. 70년대 다루모토 데루오(樽本照雄)은 "작가의 '시점'은 기본적으로 노잔의 신상에 고정되어 있다"[52]라고 더욱 단언하였다. 세 연구자가 사용한 언어는 다르지만 모두 본문에서 논술하는 3인칭 제한적 서사를 지향하고 있다. 『노잔유기』 1집은 그것의 구성방법에 따라 '유기(遊記)를 쓴 것(1회~14회)'과 '이야기 강술(15~20회)'의 두 부분으로 명확하게 나누어질 수 있어서, 15회 이후는 다른 사람의 위작이라고 오인할 정도이다. 2집 3회에서 5회 사이에 일운(逸雲)이 득도하는 과정에 대해 말하는 것을 덕부인(德夫人)과 신자평(申子平)이 청취하는 장면, 1집 8회에서 11회 사이에 여고(璵姑)와 황룡자(黃龍子)가 '삼교합일(三敎合一)' 등의 포괄적 의론(宏論)을 말하는 것에 대해 신자평이 청취하는 장면은 모두 노잔의 이목을 벗어나고 있다. 그러나 독자들은 작가가 사용한 것이 여전히 견문을 기록한 유기체(遊記體)였기 때문에, 덕부인과 신자평을 마찬

---

48) 吳趼人, 「上海遊驂錄·自跋」, 『月月小說』 8호, 1907년.

49) 林紓는 「劍腥錄·自序」에서 역사학에 정통한 친구가 『庚辛之際月表』를 주어 이를 근거로 서설을 지었으며, "部劉 夫婦를 빌려 일관되게 서술했을 뿐이다"라고 자술하고 있다. 『金陵秋』, 『市幗陽秋』의 서언 속에서 린수는 어떻게 역사사건을 서술하면서 재자가인의 시점으로 일관되게 서술하는지를 반복하여 밝히고 있다.

50) 『中國小說史略』 제28편.

51) 「『老殘遊記』新論」, 중역본 『劉鶚 及『老殘遊記』資料』, 四川人民出版社, 1985년.

52) 「試論『老殘遊記』」, 중역본 『劉鶚 及『老殘遊記』資料』.

가지로 노잔의 이목(耳目)의 연장이라고 여길 수 있다. 기이한 것은 여고와 일운이 도(道)를 말할 때 노잔이 무엇 때문에 모두 현장에 있지 않았는가 하는 점이다. '도'에 들을 만한 가치가 없는 것도 아니며, 오히려 그들이 말한 것이 바로 노잔과 작가가 마음속으로 하고자 했던 말이었다. 바로 이러하기 때문에 작가들은 자신의 '화신(化身)'인 노잔을 안배할 수 없어서 다른 인물이 대신하여 '도'를 듣게 만들었던 것이다. 만약 작가가 항상 '마음에 드는 문장', '사람을 놀라게 하는 문장'을 노잔의 언급 속에서만 남겼다는 점을 생각한다면,[53] 노잔이 격을 낮추어 청중의 수준에 맞는 말을 할 수 없다는 점을 쉽사리 이해할 수 있을 것이다. 또한 '유기'라는 체제에만 한정되었다면, 노잔은 포괄적인 논의를 펼칠 만한 아무런 이유나 권리가 없었을 것이다. 그래서 작가는 노잔이 두 차례나 자리를 피하도록 만들고, 시점을 전환하는 방법을 사용하여 체제의 일관성을 유지할 수밖에 없었던 것이다. 작가가 유기의 형식을 사용하여 소설을 쓸 때(1~14회, 2편, 외편)는, 시점인물이 있을 때만 비로소 마음속으로 생각할 권리가 있을 수 있다. 13회에서 취환(翠環)의 심리묘사를 제외하면, 작가는 기본적으로 심리활동을 시점인물에 국한시키고 있다. 노잔이 현장에 있을 때는 물론이고, 노잔이 현장에 없을 때도 노잔의 이목의 연장인물에서만 서술할 수 있을 뿐이며(신자평과 덕부인의 음악에 대한 느낌과 일운에 대한 생각), 나머지 사람들은 단지 그 사람의 말을 기록하고 행동을 서술할 뿐이다. 우연히 전지적 서사에서 벗어난 개별적인 단락이 있다 하더라도,[54] 여전히 작가가 묘사를 시점인물의 시야 내에 의식적으로 국한시키

---

53) 예를 들면, 6회의 '재주 없는 사람이 관직을 탐하는 것은 그다지 중요하지 않지만, 바로 재주 있는 사람이 억지로 관리가 되려고 발버둥치는 것이 좋지 않습니다'라는 의론, 14회의 '세상의 큰 사건 중에서 간신이 그르친 경우가 3, 4할이지만, 세상의 변화를 통달하지 못한 군자가 그르치는 경우가 오히려 6, 7할을 차지한다.'라는 견해, 2편 7권의 살인, 강도, 간음이 무죄라는 변론, 외편 1권의 세 종류의 범인에 대한 분석은 모두 다른 사람이 말한 적이 없는 기묘한 말이다.
54) 예를 들면, 2회 王小玉이 출장가는 장면을 "저 멀리 담장 밑에 앉아 있는 사람도 왕소

고 있음을 알 수 있다. 그러나 안타깝게도 이러한 창작 의도는 철저하게 관철될 수 없었는데, 그 당시 탐정소설의 유혹이 실로 지대하여 작가도 셜록 홈즈 중독증에 걸린 듯하다. 그리고 일단 이야기의 강술(15~20회)로 들어가면 전통 설서인의 어투가 다시 중시되었다. 잠시 취환이 즐거워하다가 근심하고, 잠시 백태수(白太守)가 신처럼 판결하기도 하며, 잠시 허량(許亮)이 자백을 하고, 잠시 인서(人瑞)가 좋은 소식을 접하게 되어, 시점인물인 노잔은 불시에 이야기의 주변에서 맴돌게 되고 소설도 전지적 서사의 전통 양식으로 회귀해버렸다.

진정으로 일관되게 제한적 서사를 채용한 작품은 우젠런의 『상해유참록』(10회)이다. 이 책은 "중국 고유의 도덕을 회복하는"[55] 데 주력하고, '혁명당'에 대해 날카롭고 신랄하게 비난하였기 때문에, 역대로 연구자들의 중시를 받지 못하고 "실패작"[56]으로 비판받았다. 만약 서사시점에서 고려해 본다면, "거정 일인을 주인공으로 삼는" 『이십년목도지괴현상』에서, 일허일실(一虛一實, 허구와 사실이 교차하는), 일주일종(一主一從, 주인공과 부인물이 교차하는)의 두 가지 이야기 흐름이 평행으로 발전하는 『한해(恨海)』와 『할편기문(瞎騙奇聞)』, 시점인물이 고망연(辜望延)으로 시종 관철되는 『상해유참록』에 이르기까지, 우젠런의 창작에는 명확한 발전의 흔적이 보인다. 신소설가 중에서 우젠런은 틀림없이 소설 기교의 혁신을 가장 중시한 인물이었다. 단순히 서사시점으로 말한다면, 그는 전통적인 전지적 서사 이외에, 1인칭 제한적 서사(『이십년목도지괴현상』), 3인칭 제한적 서사(『상해유참록』)와 순객관적 서사(『査功課』)를 시도하였다. 『사공과』는 장난삼아 지은 단편일 뿐이지만, 『이십년목도지괴현상』은 '나'의 여행체험을 서술의 주요 틀로 삼고 있다. 가장 주의할 만한 것은 『상

<hr>

옥이 자기를 보고 있다는 것을 느끼는데, 가까이 앉아 있는 사람은 말할 필요도 없다" 라고 묘사하고 있다.

55) 我佛山人, 「上海遊驂錄·自跋」, 『月月小說』 8호, 1907년.

56) 阿英, 『晚淸小說史』 제38항, 人民文學出版社, 1980년.

해유참록』이다. 이 소설의 예술수준이 높아서가 아니라, 그것이 우리들에게 중국 작가들이 유기와 견문록의 형식을 통해 3인칭 제한적 서사의 기교를 파악할 가능성이 있다는 사실을 증명하는 완정한 사례를 제공하기 때문이다. 작가는 스스로 이 책의 창작동기를 "나의 견해를 소설체에 따라 모두 언급한다"[57]고 밝히고 있듯이 소설에 정치적 색채가 농후하여, 8, 9회는 전부 유신과 혁명, 새로운 문명의 수입과 구도덕을 회복하기 위한 변론이고, 5, 7, 10회도 설리(說理) 위주이다. 그러나 이 작품이『신중국미래기(新中國未來記)』 등의 정치소설과 다른 점은, 우젠런이 '영웅'을 중심으로 하지 않고 상해에 가서 혁명당을 찾은 외지인을 시점인물로 선택하여 그의 시점을 빌려 관찰하고 그의 두뇌를 빌려 사고하며 그의 각성과정을 책 전체의 일관된 줄거리로 삼아서 바로 책 전체에 진정한 정체감(整體感)을 가지도록 하는 데에 있다. 설령 고망연을 1인칭의 '나'로 바꾼다고 해도, 소설의 서사시점의 운용은『이십년목도지괴현상』에 비해 기묘하며 불필요한 이야깃거리가 매우 적고, 모든 서술이 주인공의 각성이라는 중심점으로 향해 있다. 그러나 안타깝게도 각성에 대한 작가의 의식이 지나치게 강조되어 있어서, 고망연뿐 아니라 모든 독자들을 각성시키는 데 조급했기 때문에, 소설을 논문같이 창작하여 작가의 예술적 재능 및 3인칭 제한적 서사의 장점을 발휘하는 데 크게 방해되었다.

　만약 작가들이 곤혹스럽게 느낀 점을 말한다면, 류어는 견문록과 이야기의 모순에서, 우젠런은 견문록과 논문의 모순에서, 렌멍칭과 린수는 견문록과 야사(野史)의 모순에서일 것이다. 렌멍칭(優患餘生)의『린녀어』 전반 6회도 유기체를 사용하여, 가산을 팔아 북상하여 구제사업을 한 김불마를 일관된 인물로 삼아, 이웃 여자에게 전해 들은 바를 기록하고 어지러운 세상을 경험한 감정을 기록하였다. 표현한 사회생활의 면모가 대단히 광범하여, 약탈을 일삼는 패잔병, 달아나는 높은 벼슬아치, 물처럼 고

---

57) 我佛山人,「上海遊驂錄 · 自跋」,『月月小說』 8호, 1907년.

요한 늙은 비구니, 놀란 새가슴의 가겟집 여자, 말을 선사한 민간영웅, 노래하면서 돈을 버는 "불 속의 연꽃(火裏蓮花)", 사열하는 성대한 행사, 인두(人頭)를 내건 처참한 광경 …… 등이 있으니, 경자사변(庚子事變)[58]이 사회 각계각층에 끼친 영향에 대해 작가가 모두 주의하였다고 말할 수 있다. 그러나 어찌되었든 유기체도 작가의 주변적인 기록만을 할 수밖에 없으며, 충돌하는 주체인 청조(淸朝)의 관병(官兵), 의화단과 8국의 연합군을 정면으로 전개할 수 없었다. 작가는 "정사(正史)의 부족한 부분을 보충"하는 유혹을 억누르지 못하여 결국 김불마를 방치해두고 사변과정으로 전환하여 서술하였다. 후반 6회는 전지적 서사로 바뀌었으며 정채로운 묘사와 의론도 있어서 야사로 읽더라도 흥미가 있으나, 총체적으로 보아 문학적 가치는 전반 6회보다 훨씬 부족하다고 할 수 있다.

린수 역시 같은 유혹을 받았으나 깊이 있고 탄탄한 고문수양에 기대어, 의외로 "역사가가 인용할 만한 자료를 구비하는" 창작의도[59]를 굳게 지키려 했을 뿐 아니라 소설시점의 통일도 잘 유지하였다. 린수는 그가 당면한 곤경에 대해 충분한 인식이 있었고, 불시에 작품 속에서 그가 어떻게 이 곤경에서 벗어났는지 독자들이 주의하도록 일깨웠다. 아마 오늘날의 독자들의 입장에서 본다면 린수의 작법은 실제로 그다지 수준 높은 것은 아니겠지만, 고문가로서의 린수는 오히려 최대의 노력을 다하였던 것이다. 그러나 바로 린수에게 소설시점을 고정시키려는 자각적인 요구가 있었기 때문에, 견문을 기록하는 유기는 흥미로운 사건을 기록하는 야사와 실제로 잘 타협할 수 없었다. 남녀의 사사로운 정(情)을 쓸 때는 주인공의 이목내에 제한시키기가 어렵지 않겠지만, 국가의 대사를 기록하는 곳에서는 어떻게 서술할 수 있는가? 『검성록』 제30장 가운데 린수는 그가 어떻게 이 모순을 조정하였는가에 대한 묘언을 밝히고 있다.

---

58) *1900년 중국인이 프랑스 공사를 살해하여 8개국 연합군이 북경을 침략한 사건.
59) 林紓,「踐卓翁小說·序」,『踐卓翁小說』, 北京都門印書局, 1913년

외사씨(外史氏)가 다음과 같이 말한다. 경성이 파괴되고, 8국의 연합군이 연이어 입성하는 복잡한 상황을 어디서부터 서술해야 하는가? 이 책은 본래 병중광의 시점으로 서술하고 있지만, 온 성안이 어지러워서 병씨는 궁벽한 골목에서 문을 닫고 있다. 일일이 병씨의 시점으로 서술한다면 경성에 관계되지 않는 사건이 있을 것이다. 경성이 넓어서 병씨가 보지 못하는 것은 어떻게 서술하겠는가? 이제 독자들에게 삼가 알리는 바이다. 대개 소설가의 말에 실증이 없으면 패관이 사료로 제공할 수 없지만, 조금이라도 실증이 있다면 절로 정사를 기록하는 데 참고가 될 수 있다. 이렇게 기이한 세상에서 한 사람을 빌려 일관되게 서술하지 않으면 일정한 체계가 없게 되는데, 이것은 패관의 필체가 아니다. 지금 역사가의 편년체를 잠시 빌려 세상의 대략적인 상황을 기술하고, 병중광으로 돌아갈 때, 다시 그의 시점에서 서술할 것이다.[60]

'한 사람을 빌려 일관되게 써내려가는' 패관의 서술방법을 배우면서, '역사가의 편년체를 빌리'고자 한다면, 전체 가운데 두 장(전체는 53장)의 공간을 내어 조정의 대사를 소개하고, 아울러 병중광의 시점에서 우연히 벗어난 고충을 재삼 설명하는 수밖에 없다. 그 외에 실제로 '병중광이 보지 못하는 것은 어떻게 서술할 것인가'의 문제도 있지만, 린수는 소식의 내원에 대한 주를 다는 방법을 이용하여 병중광의 이목을 확대하였다. 20장에서 26장은 의화단 사건을 매우 자세히 서술하고 있어 많은 사료적 가치를 가지고 있으며, 병중광 한 사람이 보고 들은 것과 달랐다. 이에 작

---

60) 外史氏曰 "京城旣破, 八國聯軍長驅直入, 千頭萬緒, 從何著筆? 此書固以邴仲光爲緯, 然全城鼎沸, 而邴氏閉門於窮巷, 若一一皆貫以邴氏, 則事有不涉於京城者; 卽京城之廣, 爲邴氏所不見者, 如何著筆? 今敬告讀者, 凡小說家言, 若無征實, 則稗官不足以供史科; 若一味征實, 則自有正史可稽. 如此離奇之世局, 若不借一人爲貫串而下, 則有目無綱, 非牌官體也. 今暫假史家編年之法, 略記此時大略, 及歸到邴仲光時, 再以仲光爲緯也."

가가 "위의 여러 가지 일은 모두 혜월(慧月)이 병중광에게 알려준 것이다. 혜월이 유람한 곳은 광범위하고 듣고 본 것도 정확하다"는 설명을 덧붙이고 있다. 27장은 원손추(袁遜秋)와 허죽원(許竹園)이 형벌 받는 것을 기록한 것으로 결코 병중광이 본 것이 아니다. 이에 작가는 "이날 병중광은 외출하지 않았고 단지 사람들이 말하는 것을 듣고 두 사람의 사형광경을 서술하였다"는 말을 첨가하고 있다. 이 수법은 『건괵양추(巾幗陽秋)』(『관장신현형기』)를 쓸 때 한층 발전하여, 주인공 아량(阿良)을 현에 있을 때는 "아량이 이를 보았다"는 언급으로 서술하고(7장), 아량이 현장에 있을 수 없을 때는 아량으로 하여금 정치적인 공문서와 법원에서 내린 공문서를 통해 알게 하였다(17장, 22장). 그래서 위안스카이(袁世凱)의 복벽추태와 아량의 애정 이야기를 가능한 한 함께 다루어 "아량이 보지 못한 것"에 대한 묘사를 피하였던 것이다.

의화단의 살인이든 두 대신의 형집행이든 간에 현장에서 그것을 본 사람이 있기 때문에, 병중광도 소식을 들을 수 있으며 작가도 그 사건을 크게 부각시킬 수 있었다. 인물의 언행이나 심리상태는 당사자가 이미 죽었거나 혹은 당사자가 말을 꺼내기를 치욕스럽게 생각할 경우 다른 사람이 알 수 있는 근거가 없는데, 작가는 어떤 근거로 서술할 수 있는가? 기윤 같은 이는 반드시 그 잘못을 비판하겠지만, 린수는 그것을 '좌전의 필체'라고 인정하였다. 『좌전·선공 2년(左傳·宣公二年)』의 서예(鉏麑)가 자살하기 전에 독백하는 단락의 묘사가 진실성이 있는지를 토론할 때, 린수는 탁월한 논리로 소설 속에서 시점인물과 관찰대상 사이의 거리를 조화시킬 수 있는 주해(注解)를 달았다.

처음에는 서예의 독백을 누가 들었는지 미처 생각하지 못했다. 조순은 선잠이 들어 틀림없이 듣지 못했을 것이며, 집사에 의해 들렸다면 서예의 팔이 이미 잘렸을 것이다. 한가로이 말할 여유가 있다면 조용히 머리를 회나무에 부딪쳐 죽을 까닭이 있겠는가? 문장 속에 이와 같은 유형이 매우 많다. "여인을 가슴에 안고도 음란한 행위를 하지 않았다"는 유하혜의 이 말은 누구에게 한 것인가? 이 말이 자신에게서 나왔다면 조금의 가치도 없고, 여인에게서 나온 것이라면 그러한 일이 결코 없었을 것이다. 황중칙(黃仲則)의 『초절부음(焦節婦吟)』의 '그대가 가까이 있으니 두려울 게 없네' 라는 구절은, 모두 잠든 조용한 밤에 수절과부가 귀신을 보고 귀신과 얘기하면서, 해골과 피 묻은 옷을 보았다고 하지만, 누가 옆에서 증명하겠는가? 그러나 시 속에 담긴 감정이 구슬퍼 사람들이 전송(傳頌)하면서도, 그 사실이 사리에 맞는지에 대해서는 따지지 않았다. 서예가 올 때 반드시 가슴속에 비수를 지녔을 것이며, 회나무에 부딪쳐 죽은 것도 분명하다. 비수로 보아서 자객임을 알 수 있고, 회나무에 부딪쳐 죽은 것으로 보아 그가 어찌할 수 없었음을 알 수 있다. 그래서 붓 가는 대로 비분강개한 몇 마디를 덧붙여 독자들이 (그 진실성 여부를) 느끼지 못하게 할 뿐이다.[61]

작가는 예술적 허구의 합리성을 강조하였는데, 이것은 의심할 나위 없이 타당한 말이다. 그러나 3인칭 제한적 서사를 사용했다면, 작가도 시점인물을 버려두고 "붓 가는 대로 비분강개한 몇 마디를 덧붙일 수 없었을 것이다." 고문의 필법으로 3인칭 제한적 서사소설을 쓰면서 린수는 내용의 일치에 주의하여 모든 인사(人事)를 시점인물의 이목 내에 귀결시키려고 노력하였지만, 소설의 진실감을 파괴할 수 있는 약간의 세부사항을 홀시하였다. 다시 말하면 고문가 린수는 진실감이 아닌 문장의 기세(文

---

61) 林紓, 『左傳擷華』 상권 32항, 商務印書館, 1921년. "初末計此二語是誰聞之. 宣子假寐, 必不之聞; 果爲舍人所聞, 則鉏麑之臂, 久已反顧, 何由有閑暇工夫說話, 且從容以首觸槐而死? 文字中諸如此類甚衆, 柳下惠之 "坐懷不亂", 此語又對誰言? 言出自己, 則一錢不值; 言出諸女, 則萬無其事. 他如黃仲則之 『焦節婦吟』, 如 "汝近前來妾不懼"雲雲, 時夜靜人眼, 節婦見鬼, 與鬼作語, 此見髑髏, 且見血衣, 是誰在房作證? 然詩情悲惻, 人人傳誦, 固未察其無是事理也. 想鉏麑之來, 懷中心帶匕首. 觸槐之事, 確也. 因匕首而知其爲刺客, 因觸槐而知其爲不忍, 故隨筆粧點出數句慷慨之言, 令讀者不覺耳."

勢)의 각도에서 3인칭 제한적 서사를 이해하였던 것이다. 그래서 그의 소설은 서사시점의 측면에 힘을 많이 기울였지만 그 효과는 매우 적었으며, 작가의 보충설명을 생략하였기 때문에 극복한 점이 많다고 말하기 어렵다.

5. 5·4 소설 이론가들의 시점이론

신소설가들과는 상대적으로 5·4작가들은 많은 행운을 얻었다. 그들은 전통소설의 전지적 서사양식을 돌파하려는 과정 속에서 서양 소설을 모범으로 삼을 수 있었을 뿐만 아니라 서양 소설이론의 직접적인 지도도 받을 수 있었다.

1921년 청화소설연구사는 『단편소설작법』에서 소설가들은 "자신의 시점을 결정한 후에 비로소 집필을 시작할 수 있으며", "작가가 시점을 결정한 후에는 자연스럽게 동일한 태도로 전편을 관철해야 한다"[62]고 최초로 강조하였다. 1926년 샤몐준과 류쉰위(劉熏宇)는 『문장작법(文章作法)』을 공동으로 편집하여 시점에 대해 일관된 논법으로 수정을 하였다.

대체적으로 사실의 간접적 서술은 직접적 서술보다 생동하기가 쉽지 않다. 그래서 사건의 중요성이 동등한 두 가지 혹은 많은 사건을 하나의 시점에서 출발하여 각 방면 모두를 표현하기가 매우 곤란할 때, 시점을 바꾸지 않을 수 없다.

소설 속에 통일된 시점이 있어야 함을 강조하고, 또한 작가에게도 몇 개의 서로 다른 시점을 교차적으로 사용할 권리가 있음을 부인하지도 않는데, 여기에는 서로 다른 시점을 전환할 때 반드시 자연스러워야 한다는

---

62) 『短篇小說作法』, 清華小說研究社, 1921년, 제 73항.

전제가 있어야 한다. 소설시점의 운용을 중시하는 것은 소설의 진실감을 강조하고[63] "독자에 대한 작가의 전제적인 태도"[64]를 타파하여 새로운 측면에서 작가와 독자의 관계를 다시 건립하기 위해서이다. 이러한 이해는 기본적으로 소설 시점이론의 정수를 파악한 것이지만, 안타깝게도 이러한 단계에 도달한 작가와 이론가들은 실제로 많지 않았다. 많은 사람들은 여전히 문장의 통일, 서사의 간결, 문체의 다양화라는 표면적인 층차에서 시점의 문제를 다루었다. 이 때문에 편지체, 일기체를 논의할 때는 각 논자들이 논의의 수준에 상관없이 모두 한 차례씩 글을 발표하여이 문제에 대해 흥미를 표명하였지만, 1인칭 서사, 3인칭 서사를 토론할때는 즉시 '나' 혹은 '그'를 주인공으로 배치할 것인지 아니면 부인물이나방관자로 처리할 것인가라는 지엽적인 문제로 빠져서, 어떻게 시야를 제한할 것인가라는 관건적인 문제에 대해서는 오히려 언급하지 않았다.

5·4시기에 소개된 소설 시점이론은 기본적으로 두 부류로 나눌 수있다. 하나는 문체와 인칭을 중시하는 것이고 다른 하나는 시야의 제한에 치중한 것이다. 전자는 청화소설연구사와 순량궁이 대표적이며, '3인칭', '1인칭', '편지체', '일기체'와 '혼합체' 다섯 종류로 나누었다.[65] 후자는 해밀턴(Clayton Hamilton)과 샤몐준이 대표적이며, '내부시점'과 '외시점'의 두 가지로 나누고, '외부시점'은 다시 '무제한 서술법', '제한 서술법'과 '아주 엄밀한 서술법'의 세 가지로 나누었다.[66] 이 두 분류법 중 두 번째 분류법이 더욱 과학적이다. 오늘날 우리가 보기에도 시야의 제한이 인칭의 분류보다는 훨씬 중요하며, 1인칭 서사는 실제로 제한적 서사로 묶

---

63) 郁達夫의 『日記文學』과 夏丏尊의 「論記敍文中作者的地位幷評現今小說界的文字」 참고.

64) 夏丏尊, 「論記敍文中作者的地位幷評現今小說界的文字」, 『立達季刊』 1권 1호, 1925년.

65) 孫俍工의 『小說作法講義』(上海中華書局, 1923년)에서는 '혼합체'를 삭제하고 있다.

66) 『小說法程』, 貨林一 역, 商務印書館, 1924년. 夏丏尊은 1925년에 「論記敍文中作者的地位幷評現今小說界的文字」를 써서 '전지적 시점', '제한적 시점', '순객관적 시점'으로 고쳤다.

을 수 있다. 아마도 더욱 중요한 것은 시점분류의 논쟁이 아니라 어떻게 시점이론을 당대 작품의 비평에 운용하여 소설가들이 시점의식을 형성하도록 촉진하는가라는 점일 것이다. 유감스럽게도 5·4소설 이론가들이 이 방면에서 벌였던 작업은 결코 훌륭하지 않았다. 1인칭 서사(일기체, 편지체 포함)를 사용하는 사람도 많고 평론하는 사람도 많았지만, 3인칭 제한적 서사와 순객관적 서사를 능수능란하게 파악한 작가는 많지 않았으며, 더욱이 평론할 수 있는 이론가들은 더욱 적었다. 리성웨(李聖悅)는 쉬제(許傑)의 「무대 아래의 희극(臺下的喜劇)」이 "각 인물이 귀로 듣고 눈으로 보아온 정경"을 힘써 표현한다는 점은 인식하였으나, 그것을 "번잡한 많은 문장을 생략하면서, 동시에 전심전력으로 사물의 배경을 묘사하고 어떤 사물이 발생하는 상황을 반영할 수 있는"[67] 서술법으로 이해하였다. 저우쉬량(周煦良)은 리진밍의 「출가(出閣)」는 "어깨걸이 가마를 메는 사건(壓一膀子轎扛)"[68]으로 롱춘(龍春) 등의 몇 사람을 연결시킨 이상, "그들이 회고한 것이든지 아니면 작가가 그들을 대신하여 삽입한 사실이든지 간에 모두 그들이 경험한 이외의 사실은 서술할 수 없다"[69]고 비평하였다. 그러나 안타깝게도 모두 이론적인 체계를 가진 글이 아니었다. 진정으로 시점이론을 자각하여 소설비평에 운용한 사람은 5·4 시기에 샤몐준뿐이었다. 루쉰의 「풍파(風波)」, 위다푸의 「침몰」, 예성타오의 「피난 속에서의 판선생(潘先生在難中)」을 모델로 삼아 샤몐준은 당시 소설가들이 "협서협의(夾敍夾議)"[70]에 습관이 되어 있고, 3인칭 제한적 서사의 작품 속에 작가의 주관적 평가가 개입되어 "서술의 통일성을 잃게 되었다"라고 비평하였다. 협서협의로 조성된 시점의 불통일성이 쉽게 분별된다면, 그 심리분석이 조성할 수 있는 작가의 월권 행위(越位)는 그다지 좋다고 말

---

67) 李聖悅, 「『慘霧』的描寫方法及其作風」, 『文學周報』 292기, 1927년.

68) *이 책에서는 扛이 托으로 인쇄되어 있다. 「출가」 본문에 근거하여 托을 扛으로 고친다.

69) 周煦良, 「讀『出閣』」, 『文學周報』 298기, 1928년.

70) *사건을 서술하면서 작가의 평론을 덧붙이는 방법.

할 수 없다. 샤몐준은 저우취안평의 「우둔한 사람과 현명한 사람(呆子與俊傑)」 전편이 인물을 'C군', 'H군'으로 부르고 있어서 "작가가 방관자의 입장에 서 있음을 알 수 있"으나, 이러한 "순객관적 시점의 문장은 인물의 내면생활에 대해서 실제로 알 권리가 없다"[71]고 비평하였다. 이런 엄격한 형식비평은 5·4시대에 실제로 대단히 드물었다. 아마도 수준이 높아 이해하는 사람이 없어서, 이 글은 당시에 어떠한 반향도 불러일으키지 못했고 이후에도 언급하는 사람이 대단히 적었으며, 그의 이론을 따르는 사람이 더욱 적었을 것이다. 그는 소설시점의 고정성을 지나치게 강조하여 "다른 나라의 유명한 소설 중에서 이렇게 시점이 통일되지 않은 작품을 발견하기 어렵다"[72]고 단정하는데, 이것은 서양소설의 발전과정에 어긋나는 것일 뿐 아니라 예술의 표현법칙에 부합되지 않는 것이다.[73] 그러나 시점의 불통일은 작가의 의식적인 예술적 추구가 아니라 '옛 틀을 벗어나기 위해 다른 나라의 작품을 모방하는' 과정에서 아직 '옛 틀을 벗어나지 못한' 흔적─다시 말하면, 소설 서사시점의 통일은 중국소설의 '옛 틀에서 벗어나려는' 하나의 표지─이라고 이해한 것은 핵심을 찌르는 말이다.

3분의 2가량의 소설작품이 채용한 서사시점이 전통소설과 현저히 다르다면(표3 참고), 이것을 이론적인 지도 없이 완전히 비자각적으로 이루어진 예술추구라고 말할 수 있겠는가? 그렇게 많은 소설가들이 전지적 서사의 진부한 규칙을 타파하려고 애쓴 노력이 이론적인 수준으로 상승하지 않았다 하더라도 그 이면에는 시점을 명확히 이해한 면과 몽롱하게 이해한 면이 뚜렷이 혼재되어 있는 것이다.

---

71) 「論記敍文中作者的地位幷評現今小說界的文字」.

72) 「論記敍文中作者的地位幷評現今小說界的文字」.

73) 퍼시 러벅의 『소설의 기교』 제3장에는 톨스토이의 『전쟁과 평화』가 시점이 통일되지 않았다는 완곡한 비평이 있다. 포스터의 『소설의 이론』에서는 "필요할 때 소설가는 서술시점을 전환할 수 있다. 디킨스와 톨스토이에게 결코 잘못된 어떠한 곳도 없다"라고 인식하고 있다(중역본 66쪽, 花城出版社, 1981년).

6.5·4소설의 1인칭 서사

5·4작가들이 채용하기에 제일 적합한 서사시점은 틀림없이 1인칭 제한적 서사였을 것이다. 예술효과의 자각적인 추구 이외에, 5·4작가들로 하여금 1인칭 제한적 서사를 채용하도록 유혹한 것에는 실제로 아래와 같은 세 가지 잠재요소가 있다.

먼저, 상대적으로 전통소설의 전지적 서사보다 1인칭 서사는 식별하기가 가장 쉽고 그 위세 역시 가장 분명하여 5·4작가들은 아주 오랫동안 이에 대해 실제에 부합되지 않는 지나친 평가를 내리기에 이르렀다는 점이다. 선안빙은 자서전적 소설을 다음과 같이 찬미하였다. "'회고록'체 소설의 성행은 독일 한 나라만의 일이 아닌 전 유럽―차라리 전 세계라고 말하는 편이 낫다―에서 유행하고 있는 것 같다."[74] 디포의 『로빈슨 표류기』와 리처드슨의 『패밀라』에 관한 정진탁의 평가도 1인칭 서사방식에 대한 찬송임을 면하기 어렵다.[75] 그 당시 소설이론에 대한 토론은 대부분 1인칭 서사를 대상으로 논의하기 좋아하였다. 논의 중에서 틀린 것은 없지만 3인칭 제한적 서사와 순객관적 서사를 홀시하여, 전지적 서사를 극복하려면 1인칭 서사에서 시작하지 않을 수 없다는 착각을 초래하였다.

다음으로 1인칭 서사는 제한적 시점의 처리에 있어서 확실히 3인칭 제한적 서사보다 용이하게 파악할 수 있다는 점이다. "만약 3인칭 서사로 서술한다면 늘상 1인칭으로 변질되는 곳이 생기"지만, 반대로 1인칭 서사를 조금만 유의하여 서술하기만 하면 일반적으로 화자의 월권 행위 때문에 문장의 진실성이 소실되는 느낌을 일으키지 않을 수 있다.[76] 만약 편년(編年)에 따라 예성타오, 왕통자오, 쉬디산 등의 작품을 읽는다면 우

---

74) 「海外文壇消食」, 『小說月報』 14권 3호, 1923년.

75) 「文學大綱」 제20장, 『小說月報』 16권 5호, 1925년 참고.

76) 郁達夫, 「日記文學」, 『洪水』 3권 32기, 1927년.

리는 하나의 재미있는 현상을 발견할 수 있다. 그들의 소설시점에 대한 운용은 모두 대체적으로 전지적 서사에서 1인칭 서사, 다시 3인칭 제한적 서사의 과정을 거쳤다. 더욱이 모든 소설계의 창작경향을 가지고 증명하던 1인칭 서사의 과도기적인 교량역할을 설명할 수 있다. 필자가 모델로 삼아 분석한 1917년~1921년『신청년(新靑年)』,『신조(新潮)』,『소설월보(小說月報)』에 실린 57편의 창작소설 가운데 3인칭 제한적 서사는 18%(10편)만을 차지하고 있다. 또한 1922년~1927년『소설월보』,『창조』,『망원(莽原)』,『천초(淺草)』에 실린 272편의 창작소설 중 3인칭 제한적 서사가 차지하는 비율은 31%(85편)로 1인칭 서사(38%)의 비율에 접근하였다. 또 30년대는 3인칭 제한적 서사가 심지어 1인칭 서사를 대신하여 중국 근대소설의 주요한 서사시점이 되었다.

　그 다음으로 5·4작가들 모두가 위다푸처럼 "문학작품은 모두 작가의 자서전'이라는 말은 아주 정확한 것"[77]이라고 느끼지는 않았지만, 그들의 창작 속에는 많든 적든 간에 작가 개인의 생활의 그림자를 지니고 있었다는 점이다. "결코 주인공의 행동이 아니라 완전히 나 자신의 과거생활이었다"[78] 같은 표명은 대체로 5·4시대에 필수불가결한 것이었다. 위다푸 한 사람만이 그러한 것이 아니라 많은 작가들이 이러한 발표를 할 필요가 있었다. 이유는 대단히 간단하다. 5·4작가들은 자신의 경험에서 창작의 소재를 뽑아낸 것이 대단히 많아서, 독자들은 소설 속의 인물을 현실생활 속의 작가로 쉽게 동일시할 수 있었기 때문이다. 작가 자신의 생활경험과 감정의 요구라는 측면에서 고찰해본다면, 1인칭 서사가 가장 적합할 것이다.

　신소설과 달리 5·4시기의 1인칭 서사 소설 가운데서 화자인 '나'는 대체로 주인공이었다. 다시 말하면, 더 이상 내가 보고 들은 것, 내 친구 이

---

77) 郁達夫,「五十年來創作生活的回顧」,『過去集』, 開明書店, 1927년.
78) 郁達夫,「『茫茫夜』發表之後」,『時事新報·學燈』, 1922년 6월 22일.

야기의 서술이 아니라 나 자신의 이야기 혹은 감정이었다. 모파상의『白璞田太太』, 예이츠(William Bulter Yeats)의『忍心(An Enduring Heart)』, 잭 런던의『豹人的故事(The Leopard man's Story)』등의 작품에서 서술되고 있는 이야기는 정채롭기는 하지만 화자인 '나'는 청중일 뿐인데, 이것은 생활에서 느낀 감정을 직접 표현하려는 5·4작가들의 요구를 만족시킬 수 없었을 것이다. 오히려 안드레예프의『笑(The Red Laugh)』, 캐서린 맨스필드의『夜深時(In the Midnight)』, 구니키다 돗포(國木田獨步)의『少年的悲哀(少年の悲哀)』, 센케 모토마로(千家元麿)의『深夜的喇叭』등이 5·4작가들에게 대단한 흡인력이 있었다. 이러한 소설은 "내면세계와 외부표현의 차이를 용해시켜 영혼과 육체가 일치하는 경지를 드러내"[79]거나 "홀로 점점 사그러 들어가는 화로 앞에 앉아 있는 심경이나 자기고백"[80]이거나, 작가가 "소설을 창작했다 하더라도 근본적으로는 오히려 시적"인 창작특색[81]을 체현하고 있어서, 1인칭 화자의 내면적인 감성을 표현의 중심으로 삼는다는 공통점이 있다. 이것은 의심할 여지없이 5·4작가의 구미에 더욱 부합된 것이다. 다른 사람에게서 듣는다거나 필기체적인 특성을 지니고 있는 신소설의 1인칭 화자는 이미 5·4작가들의 문장 속에서 출현하는 경우가 아주 드물다. 설령 궈모뤄의「목동의 슬픈 이야기(牧羊哀話)」, 쉬디산의「상인부인(商人婦)」, 장광츠의「압록강에서(鴨綠江上)」와 같이 타인의 이야기의 기록을 위주로 한 소설이라 하더라도, 1인칭 화자가 가능한 한 이야기에 개입하거나 다른 사람의 이야기에 대한 느낌을 표현하려고 하였다. 루쉰의「고향」, 천웨이모의「랑선장군」, 왕퉁자오의「봄비 내리는 밤(春雨之夜)」과 같이 화자의 견문에 대한 기록에 치중한 작품들도 괴현상을 늘어놓는 신소설과는 확연히 달랐으며, 이것을 빌려 작가의 인상을 끌어낸 것이었다.

---

79) 魯迅,「黯澹的煙靄裏·譯後附記」,『現代小說譯叢』, 上海商務印書館, 1922년.

80) 徐志摩,「再說一說曼殊斐兒」,『小說月報』16권 3호, 1925년.

81) 夏丏尊,「關於國木田獨步」,『文學周報』5권 2기, 1927년.

아마도 성취가 가장 뛰어난 것은 1인칭 화자로 자신의 이야기 혹은 느낌을 서술하는 것이다. 화자의 주관감정으로써 이야기 발전의 리듬감을 안배하고 서술의 경중과 완급을 결정함으로써 1인칭 서사 소설은 비로소 이야기의 속박에서 진정으로 벗어나 작가의 심미체험을 부각시킬 수 있었다. 또한 작가들이 완정한 이야기를 버리고 정서로써 소설을 쓰기 시작했을 때, 1인칭 서사 방식은 그것의 매력을 더욱 구현해내었다. 순간의 느낌, 용솟음치는 사고, 잠재의식의 돌발적인 출현은 구성이 비교적 자유로운 1인칭 서사를 사용하여 표현하는 것이 더욱 자유스러운 듯하다. 기교문제 때문에 5·4시기의 1인칭 서사소설 가운데 뜻밖에 어색한 작품이 출현하기는 했지만(예를 들면 왕이런의 「혼백(魄)」, 천샹허의 「눈(眼睛)」), 여전히 5·4작가들은 구태의연한 견문록을 복제하거나 서양의 회상록을 모방하는 단계를 이미 탈피하였다.

또한 일기체, 편지체 등 1인칭 서사의 변체들이 5·4작가들을 호방하게 만들었다. 일기체, 편지체의 서양소설이 중국에 대량으로 번역, 소개됨에 따라[82] 5·4작가들은 이 서사방식의 정수를 빨리 깨닫게 되었다. 중국 고대에 이른바 문학일기 혹은 문학편지라는 것이 결코 없었던 것은 아니지만, 작가들이 지금까지 그것을 소설의 주요 서술 방식으로 여기지는 않았으며, 심지어 매개수단이나 에피소드로 삼아 사건의 서술 속에 삽입하는 것도 대단히 드물게 나타났다. 신소설가들은 서양의 편지체, 일기체 소설을 모방하기 시작하였으나 대부분 이를 빌려 완정한 이야기를 강술하는 데 그쳤을 뿐이다. 5·4작가들은 비록 인물의 입을 통해 '감정과 사상을 표출하는 것'에서 벗어나지는 못했지만, 이 서사방식은 '완정한 사건이 없어도 서술할 수 있는 것'이라고 진정으로 밝힐 수 있었다.[83]

---

82) 예를 들면, 고골의 『광인일기』, 투르게네프의 『畸零人日記(The Diary of a Superfluous Man)』, 괴테의 『젊은 베르테르의 슬픔』, 안드레예프의 『小人物的懺悔(Bergamot i Garas'ka)』, 롭신의 『灰色馬(The Pale Horse)』, 모파상의 『歐兒拉(Le Horla)』 등이 있다.

83) 劍三, 「論氷心的超人與瘋人筆記」, 『小說月報』 13권 9호, 1922년.

선안빙은 "청년들에게 「광인일기」가 가장 영향을 끼친 것은 오히려 체재방면이다"[84]라고 지적하였다. 초기의 모방은 물론 유치하였지만(예를들면 『신조』 1권 5기에 실린 「신혼 전후 칠일동안의 일기(新婚前後七日記)」), 5·4작가들은 매우 빨리 루쉰을 본받아 '자기의 감정표출'에 치중한 일기체 소설을 창작하였다. 빙신의 「미친 사람의 수필」은 결코 루쉰이나 고골의 같은 작품을 표절하지 않은 상징적인 언어로써 인류의 생사증오(生死愛憎)에 대한 영원한 곤혹감을 탐구하였다. 사고에 있어서 심오함은 보이지 않지만 열렬한 감정과 신비한 분위기는 오히려 흡인력이 있었다. '장부 기입식과 서술식의 소설을 보는 데 익숙한' 보수적인 문인들은 이해하지 못할 수 있지만, 마찬가지로 상징과 문학을 애호하는 왕통자오는 오히려 그 가운데서 "가장 진실하게 드러나는 작가의 사상, 모든 정감과 판단을 발견하였다."[85] 이 작품과 비교해서 루인의 「리스의 일기」, 판쉰(潘訓)의 「마음의 수필(心野雜記)」, 리제런의 「동정(同情)」, 쉬주정(徐祖正)의 「란생제의 일기(蘭生弟的日記)」, 스핑메이(石評梅)의 「기도(禱告)」, '한 화가의 일기'라는 부제목이 붙은 니이더의 「현무호의 가을(玄武湖之秋)」, "삼각연애를 묘사한 일기"라는 부제가 붙은 쉬친원의 「자오선생의 번뇌(趙先生的煩惱)」 등은 대개 일정한 이야기가 있으면서 서정(抒情)과 설리(說理)에 편중한 소설들로 쉽게 이해될 수 있을 것이다. 빙신의 「어느 장교의 수필(一個軍官的筆記)」은 작가와 화자가 기본적으로 일치하는 국면을 타파하려고 자신과 비교적 거리가 먼 인물들의 눈으로 관찰하고 평가하였는데, 결국 지나치게 이성화(理性化)되어 그 예술적 감염력이 약화되었다. 5·4작가들은 일기체를 채용하여 소설을 창작하였지만 소설 속의 인물들과 진정으로 분리될 수 없어서, 일기체 형식을 진일보하게 응용하는 일이 크게 제한되었다.

---

84) 「讀『吶喊』」, 『文學周報』 91기, 1923년.

85) 劍三, 「論氷心的超人與瘋人筆記」, 『小說月報』 13권 9호, 1922년.

5·4작가들은 편지체 소설형식을 더욱 좋아하는 것 같았다. 손량공이 말한 것처럼, 이 소설형식은 "주관과 객관을 포함하고 있어서 주관감정을 표출하면서 객관 사실을 서술하는 소설이다." 다시 말하면 아름다운 이야기를 이야기할 수도 있고 그윽한 감정을 적절하게 펼칠 수 있어서, 일기체가 단지 "주관적인 서정적 소설"[86]인 것과는 달랐다. 그러나 실제 5·4작가의 편지체 소설은 대부분 독백이지 대화가 아니었다. 수신인이 답장을 쓰려고 하지 않아서 편지 쓰는 사람이 상대방의 언행을 다시 끌어들여 이야기의 서술이 완정하도록 만들 수밖에 없었다. 주로 작가의 인생에 대한 느낌과 운명에 대한 사고를 표현하는 쉬디산의 「배달할 수 없는 우편물(無法投遞之郵件)」과 샹페이량(向培良)의 「6통의 편지(六封書)」이외에, 5·4작가의 편지체 소설에는 대부분 강술할 수 있는 이야기가 있지만 이야기의 진술에 중점을 두지는 않았다. 빙신의 「유서(遺書)」, 루인의 「어떤 사람의 비애(或人的悲哀)」, 천샹허의 「불안정한 영혼(不安定的靈魂)」, 저우취안핑의 「사랑과 피의 교류(愛與血的交流)」, 왕스뎬(王思玷)의 「S라고 서명한 몇 통의 편지(幾封用S書名的信)」는 모두 가상의 이야기를 틀로 삼아 '불안정한 영혼'의 내면적 고통과 곤혹감을 표현하였다. 궈모뤄의 「낙엽」, 왕이런의 「돌아가는 기러기(歸雁)」, 장광츠의 「소년 방랑자(少年漂泊者)」와 장이핑(章衣萍)의 「한 묶음의 연애편지(精書一束)」는 줄거리를 엮을수록 복잡해지고 감정을 쓰면 쓸수록 세밀해졌으며, 편폭도 갈수록 늘어나고 예술표현력도 강화되었지만, 그 진실성은 오히려 반감되었다. 궈모뤄는 쥐즈(菊子) 아가씨의 편지 41통이 "모두 아주 뛰어난 시"(「낙엽·인자」)라고 찬양하였으나 쥐즈 아가씨가 대필자를 청했을지 모른다는 의심을 면할 길이 없었다. 이것은 마치 19세기 영국의 독자들이 그들의 선배작가가 어떻게 주인공으로 하여금 3일 동안 96통의 편지를 쓰게 하였는지에 대해 의심을 품은 것과 같다(리처드슨의 『패밀라』). 중국

---

86) 俍工, 『小說作法講義』 제 3장, 上海中華書局, 1923년.

독자들은 구성이 엄중하고 어휘의 사용이 정묘하여 편폭이 긴 편지가 실제로 근거가 없다는 사실을 매우 빨리 발견하였다.

30년대 이후 일기체, 편지체 소설이 더 이상 유행하지 않았을지라도, 이 두 서사방식이 5·4시대에 유행하였고 오늘날의 독자들에게도 여전히 그 흡인력이 있다는 사실을 부인할 수는 없다. 이러한 사실은 그것들의 예술기교가 정밀하고 뛰어나서가 아니라, 소설 가운데 자연히 노출된 열렬한 감정과 진실한 고통이 있기 때문이다. 이야기가 우세를 점하고 있는 전지적 서사 혹은 3인칭 제한적 서사 소설은 이러한 감정을 일기체, 편지체 소설이 표현하는 만큼 부각시킬 수 없다. 요한센은 일찍이 리처드슨의 편지체 장편소설인『패밀라』에 대해 "만약 당신이 이야기를 위해 리처드슨의 작품을 읽는다면, 아마 짜증이 나서 못 견딜 것이다. 그러나 정감을 위해 그것을 읽는다면, 이야기를 감정을 불러일으키는 작용으로 간주할 수 있을 것"[87]이라고 평가하였다. 이 말을 바꾸어 5·4시대의 일기체, 편지체 소설을 평가한다면 아주 적합할 것이다.

7. 5·4소설의 3인칭 서사

1인칭 서사가 가장 유행했을 당시에 서사시점의 한계에 대해 주의하는 사람이 있었다. 위다푸는 편지 고백식의 소설이 발신인의 심경만을 표현할 뿐, 그것에 상응하는 상대방의 성격, 감정과 심경이 변화하는 과정에 대해서는 "조금도 추측할 수 없다"[88]는 점을 지적하였다. 청팡우도 "나는 항상 1인칭 소설같이 감정이 농후한 소설은 재미가 없으며, 변화 없는 단조로운 감상이나 열광(sentimentalism or hystery)일 뿐이라고 생각한다"[89]라고 말하였다. 문단의 객관화에 대한 요구가 높아짐에 따라 1인칭 서사

---

87) J. B. Priestly의『영국소설개론』중역본;商務印書館, 1946년, 제9항에서 재인용.
88)「讀『蘭生弟的日記』」,『現代評論』4권 90기, 1926년.
89)「『一葉』的評論」,『創造季刊』2권 1기, 1923년.

방식의 결함에 관해서도 갈수록 작가들이 주목하여 소설의 서사시점은 점차 3인칭 제한적 서사로 변하였다.

3인칭 제한적 서사를 사용해야 한다는 인식에서 이를 숙련되게 운용하기까지는 많은 시간이 필요하였다. 5·4작가들은 오랫동안 1인칭 제한적 서사를 능수능란하게 사용할 수 있었지만 3인칭 제한적 서사는 피상적으로 사용하였다. 중, 장편소설에서 이 점은 뚜렷하게 드러난다. 궈모뤄의 「낙엽」, 양전성(楊振聲)의 「위쥔(玉君)」에서 1인칭 제한적 시점 운용은 대단히 뛰어났다. 그러나 장즈핑의 「충적기 시대의 화석(沖積期化石)」, 쉬제의 「짙은 안개(慘霧)」, 리진밍의 「먼지 그림자(塵影)」, 장광츠의 「짧은 바지 당(短褲黨)」과 쉬친원의 「콧물 흘리는 아이(鼻涕阿二)」 등은 부분적으로 3인칭 제한적 서사를 채용하기는 했지만 근본적으로는 전통적인 전지적 시점을 채용하고 있다. 이것은 결코 작가들이 전지적 서사기교를 고수하려고 해서가 아니라(이것도 잘못된 것만은 아니다) 3인칭 제한적 서사를 숙달하기가 상대적으로 어려웠기 때문이다. 5·4작가들이 창작한 단편소설에서는 항상 화자의 무의식적인 '월권 행위'—엄격한 3인칭 제한적 서사 가운데에서 한두 단락의 전지적 서사를 삽입하고 있다—를 발견할 수 있다. 가장 흔히 볼 수 있는 결점은 작가들이 갑이라는 인물을 시점인물로 선택하고는 갑자기 을의 심리활동을 분석하여 시점의 통일을 파괴한다는 점이다. 예를 들면 예성타오의 「환자(病夫)」, 팡광주(方光煮)의 「학질(瘧疾)」, 뤄헤이즈(羅黑芷)의 「무료(無聊)」와 장즈핑의 「식목일(植樹節)」 등이 그러하다.

샤몐준의 견해를 빌리자면 제한적 서사는 단지 시점인물이 전지적인 권리를 행사하는 것을 허락할 뿐 작가는 시점인물의 시야를 벗어날 권리가 없지만, 작가들이 하나의 시점으로 관찰대상을 완벽하게 표현할 수 없다는 점을 발견했을 때 두세 개의 시점을 선택하여 다른 각도에서 사건과정을 서술할 수 있다고 한다. 5·4작가들은 3인칭 제한적 서사의 변체를 많이 사용하고 있다. 루쉰의 「이혼」 상반부는 사람들의 동정과 아이구(愛姑) 아버지의 남모를 근심을 표현하는 데 치중하고 있어서 좡무산(莊木三)을 시점으로 삼는 것이 비교적 적합하다. 하반부는 충돌하는 대상을 직접 묘사하기 위하여 아이구를 시점인물로 전환하고 있다. 두 가지의 시점은 확연히 서로 다른 장면과 인상을 획득하고, 표면적으로는 서로 다르지만 실질적으로는 매우 비슷한 심리상태를 구현하여, 결혼을 통해 벌어지는 사건이 입체적으로 표현되었다. 다이징눙의 「예배당(拜堂)」은 뚜렷하게 삼단계로 나누어져 있다. 첫째 단락은 왕얼(汪二)을 시점으로 삼고 있고, 둘째 단락은 큰형수를 시점으로 삼고 있으며 마지막 셋째 단락은 왕얼의 할아버지를 시점으로 삼고 있다. 세 개의 서로 다른 시점에서 큰형수가 둘째 아저씨에게 개가하는 사건으로 인해 세 사람은 마음속에 깔린 어두운 그림자를 표현하였다. 왕퉁자오의 「침몰하는 배(沈船)」, 페이밍의 「도원(桃園)」, 예성타오의 「고독(孤獨)」, 위핑보의 「개와 칭찬(狗和褒章)」 등의 시점 처리는 모두 이러한 측면에서 이해할 수 있다. 작가들은 시점 전환방법을 사용하여 사건을 서술함으로써 표면적으로는 전체 소설에 고정된 서사시점이 없지만, 소설을 구성하는 몇 부분에는 모두 자기의 고정된 시점을 가지고 있다. 이것은 작가들이 단일한 시점의 묘사를 상이한 시점에서 획득한 장면의 편집으로 바꾼 것에 불과하다.

신소설의 서사시점을 토론할 때 필자는 견문록의 통일된 시점의 작용—3인칭의 화자는 주로 생각하는 사람과 행동하는 사람이 아니라 관찰자와 기록자이다—에 대해 강조하였다. 5·4작가들에 와서야 진정으로 시점인물을 표현대상으로 여겼다. 만약 시점인물이 작가의 생활경험과 지나치게 가깝다면, 이때 3인칭을 1인칭으로 전환할 수 있을 것이다. 위다푸, 궈모뤄, 처광우, 니이더 등 창조사 작가들의 대부분의 작품 및 샤몐준의 「오랜 한적(長閑)」, 정전둬의 「책의 행운(書之幸運)」 등 일본 사소설(私小說)[90]의 영향을 비교적 깊이 받은 소설들을 이렇게 볼 수 있다. 설

---

90) *자기 신변의 일상적인 자질구레한 일을 제재로 한 신변소설. 전통적인 이야기 서술

령 이렇다 하더라도 3인칭을 사용하여 작가의 자서전적 경향의 유혹을 억제하고 주관적 감정의 과도한 투입을 방지할 수 있었다. 독자들이 즈푸(質夫)의 원형은 위다푸이고 아이머우(愛牟)는 궈모뤄의 화신이라고 추측할 수는 있지만, 즈푸, 아이머우를 위다푸, 궈모뤄와 직접 등치시킬 수는 없다. 작가든 독자든 간에 3인칭 서사는 언제나 1인칭 서사에 비해 객관적으로 인물을 관찰하고 이해하기가 비교적 편리하다.

루쉰의 「행복한 가정(幸福的家庭)」과 「까오 선생(高老夫子)」, 예성타오의 「한 보따리의 물건(一包東西)」과 「강연(演講)」, 빙신의 「적막(寂寞)」, 왕통자오의 「사령(司令)」, 리진밍의 「신동(神童)」, 페이밍의 「물가의 버드나무(河上柳)」, 상웨(尙鉞)의 「하얀 천(一塊白布)」, 쉬디산의 「거미줄 속의 부지런한 거미(綴網勞蛛)」 등의 작품 속에는 작가와 시점인물간의 거리가 비교적 커서(어떤 작품은 심지어 조소적인 태도를 품고 있다), 객관화의 경향이 더욱 명확하다. 존재하지 않는 곳이 없고 모르는 것이 없는 '전지전능한 하느님'도 없어지고 말이 많은 논평자도 없어져서, 독자 앞에 전개된 것은 펼쳐놓은 심령과 보통의 눈동자뿐이다. 이야기 진행과 관계되거나 시점인물의 시야에 벗어난 일과 사건은 독자들의 상상력을 통해 보충될 수 있다. 작가의 말이 적어질수록 독자들은 상상할 수 있거나 상상해야 하는 것이 많아지는데, 이것은 소설읽기를 오락으로 즐기는 중국 독자들에게는 하나의 엄준한 도전이라고 말할 수 있다. 중국 독자들이 자신의 감상습관을 고수하기는 했지만 다행히 5·4작가들과 함께 3인칭 제한적 서사에 점점 익숙하게 되었다.

작가들은 주관적 평가를 내리지 않았을 뿐만 아니라 어떠한 인물의 심리분석도 하지 않고 단지 냉정하게 인물의 말을 기록하고 인물의 외부동작을 묘사하며, 그 나머지는 독자 스스로 이해하고 음미하도록 하였다. 이런 순객관적 서사방식은 제한적 서사에 비해 더욱 쉽게 진실된 느낌

보다는 단편적인 상황이나 내면심리의 묘사를 위주로 함.

을 낳을 수 있지만 그 난이도가 더욱 크게 마련이다. 신소설가들이 일찍이 순객관적 서사에 대해 주의하기 시작했다고 보기는 어렵다. 우젠런의 『사공과(査功課)』(1907)와 바오텐샤오의 『전화(電話)』(1914)는 서두와 결말을 교체한 것을 제외하면 전부 인물의 대화이다. 이러한 서술에는 "서술한 흔적이 드러나지 않아서 그 묘미가 모두 자구 밖에 있다"라는 서양의 순객관적 서사소설의 운치를 많이 지니고 있지만, 작가들은 대부분 서양의 순객관적 서사소설을 직접적으로 본받은 것이 아니라 신극(新劇, 초기 화극)에서 영감을 흡수하였다. 이 때문에 인물의 심리묘사가 없어졌을 뿐만 아니라 이야기 서술과 장면의 출현조차 삭제되고 인물의 대화만이 남게 되어, 거의 소설적인 특성을 잃어버린 채 연극의 각본으로 변질되었다. 이러한 실험은 비록 혁신적인 의의를 지니기는 하지만 커다란 발전이 있었다고 보기는 어렵다. 5·4초기 천헝저의 창작 속에는(예를 들면 「노부부(老夫婦)」, 「물결(波兒)」) 여전히 소설을 연극화시키는 실험이 계속되고 있었다. 30년대 루쉰의 「기사(起死)」도 "희극과 같은 형식을 사용하여 쓰여진 새로운 양식의 소설"[91]이었다. 그러나 총체적으로 보면, 순전히 인물의 대화에만 의지하여 소설을 구성하는 것은 결코 순객관적 서사의 바른 길이 아니다.

위펑보의 「화롯가의 풍경(爐景)」은 톰슨(Thomson)의 『화롯불(爐火光裏)』을 모델로 삼아 인물의 대화를 부각시키는 동시에, 상대적으로 장면의 묘사와 분위기의 강조에 주의하였다. 왕징시(王敬熙)의 「눈 오는 밤(雪夜)」과 양전성의 「어부의 집(漁家)」은 인생의 참상을 하나의 장면에 농축시키고, 작가의 주관적 감성과 평가를 냉정한 객관적 묘사 속에 숨겨 놓았다. 그러나 이러한 작품은 모두 지나치게 간단하여 단지 속사(速寫) 혹은 작은 소설(小小說)이라고 부를 수밖에 없다. 5·4작가들 가운데 진정으로 순객관적 서사기교를 파악한 사람은 대체로 루쉰과 링수화 정도뿐

---

91) 魯迅, 「少年別·譯者附記」, 『譯文』 1권 6기, 1935년.

이다.

　루쉰 스스로 「조리 돌림(示衆)」을 『방황』 가운데 예술성이 가장 완정한 작품으로 생각하여, 이 소설은 20년대부터 끊임없이 연구자들의 주의를 불러 일으켰다. 아마도 순객관적 서사란 측면에서 그 작품의 예술적 특색을 잘 이해할 수 있으며, 소위 '냉정함', '백묘 수법'과 '삽화'도 그 속에서 해석할 수 있을 것이다. "한마디도 잃을 것이 없고, 진정과 허위가 모두 드러난다"는 「비누(肥皂)」 같은 작품은 더욱 더 순객관적 서사의 탁월한 전범이다. 만약 루쉰이 체호프와 오경재(吳敬梓)로부터 이러한 문체를 배웠다고 한다면, 링수화는 캐서린 맨스필드에게서 직접 배웠다고 할 수 있을 것이다. 「술 마신 후(酒後)」와 「안녕(再見)」은 모두 지식인 여성의 미묘한 심리변화에 대한 표현에 치중하고 있는데, 작가가 심리분석을 한마디도 하지 않았지만 독자들은 인물의 대화와 행동 속에서 인물 정서의 파동과 정신의 변화를 분명하게 느낄 수 있다. 5·4시기에는 정치하고 함축적인 이러한 소설을 아직 찾아보기가 힘들다.

8.5·4소설의 서사시점과 예술적 효과

　마찬가지로 제한적 서사나 순객관적 서사를 채용하는 데 있어서도, 5·4작가들은 신소설가들의 발걸음이 퇴보하는 것과는 달리 발전과 후퇴를 겪으면서 조금씩 헤쳐나갔다. 이러한 발전과정은 그들이 더욱 자각적으로 서양소설의 기교를 학습하고 그 시점이론을 수용한 점과 그들의 전진을 가로막고 그들의 창작을 제약하는 당시의 시대사조와 관계가 있다. 예술의 진실성에 대한 강조와 소설의 개성화에 대한 추구, 이성적인 사유에 대한 바람과 열정으로 인해, 5·4작가들은 소설 시점을 이해하고 처리하는 데 있어 신소설가를 크게 초월하고 시점 이론의 진정한 의미에 접근하였다.

　신소설가들도 소설의 진실성을 대단히 중시하였으나 역사를 보는 눈으로 소설을 읽는 전통적인 편견에 사로잡혀, 이러한 진실성은 대부분 소재의 진실성으로 전락하였다. 정푸, 린수가 역사사실을 증거로 사용하고 량치차오, 우젠런이 스스로 비평어를 덧붙여 그 말의 근거를 설명하며 신소설가들이 신문 뉴스를 상용적으로 삽입하거나 외부인의 편지를 부각시키는 것은 모두 독자들을 설득하여 소설 소재의 진실을 믿게 하려는 것들이다. 그러나 "실화를 말하는 것은 역사가이고, 허구를 말하는 사람은 소설가이다. 역사가가 사용한 것은 회상을 기록하는 것이고 소설가가 사용하는 것은 상상력이다."[92] 소설가가 상당 정도 주관에 충실해야 한다는 점에 대해서는 토론할 필요가 있지만, 객관에 충실해야 한다는 점에 대해서는 토론할 필요도 없을 뿐만 아니라 절대로 불가능하다. 출전이 있는 소설도 읽어나가면 흥미가 생기고 '숨겨진 것을 찾는' 중국인의 구미에 더욱 적합하지만 소설의 진실성을 보증하고 증가시킬 수는 없다. 5·4작가들은 양전성의 진실된 말과 허구적인 말의 구분에 대해 동의하지 않을 가능성이 매우 크지만, 지나치게 회상에 의지하거나 역사상의 실제인물에 대한 영사(影射), 현실 속의 실제사건의 기록을 통해 진실감을 얻을 수는 없다(역사소설은 다른 범주의 것이다). 5·4작가들이 강조한 것은 소설 표현의 진실이지 소재의 진실이 아니었다. 그래서 작가들은 이야기와 인물의 언어가 합리적인지에 대해 주의하였을 뿐 아니라, 제한적 서사와 순객관적 서사를 빌려 소설의 진실감을 부각시키고 전지적 서사가 조성하는 허위적인 감각을 제거할 수 있었다.

신소설가들이 '권위적인 증인', '전지전능한 하느님'과 같은 시점에서 자각적으로 벗어나 전지적 서사를 극복하지 못했다면, 5·4작가들은 초보적으로나마 이러한 자각의식을 가졌다고 할 수 있을 것이다. 비록 5·4작가들이 이러한 '자각의식'을 분명하게 표출하지는 못했지만, 우상에 대한 멸시, '신성'한 전통관념에 대한 회의, 자기 사유능력에 대한 자신감으

---

92) 楊振聲, 「玉君·自序」, 『玉君』, 現代評論社, 1925년.

로 볼 때, 제한적 서사와 순객관적 서사의 흡인력이 결코 순수하게 기교적인 것이 아니었음을 쉽게 추측할 수 있다. 적어도 샤멘준의 '독자에 대한 작가의 전제적인 태도'의 제거, 전지전능한 화자를 회의하는 데서 생겨난 독자의 '환멸'[93]에 대하여 위다푸의 방지와 같은 입론방식은 이미 5·4민주정신에 깊이 뿌리박고 있었다. 작가들이 독자보다 현명해 보이지도 않고 소설 속에서 이러쿵 저러쿵 독자들에게 훈교할 권리도 없으며, 반드시 독자들과 동일한 선상에 서서 과거에 대한 회상이나 미래에 대한 예측 없이 단지 막 드러나는 '현재'만을 제시해야 한다. 이러한 순객관적 서사방식은 이성적으로 말하면 5·4작가의 민주태도와 회의정신에 가장 부합된 것이다. 강렬한 계몽정신으로 인해 작가들은 제한적 서사에 대한 선택을 갈망하고 전지전능한 전제적인 하느님을 버리는 동시에, 특정 인물의 시점에서 사고하고 발언하는 권리를 유지할 수 있었다.

고정된 시점은 물론 소설의 진실감을 증가시킬 수 있지만, 시야의 제한으로 인해 소설의 자유로운 표현을 곤란하게 만들기도 한다. 여전히 신소설가들은 많은 측면에서 인물을 표현하고 가능한 한 광활한 사회인생을 전개하면서, 화자의 월권 행위 때문에 독자들이 소설의 진실성에 대해 의심하지 않도록 신경 써야 하는 곤경에 처하고 있었다. 5·4작가들은 한 사람의 이야기를 틀로 삼아 다른 사람의 많은 이야기를 채워넣거나 시점인물이 도처로 여행하며 견문을 획득하는 신소설가들과는 달리, 소설의 서술 속에 편지, 일기, 필기를 대량으로 인용하여 고정된 시점이 낳은 시야의 한계를 보충하였다. 장딩황의 「길에서(路上)」는 그녀의 생각과 그의 편지 및 그녀의 지나간 수필이 교차적으로 출현하는데, 상이한 시간과 시점으로 획득한 인상을 한데 모아서 "기쁘기도 하고 슬프기도 한" "청춘세계"에 대한 그리움을 표현하였다. 옌량차이(嚴良才)의 「최후의 위안(最後的安慰)」에서는 L감옥에서 온 편지를 빌어 P나 독자로 하여금 그가 복

---

93) 「論記敍中文作者的地位幷評現今小說界的文字」, 『日記文學』.

수하게 된 동기와 사형 전날 밤의 감정에 대해 이해하도록 만들었다. 빙신의 「깨달음(悟)」은 누이동생과 친구의 편지를 소설에 삽입하여, 인생에 대한 주인공의 사고가 독백에서 세 사람의 대화로 변하게 하였다. 루인의 「해변의 옛 친구(海濱故人)」는 루사(露莎)와 친구들의 편지를 14통 삽입하여 어느 일개인의 고뇌가 아니라 많은 각도에서 인생을 탐구하고 전체 세대의 생각을 표현하였다. 이렇게 삽입된 편지, 일기는 "문인이 서술한 인물이라고 해서 반드시 문장에 능한 것은 아니다(文人所書之人不必盡能文也)"(장실재(章實齋), 「고문의 열 가지 폐단(古文十弊)」)라는 점을 고려하지 않았기 때문에 작가가 대필한 흔적이 나타나지만, 확실히 초보적이나마 고정된 시점과 확대된 시점 사이의 모순을 해결하였다.

신소설가들은 주로 서사에 편리하다는 측면에서, 5·4작가들은 감정의 표출에 편리하다는 측면에서 1인칭 서사를 선택하였다. 이 점에서 보면 5·4소설은 본질적으로 전통소설이 아니라 전통시문에 더욱 가깝다고 할 수 있다. 신소설가들은 『다화녀』를 배워 『취잠기(碎簪記)』, 『취금루(碎琴樓)』, 『유정정(柳亭亭)』, 『신다화(新茶花)』와 같은 애절한 이야기를 구성하였지만, 5·4작가들은 『젊은 베르테르의 슬픔(少年維特之煩惱)』을 배워 「낙엽」, 「유서」, 「어떤 사람의 비애(或人的悲哀)」와 같은 '감각적이고', '각성하는' 소설을 창작하였다. 만약 5·4개성해방의 사조가 아니었더라면 1인칭 제한적 서사는 단지 중국문학을 위해 몇 편의 눈물을 흘리는 '애정소설'과 조금의 구성기교만을 제공하였을 것이다. 5·4사조는 '자아'를 해방시켰으며 진정으로 1인칭 제한적 서사 양식에 커다란 예술적 생명력을 부여하였다.

5·4작가들의 예술관이 모두 일치하는 것은 아니지만 절대 다수가 "창작한 작품이 되기 위한 필수불가결한 요인이 바로 개성이다"[94]라는 루인의 견해에 동의할 것이다. 이 때문에 "개성을 발휘하고 자기를 표현하는

---

94) 「創作的我見」, 『小說月報』 12권 7호, 1921년.

데 노력하자"[95]는 빙신의 구호는 5·4작가의 공동적인 구호가 되어 관습화된 예술규범을 버리고 자신의 감각으로 생활을 표현하며 자신의 특징적인 예술세계를 탐구하였다. 기교가 유치하기는 하지만 루쉰, 위다푸, 예성타오, 궈모뤄, 왕통자오, 빙신, 루인, 폐이밍, 쉬디산같이 독특한 예술개성을 갖춘 소설가들을 대량으로 배출하였다. 이는 신소설가들이 이야기를 강술하고 의론을 발휘하는 데 급급하여 소설의 예술개성에 대한 추구를 홀시한 것과 선명한 대조를 이룬다. 5·4소설의 제재는 결코 넓지 않으며 광활한 사회생활의 풍경을 전개한 측면에 있어서는 심지어 신소설보다 못하지만, 작가들은 이야기 줄거리가 아닌 예술감각에 뛰어나 신소설과 같이 상식적인 감각을 전달하지는 않았다. 1인칭 서사는 비교적 자아의 감정을 서술하기에 적합하며, "편지는 다른 장르의 작품에 비해 작가의 개성적인 색채가 더욱 함축되어 있다고 생각하였다."[96] 그래서 1인칭 서사(일기체, 편지체를 포함하여)가 5·4작가들의 호감을 가장 많이 얻은 것이 이상할 게 없다. 그것은 5·4작가들이 고루한 예술규범을 극복하여, 충분히 개성을 발휘하고 자아를 표현하는 데 가장 훌륭한 예술수단을 제공하였다.

5·4작가들이 제한적 서사를 선택한 것도 사회 인생에 대한 이성적 사고 및 자아에 대한 관찰에서 착안되었을 수 있다. 이전의 작가들도 의론의 전개를 좋아하여 교훈적인 색채가 농후하지만, 전개한 의론은 결코 자신의 구상에서 나온 것이 아니라 사회에 통행하는 윤리 원칙이나 도덕 격언이었다. 중국 고전소설 속의 대부분의 의론은 형태가 같은 군더더기이다. 신소설의 장점으로 특별히 이야기 할 만한 것은 계몽적인 의미를 지닌 새로운 정치적 견해라는 점이다. 그러나 작가의 사상은 여전히 소설 서사기교 위에 구현되지 않고, 언변이 좋은 몇 명의 연설가를 첨가한

---

95) 「文藝叢談(二)」, 『小說月報』 12권 4호, 1921년.
96) 淦女士, 「淘沙」, 『晨報副刊』, 1924년 7월 29일.

것에 불과하였다. 5·4작가들은 제한적 시점을 사용하여 인물의 시점에서 벗어난 '後人評曰'과 '異史氏曰'(백화소설, 문언소설 가운데의 이러한 의론은 작가의 자각적인 이성사고라고 생각한다)을 없애고, 1인칭 화자의 자아해부, 시점의 전환 및 작가와 화자의 의식적인 거리두기 등의 방법으로 작가의 이성사고를 표현하였다.

비록 "나는 하루에 세 번 반성한다(吾日三省吾身)"는 교훈도 있고 불교의 영향을 받은 '참회문'도 많지만, 중국 고대작가들은 소설 속에서 스스로 질책하고 반성하는 데 익숙하지 않았다. 1인칭 서사 소설은 자아를 칭찬하거나 과실을 포장하지 않는다면, 작가가 해부의 칼날을 자신에게 정확하게 대기가 어렵다. 자아의 영혼에 대해 엄격한 질타를 진정으로 집행한 것은 5·4작가들에 이르러서 시작되었다. 루쉰의 「작은 사건」, 위다푸의 「조라행」, 다이징눙의 「버려진 아이(棄嬰)」와 왕루옌의 「개(狗)」 등의 소설 속에서 작가들은 자아 비판을 착실하게 집행하였는데, 당연히 자아고백이나 자아감상적인 요소가 있었다. '인간의 심령에 대한 위대한 심문자'인 도스토옙스키에 비해[97] 5·4소설 속의 자아비판은 대부분 상당히 천박한 것이었지만, 작가들이 발표할 수 있는 추상적인 설리(說理)를 인물의 독특한 사고로 변화시키고 내면독백의 수법을 사용하여 표현한 것에 가치가 있다.

자아에 대한 해부자의 인식의 한계로 이해될 수도 있고 자아에 대한 화자의 진실하고 솔직한 정도를 의심할 수도 있지만, 5·4작가들은 시점을 전환하는 방법을 빌려 이러한 자아에 대한 사유를 표현하였다. 「광인일기」가 「미친 사람의 수필」, 「리스의 일기」 등의 고백적인 작품과 다른 가장 큰 원인은 짧은 서문(小序)을 통해 독자들에게 상이한 심미각도를 제공한 데 있다. 예링펑(葉靈鳳)의 「여와씨가 남긴 서자(女媧氏之遺孼)」 중에는 동일한 사건에 대한 세 명의 서로 다른 '나'의 상이한 평가가 출현

---

97) 魯迅,「窮人·小引」,『集外集』, 上海群衆圖書公司, 1935년.

하고 있다. 위다푸의 「푸른 연기」속에는 화자인 '나'가 실제의 '나'와 환각 속의 '나'로 나누어져 있다. 판쉰의 『마음의 수필』속에는 화자의 꿈한 부분을 3인칭으로 바꾸어 서술하고 있다. 리례원(黎烈文)의 「배에서(舟中)」의 마지막 한 단락은 인물의 심리를 해부하고 인물의 행위를 평가하다가 갑자기 1인칭을 3인칭으로 바꾸고 있다. 이러한 시점의 전환 속에는, 작가들은 1인칭 화자를 자기의 체험이 아니라 객관적으로 존재하는 인물로 만들어 관찰하고 평가해야 하며, 동시에 독자는 화자의 해석에 만족해서는 안 되며 여기에서 벗어나 이성적으로 사유해야 한다는 바람이 표현되고 있는 듯하다. 이것은 독자들에게 화자의 권위적인 해석을 강요하는 전통소설과 크게 상반된다.

5·4시기의 1인칭 서사 소설 중에는 고백적인 작품이 대단히 많은데, 작가는 가능한 한 1인칭 화자와 동일시하였다. 그러나 작가와 화자의 거리두기로 잠재된 상이한 심미각도를 조성한 소설들도 많았다. 왕루옌의 「염낭 끈(柚子)」, 천샹허의 「보라(See!)」는 1인칭 화자와 작가 본인과의 거리가 비교적 커서 풍자적인 예술효과를 쉽게 조성하였는데, 이 점은 뚜렷하여 쉽게 찾아볼 수 있다. 주의할 만한 것은, 5·4작가들이 화자인 '나'로 하여금 과거의 사건을 서술하도록 만들었다는 점이다. 인간세상에 대한 이해에 있어 과거의 '나'는 오늘날의 '나'와 달라서, 독자들은 종종 오늘날의 '나'에게는 태연자약할 수 있지만, 고백적인 서술 속에서는 과거의 '나'의 인식의 한계를 깨달을 수 있다. 한 아이의 눈에 비친 쿵이지(孔乙己)는 성인인 1인칭 화자의 눈에 비친 쿵이지와는 분명히 다르다. 작가는 앞의 쿵이지는 서술하고 뒤의 쿵이지는 독자들이 생각하여 파악하도록 맡길 것이다. 많은 작가들은 오늘날의 '나'로서 과거의 나를 분석하고 비평하여 독자들에게 새로운 가치기준을 직접 제공하기 좋아하지만, 루쉰의 「죽음을 슬퍼하며(傷逝)」는 진실한 자아반성이라 하더라도 커다란 제한이 있음을 이해하게 해준다. 우리들은 "쥐안성의 수기(涓生的手記)"에서 과거의 '나'에 대한 오늘날의 '나'의 해부를 읽을 수 있을 뿐 아니라, 행

간에서 해부자에 대한 작가의 해부를 읽을 수 있다. 그러나 오늘날의 '나'는 불안한 영혼을 위로하고 공허한 자아질책 속에서 의식적·무의식적으로 곳곳에서 자신의 잘못으로부터 벗어나고 있다.[98] 작가와 화자의 의식적인 거리두기를 통해 이성적인 사유의 흐름을 제공하는 것은 비교적 고도의 예술수양이 필요한 일이어서, 5·4시대에 루쉰을 제외하면 감당할 수 있는 작가가 대단히 적었다.

---

98) 패트릭 하난은 「루쉰소설의 기교」(『國外魯迅研究者論集』, 중역본, 北京大學出版社, 1981년) 중에서 "죽음을 슬퍼하며(傷逝)"에서 서술자의 마음은 회한으로 가득 차지만, 도덕과 감정상에서 그에게 버림받은 子君을 공평하게 대하지 않는다." 그는 "특별히 거짓말을 하지도 않지만, 충분하게 사실을 반영하거나 진정으로 양심에서 우러나온 말도 하지 않는다"라고 지적하고 있다.

제4장 중국소설 서사구조의 변천

소설을 쓰는 데는 세 가지 방법이 있다. 첫째, 먼저 플
롯을 결정하고 나서 인물을 찾는 방법이다. 둘째, 인물
을 먼저 선택하고 나서 인물의 성격전개에 필요한 사건
과 장면을 찾는 방법이다. 셋째, 먼저 일정한 분위기를
선택하고 나서 분위기를 표현하거나 실현할 수 있는
행위와 인물을 찾는 법이다.[1]

—로버트 루이스 스티븐슨

1. 서사구조의 3분법

"김성탄, 모종강의 소설비평은 문장을 논한 것이지 소설을 논한 것이
아니다"[2]라는 말은 대단히 일리 있는 견해이다. 그렇게 많은 '문장의 기
세(文氣)', '필법(筆法)'을 사용하면 소설을 논할 수도 있고, 고문을 논해
도 무리가 없을 것이다. 비록 후세의 학자들이 그로부터 인물형상론에 관

---

1) 이 단락은 스티븐슨이 그의 전기작가인 그레이엄 밸푸어(Graham Balfour)에게 말한 것
이다. 중국어 번역문은 郁達夫의『小說論』에서 인용하였다. 개념의 통일을 위해서 '結
構(플롯)'를 '情節'로 고쳐서 번역하였다.

2) 解弢,『小說話』91항, 中華書局, 1919년. "金, 毛二子批小說, 乃論文耳, 非論小說也."

한 이론을 많이 발견하더라도, 이것은 중국 고대 소설비평가들이 주목한 중심사항은 아니었다. "자에는 자법이 있고, 구에는 구법이 있으며, 장에는 장법이 있고, 부에는 부법이 있다"[3]는 점이 그들의 소설비평 기준이었다. 고문가 혹은 준고문가의 관점으로 소설을 읽었기 때문에, 당연히 서양의 소설이론가들의 관점으로 소설을 보는 것과는 상당한 차이가 있었다. 전자가 자법, 구법, 장법, 부법에 관심이 있었다면, 후자는 이야기, 성격, 배경에 관심이 있었다. 각자 이론의 중점이 달랐기 때문에, 당연히 이론의 맹점도 다르지 않을 수 없었다. 신소설가들에 이르기까지 특별하게 논의된 것은 여전히 장법, 부법이었다. 류어는 『노잔유기』에 대해 "예로부터 문장가들은 큰 사건을 서술할 때, 반드시 그 사이에 자질구레한 이야기를 넣어 기술함으로써 (독자들의) 눈을 쉬게 하고, 문장의 기세를 느슨하게 만들었다. 그래서 이 책에서도 가(賈), 위(魏)에 대한 사건의 서술이 매우 복잡해지면 중간에 한가로운 사건을 삽입하는 합성법을 사용하였다"[4]라고 자평하고 있다. 우젠런은 『이십년목도지괴현상(二十年目睹之怪現狀)』에 대해 "아주 한가로운 곳 다음에 복잡한 곳이 이어지고, 아주 험악한 곳 다음에 화기애애한 곳이 이어진다. 서로 비교해보면, 그 의도가 잘 드러나 있다"[5]고 자평하고 있다. 신소설가들 중에서 예술수양이 높고 창조정신이 풍부한 류어, 우젠런 같은 이들도 이와 같았으니, 나머지 사람들은 말할 나위도 없다. 물론 사람들 중에는 일반 서적이나 신문을 읽는 것과는 다른 소설의 독법이 있어야 한다고 말하는 이들도 있었다. 그러나 소설에 대한 그들의 비평어—"나열서술과 장면의 부각, 복잡한 서술과 반복적 서술, 변화없는 서술과 차분한 서술, 삽입한 이야기와 전체의

---

3) 金聖嘆, 「第五才子書施耐庵水滸傳序三」. "字有字法, 句有句法, 章有章法, 部有部法."

4) "歷來文章家毋序一大事, 必來序數小事, 點綴其間, 以歇目力, 而紓文氣, 此卷序賈, 魏事一大案, 熱鬧極矣, 中間應揷序一段冷淡事, 方合成法."

5) "有一段極冷淡處, 便接一段極親熱處, 有一段極狠惡處, 便接一段極融樂處, 兩兩相形, 神精畢現."

줄거리가 조화롭게 진행된다"[6]—로 본다면, 문장을 논한 것과 다를 바가 없다.[7]

5·4작가나 비평가들은 새로운 체계의 이론적인 언어를 수용하여, 문장의 기세나 필법 등의 전통적인 비평어를 버리고 인물 형상, 이야기 서술 및 배경묘사의 각도에서 소설을 평가하기 시작하였다. 해밀턴의『소설법정(小說法程)』(중역본, 商務印書館, 1924)과 블리스 패리(Bliss Perry)의『소설연구(小說的硏究)』(중역본, 商務印書館, 1924)는 인물, 이야기, 배경묘사를 소설이론의 가장 중요한 3대 과제로 설정하고, 각각을 독립된 장으로 나누어 논술하였다(전자는 총 12장이고, 후자는 총 13장으로 나누어져 있다). 위다푸의『소설론(小說論)』(上海光華書局, 1926)과 선안빙의『소설연구ABC(小說硏究ABC)』(上海世界書局, 1928)에서는 소설 발전에 관한 역사적인 서술과 기교분석 이외에 인물, 이야기, 배경을 서술하였다. 소설 요소의 삼분법은 일시에 중국 소설비평가들에게 새로운 세계를 열어주었으며, 그들로 하여금 새로운 이론 틀 속에서 새로운 이론적 언어를 빌려 사고하고 분석하며 비판하게 만들었다.

중국작가나 비평가들에게 가장 많은 영향을 끼쳤던 것은 이러한 삼분법 자체가 아니라, 그로부터 파생되어 나온 소설의 세 가지 서사구조 방식이었다. 본장의 머리말에서 인용된 스티븐슨의 소설 서사구조에 대한 명언은 5·4시대에 끊임없이 인용되었다.[8] 해밀턴은 그로부터 출발하여 다음과 같이 말하였다. "단편소설은 세 가지 유형으로 나눌 수 있다. 동

---

6) "鋪排渲染, 曲折回環, 起伏照應, 穿揷線索, 相承一氣."

7)『中外小說林』1권 11기의「小說之功用比報紙之影響爲更普及」와 2권 4기의「小說風尙之進步以飜譯說部爲風氣之先」참고.

8) 예를 들면, 清華小說硏究社의『短篇小說作法』(清華小說硏究社, 1921년), 郁達夫의『小說論』(上海光華書局, 1926년)과 鄭振鐸의「中國短篇小說集序」(1925년에 쓰고, 1928년판『中國短篇小說集』제1집에 수록)이 있다. 그 밖에, 구리야가와 하쿠손의『近代文學十講』(중역본, 1921년)과 해밀턴의『小說法程』(중역본, 1924년)도 이 단락을 인용하고 있다.

작의 묘사에서 반응이 일어나도록 의도하는 것이 있고, 인물의 묘사에서 반응이 일어나도록 의도하는 것이 있으며, 환경의 묘사에서 반응이 일어나도록 의도하는 것이 있다."[9] 페리는 "만약 분위기—시간과 공간—배경을 매우 예술적으로 표현할 수 있다면 인물과 동작은 그렇게 중요하지 않을 것이다."[10]라고 했는데, 이것이 5·4시대의 작가와 비평가들을 더욱 탄복하게 만들었다. 청화소설연구사(淸華小說硏究社)의『단편소설작법(短篇小說作法)』과 위다푸의『소설론』및 정전둬의『중국단편소설집서(中國短篇小說集書)』는 모두 해밀턴과 페리의 견해에 기초하여 모방한 것이다. 5·4작가와 비평가들이 특히 흥미를 느낀 것은 이론적인 개괄의 정확성 여부가 아니라, 5·4작가의 "직관" 즉, 소설은 다양한 필법으로 쓸 수 있기 때문에, 반드시 이야기를 위주로 해야 한다. 서두와 결말을 갖추어야 하거나, 클라이막스와 결말이 있어야 한다. 구성이 곡절하여 사람을 감동시켜야 할 필요가 없다는 점을 증명하는 데 있었다. 한마디로 말하면, 반드시 이야기를 구조의 중심으로 삼지 않아도 된다는 것이다. 5·4작가의 이러한 직관은 저우쭤런 등이 소개한 서양소설의 글 속에서 종종 나타난다. 5·4작가들의 직관이 일단 이론적으로 증명되자 예술적 창신(創新)에 대한 작가들의 자각성과 용기가 자연스레 크게 고조되었다. 십년 전에 누군가가 당신의 소설 속의 이야기가 평담하고 변화가 적으며 클라이막스가 없다고 말한다면 크게 실망했을 것이지만, 이제는 다음과 같은 경전의 말에 당당하게 의지할 수 있을 것이다.

근대소설의 반은 인물의 성격 묘사이고, 나머지 반은 배경의 표현이다.[11]

---

9)『小說法程』, 중역본, 商務印書館, 1924년, 153쪽.
10)『小說的硏究』, 중역본, 商務印書館, 1925년, 252쪽.
11) 郁達夫,『小說論』제6장.

그러나 구체적인 작품 속에서는 이야기, 성격, 배경이 물과 기름처럼 뚜렷하게 나누어져 있지 않다. 누구도 "이야기의 규정성이 없다면 성격이 어떻게 있을 수 있는가? 성격의 출현이 없다면 이야기가 어떻게 존재할 수 있는가?[12]라는 헨리 제임스의 추궁을 막을 수 없을 것이다. 아큐가 동그라미를 그리는 것,[13] 상린댁이 문지방을 기증하는 것[14]이 성격인지 아니면 이야기인지를 판정할 수 있는가? 어느 누구도 분명하게 판정할 수 없을 것이다. 이야기나 배경이 없는 순수 성격소설이나 이야기나 성격이 없는 순수 배경소설은 결코 존재할 수 없다. 작가들이 작품을 구상할 때 강조한 중점이 무엇인지에 따라, 세 가지 중 하나를 구조의 중심으로 삼고 나머지 둘을 보조로 생각할 수 있다.

중국 고전소설은 기본적으로 이야기를 구조의 중심으로 삼는 양식에 의거하여 창작한 것이다. 5·4작가들은 성격을 구조의 중심으로 즐겨 사용하였는데, 여기에는 좀 이해하기 어려운 점이 있다. 즉, 중국 고대소설(특히 문언소설)에는 사전(史傳)의 필법을 계승하여 인물의 전기(傳記)를 쓴 것이 헤아릴 수 없을 정도이며 그 가운데 성격묘사에 성공한 작품도 많은데, 하필 서양의 것을 받들고 중국의 것을 경시한다는 점이다. 본래 5·4작가들의 마음속에는 위다푸가 이후에 서술하듯이 '외면적인 사건 변화의 서술'과 '내면심리의 갈등과 고민에 치중한 묘사'를 구별하는 분류방법이 있었다.[15] 성격을 구조의 중심으로 한 것은 실제로 인물의 심리를 구조의 중심으로 삼는 것과 같다. 선안빙은 "최근에는 인물의 심리묘사에 대한 추세가 강하기 때문에 한 편의 소설에서 그 구조(이야기를 가리

---

12) 「小說的藝術」, 『美國作家論文學』, 三聯書店, 1984년.

13) *루쉰의 『아큐정전』에서 아큐가 모반의 죄로 체포되어 문서에 서명하게 되었을 때, 아큐가 글을 쓸 줄 몰라서 동그라미를 그리는 것으로 대신하는 장면.

14) *루쉰의 『축복』에서, 상린댁이 저승에 가면 먼저 죽은 두 남편에게 고통을 받기 때문에 토지묘에 문지방을 기증해야 면죄될 수 있다는 류마의 말을 듣고, 상린댁이 돈이 생길 때마다 문지방을 기증하는 장면.

15) 「現代小說所經過的路程」, 『現代』 1권 2호, 1932년.

킴—인용자)만으로 주의를 끌기에는 부족하다"[16]고 말하였다. "동작의 묘사를 희생시키고 인물의 심리변화에 치중한 묘사"는 근대소설 발전의 거대한 흐름이다.[17] "정감의 성장 변천, 의식의 성립 정도, 감각의 정교함과 민첩함 여부 및 다른 모든 사람들의 행동의 근본적인 동기" 등이 소설연구의 중심이 되었다.[18] 이로 인해 소설구조의 중심이동은 소설의 3대요소의 표면적인 변화에 머무르지 않고, 중국소설의 전체적인 특징에 천지가 뒤집힐 정도의 대변화가 발생하도록 촉진하였다.

선안빙은 "근대소설의 발달과정을 볼 때, 구조(이야기를 가리킴—인용자)가 가장 먼저 완성되었고, 인물의 발전은 비교적 늦었으며, 환경이 작가의 주의를 끈 것은 비교적 최근의 일이다"[19]라고 정확하게 말하였다. 스티븐슨처럼 "스코틀랜드의 서해안에 있는 작은 섬의 정취를 먼저 느끼고" 나서 소설을 구상하여 "이러한 정감을 표현하는"[20] 작품은 19세기 이전의 서양소설 가운데에 거의 없으며, 5·4이전의 중국소설 가운데에서도 거의 찾아보기 힘들다.[21] 5·4작가와 비평가들이 보기에, 인물과 이야기에서 독립될 뿐만 아니라 서로 호응할 수 있는 환경이나 배경은 자연풍경일 수도 있고 사회의 모습이나 향토의 색채일 수도 있으며, 아니면 작품 전체의 분위기 내지 정서일 수도 있다. 5·4작가들에 의해 대단히 추앙받은 서정시 소설은 인물심리를 분석하는 곳에서 구현될 수도 있고, 작품의 분위기를 두드러지게 하는 곳에서 구현될 수도 있다. 그리고 이

---

16) 「人物的研究」, 『小說月報』 16권 3호, 1925년.

17) 위의 책.

18) 郁達夫 역, 「小說的技巧問題」, 『洪水』 3권 27기, 1927년.

19) 「人物的研究」, 『小說月報』 16권 3호, 1925년.

20) Graham Balfour, "The Life and Letters of R. L. Stevenson";郁達夫, 『小說論』 제6장에서 재인용.

21) 중국 고대 문언소설집 속에 왕왕 遊記式의 敍事寫景 산문(蒲松齡의 『聊齋志異』 속의 「山市」처럼)이 섞여 있지만, 이것은 배경을 구조중심으로 삼는 근대적인 의미의 소설과는 매우 다른 작품이다.

두 가지는 모두 이야기를 구조의 중심으로 삼는 전통소설의 서사구조에 대한 극복이었다.

이러한 극복은 5·4작가들의 손에 의해 완성된 것이지만, 그 기원을 소급해보면 신소설에서부터 논의해야 한다.

2. 신소설의 이야기 중심 서사구조

옌푸, 샤정여우(夏曾佑)의 『본사에서 설부를 덧붙여 인쇄한 취지(本館附印說部緣起)』에서부터 신소설이론가들은 끊임없이 "세상의 인심풍속이 마침내 설부(說部)에 의해 유지되게 되었다"[22]는 간단한 명제를 거듭 논증하였다. 그러나 뒤집어서 소설이 인심이나 풍속을 주요 표현대상으로 삼아야 한다고 논증하지는 않았다. 이 점을 의식한 사람이 전혀 없다고는 말할 수 없지만, 개인적인 몇 마디 주장은 실제로 너무나 미약하여 시대의 큰 흐름 속에 파묻혀버리고 말았다. 1903년 마이중화(麥仲華, 瑟齋)는 중국소설을 서양 소설이론으로 다음과 같이 비평하였다.

영국의 대문호 조지 고든 바이런은 "소설의 수준이 높을수록 내면의 세계를 묘사한 부분이 많고 바깥세계의 생활을 묘사한 부분이 적다. 그러므로 책 가운데 나타난 양자의 분량의 비율을 보고 그 책의 가치를 정할 수 있다"라고 하였는데, 이는 대단히 식견 있는 말이다. 이것을 기준으로 중국소설을 살펴보면, 『홍루몽(紅樓夢)』만을 그럭저럭 평가할 수 있을 뿐 그 나머지는 말할 것이 못 된다.[23]

---

22) 幾道, 別士, 「本館附印說部緣起」, 『國聞報』 1897년 10~11월.

23) 「小說叢話」, 『新小說』 1권 7시, 1903년. "英國大文豪佐治貧哈威雲: "小說之程度愈高, 則寫內面之事情愈多, 寫外面之生活愈少, 故觀其書中兩者分量之比例, 而書之價值可得而定矣." 可謂知言. 持此以料揀中國小說, 則惟 '紅樓夢' 得其一二耳, 餘皆不足語於是也."

1908년 린수는『수호전(水滸傳)』과『大衛科波菲爾(David Copperfield)』를 대비하면서, "오로지 하류사회의 모습만을 반영하고"[24] 배경묘사에 치중한 서양소설을 영웅의 대담성과 아녀자의 애정만을 서술하고 이야기가 곡절하여 '사람을 놀라게 하는' 중국소설보다 높게 평가하였다.

이 책은 일상적이고 자질구레하며 신기한 것이 없는 사건을 서술할 뿐이다. 문장력이 뛰어나지 않은 사람이 그것을 지었다면, 지루하고 무감각하게 만들었을 것이다. 그러나 디킨스는 진부한 것을 신기하게 만들고, 흩어진 것을 모아 완정하게 만들며, 하찮은 것들을 수집하여 (사실주의적) 정신으로 융화할 수 있었으니, 진정으로 독특한 필법인 것이다.[25]

그러나 이러한 비평관점은 신소설가들에게서 찾아보기 어려운 것이다. 신소설가들은 여전히 이야기에 시선이 집중되어 있었다.

루쉰은 신소설가들의 서양소설의 번역, 소개에 대해 다음과 같이 비꼰 적이 있다.

우리들은 일찍이 량치차오가 주관한『시무보(時務報)』에서『셜록 홈즈 탐정집』의 변환(變幻)을 보았고, 『신소설』에서는 과학소설이라 불리는 쥘 베른의『해저여행』류의 신기함도 보았다. 후에 린수가 번역한 해거드의 소설에서는 런던 아가씨의 멋과 아프리카 야만인의 기괴함을

---

24) 林紓, 「孝女耐兒傳 · 序」, 『孝女耐兒傳』, 商務印書館, 1907년.

25) 林紓, 「塊肉餘生述 · 序」, 『塊肉餘生述』, 商務印書館, 1908년. "若是書特敍家常至瑣至屑無奇之事跡, 自不善操筆者爲之, 且恹恹生人睡魔, 而迭更司乃能化腐爲奇, 撮散作整, 收五蟲萬怪, 融匯之以精神, 眞特筆也."

보았다.[26)]

소위 '변환', '신기', '멋', '기괴함' 같은 비평어는 모두 이야기의 줄거리에 초점을 맞춘 것이다. 그래서 신소설가들이 가장 흥미를 느낀 것이 심리묘사나 분위기의 부각이 아니라 서양소설의 '구성'이었던 것이 이상할 게 없다.

대체로 신소설가들의 창작이 번역소설의 영향을 뚜렷이 받았다는 사실은 어느 누구도 부인할 수 없다. 그러나 모든 외국 번역소설들이 신소설가들의 창작에 영향을 준 것은 결코 아니었다. 마이명화(麥孟華, 蛻庵)가 1903년에 한 말을 들어보자.

종종 갑국의 저명한 소설이 을국으로 번역·소개되면, 거의 그 묘미를 느낄 수 없다. 가령, 영국의 디즈레일리, 프랑스의 위고, 러시아의 톨스토이의 가장 정채로운 작품도, 중국인들이 보면 탐탁하지 않은 작품일 것이다.[27)]

1903년과 마찬가지로 1913년에도 신소설가들은 시종 톨스토이, 위고의 가치―비록 그들의 작품이 일찍 번역되기는 하였지만―를 진정으로 깨닫지 못하였다.[28)] 이러한 '깨닫지 못함'은 마이명화가 생각했던 것처럼 국가의 상황이 다르거나, 묘사한 내용이 중국 독자들이 "일상생활에서

---

26) 「祝中俄文字之交」,『南腔北調集』, 上海同文書店, 1934년.

27) 「소설총화」,『신소설』 1권 7기, 1903년. Disraeli, 영국 정치가, 정치소설가. "往往有甲國最著名之小說, 譯入乙國, 殊不能覺其妙. 如英國的士黎裏, 法國囂俄, 俄國托爾斯泰, 其最精心結撰之作, 自中國人視之, 皆隔靴搔癢者也."

28) 예를 들면,『톨스토이의 종교소설』(1907),『心獄』(1913),『此何故耶』(1914),『羅刹因果錄』(1915),『慘世界』(1903),『俠血奴』(1905),『鐵窓紅淚記』(1906),『賣解女兒』(1910),『九十三年』(1913) 등.

늘 접하여, 누구나 이해할 수 있는 이치"[29]가 아니었기 때문이 아니다. 해거드가 묘사한 "런던 소녀의 멋과 아프리카 야만인의 기괴함"은 중국 독자들이 "보고 듣던 것"이 아니며 "신 신고 발바닥 긁기(隔靴搔癢)"일 수 있다. 그런데 중국독자(작가와 번역가를 포함하여)들은 유독 무엇으로 그 묘미를 느낄 수 있었는가? 관건은 소설에서 처리되고 있는 소재에 있는 것이 아니라, 작가의 심미관 및 그에 상응하는 표현기교가 중국 독자들의 구미에 부합되느냐 아니냐에 있다. 독자들의 기대시야의 한계가 서양소설을 받아들이는 최초의 단계를 규정하여, 해거드, 코난 도일의 작품이 톨스토이, 위고의 작품보다 널리 유행하게 만들었다. 만청 4대 소설잡지 가운데서 세 종류가 창간호에 서양 문호의 사진을 게재하였는데, 당연히 기치를 내세우려는 의도가 없지는 않았을 것이다. 『신소설』에서는 톨스토이를, 『소설림』에서는 위고를, 『월월소설』에서는 해거드를 선택하였다. 표면적으로 앞의 두 잡지는 톨스토이, 위고를 본받아 자연스럽게 문학적 취미가 높아졌을 것 같으나, 실제로는 이와 달리 해거드를 더 많이 배웠다. 톨스토이, 위고의 명성이 매우 높은 것을 알고서 소개하여 배우려고 했으나, 정작 어디서부터 손을 대고 해독해야 할지를 몰랐다. 해거드의 소설같이 사마천의 필법으로 그 묘미를 말할 수 있고, 보통 독자의 위치에서 그 맛을 알 수가 없었다. 그래서 신소설가 및 독자들이 볼 때, 사건을 강술하는 해거드의 작품이 인간의 내면세계를 묘사한 톨스토이의 작품보다 재미가 있었던 것이다.

독자들이 서양소설의 사건을 좋아하는 이상, 작가들도 서양소설의 구성을 중시하게 되었으며, 번역가들도 당연히 독자들의 취미에 따를 수밖에 없었다. "탐정소설이 가장 환영을 받아서, 최근의 출판부수도 제일 많았다."[30] "약 1,100부 정도의 청말 소설 가운데서 탐정소설을 번역하거나

---

29) 「小說叢話」, 『新小說』 1권 7기, 1903년.

30) 佀生, 「小說叢話」, 『小說月報』 2권 3호, 1911년.

탐정소설적인 요소를 갖춘 작품이 3분의 1 정도를 차지하고 있는"[31] 원인은 바로 탐정소설이 이야기를 좋아하는 중국독자들의 특수한 구미에 가장 적합했기 때문이다. 이러한 구미를 고치는 일은 하루이틀에 이루어지는 것이 아니다. 오히려 번역가들이 이러한 구미에 맞추는 것이 즉시 효과로 나타날 수 있다―번역가들은 당시 사람들의 구미에 따라 서양소설을 선택하고 개작할 수밖에 없었다. 정푸가 린수에게 한 요구―"번역할 작품의 표준을 미리 정하고, 각 시대, 각 나라, 각 파의 중요작품을 선택하여 반드시 순서대로 번역해야 한다"[32]―는 외국말을 이해하지 못하여 작품을 선별할 수 없는 린수뿐 아니라 절대 다수의 번역가들도 실현할 수 없었다. 린수가 번역한 소설의 대부분이 이 삼류에 속하는 작품들이라고 질책하면서 그 잘못을 항상 린수의 동업자들에게 돌리는데,[33] 이것은 실제로 억울한 면이 있다. 저우구이성, 쉬녠츠, 천징한(陳景韓), 바오톈성(包天生), 저우서우쥐안이 외국어를 이해하는 유명한 번역가들이 선별하여 번역한 작품이 언제 명가(名家)의 명저(名著)였는가! 필자는 당시 서양의 유명한 소설을 처음부터 힘써 소개했더라면, 중국 독자들도 스스로 어려움을 알고 물러나 문을 닫고는 『삼국연의』, 『수호전』만을 읽었을지도 모른다고 생각한다. 전통적인 시각으로 서양소설을 선택하면, 그 요건은 첫째가 이야기의 우여곡절함이고 둘째가 구성의 기묘함이다. 문필과 정감도 물론 중요하지만 가장 주요한 것은 아니다(다시 말하면, 이 문필과 정감이 도대체 작가의 것인가 아니면 번역자의 것인가). 그리고 이야기를 구성하는 데 있어서 해거드와 코난 도일이 톨스토이와 위고보다 능숙할 수 있다.

---

31) 나카무라 타다유키, 「淸末偵探小說史稿(三)」, 『淸末小說研究』 제4기, 日本淸末小說研究會, 1980년.

32) 曾樸, 「答胡適書」, 『胡適文存三集』 1134항, 亞東圖書館, 1930년. "豫定譯品的標準, 擇各時代, 各國, 各派的重要名作, 必須迻譯的次第譯出."

33) 鄭振鐸, 「林琴南先生」, 『小說月報』 15권 11기, 1924년.

여기에 덧붙여 번역 자체의 곤란함을 고려해야 할 것 같다. 모든 문학 장르 중에서 소설은 번역하기가 제일 쉽고, 시가는 번역하기가 제일 어렵다. 외국 학자들은 시가는 "번역하면 그 의미가 상실되는 것"이라는 견해[34]를 표명하였고, 신소설가들도 "번역은 매우 어려운 일"[35]임을 일찍부터 인식하였다. 왜냐하면 "시가의 아름다움은 리듬과 장단이 있어, 뜻을 번역한다고 완성될 수 있는 것이 아니"[36]기 때문이다. 만청 작가들은 시 번역은 매우 적었고, 기본적으로 소설 번역에 치우쳤다. 5·4작가들은 외국시가의 번역과 소개에 치중하였으나, 번역과 창작의 전체적인 경향 속에서 번역시의 수량은 안타까울 정도로 적었다. 『중국신문학대계·사료색인(中國新文學大系·史料索引)』에 근거하여 통계하면, 204개의 번역작품 중에서 번역시는 전체의 5%(11부)이고, 236부의 창작 가운데 시가(詩歌)는 38%이다(90부). 이것은 소설에서 번역과 창작이 차지하는 비율이 대체적으로 접근하는 것(63%와 51%)과 선명한 대비를 이룬다.[37] 이러한 현상은 5·4작가들이 외국소설을 중시하고 외국시가를 경시해서가 아니라, 이야기의 서술이 장면묘사나 감정표현에 비해 상이한 언어로 번역하기가 쉬우며, 원작의 묘미를 그대로 유지할 수 있기 때문이다. 마찬가지로 소설번역 중에서도 이야기의 서술이 가장 숙달하기가 쉽다. 초기 소설의 번역작품들은 대부분 이야기의 줄거리를 서술한 듯한 느낌을 지니고 있는데, 번역가들이 이야기는 어찌할 수 없고 장면묘사나 인물의 심리분석만을 생략할 수 있었기 때문이다. 웨이이(魏易)는 디킨스의 『희성기(戱

34) 錢鍾書, 「漢譯第一首英語詩『人生頌』」, 『七綴集』, 上海古籍出版社, 1985년에서 재인용.
35) 蘇曼殊, 「與高天梅書」와 「文學因緣自序」, 『蘇曼殊全集』 제1권, 上海北新書局, 1928년.
36) 위의 책.
37) 소설 번역 128부가 63%를 차지하고, 소설 창작 121부가 51%를 차지한다. 희곡 번역 65부가 32%를 차지하고, 희곡 창작 25부가 11%를 차지한다. 그 밖에, 푸사오(蒲梢)의 『한역동서양문학작품편목』에 근거하면, 1929년에 이르기까지 603부 번역작품 중에서 소설 번역이 430부로 71%를, 시가 번역이 30부로 5%를, 희곡 번역이 143부로 24%를 차지한다. 그중 시가 번역이 차지하는 비율은 마침 『中國新文學大系』와 같다.

城記)』를 번역하면서 "이 책에서 가장 정채로운 부분이며, 심리학의 결정체이자 책 전체의 흐름인" 제3장을 전부 생략해버렸다.[38] 린수는 뒤마 2세의 『다화녀』를 번역하면서, 기본적으로 인물의 내면독백은 남겨두었지만, 서두의 몇 장에 나타나는 많은 장면 묘사를 삭제해버렸다. 해석적이고 수식적이며 상징적인 이러한 묘사는 행동의 진행과정을 장면으로 만들어 관찰하고, 시간의 흐름을 끊어버리며, 서사공간의 전개와 소설 분위기의 부각을 강조한다. 이러한 것이 없어도 이야기를 그대로 강술할 수는 있지만, 이러한 것이 있기 때문에 소설 속에 시적인 정취가 진정으로 구현될 수 있다. 재미있는 이야기에 대한 독자들의 기대, 작가 자신의 문학수양의 정도와 언어능력의 한계로 인해 초기의 소설번역은 과정의 서술을 중시하고 장면의 묘사를 경시하게 되었다.

소설번역가들이 과정의 서술을 중시하였기 때문에, 소설비평가들이 중시한 것도 묘사의 기교가 아니라 서술의 기교였다. 린수는 '서두(開場), 복선(伏脈), 매개고리(接筍), 결말(結穴)'에 대해 진부한 고문의 필치로 논하지만, 필경 이론적인 색채를 어느 정도 띠고 있어서 서양소설의 맛을 읽어내던 듯하다. 그러나 "구슬을 꿴 듯한 좋은 언어(好語穿珠), 가련하면서 선정적인(哀感頑艶)",[39] "결말의 기이함(結構之奇幻), 침통한 언어(言詞之沈痛)",[40] "치밀한 구성(布局緻密)", "엄정한 결론(結構精嚴)"[41]류의 비평어는 모두 이론성이 없이 경향성만 띠고 있는 상투어이며, 이야기의 안배에 초점을 맞추고 있는 것이다. 그래서 번역가들의 불성실한 번역이 비평가들의 시야를 좁혔다거나 비평가들의 성숙되지 못한 이론이 번역가들의 구미에 영향을 끼쳤다고 말하기는 어렵다.

어떤 의미에서 광고는 독자들의 독서취미를 가장 잘 드러내주는 것이

38) 志希(羅家倫)의 「今日中國之小說界」, 『新潮』 1권 1호, 1919년 참고.

39) 邱煒萲, 『揮麈遺拾』.

40) 自由花(張肇桐), 「自由結婚 · 弁言」.

41) 『小說管窺錄』.

다. 대다수 독자들의 독서취미를 공격의 대상으로 삼아, 광고에서는 과
장되고 명쾌하면서 대중화된 언어를 사용하여 무의식중에 한시대의 문
학을 만화화한 축소판으로 만든다. 신소설의 광고에 제일 두드러지는 두
가지의 특색이 있다. 하나는 사상의 고상함을 부각시키는 것이고, 다른
하나는 이야기의 곡절함을 강조하는 것이다. 전자는 자체의 지위를 높이
기 위해서이고, 후자는 독자들을 매료시키기 위해서이다―또한 신소설
가들도 확실히 이렇게 창작하였다. 사상의 고상함은 소설계 혁명의 주요
한 성과였다. 대부분의 작가들은 그들의 창작이 개량군치에 도움이 된다
고 믿고 있었으니, 당연히 이러한 추구를 방기할 수 없었다. 이야기의 곡
절함은 대부분의 작가들이 이해한 예술성 혹은 독자들을 매료시킬 수 있
는 특효약이었다. 중화서국은 문학서적의 뒷면에 부록으로 '중화서국 소
설목록'(광고의 언어를 사용)을 붙이기 좋아하였다. 그 가운데『천소단편
소설(天笑短篇小說)』에 대한 소개는 상당히 정채롭다.

> 창작한 작품도 있고 번역한 작품도 있으며, 장엄한 작품도 있고 해학
> 적인 작품도 있는데, 모두 이야기가 기이하고 흥미진진하다.[42]

이 말은 독자들이 마음속으로 좋아하는 소설의 표준을 제시할 뿐 아니
라, 우리들에게 '이야기의 기이함'에 대한 작가와 번역가들(혹은 작가이자
번역가)의 공통된 지향을 주의하도록 일깨워준다. "번역가들은 선봉과 같
고, 창작가들은 버팀목과 같"으며, 소설창작의 진보와 발전을 위해서 "번
역소설을 길을 개척하는 준마로 삼지 않을 수 없다."[43] 번역가와 비평가
들의 서양소설에 대한 소개가 주로 이야기와 구성에 집중된 이상, 작가
들도 이러한 각도에서 서양소설을 본받을 수밖에 없었다. 류반농은 후기

---

42) "或著或譯, 或莊或諧, 無不情節離奇, 趣味郁."
43) 世,「小說風尙之進步以飜譯說部爲風氣之先」,『中外小說林』 2권 4기, 1907년.

신소설가들이 "이야기의 신기함을 소설의 요체"[44]로 오인하고 있다고 비평하였다. 선안빙은 그들이 "소설 창작에서는 묘사를 중심으로 해야 된다는 것조차 모르고, 오히려 '장부 기록식' 서술법으로 소설을 쓰고 있다."[45]고 지적하였는데, 이것은 핵심을 찌르는 비평이라고 할 수 있다.

고문을 읽는 관점으로 서양소설을 읽을 때 관건이 되는 것은 구성이다. 이야기를 읽는 관점으로 서양소설을 읽을 때 관건이 되는 것도 구성이다. 그래서 서양소설의 서사방식 중에서 '서두 장면제시'의 서사시간이 중국 작가들에 의해 최초로 의식되고 모방된 것은 당연하다. 서사시점의 변화가 비록 그 출발은 늦었지만 그 발전속도에 있어서는 견실하였으니, 상대적으로 성과가 컸다고 말할 수 있다. 그러나 서사구조의 변천만은 대단히 어려웠다. 이것은 중국소설의 독특한 발전과정에서 형성된 이야기에 대한 특수한 애호와 관련되어 있다. 서양소설의 전파는 당연히 신소설가들의 창작에 대해 지대한 충격을 던져주었고, 이야기를 중심으로 하는 서사구조를 해체하는 면이 있었다. 그러나 그 변화의 폭이 작기 때문에 자세히 살펴보지 않으면 거의 관찰하기 어렵다.

3. 신소설의 경물묘사와 연설

소설에는 기서파(記敍派)와 묘사파(描寫派)의 구분이 있다고 한다. 전자는 "사실을 종합하여 기술하고, 자유롭게 변화하면서 자연스럽게 연결하여 독자들의 이목을 쉴 틈이 없게 만든다. 대개 역사, 군사, 탐정, 과학 등의 소설이 모두 여기에 속한다." 후자는 "성정(性情)을 근본으로 하여 그 거처, 행동거지, 대화, 태도를 기술함으로써 독자들이 존경, 사랑, 동정, 증오, 혐오의 감정을 자아내게 한다. 대개 연애, 사회, 가정, 교육 등의

44) 「我之文學觀」 『新靑年』 3권 5기, 1917년.
45) 「自然主義與中國現代小說」, 『小說月報』 13권 7기, 1922년.

소설이 모두 이에 속한다."[46] 기서파는 당연히 이야기를 구조의 중심으로 삼기 때문에, 묘사파에 귀속되는 신소설을 고찰할 필요가 있다. 그 속에서 인물의 심리 및 배경의 분위기를 구조의 중심으로 삼는 작품을 발견하기를 바라지 않으며—그것은 단편소설의 특권으로 장편소설에서는 이점을 찾아보기 어렵다—단지 작품 속에서 비교적 성공적인 심리묘사와 부각된 분위기를 찾도록 노력할 뿐이다. 그러나 이러한 정도라 하더라도 그 성과가 결코 낙관적이지만은 않다.

풍토인정(風土人情)에 대한 문인들의 중시는 중국에서 유구한 전통을 지니고 있다. 남조(南朝) 양종름(梁宗凜)이 편찬한 『형초세시기(荊楚歲時記)』에서 시작하여, 계절의 풍물, 명승고적을 기록한 필기들이 실오라기처럼 끊이지 않았다. 이러한 유풍의 영향으로 문인이 창작한 소설 속에서도 풍토인정의 묘사가 매우 많았다. 신소설가들 중에서도 이를 좋아하는 사람이 있는 것 같으나, 그 "태도표명"에 머물렀을 뿐 창작 중에서 진정으로 구현하지는 못하였다.

린수는 "서양인들이 창작한 소설에는 태반이 그 풍속을 서술한 후에 사실을 섞어 넣는다"[47]라고 칭찬하며, 저우구이성은 "사회의 모든 민심풍토와 일상적인 자질구레한 일은 패관소설 속에서만 대략 그 일면을 볼 수 있다"[48]고 지적하였다. 그러나 안타깝게도 린수, 저우구이성이 비평한 해거드의 소설과 우젠런의 『호보옥(湖寶玉)』은 실제로 이러한 막중한 임무를 수행할 수 없었다. 전자는 "미신적인 풍속을 묘사하기"를 좋아하지만 사건의 수식만을 늘일 뿐이며, 후자는 결코 근대적인 의미의 소설이 아니라 "30년 상해(上海) 북쪽 마을의 괴이한 역사"를 기록한 필기(筆記)일 따름이다. 그러나 이와 같다 하더라도 소설 속의 풍속묘사에 대한 평론가들의 존중을 쉽게 엿볼 수 있다.

---

46) 「我之文學觀」, 『新靑年』 3권 5기, 1917년.

47) 林紓, 「洪罕女郎傳·跋」, 『洪罕女郎傳』, 商務印書館, 1906년.

48) 新庵(周桂笙), 「湖寶玉」, 『月月小說』 5기, 1907년.

당시 사람들은 우젠런의 『한해(恨海)』 전반 4회를 "북경을 출발한 후, 내내 여행길에서 마차를 부리고 여관에 투숙하는 것을 묘사하다가, 여기에 이르러 다시 힘껏 묘사하여, 마침내 한 편의 북방의 풍토기(風土記)가 되었다"[49]고 평가하였다. 풍토기라는 말은 조금 과장된 면이 있으며, 실제로 북방 농촌에 있는 작은 여인숙에 대한 묘사가 조금 자세할 뿐이다. 어우양쥐웬(遽源)의 『부폭한담(負曝閑談)』 8회에서 10회의 장면인 '주경재(周勁齋)가 유리공장에서 서점을 둘러보다', '큰 울짱에서 연극을 보다', '손노육(孫老六)이 경도에서 메추라기 놀이를 하고 서산에서 사냥을 하다'에는 모두 북경의 분위기(京味)가 상당히 배어 있지만 공을 들여 묘사하지는 않았다. 다른 작가들의 작품에서는 이러한 종류의 풍토인정을 간단히 처리해버리고 있다. 황저의 『소미추(掃迷帚)』 19회에서는 소주(蘇州)의 마을 연극을 기록하고 있고, 왕쥔칭의 『냉안관』 30회에서는 소주의 일상생활에서 보이는 "열 가지 기괴한 것"을 서술하고 있으며, 비비국수(非非國手)의 『방하등(放河燈)』에서는 우란(盂蘭)이 등롱을 띄우는 장면을 묘사하고 있다. 민속과 향토적 분위기가 짙은 이러한 장면은 서술적인 어투 한두 마디로 처리하며, 그 대신 "정월 대보름에 등롱이 가득 켜진 거리에서 노니니, 한가한 풍속이 느껴진다"는 류의 진부한 의론들을 상당수 사용하고 있다.

후인들은 아마 안타깝게 느끼겠지만, 신소설가들은 결코 후회하지 않았다. 그들이 보기에, 풍토인정의 표현에는 독립적인 심미가치가 없으며, 단지 남북의 풍습이 뒤섞이는 우스운 이야기를 피하여 소설의 진실감을 높이면 그만일 뿐이었다.[50] 우젠런은 소설 속에서 방언과 향토풍속 묘사

49) 『恨海』, 제4회 비평어, 上海廣智書局, 1906년.

50) 『古今小說評林』(民權出版部, 1919년)에서 冥飛는 "풍토인정은 소설작가가 전심으로 연구해야 하는 부분이다. 어떤 소설에서는 북방의 환자가 죽을 먹는다는 서술이 자주 보이는데, 이것은 북방의 환자는 희면탕을 먹는다는 사실을 거의 알지 못하기 때문이다. 또 어떤 소설에서는 남방 사람이 덧저고리를 입는다는 서술이 보이는데, 이것은 남방에 매우 추운 날씨가 없다는 사실을 거의 모르기 때문이다"라고 말하고 있다.

를 좋아했지만(예컨대,『이십년목도지괴현상』 72회의 석경사(釋京師)의 방언 "你佇",『호도세계(糊塗世界)』 3권에서 북방 여인숙의 "유명한 요리"에 대해서 묘사하고 있다), 사소한 장식에 불과할 뿐 작가가 주목하는 중심과는 거리가 멀었다. 북경의 유리창을 기록한 것과 마찬가지로, 판룽제(潘榮階)의『제경세시기승(帝京歲時記勝)』과 푸차둔충(富察敦崇)의『연경세시기(燕京歲時記)』는 매우 간단하기는 하지만 풍속지의 각도에서 장면의 묘사에 치중하였다. 우젠런의『이십년목도지괴현상』 72회와 어우양쥐웬의『부폭한담』 8회는 글의 초점을 상점 주인의 번지르르하고 거드름 피우는 언행에 집중시키고 있으며, 북경의 유명한 관리들을 비꼬는 말을 덧붙였다. 작가들은 북경의 "추태가 모두 드러나도록" 주의했기 때문에, 점점이 이어지는 풍물에 대해서도 "자질구레하고 괴이한 일"[51]로 묘사하려고 하였다.

　방하등(放河燈)[52]과 같은 풍속은 과학사상을 막 수용하여 민중을 계몽하고 미신을 타파하는 데 몰두한 신소설가들의 입장에서 볼 때, "중국의 발전을 가로막는 큰 폐단"[53]이며, "신속하게 비판하지 않으면 진보에 큰 장애가 되었다."[54] 절박한 정치공리적인 목적으로 인해 신소설가들은 풍속의 배후에 숨겨져 있는 민심·민의 및 한 세대의 고통과 즐거움을 깨닫지 못하였다. 이러한 동정심과 호기심의 부족이 작품 속에서 풍속의 장면을 설교의 장으로 바뀌게 만들었던 것이다(예를 들면『소미추』). 그래서 풍속화의 묘사보다는 과학이론의 강연에 서술을 할애하여 계몽교육에는 유익할 수 있었지만 오히려 소설의 심미적 가치는 크게 손상되었다.

　신소설의 경물묘사는 더욱 실망을 안겨주었다. 리보위안은『문명소사(文明小史)』 53회의 평어에서 "독특한 인상을 잘 느낄 수 있으며 풍경을

---

51)『二十年目睹之怪現狀』 73회 평어.
52) *공양을 위해 등롱을 강에 띄워 보내는 행사.
53)『掃迷錄』 1회.
54)「放河燈·弄言」,『月月小說』 제19기, 1908년.

묘사한 곳이 매우 아름답다"[55]라고 했으나, 자세히 읽어보면 전혀 아름답지 않다. 1회의 주요 묘사부분을 발췌하여 읽어보자.

수많은 바위와 골짜기 위에 구름이 걸려 있고, 양쪽의 울창한 고목이, 길가에 짙은 그늘을 드리우고 있다. …… 양쪽에는 큰 사발 같은 황국(黃菊)이 향기를 풍기며 흐드러지게 피어 있다. (폭포) 위에는 안개와 구름이 깔려 있고, 그 아래에는 부딪치며 떨어지는 폭포소리가 천둥치는 듯하다.[56]

이와 같은 경물이 일본의 일광산(日光山)뿐이겠는가? 이러한 상투어가 『문명소사』의 고유한 묘사이겠는가? 신해혁명 후에 출현한 많은 문언 장편소설에는 경물을 많이 묘사하여, 표면적으로 초기 신소설의 오류를 바로잡는 것 같았으나, 소설 속에 가득 찬 것은 고서 속에서 베낀 송원(宋元)의 산수였다. 즉, 산은 종이 산이고, 물은 먹물이었다. 이 모두는 완전히 생기가 없어서 읽어도 지금이 어느 시대인지 알 수가 없다. 문장력을 과시하려고 상투어를 늘어놓은 글은 말할 것도 없으니, 문필이 우미하다고 유명한 쉬전야를 예로 들어보자.

석양이 어둡게 깔리고, 저녁노을이 어슴푸레하다. 들바람이 옷깃을 스치고, 이리저리 꽃잎이 떨어진다. 봄빛에 물든 산이 매우 아름다운데, 안타깝게도 황혼이구나. 이때 한가한 몇 조각 구름이 은하수 건너 돌아간다. 흐르는 물굽이에 3척 길이의 끊어진 다리가 있다. 자그마한 그림자 물속에 거꾸로 비쳐, 물결 따라 흔들리는 기이한 풍경을 연출한다. 몇 줄기의 연기가 초가집에서 피어 올라, 아득한 하늘을 이리저

---

55) 自在山民, 『文明小史』 53회 평어.
56) "千巖萬壑, 上矗雲霄, 兩旁古木叢生, 濃蔭夾道 …… 兩旁口大的黃菊, 開得芬芳燦爛 …… (瀑布)望上去煙雲繚繞, 底下潷騰澎湃, 有若雷鳴."

리 휘돌며, 서로 얽히어 무늬를 이룬다. 산기슭, 강변에 목동과 나뭇꾼들이 노래 부르며 내려오고, 왕래하는 이들이 가끔 그 사이를 잇는다. 다리 주위의 고목나무 몇 그루, 가지가 그림 그린 듯 뻗어 있다. 돌아가는 까마귀 점점이 어지러이 휘날리며, 까악까악 울음소리 귀에 끊이지 않는다. 마치 날씨가 춥고 날이 저물었으니 돌아가시오 돌아가시오! 라고 알리는 듯하다. 나그네는 그 소리를 들을 때마다 마음이 울적하다. 이것이 절묘한 향촌의 저녁 풍경이다. …… 이때 다리 아래서 홀로 걷는 이 발걸음이 급하다. 바람결이 그의 모자를 흔든다. 누추한 집을 보더니 기뻐서 뛰어간다. 이 사람이 누구인가? 이 사람이 누구인가? 설마 꿈은 아니겠지?[57]

여기서 중국소설에는 풍경묘사의 기술이 부족하다는 후스의 해석이 필요하다. "경치를 묘사하는 곳에 이르면, 변려문과 시사 속의 많은 상투어가 자연스럽게 튀어나온다. 빽빽하게 늘어놓아 벗어나려고 해도 할 수가 없고 달려가려 해도 그럴 수가 없다."[58] 이와 같이 따르기는 쉬우나 피하기는 어려워서, 기존의 어휘와 느낌을 늘어놓은 채 경물의 개성적인 파악을 방기하는 동시에 예술적인 독창성의 추구를 방기하였던 것이다.

류어는 자기 작품의 경물묘사에 대해 다음과 같이 비평하였다.

고여 있는 물이 언다는 것은 어떤 상황인가? 흐르는 물이 언다는 것은 어떤 상황인가? 작은 강이 언다는 것은 어떤 상황인가? 큰 강이 언다는 것은 어떤 상황인가? 하남성 황하의 물이 언다는 것은 어떤 상황인가? 산동성의 황하물이 언다는 것은 어떤 상황인가? 앞의 1권에서 묘사한 것이 산동성의 황하가 얼어붙는 상황임을 알아야 한다.[59]

---

57)『玉梨魂』제 4장 "時樣."
58)「老殘遊記·序」,『老殘遊記』, 上海亞東圖書館, 1925년.
59)『老殘遊記』13회 평어. "止水結氷是何情狀? 流水結氷是何情狀? 小河結氷是何情狀?

신소설가들 중에서 류어처럼 경물의 개성을 중시하고 살아 움직이는 구어로써 그것을 표현해내는 경우는 극히 드물다고 할 수 있다.

『노잔유기』의 경물묘사 중에서 역대로 연구자들의 높은 칭찬을 받은 2, 3회의 대명호(大名湖)와 제남(濟南)의 명천(名川)의 묘사, 8회의 도화산의 달밤, 12회의 얼어붙은 황하와 눈 속의 달빛이 어울려 빛나는 광경의 묘사는 여러 차례 언급된 명편이다. 그러나 이 말은 류어만이 독창적인 재능을 지니고 있다는 것이 결코 아니다. 다른 신소설가들도 경물묘사에 대한 재능은 부족하지 않았으나 이에 대한 과다한 서술을 피했을 뿐이다. 적어도 우젠런은 전체의 풍자적인 의의를 부각시키기 위해서 의식적으로 서정적 색채가 농후한 장면묘사를 피하였다.

> 다른 소설에서는 명산대천을 유람하면, 반드시 경치를 서술한 곳이 매우 많다. 그러나 이 책은 유독 이것을 생략하고 있는데, 전적으로 괴현상(怪現象)에 주목하기 위해서 이것을 마음에 두지 않은 것이다.[60]

신소설 가운데 주인공의 유람을 기록한 작품이 많다. 그러나 대부분 명산대천을 만날 때마다 대부분 몇 마디 서술하고 그칠 뿐 부연하여 서술하지 않았다. 이것은 예술적 수양의 한계일 수도 있지만, 가장 중요한 원인은 특출한 인물과 사건의 정치적 국면에 내포된 함의를 부각시키려는 작가의 창작의도가 소설 속의 경물묘사를 대수롭지 않게 여기고 의식적으로 망각하게 만든 데에 있다.

심리묘사의 운명은 좋았던 탓인지, 내면생활을 힘써 표현한 작품이 매

大河結氷是何情狀? 河南黃河結氷是何情狀? 山東黃河結氷是何情狀? 須知前一卷所寫是山東黃河結氷."

60) 『二十年目睹之怪現狀』 38회 평어. "他種小說, 於遊歷名勝, 必有許多鋪張景致之處. 此獨略之者, 以此書專注於怪現象, 故不以此爲意也."

우 작았음에도 불구하고 리보위안의『중국현재기』, 렌멍칭의『린녀어』,
첸시바오의『도올췌편』과 같은 작품에는 개별적으로 심리묘사가 정채로
운 단락이 있다. 그러나 더 이상 이야기를 대신할 만한 발전은 없었으며,
인물행동의 내적 동기를 발굴하는 데 주력하였다. 가장 유명한 것은 류
어의『노잔유기』와 우젠런의『한해』이다. 샤즈칭은『노잔유기』12회에서
눈 오는 밤의 노잔의 정감에 관한 묘사가 의식류의 기교를 채용하였다
고 생각하였다.[61] 캐나다 학자 미첼 이건은 내면심리의 독백을 많이 사용
한『한해』를 "중국 최초의 심리소설"[62]이라고 칭찬하였다. 비평개념의 정
확성 여부에 대해서는 따져볼 수 있지만, 두 소설이 심리묘사에 치중하여
뛰어난 성취를 얻고 있다는 점에 대한 지적은 핵심을 찌르는 것이다.

만약『노잔유기』6회의 표제시에서 연유되는 연상과 12회의 눈 오는
밤의 끝없는 생각이, 근심이 많고 감수성이 예민한 시인과 문장가가 경치
를 빌려 감정을 표출한 맛이 풍겨서 진정으로 이야기의 전개 속에 구현되
지 않았다면, 2편 4, 5회에서 일운(逸雲)이 도를 깨닫는 과정을, 독백수법
을 사용하여 인물의 심리변화를 치밀하게 표현한 부분은 전통 중국소설
속에서 찾아보기 어려운 것이라고 하겠다.『한해』3회에서 5회는 이야기
발전이 매우 적고, 놀라면서 의아해하고 홀연히 꿈을 꾸다 깨어나는, 체
화(棣華)의 '얽혀 있는 수많은 생각'을 집중적으로 묘사하고 있다. 전체의
3분의 1의 편폭을 사용하여 '마음이 안절부절하여 도대체 어찌할 줄을
모르는' 체화의 심리상태를 묘사한 것은 고도로 숙련된 솜씨라 하지 않
을 수 없다. 당시인들은 '이불을 사용하여 장래를 생각하기 때문에 별 뾰
족한 수가 없는' 체화의 '어리석음'을 묘사한 장면에 대해 "종래의 작가들
이 묘사할 수 없었던 것"[63]이라고 평가하였다.

---

61) 「『老殘遊記』新論」,『劉鶚及老殘遊記資料』중역본, 四川人民出版社, 1985년.

62) Michael Egan, "Characterization in Sea of Woe", *The Chinese Novel at the Turn of the Century*, Univ. of Toronto Press, 1980.

63) 寅半生,「小說閑評 · 寫情小說『恨悔』」,『遊戲世界』.

문언소설 가운데 수만수의『단홍령안기』와 쉬전야의『옥리혼』도 인물의 심리묘사에 치중하였다. 전자는 1인칭 서사방법으로 승려의 말 못할 어려움을 표현하는 데 치중하여, 뛰어난 심리묘사는 매우 적지만 수시로 서정과 자기고백을 하고 있다. 후자는 편지와 시사(詩詞)를 대량으로 삽입하여 이야기의 흐름을 끊어놓음으로써 독자들로 하여금 소설 인물의 정서적인 갈등과 맥박의 고동을 느끼게 한다.『노잔유기』와『한해』에 보이는 심리묘사가 서양소설의 영향을 받아 쓰였다고 단언하기 어렵다면,『단홍령안기』와『옥리혼』은 분명히 서양소설의 표현기교를 본받았다고 할 수 있다. 그러나 이와 같다 하더라도, 작가들은 여전히 애절한 애정고사를 주요구조로 삼을 뿐 인물의 사유를 서사구조의 중심으로 삼지는 않았다.

신소설가들이 이야기를 서사구조의 중심으로 삼는 중국소설에 충격을 주기 위해 빌려 온 것은 풍토인정, 자연풍경의 집중적인 묘사나 인물심리의 섬세한 형상화가 아니라 상당 부분의 정치이론과 생활철리였다. 작가들도 이야기를 하지만 재미있는 이야기만을 강술하기보다는 많은 이야기로써 주지하는 이치를 설명하기 원하였다. 신소설가들이 쓴 장편소설이 이야기를 모아 이루어진 유서(類書)에 가까운 이유는 완정한 장편고사를 강술할 능력이 없어서가 아니라 의론(議論)을 표출하는 것에 대한 흥미가 대단했기 때문이다. 한편으로, '각양각색의 기괴한' 관리사회의 소화(笑話)는 실제로 대동소이하여, 한 번으로 끝낼 수 있는 이야기도 여러번 되풀이하고 하루에 끝낼 수 있는 이야기도 질질 끌어서,[64] 반복되는 같은 이야기가 대량으로 출현하게 되었다. 같은 이야기를 반복적으로 사용함으로써 결국 이야기의 매력이 감소되고 무의식중에 소설 속 이야기의 지위가 흔들리게 되었다. 설령 작가들이 여전히 이야기를 강술하고

---

64)『冷眼觀』13회에서는 "관리사회의 우스운 이야기는 정말로 매우 기이하여 3년을 말해도 끝나지 않는다"라고 말하고 있다.

독자들도 여전히 이야기를 읽는다 하더라도, 사람들의 주의력은 이미 친숙한 이야기가 아닌 낯선 분야로 옮아가고 있었다. 다른 한편으로, 신소설 가운데의 의론은 확실히 전통소설 속의 있으나 마나 한 '후인평왈(後人評曰)'류의 진부하고 상투적인 어조와는 달랐다. 이러한 의론들은 참신할 뿐만 아니라 설서인들이 아닌 소설 속의 인물이 이야기하는 것(연설이나 문답)이며, 심지어 대부분의 작가들이 이것을 창작구상의 중심으로 삼았다. 소설에서 의론의 지위가 급격히 부상함에 따라, 만청 시기에 이야기가 매우 단순한 소설들이 출현하게 되었다.

이야기 기능이 쇠퇴하고 비이야기적 요소가 흥기하는 경향은 정치소설에서 제일 뚜렷하게 나타났다. 중국 고대 작가들도 소설 속에서 자신의 재학(才學)과 재주를 자랑하고 있으나(예를 들면 『야수폭언(野叟暴言)』과 『경화연(鏡花綠)』), 오히려 변론(辯論)과 설리(說理)를 위한 직접적인 도구가 된 소설은 대단히 적었다. 정치소설의 유입은 신소설가들로 하여금 소설이 반드시 완정한 사건을 이야기하지 않아도 되며, "설리가 중심적인 지위를 차지할 수 있다"는 점을 깨닫게 하였다. 또한 만청 소설가들로 하여금 설리는 반드시 논문만이 가능한 것이 아니라 소설로도 가능하다는 것을 알게 하였다. 그래서 "저자들이 자신의 정치이상을 토로하려는"[65] 정치소설이 일시에 유행하였던 것이다. 정치소설은 예술상에 있어서 매우 유치하기는 하지만, 소설은 반드시 이야기를 구조의 중심으로 삼아야 한다는 고루한 예술규범을 타파할 수 있었다.

서양의 애정소설과 사회소설에 대한 만청 독자들의 평가가 모두 다 일치하지는 않지만, 정치소설과 탐정소설은 거의 이구동성으로 좋아하였다. 탐정소설의 구성의 기발함은 중국 독자들의 구미에 맞을 수 있고, 사회의 개량에 도움이 되어야 한다는 정치소설의 자기논리를 보면 당연히 문이재도(文以載道)를 주장했던 중국 독자들에게 쉽게 받아들여졌을 것

---

65) 「中國唯一之文學報新小說」, 『新民叢報』 14호, 1902년.

이다. 탐정소설은 '이야기의 기이함'으로 받아들여졌고, 정치소설은 '사상의 고상함'으로 수용되었다. 그러나 처음에 그 우열을 가릴 수 없었으나, 아주 빠르게 우열의 차이가 나타났다. 탐정소설이 순식간에 시장을 점령하고 오랫동안 쇠퇴하지 않은 반면, 정치소설은 얼마 유행하지 못하고 점차 몰락하게 되었다. 이성적으로는 독자들이 정치소설을 칭찬할지 모르지만, 흥미면으로 볼 때 탐정소설에 훨씬 매료되었던 것이다.

당시 사람들은 신소설을 "입만 열면 목구멍만 보이니 어찌 사람을 감동시키겠는가",[66] "의론이 많고 사실이 적어 소설 장르에 적합하지 않다",[67] "일고의 가치도 없는 강의이자 불규칙한 격언일 뿐이다"[68]라고 평가하였다. 이는 모두 정치소설을 겨냥한 것이다. 이러한 비평에 일리가 없는 것은 아니지만 흥미를 끌기에는 부족하였다. 이야기의 감상을 특별히 좋아한 나라에서 "이번 작품에서는 보잘것없는 정견만을 발표하고자 한다"[69]거나 "소설체를 빌려 의견을 모두 말한다"[70]라고 명백히 선언하였으니, 이는 모두 독자들의 심미적 취미에 대한 도전임에 틀림없다. 작가들은 의식적으로 재미있고 우여곡절한 이야기의 진술을 버리고 웅변적인 연설가를 창조해내었으며, 많은 의론 속에는 깊은 뜻이 담겨 있기도 하였다.

종전 우리들의 옛 모습을 생각해본다면, 거기에는 연설이라 할 만한 것이 없었다. 설서에서는 몇몇 사건만을 가지고 무식한 사람들을 모아 그가 말하는 것을 듣게 했을 뿐이다. 반드시 연설의 장점이 설서보다

---

66) 夏頌萊, 『金隆讀書記』, 1902년.

67) 俞佩蘭, 「女獄花·敍」, 『女獄花』, 1904년.

68) 摩西, 「小說林發刊詞」, 『小說林』 창간호, 1907년.

69) 梁啓超, 「新中國未來記·緖言」, 『新小說』 1호, 1902년.

70) 吳趼人, 「上海遊驂錄·自跋」, 『月月小說』 8호, 1907년.

훨씬 뛰어나다는 것을 알아야 한다.[71]

　작가들은 연설이 설서(說書)보다 좋다고 강조하였는데, 이는 확실히 정치선전의 효과에 착안한 것이다. 유의해야 할 것은, 작가들이 연설과 설서, 이성취향과 이야기를 대립시키면서 전자를 높게 평가하고 후자를 폄하한다는 점이다. 무의식중에 새로운 정보를 드러낸 듯하다. 즉, 작가들이 이야기를 중심으로 하는 설서형 소설의 구조의식을 버리고 있음을 보여주는 것이다. 그러나 전통 문학관념과 사유방식의 한계로 정치소설가들은 인물의 심리 혹은 배경의 분위기를 선택하지 못하고, 무미건조한 연설로써 이야기를 소설 서사구성의 중심으로 하는 전통소설을 대신하였다. 이 때문에 유익한 문학실험은 유산될 수밖에 없었다. 아마도 이것은 용감하지만 성공하지 못한 '충격' 혹은 '비장한 실패'였다고 말할 수 있을 것이다. 신소설가들은 돌파구는 정확하게 선택하였으나, 진정으로 실천할 만한 새로운 길을 개척할 능력이 없었다.

4. 5·4 소설의 개성화

　"이야기가 곡절하고 기이하다"는 비평어는 신소설가들에게 대단한 칭찬일 수는 있지만, 5·4작가들이 듣기에는 풍자와 조소의 느낌이 배어 있는 말이었다. 5·4작가들 중에서 장즈핑이 삼각관계의 연애고사를 좋아한 것을 제외하면, 이야기의 안배에 대한 관심과 구성의 기이함을 빌려 독자들을 매료시키려는 사람이 매우 적었다. 5·4작가들이 창작한 소설에는 "이야기가 너무 없다"[72]는 보수파 문인들의 비평에서 오히려 근대소

---

71) 惺庵,『世界進化史』1회. "想起從前我們的舊樣子, 那裏知道什演說, 只不過說書的拿著幾件故事開談起來, 聚些沒知識的人, 聽他說說罷了! 要曉得演說的好處, 還比那說書的強過萬倍哩!"

72) 西神(王蘊辰),「放假日子到了·序」,『小說月報』11권 5기, 1920년.

설과 중국 고전소설 및 신소설의 근본적인 구조차이를 분명히 알 수 있다. 그러나 이것은 5·4작가들이 이야기를 구상할 능력이 부족해서가 아니라, 이야기의 약화로써 중국 독자들의 감상취미를 개조하고 중국소설의 예술수준을 높이기 위한 관건적인 고리로 삼아 이야기의 유혹으로부터 의식적으로 벗어나고, 소설 속에서 새로운 구조의 중심을 찾기 위해서였다.

「『소설회간』에 대한 평(評『小說匯刊』)」에서 마오둔이 언급한 것은 독자들의 감상수준을 어떻게 높일 것인가이지만, 그 속에서 작가들의 고민을 어렵지 않게 볼 수 있다.

중국의 일반 사람들이 소설을 보는 목적은 옛날부터 이야기를 보는 데 있었다. 그것은 오늘날에 있어서도 마찬가지이다. 정서와 풍격은 사람들에 의해 무시되었는데, 지금도 절대 다수의 사람들에 의해 무시되고 있다. 이는 대단히 좋지 않은 현상이다. 만약 이러한 현상이 바뀌지 않으면 중국 일반 독자들의 소설 감상수준을 끝내 높일 수 없을 것이다.

그러나 이러한 개혁은 실제로 그렇게 쉽지 않았다. 1909년 『역외소설집(域外小說集)』이 초판되었을 때 환영을 받지 못하고, "막 시작되는 줄 알았는데, 이미 끝나버렸다"[73]는 독자들의 원망을 받았다. 이러한 현상은 단편소설의 장르에 익숙치 않았다기보다는 흥미 있는 이야기를 찾을 수 없었기 때문일 것이다. 1922년에 어떤 이는 궈모뤄의 「늦봄」에 대해 "책 전체의 클라이막스가 어디에 있는지 전혀 알 수 없고, 모두가 무미건조하다. 각 장과 절이 그의 실제사건과 감상을 발표한 것에 불과하다"[74]고 비

---

73) 魯迅, 『域外小說集·序』, 『域外小說集』, 上海群益書社, 1921년.
74) 愴生, 「讀了『創造』第二期後的感想」; 성방오, 「『殘春』的批評」, 『創造』 계간 1권 4기, 1923년에서 재인용.

평하였다. 표면적인 쟁점은 소설에 클라이막스가 없을 수 있는가이지만, 실제로는 여전히 이야기를 구조의 중심으로 삼아야 되는가 그렇지 않아도 되는가의 문제였다.

5·4문학혁명은 공개적으로 '이야기의 약화'라는 기치를 내걸지는 않았지만, 실제로 그 이론적 주장들은 필연적으로 이야기의 약화를 가져왔다.

"문예를 기쁠 때의 유희와 실의를 당했을 때의 소일거리로 여기던 시기는 이미 지나가버렸다"[75]는 문학연구회의 주장은 전체 5·4시대 작가들의 창작태도를 대표할 수 있다. '인생을 위하여'를 주장하든 '예술을 위하여'를 주장하든지 간에, 5·4작가들은 모두 '문학은 하나의 (신성한) 사업'이라고 믿었다. 그래서 작가들은 '한번 손에 쥐고 있으면, 만사를 잊어버리게 하는' 소일거리 작품을 창작하기를 바라지 않았다.[76] 소설의 세 가지 요소(이야기, 성격, 배경) 중 가장 오락성이 강한 것은 틀림없이 이야기일 것이다. 5·4작가들이 가장 미워하고 정면으로 공격을 가한 원앙호접파(鴛鴦胡蝶派) 소설은 바로 이야기의 신기함으로 독자의 흥미를 끌었던 작품이다. 그래서 5·4작가들이 소설의 이미지 혹은 정조를 높이 평가하고 이야기의 작용을 의식적으로 폄하한 사실이 이상할 게 없는 것이다. 심지어 그들이 외국문학을 소개하고 선택하는 데 있어서도 큰 영향을 끼쳤다. 연구자들은 종종 저우쭤런, 취츄바이(瞿秋白)의 말을 인용하여, 중국, 러시아 양국의 사회 상황이 비슷하여 5·4작가들이 쉽게 러시아의 문학을 수용할 수 있었다고 논증한다.[77] 그러나 마오둔은 다음과 같이 새로운 심미적 측면을 제시하였다.

　　미국 작가들은 단편소설을 지을 때 대부분이 플롯(Plot)에 중점을 두

75) 「文學研究會宣言」, 『小說月報』 12권 1기, 1921년.
76) 「『禮拜六』出版贅言」, 『禮拜六』 창간호, 1914년.
77) 周作人, 「文學上的俄國與中國」, 瞿秋白, 「俄羅斯名家短篇小說集·序」

고 있지만, 러시아 문학가들은 오히려 글의 창작태도(Cause)를 중시하였다.[78]

5·4작가들은 확실히 이야기의 기교가 아니라 이미지의 깊이에 마음을 기울였는데, 이것도 그들이 러시아 문학을 더 많이 수용할 수 있는 원인이 되었다. 5·4작가들이 비록 미국 작가 에드거 앨런 포의 작품들을 좋아했다 하더라도, 그것은 구성이 치밀하여 변화를 예측하기 어려운 탐정소설이 아니라 "공포, 회한 등 인간의 미묘한 감정을 잘 묘사한"[79] 심리소설의 측면에서였다. 설령 그의 탐정소설에 대해 논의했다 하더라도, 중점을 둔 것은 "범인이 잡혔는지 혹은 처벌을 받는지의 여부를 볼 수 있는" 탐정과정이 아니라 "심령의 논리"[80]였다. 5·4작가들은 "강렬한 사회의식을 지니고 있고", "전적으로 인생의 사랑과 연민을 묘사한"[81] 작품을 선택하였지만, 이야기성이 강하지 않은 러시아 소설을 중점적으로 소개하였다. 이것은 근대 인도주의 사상에 대한 동의일 뿐 아니라[82] 전통적인 심미적 취미에 대한 도전이었다.

비록 이론적 주장에 있어서 주관중시와 객관중시의 구분이 있다 할지라도, 문학은 반드시 일상생활에 가까워야 하고 일반 백성들의 희로애락을 표현해야 한다고 강조함에 있어서는 창조사와 문학연구회가 공통된 목소리를 내었다. 예성타오는 소인물의 회색적인 생명을 냉정하게 해부하였고, 위다푸는 소외된 이의 두렵고 당혹해하는 심리 태도를 직접적으로 묘사하였다. 루쉰은 심지어 노동대중의 마비된 눈빛과 지식인의 고통

---

78) 沈雁氷,「俄國近代文學雜談」,『小說月報』11권 1기, 1920년.

79) 周作人,「域外小說集·著書事略」,『域外小說集』, 上海群益書社, 1921년.

80) 鄭振鐸,『文學大綱』, 商務印書館, 1927년, 558항.

81) 沈雁氷,「俄國近代文學雜談」,『小說月報』11권 1기, 1920년.

82) 周作人은「齒痛譯後記」에서 "농후한 인도주의 색채를 지니는 것은 러시아의 특성으로서 다른 나라와는 다르다"라고 말하고 있다. 沈雁氷은「俄國近代文學雜談」에서 "러시아 근대문학의 특색은 평민의 목소리와 인도주의의 고취이다"라고 말하고 있다.

스러운 영혼을 동시에 드러내었다. '홍콩에서 만든 양복'을 입은 사람이라도 출세하게 될 관리일 수 없고 똑같이 사회 하층에서 생활하는 방랑객이기도 하였다. '세상의 똑같은 방랑인'인 이상 소설 속에서 가난한 지식인과 노동자 농민이라는 '제재'의 차이를 지나치게 강조할 필요가 없다. 소설의 주인공으로 제왕장상과 재자가인을 버리고 평민백성을 선택하며, 작가의 평민의식의 각성에 따라 수반된 현상이 문학의 비(非)영웅화이다. 만약 신소설가의 반(反)영웅화가 여전히 고관대작의 전기(傳奇)적인 생애에 초점을 맞추어 '이야기의 기이함'의 유혹에서 벗어나지 못했다면, 5·4소설의 비(非)영웅화는 보통사람의 일상생활을 그 표현대상으로 삼았기 때문에 일상적인 비극에 착안하지 않을 수 없었다고 할 수 있다. 왜냐하면 "요즘은 영웅이 멸망하는 특별한 비극이 적어지고, 매우 평상적이고 아무 일 없는 듯한 비극이 점점 많아지기"[83] 때문이다. 인생의 진면목을 표현하려면 반드시 많은 기교와 재미있는 '긴장감', '발견'과 '갑작스런 전환'을 버려야 하며, 심지어 "지나친 우연의 일치로 삽시간에 한 개인의 신상에 모든 난감한 불행이 집중되는"[84] 것조차 사람들을 껄끄럽게 만든다. 이리하여 사건의 서술이 장면묘사와 심리해부에 지위를 넘겨주었으며, 이야기도 더 이상 우월한 지위를 유지할 수 없었다.

5·4시대에 서양의 각종 정치사조, 철학사조, 문학사조가 잇달아 들어오자 작가들은 흥분한 나머지 분분히 의견을 발표하였다. 이러한 의견은 결코 심사숙고한 결과가 아니었기 때문에 머지않아 작가들 스스로 폐기하게 되었다. 5·4시대 어느 작가들이 상징주의, 현실주의 혹은 신낭만주의에 속하는지를 증명하는 것은 그렇게 어렵지 않고 적합한 증거를 찾을 수 있으며, 게다가 작가 자신의 견해 표명일 가능성이 매우 크다. 그러나 문제는 이렇게 많은 주의가 결코 실제 창작 중에 진정으로 적용되지

---

83) 魯迅, 「幾乎無事的悲劇」, 『且介亭雜文二集』, 上海三閑書屋, 1937년.

84) 魯迅, 「中國新文學大系·小說二集序」, 『且介亭雜文二集』.

않았다는 데에 있다. 표면적으로 5·4시대 문학사조는 특별히 활기를 띠고 있지만, 실제로 각파(혹은 문학단체) 간의 차이는 오늘날 우리 연구자들이 상상하는 것처럼 그렇게 큰 것은 아니었다. 빙신은 "개성을 발휘하고 자기를 표현하도록 노력하자"[85]라고 말한 적이 있다. 대체로 이 말이 그 당시 작가의 진실된 심리를 대표할 수 있으며, 또한 시대 전체의 문학상황을 나타낼 수 있다. 소설 창작 가운데 이러한 개성화의 요구는 구체적으로 이야기의 무시와 소설의 풍격·정조 추구로 실현되었다. 1921년 정전뒤는 "개성의 결핍과 사상의 단조로움은 정말로 근대 모든 작가들의 병폐이다. 다른 사람들의 많은 작품을 모아 같이 읽어보면, 결코 서로 다른 사람들이 창작한 것이라고 생각되지 않는다"[86]라고 소리 높여 주장하였다. 1922년 천웨이모는 예성타오, 루인, 쉬디산 등의 소설을 "그들에게 개성의 차이가 있다는 사실은 말할 필요도 없으며 정조와 풍격 등이 모두 다르다"[87]라고 비평하였다. 평가와 비평의 대상은 서로 다르지만 작가와 평론가들이 갈수록 소설의 정조와 풍격에 관심을 쏟았다는 점은 의심할 여지가 없다. 사실의 치중으로부터 풍격의 치중에 이르기까지, 이것은 소설계의 진보일 뿐만 아니라 평론가와 일반 독자들의 진보였다. 또한 이러한 진보는 비이야기적 요소가 갈수록 소설 표현의 중심으로 대두되고 있음을 의미하는 것이다.

소설 구조의 중심이동은 서양소설의 유입과 깊은 관계가 있다. 신소설가들이 의역에 치중한 것은 실제 '나'의 구미에 맞추어 서양소설을 개조한 것인 데 반해, 5·4작가들이 직역에 치중한 것은 서양소설의 본모습에 충실하자는 점을 강조하는 것이다. 그러나 이것은 결코 5·4작가들이 서양소설에 대한 오해가 없다고 말하는 것과는 다르다. 5·4작가들도 자신의 기대시야에 근거하여 서양소설을 읽었다. 신소설가들이 대부분의 서

---

85) 「文藝叢談(二)」, 『小說月報』 12권 4기, 1921년.

86) 「平凡與纖巧」, 『小說月報』 12권 7기 1921년.

87) 「讀『小說滙刊』」, 『小說月報』 13권 12기, 1922년.

양소설을 이야기화한 것이 오해라면, 5·4작가들이 대량의 서양소설을 심리화, 시화한 것도 실제로 또 하나의 오해라고 볼 수 있다. 다만 후자의 오해가 전자의 오해에 비해 고상하고 중국소설의 진보에 더 유익했던 것에 불과하다.

5·4작가들은 서양소설의 대가들이 대부분 인물의 심리묘사에 중점을 두었다고 여겼다. 에드거 앨런 포는 "공포, 회한 등 인간감정의 미세한 면을 잘 표사"[88]하였고 모파상은 소인물의 "진실된 심리"[89]를 잘 표현하였고, 고골의 『광인일기』는 "후에 심리분석의 앞길을 열었"[90]으며, 캐서린 맨스필드는 "심리적 사실주의자"[91]이며, 도스도옙스키의 특색은 "병태적인 심리의 묘사"[92]에 있으며, 아르치바셰프는 "섬세한 성욕의 묘사와 심리분석에 뛰어나다."[93] …… 평론가들은 모두 5·4시대의 유명한 작가로, 중서문학에 능통하며 비교적 높은 예술감상력을 가지고 있었다. 그들의 평론의 초점이 모두 심리묘사에 치중되어 있어서 당시 사람들의 흥미가 어디에 있었는지를 쉽게 파악할 수 있다. 그러나 평론이 정확하다고 말하기는 어렵다. 왜냐하면 진실과 크게 괴리되었다고 말할 수는 없지만, 상이한 시대의 다른 유파에 속하는 많은 소설가들의 예술특색을 모두 심리묘사에 귀결시키는 평론은 지나칠 정도의 조악한 이해이기 때문이다. 하지만 이러한 조악한 이해는, 중국 고대소설 속에 심리묘사가 결핍되어 평론가들이 어떠한 근, 현대 서양소설의 명작에서도 중국소설과는 확연히 다른 정채로운 심리묘사를 발견할 수 있었다는 사실을 설명해준다. 동시에 5·4작가들이 심리묘사의 부각을 소설구조의 중심이동을 위한 주요

88) 周作人, 「域外小說集 · 著書事略」.

89) 胡適, 「二漁夫 · 讀者後記」, 『新靑年』 3권 1기, 1917년.

90) 鄭振鐸, 『文學大綱』 323쪽, 商務印書館, 1927년.

91) 徐志摩, 「再說一說曼殊斐兒」, 『小說月報』 16권 3기, 1925년.

92) 郎損(沈雁氷), 「러시아 문학사에서 도스토옙스키의 지위」, 『小說月報』 16권 3기, 1925년.

93) 魯迅, 「醫生 · 讀者後記」 『小說月報』 12권 별호 『俄國文學硏究』, 1921년.

공격방향으로 삼고 있으며, 평론가들도 "서양소설의 명작" 가운데서 정채로운 심리묘사를 찾을 수 있기를 희망한다는 사실을 설명해준다.

서양소설 속에서 "시적 정취"를 찾는 소설비평은 틀림없이 민족적인 특색을 지니고 있는 것이다. 마오둔은 투르게네프를 "시적 운치를 지닌 사실주의 작가"[94]라 칭찬하였다. 샤멘준은 구니키다 돗포(國木田獨步)가 "소설을 창작하기는 하지만 근본적으로는 시인이다"[95]라고 칭찬하였다. 저우쭤런은 코롤렌코(Korolenko)의 소설을 "시와 소설이 거의 하나로 합쳐져 있다"[96]라고 칭찬하고, 위다푸는 스톰(Theodor Storm, 1817~1888)의 소설을 "모든 작품에 열정적이고 차분하며 청신한 시적 정취가 표현되어 있다"[97]고 인식하였다. 이러한 현상을 비평어휘의 빈약함으로 간단히 귀결시킬 수 없을 정도로 5·4작가들은 확실히 서양소설 속에서 시적 정취를 읽어내었다. 특이한 상상, 아름다운 색채, 서정적인 어조는 전통적인 시가 속에만 있는 듯하다. 가장 중요한 것은 전통 중국소설의 핵심인 이야기성이 소설의 주변부로 밀려나고 '한 가지 상황, 즐거운 태도, 참담한 사건의 이미지'가 대신 흥기하였다는 것이다. 그것은 "아름다운 꿈결일 수도 있고 악몽일 수도 있으며, 부드럽고 구성진 한 편의 음악과 같이 아쉬움을 남기는 문학이다."[98] 그래서 5·4작가들이 '서정시 소설'이라는 용어[99]를 만들어 소설 같지 않은 소설을 부르는 것이 이상할 게 없다.

서양소설을 '심리화', '시화'시키는 것은 '심리화', '시화'된 중국 근대소설을 낳기 위해서이다. 실제로 5·4작가들은 주로 이 두 가지의 측면에서 소설의 이야기를 약화시키고 중국 소설구조의 중심이동을 실현하였다.

---

94) 「俄國近代文學集談」.

95) 「關於國木田獨步」, 『文學周報』 5권 2기, 1927년.

96) 「瑪加爾的夢·後記」, 『新靑年』 8권 2기, 1920년.

97) 「『茵夢湖』的序引」, 『文學周報』 15기, 1921년.

98) Bliss Perry, 『小說的硏究』 중역본, 商務印書館, 1925년. 264쪽.

99) 周作人, 「曼間的來客·譯後記」, 『新靑年』 7권 5호, 1920년.

5. 5·4소설의 심리묘사

어떤 측면에서든지 루쉰의 「광인일기」는 충분히 중시할 만한 가치를 지니고 있다. '식인예교'의 역사적 시각, "아이를 구하라"는 정치적 열정, "나도 인육을 먹은 적이 있다"는 자아회의 정신은 당대 청년들의 심령을 뒤흔들어 놓았다. 필자는 중국소설 서사시간의 변천에 대한 논술 속에서 「광인일기」의 도치서술에 주목하였고, 중국소설 서사시점의 변천에 관한 논술에서 「광인일기」의 1인칭 제한적 서사를 제시하였으며, 중국소설 서사구조의 변천에 관한 논술에서 「광인일기」를 독백식 심리분석의 시초로 생각하였다. 신소설가들이 이미 심리묘사에 주의하고 있으며 5·4작가들도 이전에 이미 창작한 작품이 있다 하더라도(예를 들면, 예성타오, 왕통자오, 천헝저), 「광인일기」가 창작되면서 비로소 근대소설의 표현기교가 폭넓은 관심을 받게 되었다. 이야기가 거의 없고 전적으로 개인의 심리분석에만 의지하여 사회, 역사, 인생을 투시하는 독백은 정감을 부각시키고 인생체험과 사회이상을 표현하는 데 급급한 청년들에게 틀림없이 제일 적합했을 것이다. 게다가 개성주의 사조와 민주 자유의식이 발아하여 "독백"(일기체, 편지체 소설 포함)[100]은 거의 5·4작가들이 가장 즐겨 사용하는 소설형식이 되었다. 루쉰뿐만 아니라, 궈모뤄, 빙신, 루인, 쉬디산, 니이더, 쉬주정, 쉬친원, 판쉰, 왕이런, 천샹허, 장광츠, 장이핑, 저우취안핑, 스핑메이, 왕스뎬, 샹페이량 등의 작가들도 모두 이러한 소설형식을 채용하였다. 만약 이러한 소설형식을 선전하고 소개한 적이 있는 위다푸, 왕통자오, 청팡우, 정전둬 등을 덧붙인다면, 거의 모든 5·4 주요 작가들이 이 소설 구조 방식에 주목하였다고 할 수 있다. 이 이전에는 당연히 없었

---

100) 5·4시대의 편지체 소설은 대부분 일방적인 고백일 뿐이며, 다른 반향이 없기 때문에 대화가 아니라 독백이다.

고, 이후에도 전체 작가가 독백에 대해 그렇게 깊은 흥미를 나타낸 적이 없었다. '전무후무' 하다고 말해도 지나치지 않을 것이다.

작가가 의식하였는지의 여부에 상관없이, 독백은 틀림없이 이야기를 중심으로 하는 전통소설 서사구조에 대단한 충격을 던져주었을 것이다. 「광인일기」는 본래 완정한 이야기로 환원하거나 연극이나 영화로 개편할 수 없다. 「낙엽」은 애절한 이야기를 틀로 삼고 있지만 작가의 관심이 쥐즈(菊子) 아가씨의 내면적 고통과 기쁨에 있기 때문에 가능한 한 쥐즈 아가씨의 41통의 편지를 41수의 서정적인 "대단히 좋은 시"[101]로 묘사하고 있다. 일반적으로 "중국인들은 장부식으로 서술하는 소설에 익숙해 있"기 때문에, 기본적으로 이야기가 없는 소설은 "쉽게 읽히지 않아야"[102]할 것이다. 그러나 실제 상황은 정반대였다. 독백식 소설이 전통소설의 이야기 강술과 상당히 이질적이라는 점 때문에 오히려 작가와 독자의 관심을 매우 쉽게 불러일으켰다. 이러한 현상은 창조정신과 반항의식이 충만한 생기발랄한 시대였기 때문에 발생하였을 것이다.

당연히 더 중요한 가능성은, 작가들이 "나의 진실하고 연약한 '마음'만을 묘사하려고"[103]했기 때문에, 복잡한 이야기의 강술을 중요하게 생각하지 않았을 수 있다는 점이다. 5·4작가들의 독백은 의심할 나위 없이 강한 정치적인 색채를 띠고 있어서, 어느 측면에서는 신소설 속의 연설에 가깝고 의론이 지나치게 많아서 많은 독자들을 잃어버릴 위험에 빠질 수 있다. 다행히 5·4작가들이 관심을 가진 문제 일시적인 정치적인 책략이 아니라 애정, 미, 종교, 생사, 운명, 문명 심지어 우주 시공간 등에 관한 영원한 인생의 의문이었다. 제기된 철학이 대단히 유치한 것이었지만 이러한 사색은 오늘날에 이르기까지 흥미를 자아낸다. 또 5·4작가의 철학적인 사고는 대체적으로 개인의 운명에 구현되어 특정 인물의 심리분석과

---

101) 郭沫若, 「落葉」, 『東方雜志』 22권 18기, 1925년.

102) 劍三(王統照), 「論氷心的超人與瘋人筆記」, 『小說月報』 13권 9기, 1922년.

103) 王統照, 「號聲·自序一」, 『號聲』, 復旦書店, 1928년.

결합되어 있고, 정치소설과 같이 사회에서 통행하는 정치이론만을 제공하지는 않았다. 그리고 이 독백은 종종 순수한 설리(說理)가 아니고 농후한 서정적 색채를 띠고 있어서, 독자가 설득되었다기보다는 작가의 진지한 추구와 진실한 사유에 의해 감동을 받았다. 비록 진실된 마음을 표현하는 독백이 20년대 이후 더 이상 소설가들의 주목을 끌지는 못했지만—아마 광활한 사회인생을 표현하기 원했기 때문에 자기의 슬픔과 기쁨을 묘사하지 않았거나 "이제는 근심의 맛을 다 알았기" 때문에 더 이상 인생철리를 떠들 필요가 없었을 것이다—이야기를 중심으로 하는 서사의식을 철저히 깨뜨린 점에 있어서는 오히려 후세의 작가들에게 커다란 도움을 주었다.

5·4시기에 천지를 진동시킬 정도로 새로운 풍조를 개척한 다른 소설이 있었는데, 바로 위다푸의 「침몰」이다. "오랜 시간 동안 껍데기에 숨겨져 있는 사대부의 허위에 대한 폭풍우 같은 충격"인 "대담한 자아 폭로"[104]가 일찍부터 5·4문단을 풍미하였다. 본문에서는 그 성과와 한계를 자세히 살필 여력이 없으며, 단지 서사구조의 혁신에 대한 그것의 역할에 착안할 뿐이다. 작가가 「침몰」을 쓸 당시의 정황에 의거하면, 기교를 부릴 것인지 아닌지에 대한 어떠한 고려도 없이 단지 "그렇게 쓸 수밖에 없었다", "사람들이 고통을 느낄 때 소리를 지르지 않을 수 없다. 이때 외칠 수 있는 소리는 저음이거나 아니면 고음일 수밖에 없다"[105]고 한다. 실제로 뒤에 한 말은 앞에 한 말에 대한 부정이다. 고통스러울 때는 큰 소리를 내지르고 싶어 하지 억지로 웃음 짓고 재미있는 이야기를 서술하기 원치 않는다. 이것도 기교의 선택이 아니겠는가? "보통 사람이 고통을 느끼는 곳에서 예술가가 느끼는 고통은 훨씬 절실하지 않으면 안 된다." 그래서 작가들은 "이러한 불만, 반항 혹은 고민을 부르짖으면서 표현하지 않으

---

104) 郭沫若, 「論郁達夫」, 人物雜志』 3기, 1946년.
105) 郁達夫, 「文藝私見」, 『創造季刊』 1권 1기, 1922년.

면 안 되는 것이다."[106] 소위, '고통', '불만', '고민'이라는 것은 모두 '느낌'이지 '사실'은 아니다. 「침몰」의 서두에 표현된 첫마디는 결코 사건의 시간, 장소를 설명한 것이 아니다.

　　그는 최근 외로움과 가련함을 느꼈다.

　관건은 인물이 처한 환경이 가련한지의 여부에 있지 않고, 인물 자신이 스스로를 가련하게 느끼느냐에 달려 있다. 소설의 초점이 일시에 외재적인 이야기에서 내재적인 인물의 정서로 바뀐 것이다. 표면적으로는 독백식 소설과는 달리 장면 묘사나 이야기 서술이 있지만, 이는 모두 인물의 주관적인 감정표현을 위한 것이다. 만약 이야기란 측면에서 읽는다면, 위다푸, 궈모뤄, 왕이런, 니이더 등의 소설은 실제로 지나치게 느슨할지 모르지만, 사소한 사건에서도 인생에 대한 철리(哲理)를 표출하고 죽음과 삶을 넘나드는 고통을 느낄 수 있다―물론 후인들은 그들이 자신의 고통을 과장하고 감상에 빠져서 소설의 예술적인 측면을 망각했다고 질책할 수 있다. 그러나 5·4작가들에게는 이러한 민감한 고통이 분명히 존재하였다. 해방된 자아의식에는 반드시 고통스런 인생체험이 따르게 마련이다. 5·4작가들은 다행히 인생의 여러 가지 고통을 체험하고 소설형식으로 그것을 기록하여, 대전환시대의 진정한 "심사(心史)"를 남겨놓았다―비록 과장된 요소가 있기는 하지만, 기본적으로 진실된 것이다.
　위다푸는 '처량한 고독'을 "인생 전체에서 느낄 수 있는 유일한 진실한 느낌"[107]으로 묘사하였다. 청팡우는 이 명제를 "인류의 모든 행동"은 "모두" '고독'한 느낌에 대해 반항하기 위한 것"[108]이라고 뒤바꾸어 놓았다. 왕이런은 양자를 조화시키려고 하였다. 위다푸, 왕이런, 청팡우뿐 아니라

106) 郁達夫, 「『鴨綠江上』讀後感」, 『奇零集』, 上海開明書店, 1928년.
107) 郁達夫, 「北國的微音」, 『創造周報』 46호, 1924년.
108) 成仿吾, 「江南的春訊」, 『創造周報』 48호, 1924년.

5·4작가들의 많은 작품에서 모두 '고독한 느낌'에 대한 편애를 드러내고 있다. 이러한 편애에는 당연히 시대와 개인에 대한 진지한 기억이 내포되어 있다. 한 개인의 의식이 진정으로 각성된 후에 첫 번째로 느낄 수 있는 것은 타인의 정신과의 차이와 피할 수 없는 거리감이다. 5·4작가들의 개인적 체험의 깊이는 다른 시대의 작가들과 비교하기 어려운 것이다. 모든 정신적 가치를 새롭게 평가해야 하며 모든 사회생활도 스스로 느껴야 하기 때문에, 비록 천박한 측면이 있다 하더라도 무병신음한 것이 거의 드물다. 작가들이 표현한 '고민'은 아마 '가난'과 '욕망' 등의 구체적인 인생 경험에서 비롯될 수도 있고, '삶'과 '죽음', '사랑'과 '증오' 등의 영원한 인생의 딜레마로부터 비롯될 수도 있다. 그러나 이러한 차이는 그렇게 중요하지 않으며, 관건은 독특한 주관적인 감각과 인생체험을 지니고 있느냐 여부에 달려 있다. 5·4소설이 표현한 제재의 범위는 좁지만, 5·4문단이 아름답고 다채롭게 드러나도록 한 것은 이야기가 아니라 작가의 독특한 감각이었다.

사건을 서술할 때 감각을 중시하였을 뿐 아니라, 당시에 번역 소개된 산문식 소설같이 "일시적인 감각만을 묘사하였다."[109] 이러한 "감각"을 따라 출현한 것은 무궁무진한 연상, 어지럽고 복잡한 꿈의 세계 및 기이한 환상이었다. 예성타오는 "깨진 담장 위로 뻗어 올라, 이웃집 정원의 관목을 휘감고 있는" 덩굴풀 같은 연상이 얼마나 자유롭고 무한한 것인가를 우리에게 알려주었다(「공포스런 밤」). 위다푸는 푸른 연기와 같은 환상이 얼마나 미묘하면서 진실된 것인지를 묘사하였다(「푸른 연기」). 린루지는 그의 소설 속에 나오는 주인공처럼 "순식간에 영적인 환상이 가슴속으로 스며들면, 그것을 붙잡아 종이 위에 옮겨놓으려고 한다—이와 같지 않다면 그는 끝내 마음에 들어하지 않을 것이다."(「곧 지나가다」) 리지예)는 또각 또각거리는, 말발굽 소리를 중복하여, "미소 띤 얼굴이 말발굽 소리에

109) 周作人, 「皇帝之花園·讀後記」, 『新青年』 4권 4기, 1918년.

따라 변화하며, 말발굽 소리가 나의 환상을 뒤흔들어놓았다."(「미소짓는 얼굴」)고 하였다. 궈모뤄는 "슬픈 감정이 그의 가슴속에 무겁게 자리하고 있다."라고 독자들을 다시 한번 일깨웠다(「기로」). 천상허는 거리낌 없이 "꿈을 기록한다"라고 말하였다(「서풍이 머리맡으로 불어오다」). 1인칭을 사용하여 마음을 직접 펼칠 수 있고 3인칭을 사용하여 마음껏 묘사할 수도 있으며, 순차적 서술을 할 수도 있고 비약적인 서술을 할 수도 있다. 그러나 어떠하든 간에 모두들 이야기가 아니라 인물심리를 구조의 중심으로 삼았다.

링수화의 소설은 특별한 충격을 지니고 있다. 표면적으로는 심리를 묘사하거나 감정을 표출하기가 어렵고 사건의 서술이 매우 객관적이지만, 여전히 이야기가 아닌 인물의 심리를 구조의 중심으로 삼고 있다. 「술 마신 후(酒後)」, 「다과회 이후(茶會以後)」, 「차 마시기(吹茶)」와 같이 "고관귀족의 영혼"을 표현한 소설[110]은 강렬한 동작이나 충돌 없이, 섬세한 언어로 인물의 담담한 근심을 말하고 있다. 「비단 베개(繡枕)」, 「안녕(再見)」과 같이 본래 연극적인 성격이 강한 소설은 모두 한두 개의 생활장면을 전개하는 방식으로 처리하는데, 이러한 전개도 인물의 심리를 가장 잘 표현할 수 있는 한두 가지의 세부적인 장면에 집중되어 있다. 캐서린 맨스필드 같은 작가는 "경멸하는 손가락을 인간의 머릿속에 겨냥하여, 잘 드러나지 않는 사상의 그림자를 포착함으로써 그들의 원 모습이 나타나도록 하였다."[111] 이러한 소설은 억지로 이야기를 복원하여 서술할 수는 있겠지만, 그렇게 되면 이미 작가의 본래의 마음에서 멀어지게 된다.

프로이트 정신분석학의 영향을 받은 작가들은 "문예창작이란 마치 꿈을 꾸는 것과 같다"[112]고 주장하거나, "인생의 두 가지 근본문제"인 "성욕

---

110) 魯迅, 「中國新文學大系·小說二集序」.

111) 徐志摩, 「再說一說曼殊斐兒」, 『小說月報』 16권 3기, 1925년.

112) 郭沫若, 「批評與夢」, 『文藝論集』, 上海光華書局, 1925년.

과 죽음.”[113]을 힘껏 표현해야 한다고 생각하였다. 이러한 생각은 소설 창작 속에서 인물의 잠재의식, 억누를 수 없는 정욕, 다양한 성충동과 변태 심리의 표현에 대한 치중으로 나타난다. 정신분석학을 이해하는 데 편차가 존재하며, 육욕만 있고 영혼이 없는 수준 낮은 작품들이 출현하였지만, 총체적으로 보면, 잠재의식에 대한 중시로 인해 중국소설은 인물심리에 대한 표현이 크게 심화되었다. 궈모뤄는 「늦봄」 속의 꿈의 묘사를 전체 소설 정서의 클라이막스로 삼았다.[114] 위다푸는 종종 도덕과 성의 대립 속에서 영혼의 고문을 진행하였다.[115] 루쉰이 「비누」, 「형제」에서 인물의 잠재의식을 발굴하는 것은 성격을 부각하기 위해서였다. 심지어 텅구 (藤固)는 사랑을 이룰 수 없는 고민을 표현하며(「벽화」), 천웨이모는 남자들의 성(性)에 대한 갈구를 표현하고 있다(「상처난 눈」). 루인과 링수화는 여성들의 동성애를 표현하고 있는데(「리스의 일기」, 「이번 일에 관한 말」), 모두 대단히 엄숙한 작품이다. 이런 작품들은 종종 상대적으로 완결된 이야기를 지니고 있지만, 작가들의 착안점은 사건의 진행과정이 아니라 인물의 심리에 있었다.

인물창조라는 측면에서 연구자들은 종종 5·4작가들에게 개성이 충만한 전형을 창작하지 못했다고 애석해한다. 그러나 서사구조에 착안한다면, 5·4작가들이 진실된 독백, 독특한 느낌 및 각종 잠재의식의 발굴에 심취하여 의식적·무의식적으로 이야기를 중심으로 하는 전통양식을 깨뜨렸으니, 실제로 유감스러워할 필요가 없다.

6. 5·4소설의 시적 정취

5·4작가와 비평가들은 시의(詩意)로써 인물을 평가하기 좋아하여 이

---

113) 郁達夫, 「文藝賞鑒之偏愛價値」, 『創造周報』 14호, 1923년.
114) 郭沫若, 「批評與夢」, 『文藝論集』, 上海光華書局, 1925년.
115) 郁達夫, 「沈論·自序」에서 “성의 요구와 영육의 충돌”이라고 개괄하였다.

것을 소설의 최고가치라고 생각한 것 같다.[116] 그러나 평가기준에 대해서는 마음으로 깨닫고 있었는지 아니면 말로 할 수 없는 것인지, 종종 조금 얘기하다 그쳐버려서 어느 누구도 시원스럽게 제시하지 않았다. 개별적인 예외를 제외하면(예를 들어 왕런수가 쉬위눠(徐玉諾)를 평가한 것) 비평가들의 감각은 대체로 정확하였다. 그러나 이렇게 많은 시적 정취가 도대체 어떻게 구체적인 작품 속에서 구체적인 표현수법으로 적용되었는지에 대해서는 비평가들이 별로 관심을 가지지 않은 듯하다. 유일하게 예외적인 인물이 정보치(鄭伯奇)였다. 그는 세 마디 말로써 위다푸 소설의 '신선한 시적 정취'를 다음과 같이 묘사하였다.

작가의 주관적인 서정태도로 인해 그의 작품 속에는 시적인 정조가 많이 배어 있다.

그가 유려하고 섬세한 언어를 사용하여 과거의 청춘을 회상하고 현재의 아픔을 드러내니, 어찌 독자들의 시적 정취를 불러일으키지 않겠는가?

---

116) 陳西瀅은 『新文學運動以來的十部著作』에서 氷心의 "소설에는 항상 우미한 산문시가 들어 있다"라고 평하였다. 鄭伯奇는 「『寒灰集』批評」에서 "위다푸의 작품은 거의 편폭이 산문시이다"라고 말하고 있다. 王任叔는 「對幹一個散文詩作著表一些敬意」에서 徐玉諾의 "많은 소설은 시적인 구조를 지니고 있어서, 간결하면서도 웅혼하여 황정견 같은 기이함이 있다"라고 평하고 있다. 郁達夫는 「『一個流浪人的新年跋』」에서 成仿吾의 『한 유랑인의 새해』를 "실제로 한 편의 산문시이자 미려한 에세이이다"라고 칭찬하고 있다. 沈雁氷은 「王魯彦論」에서 루옌의 『가을밤』을 "묘사가 시적이며, 시적인 선율이 이 단편을 지배하고 있다"라고 평하고 있다. 蹇先艾는 「『春雨之夜』所激動的」에서 王統照의 「봄비 내리는 밤」을 "마치 매우 우미한 시적인 산문과 같아서 읽고 난 후에 淒青幽美한 감정이 무한히 끊이지 않는다"라고 평하고 있다. 陳煒謨는 「讀『小說匯刊』」에서 주즈칭의 매우 편견적인 글인 「『吶喊』的評論」에서도 루쉰의 「시골연극」을 "시적 정취가 감돌고 있다"라고 칭찬하고 있다.

자연과 정서를 표현하는 그의 재능은 현대에도 유효하다. …… 자연의 경치와 심정의 변화가 혼연일체되어 있다. ……[117]

주관 서정, 소설언어의 표현 기능, 배경묘사와 분위기 부각을 중시하는 경향이 위다푸의 소설 및 5·4작가들의 소설에 특수한 시적 운치를 지니게 만들었다.

여기서 말하는 주관서정이란 앞 절에서 말한 작가의 장편 독백 혹은 인물의 직접적인 감정 표출과는 다르며, 작가의 구상 속에서 이야기 이외의 '정조(情調)', 운치' 혹은 '의경(意境)'을 부각시키는 것을 가리킨다. 상대적으로 말하면 이야기의 강술은 소설 속에서 비교적 개인적인 색채가 적은 부분이지만, 비이야기적인 세부, 장면, 인상, 환상 등은 오히려 작가의 미학적인 추구를 쉽게 구현할 수 있다. 다시 말하면, 작가의 주관서정을 쉽게 드러낼 수 있다. 작가들이 흥미진진한 이야기의 강술에 초점을 맞추면, 독자들은 이야기에 매료되어서 작가의 문학성을 감상하기가 어려워진다. 그러나 작가들이 한 부분의 사유, 하나의 인상, 일련의 화면 혹은 몇 가닥의 정서만을 호소할 때, 독자들의 관심은 자연스럽게 소설 속의 신선한 시적 정취로 옮아간다. "역대로 나의 작품 평가기준은 '정조' 두 글자에 맞추었다"[118]는 위다푸뿐 아니라 많은 5·4작가들이 이와 같이 평가하고 이렇게 소설을 창작하였다. 당연히 이것은 중국 독자들의 오래된 시문(詩文) 훈련 덕분이며, 이 때문에 비로소 극적인 갈등 장면이 결여된 소설을 빠르게 읽고 이해할 수 있었다.[119]

루쉰의 「시골연극」, 위다푸의 「이별 앞에서(離散之前)」, 페이밍의 「마름 핀 늪(菱蕩)」, 왕통자오의 「봄비 내리는 밤」, 예성타오의 「찬 새벽의 거문고 소리(寒曉的琴歌)」와 같은 서정소설들은 이야기성의 약화로 인해 문

---

117) 「『寒灰集』批評」, 『洪水』 3권 33기, 1927년.
118) 郁達夫, 「我承認是"失敗"了」, 『晨副鐫』 1924년 12월 26일.
119) 제7장 「사전전통과 시소전통」 참고.

학적인 특징이 결핍되었다는 질책을 받지 않았으며, 오히려 비평가들의
공통된 칭찬을 받았다. 작가들은 이야기를 강술하려고 하지 않았으며 독
자들도 이야기에 관심을 두지 않았다. 그래서 5·4소설의 비평어에서는
"이야기가 곡절하고 기이하다"는 유의 비평어를 찾아보기 어려운 것이다.
비평가들의 관심은 진실이 있는지, 개성화가 되었는지, 정취가 있는지 여
부에 있었다. 이별의 장면이나 시골 사람들의 몇 마디 대화는 더 간단해
졌지만, 작가들은 가능한 한 심미적인 시각으로 시의(詩意)가 풍부한 세
부를 선택하고, 이러한 세부를 빌려 작가의 주관적인 감정을 밖으로 표
출하려고 시도하였다. 이러한 소설은 이야기가 매우 간단하지만, 세부는
오히려 그렇게 간단하지 않다. 그 속에 작가들의 개인적인 정감과 심미적
체험이 용해되어 있다. 이야기의 감상에서 세부의 감상으로 바뀌고, 세부
속에서 종전의 시문의 정취를 맛볼 수 있다는 점이 5·4소설이 크게 발전
할 수 있었던 관건이다.

청팡우는 「깊은 숲 속의 달밤(深林的月夜)」의 창작과정을 소개하면서
다음과 같이 말하고 있다.

이 단편을 쓰게 된 최초의 동기는, 이러한 숲 속을 한번 묘사하고 싶
었던 것에 불과하다. 작가들은 평소 이러한 숲을 좋아하기 때문이다.[120]

5·4작가들은 소설의 배경과 분위기 묘사를 중시해서, 위다푸, 빙신, 왕
통자오 등의 소설에는 모두 아름다운 자연풍경의 묘사가 풍부하다. 그
러나 「깊은 숲 속의 달밤」같이 분위기의 부각을 전체소설의 구조중심으
로 삼고, 인물과 이야기가 오히려 장식이 되는 소설은 여전히 5·4시대에
잘 보이지 않는다. 만약 5·4소설이론가들처럼 지방색채의 묘사를 배경

---

120) 「深林的月夜·補注」, 『創造周報』 1권 4기, 1926년.

의 주요부분으로 삼는다면,[121] 5·4소설가들이 소설 배경을 중시한 면을 쉽게 찾아볼 수 있을 것이다. 풍토인정에 대한 묘사를 무시하는 신소설가들과는 아주 달리 5·4소설 가운데는 향토색이 눈에 띌 정도로 풍부하다. 풍토인정에 대한 중시는 더 이상 소설의 진실감을 증가시키기 위해서가 아니라, 심미가치를 지니고 있기 때문이라고 인정하였다. 루쉰의 「시골연극」, 페이밍의 「마름 핀 늪」, 리진밍의 「출가」, 왕루엔의 「국영의 출가(菊英的出嫁)」, 다이징농의 「홍등(紅燈)」, 쉬친원의 「지난 날의 자매들(以往的姐妹們)」 등의 소설이 독자를 매료시키는 것은 이야기의 서술이나 인물의 창조가 아니라, 순박한 민속과 오래된 풍습의 묘사 가운데 드러나는, 땅에 대한 시골 사람들의 사랑하면서 한스러워하는 복잡한 감정이었다. 정치열정으로 충만한 신소설가들의 미신타파와 비교해볼 때, 5·4작가들은 풍토인정을 전개할 수 있을 뿐 아니라 민속과 풍속에 대한 이해가 더욱 심원하고 동정심과 심미적 시야가 훨씬 풍부해졌다. 설령 강렬한 사회 책임감에서 파생된 "그 불행을 슬퍼하고 싸우지 않음에 분노한다"는 점이 많았다 할지라도 말이다. 신소설가의 『방하등(放河燈)』에서는 노파의 심적인 고통과 자위적인 희망을 보았다. 향토의 풍속에 치중한 이러한 소설은 이야기 구조를 지니고 있지만, 작가들은 주로 이야기가 아니라 분위기에 착안하였기 때문에, 산문화의 경향이 뚜렷하고 서정적 색채가 짙었던 것이다. 중국 고대소설과 신소설 가운데 우연히 출현하는 풍속묘사는 주로 도시풍경 뿐이지만, 5·4작가들의 작품에서는 오히려 시골풍경이 많았다.

소설 속의 시적 정취에 대한 탐구와 상응하여 5·4작가들은 소설 언어의 표현기능을 자각적으로 부각시키기 시작하였다. 1928년 리진밍은 5·4작가의 문체의식에 대해 다음과 같이 평하고 있다.

---

121) 俍工의 『小說作法講義』와 玄珠의 『小說研究ABC』는 모두 소설 속의 '지방색채'의 묘사를 강조하고 있다.

우리들의 신문예는 루쉰, 예성타오 등 두서너 사람의 작품에서만 문체의 수양을 볼 수 있을 뿐, 나머지는 대부분 마음대로 서술한 듯하다.[122]

루쉰을 문체가(체재가, stylist)라고 긍정하는 것은 매우 예리한 지적이지만,[123] 5·4작가들의 대부분이 마음대로 글을 썼다고 할 수는 없다. 5·4 소설의 언어는 지나치게 수식적이고 감정을 낭비하고 있으며 심지어 리진밍이 지적한 것같이 재주를 남용한 병폐가 있다. 그러나 이와 같다 하더라도, 순전히 이야기에 천착하여 소설언어를 단순히 통신수단으로 삼는 신소설보다는 뛰어나다. 왜냐하면 그것은 작가들이 이미 소설언어의 표현기능을 빌려 소설의 미감을 증가시키기 시작했다는 사실을 증명하기 때문이다. 5·4작가들이 문체의 가치를 정확히 인식하였다고 할 수는 없지만, 주관정서의 표현에 치중하는 창작경향이나 개성화를 추구하는 문학이상 및 비교적 높은 문학수양은 그들 가운데 대다수 사람들의 소설언어를 신선하고 수려하게 만들었다. '빙신체'가 일시에 풍미한 것은 그것이 청년 독자들의 구미에 가장 적합했을 뿐만 아니라 청년작가들이 가장 쉽게 모방할 수 있었던 것과 큰 관련이 있다. 또한 루쉰의 정확하고 정결함, 예성타오의 냉정하고 평담함, 페이밍의 강건하고 난삽함, 위다푸의 맑고 표일함은 모두 이해하기도 어렵고 배우기도 쉽지 않았다. 그러나 일시를 풍미한 '빙신체'보다 그 심미가치가 떨어지지 않는다. 5·4작가들은 백화운동을 통해 만청 백화문의 구어, 신문체의 신명사, 장회소설의 방언 사투리를 종합하고, 고전 시문 속의 고어를 흡수하며, 서양문학 속의 서양문법을 본받아 새로운 소설언어를 만들어내었다. 빙신의 소설 『유서』

122) 「論體裁描寫與中國新文藝」, 『文學周報』 5권, 1928년.
123) 魯迅은 「我怎麼魔做起小說來」에서 리진밍이 그를 Stylist(체재가)라고 부르는 것에 대해 수긍하고 있다.

에는 5·4작가들의 이러한 자각적인 문체의식을 다음과 같이 정리하고 있다.

문체의 측면에서 나는 "백화의 문언화", "중국어의 서구어화"를 주장 하였는데, 이 "화(化)"자에는 대단히 오묘한 뜻이 있다. 말로는 표현할 수 없고 단지 작가들이 어떻게 운용하고 있는가를 볼 수 있을 뿐이다! 나는 지금의 작가들의 무의식중에 중국어와 서양어를 융합하여 신문 학에 응용함으로써 반드시 오늘날의 중국문학계에 신선한 자극이 되 기를 바란다.

"있는 그대로 말하고, 말하고 싶은 대로 말하는" 5·4 초기의 수준 얕 은 문학언어관과 이별하고,[124] 문학언어 자체의 심미적 가치를 강조하여, 사건의 서술뿐만 아니라 경치가 정감을 묘사하는 데도 적합한, 고아하면 서 통속적인 소설언어를 추구하였다. 지나치게 통속적이면 맛이 없고, 지 나치게 고아하면 "감정이 녹아나지 않을까" 염려하였다. 바로 상당한 표 현력을 갖춘 소설 언어의 배합 때문에, 서정적 색채를 많이 지니고 있는 5·4소설을 "전부 매우 유창한 산문"[125]으로 볼 수 있는 것이다.

주관서정의 중시로 인해 작가들은 곡절하고 흥미진진한 이야기의 유 혹에서 벗어났으며, 분위기의 부각과 배경묘사의 중시로 인해 작가들은 인물 심리 이외에 주목할 만한 소설 요소를 찾게 되었으며, 언어표현 기 능에 대한 중시로 인해 작가들은 소설 속에서 "시"적인 예술추구를 실 현할 수 있었다. 물론 언제나 삼위일체식으로 힘을 합한 것은 아니었다. 5·4작가들은 주관서정을 중시한 측면에서는 비교적 돋보이지만, 분위기 를 부각하는 측면에는 만족할 만한 성공을 거두지 못했다. 그러나 작가

---

124) 胡適, 「建設的文學革命論」, 『新青年』 4권 4기, 1918년.
125) 阿英은 「『夜航集』中郭沫若」이라는 글에서 "글의 소설은 모두 실제로 매우 유창한 산문이다"라고 말하고 있다.

들이 갈수록 소설 속의 배경묘사에 주의를 기울이게 되면서, 소설 서사 구조에서 차지하는 이야기의 '신성한' 지위도 갈수록 인물심리와 배경 및 분위기의 강렬한 도전을 받게 되었다.

제5장 전통의 창조적 전화(轉化)

소설은 문학의 최상승이다.[1]

—량치차오

소설은 시문(時文)—외설스런 통속가요, 규방의 교훈가
요, 나무꾼과 목동의 노래—을 배척하지 않을 뿐 아니
라, 또한 경사자집(經史子集), 불경, 대문장, 비밀문서에
서도 문장을 수용함으로써, 저술의 자료를 제공한다.[2]

—만(蠻)

앞의 세 장에서는 서술의 편의를 위하여, 중국소설 서사양식의 변천에
외국소설이 끼친 영향과정을 정리하는 데 주목하였다. 그래서 도전–응전
의 과정 가운데서 중국 소설형식의 변화를 이해하기 위하여 전파자의 작
용을 부각시켰던 것이다. 각종 창조적인 '오해'를 논술하기는 했지만, 이

---

1) 「論小說與群治之關係」, 『新小說』 1권 1호, 1902년. "小說爲文學之最上乘."
2) 「小說小話」, 『小說林』 1권 1호. 1907년 필자인 蠻을 黃摩西나 張鴻이라고 주장하는 사
   람도 있으나 모두 근거가 부족하기 때문에 아직 확정할 수 없다. "小說中非但不拒時
   文, 卽一切謠俗之猥褻, 閨房之話諑, 樵夫牧竪之歌諺, 亦與四部三藏鴻文秘典, 同收筆
   端, 以供饌著之資料."

것도 '중국작가가 외국소설을 이해할 때 어떻게 제한적으로 수용하는가' 라는 관점에서 출발하였다. 다시 말하면, 전통 중국문학은 매우 중요한 이러한 변화 가운데에서 주연배우의 지위를 차지하지 못하고, 다만 단역 배우처럼 스쳐 지나갔을 뿐이었다. 그러나 역사적 과정은 필자가 앞에서 서술한 것처럼 그렇게 단순하지 않아서, 중국소설 서사양식의 변천은 결코 외국소설의 영향만으로 촉진되지 않았으며, 전통 중국문학도 단지 피동적으로 수용되어 개조되지는 않았다.

만약 20세기 초 중국문학의 형식변혁 가운데서 산문은 기본적으로 전통을 계승한 것이고, 화극(話劇)은 기본적으로 서양을 학습한 것이라고 말한다면, 소설은 신지식의 수용과 전통의 전화(轉化)가 함께 중시된 상이한 길을 걷는다고 할 수 있다. 동화나 배척이 아닌 매우 난해하면서 은폐되어 있는 전화의 방식으로 전통 중국문학은 소설 서사양식의 변천에 홀시할 수 없는 작용을 일으켰다. 그러나 매우 난해하기 때문에 종종 오해되기 쉽고, 깊이 은폐되어 있어서 항상 연구자에 의해 경시되었다.

요즘 5·4문학혁명의 성과와 한계를 논쟁할 때, 전통의 단절을 질책하고 재생을 칭찬하는 견해가 있는데, 이는 주로 5·4작가의 격렬한 반전통론에 근거한 것이다. 그러나 운동의 실제과정은 운동을 발기한 이의 선언 및 강연과 상당한 차이가 있어서, 이론수준이 깊지 못한 연구자만이 양자 사이에 등호를 그을 것이다. 단절이라고 한다면 그것은 탯줄식의 단절[3] 이며, 재생이라고 한다면 그것은 "봉황식의 재생"[4]인 것이다. 그래서 5·4 신문학의 변모라는 측면을 강조하는 동시에 전통이라는 탯줄을 홀시해서는 안 된다. 이것은 눈에 띄는 탯줄은 아니지만, 은근하게 이 변화의 방향, 정도와 효과를 제약한다.

아마도 5·4 전후 문학형식의 변천을 사상문화의 변화와 비교해보면,

---

3) *현상적으로는 단절되어 보이지만 잠재적으로 전통과 뿌리 깊게 연계되어 있는 현상.
4) *전통의 자양이 서구의 선진문학과 결합하여 새로운 문학형태로 출현하는 현상.

더욱 분명하게 이 전통의 탯줄이 드러날 것이다. 사상사가(思想史家)들의 경우 5 · 4선구자들이 전통의 창조적 전화를 잘 실현할 수 없었다는 점 때문에 탄식을 그치지 않는 데 반해,[5] 필자는 오히려 중국소설 서사양식 의 변천이라는 특수한 측면에서 전통 문학형식의 창조적 전화가 그 속에 서 발휘한 적극적인 작용을 살펴보려고 한다.

1. 수용과정의 오해

20세기 최초 30년의 중국소설 서사양식의 변천에서 전통 문학형식의 창조적 전화가 일으키는 작용을 논술할 때 직면하는 제일 어려운 문제 는, 연구대상에 직접 인용할 수 있는 논거가 매우 부족하다는 점도 있지 만, 오히려 전통의 전화를 부정하는 당시인들의 많은 증언을 감수해야 한다는 점이다. 다시 말하면, 주요한 신소설가는 대개 서양소설의 영향을 받았다고 언급하지 않고 전통소설과의 연계를 강조하며, 반대로 주요한 5 · 4작가는 모두 그들의 창작과 전통소설과의 연계를 부인하고 외국소 설의 영향을 부각시킨다는 것이다.

루쉰은 소설을 쓰면서 "옛날에 의지하여 읽었던 것은 백여 편의 외국작 품과 약간의 의학적인 지식"[6]이며, "내가 모범으로 삼은 것은 대개 외국 의 작가"[7]라고 말하는데, 행간의 의미는 중국 전통소설이 그의 창작에 중 대한 영향을 끼칠 만한 작용을 일으키지 못했다는 것이다. 예성타오는 청

---

5) 林毓生의 『中國意識的危機』(중역본은 1986년 귀주인민출판사에서 출판), 李澤厚의 「啓蒙與救亡的雙重變奏」(『走向未來』, 1986년 1기) 참고, 리저허우는 이러한 창조적인 전화는 "5 · 4에서 오늘날에 이르기까지 문학에 가장 잘 나타나 있으며", "가령 신문학 의 애국주의적 정감과 비판적 현실주의 정신은 나라의 일과 백성의 고통에 대한 관심 을 자신의 소임으로 생각하는 사대부의 역사전통과 무관하다고 말할 수는 없다."라고 지적한다.

6) 「我怎麼做起小說來」, 『南腔北調集』, 上海同文書店, 1934년.

7) 「致董永書」(1933년 8월 13일), 『魯迅書言集』, 人民文學出版社, 1976년.

소년 시절에『수호전』,『삼국연의』,『홍루몽』을 읽어도 "창작에 어떠한 도움도 얻지 못했지만", 오웬의『견문잡기』같은 서구소설은 그의 창작욕망을 직접적으로 불러일으켰다고 말하였다.[8] 마오둔은 단도직입적으로 "한때 나는 구소설이 나에게 완전히 무용하다고 믿었으며", 지금까지 "이러한 구소설이 우리의 창작기술에 얼마만한 도움을 주는지 의심스럽다"라고 말하였다.[9] 그러나 루쉰 소설의 풍자예술이『유림외사(儒林外史)』와 역사적 연계성을 지니고 있다고 쉽게 제시할 수 있고,『방황(彷徨)』에 대해 "외국작가의 영향을 벗어나니, 기교가 점점 원숙해지고, 묘사도 더욱 깊어진다"[10]라고 하는 루쉰의 자기평가는 그 시기 루쉰의 중국 고전소설에 대한 연구·수용과 밀접한 관련성을 지니고 있다. 예성타오의 경우는 초기에 문언으로 창작한『가난한 집의 여인(貧家女)』,『종남 가는 지름길(終南捷徑)』같은 소설은 중국 고전소설에서 한층 배태되어 나온 것이며, 그 후의 작품도 제재의 선택과 묘사가 초기 문언소설과 유사하다고 고백하고 있다.[11] 그 밖에 위다푸, 왕통자오 등의 소설 속에도 젊은 시절에 중국 고전소설을 탐독하여 남겨진 흔적을 쉽게 찾아볼 수 있다.

신소설가도 서양소설 표현기교의 가치를 승인하지만 그것으로 중국소설을 개조하려고 하지는 않았다. 우젠런은 번역소설이 "특별한 자태를 지니고 있어서", "사람들이 매우 좋아할 만한 것"이라고 찬양하며, 장난삼아 "독자들이 내가 번역한 것인지 의심하도록"『예비입헌(豫備立憲)』을 지었다.[12] 그러나 서양의 탐정소설을 번역하는 자들은 "우리의 장점을 버리고 서양의 단점을 숭배한다"라고 비판하며,『중국정탐안(中國偵探案)』

8)「雜談我的創作」,『文藝寫作經驗談』, 天地出版社, 1943년.

9)「談我的硏究」,『中學生』 61기, 1936년.

10)「『中國新文學大系』小說二集序」,『且介亭雜文二集』, 上海三閑書屋, 1937년.

11) 葉聖陶,「過去隨談」,『未厭居習作』, 上海開明書店, 1935년.

12) 吳趼人,「豫備立憲·前言」,『月月小說』 2호, 1906년.

을 채집·수정하여 "외국인을 숭배하는 자의 입을 막으려"고 하였다.[13] 린수는 디킨스의 창작기교를 높이 평가하였지만,[14] 창작 시에는 여전히 단성식(段成式)을 모델로 삼았다.[15] 신소설가들이 서양소설의 기교를 차용하였다는 점에는 대체로 반대하는 사람이 없으나, 신소설가가 서양소설을 빌려 전통을 전화시켰다는 점은 우젠런 등이 미처 생각하지 못했던 것일 수 있다. 도미노 게임과 같이 작은 조각들이 움직여 전체를 넘어지게 한 것이다. 서양소설의 서사기교(도치서술, 1인칭 제한적 서사 등)에 대한 승인과 차용으로 연쇄적인 반응이 일어나, 전통을 더욱 새롭게 선택하고 해석하며 확인하는 과정 속에서 의식적·무의식적으로 전통을 전화시켰으며, 바로 이러한 전화된 전통이 중국소설 서사양식의 변천에 매우 중요한 작용을 하였던 것이다.

문제의 핵심은 신소설가와 5·4작가가 문학변혁 중에서 전통이 일으키는 작용을 오해했다는 점을 지적하는 데 있지 않고, 이렇게 진지하고 총명한 작가들이 왜 동시에 이런 뚜렷한 착각을 하게 되었는지 설명하는 데 있다.

의식하든 그렇지 않았든 간에 이 두 세대의 작가들은 모두 동서문화의 충돌이라는 대 배경하에서 문제를 사고하며 의견을 발표하였다. 전통문학에 대한 평가는 왕왕 서양문학에 대한 평가의 다른 측면이었다. 이론상으로 서양문학과 전통 중국문학은 결코 대결적인 운명이거나 물과 불처럼 융화되지 못하는 것이 아니다. 이상적인 방안은 정도의 차이가 있더라도 일방적으로 폐지하지 않고, 공동으로 "중서의 예술이 결합한 후에 창

---

13) 吳趼人, 「中國偵探案·弁言」, 『中國偵探案』, 上海廣智書局, 1906년.

14) 林紓의 「孝女耐兒傳·序」, 「賊史·序」와 「塊肉餘生述·序」 등 참고.

15) 林紓는 「踐卓翁小說·序」에서 "소설을 살펴보면, 당대에서 송대에 이르기까지 수많은 작가들이 출현하였으나, 나는 특히 당대의 殷柯古(단성식)를 귀중히 여긴다"라고 말한다.

조된 귀동자(貴童子)"[16]를 외치는 것이었다. 그러나 일종의 경향적인 정서를 표현하고 예봉을 드러내기 위해선 오히려 일방적으로 한쪽을 폐지하지 않을 수 없었다. 신소설가든지 5·4작가든지 모두 경향적인 정서를 지니고 있었을 뿐, 이론적인 엄격한 사고는 하지 않았다. 5·4작가의 경우 급박하게 힘써야 할 일은 복고파에 대한 반대의 기치를 선명하게 들고, 서양문학의 학습─사상의식에서 표현기교까지─을 제창하는 것이었다. 어떠한 절충이 시도되는 거시적인 이론도 강대한 관습적 세력 앞에서는 무기력하고 운동의 실제적인 진전에 불리하기 때문에, 5·4작가는 어쩔 수 없이 이론의 완정성을 희생하고 경향성을 최고의 지위로 추대하였다. 초기의 백화문 제창자들이 "인민의 언어가 궁핍하여", "어떤 것은 반드시 옛 문언 중에서 약간의 자료를 얻어, 보조적인 역할을 수행"해야 한다는 점을 분명히 알고 있었지만, 여전히 "살아 있는 사람의 입을 원천으로 삼고",[17] "서구화된 국어"[18]를 출로로 여겨야 한다고 강력하게 주장하였다. 그러나 5·4작가의 이론은 특정한 역사적인 환경을 바탕으로 한다는 사실을 염두에 두어야만이, 전제를 생략하여 편파적으로 드러나는 이러한 예술주장을 정확히 이해할 수 있다. 논쟁 속에서의 이러한 전략적인 사고가 바로 5·4작가들로 하여금 중국 근대소설에 대한 전통문학의 자양(慈養)작용을 거부하도록 만들었던 것이다.

신소설가의 전략적인 사고는 이와 다른 상황에서 비롯되었다. 십 년 전에 소설을 하찮게 여기던 자가 십 년 후에는 바뀌어 소설을 많이 지었고,[19] 십 년 전에 소설의 제창을 독촉하던 이가 십 년 후에는 반대로 소설

---

16) 聞一多,「『女神』之地方色彩」,『創造月報』5호, 1923년.

17) 魯迅,,「寫在『墳』後面」,『墳』, 北京未明社, 1927년.

18) 傅斯年,「文言合一草議」,「怎樣做白話文」. 모두「中國新文大系·建設理論卷」에 실려 있다.

19) 寅半生의「小說閑評·序」,『遊戱世界』1기, 1906년 참고.

을 비난하였다.[20] 중국인은 "부화뇌동"[21]을 좋아하여 어떠한 최초의 기획도 무수한 복제와 모방으로 인해 치졸하고 진부하게 나타나곤 한다. 초보자나 투기자에 의한 타락을 방지하기 위하여 어쩔 수 없이 많은 신소설가들은 새로운 풍조를 열 때 비바람을 부르듯 열광적이다가도 풍조가 열리면 잠적해버렸다. 우젠런같이 더욱 심한 자는 한편으로 "번역교류모임(譯書交通公會)"을 창립하여 친구들이 서양소설을 번역하도록 조성하고 그들을 위해 평론문과 서문을 쓰면서,[22] 다른 한편으로 "새롭게 창작되거나 번역된 지금의 저 많은 소설"은 대부분 "그 뜻을 빌려 베낌으로써, 자신의 개인적인 이익을 도모하고 공적인 이익을 생각하지 않는다"[23]라고 공격하였다. 비록 작가의 언행불일치를 원망할 수는 없지만 실제로 어쩔 수 없는 "자위수단"이 되었던 것이다. 신소설가는 대부분 5·4작가와 같이 서양소설을 선명하게 찬양하지 않고, 열정적인 소개에서 열풍이 냉조되는 과정을 거쳤다. 여기에는 겉으로 좋아하는 듯하지만 실제로는 두려워하는 요인이 있었다. 결국 수양에서 취미에 이르기까지 신소설가는 전통문학과 더욱 많은 연계성을 지니게 되었다. 그러나 이것도 전략적인 사고—자신의 명예에서 사회의 진보를 생각하는—에서 나온 것이다.

신소설가와 5·4작가가 전통의 창조적 전화를 크게 인정하지 않는 것은 이러한 전화가 작가가 의식하지 못하는 상태에서 완성되었기 때문이다. 5·4작가의 경우, 유년시대에 경사(經史)를 숙독하고 시사(詩詞)를 암송하며, 수시로 『삼국연의』, 『수호전』, 『홍루몽』, 『요재지이』를 읽었지만, 그것은 단지 자연스러운 학습과정일 뿐 예술공리적인 즐거움이 없어서,

---

20) 梁啓超가 1902년에 쓴 「論小說與群治之關係」와 1915년에 쓴 「告小說家」를 비교해 보라.

21) 吳趼人, 「月月小說·序」, 『月月小說』 1호, 1906년.

22) 『新庵諧譯』 가운데 吳趼人의 序 와 周桂笙의 序. 知新室主人(주계생)이 번역한 『毒蛇圈』 3회의 起趼廛主人(우젠런)의 評語(『新小說』 9~24기) 참고.

23) 吳趼人, 「月月小說·序」, 『月月小說』 1호, 1906년.

그속에서 어떠한 창작기교를 배우려고 하지는 않았던 듯하다. 그러나 청년시대에 미친 듯이 외국소설에 몰두하여 그것을 학습하고 차용하려는 마음을 지니게 되면서, "한편으로 그들의 문학예술을 소개하고, 다른 한편으로 세계의 근대사상을 소개하려고 하였다."[24] 이 때문에 그들이 소설을 창작할 때 당당하게 외국작품을 모델로 삼았으며, 중국 고전소설을 모범으로 삼을 경우에도 의식적·무의식적으로 그것을 서양화함으로써 합리화했다. 이것은 무의식중의 수용이자 의식적인 모방이다.[25] 후세의 연구자들은 '무의식중의 수용'의 관념이 어떻게 모방의 대상을 왜곡하고 모방의 효과를 제한하는지에 대해 더욱 흥미를 느낄 수 있지만, 5·4작가는 대부분 서양소설만을 의식할 뿐 전통소설은 홀시하였다. 이러한 결과는, 전통소설은 '별로 힘들이지 않고도 얻을 수 있어서' 무심하게 스쳐 보내고 서양소설은 '무쇠로 만든 신발이 다 닳도록 찾아도 얻을 수 없어' 더욱 진귀하게 여겼기 때문이기도 하지만, 전통문학이 어떤 구체적인 표현수법의 운용 위에서만 제한적으로 실행되지 않고, 수양과 흥취와 안목을 제공하여 작가의 전체 문학활동 속에서 내화되었기 때문이다. 서양소설은 이와 거의 상반된다. 의심할 여지없이 구체적이고 가시적인 수법은 추상적이고 은밀한 취미보다 더욱 쉽게 작가와 독자에게 지각되기 마련이다.

만약 5·4작가가 지나치게 서양소설의 작용을 강조하여 전통의 창조적 전화를 홀시했다면, 신소설가는 지나치게 서양소설의 작용을 경시하여 전통의 창조적 진화를 홀시하였다고 할 수 있다. 서양소설에 대한 신소설가의 소개는 대개 '비파를 가지고 얼굴을 가리는' 면이 많았다. 부끄러워서 그럴 수도 있지만, 주의를 기울이지 못했을 가능성이 더 크다. 마

---

24) 郎損(沈雁氷),「新文學硏究者的責任與努力」,『小說月報』12권 2기, 1921년.

25) 王瑤 선생은「中國現代文學與古典文學的歷史關係」(『北京大學學報』1986년 5기)에서 "근대문학 속의 외래영향은 자각적으로 추구한 것이나 민족전통은 자연스럽게 형성된 것이다"라고 지적하였다.

침내 서양소설의 기교가 중국인들의 이러한 마음속에 무수히 자리 잡게 되었다. 많은 평론가들은 중국소설의 대부분을 차지하는 '여러 사람이 등장하여 여러 사건이 진행되는 구성방법'이 서양소설의 '한 사람이 등장하여 한 사건으로 시종일관하는 구성방법'보다 얼마나 뛰어난지를 증명하기도 했지만, 방향을 바꾸어 중국 작가가 암암리에 "자기의 장점을 버리고 다른 사람의 단점을 배운다"[26]고 맹렬하게 비난하였다. 이렇게 절로 웃음이 나오는 난처한 상황이 간혹 출현하였다. 제일 효과적이고 보증할 만한 것은 린수의 "외래의 것을 변화시켜 중국의 것으로 만든다(化夷爲夏)"이다. 이것은 '사마천의 필법'으로 서양소설의 서사기교를 해설한 것으로, 당연히 원하는 대로 될 수는 없었지만, 간혹 새로운 의미를 지니고 있었다(가령 『非洲煙水愁城錄 · 序』 등). 실제로 량치차오, 우젠런, 류어 등의 신소설가들의 창작 속에서는 이미 극복한 면이 있지만, 소설 서사기교를 언급할 때 사용한 것은 여전히 전통소설의 비평어였다. 단순히 이론적인 언어의 결핍만이 아니라, 그들 모두 린수와 같이 그렇게 노골적이지만 않았을 뿐 '중국의 것으로 서구의 것을 변화시키려는(以中化西)' 간절한 바람을 지니고 있었기 때문이다. 서양소설의 기교를 차용하는 동시에 전통문학 가운데서 대응물을 찾아내는 데 힘써서, 일단 '예전부터 이미 있었음(古己有之)'을 증명하면 사용하기가 자연스럽고 더욱 당당할 수 있었다. 외래문화의 수용은 본래 새로운 선택과 전통해방의 권리를 지니고 있어서 최초 단계에서는 '중국의 것으로 서구의 것을 변화시키는' 논리도 실제와 크게 괴리되지 않으면 크게 비난받지 않았다. 그리하여 어떠한 새로운 것도 수용하지 않은 듯한 착각이 매우 쉽게 조성되어, "문물이 출토되는" 것에 불과하게 되었다. 우선적으로 수입된 문물이 얼마나 많은지에 대해서는 불문하더라도, 발굴된 문물도 수입하는 시각에 의지해야만 발굴할 수 있는 것이다. 신소설가는 이 점을 이해하지 못하여, 신소설이 몇

---

26) 제3장 「중국소설 서사시점의 변천」 제2절 참고.

몇 껍데기적인 장식을 제외하고는 전통소설과 어떠한 구별도 없는 듯한 고색창연한 모습을 띠게 되었다. 이 때문에 대부분의 신소설가는 그들의 점진적인 개량이 문학전통을 조금씩 전화시켜 중국소설 서사양식의 변천을 완성하게 된다는 사실조차 의식하지 못했던 것이다.

가장 중요한 것은, 신소설가와 5·4작가가 수용한 것이 중국 고전소설뿐 아니라 중국 고전문학 전체의 영향이라는 점이다. 이 때문에 신소설은 중국 고전소설과 어떠한 차별도 없고, 5·4소설은 중국 고전소설과 어떠한 연계도 없는 듯한 착각을 더욱 쉽게 조성하였던 것이다. 소설사의 흐름에서 오직 『유림외사』와 『관장현형기』의 연계 혹은 「광인일기」와 『수호전』의 구별에만 집착한다면, 전통의 창조적 전화 및 그것이 중국소설 서사양식의 변천에 끼친 작용을 이해할 수 없을 것이다. 금세기 초 중국소설 서사양식의 변천을 전체문학의 변천이라는 대 배경하에서 고찰해야만이 결코 가볍지 않은 이러한 착각을 교정할 수 있을 것이다.

20세기 초 소설 서사양식의 변천은 부분적으로 다른 문학형식의 개입에 의해 도움을 받았는데, 이것은 러시아 형식주의 이론가인 시클롭스키의 문학변천의 동력에 관한 이론구상을 연상케 한다. 시간의 추이에 따라 매우 신선하고 효과적인 표현수단도 진부하게 변하여 새로운 감각을 제공하지 못한다. 그리하여 새로움을 추구하려는 작가는 한편으로 이 인습적인 관습에서 힘껏 벗어나려 하고, 다른 한편으로 통속적인 장르 안에서 표현수단을 발견하여 문학의 발전선상에 끌어들임으로써 문학의 진화를 추동한다. 가령, 도스토옙스키는 도시 통속소설의 표현수단을 문학범주의 지위로 상승시켰으며, 체호프는 인물형상을 골계잡지 속에서 러시아 문학의 산문 속으로 전화시켰다.[27] 여기서는 이 구상의 성과와 한계에 대해 일일이 평가할 여력이 없으며, 본문의 논술대상과 이 구상과의 차이를

---

27) 안나·제퍼슨 외, 『西方現代文學理論槪述與比較』 중역본 제1장, 湖南文藝出版社 1986년 참고.

간단히 지적하고자 한다. 반박이라기보다는 건설적인 보충이 되기를 바란다.

시클롭스키의 이러한 구상은 두 가지 측면으로 나누어볼 수 있다. 첫째, 어떠한 문학형식이든지 신선감과 생명력을 획득하기 위하여 다른 문학형식에서 양분을 흡수한다. 둘째, 고급스런 문학장르는 통속적인 문학장르에서 표현수단을 차용한다. 전자의 측면은 적응력이 커서 모든 시대 모든 민족의 문학변혁 가운데서 예를 찾아볼 수 있다. 후자의 측면은 적응력은 협소하지만 독창성이 뛰어나다. 후래의 학자들은 그에게서 계발을 받아 정통문학에 대한 각종 민간문학의 충격을 중요시하고,[28] 그것을 "문학적 재야만화(再野蠻化)" 현상[29]으로 부르거나 혹자는 "종래 평가받지 못하던 문학장르가 고급화되는"[30] 현상으로 고찰하였다. 이러한 후자의 측면이 시클롭스키 구상의 중심이자 진정으로 가치평가할 만한 점이다. 중국 고대시가 발전사에 적용해보면, 이 구상은 상당한 설득력을 지닌다. 중국의 문인시가는 민간의 저속한 가요, 사(詞), 곡(曲)의 자극과 양육하에서 매번 변화하며 더욱 새로워졌다. 루쉰이 말한 바와 같이 "구문학이 쇠미할 때 민간문학 혹은 외국문학을 섭취하여 새로운 변천이 일어나는데, 이러한 예는 문학사에서 항상 볼 수 있는 것이다."[31] 그러나 이러한 구상으로 20세기 초 중국소설의 돌변을 논증하기에는 많은 걸림돌이 존재한다.

우선적으로 주목할 만한 것은 20세기 이전에 소설이 중국문학 가운데 차지하는 지위가 낮았다는 점이다. 백화소설은 오경재, 조설근 같은 대가들의 개조를 거쳐 이미 문인문학적 요소가 많이 존재하지만, 19세기 말

---

28) 바흐친 · 노스롭 프라이 등. 토도로프, 『비평의 대화』 제5, 6장 참고.

29) 월렉 · 워렌, 『文學理論』 중역본 제17장, 三聯書店, 1984년 참고.

30) 錢鐘書는 시클롭스키의 이 말을 인용한 후에 "이 말은 무엇과도 바꿀 수 없을 정도로 진실하다"라고 칭찬하였다. 『談藝錄』 제35, 30~31항, 中華書局, 1948년.

31) 「門外文談」, 『且介亭雜文』, 上海三閑書屋, 1937년.

에 이르러서도 여전히 저속한 문체로 인식되고 있었다. 그래서 고도로 성숙한 문인시가 저속하지만 건강하고 청신한 민간문학의 자양분을 흡수한 것과는 달리, 소설은 고아한 시문에서 표현수법을 차용하여 혁신되었던 것이다. "소설은 문학의 최상승"이라는 시대사조는 소설을 문학구조의 주변부에서 중심으로 끌어올려, 소설이 (저속화가 아닌) 고급화되는 데 조건을 제공하였다. 미시적으로 보자면 백화소설과 문언소설 사이의 대화 같지만, 거시적으로 보면 소설이 문학구조의 중심으로 이동하는 과정 중에서 전체 문학전통과의 대화라고 할 수 있다. 초보적으로 서사양식의 변천이 완성된 후의 중국소설은 이전에 비해 민간화된 것이 아니라 더욱 더 문인화되었다. 이로 볼 때 그 발전추세가 시클롭스키의 구상과 거의 상반됨을 알 수 있다. 문학의 중심에 위치한 형식과 문학의 주변부에 처한 형식 사이의 대화는 문학 자체의 발전에 유리하다. 또한 시대사조의 영향을 수용하여 문학구조 내부의 각 장르의 위치가 바뀌게 되면 이러한 대화가 각종의 변체(變體)를 생산할 수 있음을 주목해야 한다. 20세기 초 중국소설 서사양식이 변천하는 가운데에서 전통의 창조적 전화는 바로 이러한 일례인 것이다.

더욱 중요한 것은, 시클롭스키는 분명히 단일한 문화배경하에서 문학형식의 변천을 고찰했기 때문에, 문학발전이 "아버지에서 자식에게 이르지 않고 숙부에서 조카에게 이른다"[32]는 그의 이론이 비록 정채롭기는 하지만 오히려 20세기 초 중국소설의 변천을 포괄하기는 어렵다는 점이다. 일찍이 1902년 량치차오는 "20세기는 두 문명이 결혼한 시대이며", "이 서양의 미인이 우리 가문을 위해 귀동자를 낳고 길러줌으로써 우리 조상을 빛낼 수 있을 것이다"[33]라고 예언하였다. 동서양 문화의 충돌과 교류 속에서 변천한 중국소설은 완전히 전통을 고수하거나 서양소설로 동화될

32) 『西方現代文學理論槪述與比較』 제27항에서 재인용.
33) 「論」中國文藝思想轉變之大勢」, 『飮氷室合集 · 文集』 제3책, 上海中草書局, 1936년.

수 없으며, 여러 평행사변형의 합동적 작용하에서 비틀거리며 전진하였다. 최소한 우리는 아래와 같은 네 가지를 20세기 초 중국소설의 변천에 작용한 힘으로 지적할 수 있다. 중국 고전소설 표현기교의 계승, 서양소설 표현기교의 이식, 전통문체의 삼투, 서양시문의 영향. 중국소설 서사양식의 변천에 가장 크게 영향을 미친 것으로(서양 소설기교의 이식을 제외하고), 각종 전통문체의 삼투를 들 수 있다. 20세기 초 중국소설의 예술 발전이 전통소설이 아니라 주로 전통시문에 의해 도움을 받았다는 점을 강조하여 말한다면, 본장의 논술이 시클롭스키의 이론구상에 접근하는 듯하다. 그러나 앞에서 지적한 바와 같이 이것은 전체 문학운동의 한 측면일 뿐, 제일 결정적인 의의를 지니는 측면이 아니다.

2. 소설의 지위상승과 시문가의 소설 창작

만청 소설계 혁명의 최대 공헌은 소설과 소설가의 지위를 극도로 상승시켰다는 점에 있다. 청나라 사람들은 "그 사람의 슬픔을 위해, 마침내 패설로써 전한다"[34]거나 "또한 어떤 일이든 하지 못하는 것이 없으니, 어찌 소설의 창작을 경시하겠는가"[35]라고 말하였다. 만청 소설이론가들은 "소설은 문학의 최상승"[36]이며, "혼란한 세상에서는 사마천 같은 이를 많이 얻는것 보다 시내암 같은 이 한 명을 얻는 게 낫고, 주희 같은 이가 수없이 태어나는 것보다 김성탄 같은 이 한 명이 태어나는 게 낫다"[37]고 찬양하였다. 소설의 가치상승에 따라 소설가의 지위와 작용도 수직상승하였다. 량치차오는 서구 각국의 변혁의 시초가 그 나라의 '뛰어난 선비와 학

---

34) 程普芳, 『勉行堂集』 2권 "春帆集." "餘爲期人悲, 竟以稗說傳."
35) 強汝洵, 『求益齊文集』. 孔另墳 편 『中國小說史料』 260쪽, 上海古籍版社, 1982년 新1판에서 인용. "然亦何事不可爲哉, 何室降而爲小說."
36) 梁啓超, 「論小說與群治之關係」.
37) 伯耀, 「小說之配於世界上純以情理之眞趣爲觀感」, 『中外小說林』 1권 15기, 1907년.

자(魁儒碩學)'와 '인자한 사람과 뜻있는 선비(仁人志士)'가 대부분 소설을
지은 데 있으며, 반대로 소설을 짓는 이는 당연히 '뛰어난 선비와 학자(魁
儒碩學)', '인자한 사람과 뜻있는 선비(仁人志士)'가 될 수 있다고 논증하
였다. 이리하여 당시 사람들은 "소설과거를 개장하여 시험을 치르게 함으
로써 그 신분을 안정케 해야"[38] 한다고 주장하고, 저우구이성은 마크 트
웨인이 "진사(進士)의 지위"[39]를 얻었다고 단언하였다. 조정에 실제로 '소
설 진사'(옌푸는 "번역학 진사(譯學進仕)"의 지위[40]를 획득하였다)가 없었
고 또한 소설가에게 관권을 부여할 수 없음에도 불구하고,[41] 일반 여론에
서는 소설가가 회음회도(誨淫誨盜, 사람들에게 음란한 짓과 도둑질을 가르
치다)하여 "자손삼대가 모두 벙어리"[42]인 악의 근원의 무리에서 이미 개
량군치(改良群治)하는 공신으로 변화되었다.

만청에는 분명히 많은 정치활동가들이 소설을 무기로 삼았으며, 실제
로 량치차오, 천톈화, 황샤오페이 같은 사람들은 개량군치하는 군신이 되
었다. 그러나 리보위안, 우젠런, 류어 같은 더욱 많은 이들이 소설이나 소
설의 서발문(序跋文) 속에 작가의 명확한 정치경향을 표출함으로써 그들
이 이해하는 현실 변혁의 정치활동에 복무하였다. 그래서 거의 모든 만
청 소설가들이 입각점과 착안점이 달랐을 뿐 개량군치에 관심을 가지지
않는 이가 없었다고 말할 수 있다. 순수하게 "그가 품고 있는 정치이상을
소설을 통해 토로하는" 정치소설[43]은 뚜렷한 성과가 없었으나, 견책소설

---

38) 任公,「驛印政治小說序」,『淸議報』제1책, 1898년.

39)「讀新小說法」,『新世界小說祉報』6~7기.

40)「新庵譯萃 · 英美二小說家」,『月月小說』19기, 1908년.

41) 吳沃堯의『李伯元傳』과 江庸의『趨庭隋筆』은 光緖 辛醜 연간에 조정에서 經濟特科를
   설립하고, 曾慕濤가 리보위안이 이 일을 맡도록 추천한 사실을 기록하고 있다.

42) 명나라 사람 田汝成의『西湖遊覽志餘』25권에서는 나관중의 삼대가 모두 벙어리였다
   고 말하고, 청나라 사람 石成金의『天基狂言』에서는 시내암의 삼대가 모두 벙어리였
   다고 말한다.

43)「中國唯一之文學報『新小說』」,『新民業報』14호, 1902년.

에서 시사(詩詞)를 짓고 의론을 펼치는 장면, 애정소설에서 남녀의 정사를 빌려 시대변혁을 묘사하는 장면, 사회소설의 정치열정과 우언식 상징에 영향을 끼쳐, 만청의 대부분 소설 속에서 정치소설의 흔적을 은근하게 살펴볼 수 있다.

　신소설가는 소설을 고상한 정치를 위하거나 또는 그렇게 고상하지 않은 돈을 위해서 창작할 수 있었다. 중국 고대에는 문인이 문장을 짓는데 '원고료(潤筆)'[44]가 있었으나, 정례가 아니라 사례의 성격을 띠고 있었다. 중국에서 근대 출판업과 출판제도가 형성됨에 따라 작가의 정신적 생산이 생활수단으로 직접 전환되었다. 그러나 초기에는 모든 문예창작(시문 같은)이 원고료를 받은 것은 아니었다. 독자의 환영을 받을 수 있고, 대량으로 간행할 경우 출판상인이 이익을 얻을 수 있는 소설이어야 비로소 작가에게 원고료를 지급하였다.[45] 소설 단행본이 언제부터 원고료를 받았는지는 고증을 해보아야 하지만, 1907년에 창간된 『소설림(小說林)』에서는 이미 연속적으로 아래와 같은 소설 모집 광고를 발간하였다.

　본사는 가정, 사회, 교육, 과학, 이상, 탐정, 군사에 관한 각종 창작소설이나 번역소설을 모집한다. 편폭이 길든지 짧든지, 언어가 문언이든지 백화든지, 격식(서술방식)이 장회, 필기, 전기든지 상관이 없으며, 당

---

44) 송나라 사람 洪邁는 『容齋隨筆』에서 "글을 지어주고 사례를 받는 것은 晉宋 이래로 지속되다가 당대에 이르러 비로소 성행하게 되었다"라고 말한다. 송나라 사람 王楙의 『野客叢書』와 청나라 사람 顧炎武의 『日知錄』에서는 '글을 지어주고 사례를 받는 것'이 한나라 때 포천소부터 시작되었다고 추론한다.

45) 包天笑의 『釧影樓回憶錄』(홍콩 大華出版社, 1971년)에서는 "時報의 編制"에서 "당시의 잡지는 소설 이외의 다른 글들에 대해 원고료를 주지 않았다. 글을 쓰는 이들도 원고료에 흥미를 느끼기는 했으나 결코 받으려고 하지 않았다"라고 말하고 있다. 그 밖에 『小說林』은 매 기마다 소설 모집 광고를 실어 원고료를 교부한다고 설명하였다. 그러나 제4기에서만 문예잡저 모집 광고를 실어 "도서증정권을 원고료 대신에 수여한다"라고 밝혔다. 『新小說』 제8기에서는 詩詞, 雜記, 奇聞, 笑談의 수집에 관한 광고를 실었으나 도서증정권의 수여도 없고 더욱이 원고료라는 말도 쓰지 않았다.

선이 되지 않은 것은 원본을 반환하고, 입선된 것은 등급을 나누어 원고료를 풍족하게 우송한다. 갑급은 1,000자당 5원, 을급은 1,000자당 3원, 병급은 1,000자당 2원을 지급한다.[46]

최소한 1907년에 이르면 소설잡지의 원고료가 이미 제도화되었음을 알 수 있다. 1910년에는 만청 정부가 역사상 최초로 저작권을 반포하였다.

유명한 작가가 되어야 고료를 많이 받을 수 있었지만 일반인의 마음을 끌기에는 충분하였다. 당시의 비용에 따르면, 1천 자당 2원도 상당히 매혹적인 것이었다.[47] 본래 재미로 번역하고 글을 쓴 데 불과하였으므로, 발표를 할 수 있기만 해도 매우 다행이었기 때문에, 원고료가 있으리라곤 생각지 않았다. 이 때문에 많은 독서인들이 "서원에서 높은 평가를 받으려는 관념을 번역서를 투고하는 관념으로 바꾸게 되었다."[48] "저술이 모두 생활의 수단이 되었다"는 궁즈전(龔自珍)의 말도 만청에 이르러서였다. 이러한 푸념이 진정으로 현실로 변하였던 것이다. 리보위안, 린수가 추천을 사절하고 벼슬을 구하지 않았던 것은 실제로 정치적인 원인도 있지만, 소설의 창작과 번역에 의지하여 상당히 안정된 생활을 할 수 있었던 사실과 무관하지 않다. 중국문학사상 최초로 진정한 의미의 직업작가—이러한 직업작가도 소설가일 수밖에 없지만—가 출현하여, 만청소

---

46) "本社募集名種著譯家庭, 社會, 敎育, 科學, 理想, 偵探, 軍事小說, 篇幅不論長短, 詞句不論文言, 白話, 格式不論章回, 筆記, 傳奇, 不當選者可原本寄還, 入選者分別等差, 潤筆從豊致送. 甲等每千字五圓, 乙等每千字二圓, 丙等每千字二圓."

47) 『釧影樓回憶錄』의 "小說林에서" 商務印書館이 林紓에게 번역을 청탁할 때 1천 자당 5원을, 『敎育雜志』에서 包天笑에게 교육소설을 청탁할 때 1천 자당 3원을, 일반인들의 소설은 1천 자당 2원, 적게는 5각, 1원을 지급하였다고 말한다. 바오톈샤오의 말에 따르면, 그가 가정에 준 생활비는 매달 많아야 50~60원에 불과할 뿐이다. 그 밖에, 소설 번역의 시작에서 1백 원의 인세를 받으면 상해의 여행비를 제외하고도 몇 달의 생활비로 쓸 수 있다고 말한다.

48) 『釧影樓回憶錄』 중 「소설 번역의 시작」.

설의 발전에 상당한 영향을 끼쳤던 것이다.

과거의 길이 끊어지고(1906년에 과거를 폐지한다) 소설이 이익을 제공해 주자, 많은 독서인들은 이 보배로운 땅 위에 도금(淘金)을 하려고 벌떼같이 몰려들었다. "10년 전에는 팔고문의 세계였는데, 근래에는 홀연히 소설의 세계로 변하였다. 대개 옛날에는 팔고문에 힘을 다하였으나, 지금은 심지를 곤두세워 소설가라고 자칭하지 않는 이가 없다."[49] 비평가들은 "글을 쓰는 데 원고료를 주는 것은 자칫 배금주의로 흐르기 쉽다"[50]고 매우 반대하였으나, 이미 그 위세를 돌이킬 수 없었다. 원앙호접파 작가의 수중에 이르러서, 소설창작은 더욱 영락없는 "상품생산"이 되었다. 오늘날 원앙호접파라고 부르는 일대 작가들은 날로 상이한 분화와 발전을 거듭하여 그 당시에 긍정점이 전혀 없었던 것은 아니지만, 5·4작가들은 그들이 "유희적이고 소일적이며 금전주의적인 문학관념[51]"을 유지하고 있다고 비판하였다. 소설을 창작하여 "돈을 빨리 벌려는 욕구"[52]를 추구하는 일은 변호할 수 없는 것이었다.

후기 신소설가들이 공공연히 이익을 추구하고, 경솔하게 글을 지어 "아침에 탈고하여 저녁에 인쇄하기" 때문에 글의 품질이 떨어진다는 비평은 당시 사람들이 이미 이전부터 말해온 것이었다.[53] 필자가 흥미를 느끼는 일은, 소설이 이익을 제공함에 따라 많은 문인들을 끌어들인 사실이 소설형식의 변천에 끼친 잠재적 작용이다. 선전을 위해서나 생계를 도모하기 위해 소설을 창작하게 되면서 본래 시문사부(時文辭賦)에 흥미를 느끼던 풍조도 시대사조의 영향을 받아 소설의 창작으로 바뀌게 되었다.[54] 일

---

49) 寅半生,「小說閑評·序」,『遊戲世界』1기.

50) 天僇生,「中國歷代小說史論」,『月月小說』1권 11기, 1907년.

51) 沈雁氷,「自然主義與中國現代小說」,『月月小說』1권 11기, 1907년.

52) 劉半農,「詩與小說糖神上之革新」,『新靑年』3권 5기, 1917년.

53) 寅半生의「小說閑評·序」, 春秋의「小說雜評」, 解弢의「小說話」등.

54) 이전 백년을 살펴보면 吳趼人, 李伯元이 소설을 창작할 수 있었으며, 梁啓超, 劉鶚, 林紓, 蘇曼殊 등은 시문가일 수는 있으나 소설가는 아니었다.

시에 소설의 영역에 각 방면의 영웅이 모여들고 각 방면의 재능이 표출되면서 무의식중에 소설의 면모가 변화되었다. 량치차오는 "법률, 장정, 연설, 논문 등이 많이 실린"『신중국미래기(新中國未來記)』가 "설부 같기는 하나 설부가 아니며, 패사(稗史) 같기는 하나 패사가 아니고, 논저 같기는 하나 논저가 아니니, 어떠한 문체인지 모르겠다"[55]라고 생각하였다. 작가의 분명한 말이나 단서가 확실한 '간접증언'을 통해 잘 파악할 수 있듯이 이러한 작가들조차 소설형식에 대한 암묵적인 개조를 의식하지 못했다고 보기는 어렵다. 그러나 바로 소설가의 자질을 갖추지 못한 수많은 문인들의 비자각적인 개조로 인해 20세기 초 중국소설에 기이한 특징이 출현하게 되었다.

기왕 소설을 쓸 바에야 소설의 법칙을 따라야 하며 읽을 만하지 못한 것은 팔리지 않는다는 점을 작가들이 분명히 느끼고 있었기 때문에, 결코 고의로 소설 같지도 않은 것을 창작하려 했던 것이 아니라 몸에 배인 습관을 고치지 못하여 착수하자마자 이러한 현상을 낳았던 것이다. 몇십년 동안 사장(詞章)이나 팔고문(八苦文)을 연마해온 사람에게 사장이나 팔고의 맛을 지니지 않는 소설을 쓰라고 한다면 가능한 일이겠는가? 이전 몇 년간 소설을 장부가 할 것이 못 되는 "문자유희(雕蟲小技)"로 여기던 사람이 갑자기 직업적으로 소설을 즐기고, 급작스럽게 마음을 비워 소설을 학습한다고 제대로 배울 수 있겠는가? 량치차오는 소설을 창작할 때 "필치에 항상 정감을 지니는" 신문체가 논변에 유리하다는 사실을 잊지 않았으며, 린수는 소설을 창작할 때 고문가의 필법을 놓지 않아서 항상 사마천의 필법을 감상할 수 있었다. 수만수는 소설을 창작할 때 시화(詩畫)의 재주를 발휘하고, 쉬전야는 편지체를 좋아하여 애절함이 넘쳤다. 원하든 원하지 않든, 본래 소설을 쓰려고 하지 않았던 소설가가 글을 쓰면 언제나 '소설 장르에 적절하지 않은' 현상—최소한 전통적인 시각에

---

55) 梁啓超,「新中國未來記·緒言」,『新小說』1권 1기, 1902년.

서 볼 경우 이러하다—을 면하기 어렵다. "소설장르에 적절하지 않은" 소설이 많게 되면 일종의 새로운 소설장르를 형성할 수도 있고, 독자가 실제로 수용할 수 없어서 도태될 수도 있다. 수용될 수도 도태될 수도 있지만 이것은 전통소설의 서사양식에 대한 충격이었다. 단일하고 고정적인 양식 가운데서 해방되면서부터 각종 가능성이 모두 현실적인 가치로 전화되는 것은 아니었지만, 이제 중국소설은 다종다양한 발전 가능성을 지니게 되었다.

극단적으로 복잡한 소설가 집단과 조응하여 만청의 소설개념도 매우 모호하였다. 중국 고대에도 시대마다 소설개념이 달랐지만 구체적인 역사시기에 문언소설, 백화소설은 모두 사회적으로 공인되는 내용이 있었다. 그러나 만청에는 중국의 소설개념과 외국의 소설개념이 같이 뒤섞여 있어서 당시 사람들이 소설을 말할 때, 그것이 서사시인지 희곡인지, 장편소설인지 단편의 소화(笑話)인지 알 수가 없었다. 같은 잡지에 백화소설을 싣기도 하고 문언소설을 싣기도 하며, 같은 작가라도 문언소설을 쓰기도 하고 백화소설을 쓰기도 하였다—만청작가는 문언소설과 백화소설의 관계가 물과 불처럼 서로 용납될 수 없다는 선배 작가들의 생각과 많이 달랐다. 외국소설에는 Romance, Novel, Story, Short Story의 구분이 있다고 말하고,[56] 게다가 탄사, 전기도 소설에 귀속시켜서,[57] 순식간에 소설의 범위가 규정할 수 없을 정도로 광대하게 되었다. 백화소설을 표준으로 하여 만청소설을 "소설장르에 적절하지 않다"라고 할 수 있다. 그러나 만청소설이 중국 문언소설이나 서양소설의 장르에 적합하다고 한다면 비판할 어떠한 이유가 있는가? 개념의 모호함은 제 이름을 획득하지 못한 신사물의 생존에 유리하게 마련이다. 바로 이러한 문체혼란의 상태 속에서 예술적 수양이 비교적 높은 작가들이 상이한 예술형식 사이의

---

56) 紫英의 「新庵諧譯」(『月月小說』 5기, 1907년), 成之의 「小說叢話」(『中華小說界』 3~8기, 1914년), 孫毓修의 『歐美小說叢話』(商務印書館, 1916년) 등 참고.

57) 幾道·別士의 「本管附印說部緣起」, 知新主人의 「小說叢話」, 蠻의 「小說小話」 등 참고.

상호 침투와 상호 개조를 의식적·무의식적으로 진행하였던 것이다. "소설은 문학의 최상승"이라는 말은 경계 없는 "포괄적인 말"이지만 전혀 무의미한 "공허한 말"은 아니다. 그것은 소설이 문학 가운데서 제일 걸출한 대표이며, 독자가 감상할 때 그 속에서 다른 문학형식이 지니고 있는 양분을 얻기를 바라고, 작가도 창작할 때 자연히 다른 문학형식에서 더욱 많은 영감을 얻을 수 있음을 의미한다. 만청 소설평론가는 과장적인 어조를 사용하여 이러한 자신을 표출하였다. 신소설은 "역사로 여겨 읽을 수 있고", "자(子)로 여겨 읽을 수 있고", "지(志)로 여겨 읽을 수 있고", "경(經)으로 여겨 읽을 수 있고", "풍속으로 여겨 읽을 수 있고", "병법(兵法)으로 여겨 읽을 수 있고", "당송(唐宋)의 유사(遺事)로 여겨 읽을 수 있고", "제양(齊梁)의 악부(樂府)로 여겨 읽을 수 있고"[58] 등, 한마디로 전체 인류문화가 모두 신소설 속에 응집된다고 할 수 있다. 이와 같이 "박대정심(薄待精深)"한 소설은 창작할 때 당연히 인류의 모든 정신유산을 받아들일 수 있어야 한다. "소설은 시문—외설스런 통속가요, 규방의 교훈가요, 나무꾼과 목동의 노래—을 배척하지 않을 뿐 아니라, 또한 경사자집, 불경, 대문장, 비밀문서에서도 문장을 수용함으로써 저술의 자료를 제공한다."[59] 신소설이 그렇게 풍부한 인류문화를 반드시 포함할 수는 없으나 확실히 다른 문학형식에서 많은 영감을 얻을 수 있었다. 소화, 일화, 문답, 유기, 소품, 우언, 편지, 일기 등은 모두 신소설의 서사양식이 형성되는 데 필요한 양분을 제공하였다. 소설이 문학구조의 주변부에서 중심으로 이동함에 따라, 당연히 다른 문학형식의 정화를 흡수할 권리가 있었다.

만청 소설이론가가 큰소리로 낡은 문체를 비판하고 소설을 '문단의 맹주'라고 존중했지만,[60] 진정으로 소설이 시가를 대신하여 사람들의 주목

---

58) 「讀新小說法」, 『新世界小說社報』 6~7기.

59) 蠻, 「小說小話」, 『小說林』 1권 1기, 1907년.

60) 老懺, 「文風之變遷與小說將來之位置」, 『中華小說林』 1권 6기, 1907년.

을 끌 만한 문학형식이 된 것은 오히려 5·4작가의 창작실천 덕분이라고 할 수 있다. 만청 소설이론가는 세상의 인심에 유익하고, 사회개량에 도움이 되는 관점에서 소설을 숭상하여 문이재도(文以載道)의 문학관념에 익숙한 중국 독자에게 쉽게 수용되었지만, 소설계 혁명의 성숙을 방해하기도 하였다. 실제로 전체 사회의 심미관점과 문학표준은 격정이 충만한 량치차오의 '포괄적인 말' 몇 마디로 바뀔 수 없으며, 문학수양이 높은 만청의 문인 중에서 진심으로 소설을 찬양한 이는 많지 않았고,[61] 송시파(宋詩派)와 위진(魏晉)의 문장이 여전히 문단에 많은 영향을 끼치고 있었다. 소위 "사서오경에 빠져 있다가 신소설의 독서로 전환한 이들"[62]은 기본적으로 상업경제가 비교적 발달한 남방 몇몇 대도시의 신학문을 배운 지식인들에게만 국한되었다.[63] 제일 분명한 사실은, 1902년에서 1917년 사이 전국에서 창간된 소설잡지 27종(일간 1종 포함) 중, 일본 요코하마에서 창간된 『신소설(新小說)』(이듬해 상해로 옮김), 홍콩에서 출판한 『소설세계(小說世界)』와 『신소설총(新小說叢)』, 광주(廣州)에서 출판된 『중외소설림(中外小說林)』과 『광동계인신소설(廣東戒煙新小說)』 및 한구(漢口)에서 출판된 『양자강소설보(揚子江小說報)』를 제외한 그 나머지 21종이 모두 상해에서 출판되었으며, 정치, 문화의 중심지인 북경에서는 오히려 1종의 소설 잡지도 출판되지 않았다는 점이다. 5·4작가는 "최상승"류의 동적인 언어에 의지하여 소설의 지위를 고양하지 않고, 견실하게 서양소설을 소개하거나 고전소설을 연구하여 예술수준이 비교적 높은 근대소설을 창조함으로써 소설의 심미적 가치를 증명하였다. 5·4시대의 문학

---

61) 梁啓超는 일찍이 嚴復, 夏曾佑가 소설을 제창하기만 하였지 소설을 창작하거나 번역하지 않았다고 비난하였다(『新小說』 7기 「小說叢話」). 그러나 후에 「國學人門書要目及其讀法」에서 "문학 전문가가 되려고 하지 않는다면 전문적으로 소설을 읽을 필요가 없다고 생각한다"라고 말하였다.

62) 老樗, 「文風之變遷與小說將來之位置」, 『中華小說林』 1권 6기, 1907년.

63) 覺我(徐念慈)는 「餘之小說觀」(『小說林』 10기, 1908년)에서 당시에 신소설을 구독하는 이들 중 "9할이 구학계에서 벗어나 신학설로 전환한 사람들이다"라고 말한다.

잡지는 대부분 소설을 게재하였다(특별히 전문적인 시가, 희곡잡지를 제외하고). 5·4시대의 주요 작가는 대부분 적극적으로 소설을 번역하거나 창작하였다. 후일 문학이론가, 시인, 희극인, 산문가가 된 이들도 예외는 아니다(저우쭤런, 후스, 궈모뤄, 주즈칭, 위핑바이, 쉬즈모, 펑즈 등). 바로 5·4작가의 적극적인 노력으로 인해 소설이 최고의 예술가치를 지니는 진정한 문학형식이라고 전체 사회에 공인되었다.

　5·4작가들은 사상계몽을 위하여 소설을 창작하는 경향이 있지만, 예술적인 분위기를 중시하여 문학 자체의 특성에 힘껏 접근하였다. 5·4작가는 금전을 위하여 소설을 창작하는 통속적 관념이 매우 적어서 작가의 자비로 많은 책을 출판하였으며, 루쉰과 위다푸 같은 유명작가라 하더라도 직업소설가가 될 수 없었다. 진정으로 5·4작가들로 하여금 소설을 창작하도록 유혹한 것은 예술 자체의 매력이었다. 그러나 이것은 5·4작가가 진정으로 소설의 예술적 특성을 이해하고 있다거나, 신소설가처럼 전통시문을 사용하여 소설을 개조한 적이 없다는 말과는 다르다. 단지 5·4작가는 외국소설의 영향을 더욱 많이 받아서 자각적으로 옛것을 제거하고 새로운 것을 펼쳤기 때문에 전통의 계승이 한층 은근하며 심지어 당시 사람들의 직접적인 증언을 찾기가 매우 힘들 뿐이다. 그러나 우리는 여전히 5·4작가의 문학수양과 소설관념 속에서 5·4소설의 창신(創新) 방향에 대한 전통의 규정적인 제약을 추출해낼 수 있다.

　5·4작가들은 유학을 하거나 국내에서 중학 이상의 신식교육을 받았기 때문에 이전 세대의 작가들과 같이 명예를 널리 얻기 위하여 고통스레 시부(時賦)를 연마하지는 않았다. 그러나 이 세대의 작가들도 여전히 전통문학에 대해 상당히 심후한 수양을 쌓고 있었다. 루쉰, 저우쭤런, 위다푸, 궈모뤄는 유학하기 이전에 매우 뛰어난 구체시(舊體詩)를 지을 수 있었고, 빙신, 루인, 주즈칭, 위핑바이의 산문 속에는 고문의 영향이 뚜렷하다. 5·4작가 중에서 타오징순같이 장기간 외국에 거주하여 고문의 기초가 아주 부족한 경우는 매우 적은데, 이것은 그 시대의 교육이 여전히 구

학의 굴레에서 벗어나지 못했기 때문이다. 비교적 심후한 전통시문의 수양은 전진하기 위한 무거운 부담이자 성장의 양분이며, 소설 창작 속에서 작가가 무의식적으로 시문을 사용하여 소설을 개조하게 만들었다. 5·4 초기의 소설에는 거의 산문 같은 작품이 매우 많아서(빙신의 『웃음』, 주즈칭의 『웃음의 역사(笑的歷史)』, 위핑바이의 『원예사(花匠)』 등) 새로움을 추구하려는 뜻은 있지만, 대체로 소설의 표현특성을 이해하지 못한 채 익숙한 산문필법으로 소설을 창작하는 결과를 낳았다.

5·4작가의 소설개념은 엄격하지 않았기 때문에, 저우씨 형제[64]는 서양의 우언, 곡, 산문을 소설로 여겨 중국 독자에게 소개하였으며,[65] 후스는 중국 고대의 서사시를 단편소설로 논술하였다.[66] 이것은 소설이론이 발달하지 않아 과학적인 개념규정을 내리지 않았기 때문에 각종 문체 사이의 구분이 명확하지 않았다는 사실뿐 아니라, 그들이 수용한 외국 문학과도 관계가 있다. 5·4작가가 수용한 외국 작가는 발자크, 모파상 등 19세기 소설가에 그치지 않고, 체호프, 안드레예프, 캐서린 맨스필드, 예이츠 등 20세기 소설가를 한층 수용하였다. 후자의 작품은 완정한 이야기와 인물이 없고, 다만 "한 얼굴, 즐거운 한 태도, 비참한 한 사건의 내면적 화면"에 불과하다.[67] 그래서 5·4작가가 엄격하게 소설과 산문을 구별하지 않거나, 심지어 '서정시 소설'이라는 모호한 개념을 창조하는 것도 이상할 게 없는 것이다.[68]

외국문학의 충격으로 중국문학의 구성에 내부정리가 이루어져, 소설이 중심위치로 상승되고 다른 문학형식의 표현방법을 차용할 수 있게 되었다. 또한 소설가가 본래 지니고 있던 지식구조의 제한 때문에 주로 시문

---

64) *주수인(루쉰)과 저우쥐런.

65) 『城外小說集』 제1, 2책 東京, 1909년 참고.

66) 胡適의 「論短篇小說」, 『新靑年』 4권 5호, 1918년 참고.

67) Bliss Perry, 『小說的硏究』 중역본 商務印書館, 1925년, 264쪽.

68) 周作人, 「『晩間的來客』釋後記」, 『點滴』, 北京大學出版部, 1920년.

사부의 기교를 차용하여 소설을 창작하였다. 게다가 소설개념의 모호함이 비평가와 독자의 관용을 조성하여 작가의 탐색에 필요한 조건을 창조하였다. 이러한 세 요인이 신소설가와 5·4작가가 고전소설의 유산만이 아니라 중국 고전문학 전체를 많이 수용하게 만들었다.

3. 전화의 세 가지 유형

신소설가든지 5·4작가든지, 모두 간단한 수용이 아니라 복잡한 전화를 거쳐 전통문학을 차용하였다. 소설 속에 유입된 소화, 일화, 문답, 유기, 일기, 편지는 더 이상 소화, 일화, 문답, 유기, 일기, 편지의 기능을 수행하는 것이 아니라, 소설 전체의 유기적인 조성성분이 되어 스스로 새로운 표현형태, 미감효과와 구조기능을 지니게 되었다. 『이십년목도지괴현상』 가운데의 소화는 당연히 우젠런의 『신소림광기(新笑林廣記)』 가운데의 소화소설과 다르며, 『관장현형기』 속의 일화도 리보위안의 『남정필기(南亭筆記)』 가운데의 '유명한 인물에 관한 재미있는 사건'과는 다르다. 마찬가지로 량치차오의 『신중국미래기』 가운데의 "시국문제에 대하여 두 명사가 설전을 벌이다"는 정론문 『진보를 논함(論進步)』, 『파괴주의(破壞主義)』와 같을 수 없으며, 류어의 『노잔유기(老殘遊記)』 가운데의 '대명호유기(大明湖遊記)'는 『을사일기(乙巳日記)』 가운데의 '호구유기(虎丘遊記)'와 다르다. 원 사건을 추적하거나 작가의 창작구상을 파악하기 위해선 그것들과의 관련성을 지적할 필요가 있다. 그러나 어찌 되었든 양자를 같이 말할 수는 없는 것이다. 이것은 양자가 지니고 있는 필법의 번다함이나 간략함 혹은 가치의 높고 낮음이 아니라 주로 각기 지니고 있는 기능이 상이함을 가리킨다. 필자는 소설속의 소화나 유기 등의 독립적인 가치에 큰 관심을 가지지 않고, 그것이 다른 소설요인과 맺는 연관, 즉 그것의 삽입으로 야기되는 소설형식의 변이에 주목할 것이다.

다량의 소화, 일화의 삽입은 만청 장편소설의 구조가 해체되고 단편소설이 흥기하기 위한 조건을 제공하였다. 더욱 중요한 것은, 그로 인해 일부 작가가 매우 치졸하기는 하지만 도치서술과 제한적 서술을 실험적으로 채용하였다는 점이다. 문답형식의 계발로 인해 신소설가는 "설부 같으면서 설부가 아닌", "논저 같으면서 논저가 아닌" 소설 형식을 창조하고, 이야기 구성이 아니라 의론을 구조의 중심으로 삼았다. 이것은 전통소설의 서사구조에 대한 충격이었다. 비록 성과가 매우 적긴 했지만 비장한 실패로 빠지지는 않았다. 유기 기법의 차용으로 심리묘사가 여행자 한 사람에 국한되고 이야기의 진술이 여행자의 이목에 예속되며 경물의 표현이 여행자의 걸음에 의지하게 되었다. 이렇게 중국 장편소설은 무의식 중에 전통적인 전지적 시점을 극복하고 3인칭 제한적 시점을 채용하고 일기체, 편지체 형식을 채용하여 이야기를 서술하게 되면서 어쩔 수 없이 전통적인 설서인의 어투를 버려야 했던 것이다. 만일 인물의 사유를 중시하고 작가의 심미개성을 부각시켰다면, 일기체, 편지체 소설은 더 이상 순차적 서술을 채용하거나 이야기를 구조의 중심으로 여기지 않고 전면적으로 전통소설의 서사양식을 극복했을 것이다.

사전(史傳)과 시소(詩騷)는 문학형식이면서 문학정신이다. 사전, 시소가 소설로 유입된 지 이미 오래되었다고 강조할 때는 문학형식에 더욱 착안하지만, 신소설가와 5·4작가가 수용한 사전과 시소의 영향을 서술할 때는 문학정신에 더욱 착안한다. 사전전통은 작가가 '소인물(小人物)'로써 '대시대(大時代)'를 묘사하는 데 열중하도록 만든다. 역사적 화면의 전개를 일관된 소인물의 시야로 국한한다면, 소설은 전통적인 전지적 시점을 돌파할 수 있다. 사전전통은 간접적으로 소설 서사시점의 변천을 촉진하지만, 이러한 변천의 진정한 완성을 엄중히 방해하기도 한다. 작가는 왕왕 '정사의 보조'를 위하여 가볍게 시점인물을 버리고, 대신에 사건의 변천에 관한 각종 작은 일이나 기이한 이야기를 넓게 묘사하였다. 시소의 소설유입은 정조(情調)와 의경(意境)을 돋보이게 하고 즉흥과 서정을 강조하여, 필연적으로 이야기 구성이 소설의 전체국면에서 차지하는 지위와 작용을 크게 낮추어 중국소설 서사구조의 변천에 길을 터놓았다.

사전과 시소는 중국 서사문학의 발전을 지배하는 두 개의 주요한 문학정신이 되어, 자체로 중국소설 서사양식의 변천에 영향을 끼칠 뿐만 아니라, 소설가가 다른 문학형식을 소설에 유입하는 방향과 효과를 제약하였다. 신소설은 사전을 중시하여 일화, 유기를 소설에 유입하는 데 더욱 열중하고, 5·4작가는 시소를 중시하여 일기, 편지를 소설에 유입하는 데 더욱 흥미를 가졌다. 신소설과 5·4소설의 기본적인 면모는 이 두 가지 문학정신에 대한 두 세대 작가의 상이한 선택과 관계가 있다.

전통의 창조적 전화는 결코 자연스럽게 완성된 것이 아니다. 그 사이에서 서양소설이 간과하기 어려운 적극적인 작용을 하였다. 『유림외사』와 『홍루몽』은 직접적으로 『노잔유기』로 변화되지 않았으며, 더욱이 『광인일기』로 전화되었다고 말할 수는 없다. 서양소설에 대한 신소설가와 5·4작가의 태도에는 차별성이 있고 수용능력도 다르지만, 그 세례를 받았다는 점에는 의심할 여지가 없다. "서양인의 문체가 어찌 이리도 우리의 사기필법과 유사한가."[69]라는 린수의 "중국의 것으로 서구의 것을 변화시킨다(以中化西)"나, "중국소설의 세계화"[70]라는 위다푸의 "서구의 것으로 중국의 것을 변화시킨다(以西化中)"는 모두 특정한 역사적 환경하에서 이루어진 중국과 서양의 대화였다. 출발점도 다르고 효과도 다르지만 창조적 전화를 추구하는 심리상태는 오히려 일치하였다.

이러한 서양소설(문학)의 세례는 직접적인 모방으로 표현될 수도 있고 간접적인 차용으로 표현될 수 있으며, 명확한 흔적을 찾을 수도 있지만 의미상으로만 통할 뿐 말로써 전하기 어려울 수도 있다. 전통문학 형식의 창조적 전화를 실현하는 방법에는 대략 아래와 같은 세 가지 유형이 있다.

---

69) 林紓,「斐洲煙水愁城録 · 序」,『斐洲煙水愁城録』, 商務印書館, 1905년.
70) 郁達夫,『小說論』 제1장, 上海光章書局, 1926년.

제1유형에서, 서양소설은 구체적인 표현기교와 크게 관계없는 새로운 문학관념만을 제공하며, 그로부터 새로운 문학운동이 유발된다. 이 운동 과정 중에서 중국작가는 자연스럽게 전통문학의 형식을 전화시킨다. 가령, 중국 작가가 "소설은 문학의 최상승"이라는 관념을 수용하여 소설의 지위를 고양하는 동시에 의식적·무의식적으로 시문을 소설에 유입하는 경우이다.

　제2유형에서, 서양소설은 변천의 계기를 제공하며 작가가 이러한 계기를 움켜쥐는 동시에 새로운 경계에 도달하는 관문을 찾는다. 더 나아가 막힌 길을 시원스레 뚫을 수도 있다. 신소설가가 서양소설의 일인일사(一人一事)로 일관하는 서술기교를 수용할 때, 중국소설의 서사시점을 변화시켜야 함을 자각하지 못한다. 그러나 일단 견문을 기록하는 중국 유기의 필법과 섞이게 되면 무심결에 버드나무에 그늘 지듯이 중국소설 전지적 시점의 울타리를 벗어나게 된다.

　제3유형에서, 서양소설은 직접 모방할 수 있는 모델을 제공한다. 그러나 중국 작가도 그대로 모방하는 것이 아니라, 중국문학 가운데서 대응물을 찾으려 시도한 연후에 개조하고 전화시켜, 서양의 맛이 중국의 맛과 섞여 토착화되도록 한다. 일기체, 편지체 소설은 분명히 서양에서 유입한 것이다. 그러나 이렇게 전형적인 서양의 것이라 하더라도, 중국작가 역시 조금은 상대적이고 간접적인 중국적인 '뿌리'를 찾아서 그것이 자라는 데 적합한 진흙과 수분을 제공할 수 있다.

　앞의 두 유형은 서양소설과 무관한 전통문학 내부구조의 순수한 정리이며, 세 번째 유형은 전통문학과 무관한 서양소설의 순수한 모방이라고 쉽게 오인받을 수 있다. 당연히 각종의 전화가 모두 성공적인 것은 아니다. 시대의 흐름에 따라 어떤 것은 살아남아서 계속 발전하고(일기체, 편지체 소설), 어떤 것은 조정을 거쳐 여전히 작용을 발휘할 수 있으며(유기체 소설), 어떤 것은 점점 사람들에게 잊혀간다(일화소설). 그러나 당시 여러 문학형식의 창조적 전화로 조성된 전통소설 서사양식에 대한 충격은 여전히 긍정할 만하다. 본 편에서는 이러한 전화의 운동궤적에 관한 세 유형을 서술하기 위하여, 잠시 중국소설의 위상 전이를 일으킨 전통적인 문학형식 사이의 삼투와 개조를 전면에 내세워 중점적으로 논술하고, 서양소설의 계발·유발 및 모델제공은 배경으로만 처리하여 간략히 서술할 것이다.

그렇지만 이것은 두 가지가 확연히 나누어질 수 있는 운동과정임을 승인하는 것이 아니다. 상반되게도 필자가 강조하는 바는 바로 이 양자의 통일이다. 서양소설의 유입과 전통문학의 창조적 전화는 동일한 과정의 다른 두 측면에 불과하다. 다만 논술의 편의를 위하여 그것들을 1부와 2부로 나누어 연구하였을 따름이다. 20세기 중국소설 형식의 변천을 정확히 개괄할 수만 있다면, 필자는 다음과 같이 상대적으로 번잡한 언어를 사용하고자 한다. 서양소설의 표현기교에 대한 모방과 중국소설이 문학구조의 주변부에서 중심으로 이동하는 과정에서 전통문학의 양분 흡수(전통문학 형식의 창조적 전화를 거친 실현)라는 두 가지의 합력(合力)이 공동으로 중국소설 서사양식의 변천을 촉진하였다. 이것들 사이에 '새로운 지식의 수입'이 주도적인 지위를 차지하였지만, '전통의 전화'도 결코 무시해서는 안 되며 적절한 평가를 내려야 한다.

제6장 소설로 유입된 전통 문체

> 문장의 혁신은 다름이 아니라, 문장이라고 생각지 않던
> 것으로 문장을 짓고, 문장으로 시를 짓는 것을 말할 뿐
> 이다. 이전에 문장으로 표현되지 않았던 사물이 지금은
> 문장을 짓는 재료로 취해지고, 전아(典雅)하지 않았던
> 자구(字句)가 지금은 조직되어 아름다운 문장이 된다.
> 이는 시문(詩文)의 영역이 확충되었다고 말할 수 있고,
> 시문에 들어가지 않았던 문체가 유입되었다고 말할 수
> 도 있다.[1]
>
> ─첸종수(錢鐘書)

"김성탄, 모종강 두 사람의 소설비평은 바로 문장을 논했을 뿐이지, 소설을 논한 것이 아니다."[2] 실제로 중국 고대 소설비평가들은 모두 문장을 논하듯이 소설을 논하였기 때문에, 소설을 "문장으로 간주하지 않고 단지 이야기로 간주하여 감상하는 것은 우둔한 사람이나 하는 짓"[3]이었던 듯하다. 문장의 필법(筆法)으로 소설을 논하는 것은 물론 소설의 독특한

1) 錢鐘書, 『談藝錄』 개정판　中華書局, 1984년, 29~30쪽.
2) 解弢, 『小說話』 中華書局, 1919년, 91쪽.
3) 馮鎭巒, 「讀『聊齋雜說』」.

표현수단에 대한 연구와 토론을 상당히 제한하기는 하지만, 문장의 재능과 기교를 소설에 옮겨놓은 중국 고대 작가들의 특색을 파악할 수 있을 것이다. 만청(晩淸)에서 5·4에 이르는 동안 중국문학의 구조는 외국문학의 충격으로 인해 내부 조정을 겪게 되는데, 그중 소설은 중심 위치로 상승하여 다른 전통적인 문체를 손쉽게 차용할 수 있었다. 그래서 중국소설 서사양식의 변천 중에서 전통이 일으키는 작용을 고찰하기 위하여 잠시 일부분의 소설을 "문장으로 삼아 고찰"해도 괜찮을 것이다.

만약 어떤 문체가 소설에 가장 깊은 영향을 주었는가를 묻는다면, 역대 비평가들은 모두 조금의 망설임도 없이 사마천이 창시한 기전체(紀傳體)를 추천할 것이다. 그러나 신소설가와 5·4작가들이 소설에 유입한 문체도 규모가 크고 자각 정도가 높으며 효과가 뚜렷하여 전대미문의 것이라고 말할 수 있다. 이 때문에 기전체 이외의 다른 문체들도 소설 발전의 역사과정에 깊은 영향을 줄 수 있었다. 본장에서는 소화(笑話), 일화, 유기, 문답, 일기, 편지 여섯 종류의 문체를 선택하여 그것이 소설 서사양식의 변천을 촉진시키는 데 일으킨 작용을 고찰할 것이다.

1. 소설로 유입된 소화

1904년 우젠런은 『신소림광기』의 서문에서 소화소설이라는 개념을 제시하여 무의식중에 신소설의 두드러진 특징—소설로 유입된 소화—을 언급하였다. 글 전체를 읽어보면, 우젠런의 소화소설은 『소림광기』류의 예전부터 이미 있었던 우스갯소리에 불과하다. 당시의 학자들이 "마침내 소설이란 말을 하자", 우젠런이 순간 영감이 발동하여 '소화소설'이라는 독특한 전문용어를 만들어낸 듯하다. 사실 이것은 그렇게 간단한 문제가 아니다. 『소림(笑林)』에서부터 보더라도 중국 문인들이 의식적으로 우스갯소리를 글로 쓰고 편집한 것은 이미 1700년의 역사를 지니고 있다. '계안(啓顔)', '해이(解頤)', '아학(雅謔)', '절도(絶倒)', '헌거(軒渠)', '부장(拊

掌)'으로 불리며, 록(錄), 집(集), 사(史), 기(記), 어(語), 편(編)할 수 있었다. 그러나 아직까지 소화(笑話)와 소설(小說)을 하나로 결합하지는 않았다. 비록 적지 않은 소화집이 『예문지(藝文志)』 속에 소설이란 이름으로 들어 있지만, 그것은 옛날 사람들이 이해한 '총잔소어(叢殘小語)'[4]식 소설이었지, 결코 오늘날의 사람들이 이해하는 서사문학의 중요한 갈래로서의 소설은 아니었다.

"책에 기록되어 전해지거나 현재 유행하는 이야기 가운데 웃음을 자아내는 것이 적지 않다. 세상에 전하는 우스운 이야기는 그 그림자에 불과하다."[5] 그래서 중국의 소화가 "여러 학파의 잡설"을 "모은" 것과 "일시에 웃음을 자아내는 선비(士)의 이야기를 기록한 것"의 두 종류[6]로 나누어지게 된 것이 이상할 게 없다. 풍몽룡(馮夢龍)의 『고금담개(古今譚槪)』와 『소부(笑府)』는 각기 이러한 두 경향을 대표한다고 할 수 있다. 그래도 『소림(笑林)』과 『계안록(啓眼錄)』에서 각기 시작한, 허구적 인물이나 역사적 인물로 주인공을 삼는 두 유형의 소화를 분류하는 방법이 있어야 할 듯하다. '많은 잡문들을' '모은 것'이나 역사적인 인물의 말과 행동을 기록한 소화에도 수정하고 다듬는 가운데에 작자나 편찬자의 고심(苦心)과 예술적 재능[7]이 구현되어 있지만, 이것은 소설을 구상하고 창작하는 것과 많은 차이점이 존재한다. 그러나 일시에 웃음을 자아내는 선비나 허구적인 인물의 이야기를 기록한 소화는 작가들이 문장의 재능을 다하고 상상력을 힘껏 발휘하여 해학과 유머가 연속되는 '작은 소설(小小說)'을 구성한다.

---

4) *叢殘小說는 한나라 桓譚의 『新論』, "若其小說家, 合叢殘小語, 近取譬論, 以作短書, 有可觀之詞"(그 소설가란 자잘한 말을 모으고 가까이서 비유를 취하여 단서를 짓는 사람들인데, 그중에는 볼 만한 것이 있다)에서 유래한 말.

5) 趙南星, 「笑贊·題詞」.

6) 邢居實, 「拊掌錄·自序」.

7) 趙景深의 『中國笑話提要』 중 笑話異文에 관한 비교 참고.

명대 조남성(趙南星)의 『소찬(笑贊)』에는 소화의 각 편마다 뒤에 "찬왈 (贊曰)"이라는 말이 덧붙여져 있고, 청대 석천기(石天基)의 『소득호(小得 好)』에는 소화 각 편마다 끝에 몇 마디 비평을 덧붙이고 있다. 이와 같은 체재는 비록 서사 부분이 아무리 간단하다고 할지라도 사람들로 하여 금 중국 고대 문언소설을 연상케 한다. 소동파의 이름을 가탁하여 편찬 한 『애자잡설(艾子雜說)』, 명대 도작(陸灼)이 지은 『애자후어(艾子後語)』, 명대 장이령(張夷令)이 편집한 『천선별기(遷仙別記)』는 모든 소화가 애자 나 천선의 신상에 집중되어 있어서, 이야기화가 뚜렷하고 인물도 성격화 되어 오늘날 우리들이 말하는 단편식 소설에 더욱 접근하고 있다. 소화 의 제재나 수법을 차용하여 창조한 서사문학으로, 희극에는 심영(沈璟)의 『박소기(博笑記)』, 서위(徐渭)의 『사성원(四聲猿)』이 있고, 소설에는 청대 의 『하전(何典)』, 『상언도(常言道)』 등이 있다. 그러나 작가들은 이야기의 흥미가 아니라 언어의 해학에 더 주의를 기울였기 때문에, 그 작품들도 해학적인 글에 더 가깝다. "즉흥적으로 장난삼아 짓고, 입에서 나오는 대 로 아무렇게나 지껄일 뿐이니, 임기응변으로 이야기를 하든 꾸민 이야기 를 하든 무슨 상관이 있겠는가?"[8] 허구적으로 꾸민 곳이 기이하며 아무 렇게나 이야기할 때 더욱 재미를 느끼게 마련이지만, 바로 이러한 점 때 문에 소화는 저속하면서도 고상한 문학유희로는 쉽게 발전할 수 있었으 나 진정한 골계소설로는 발전하지 못했던 것이다.[9]

아마도 만청인들은 "사람들의 마음속에는 이야기하기는 두려워하지 만 그것을 듣고 웃기는 좋아하는"[10] 욕구가 분명히 존재하며, "옛 문장가 들에게 이러한 요구에 적합한 문체가 있다는 사실을 알고"[11] 있었던 듯

---

8) 過路人(張南莊), 「何典 · 序」. "不過逢場作戲, 隨口噴蛆, 何妨見景生情, 憑空搗鬼."
9) 周作人의 「苦茶庵笑說選 · 序」와 「常言道」는 중국에서 골계소설이 발달하지 못한 사실 을 지적하고 있다.
10) 李漁, 「古今笑史 · 序」.
11) 兪樾, 「一笑 · 引」.

하다. 그래서 만청소설이 "문학의 최상승"의 지위에 올라 문인들이 연달아 110회의 장편소설을 지었는데도, 뜻밖에 이러한 "총잔소어(叢殘笑語)"를 잊지 않고 거의 모든 소설 잡지에 소화를 실었던 것이다. 『신소설(新小說)』을 예로 들면, 『고시신소화(考試新笑話)』, 『번역소화(飜譯笑話)』, 『학계취화(學界趣話)』, 『골계담(滑稽談)』과 같은 단편적인 작품이 있을 뿐만 아니라, 전문적으로 연재한 『신소화(新笑話)』, 『신소림광기』가 있었다. 『월월소설(月月小說)』, 『소설림(小說林)』, 『소설월보(小說月報)』 등의 잡지는 중국의 소화 간행만으론 부족한지 서양의 소화도 간행하였다. 그 밖에 각종 '해담(諧談)', '이문(異聞)', '쇄언(瑣言)', '잉묵(剩墨)'이 있는데, 그중에도 비교적 고상한 소화가 많았다. "문장이 사람을 매료시키는 원인을 생각해보니, 웅장한 말보다는 해학적인 이야기가 더욱 뛰어난 것 같다. 그래서 소화소설이 환영받게 된 것이다."[12] 다만 상술한 것들은 아직 소화에 불과하여 소설로 유입되지는 못하였다. 그러나 많은 소설잡지가 소화를 실었고 적지 않은 소설가들(우젠런, 리보위안 등)이 소화를 좋아하며 창작하고 있었으니, 이미 소화를 소설에 유입하기 위한 필수적인 전제조건이 형성된 셈이다. 게다가 외국의 소화소설이 분위기를 더욱 고조시켰다.

1906년 린수는 스위프트의 『걸리버 여행기』를 번역하면서 여행과정에 치중하던 기존의 『담영소록(談瀛小錄)』(1872년 『신보(申報)』에서 간행)과 『초요국(樵僥國)』, 『한담유(汗談遊)』(1908~1906년에 『수상소설(繡像小說)』에서 간행)를 제쳐두고 『해외헌거록(海外軒渠錄)』이란 제목을 취하였다. 린수는 그것을 장편소화로 간주하여 읽고 나서 송대 여거인(呂居仁)의 소화집 『헌거록(軒渠錄)』을 빌려 제목으로 삼았던 것이다. 이것도 부족하여, 린수는 다음 해에 오웬의 『견문잡기(見聞雜記)』와 디킨스의 『니

12) 吳趼人, 「新笑林廣記 · 自序」, 『新小說』 10호, 1904년. "竊謂文字一道, 其所以入人者, 壯詞不如諧語, 故笑話小說尙焉."

콜라스·니클비(尼古拉斯·尼克爾見)』를 번역하고 각각『부장록(拊掌錄)』
과『골계외사(滑稽外史)』로 이름을 정하였다. 전자는 송대 형거실(邢居實)
의 같은 이름의 작품과 억지로 비교한 것이며, 후자는 송대 전역(錢易)의
『골계집(滑稽集)』, 명대 왕미(王薇)의『골계잡편(滑稽雜編)』, 진우모(陳禹
謨)의『광골계(廣滑稽)』등의 소화집을 연상케 한다. 아마도 오웬과 디킨
스의 소설을 중국 고대의 소화와 억지로 비교하는 것 자체가 바로 일종
의 우스개 일 수 있다. 그러나『해외헌거록』을 통해 중국의 소화는 겨우
몇 마디 말일 뿐인 데 반해 서양의 소화는 장편의 연속물(長篇累牘)이라
는 사실을 깨달은 것[13] 또한 식견이 넓어진 것이라고 할 수 있다. 안타깝
게도 여기에서 그쳐버려, 린수는 중국의『헌거록』이 어째서 서양의『헌거
록』처럼 "장편의 연속물"이 될 수 없었는지를 연구·토론해보지 않았고,
소화를 소설에 유입하려고도 하지 않았다.『철적정쇄기(鐵笛亭瑣記)』,『외
려필기(畏廬筆記)』속에 린수는 많은 재미있는 소화를 기록하고 있으나
『검성록(劍腥錄)』,『천탁옹소설(踐卓翁小說)』등의 장, 단편소설집 속에는
소화가 전혀 보이지 않는다.

　오히려 우젠런, 리보위안 등 견책소설 작가의 글에서 소화가 진정으
로 소설 속에 진입했다. 그러나『걸리버 여행기』나『유림외사』처럼 '거대
한 웃음 창고'인 "고금의 세계"[14]에 대한 풍자에 치중하거나 명쾌하게 과
장하는 소화의 표현수법을 차용한 것이 아니었다. 종종 연구자들은 만청
견책소설과 유림외사의 역사적인 계승관계에 정확하게 주의를 기울인다.
가령, 풍자의 풍격과 마음대로 시작과 끝을 정하는 구성적인 특징 같은
것을 그 예로 들 수 있다. 필자는 체재상에서 두 작품의 차이를 고찰해보
고자 한다. 두 소설은 똑같이 "기뻐하고 웃고 노하고 욕하는 감정을 문장
으로 표출"하거나, "솥을 녹여 사물을 모방(鑄鼎象物)"함으로써 "온갖 잡

---

13) 林紓,「海外軒渠錄·序」,『海外軒渠錄』, 商務印書館, 1906년.

14) 馮夢龍,「笑拊·序」.

귀신의 머리카락까지도 완전히 나타나게 하였다."[15] 그러나 오경재는 소설을 유림(儒林)의 소화로 간주하여 창작한 데 반해, 우젠런과 리보위안은 『유림외사』처럼 철저하지는 못하지만 소설을 관리사회와 일반사회에 관한 소화로 만들고 책 속의 인물이 그 소화를 직접 이야기하도록 만들었다. 책 속의 인물이 웃음을 자아내고 책 속의 인물이 말하는 소화도 웃음을 자아내었다. 만약 책 속의 인물이 웃음을 자아내고 웃음을 자아내는 인물이 말한 소화도 웃음을 자아낼 수 있다면, 진실로 그 책 전체가 소화 시리즈가 될 수 있을 것이다.

신소설가들이 소화를 소설에 유입하는 데는 대체로 세 가지 유형이 있다. 첫 번째, 이전 사람들이 이미 기록해 놓은 소화를 차용하여 약간의 변화를 가하거나 크게 과장하고, 이야기 속에 엮어 넣어 책 속의 인물로 하여금 직접 강술하게 하는 유형이다. 동아시아의 파블인 펑위의 『포영록(泡影錄)』 1회는 정언(廷彥)이 술자리에서 방귀를 뀌고는 이것을 숨기기 위해 코를 막고 시선을 돌리는 위선적인 행동에 대해 묘사하였다. 이 줄거리는 분명히 청대 석천기(石天基)의 『소득호(笑得好)』 가운데 "방귀 뀐 것을 욕하다"라는 한 장면을 답습한 것이다. 왕쥔칭의 『냉안관(冷眼觀)』 5회는 운경(雲卿)이 약을 달이고 난 찌꺼기에 관한 도대(道臺)부인의 이야기를 말하고 있는데, 이 소화는 청나라 사람 저인획(褚人獲)의 『견호내집(堅瓠內集)』에 「약을 달이고 난 찌꺼기」라는 제목으로 실려 있다.

두 번째는 민간에는 널리 전승되었지만 아직 문인들이 기록하지 않은 소화를 인용하는 유형이다. 이러한 유형의 소화는 많은 사람들의 전술(轉述)과 수정 보완을 거쳐서 대부분이 문인의 소화보다 훨씬 흥미진진하며, 민간 소화의 명쾌하고도 과장되며 이야기화된 특징을 지니고 있다. 그래서 소설로 유입될 때 거의 그대로 기록될 수 있어서 많이 수식할 필

---

15) 「臥閑草堂本『儒林外史』回評」과 周桂笙의 「新庵諧譯 · 自序」, 茂苑惜秋生의 「官場現形記 · 序」 등 참고.

요가 없다. 우젠런의『이십년목도지괴현상』6회는 만주인의 찻집에서 소병(燒餠)을 먹는데, 글자를 쓰고 탁자를 치는 체하면서 참깨를 한알 한알 핥는 장면을 묘사하고 있다. 이것은 바로 "북경의 속담"으로, "재미있는 이야깃거리로 제공되었을 뿐, 종래 문장으로 기록되지 않은 것"[16]이다. 어우양쥐위안의『부폭한담(負曝閑談)』24회는 "평생 창피해할 줄 모르는" 사람이 결국 거만한 태도를 버리지 못하여 계집종에게 모기향을 모기장이라고 부르게 하고, 문짝을 이불이라 부르게 하며 술을 가방이라 부르게 하고, 술독을 장화라 부르게 하다가, 결국 "모기장이 다 탔다. 가방을 다 마셨다. 장화가 산산히 깨어졌다"는 소란을 일으키는 기상천외한 이야기를 기록하고 있다. 이것은 분명히 이야기로 전화된 민간의 소화이다.

세 번째는 작가가 독창적인 방법으로 소화를 편성하는 유형이다. 중국 고대 장회소설 중에는 술자리에서 교대로 돌아가면서 소화를 이야기하며 즐거움을 얻는 서술(예를 들면『홍루몽』,『경화연』)이 매우 많다.[17] 그러나 만청시대에는 이러한 이야기 방식을 찾아보기 힘들다. 우젠런은 그의 "기이하고 해학적인 말"이 친구들과의 모임에서 서로 잡다한 이야기를 주고받을 때 얼마나 환영을 받았는지를 기록한 적이 있다.[18]『냉안관』에 있는 거의 반 정도의 고사는 술자리에서 돌아가면서 이야기하던 소화와 일화이다. 정말로 책 속의 인물인 소란(素蘭)이 이야기한 것처럼 "관리사회 안의 소화는, 기괴한 이야기가 매우 많아서, 3년을 말해도 끝이 나지 않는다"(14회).『이십년목도지괴현상』에도 그것과 유사한 견해가 있다. "사실 관리사회 안의 소화는 수레에 가득 실을 정도로 많아서 얼마나

---

16)『二十年目睹之怪現狀』6회의 평어로서, 우젠런이 직접 쓴 듯하다.

17) 周作人은「苦茶庵笑話選·序」에서 "여러 사람이 모여 술을 마실 때면, 귀신 이야기나 신비한 이야기를 주고받는다. 해학소설도 이러한 유형으로서, 번뇌와 근심을 풀어줄 수 있다. 지금도 우스운 이야기를 잘하는 사람은 비파를 타거나 노래하는 이들과 동렬에 놓여서 술값을 면제받는다"라고 말한다.

18) 吳趼人,「俏皮話·自序」,『月月小說』1호, 1906년.

되는지 알 수가 없다."(47회) 따라서 줄거리를 꿰뚫고 있는 '나'(九死一生)를 만들어 사람들이 끊임없이 이야기하도록 만들고 또 끊임없이 사람들에게 이야기도 해주어, 6, 7, 23, 26, 30, 36, 43, 46, 47, 53, 66, 77, 78, 93회 등 모든 회가 각 유형의 소화를 삽입하고 있다——분명히 말할 수 있는 것은 "소화를 이야기한다"는 점뿐이다. 그중 "오래된 소화"라고 밝힌 것은 예전부터 전해오던 이야기를 기록한 것이고, 최근 어디에선가 막 발생한 이야기라고 말하는 것은 작가가 허구적으로 만든 듯하다. 그러나 우젠런이 소화를 개량하여 '새로운 의식, 새로운 흥미'를 유입하는 것을 자신의 임무로 삼았고,[19] "풍자하고 욕설하는 문장을 만들기"[20]를 좋아하였으며, 또한 『신소사(新笑史)』, 『신소림광기』, 『초피화(俏皮話)』, 『골계담(滑稽談)』 같은 작품을 썼다는 점을 생각해볼 때, 『이십년목도지괴현상』의 많은 소화가 작자의 허구에서 나왔다는 말이 얼마나 우스운 이야기(笑話)인가?

　이처럼 많은 작가들이 소화의 소설 유입에 열중하였기 때문에, 유입한 방식 또한 한 가지만이 아니었다. 따라서 종종 어떤 구체적인 작품 속의 소화가 책에서 취한 것인지 민간에서 전승되는 이야기를 기록한 것인지, 그렇지 않다면 새로운 방법으로 만들어낸 것인지 정확하게 판단하기는 아주 어렵다. 아마도 가장 많은 것은 여러 가지를 동시에 겸한 방식일 것이다. 관리사회에서 떠돌던 소화라고 할지라도 작가의 개조를 거치기 때문에, 소설로 들어올 때에는 이미 작가가 편집한 흔적이 남게 된다. 『이십년목도지괴현상』 3회, 『문명소사』 58회, 『도올췌편』 10회는 모두 한 총수(總首)가 병을 얻자 하급 관리들이 자기 부인을 추천하여 그를 위해 안마를 하게 한다는 이야기를 묘사하고 있다. 이것은 물론 당시 관리사회에서 널리 유행하던 소화이다. 세 명의 작가가 이 소화를 인용하여 기록하

---

19) 吳趼人, 「新笑林廣記·自序」.

20) 吳趼人, 「最近社會齷齪史·自序」, 『最近社會齷齪史』, 上海廣智書局, 1910년.

였지만, 예술적인 처리가 아주 다양하여 똑같이 중복되지 않았다. 우젠런의 소설이 가장 먼저 창작되었는데, 부인을 추천한 하급 관리의 뻔뻔스럽고 부끄러워할 줄 모르는 점을 조소하는 데 중점을 두고 있다. 리보위안, 첸시바오의 작품은 그 후에 지어진 것이지만 새롭게 만든 부분이 있다. 리보위안은 황세창(黃世昌)이 상전을 위해 병을 치료하도록 부인을 추천할 때 한바탕 당당하게 벌였던 거짓말에 중점을 두었다. "나는 선생님의 자식이나 조카와 같고 선생님은 나의 부모나 마찬가지요. 설마 부모가 병이 들었는데 며느리가 간호하러 오지 않을 수 있겠소?" 첸시바오는 이러한 황당무계함 속에 슬픔과 고통을 드러낸다. 서원정(緒元楨)이 부인을 추천한 것은 성(城)에 수년간 살아도 좋은 일 한 번 없고 생활을 둘러봐도 별 뾰족한 수가 없자 부득이하게 그런 일을 하게 된 것이다. 첸시바오는 필경 관리생활을 오랫동안 경험하여 관리사회의 험악함을 깊이 깨달아, 우젠런, 리보위안 두 사람과는 달리 낮은 벼슬아치에 대해 측은한 마음을 갖게 되었기 때문에, 순수한 희극에 비극적인 색채(서원정은 피해를 입은 위에 또 피해를 입었는데도 상전이 여전히 은혜를 베풀지 않아 탄핵을 받게 되었다)를 띠게 되었다. 그래서 신소설가들은 단지 고서를 베끼거나 기이한 이야기를 그대로 기록하기만 한 것이 아니며, 큰 테두리는 뛰어넘지 못할지라도 여러 가지 작은 방법을 많이 활용하였기 때문에, 작품 속에서 작가의 취미와 마음을 어렵지 않게 엿볼 수 있다.

확실히 그중에는 작가의 개조와 가공의 심혈이 깃들지 않은 것이 없다. 그래서 신소설가들은 소화를 소설에 유입하는 것에 대한 언급을 꺼리지 않았고, 세상 사람들도 표절이라고 질책하지 않았던 것이다. 어떤 작가는 라오린(老林)의 『학당소화(學堂笑話)』, 괴뢰산인(傀儡山人)의 『관장소화(官場笑話)』처럼 소화를 소설로 부르기도 한다. 『학당소화』의 부제는 '학당현형기(學堂現形記)'인데, 사실 신소설 중의 '괴현상', '현형기'는 모두 정도는 다르지만 소화로 간주하여 읽을 수 있다. 작가 역시 그것을 소화로 쓰려는 의도가 있었을 것이다.

2. 소설로 유입된 일화

1904년에는 『얼해화(孽海花)』가 아직 완성되지도 않았는데 미리 "수많은 전고, 학문의 이치, 일화, 전해져오는 이야기가 들어 있다"라고 광고하였다. 1905년에 정식으로 출판되자 "……모든 자질구레한 이야기와 숨겨진 이야기의 묘사가 매우 충실하다"[21]고 광고하였다. 전자는 진송천(金松岑)이 원래 의사(擬寫, 소설을 빌려 다른 목적을 의도함―역자)한 정치소설과 관계가 있으며 후자가 정푸가 실제로 완성한 역사소설이지만, 일화에 중점을 둔 점은 일치한다. 역사적인 사건으로 구조를 만들고 역사적인 인물을 중심으로 삼아, 야사적인 이야기나 전해져오는 사건, 일화를 채록한 것은 어쩌면 당연한 일이며, 전환기의 작가라 할지라도 이와 같이 처리할 수 있을 것이다. 신소설이 일화를 소설로 유입하는 특징을 만들어 낸 것은 결코 『얼해화』 같은 준역사소설이 아니라 『이십년목도지괴현상』, 『관장현형기』같이 역사적인 사건을 주요한 구조로 만들지 않은 허구적인 장편소설에서였다.

일화를 실제 인물의 언행을 기록한 소화와 엄격하게 구분하기란 사실 어려운 일이다. 그러나 일화는 사람을 웃게 만들 수도 있지만 경건한 마음이 일어나게 만들 수도 있다. 일화는 일반적으로 정사(正史)에서 빠진 부분을 보충하고자 하는 것으로, 역대 사관(史官)이 일화를 역사에 유입하였던 것도 모두 그러한 이유에서였다. 그래서 문체가 비교적 고아간담(高雅簡淡)하며, 문장은 시사보다 자유로우나 소화보다는 엄숙하였다. 남조(南朝) 유의경(劉義慶)의 『세설신어(世說新語)』[22]에서부터 보더라도 중

---

21) 魏紹昌 편, 『孽海花資料』, 上海古籍出版社, 1982년, 134쪽.

22) 『世說新語』는 南朝 宋나라 때 劉義慶이 지은 책으로, 중국문학 중에 소설, 필기, 소품, 전기, 일화문학에 가장 영향을 많이 끼친 작품의 하나이다. 총 1,130여 장의 길고 짧은 문장의 단락으로, 東漢 말기부터 三國(특히 魏를 중심), 西晉, 東晉까지 약 200

국에서 일화를 기록한 소설은 그 기원이 아주 오래되었다고 할 수 있다. 비록 당 이전에는 "서술에 허구가 많고", 송 이후에는 "서술에 사실적인 기록이 많은" 차이는 있지만,[23] 만청 문인들은 대부분 그러한 전통을 이어받아 필기(筆記)를 애독하고 창작하기 좋아하였다. 4대 소설잡지는 모두 '필기', '잡록', '이문(異聞)', '잉묵(剩墨)' 등을 발간하였다. 신해혁명 이후 모든 사상 문화계의 복고 사조와 맞물려 필기는 더욱 유행하게 되었다. 상당한 양의 '찰기(劄記)소설', '일화소설', '전고소설'을 창작하였을 뿐 아니라, 소설잡지는 야사, 일화를 기록한 장편필기를 끊임없이 연재하였다. 예를 들면 『중화소설계(中華小說界)』의 「병암필기(瓶庵筆記)」, 「체추관담수(棣秋館談藪)」, 『소설대관(小說大觀)』의 「태려총철(蛻廬叢綴)」, 「청승척언(淸乘摭言)」 등이 있고, 『소설월보』에는 일본어를 번역한 「청계일문(淸季軼聞)」이 있다. 서국(書局, 관청의 서고―역자)도 뒤떨어질 수 없어서 각 유형의 일화와 전고가 책방에 가득하였다. 조대(朝代)별로 나눈 것으로 『명청양대일문대관(明淸兩代軼聞大觀)』, 『만청십삼조지비사(晚淸十三朝之秘史)』가 있고, 인물별로 나눈 것으로 『좌종당일사(左宗棠軼事)』, 『원세개일사(袁世凱軼事)』가 있다.

기록에 의하면 "청 말엽에 문자의 금지가 효력을 잃자 종전에 감히 말하지 못하던 모든 역사상의 의문점들이 점차 호사가들의 이야깃거리가 되어, 일화를 이야기하는 것이 매우 성행하게 되었다"[24]고 한다. 그 당시 식견 있는 선비들은 이러한 일화 작가들에 대해 "전혀 학문의 깊이가 없으며", 단지 "흔히 보던 책에서 표절"할 수 있을 뿐이라고 탐탁하게 여기

여 년간 정치가, 문인, 명사, 예술가들의 이야기를 36부문으로 나누어 기록한 것이다. 그 문장의 간결함과 이야기 전개의 우수성은 논픽션이면서 픽션의 구성 못지 않은 멋진 것들이다.

23) 胡應麟, 『少室山房筆叢·九流諸論』.

24) 瞿總之, 「一士類稿·瞿序」, 『一士類稿·一士談薈』, 書目文獻出版社, 1983년.

지 않았다. 그러나 그것이 "역사책에서 빠진 부분을 보충할 수 있고"[25] "인민들에게 역사적인 지식을 제공할 수 있기"[26] 때문에 그 가치는 인정하였다. 이상하게도 논자들 모두가 역사학의 관점에서만 착안할 뿐 그것의 문학적 가치를 일절 거론하지 않았다. "장려와 경계(勸戒)의 뜻을 함축하고, 견문을 넓히며, 고증의 자료를 제공"하는 것을 중시했던 기윤(紀昀) 조차 이런 소설의 창작을 위해 "소재를 취사 선택하고 글을 쓰는 데" 노력을 기울였음을 생각해본다면,[27] 무엇 때문에 오늘날 정사의 보조라는 한 측면에서만 그 의미가 남아 있는 것일까? 이것은 서양소설의 유입과 지식계의 소설개념에 대한 이해의 변천과 무관하지 않을 것이다.

한 측면으로 신소설가들은 여전히 중국적인 소설개념으로 서양의 필기를 이해하였다.[28] 저우구이성이 번역하고 우젠런이 평한 찰기소설『신암역설(新庵譯屑)』(『신소설』에 간행했을 때는 『지신실신역총(知新室新譯叢)』이라 일컬었고 『월월소설』에 간행했을 때는 『신암역췌(新庵譯萃)』라 이름지었다)에는 문인들의 일화(예를 들면 마크 트웨인이 어린시절에 학업을 게을리 했던 것)도 있고, 신문 보도(1907년 칼릴 지브란 등 다섯 사람이 옥스퍼드 대학의 '진사 학위'에 합격한 보도)도 있으며 때로는 시사를 서술하고 풍속을 소개하며 의론을 발휘한(예를 들면 「자유결혼」, 「애정」) 것도 있다. 연달아 린수도 영국 작가 체임버스의 필기집을 설부 『시인해이어(詩人解頤語)』라고 번역하였고, 영국 작가 호손의 『서양의 30개 일화(泰西三十軼事)』를 설부 『추등담설(秋燈譚屑)』이라고 번역하였다. 내건 제목으로 비추어볼 때 린수는 두 책의 성질을 이해한 것 같지만, 결코 그것들을

---

25) 『通俗敎育研究會小說股審核小說評語第一次補輯』(1918년, 石印本) 중 『明淸兩代逸聞大觀』의 평어.

26) 志希(羅家倫), 「今日中國之小說界」, 『新潮』 1권 1호, 1919년.

27) 『四庫全書叢目』 140권 "小說家類一", 141권 『何氏語林』 提要.

28) 魯迅이 기획한 『歐美名家小說叢刊』의 평어(『敎育公報』 4권 15호 1917년 간행)에서는 저우서우쥐안이 잡저를 소설로 착각하여 잘못 수용했다고 지적한다. "골드스미스와 램의 글은 잡저(수필)적인 성격을 지니고 있어서, 소설과는 다른 것이다."

소설—린수가 추종했던『오잡저(五雜俎)』식의 소설—로 여기는 데서 벗어나지 못했다. 그러나 다른 한편으로 어떤 사람들은 끊임없이 Romance, Novel, Story, Short story와 같은 서양의 소설 개념을 이야기하면서, 실제적인 사건을 기록하는 필기를 포괄하지 않았다. 점차 작가들이 문언 단편소설과 필기를 의식적으로 구별하게 되었다. 우젠런과 린수도 예외는 아니었다. 우젠런은『월월소설』을 편찬하면서 자신이 창작한 단편소설은 전부 당시의 관례에 따라 'ㅇㅇ소설'이라는 명칭을 덧붙였고, 필기는『견전잉묵(趼塵剩墨)』에 포함시켰다. 린수도 아주 정확하게 필기와 문언 단편소설을『철적정쇄기(鐵笛亭蓼記)』와『천탁옹소설(踐卓翁小說)』에 각기 분류하여 포함시켰다.

일화와 소설의 분화로 작가들이 일화의 성질과 특징에 대해 비교적 명확하게 인식하면서, 소설을 쓸 때 일화를 직접 기재하지 않고 일화를 소설의 요소 및 부분으로 여겨서 장편소설의 전체 구조 속에 융해시켰다. 루쉰이 중점적으로 평론한 4대 견책소설의 곳곳에는 당시 유전하던 각종의 일화와 고증벽이 있는 독자라면 쉽게 읽어낼 수 있는 '숨겨진 사건'을 볼 수 있다. 정푸는『얼해화』를, 진짜 이름을 은밀히 제거하여 일화의 상태로 만들어 준역사소설처럼 지었는데, 후세 사람들이 색은표를 만들어 소설 속의 인물 278명을 수록하였다.[29]

류어의『노잔유기』에는 실제 인물을 빗대어 쓴 것은 많지 않지만, 비평어 속에 백성을 짓밟고 제멋대로 하는 청나라 관리 옥대인(玉大人)이 산서(山西)를 관리하는 육현(毓賢)이라고 밝힘으로써 장차 정사의 자료로 채용될 수 있게 구비하였다(제4회 평어). 중대한 역사 사건을 둘러싸고 사실 반 허구 반으로 창작한 역사소설인『얼해화』나, 대부분의 인물과 이야기가 완전히 허구이며 단지 장궁보(莊宮保), 옥현(玉賢) 등 두세 명만

---

29)『孼海花資料』중 曾樸이 손수 기획한 인물명단 및 冒鶴亭, 紀果庵, 劉文昭 등의 고증 문장, 도표 참고.

이 색은(索隱)할 가치가 있는 『노잔유기』와는 달리 『관장현형기』와 『이십년목도지괴현상』이 본문에서 논술하는 '일화를 유입한 소설'을 진정으로 대표하는 작품이다.

리보위안, 우젠런이 일화를 열심히 수집하던 사람들이라는 것은 의심할 여지가 없다. 리보위안은 "청나라 전기(前期)의 일화를 많이" 서술한 『남정필기(南亭筆記)』[30] 16권 691편을 유품으로 남겼다. 우젠런이 생전에 발표하고 간행한 『중국정탐안』, 『견전잉묵』, 『견전필기』, 『아불산인찰기소설(我佛山人劄記小說)』, 『호보옥(胡寶玉)』 등 다섯 종류의 필기는 직접 경험한 일도 있지만 "옛날부터 전해지는 이야기나 요즘 사람들의 필기에서 얻은"[31] 것이다. "기문일사(奇聞佚事)"나 "풍류가화(風流佳話)"[32]에 속하는 이야기도 있는데 대개 황당무계한 "지이(志異)"에 속한다. 작가 본인이 쓴 필기와 소설을 대조하면 자연스레 '일화를 유입한 소설'을 가장 잘 설명할 수 있다. 실제로 1940년대 저우이보는 리보위안의 『남정필기』를 근거로 『관장현형기』를 대조하여 소설 속에서 9편의 일화를 찾아낸 적이 있다.[33] 또한 류예츄(劉葉秋)는 『견전필기』와 다른 사람의 필기를 근거로 『이십년목도지괴현상』 속의 일화 5편을 찾아내었다.[34] 만약 작가 본인의 필기를 본인의 소설에 대조하는 것에만 제한하지 않는다면 『관장현형기』, 『이십년목도지괴현상』도 색은의 가능성이 아주 많다. 사실 색은을 제공할 수 있는 만청소설은 이 두 작품에만 그치지 않고 어느 것이나 모두 그렇다고 할 수 있다. 그러나 색은은 결코 문학의 목적이 아니며 기껏해야 진일보한 연구를 위한 실마리를 제공할 수 있을 따름이다. 관건은 신소설가들이 일찍이 일화를 소설로 유입하였다는 사실을 지적하는 데

---

30) 大東書局에서 『南亭筆記』의 광고를 게재하였다. 『李伯元硏究資料』에서 인용.

31) 吳趼人, 「中國偵探案 · 凡例」.

32) 老上海(吳趼人)의 『胡寶玉』 제1장, 上海樂群書局, 1906년.

33) 「『官場現形記』索隱」, 『文史雜志』 6권 2기, 1948년.

34) 「讀『二十年目睹之怪現狀』」, 『古典小說筆記論叢』, 南開大學出版社, 1985년.

있지 않고, 신소설가들이 어떻게 일화를 소설에 유입하였는지와 그로부터 일어난 문학형식의 변천을 연구하는 데 있다.

『남정필기』,『견전필기』의 출판은 모두 『관장현형기』,『이십년목도지괴현상』후에 출판된 것이지만, 리보위안과 우젠런이 먼저 필기를 쓰고 그 이후에 다시 이를 소설 속에 유입한 것인지를 증명할 자료는 없다. 그러나 마찬가지로 작가가 소설을 다 쓴 후에 다시 같은 내용의 필기를 보충하여 기록한 것인지 증명할 자료도 없다. 『견전필기』가운데 「인과응보」 1편에 "이 사건은 필자가 『이십년목도지괴현상』에서 끌어들인 것이다. 그러나 그 이름을 바꾸고 그 사람의 악한 면을 부각시켜 거울로 삼았는데, 이것은 두터운 도를 보존하기 위해서이다"[35]라는 후기가 있다. 이에 따르면 틀림없이 필기가 소설보다 늦게 지어진 것 같다. 그러나 우젠런에게 손 가는 대로 필기를 기록했던 습관이 있었다는 점을 고려할 때, 소설을 발표하기 전에 필기를 먼저 썼을 수도 있다. 실제로 필기와 소설 중 어느 것이 먼저이고 어느 것이 나중인지를 고증하기란 복잡할 뿐 아니라 그다지 큰 의미도 없다. 필자가 관심을 가지는 점은 필기와 장편소설이라는 두 가지 다른 문체가 함께 결합되었을 때 어떠한 결과를 낳았는가 하는 것이다.

『남정필기』 11권에는 1단에 55글자의 일화가 있다.

유지개가 월 지방에 있을 때, 매번 손님을 접대함에 있어 반드시 무명포괘(청대의 예복)를 입었다. 관료 가운데 아름답고 세련된 옷을 입는 자가 있으면, 그는 반드시 눈으로 살피고 돌려 보냈다. (그래서) 도시 중심가에 있는 사편루 헌 옷 가게의 헌 포괘가 이 때문에 순식간에 동이 나서, 만금을 주어도 구할 수 없게 되었다.[36]

---

35) "此事餘引入所撰『二十年目睹之怪現狀』, 而變易其姓名, 彰其惡而諱其人, 存厚道也."

36) "遊智開在粤時, 每見客必穿布袍褂, 僚屬有依服麗都者, 遊必目逆而送之. 省城四牌樓估衣鋪之舊袍褂爲之一空, 且有出重金而不能得者."

간결하고 생동하는 몇 마디 말이 매우 핍진하고 『세설신어』의 유풍을 지니고 있다. 그러나 소설로 구성되어 12,000자 총 2회(『관장현형기』 19~20회)를 이루며 유대과자(劉大誇子), 황삼유자(黃三溜子), 노지현(老知縣), 번대(藩臺), 양상(洋商) 등 여러 인물이 더해져서 우여곡절한 파란을 일으킨다. 『견전필기』 속의 「인과응보」 1편도 300여 자에 불과한데, 우젠런은 이것을 32회에서 35회까지 거침없이 서술하면서도 만족하지 못하여 36, 39, 45회에서 다시 보충서술하고, 총 15,000마디가 넘자 여경익(黎景翼) 고사의 서술로 마무리지었다. 여기에서 일화는 기본적으로 이미 이야기화되어 소설구성의 유기적인 요소로 변화되었다.

『관장현형기』 26회는 서대군기(西大軍機)가 평생 '흔들리지 않고, 조급해하지 않는 마음'을 연구하여, 사람들이 그를 "유리 같은 녀석"이라고 부르는 장면을 묘사하였다. 그는 가대(賈大) 도련님에게 예절을 가르치면서 "머리를 부딪쳐야 될 때는 머리를 부딪쳐야 되고 머리를 부딪치지 말아야 할 때는 부딪치지 않는 것이 묘책"이라고 말한다. 이것은 바로 왕인화(王仁和), 장자책(張子責)의 일화를 결합하여 만든 것이다.[37] 『이십년목도지괴현상』 68회는 수사영(水師營) 관병이 공손하게 작은 꽃뱀을 바쳐 '사대왕(四大王)'을 가까이서 모시게 되었는데, 병사가 이홍장(李鴻章)의 무례함을 크게 욕하자 중당(中堂)이 미리 와서 분향을 하며 작은 꽃뱀을 영접할 준비를 하는 장면을 그리고 있다. 이 묘사는 『견전필기』 중 「금용사대왕(金龍四大王)」의 1편과 차이가 나지 않는다. 여기서 일화는 간단하면서도 생동하는 원형을 지니고 있지만 소설로 유입될 때 이야기의 주요 흐름에 편입되지 않았다. 기본적으로 상당한 재미를 지니고 있으면서도 긴요하지 않은 짧은 삽화로 처리된 것이다.

광범위하게 유전된 일화는 어느 한 사람에 의해서만 기록되지 않았을

---

37) 『南亭筆記』 10권, 『淸朝野史大觀』 8권.

것이다. 신소설과 만청 필기잡록 속의 일화가 대동소이한 것은 결코 누가 누구를 표절해서 그렇게 된 것이 아니다. 작가가 미리 이 사건은 누구누구에게서 들은 것이라고 밝히고 있어서 그가 의도적으로 '표절'[38]했다고 말할 수는 없다. 역대로 필기란 들은 바가 있으면 반드시 기록해두는 것이어서 부화뇌동하는 면이 자주 보이더라도, 지금과 같이 판권의 침해를 금기하는 조항이 없었다. 신소설가가 일화를 소설에 유입한 것이 표절인지 아닌지를 판단함에 있어 중요한 근거는 이야기의 줄거리가 아니라 표현형식이다. 단락단락의 장면 묘사나 인물 논의가 판에 박은 것 같다면 그것이 표절이다.[39] 줄거리가 조금 같다 하더라도 예술처리에 독창성이 있기만 하면 작가의 창조성을 인정하지 않을 수 없다. 렌멍칭의 『린녀어』와 린수의 『검성록』은 똑같이 경자사변 때 유명했던 두 가지 일화를 유입하고 있다. 하나는 허경징(許景澄)이 처형당하기 직전에 대학당 예금 통장의 40만 냥의 은을 건네주어 서양 사람에게 이익이 돌아가지 않게 한 것이고, 하나는 서승욱(徐承煜)이 그 아버지 서동(徐桐)을 속여 목매달아 죽게 한 것이다. 확실히 렌멍칭의 흥미는 후자에 있고, 린수의 흥미는 전자에 있다. 렌멍칭은 서동의 죽음을 "대학사까지 지낸 사람이 뜻밖에 비분강개하여 정의를 위해 나서다가 이렇게 밧줄로 목 매달아 죽다니!" 하며 대단히 비웃고 있다. 그러나 린수는 허경징이 형을 받기 전

---

38) 趙景深은 『二十年目睹之怪現狀』 26회 '臺作賦'가 許善長의 『談塵』 중의 「盜令」 1편 (『『二十年目睹之怪現狀』과 『談塵』」)을 베낀 것이라는 사실을 회의하였다. 그러나 『이십년목도지괴현상』 26회의 평어에서 이미 "이 사건은 張無等에게서 들은 것" 이라고 밝혔다.

39) 李伯元은 『文明小史』 56회에서 總督 方制臺가 전투연습을 시찰하는 장면을 약 700자로 묘사하고 있는데, 이것은 『隣女語』 5회 원세개의 열병 장면을 모방한 것이다. 그 밖에, 『老殘遊記』 11회는 "北拳南革"에 관한 장면을 1,500여 자로 묘사하고 있는데, 이것은 『문명소사』 59회와 대동소이하다. 魏紹昌은 리보위안이 류어를 모방한 것이라고 주장하고(「李伯元與劉鐵雲的一段文字案」, 『光明日報』 1963년 3월 25일), 汪家熔은 류어가 리보위안을 모방한 것이라고 주장한다(「劉鶚與李伯元誰抄襲誰」, 『光明日報』, 1984년 11월 6일).

의 태연자약한 충신의 기개와 명사의 풍모를 상당히 부각시키고 있다. 그다지 흥미를 느끼지 않는 것에 대해서는 슬쩍 지나가고, 흥미를 느끼는 것에 대해서는 재차 부각시키는데, 그 속에서 작가의 취미와 마음을 쉽게 엿볼 수 있다.

3. 장편소설 구조의 해체와 단편소설의 흥기

신소설가들에게 분명히 고심(苦心)이 있었다는 점을 재차 강조하는 것은 지나치게 많은 비교, 고증, 색은 때문에 신소설가들이 '글도둑'이었다는 착각을 막기 위해서이다. 그것은 본문의 결론도 아니며, 또한 역사적 사실에 부합되지도 않는다. 그러나 소화, 일화의 소설 유입으로 인해 직간접적으로 이룩된 소설 서사양식의 변화들은 신소설가들이 의도하지 않았을 가능성이 매우 크다.

소설에 유입된 소화와 일화는 이야기의 주요 흐름에 결합되어 구성상 '더하거나 뺄 수 없는' 중요한 삽화일 수도 있고, 구성상 있으나 마나 한 장식적인 역할만을 수행하는 사소한 삽화일 수도 있다. 전자는 소설의 희극적인 풍격과 역사적인 가치에 많은 영향을 주었으며, 마음대로 시작과 끝을 정하지만 대체로 이야기가 완정한 『유림외사』에 접근하고 있다. 후자는 비록 장식이기는 하지만 중국 고전소설에서 늘상 보이는 수수께끼 놀이(燈迷), 벌주 놀이(酒令), 가요, 대련(對聯), 편액(匾額) 등의 정지된 장식과는 다르며, 행동이기는 하지만 완정한 이야기를 이루지 못하는 생활의 단편이다. 일종의 행동적 장식이자 장식적 행동인 것이다. 진정으로 신소설의 특색을 구성하고 소설 서사양식의 변천을 촉진시킨 것은 공교롭게도 전자가 아니라 후자였다. 이것은 터무니없는 말인 듯하지만, 아이들의 장난인 말타기같이 무의식중에 전통 장편소설의 전체 구조를 깨뜨렸던 것이다.

무의식이라고 말하는 것에도 원인이 있다. 신소설가들이나 유희를 위해 글을 쓰는 사람들 또는 명성을 구하고 이익만을 꾀하며 대강 한 편을 완성하는 사람들은 모두 그러했고, 리보위안, 우젠런, 린수와 같은 유명한 작가들도 예외는 아니었다. "열 차례에 걸쳐 조사를 하고, 다섯 차례 수정을 한"『홍루몽』같은 창작은 이미 옛날 일이 되었고, 이제는 "아침에 탈고를 하고 저녁에 조판과 인쇄를 하면 10일 이내에 세상에 퍼지는" 일이 성행하였다.[40] 신문 연재는 많은 직업 작가들로 하여금 동시에 여러 편의 장편소설을 창작하게 만들었는데, 그들은 매일 차를 마시거나 밥을 먹은 후의 한가한 휴식 시간에 아무렇게나 몇 단락을 적어두었다가 대체적인 윤곽이 생기면 흥미 나는 대로 배치하였다. 그래서 인물, 고사의 연결미조차 이루기 어려운데, 어떻게 진지한 구성을 말할 수 있겠는가? 이렇게 많은 '작은 삽화'들이 어디에서 연원하는지에 관해서는 우젠런의 '창작필기'를 참고할 수 있다. 바오톈샤오는 일찍이 다음과 같이 회고하였다.

나는 월월소설사에서 우젠런을 알게 되었다. 그가 『이십년목도지괴현상』을 쓸 때, 그에게 가르침을 청한 적이 있다(그는 나에게 노트 한 권을 보여주었다. 거기에는 잡지에 실린 새로운 이야기를 스크랩해놓은 것도 있고, 친구가 말해준 이야기를 기록한 것도 있었다. 그는 이것이 모두 소설의 재료이며 그것을 연결시키면 소설이 된다고 말하였다).[41]

우젠런이 『이십년목도지괴현상』에서 '나'는 친구들의 말을 기록한 필기노트에서 일화나 소화를 끄집어내었다고 여러 차례 언급하고 있듯이, 이 말은 거의 사실일 것이다. 이밖에 『아불산인찰기소설』 중 「산양거안 (山陽巨案)」 1편에서는 작가가 이 이야기 전체를 베끼고 "줄거리를 만들

---

40) 解弢, 『小說話』, 中華書局, 1919년, 116쪽.
41) 『釧影樓回憶錄』, 香港大華出版社, 1971년.

어 『부심기연의(剖心記演義)』를 창작하려고" 했지만, 안타깝게도 완성하지 못했다고 서술하고 있다. "려귀탄인안(厲鬼吞人案)" 1편의 끝 부분에서는 "갑신년에 산동성을 여행하다가, 한가로운 때면 가끔 두세 명의 노인들과 처마 밑에서 볕을 쬐며 자질구레한 이야기를 나누었는데, 모두가 상세하고 재미있었다. 그래서 일기장에다 들은 바대로 기록하였다. 이것이 그중의 하나이다"[42]라고 말하고 있다. 후에 여러 차례 완정한 소설로 편집하려고 했으나, 이것과 비슷한 소설이 이미 간행되어 쓰기를 그만두었다고 한다. 흥미로운 것은, 우젠런이 소화와 일화를 기록해두었다가 이것을 바탕으로 소설을 창작했다는 사실뿐만 아니라, 어떤 사람이 그 이야기를 재빨리 소설로 간행했다는 점이다. 즉, 이 방법에 뛰어났던 사람은 우젠런 한 사람만이 아니었으며, 대부분의 작가들은 다른 사람에게 '창작필기'의 비밀을 알리고 싶어 하지 않았을 뿐이라는 것이다. 신소설가는 소설에 "내력이 있다"라고 말하기를 꺼리지 않았고 심지어 "그 말에 근거가 있다"라고 과장하기를 좋아하였다. 린수는 『검성록』, 『금릉추(今陵秋)』, 『건괵양추(巾幗陽秋)』 등 장편 문언소설의 서문에서, 그 소설이 목격자의 필기나, 일을 겪은 당사자의 일기에 근거하거나 신문에 근거하여 창작한 것이라고 밝히고 있다. 우젠런의 '창작필기'나 린수가 의거한 '친구의 일기'는 모두 분명히 소설을 창작하는 데 있어 대단히 좋은 소재를 제공할 수 있다. 그러나 만약 진지한 정련과 개조를 거치지 않고, "그것을 잘 연결해놓았을 뿐"이라면, 그 장편소설은 기이한 이야기나 재미있는 일을 기록한 필기소설과 이야기를 강술하고 감정을 묘사하는 장회소설 사이를 매개하는 장편의 연속적인 이야기가 될 것이다.

이러한 창작 경향의 대표작인 『관장현형기』에 대해서 루쉰이 상당히 뛰어나게 정리하고 있다.

---

42) "甲辰遊山左, 暇時輒與二三老人曝背簷下, 瑣瑣談故事, 莫不詳且盡. 因取日記簿, 隨所聞而記之, 此其一也."

더군다나 수집한 것도 겨우 이야깃거리일 뿐이다. (관장현형기는) 이 것들을 연결시켜 책으로 만든 것이다. 관리 사회의 임기응변하는 재능 이란 본래 대동소이한데, 이것을 장편으로 모아놓으니 천편일률적이지 않을 수 없다.[43)]

후스도 작가들이 "수필적인 기록노트"로 "이야깃거리를 모아놓은 잡기 소설"을 창작한다고 비평하였다.[44)] 최근 외국의 학자들은 반대입장의 논 문을 쓰고 있다. 이들은 시클롭스키 등의 이론을 근거로 하여, 연속적인 일화와 비행동적인 재료가 깊은 의미적 통일에 의하여 연결되면, 각각의 에피소드들이 정체감을 획득할 수 있기 때문에, 이러한 '이야기로 연결된 소설'(예를 들어 『관장현형기』)의 예술적 가치를 충분히 긍정해야 한다고 논증하고 있다.[45)]

이것은 리보위안 유의 작품을 지나치게 높이 평가하는 것이다. 신소설 가의 창작 과정 및 그들이 본보기로 삼은 문학 유산을 이해한다면 이 에 피소드의 내원과 작용을 밝힐 수 있을 것이다.

그러나 이것은 소화와 일화의 소설 유입이 중국소설 형식의 발전에 어 떤 적극적인 작용도 일으키지 못했다는 말과는 다르다. 오히려 예술적 가치가 높지 않은 소설이 중국소설 서사양식의 변천과 과도기를 완성하 는 데 도움을 주었다. 가장 사람들의 주목을 끄는 것은 다량의 간단한 에 피소드의 개입이 중국 장편소설의 구조를 해체시켰다는 점이다.

『삼국연의』, 『수호전』, 『서유기』는 여전히 민간 설서의 맛을 지니고 있 어서 비록 문인의 수정을 거치기는 했지만 구성에 균형과 완정함이 부족

---

43) 「淸末之譴責小說」, 『中國小說史略』 제28편.

44) 「『官場現形記』序」, 『官場現形記』, 上海亞東圖書館, 1927년.

45) Milena Dolezelová, "Typology of Plot Structuresin Late Qing Novels", *The Chinese Novel at the Turn of the Century*, Univ. of Toronato Press, 1980년 참고.

하다고 한다면,『금병매』에서 명말 청초 재자가인 유의 많은 중·단편소설을 거쳐『홍루몽』으로 발전하면서 중국 장편소설의 기교는 이미 기본적으로 성숙되었다고 할 수 있다. 만청에 이르러 "장편이라고 말하지만 거의 단편 장르와 유사한" 방식을 극복하여 구성이 엄격하고 구조가 완정한 장편소설을 써내기란 근본적으로 문제가 아니었다. 그런데 이상하게도 신소설가들은 구성이 완정한 장편소설을 거의 한 편도 쓰지 않았으며, 시도하더라도 완성하지 못했거나 억지로 결말을 지었더라도 일화의 집합으로 변질되어버렸다. 이러한 결과는 신소설가가 완정한 장편의 이야기를 강술한 능력이 없었다기보다는 전체를 파악하는 철학 의식과 정체(整體) 구조가 결여되었다는 데에서 비롯된다. 과거에 늘상 써왔던 '음양의 조화', '인과윤회' 등의 사유방식이 생명력을 잃었는데도(『얼해화』가 시도는 했으나 성공하지 못했다), 뒤이어 새로운 사유방식을 찾아내지 못했기 때문이다. 첸시바오는 유가와 도가의 대립으로 소설을 구성하였는데(『도올췌편』), 구성은 완정하지만 낡은 방식에 불과하였다. 류어가 완정한 장편소설을 쓸 수도 있었으나 결국 완성하지는 못했다. 나머지 사람들도 어찌되었든『홍루몽』,『유림외사』의 틀을 뛰어넘지 못했다. 만청 작가는 교화를 위해 소설을 썼기 때문에 완정하면서 재미있는 이야기를 강술하기보다는 차라리 여러 가지 이야기로써 아주 쉽게 이해될 수 있는 이치를 설명하기 원하였다. 많은 작가들은 소설의 서문이나 결말에서 소설이 '무소를 태워 기강을 세울(燃犀鑄鼎)' 수 있고 '독자는 거울을 마주하고 스스로 반성할 수' 있기를 제일 소망하였다. 이야기를 위해 이야기하는 것은 원하지 않았지만 실제로 이야기만을 할 수밖에 없었기 때문에 작은 이야기—소화와 일화—를 많이 삽입하게 되었던 것이다. 그러나 단편 장르에는 대구조(大構造)로서는 이르지 못할 정채로운 곳이 많다. 아마도 신소설의 가치는 소화와 일화의 개입 및 신문 연재의 영향으로 인해[46] 의식적·무의식적으로 장편소설의 전체 구조를 깨뜨려 단편소설의 흥기를 위한 조건을 만들었다는 점에 있을 것이다.

　중국 백화 단편소설은 명대에 이미 상당히 높은 수준에 도달했으나, 아주 빠르게 쇠락하였다.[47] 만청 문단에서 아직까지 활력을 유지하던 전통 소설형식은 장회소설과 필기소설이다. 필기소설은 언어 매체(문언)와 장르(들은 것이 있으면 반드시 기록하고 자유롭게 시작하고 끝을 맺는다)적 제한 때문에 비록 기술하기는 쉬우나 실제로 묘사하기가 어렵고, 문장이 간결하기는 하지만 부각시키는 장면이 부족하여 큰 기세를 이룰 수 없었다. 장편 장회소설은 일정 정도 발전의 가능성을 지니고 있었으나, 중국 소설의 장점과 단점을 집중적으로 지니고 있고 독자의 취미로 인해 받는 견제가 엄격하였기 때문에, 혁신적인 소설형식을 만드는 데 앞장서기가 어려웠다. 그래서 소설 서사양식의 혁신적인 장르로 작용할 간편하면서도 대중화되고, 다루기 쉬우면서 비교적 심미용량이 큰 소설형식이 필요하게 되었다. 5·4소설 서사양식의 혁신이 순조롭게 진행될 수 있었던 중요한 원인은 단편소설, 특히 횡단면식의 백화 단편소설이 중요한 소설 장르가 되었다는 점이다. 횡단면의 구성방식은 동작이 차지하는 시간과 공간이 적을수록 좋기 때문에, 작가는 소설의 표현시간을 압축하기 위해 회고, 삽입의 형식을 보편적으로 채용하였다. 이로 인해 도치서술과 교차 서술이 진정으로 발 붙일 수 있었다. 단편소설이 편폭이 짧다는 점도 확실히 서사시점과 서사구조를 변화시키는 데 편리함을 제공하였다. 5·4 시대에 장편소설의 서사양식은 전통소설과 큰 구별이 없으나 단편소설이 기본적으로 변천을 실현할 수 있었던 원인이 여기에 있다. 그러나 백화 단편소설은 비록 그것이 횡단면식 백화 단편소설일지라도 결코 5·4 시기에 와서 시작된 것은 아니었다. 신소설가들이 이미 이러한 시도를 자

---

46) 부록 1「소설의 서면화 경향과 소설 서사양식의 전변」 참고.

47) 胡適의「論短篇小說」,『新青年』4권 5호, 1918년과 鄭振鐸의「中國小說的分類及其演化的趨勢」,『學生雜志』17권 1호, 1930년 참고.

각적으로 진행하고 있었다. 서양소설의 영향을 받아 1906년에 창간된 『월월소설』과 1907년에 창간된 『소설림』은 모두 단편소설의 제창에 노력하였는데, 거기에는 단지 생활장면에 대한 묘사만 있을 뿐 완정하고 곡절한 이야기 구성은 없었다. 우젠런의 여러 단편소설과 인쟈오(飮椒)의 『지방자치(地方自治)』, 『평망역(平望驛)』(모두 『소설림』에서 간행되었다)과 같은 것은 이미 근대적인 단편소설의 형식을 갖추고 있다. 주의할 것은 이러한 단편소설의 대부분이 소화나 일화를 확대하거나 전화한 것이라는 점이다. 순순히 대개혁에 따르는 친구들을 묘사한 우젠런의 『대개혁(大改革)』은 상당히 소화적인 맛을 풍기며, 상사가 보내준 법랑그릇을 바친 것을 풍자한 『평보청운(平步靑雲)』은 더욱 웃음거리를 제공해 준다. 『소설림』에 게재된 줘다이(卓呆)의 『입장권(入場券)』, 『악대(樂隊)』 등의 골계소설 역시 실제로는 확대된 소화에 불과하다.

소화, 일화의 개입으로 장편소설의 구조가 해체되고 단편소설이 유행한 것은 그 자체로 적극적인 성과가 없는 것 같으나, 소설 서사양식의 변천을 이루기 위한 조건을 제공하였다. 각종 작은 삽화들은 종종 인물이나 작가가 어떤 상황을 접하여 일어나 감정을 묘사하거나 과거의 일을 회상한다. 만약 이러한 글들을 독립적인 문장으로 분리해놓는다면, 아마도 도치서술을 사용한 상당히 뛰어난 단편소설이 될 것이다. 신소설가들이 순차서술을 극복하는 방식은 대부분 그로부터 시작된 것이다. 즉, '나'나 그가 어떤 특정한 배경하에서 어떤 사람이 그 자신이나 다른 사람의 과거 이야기를 하는 것을 듣고 서술하는 방식이다. 만약 이러한 작은 삽화들이 어떤 특정한 인물의 입이나 귀에 예속된다면 작가가 임의대로 서술하는 것이 아니라 실제로 이미 제한된 시점을 사용한 셈이다. 『이십년목도지괴현상』이 바로 이와 같은 방식으로 전통적인 전지적 서사를 타파하였다.

소화와 일화의 소설 유입은 소설 서사양식의 변천을 이루기 위한 보조적인 조건만을 제공해주었기 때문에, 일단 5·4작가들이 소설 서사양식의 변천을 시작할 때 이미 보조적인 조건들은 작용력을 상실했을 가능성이 매우 크다. 게다가 신해혁명 이후 일화소설은 흑막소설로 흘러 들어갔고 소화소설 또한 날로 지루해져서, 5 · 4작가들은 분위기를 쇄신할 때 일화소설과 소화소설을 주요 공격 목표로 삼았다. 일종의 과도기적 형태인 소화와 일화의 소설 유입은 소설 서사양식의 변천을 촉진하는 과정 중 신소설이 탄생하는 초기에서만, 선명하지는 않아도 경시할 수 없는 긍정적인 작용을 하였던 것이다.

4. 가상적인 문답체 서술

1902년 평등각주인(平等閣主人, 獲保賢)은 량치차오의 『신중국미래기』 3회를 "문장이 할 수 있는 일은 여기에서 극치에 달하였다"라고 평하며, 이것을 서한(西漢) 환관(桓寬)의 『염철론(鹽鐵論)』에 비교하였다. 1903년 류어는 스스로 『노잔유기』의 "제2권 전반부는 『대명호기(大明湖記)』로 간주하여 읽을 수 있고, 이 책의 전반부는 『제남명천기(濟南名泉記)』로 간주하여 읽을 수 있다"라고 평가하였다. 전자는 우리에게 소설을 대화체 논문으로 간주하여 읽을 것을 요구하고, 후자는 소설을 산수 유기로 간주하여 읽을 것을 요구한다. 만약 조금의 융통성을 발휘하여, '문답'과 '유기'의 두 측면에서 신소설가의 문체 유입을 고찰해본다면 아마도 상당히 흥미로운 결론을 얻을 수 있을 것이다.

『염철론』은 환관이 서한 중기 염철 정책의 1차 논전에 관한 기록을 정리한 것이다. 이 책은 대부(大夫) 상홍양(桑弘羊)이 한 편이 되고, 대사마(大司馬) 곽광(霍光)을 대표로 하는 현량(賢良)과 문학(文學)이 한 편이 되어 쌍방이 교대로 반박하는 상황을 59장의 문장으로 정리하였다(최후 1장은 작가의 종합 서술과 평론이므로 계산에 넣지 않는다). 중국 역사상 이와 같이 완정한 장편 변론의 글은 찾아보기 어렵기 때문에,[48] 디바오셴(狄葆賢)이 그것을 『신중국미래기』의 "44차례 반복하여 만 6천여 자로 합성한" "시국을 논의하는 두 명사의 설전"(4회 총비평)과 비교한 것도 이상할 게 없다. 주의할 만한 것은 『염철론』이 결코 일반적인 입론이나 반박론이 아니라 진정한 대화—상호 간의 질문과 반박—라는 점이다. 아마도 디바오셴이 비교를 통해 의도하려던 깊은 뜻이 여기에 있을 것이다. 『염철론』은 회의 기록에 근거하여 정리한 것이라 논변의 실제상황에서 많은 제한을 받았으며, 작가가 가공한 면도 있지만 결코 단독으로 창작한 것이 아니다. 이것을 작가가 가공한 두 명사의 설전과 비교한다면, 오늘날 우리들이 보기에는 적절하지 않은 부분이 있을 것이다. 그러나 이전 사람들은 이러한 변론이 실록인지 허구인지에 대해서는 그다지 관심이 없었고, 일문일답이라는 표면적인 특징만을 중시한 것 같다. 린수의 경우도 『염철론』을 문답체의 대표작으로 간주하였다.[49] 명대의 오눌(吳訥)도 객관적 담화기록과 작가가 가상한 문답을 혼합하여 논의하고 있다. "문답체라는 것은 옛 사람들이 일시적으로 문답하는 일을 싣거나 혹은 가상의 문객과의 문답을 설정하여 그의 뜻을 드러내는 것이다."[50] 이러한 정의에도 불구하고 대부분 문론가는 후자를 강조하고 전자를 경시하였다. 그래서 전자는 기본적으로 선진(先秦) 양한(兩漢)의 글에만 국한되지만, 후자는 거의 대대로 전해져 후세까지 끊어지지 않았다.

'답문(答問)'은 '문답(問答)', '대문(對問)', '문대(問對)', '설론(設論)'으로도 불린다. 역대 문론가들이 논술한 바가 많아서 여러 가지 설이 분분하지만, "문답을 가상하여 저술한다(加設問答以著書)"는 주요 특징에서만

---

48) 梁啓超는 중국에 대화로 변론한 문장이 적은데 "이 책(『염철론』)이 있음으로써 문학계에도 체면이 서게 되었다"라고 인식하였다(『中學以上作文教育法』 제6장).

49) 『春覺齋論文 · 述旨』, 北京都門印書局, 1916년.

50) 『文章辨體序說』. "問答體者, 載昔人一時問答之辭, 或設客難以著其意者也."

은[51] 큰 차이가 없다. 소통(蕭統)의 『문선(文選)』은 송옥(宋玉)의 『대초왕문(對楚王問)』을 대문으로 분류하고 동방삭(東方朔)의 『답객난(答客難)』를 설론으로 정했다. 유협(劉勰)은 가상의 문객과 문답하고 난 후 자기변론의 문장을 통틀어 문대라 칭하는데, 그것이 문필을 혼용하고 설리(設理)·서정(抒情)을 겸하기 때문에 부(賦)나 논(論)에 소속시키지 않고 칠(七), 연주(連珠)와 함께 잡문(雜文)이라고 칭하였다.[52] 명대 서사증(徐師曾)은 일찍이 이 문체의 범위를 확대하여 난(難), 유(諭), 답(答) 등 "문인의 가상적인 표현"을 모두 문답체에 포함시키고 아울러 문체의 기원 및 그 표현특징을 서술하였다. "옛날의 군신과 친구들이 나눈 문답의 말들은 『좌전』, 『사기』, 『한서』의 여러 책들에 상세히 보인다. 후인들이 그것을 모방하여 문사를 펼쳐 뜻을 밝히게 되면서 문답체의 문장이 생겨나게 되었다. 그리고 자유롭게 반복하여 진정으로 울분을 펼치고 뜻을 통할수 있어서, 문장 가운데 빠질 수 없는 것이 되었다.[53]

청나라 장학성(章學誠)은 한 걸음 더 나아가 문답체의 각종 구사 방법 및 그 특징을 다음과 같이 구분하고 있다.

문답을 가상하여 저술하는 일은 예전부터 있었던 것입니까? 대답하기를, 첫째, 사실을 바탕으로 하여 허구화하는 것이 있다. 장자, 열자의 우언은 요와 순의 문답, 공자와 제자 안연과의 문답을 서술하고 있는데, 살펴보면 가상한 것임을 알 수 있다. 둘째, 허구적인 것을 실제 사실인 듯이 만든 것이 있다. 굴원의 부에서 호칭한 어부 첨윤은 본래 존재하지 않았던 사람인데, 굴원이 그를 빌려 자신의 말을 한 것이다. 첨

---

51) 章學誠, 『文史通儀·匡謬』.

52) 『文心雕龍·雜文』.

53) 「文體明辨序說」. "古者君臣朋友口相問答, 其詞詳見於『左傳』, 『史』, 『漢』著書. 後人仿之, 及設詞以見志, 於是有門對之文. 而反復縱橫, 眞可以舒憤郁而通意慮, 蓋文之不可闕者也."

윤은 본래 없던 인물이고 굴원은 본래 존재하는 인물이니, 또한 살펴보면 가상한 것임을 알 수 있다. 셋째, 수사를 위하여 가상한 것이 있다. 초나라 태자와 오나라 나그네, 오유선생과 자허가 그러한 경우이다. 넷째, 내용을 위하여 가상한 것이 있다. 곡량전이 그러한데, 문답을 설정하면서도 인명을 밝히지 않았다.[54]

린수는 장학성이 문답체를 배격하면서『답객문(答客問)』세 편을 지은 것은 자기모순이라 비웃고 있다.[55] 이것은 순전히 오해이다. 장학성은 결코 문답체를 부정한 것이 아니다. 그는 당시 사람들이 문답체 속에서 "동시에 서로 응대하지만 명성과 인망이 적은 자를 취하여", "상대의 어리석음을 빌미로 하여 자기 문장의 변화만을 제공할 뿐"[56]이라는 점을 질책한 것이다. 그래서 그가 지은『답객문』세 편은 모두 질문하는 이의 이름을 밝히지 않고 '객'이라고 칭하였는데, 이것은 충후(忠厚)한 뜻을 문장 속에 간직하기 위해서였다. 그러나 "질문자는 반드시 천박해야 하고 대답하는 자는 반드시 심오해야 한다. 질문자는 틀린 것이 있으나 대답하는 자는 반드시 옳아야 한다(問字必淺, 而答者必深. 問字有非, 而答者必是)"는 이 문체의 폐단을 지적함에 있어서는, 장학성도 아마 계면쩍어했을 것이다. 그가 지은『답문(答問)』이라는 글을 살펴보면, 주객(主客)의 문답이 여섯 번이나 일치하고 논점이 조금씩 진전하기는 하지만 이러한 폐단을 뛰어넘기가 어려웠다.

문답체는 문답을 가상하여 자신의 뜻을 펼치거나 그 뜻을 거듭 밝히

---

54)『文史通義·匡謬』. "假說問答以著書, 於古有之乎? 曰. 有從實而虛者, 莊列寓言, 稱述堯舜孔顔之文答, 望而智其爲寓也. 有從虛而實者, 屈賦所稱漁父詹尹, 本無其人, 而入以屈子所自言, 是彼無而屈子固有也, 亦可望而智其爲寓也. 有從文而假者, 楚太子與吳客, 烏有先生與子虛也. 有從質而假者, 公穀傳經 設爲問答, 而不著人名是也."

55)「春覺齊論文·述旨」.

56)『文史通儀·匡謬』.

고, 논지를 세우기 위해 논리의 변화를 조성하여 속속들이 비판하며, 자유롭게 반복하는 가운데에 진정으로 울분을 펼치고 뜻을 통할 수 있다. 그래서 역대로 문장가들에 의해 특별한 주목을 받았던 것이다. 린수와 같은 만청 작가가 문답체를 변호한 것[57]이나, 량치차오가 논설문 속에 "다른 사람들이 자기를 반박하고자 하는 말을 미리 생각해내어 '難者曰'을 사용하여 하나하나 반박해야 한다"라고 주장한 것[58]은 모두 이러한 문체의 영향임을 알 수 있다.

"기라는 것은 사건을 기술하는 문장이다(記者, 紀事之文也)."(『금석례(金石例)』) 린수는 "잡기"를 여섯 종류로 구분하였는데 산수 유기가 그중의 하나이다.[59] 유기의 유래는 오래되었다. 남북조 시기 산천의 아름다운 경치를 기술한 편지나 시의 서문[詩序], 학술 저작을 생각지 않더라도, 당대의 유기는 이미 진정으로 성숙한 경지에 올라 있었다. 그 후 송원명청에도 유기는 있었으며, 그 중에는 문채(文采)가 아름다운 예술작품도 상당히 많았다. 따라서 유기도 역대 문인들이 특별히 총애하는 문체가 되어, 시인과 문인 중에서 이것을 짓지 않은 사람이 드물었다. 정통 산수 유기는 아마도 산수 자연의 정치한 묘사 속에 작가의 감상과 감정을 표현하는 유종원(柳宗元)의 『영주팔기(永州八記)』 같은 것이다. 그러나 산수 자연을 뒤로 미루고 세태의 인정이나 사회풍모를 드러낸 것도 없지는 않았다. 송대 왕득신(王得臣)의 『등연화봉기(登蓮花峰記)』는 인물 묘사에 치중하여, 등산을 모험하며 자유롭게 경치를 감상하는 기이한 인물을 예찬하고 있다. 원대 양유정(楊維楨)의 『간산지(幹山志)』는 속세를 떠난 선비와의 만남을 많이 서술하여 원명 교체기의 유신(遺臣)이 느끼는 복잡한 심경을 표현하고 있다. 명대 양신(楊愼)의 『유점창산기(遊點蒼山記)』는 풍토와 인정 그리고 민간의 질고를 기록하였다. 청대 공자진(龔自珍)의 『기

57) 「春覺齋論文·述旨」.
58) 「中學以上作文敎育法」.
59) 『春覺齋論文·流別論』.

해육월중과양주기(己亥六月重過攘州記)』는 현실의 여러 일과 부딪치며 옛일을 회상하고, 변혁의 원망과 감개를 표현하였다. 육유(陸遊)의 『입촉기(入蜀記)』 섭천료(葉天蓼)의 『갑행일주(甲行日注)』류의 일기체 장편유기는 각 문체가 모두 갖추어져 포괄하지 않은 것이 없다고 할 수 있다.

신소설가는 유기를 기록하기도 했으나(예를 들면 량치차오, 린수) 그다지 뛰어나지는 않았다. 유기 문체를 논한 것(린수의 『춘각재논문 · 유별론(春覺齊論文 · 流別論)』, 량치차오의 『중학이상작문교습법(中學以上作文教學法)』)도 있으나 역시 그다지 새로운 견해는 없었다. 만약 신소설가의 유기나 유기에 관한 수준 높은 견해를 읽고자 한다면, 소설 속에서 찾아야 할 것이다. 비록 소설 속에 유입된 유기가 더 이상 일반적인 유기가 아닐지라도 말이다.

5. 소설 속의 연설과 변론

신소설가는 과거시험에 응시하지 않았지만 각고의 노력으로 고문을 배우지 않은 이가 없었다. 동방삭의 『답객난(答客難)』, 양웅의 『해조(解嘲)』는 반드시 암송할 수 있었던 것은 아니지만, 한유(韓愈)의 『진학해(進學解)』는 어떠하든지 간에 반드시 익숙하게 외우고 있었다. 문답체를 가상하여 저술한 책을 숙독한 일대의 문인들이 소설 창작에 착수하면, 당연히 문답체를 소설에 유입할 수가 있다. 더욱이 그때는 정치소설이 유행하여 의론에 능하고 철리를 함축하는 것을 신소설의 특징으로 여긴 이들이 매우 많았다.

소설의 개량군치의 작용을 강조하고, 일본의 유신은 소설을 교과서[60]로 삼은 데서 도움을 받았다고 주장하며 소설을 경사자집으로 여길 것을

---

60) 『中外小說林』에 수록된 「普及鄕閭敎化宜倡辨演小說會」, 「小說之支配於世界上純以情理之眞趣爲觀感」 등의 글 참고.

요구하여,[61] 작가는 자연히 진리의 선전과 민중의 계몽이라는 중책을 떠맡아야 했다. 정치소설을 선택한 것은 결코 일부의 정치가가 소설형식을 이용하여 선전하려는 임기응변의 전략이 아니라 작가가 정치투쟁에 개입하려는 자각적인 요구이며, 일정한 시기 동안 고도로 정치화된 독자의 구미에 적합한 것이었다. 비록 1903년 샤정여우가 "많은 의론을 서술 속에 섞어 넣는 것이 제일 혐오스럽다"[62]고 말하고, 1907년 황런(黃人)이 의론을 드러내기 좋아하는 소설은 "일고의 가치도 없는 강의이자 불규칙한 격언"[63]이라고 더욱 비난하였지만, 어찌되었든 간에 신소설의 의론에 독자를 현혹하는 곳이 있더라도 이것은 전통적인 백화소설의 '後人有詩贊曰'이나 문언소설의 '異史氏曰'과는 다르다는 점을 인정해야 한다.

대부분의 전통소설이 사회에 통용되는 도덕적인 격언을 여러 번 끌어들이는 것과는 달리, 신소설가는 스스로 특별히 깨닫는 바를 믿고 프로메테우스적인 자세로 새로운 지식을 전달하며, 진정으로 "마음속에 품은 바나 정치적인 의론을 모두 소설에 기탁하"[64]였다. 작자의 열정, 진실 및 정묘한 의론, 고상한 이상으로 인해 확실히 이러한 소설은 많은 독자를 사로잡았다. 다음으로, 이야기 외부에 작가의 평론을 부가하는 전통소설과는 달리 신소설가는 인물을 작가의 화신으로 만드는 데 능숙하여 소설의 인물을 빌려 작자의 이상을 표출하고, 오랫동안 연용해온 설서인의 상투어를 버렸다. 마지막으로, 작가가 이야기를 위해 교훈을 찾은 것이 아니라 의론을 위해 이야기를 편성했다는 점이 제일 중요하다. 작가의 눈에는 정채로운 거시적 의론이 우여곡절하고 감동적인 이야기보다 훨씬 중요하게 보였던 것이다. 그래서 글을 시작할 때 "문제를 제출하고",[65] 그

61) 『新世界小說社報』에 수록된 「讀新小說法」 참고.

62) 別士, 「小說原理」, 『繡像小說』 3호, 1903년.

63) 摩西, 「『小說林』發刊詞」, 『小說林』 1호, 1907년.

64) 任公, 「譯印政治小說序」, 『淸議報』 1책, 1898년.

65) 春帆은 『未來世界』 머리말에서 "입헌! 입헌! 입헌을 조속히 하자! 이 입헌이 우리들

러한 후에 이야기를 전개하는 가운데 점점 "문제를 해결"하였다. 목적이 매우 분명하기 때문에 조금의 망설임도 없이 진실로 논문을 쓰듯이 소설을 지었다.

정치소설가도 물론 이야기를 편성하지만 그것은 인물의 의론을 유입하는 틀에 불과하고, 진정으로 작가가 관심을 가졌던 것은 그의 정치이상의 서술이었다. 그러나 이러한 서술에도 종종 문답식의 방법을 채용하여 생동적이고 자연스러우며 어느 정도 예술적인 맛을 지니고 있었다. 제일 명료한 부분은 소설 속에서 출현하는 대량의 연설장면이다. 연설가는 대부분 도도하여 끊임이 없고 질문 없이 자답(自答)하기 때문에, 소설을 빌려 정론을 짓는 행위에 더욱 가깝다. 가령, 중국냉혈인(中國冷血人)의 『거절기담(拒絕奇譚)』은 기본적으로 연설가인 환자의 연설내용을 연결하여 만든 것이고, 우의(羽衣)여사의 『동구여호걸(東歐女豪傑)』 3회의 연설 수천 마디는 "이 책을 읽는 것이 루소의 『사회계약설(民約論)』을 읽는 것보다 낫다"[66]고 하였다. 신소설 속에는 또한 은폐된 많은 연설이 있는데, 표면적으로 느낌이 있어서 표출하고 목적이 있어서 논하며 질문이 있어서 답하는 것 같지만, 이러한 문답이나 논쟁은 이야기 전개의 필연적인 산물이나 중요한 구성이 아니라 순전히 작가가 의론을 유입하기 위한 수단이었다. 작가가 이를 교묘하게 숨긴다면 소설의 편성에 있어 인물의 대화가 대부분을 차지할 것이고, 작가가 좀 솔직하다면 그가 지은 것이 실제로 문답체 문장임을 쉽게 간파할 수 있다. 평위(동아시아의 파블)의 『규중검(閨中劍)』 중에서 각 장의 목차를 살펴보자.

제1장 교육은 진흥을 위한 이념이다. 제2장 산술은 각 과학의 기초이

40억 황인종 동포의 긴급한 문제이자 존망의 관건이다."라고 말한다. 壯者의 『掃迷帚』 첫 구절은 "독자 여러분! 미신이 중국의 진화를 장애하는 큰 폐해임을 알아야 하오"이다.

66) 「『新小說』第三號之內容」, 『新民叢報』 25호, 1903년.

다. 제3장 덕성은 자강을 위한 정신이다. 제4장 상무(尙武)의 기초는 가정에 있다. 제5장 하늘과 인간의 관계를 논하다. 제6장 자연스런 연애는 순정하다.

거의 매장이 모두 연설이나 교훈을 중심으로 삼고, 문답체를 기본 수단으로 사용하고 있으니『보여당과자기(普如堂課子記)』라고 불러도 이상하지 않다. 쾅저의『소미추(掃迷帚)』는 더욱 교묘하여, 서두에 쌍방의 변론을 함께 늘어놓고 있다.

자생이 평일에 그가 보내온 편지를 살펴보니, 대부분이 미혹된 것이었다. 그래서 그곳으로 달려가, 며칠 머무르면서 천천히 그를 계몽하려고 생각하였다. 뜻밖에도 심재가 와서 반대의견을 제시하였다. 그는 자신이 명쾌하게 이해하지 못한다는 사실을 깨닫지 못하고 오히려 자생을 미치고 망령되다고 비웃고는, 기회를 틈타 논란을 일으켜 그의 마음을 꺾으려 하였다. 그러나 (자생의) 만류하는 말을 듣자 바로 마음에 흡족해하였다.[67]

이리하여 사촌형제가 서로 번갈아 운명, 신앙 및 각종의 미신활동을 반박하는 논쟁으로 24회의 소설을 구성하였다. 이 작품은 문답체의 표현기교를 차용하였음이 매우 분명하다.

만약 문답체가 작품 수준이 높지 않은 위 소설에만 영향을 끼쳤다면, 그것은 탐구할 만한 문제가 되지 못한다. 그러나 이러한 문체가 량치차오의『신중국미래기』, 류어의『노잔유기』, 우젠런의『상해유참록』과 첸시바오의『도올췌편』등의 잠재적인 전체구상 및 구체적인 표현수법에 영

---

67) "那貧生平日見他書信來徃, 諸多迷罔, 思趁此多留幾日, 慢慢的把他開導. 豈知心齊之來, 也懷著一種意見, 他不曉自己不通透, 反笑貧生爲狂妄, 亦欲乘機問難, 以折其心, 一聞換留, 正中下懷."

향을 주고 제약했다면, 꼼꼼하게 살펴보아야 할 것이다.

아마도 창작을 위한 작가의 구상과정을 다음과 같이 모형화할 수 있을 것이다. 먼저 번뜩거리는 정치이론과 깨달음이 깊은 생활천리가 작가의 창작욕망을 촉발한다. 이어서 작가의 화신으로 발언하는 한 명 혹은 교대하는 몇 명의 인물을 구상한다. 마지막에 이러한 인물과 의론으로부터 이야기가 만들어진다. 모든 과정이 결코 고정적으로 진행되지는 않지만, 그러한 정채로운 의론이 작가를 유혹하고 전체 소설의 구상 중에서 중요한 작용을 한다는 것은 부인하기 어렵다. 소설 속에서 갑자기 정채로운 의론이 출현할 때, 앞의 문장을 되돌아보면 비로소 "모든 산과 계곡이 형문지방으로 뻗어 있는" 듯한 형세가 분명하게 느껴진다. 앞에서 등장하는 많은 복선과 인물이 모두 여기를 향하여 달려온 것이다. 『신중국미래기』의 창작동기가 "이 작품을 지은 것은 전적으로 사소하나마 정견을 발표하기 위해서"[68]였기 때문에, 문장이 3회의 두 명사의 설전(舌戰)에 집중되고 있다. 『상해유참록』은 작가의 "의견을 소설체를 빌려 모두 표출하"기 때문에,[69] 작가는 혁명에 관한 각종 의론을 경청하기 위하여 고망연(辜望延)을 상해로 피난시켰다. 류어가 신자평(申子平)을 도화산(桃花山)으로, 덕부인(德夫人)을 태산(泰山)으로, 노잔을 지옥으로 보낸 것도 도를 깨달은 해박한 말을 위해서였다. 첸시바오가 임천연(任天然), 왕몽생(王夢笙), 장추지(章秋池), 조대착(曹大錯) 등 '진실한 소인(眞小人)'을 빌려 끊임없이 발표한, 세속을 놀라게 한 각종 의론도 도가적 색채가 농후한 작가의 사회이상과 생활태도에 근거하고 있다.

량치차오와 우젠런의 혁명, 유신, 입헌, 공화, 자유평등, 지방자치 및 요업, 보험 등 크고 작은 정치, 사회문제에 관한 토론이 매우 신선하지만, 결국 정치가와 경제학자의 이론을 사용하여 서술했을 뿐이다. 류어와 첸

---

68) 梁啓超, 「新中國未來記 · 緖言」, 『新小說』 1호, 1902년.
69) 吳趼人, 「上海遊驂錄 · 自跋」, 『月月小說』 8호, 1907년.

시바오는 입신처세의 기술을 말하여 작가의 독특한 발견과 표현방식을 지닐 수 있지만, 이러한 발견 자체에도 문장을 지어 의론을 세우려는 작가의 흔적이 쉽게 드러나 있다. "고문을 배우려면 반드시 먼저 작론을 배워야 한다(學古文須先學作論)"는 점에 근거하여 말한다면, 필자는 류어와 첸시바오가 모두 소식의 사론(史論)을 읽었을 것이며, 장자를 숭배하는 데 이르면 그의 사상방식과 행위방식이 더욱 많이 나타난다고 생각한다. 작가들은 확실히 "시사에 대한 관찰이 매우 날카롭고 식견도 심원하여"[70] 시론(時論)의 천박하고 우스꽝스러움을 쉽게 발견할 수 있었기 때문에, 일부러 시론을 뒤집어서 세인을 놀라게 하는 문장을 만들었다. 이러한 문장은 깊이가 있으면서 편면적인 것을 꺼리고, 생동적이고 멋있으면서 세상을 조소하고 거침없는 맛을 지니고 있다. 송대의 유학자는 "덕은 좋아하지만 색은 좋아하지는 않는다"라고 말하지만, 여고(嶼姑)는 일부러 요염한 눈길을 던지며 손을 잡고 안부를 묻는다. 이러한 묘사에서 어떠한 느낌을 받는가? 여전히 천리를 보존하고 욕심을 없애는 행위이지 않은가(『노잔유기』 9회)? 불가는 살인과 도적, 음란을 경계하지만, 노잔은 오히려 세 가지 계율을 어기더라도 선인이 될 수 있다고 변론한다(『노잔유기』 2편 7권). 세상 사람들은 법으로 도적을 징계하려 하지만, 노잔은 오히려 굶주림과 추위 때문에 어쩔 수 없이 법을 어긴 강도가 범법을 일삼는 강도보다 훨씬 많다고 말한다(『노잔유기』 외편 1권). 속담에 '재색이 사람을 해친다(財色害人)'고 말하지만, 탄수(誕叟)의 경우는 "이러한 재색 두 자가 정면과 반면, 옆면과 측면, 위와 아래, 밝은 곳과 어두운 곳에서 드러나는 절절한 극진함" 가운데 마땅하지 않은 것이 없다(『도올췌편』 서문). 세상 사람들은 일부다처와 일부일처 중 어느 것이 좋은지 논쟁하지만, 하벽진(何碧珍)은 이것은 모두 "일일이 살필 수 없으며", "남녀가 동의한다면 일부다처, 일부일처에 상관없이 모두 올바르지 않은 것이 없다"라고

---

70) 劉大紳, 「關於『老殘遊記』」, 『文苑』 제1집, 1939년.

생각한다(『도올췌편』 7회). 세상 인심은 진실한 소인에게는 엄격하면서 위선적인 군자에게는 엄격한 것을 찬성한다(『도올췌편』 결론).

　정견 혹은 철리를 구상의 중심으로 삼고, 시론을 뒤집는 논리를 세속을 깨우치는 방법으로 삼으려면, 당연히 소설 속에 문답(변론)을 사용할 수밖에 없다. 그러나 여전히 장학성이 제시한 미해결의 숙제인 "질문하는 이는 천박해야 하고 대답하는 이는 심원해야 하는" 병폐를 면하기 어려웠다. 작가가 분명한 경향성을 지니고 있으며, '상대의 의견이 틀리고 자신의 의견이 옳다'는 총체적인 구상의 제약을 받기 때문에, 쌍방 간에 진정으로 문제를 조정할 수 없고, 변론도 깊이 파고들기가 매우 어려웠다. 제일 분명한 작품이 『도올췌편』이다. 질문하는 이가 말머리를 꺼내고 난 뒤부터는 바로 대답하는 자의 독무대가 된다. 『노잔유기』는 이 점을 좋아하여, 신자평이 여고, 황룡자와 한바탕 변론을 하는데, 마지막에 "온몸으로 탄복하는 소리가 들릴" 뿐이다. 아마도 작가가 쌍방의 변론에 대해 편애하거나 경시함이 없이 제각기 합리성—다시 말하면, 작가가 혼자서 두 가지 역할을 맡으며, 자기가 자기에게 변론하는—을 지닌다는 점을 의식할 때, 이러한 문답이 비로소 질문은 천박하고 대답은 심원하며, 상대는 틀리고 자신만이 옳은 상투성에 벗어날 수 있을 것이다. 『신중국미래기』는 쌍방의 변론이 "비익어와 비목어처럼 잘 어울리고", "이구동성" 하기 때문에, 그 변론이 "세력이 대등하여 한 마디도 억지 부리거나 이치에서 벗어나지 않"[71]을 수 있었다. 만약 이 부분의 묘사에서 진정으로 새로

---

71) 『新中國未來記』 3회에서 李法病은 "문명은 피의 댓가를 치룬 것"이라는 西人의 견해를 신봉하고, "천둥벽력 같은 수단을 사용하여" 사회를 변혁해야 한다고 주장하였다. 黃克强은 "평화적인 자유, 질서정연한 평등을 선호하며" 폭력수단을 반대하고 군주입헌을 주장하였다. 폭력과 질서, 공화와 입헌을 둘러싸고 쌍방 간에 격렬한 논쟁을 전개하였다. 학술계에서는 일반적으로 황극강의 주장이 량치차오의 정치관점을 대표한다고 인식하는데, 그렇다면 이거병이 그 논적이란 말인가? 오히려 이거병의 주장이 같은 시기에 량치차오가 창작한 「飲氷室自由書·破壞主義」, 「新民說·論進步」와 일치하는 곳이 많다. 이거병이 량치차오의 분신인 듯하다. 그때 량치차오는 "전적으로 혁명

운 곳이 있다면, 디바오셴이 제일 정확하게 평가하듯이 이전 사람들이 감정적으로 일을 처리하는 것과 달리, "증거로 인용하는 것이 모두 정치, 생활, 역사상에서 가장 새롭고 확실한 학문적인 이치"(3회 총평)라는 점이다. 그리고 문답체를 소설에 유입하는 과정 중에서 질문은 천박하고 답변은 심원한 고정적인 방식을 극복하여, 변론이 진정으로 깊이 있게 전개되었다.

'설부인 듯하면서 설부가 아니고', '논저인 듯하면서 논저가 아닌' 이러한 소설형식에 대해, 연구자들은 지금까지 그 정치적인 열정만을 긍정할 뿐 예술적인 가치에 대해서는 부정하였다. 이것은 매우 불공평하다. 중국 고대소설은 대부분 이야기를 구조의 중심으로 삼고 있어서, 인물심리 혹은 배경과 분위기를 구조의 중심으로 삼는 작품은 거의 찾아볼 수가 없다. 이 때문에 작가가 심미이상을 표현하고 소설의 서정적인 기능을 발휘하는 데 상당한 장애가 되었다. 신소설가는 더 이상 이야기의 진술에 열의를 쏟지 않고 장면의 묘사에 관심을 가지며, 더 이상 사건의 우여곡절에 착안하지 않고 이론의 깊이에 흥취를 느끼며, 더 이상 이야기가 아니라 의론을 구상의 중심으로 삼게 되었는데, 이것은 전통소설 서사양식에 매우 큰 충격이었다. 만약 작품의 성취만을 고려한다면, 설부인 것도 같고 논저인 것도 같은 이러한 소설은 이야기의 우여곡절에 흥취를 지니는 전통적인 장회소설을 따라갈 수 없다. 그러나 전체 중국소설 서사구조의 지난한 변천을 염두에 둔다면, 성공하지 못한 이 실험을 다른 시각에서

─────────

을 고취하고자" 캉여우웨이의 가르침을 여러 번 받고 새롭게 변모하였다. 사상이 전변하는 이 시기에 소설 속에 두 인물을 배치하여 혁명이 완전히 가능한 것이라고 스스로를 설득시켰던 것이다. 이거병은 혁명을 주장하는 전 시기의 량치차오를 대표하고, 황극강이 승리를 획득하는 것 같지만 결코 한 쪽이 다른 쪽을 압도하는 것이 아니라, 상호 타협적이다. 중국의 상황—"현재의 중국인은 혁명을 얘기할 수 있는 자격조차 없다"—에 대한 공동의 인식에 기초하여 이거병은 이론상에서 혁명의 승리를 제창하고, 황극강은 실천 속에서 혁명을 반대한다. 두 사람은 실제로 량치차오의 사상 속에 공존하는 두 가지 측면을 대표한다.

접근해야 한다. 왜냐하면 그것이 중국 독자의 심미취미 속에서 제일 완고한 부분—이야기를 구조의 중심으로 여기는 것—을 향해 과감히 도전하였기 때문이다. 20세기 초 중국소설 서사양식의 변천 중에서 서사시간의 변천이 제일 빨리 진행되고 서사시점의 변천효과가 제일 컸던 반면에, 결정적인 작용을 하는 서사구조의 변천은 오히려 발걸음이 항상 더디었다. 그러나 필자는 비뚤게 널려 있는 일련의 흔적 속에서, 우여곡절하고 흥미진진한 이야기를 버리려는 시도들이 서사구조를 변천시킨, 확인할 수 있는 최초의 발자국이라고 생각한다.

총체적으로 말하면, 문답체를 소설에 유입한 신소설가의 성취는 크지 않을 뿐 아니라 많은 문제점을 안고 있지만 여전히 새롭게 개척한 측면이 있어서 비장한 실패로 전락하지는 않았다. 구체적인 작품에 있어서는 작가의 예술 수양의 수준이 다르기 때문에 일괄적으로 논의하기 어렵다. 가령 우젠런은 각종의 변론장면을 고망연의 면전에서 늘어놓아 이것을 고망연이 깨닫는 과정으로 만들기 때문에, 소설 속의 의론은 결국 인물의 운명과 하나로 얽혀 있다. 류어는 주인과 손님의 문답 속에서 갈수록 더욱 초탈해지는 '산중의 옛 가락'을 삽입하였는데, 분위기가 고조되고 시적 정취가 부각되어 여고와 황룡자의 장편의 의론이 그렇게 단조롭고 메마르게 느껴지지 않는다.

5·4작가의 문제소설 중에서 가령, 빙신의 『깨달음(悟)』은 사람의 철학에 관한 싱루(星如)와 종우(鐘悟)의 논쟁으로 소설을 구상하고, 순량공의 『중요하지 않은 몇 편의 연설문(幾篇不重要的演說辭)』은 몇 학생이 인생의 고통과 쾌락의 정의에 대해 논쟁하는 것을 묘사하는데, 모두 문답체 문장을 빌린 흔적이 보인다. 그러나 5·4작가는 결코 만청 정치소설을 본받지 않아서, 소설 속의 문답체는 더욱 은근하며 항상 심미묘사와 어우러져 있고, 의론을 직접적으로 드러내지도 않는다. 더군다나 5·4작가는 이미 인물의 심리와 배경의 분위기를 구조의 중심으로 자각하고 있어서, 소설 속의 문답체를 돌파구로 삼아 서사구조의 변천을 실현할 필요도 없

었다. 그래서 여기서는 5·4소설과 문답체 문장의 관계를 더 탐구하지 않는다.

6. 유기의 시점

소설가에 대한 유기의 계시는 다방면에 걸쳐 있지만, 본문의 이론 범위에 의거하여 특별히 두 가지 점에 치중하지 않을 수 없다. 첫째, 산수자연에 대한 유기의 정치(精緻)한 묘사이고, 둘째, 유기 작가의 서사적 시점이다. 류어는『노잔유기』2회 전반부는『대명호기』로 삼아 읽을 수 있고, 3회 전반부는『제남명천기』로 삼아 읽을 수 있다고 자평하는데, 과장되기는 하지만 자연경물의 묘사에 대한 작가의 재능[72]이 나타나 있다.『노잔유기』의 경물묘사는 '문장의 절묘한 멜로디(文章絶調)'라고 해도 손색이 없으나 다른 신소설가의 경물묘사는 실망스럽게 만든다. 어떤 것은 마음으로부터 우러나오지 않은 몇 마디의 진부한 표현을 늘어놓아 빼어난 산수를 옹색하게 만들고, 어떤 것은 의도적으로 회피하여 전체적으로 풍자적인 색채를 부각시키려고 한다. 우젠런은『이십년목도지괴현상』38회에서 다음과 같이 평가하고 있다.

다른 소설에서는 명산대천을 유람하면 반드시 경치를 묘사하는 곳이 많다. 그러나 이 책은 유독 경치묘사를 생략하고 있는데, 전적으로 괴현상에 주목하기 위해서 이것을 마음에 두지 않은 것이다.

일반적으로 말하여 신소설의 경물묘사는 고대 유기에서 별반 도움을 얻지 못하였다. 이 때문에 소설의 비서사적 요인을 증가시키거나 나아가

---

72) 2회의 평어로 이를 증명할 수 있다. "작가는 '明湖의 경치는 趙千裏의 그림 같다'라고 말하지만, 작가가 묘사한 경치를 조천리가 오히려 그려내지 못할까 염려된다."

소설 서사구조를 변천시키지 않았으므로 따로 논하지 않는다.

본 글은 주로 신소설가가 서사시점을 변천시킬 때 유기가 일으키는 작용을 집중적으로 고찰한다. 유기는 여행과정의 기술이나 의론의 표출을 제외하면 주로 견문의 기록이다. 산수를 묘사하든지 인사(人事)를 기록하든지 간에 모두 여행자의 이목에 국한된다. 산수는 여행자의 발자취의 이동에 따라 변화하며, 인사는 여행자의 이목에 목도되어야 문장으로 기록될 수 있다. 유기가 산수소품이나 필기잡록과 다른 곳이 바로 여기에 있다. 유기의 기록자는 반드시 자신이 관찰자임을 주목해야 한다. 만약 그가 관찰한 것이 산수가 아니라 인간세상이며, 기록한 것이 진실한 여행체험이 아니라 상상 중의 체험이라면, 바로 유기체 소설로 쓰일 수 있을 것이다. 도연명의 『도화원기(徒花原記)』가 이러한 '단편소설'[73]이 아니겠는가? 명청 문언소설 가운데에는 왕탁(王晫)의 『간화술이기(看花述異記)』, 심기봉(沈起鳳)의 『도요촌(桃夭村)』, 화방액(和邦額)의 『담구(潭九)』, 악균(樂鈞)의 『상관완고(上官完古)』 등 어떤 사람이 어떠한 여행과정 중에 목도한 기이한 경치나 사건을 기록한 것이 많다. 이러한 소설류는 대개 편폭이 짧고 성과가 높지 않지만, 유기체 소설 중에서 작가가 채용한 것은 이미 전통 백화소설의 전지적 서사가 아니라 1인칭 혹은 3인칭 제한적 서사였다. 그러나 중국 고대소설 가운데 주도적 지위를 차지하는 장회소설은 '○○유기'로 제목을 붙일 수도 있지만, 의식적으로 유기의 서사시점을 차용하지 않고 여전히 전지적 서사를 고수하고 있다.

남녀의 정사를 일관된 흐름으로 만들어 사회적 풍모를 전개하는 것은 중국 서사문학에 일찍부터 선례가 있었다. 『도화선』, 『도올한평(檮杌閑評)』 등은 일인일사(一人日事)를 묘사의 중심으로 삼고 매개역할에 주의하여 일관된 흐름이 존재하였다. 명말 청초 재자가인(才子佳人) 소설 중

---

73) 胡適은 「論短篇小說」(『新青年』 4권 5호)에서 『桃花原記』를 "구조에 신경을 쓴 한 편의 '단편소설'이라고 할 수 있다"라고 평가한다.

에도 이러한 부류가 적지 않다. 그러나『노잔유기』,『이십년목도지괴현상』,『냉안관』,『린녀어』,『상해유참록』,『검성록』등의 소설이 사람들의 이목을 새롭게 만들었던 것은, 위에서 열거한 구성 기교를 사용하지 않고 유기의 방법을 차용하여 부지불식간에 화자의 시야를 제한했기 때문이다. 먼저, 더 이상 인물이 집안에 편안히 앉아 있는데도 화자가 두 가지의 이야기를 하나씩 서술하거나 온 사방의 일을 이야기하지 않으며, 인물이 여행의 행로 중에서 견문을 획득하게 만든다. 그래서 작가의 서술은 인물의 발걸음과 눈길에 따라 이동한다.『노잔유기』,『상해유참록』은 제목 자체에 여행체험의 기록임이 나타나며, 다른 소설의 인물도 북상하든지 남하하든지 모두 중국의 태반을 돌아다닌다. 만청 소설 중에서 인물의 유동이 심한 작품은(『얼해화』,『문명소사』,『고사회(苦社會)』는 모두 국내뿐 아니라 해외까지 묘사한다) 현실적인 근거도 있지만 예술적인 필요성도 없지는 않았다. 그 다음으로, 과거에 설서인이 강술하던 에피소드가 지금처럼 소설 속의 인물이 강술하는 것으로 바뀌었다. 작가는 여행자가 다른 사람으로부터 들은, 수없이 변화되어온 이야기를 기록할 수는 있지만 여행자 스스로 이야기하는 것을 물리칠 권리가 없다.『이십년목도지괴현상』중 189개의 크고 작은 이야기는 대부분 1인칭 화자가 다른 사람에게서 들은 것이며,『린녀어』전반부 6회의 주요 이야기는 김불마가 다른 이웃집 여자에게서 듣고 이야기한 것이다. 마지막으로, 주요 인물(여행자)은 작가가 표현하려는 여가적 사건이나 사회적 풍모의 당사자가 아니라 방관자이다. 낯선 여행길에 던져져 각종의 기이한 사건을 목도하거나 의도적으로 이리저리 관찰하고 탐문하여 우연히 사건을 접하는 방식으로 여행자는 이 시대의 증인이 된다. 정푸와 린수가『얼해화』와『검성록』이 기교상에서『도화선』보다 뛰어나다고 자인하는 이유는, 공상임(孔尙任)[74]이 이향군을 이야기 주인공으로 만들어 대부분 남녀의 정사를 묘사

---

74) *공상임(1648~1715?). 자는 李重, 호는 車塘 또는 雲亭山人. 淸代의 대표적 傳奇작가.

하는 데서 머무는 반면, 정푸와 린수는 부채운(傅彩雲)과 병중광(邴仲光)을 대사변의 목격자로 만들어 저절로 역사적 사건을 많이 목격할 수 있었기 때문이다. 위에서 열거한 여섯 소설의 주요인물도 우연히 뛰어난 재능이 노출되어 영웅의 본색이 드러나지만, 주요하게는 관찰자이지 활동가는 아니다. 이 세 가지는 모두 중국 고전소설의 관습적 기교가 아니라, 신소설가가 의식적·무의식적으로 유기를 소설에 유입한 결과이다. 이로 인해 중국소설의 인물묘사, 서사, 경물묘사에 새로운 분위기가 출현하게 되었다.

중국 고대 백화소설 속에서는 화자가 알지 못하는 바가 없어서 동시에 여러 명의 심리상태를 전개할 수 있다. 그러나 이러한 유기식 소설에서는 여행자가 방관자여서 자연히 자기의 심리활동만을 파악할 뿐이고 타인의 오장육부에 침투하여 숨겨져 있는 심성을 대신 표현할 수 없다. 작가가 1인칭 서사를 채용할 때 (『이십년목도지괴현상』의 경우) 이 문제는 쉽게 해결된다. 비자각적인 월권 행위를 제외하면 작가는 일반적으로 도끼로 자르듯이 제 삼자의 심리를 해부할 수 없다. 그러나 3인칭 서사 소설 중에서 작가가 이 점에 이르기는 쉽지가 않다.『상해유참록』은 소설 속에서 견문을 기록하는 여행자인 고망연을 선택하여 그의 시각으로 세계를 관찰하는데, 자연히 그의 심리활동을 자유스럽게 표현하여 작가는 몇 차례 그가 어떻게 묵묵히 생각에 잠기는가를 언급한다. 이약우(李若遇)는 고망연 이외에 작가가 제일 동정하면서 제일 많이 주목하는 인물이다. 그러나 작가는 그의 심리활동을 묘사하지 못한다. 그가 어떻게 공익사업에 열중하던 청년에서 주색에 빠진 염세주의자가 되었는지 그간의 감정변화는 매우 중요한 것인데도, 작가는 그가 고망연에게 자기고백하도록 만든다. 그 밖에 혁명을 빌미삼아 사욕을 채우는 형형색색의 소인배에 대해 작가는 그 언행거지에서 비열한 심리를 더욱 꿰뚫어볼 수 있지만, 월권하여 직접 해부할 수는 없다.『상해유참록』은 이렇게 심리활동의 묘사를 엄격하게 시점인물 한 사람에게 제한하는데 이것은 신소설 가운데서 지극히 드문 일이다. 그러나 신설가 중에서 이렇게 처리하려고 시도한 이는 우쪈런 한 사람만이 아니었다. 린수는 『검성록』 속에서 병중광의 이목을 빌려 일반적으로 그의 심리활동만을 묘사한다. 다만 34회에 병중광이 적과 격투를 벌일 때 작가는 참지 못하고 매아(梅兒)의 심리활동을 삽입한다. 이것은 중국 고대소설 속에서 흔히 볼 수 있는 일이지만, 작가는 약간 마음이 불안한지 즉시 스스로를 비웃는다. "대체로 이것은 모두 서술자(外史氏)의 억측하는 말이다. 매아는 본의는 처음에 이와 같지 않았으며 아직 확정할 수 없다." 류어의 『노잔유기』는 좀 특수하여 노잔이 중간에 두 번 자리를 피한다(1편 8~11회, 2편 3~5회). 신자평이 여고와 황룡자의 삼교합일(三校合一)에 대한 의론을 듣고, 덕부인과 취환은 득도하는 과정에 관한 일운의 말을 듣는데, 모두 노잔의 이목을 벗어나서 벌어진 일이다. 그러나 여전히 신자평과 덕부인을 노잔 이목의 연장으로 간주할 수 있고, 작가가 사용한 것도 변함없이 견문을 기록하는 유기체이다. 1편 15회에서 20회에 셜록 홈즈식의 사건 해결 이야기를 삽입한 이외에, 노잔이 '현장'에 있을 때는 심리활동이 노잔에게만 제한되며(13회 취환의 짧은 심리활동은 예외), 노잔이 '현장'에 없을 때는 노잔 이목의 연장인 신자평이 음악을 감상하고, 덕부인이 일운에 대해 생각하는 묘사에만 제한되며, 다른 이들은 그 언행만을 기록할 뿐이다.

중국 고대 백화소설 속의 전지적 서술자는 완전히 자유롭게 인물을 배치하고 이야기를 안배할 권리가 있다. 그러나 이러한 유기식 소설은 여행자의 발걸음과 이목에 긴밀하게 연결될 수밖에 없다. 『상해유참록』은 고망연이 '현장'에 있을 때의 사건만 서술한다. 그가 현장에 없을 때의 사건에 관계하려면, 다른 사람이 그에게 들려준 것을 서술한다.[75] 타인에게 들

---

75) 훠望延이 피난 간 후에 집은 불타고 노복은 피살된다. 이것은 틀림없이 그가 상해에 도착하여 혁명당에 투신하는 중요한 원인이다. 그러나 이 사건이 발생할 때 고망연은 현장에 없었기 때문에, 작가가 직접 보충 설명하지 않고 고망연이 神案으로 피난 가게 해서 고향 친지들의 얘기를 듣고 알게 한다.

은 것으로 처리하지 않고, 작가가 서술하려던 사건을 고망연으로 하여금 우연히 접하게 만들어서 그의 신상에서 사건을 전개하려면, 기교를 심하게 부려야 하지만 설서인의 전지적 서사의 상투성을 피할 수 있다.『린녀어』전반 6회는 경자사변 중에 벌어지는 사회 모습을 측면에서 묘사하기 때문에 공상대사(空相大師)의 경지 높은 의론, 여주인의 한, 창녀의 울음을 빌려 전개할 수 있다.『검성록』은 경자사변 중에 벌어진 경성의 참상을 정면에서 묘사하려고 수도에 살고 있는 병중광이 치열한 전투 속에서 네 번이나 움직여 소식을 탐문하게 하는데, 상식에서 벗어난 일이다. 그래서 린수는 "이상의 여러 사건은 혜월이 중광에게 알려준 것이다", 혹은 "이날 중광은 외출하지 않았지만 두 분의 관리가 죽은 상황을 얘기하는 사람들의 말을 들었다"라고 밝힌다. 주요 장면은 여행자가 목도한 것이 아니라 작가가 묘사하고 난 후에 소식의 연원을 보충하고 있다. 분명히 이것은 여행기록의 원칙에 적합하지 않으며, 중국 고대 필기소설의 견문을 기록하고 출처에 대해 주석을 다는 것에 더욱 가깝다.[76] 그러나 작가는 끝까지 모든 흐름을 시점인물에 맞추어야 한다는 점을 잊지 않았다. 여행자 중광은 여기에서 유기식 소설의 서사특징을 잊어버리지 않은 듯하다.

그러나 기존에 작가가 서술한 이야기를 인물이 강술하도록 전환하는 것도 좋지만, 이야기를 말하는 자가 그것을 이해하고 있는지 고려해야 한다. 그렇지 않으면 여전히 전지적 서사로 인해 진실감이 약화되는 현상을 피하기 어렵다. 신소설가들은 이러한 의향을 명확하게 표현하지 않았으나 소설 속에서 이러한 흔적을 쉽게 발견할 수 있다.『노잔유기』1편 5회에서는 노동(老董)이 장물을 옮긴 강도가 무의식중에 연이어 네 명을

---

76)『四庫全書叢目』144권에서는 明人 姚宣의『聞見錄』을 "옛 사건은 다른 서적에서 본 것을 기록하고, 새로운 사건은 다른 사람에게서 들은 것을 기록한다"라고 평가한다. 이러한 방법은 唐人 蘇鶚之의『杜陽雜編』에서 시작되어, 宋人 孫光憲의『北夢瑣言』, 司馬光의『涑水記聞』, 洪邁의『夷堅志』등이 그 방법을 사용했다고 한다.

다치게 한 것을 나중에 후회하고 탄식하였다고 강술하자, 노잔이 재빨리 "이 강도가 한 말을 누가 들었느냐?"고 추문하며 믿을 만한 소식의 근원을 보충하는데, 이것은 나타날 수 있는 틈새를 메꾸어 전지적 서사의 혐의를 피하려고 한 것이다. 이로 볼 때 신소설가들은 여행자의 시야에 서술을 국한함으로써 소설적 진실감을 획득하려는 의도가 있음을 알 수 있다.

중국 고대 백화소설 속의 경물묘사는 인물의 시각에 예속되기도 하고, 서술자가 운문이나 산문을 사용하여 단독으로 표현하기도 하는 등 억지로 일률적인 방법을 추구하지 않았다. 그러나 유기식 소설 속에서 경물묘사는 거의 예외 없이 여행자의 발걸음과 시야에 따라 차례차례 출현한다. 제일 전형적인 것은 『노잔유기』에서 대명호를 유람하는 장면이나 『검성록』에서 초산(超山)의 매화를 감상하는 장면이다. 전자를 작가가 호구(虎丘)를 유람하는 일기(을사년 5월 9일)에 비견하고 후자를 작가의 『기초산매화(記超山梅花)』라는 고문에 대비한다면, 작가가 산수 유기를 묘사하는 수법을 사용하여 소설 속의 자연경물을 묘사한다는 사실을 쉽게 발견할 수 있다. 린수의 『기초산매화』는 작은 배를 구해 매화를 찾아 나서는 데서 시작하여, 멀리서 매화 숲을 바라보고, 연안에서 매화를 감상하며, 움직일 때마다 감탄하고, 산의 북쪽을 유람하고 나서 산의 남쪽을 유람하고, 매화를 감상하고 나서 고아한 경관을 감상한다. 고문이든 일기든 간에 모두 여행자의 발걸음에 따라 감상한 경관을 묘사한다. 『검성록』 5장은 병중광과 태수가 함께 초산을 유람하면서 매화를 감상하는데, 전체적인 감상이 고문에서 기록한 바와 매우 유사하다. 그러나 중광이 매화를 감상하느라 주의하지 못했지만, 도중에 묘령의 여인을 첨가하여 후일 이야기 전개를 위해 복선을 깔아두었다. 류어는 호구의 유람을, 제문(齊門)에서 산 밑에 이르고, 산허리에 도착하여 선림정전(禪林正殿)에 오르고, 다시 전의 뒤쪽을 돌아 나와 소주(蘇州)의 전경을 휘돌아보는 과정으로 기록한다. 『노잔유기』 2회의 노잔이 대명호를 유람하는 장면에서는 먼저 작화교(鵲華橋)에서 배를 내려 역하정(歷下亭)을 지나고, 철공사(鐵公祠)에 도착한다. 철공사 앞에 이르러 수십 리에 병풍을 친 듯한 천불산(千佛山)을 우러러보고, 고개 숙여 거울 같은 명호를 감상하고,[77] 다시 남쪽 연안의 마을을 마주보고, 몸을 돌려 "사면은 연꽃이고 삼면은 버들이라, 온 성이 산색이고 성의 반이 호수이네(四面荷花三面柳, 一城山色半城湖)"라는 대련을 바라본다. 그 전과 같이 배를 타고 연꽃 핀 강변 사이로 지나가자 물새가 놀라 날아가고, 연밥을 먹으며 마침내 작화교로 돌아온다. 전체적인 묘사는 자연경관에 대한 전경(全景) 렌즈 없이 모두 노잔의 발걸음과 시각에 따라, 한 걸음에 한 경치씩, 앞서거나 뒤떨어진 것도 없고 더 보태거나 줄인 것도 없이, 명호의 경치를 묘사하기도 하고 명호의 유람에 대한 노잔의 정취를 묘사하기도 한다. 『노잔유기』와 『검성록』에서 유람을 기록한 이 두 단락을 따로 추출하면 모두 유기로 만들어 읽을 수 있을 것이다. 사실 이 두 단락뿐 아니라 유기식 소설 속의 경물 묘사는 수준의 차이는 있을망정 대개 산수 유기로 삼아 읽을 수 있다.

유람을 기록하는 방법을 사용하여 심리묘사를 여행자 한 사람에게 국한시키고, 이야기 서술을 여행자의 이목에 예속시키며, 경물의 묘사를 여행자의 발걸음에 따르게 하면서, 중국 장편소설은 의식적·무의식적으로 전통적인 전지적 서사를 극복하였다. 의식적이라 함은 이런 노력으로 거둔 효과가 매우 미미할 수 있지만(린수) 종종 작가가 시점을 고정화하려는 노력을 엿볼 수 있기 때문이며, 무의식적이라 함은 작가가 항상 반 정도 실행하다가 그만두어 막 걸음마를 시작한 예술적 혁신을 쉽게 방기하였기 때문이다. 가령, 『린녀어』 후반 6회에서 김불마를 내버리고 경자사변의 각종 일화를 많이 묘사하며, 『노잔유기』 15~20회는 노잔이 셜록 홈즈로 변하여 제동(齊東)마을 13인의 살인사건을 정탐하는데, 다시 전통

---

77) 胡適은 「『勞殘遊記』序」에서 蔡子氏의 말을 인용하여 天佛山의 그림자는 명호 위에까지 비칠 수 없다고 지적한다. 그러나 과장, 허구의 여부는 일반 독자들이 이 경물묘사를 감상하는 데 별문제가 되지 않는다.

적인 전지적 서사로 회귀하고 있다. 명확한 이론적인 지도도 없고 3인칭 제한적 서사를 사용한 서양소설의 차용도 없이,[78] 단순히 유기를 소설에 유입하였기 때문에 서사시점을 변천시키는 데 어려움을 겪었다. 이것은 신소설의 대부분이 이러한 예술적 실험을 일관되게 수행하지 못할(『상해 유참록』은 제외) 뿐 아니라, 일관되게 수행한 작품도 예술적 가치가 높지 않을 수 있음을 말한다. 여기서 유기의 소설 유입에 있어서 피하기 어려운 선천적인 결함을 탐구할 필요가 있다.

여행자의 여행체험을 일관적인 흐름으로 만들면 물론 시점이 통일되는 장점이 있지만, 직접 본 것이 적고 들은 것이 많을—묘사가 적고 서술이 많을—경우가 십상이다. 여행자가 내내 사변의 장면과 전 과정을 목격하기란 불가능하다. 더군다나 이러한 사변은 결코 같은 시간 같은 장소에서 발생하지도 않으니 작가는 여행자의 귀를 활짝 당기어 '이웃집 여자의 말(隣女語)'이나 '친구의 말(友人云)'을 경청할 수밖에 없다. 하지만 이러한 이웃집 여자나 친구도 단지 사건의 줄거리만을 말할 수 있을 뿐 상세하게 장면과 분위기를 묘사할 수는 없다. 이렇게, 여행자가 얻은 견문은 '본래의 사건'일 수는 있으나 '소설'은 아니다. 작가가 여행자로 하여금 듣게 한 것이 '본래의 사건'이 아니라 '정론(政論)'이고, 시점의 작용을 홀시한다면, 유기식 소설은 딱딱하고 맛이 없게 될 가능성이 매우 크다. 유기의 생기발랄함이 없다면, 소설의 우여곡절한 흥미가 사라질 것이다. 더군다나 주요 이야기를 모두 인물의 대화로 바꾼다면 장편소설이 단편 이야기의 모음집으로 쉽게 전락할 수 있다. 설서인으로 일관하는 여행자의 여행체험을 빼버리면 바로 전통적인 전지적 서사가 된다. 『이십년목도 지괴현상』은 주요 이야기나 비교적 분명하여 소설적인 맛을 느끼게 하지

---

78) 필자가 통계한 309편의 신소설 번역, 저작 중에서 3인칭 제한적 서사를 사용한 서양 소설의 번역작은 단 한 편뿐이고, 3인칭 제한적 서사를 사용하거나 시도한 중국소설은 4편뿐이다. 따라서 신소설가는 이 서사시점을 서양소설에서 차감하지 않았음을 알수 있다(제1장 참고).

만,『냉안관』은 '나'의 여행 체험이 일관된 흐름으로 연결되어 있을 뿐 기본적으로 몇 인물이 번갈아가며 이야기를 한 것이다. 또한 작가의 본래 의도가 방관자가 목격한 장면으로 대사변을 묘사하는 데 있더라도, 사실상 방관자가 목격한 바로는 작가의 마음속에 있는 역사사실을 잘 표현할 수 없다. 그래서 어쩔 수 없이 서술자는 도중에 교체하여, 흐름을 일관되게 만드는 방관자를 구석으로 비껴나게 한 것이다. 각종 보조수단을 사용하여 양자(사변과 방관자)를 하나로 결합시키는 데 힘쓴다 하더라도,『검성록』과 같이 연결이 매끄럽지 않은 상황이 곳곳에 나타날 수밖에 없다. 5·4작가도 '여행자가 고향으로 돌아오다는 모티프―멀리 오랫동안 여행을 한 지식인이 쇠락한 고향에 돌아와서 처참한 상황을 목도하고 만감이 교차하는―를 지니는 유기식 소설을 창작하였다. 그러나 여행자의 주요 기능은 견문의 기록에서 정감의 표현으로, 방관자에서 당사자로 바뀌었다. 다시 말하면, 5·4작가가 자각적으로 서양소설의 서사시점 이론을 수용하여(제4장 참고), 유기의 소설 유입으로 시점을 전환하려는 시도는 더 이상 전지적 서사를 극복하는 주요 경로가 아니었다. 만약 유기가 5·4작가에게 여향을 주었다면, 그것은 신소설가가 홀시한 일면―산수자연에 대한 정치한 묘사와 그 사이에 스며드는 작가의 감촉과 정취―일 것이다. 그러나 5·4작가의 경물묘사는 대개 여행자가 목도한 것이 아니라 자연스런 전개에 따르기 때문에, 본받은 대상이 서양소설인지 중국소설인지 아니면 전통 시문인지 분간하기가 매우 어렵다. 5·4작가들은 분명히 고대 산수 유기에서 영감을 흡수하기는 하였지만, 그것은 수양과 취미에 의해 매개되어 잠재적으로 작용을 일으킨 것이지 문체 상호 간에 표현 기교를 직접 차감한 것은 아니었다. 그래서 여기서는 상세히 분석하지 않는다.

7. 소설로 유입된 일기

서양소설을 접촉하기 이전에 중국작가는 일기체, 편지체로써 소설을 창작한 적이 없다. 이 점에 대해선 대체로 의문이 없다. 그러나 서양소설을 접촉한 이후에 일기, 편지가 어떻게 소설가의 시야에 들어와서 일종의 특수한 소설형식으로 발전하여, 소설 서사양식의 변천에 매우 중요한 작용을 일으켰는지는 여전히 빨리 풀어야 하는 수수께끼이다.

만청 작가의 마음속에서 일기가 차지하는 지위와 작용은 두 소설의 세부단락을 예로 들어 설명할 수 있다. 『얼해화』 20회에서 많은 명사들은 각자 집에 감추어둔 진기한 물건으로 백양체(柏梁體)[79] 시 한 구를 이루는데, 이순객(李純客)은 "일기가 오랜 시간 수많은 사람들에게 전해지네(日記百年萬口傳)"라고 읊조린다. 『이십년목도지괴현상』 96회에서 양광(兩廣)총독 왕중당(汪中堂) 가문의 추문을 서술하고 나서, 이것이 바로 구사일생(九死一生)의 일기장 속 이야기라고 밝힌다. 40년 동안 끊이지 않은 일기가 한 가문을 억누르는 수단이 되는 것으로 보아, 문인의 마음속에서 일기가 차지하는 지위를 알 수 있고, 설서인이 구술로 일기장의 내용을 대신 처리하는 것으로 보아 일기가 아직 소설형식으로 진입되지 않았음을 알 수 있다.

중국에서 문인일기의 유래는 오래되었지만(근거로 당대 이고(李翶)의 『내남록(來南錄)』, 송대 구양수(歐陽脩)의 『우역지(於役志)』를 들 수 있다),[80] 일기가 독립적인 문체로 성립되지 않았고, 역대 문론가의 주의를 끌지도 못했다. 그래서 대체로 일기는 날짜에 따라 사건을 기록하는 것과 수시로 기록하는 것의 두 종으로 나누어지기는 하지만 결국 "번잡하

---

79) *漢 武帝가 柏梁臺를 지어 群臣을 모아놓고 각자 한 구씩 짓게 하였는데, 매구의 운이 같게 지었다. 후세에 이러한 시체를 백양체라고 불렀다.

80) 薛福成의 「出使英法義比四國日記·凡例」에 근거한다. 그 밖에 阮牙名(阿英)의 「日記文學叢選·序記」도 이 설을 따르고 있다.

거나 간략하여 아직 일정한 체례가 없[81]었다. 『사고전서(四庫全書)』에서는 기록된 내용에만 의거하여, 독서 찰기(劄記)는 경부(經部) 혹은 자부(子部)에,[82] 야사를 많이 기록한 부분은 소설류에,[83] "종묘에 관한 일이나 군사에 관한 말"은 사부잡사(史部雜史)류에,[84] 산천풍토의 명승고적을 많이 기록한 것은 사부전기류[85]에 귀속시키고 있다. 독립적인 문체를 이루지 못하면 물론 자신의 형식적인 성숙에 불리하기 마련이지만, 일정한 체례가 없어서 오히려 자유롭게 표현하기는 편리하였다. 역대 문인들은 이 문체에 매우 세심한 주의를 기울여 길이에 상관없이 자유롭게 글을 썼는데 마치 한편의 청려한 산문 같았다.[86] 중국 고대 일기 가운데 문채(文采)가 아름다우며 맑고 전아한 것이 적지 않지만, 일기의 정통은 오히려 문체가 질박하고 충실하며 "역사적 사실을 지니고 있고, 고증을 하는 데 자료를 제공하며, 역사를 읽는 자가 참고할 만한 것을 구비하고 있는 것"[87]이었다. 다시 말하면, 중국 고대의 일기는 '문(文)'이 아니라 '역사(史)'에 편입되어 있었다.

---

81) 薛福成,「出使英法義比四國日記 · 凡例」.

82) 명대 王樵의 『尙書日記』, 명대 徐三重의 『庸齊日記』 등.

83) 명대 丁元薦의 『西山日記』, 명대 葉盛의 『水東日記』 등.

84) 송대 鄒伸之의 『使北日錄』, 명대 李光壁의 『守汴日記』.

85) 송대 範成大의 『吳船錄』, 六遊의 『入蜀記』 등.

86) 夏丏尊, 劉熏宇는 『文章作法』(開明書店, 1926) 제6장 제3절에서 "옛부터 일기 속에는 절취할 수 있는 문장이 많았다"라고 말한다. 소품문으로 삼아 읽을 수 있는 것으로 淸人 譚憲堂의 『復堂日記』를 예로 들 수 있다. 실제로 문장이 절묘한 일기는 모두 산문 소품으로 삼아 읽을 수 있다. 고증에 치중한 紀昀조차 陸遊의 『入蜀記』를 "서술이 매우 고아하고 깨끗하다"라고 칭찬하였다(『四庫全書叢目提要』).

87) 『四庫全書叢目提要 · 史部雜史類』. 陸深의 『南巡日錄』, 『北還錄』은 운 좋게도 "내가 史學에 심취한 터에 본 것을 기록해"서, 範成大의 『吳船錄』은 "옛 자취와 훌륭한 말이 아주 자세하고 고증도 하고 있어서" 칭찬을 받았다. 都穆의 『使西日記』, 王鉽의 『粤遊日記』, 李澄中의 『滇行日記』는 "대부분이 들은 이야기에 근거하고 고증한 것이 적어서" 질책을 받았다. 그 밖에 여악은 "후대의 風土를 서술하는 자가 참고할 수 있도록"(『客杭日記』 여악의 발문) 元代 郭畀의 『客杭日記』를 번역 출간하였다.

중국 문인들은 일찍부터 "일기는 고증을 위한 자료"[88]라고 의식하였다. 5·4 이후에야 일기가 "문학 중에서 특별히 흥미 있는 것"[89]이고, "문학의 핵심이며, 정통문학 이외의 보물"[90]이라고 사람들에게 진정으로 이해되었다. 유명한 신소설 작가(류어 등)도 일기를 기록하고 우연히 일기를 발표하기도 했지만(량치차오는 『국풍보(國風報)』에 「쌍도각일기(雙濤閣日記)」를 발표하였다), 5·4 작가와 같이 자각적으로 일기문학을 쓰고 발표하지는 않았다. 1919년 저우쭤런은 『일본 신촌방문기(訪日本新村記)』를, 1921년 위다푸는 『무성일기(蕪城日記)』를, 1925년 궈모뤄는 『의흥을 가며(到宜興去)』를, 1926년 루쉰은 「즉흥일기(馬上日記)」, 천헝저는 『북대하일주유기(北戴河一周遊記)』를, 1927년 셰빙잉(謝氷瑩)은 『종군일기(從軍日記)』를 발표하였고 위다푸는 『일기구종(日記九種)』을 간행하였다. 이후 작가들이 일기를 쓰고 간행하는 일이 성행하여 풍조를 이루었다.[91]

일기의 문학적 지위가 점점 긍정되자, 작가들은 일기를 쓰고 간행하는 데 열정을 다하며 일기의 예술화에 노력을 기울였다. 그러나 이것은 일기가 일종의 특수한 문학형식이 되어 이미 작가의 시야에 진입했음을 증명할 뿐이다. 작가가 일기형식을 차용하여 소설을 창작하기까지는 비록 양자가 무관한 것은 아니지만 결코 이 과정의 직접적인 결과물은 아니었다.

중국의 일기체 소설의 탄생을 직접적으로 촉진한 것은 당연히 서양소설의 번역이라 하지 않을 수 없다. 만청 외교사절의 일기나 해외 유기가

---

88) 開明(周作人), 「日記與尺牘」, 『語絲』 제17기, 1925년.

89) 開明(周作人), 위의 책.

90) 郁達夫, 「日記文學」, 『洪水』 3권 22기, 1927년.

91) 郁達夫, 「再談日記」, 『達夫日記集』, 上海北新書局, 1935년; 阮牙名의 『日記文學叢選 (語體卷)』, 上海南強書局, 1933년 참고.

한때 극성하여[92] 그 가운데 문체가 맑고 아름다운 것이 적지 않았지만, 작가들에게 일기형식을 사용하여 소설을 창작할 수 있다는 영감을 촉발하지는 못했다. 1899년 린수가 『파리다화녀유사』를 번역하면서 중국작가들이 소설 속에 일기를 삽입하는 매력을 최초로 의식하게 되었다. 1901년 츄웨이아이가 "끝에 다화녀 여사의 투병일기 몇 편을 덧붙이는"『다화녀』의 특징[93]을 지적하였으나 이후 십수 년간 관심을 가지는 이가 없었다. 1912년 쉬전야가 『옥리혼』을 창작하면서부터 일기가 비로소 중국소설의 구성에 진정으로 진입하게 되었다. 그로부터 출발은 하였으나 즉시 성과를 거두지는 못하였다. 『옥리혼』29장은 '일기'라고 제목을 붙이고 균천(筠倩)의 임종일기를 발췌하여 기록하는데, 묘사가 애절하고 감동을 주어 『다화녀』에 비할 만하였다. 2년 후에 이 '동방의 뒤마'[94]는 아예 『옥리혼』을 『설홍루사(雪鴻淚史)』로 개작하고 '하몽하일기(何夢霞日記)'를 덧붙였다. 이야기가 30~40% 증가하고 시사(詩詞)와 편지가 50~60% 증가하였지만 이것들은 모두 관건이 되는 것이 아니다. 독자가 작가의 고심을 이해하지 못할 것 같아 쉬전야는 특별히 『예언(例言)』 속에서 『설홍루사』를 『옥리혼』과 비교하여 "사건은 같으나 문장이 바뀌어", "하나는 소설이 되고, 하나는 일기가 되어 작법이 완전히 다르다"라고 일일이 지적하고 밝히는 데 신경을 썼다. 『설홍루사』는 "책 전체가 모두 달콤하고 가슴 아프며, 고통과 근심을 빼어나게 묘사한 말로 가득 차" 있어서, 통속 교육 연구회는 하등소설로 평가하고[95] 5·4 이후에 진보작가의 맹렬한 공격을 받았지만, 이 때문에 중국문학사상 최초로 일기체를 사용하여 창작한 장

---

92) 湖南人民出版社의 "走向世界叢書" 참고.

93) 『揮麈拾遺』, 1901년 간행, 阿英 편 『晚淸文學叢鈔·小說戲曲研究卷』에서 재인용.

94) 『玉梨魂』제29장에서 石癡 校長은 작가에게 편지를 보내 "평소부터 그대가 東方의 뒤마라는 칭송이 자자하고, 표현하기 어려운 감정을 잘 묘사한다고 들었습니다. 그래서 이 사람의 사건을 그대에게 기록하여 보내드립니다."라고 말한다.

95) 『通俗教育研究會小說股核小說評語第一次補輯』, 1918년 石印本.

편소설이라는 사실을 부정할 수는 없다. 거의 이와 동시에 저우서우쥐안은 단편소설 「화개화락(花開花落)」(『토요일(禮拜六)』8기), 바오텐샤오는 단편소설 「비래지일기(飛來之日記)」(『중화소설계』2권 2기)를 창작하는 데 모두 일기형식을 채용하였다. 그 후 소개된 외국의 일기체 소설이 많아서 일일이 예술적 차용의 근원을 추적하기가 매우 힘들게 되었다. 바로 이러하기 때문에, 우리는 잠시 멈추어 다른 각도에서 일기체 소설형식이 중국에서 뿌리를 내리고 신속하게 유행하는 데 있어 고대 중국문인의 일기가 도움을 주었는지 여부를 살펴볼 필요가 있다.

만청 4대 소설잡지는 일기를 간행하지 않았다.[96) 그러나 1914년 『설홍루사』 등의 일기체 소설이 출판된 후에 『소설월보』, 『중화소설계』, 『소설해(小說海)』 등의 소설잡지가 경쟁적으로 일기를 싣기 시작하고, 『소설대관』에서는 심지어 일기 전문란을 개설하는데, 이것을 우연히 일치하는 일이라고 말할 수 있는가? 외국의 일기체 소설은 일기의 문학적 가치를 증명하고, 일기를 순식간에 소설의 갈래로 바꾸어놓았다. 그러나 외국의 일기체 소설 『자살일기(自殺日記)』와 중국의 고지식한 문인일기인 『양궁회란기(兩宮回戀記)』, 『고륜여행일기(庫倫旅行日記)』를 한 난에 게재하는 점으로 보아, 편집자가 결코 일기체 소설과 일기의 구별을 중시하지 않았음을 알 수 있다. 실제로 1927년 위다푸가 『일기문학』을 쓸 때 궈모뤄의 소설 「행로난(行路難)」 속의 '신생활일기'를 일기의 전범으로 삼았다. 이러한 이론적인 오차가 생긴 원인은 중국 고대 문인일기의 저술화 경향과 관련이 있다. 바로 이러한 일기의 저술화 경향이 신소설가 및 그 독자가 외국의 일기체 소설을 무리 없이 수용하는 데 도움을 주었던 것이다.

저우쭤런은 일기를 자기 자신이 보기 위하여 쓰는 것이라고 말하였다.[97) 위다푸는 일기를 작가는 "절대로 자기 이외에 다른 독자를 의식하

---

96) 『繡像小說』은 「振見子英韜日記」를 "京話演說"로, 『月月小說』은 「貓日記」를 貓의 "하루의 경험"으로 게재하였다. 모두 일기나 일기체 소설이 아니었다.

97) 「日記與尺牘」.

는 마음이 존재해서는 안 된다"라고 말하였다.[98] 그러나 대부분의 일기 작가는 결코 자신이 죽은 후에 그것을 자손에게 훼손하라고 유언하지 않았다. 반대로, 생전에 일기를 간행하는 일이 비일비재하였다. 다른 사람에게 빌려주어 보게 하거나, 옮겨 써서 출판하려는 의도를 지니고 일기를 기록하는 것은, 실제로 이미 일기의 본의에서 벗어나는 일이다. 일찍이 루쉰은 이자명이 "일기를 저술로 여긴다"라고 비판한 적이 있다.[99] 고대부터 전해져 내려온 중국의 일기는 거의 날짜에 따라 견문을 기록한 저술이 대부분이다. 그래서 일상적인 생활을 기재하거나 개인 정감을 표현한 일기가 잘 보이지 않는다. 만청시기에 청 정부는 외교사절 대신으로 하여금 일기를 기록하여 달마다 책으로 모아서 총리아문(總理衙門)으로 보내게 하였다.[100] 외교사절 대신도 번역을 담당한 학생들로 하여금 일기를 기록하게 하여 검사에 대비하거나, 자신에게 "핵심적인 것을 선별한 기록"[101]을 제공하도록 요구하였다. 이 때문에 여행을 기록한 일기가 급격히 증가하는 동시에, 일기가 저술화되도록 한층 촉진하였다. 그러나 목적이 "양무(洋務)를 돕는다"에 있는 이상, 작가가 개인의 일상생활을 애써 버려두고 "신문을 채집하거나, 옛 문서를 살피고, 마음속의 견해를 펼치거나 역사적인 사실을 구비하는"[102] 것이 당연했을 것이다. 또한 상사에게 보내

---

98) 「再談日記」.

99) 「馬上日記」, 『華蓋集續編』, 北京北新書局, 1927년. 王闓運은 「湘綺樓日記」에 자기의 일기를 읽고는 "기이한 책 같지만 소일하기에 적절하다"라고 여러 번 기록하고 있다. 李慈銘은 「越縵堂日記」에 편지를 쓸 때마다 어떤 사람이 빌려가서 베낀다고 기록하고 있다.

100) 「總理衙門光緖三年十一月初一日片奏」, 『出使章程』 3-4쪽, 石印本이나 總理衙門 光緖 25년의 「奏遵議出洋學生肄業實學章程」, 『約章成案滙覽』 乙篇 32권 上, 石印本 참고. 그 밖에 薛福成의 『出使英法義比四國日記』는 이전에 광서 17년의 문서였는데, "각 국의 외교사절 대신과 응대할 때의 문서와 일기 등을 모두 보낸다"에 의하면 이 편지를 총리아문에 보내고, 총리아문에서 인쇄소에 부탁하여 간행했다고 한다.

101) 薛福成, 「劄飭譯學生寫呈日記」, 『出使公牘』 석인본, 1898년.

102) 薛福成의 광서 17년의 문서인데, 『出使英, 法, 義, 比四國日記』로 간행되었다.

어 심열을 거치려면 당연히 수정하거나 윤색하지 않을 수 없어서,[103] 일기를 문장으로 여겨서 쓰게 되었다.

　중국 고대 일기의 저술화 경향은 다른 사람에게 보여준다는 점뿐만 아니라, 사건의 기록이 완정하여 유기나 야사와 유사하다는 데에도 드러나 있다. 중국 고대 문인 중에는 이자명같이 수십 년간 끊임없이 일기를 쓴 이가 매우 드물고, 대부분 완정한 사건(가장 쉽게 볼 수 있는 것은 여행체험이나 외교사절의 경험이다)을 선택하여 사건의 과정을 일기의 과정으로 삼아서 서술하였다.[104] 엽성의 「수동일기」같이 구서를 베끼고 일화를 기록한 것은 당연히 끝없이 써내려갈 수 있고, 황정견(黃庭堅)의 『의주가승(宜州家承)』같이 일상생활을 기록한 것도 한없이 쓸 수 있다. 그러나 중국 고대 일기는 대부분이 명확한 창작목적과 창작계획을 지니고 있고, 완정한 이야기 구성 속에 각종의 견문을 삽입하여 날짜에 따라 사건을 수집하는 것으로, 사건이 끝나면 문장이 종결된다(육유의 『입촉기』, 왕계초(王季楚)의 『양주십일기(揚州十日記)』 등). 대개가 이렇게 저술되다가 공개적으로 간행되기에 이른다. 실제로 5·4작가의 간행된 일기도 대체로 이와 유사하다.[105] 이야기가 그렇게 곡절하거나 흥미진진하지도 않고 인물이 자

---

103) 郭嵩燾는 영국의 외교사절로 파견되었는데, 상해에서 런던에 이르는 도중에 50일의 일기를 총리아문에 보냈다. 일기 속에 영국에 대해 찬송하는 말이 있어서 御史가 분기하여 탄핵하자 총리아문에서는 판본을 없애지 않을 수 없었다.

104) 王闓運은 「曾文正公手書日記·序」에서 "송대 이후로 문인들은 자신의 저작을 가지게 되었다…… 그러나 유명한 문인의 일기 중에서 보존된 것은 백 수십 개에 불과하다."라고 말한다. 왕은 나아가 "근세에 李純客이 처음으로 일기를 큰 책으로 만들어 자신을 과시하였다."고 단언한다. 실제로 일기를 큰 책으로 간행하기는 어렵다(이의 일기도 서점에서 출판하기를 원하지 않았으나 동향 친구들의 관대함에 힘입어 간행될 수 있었다). 게다가 高官과 貴人의 일기는 대부분 시정에 관련된 것이어서 간행되더라도 상당 부분을 삭제하였다. 여행의 기록이나 외교사절의 일기는 견문의 기록이 많아서 읽을거리가 많았다. 그래서 독자에게도 유익하고 작가에게도 별문제가 없어서 전해지는 것은 대부분 이러한 유형들이다.

105) 루쉰, 저우쭤런, 후스 등이 평일 기재한 일기는 발표하기 위하여 지은 일기(『馬上日記』, 『訪日本新村記』, 『廬山日記』 등)와 아주 다르다. 위다푸만이 진정한 일기를 간행

유분방하거나 허구적이지도 않지만, 표면적으로 볼 때 이것이 일기체 소설이 지니고 있는 맛이 아니겠는가? 그래서 초기에 일기체 소설과 합작하여 간행한 작품이 일상적이거나 자질구레한 기록이 아니라, 시작과 끝이 명확하고 완정한 이야기가 있으며, 여행이나 사건을 날짜에 따라 기록한 작품이었다는 사실이 이상할 게 없다(『고륜여행일기』와 『양궁회란일기』 등).

일기를 문장으로 간주하여 쓰고 과장, 상상, 증감, 취사를 허용하는 것은 정통적인 일기로 보자면 당연히 지극한 손실이지만, 일기체 소설의 유입에 따뜻한 침상을 준비한 셈이다—독자는 전통일기와 서양 일기체 소설의 본질적인 구별에 대해 생각하거나 자세한 연구도 없이 양자를 송두리째 삼켜 수용했을 가능성이 크다. 더군다나 야사 일화를 기록한 일기(『수동일기』, 『서산일기』 등)는 원래 필기소설에 속한다. 필기소설은 소설이 아닌가? 추론하자면, 소설이 일기형식을 사용하여 서술하는 것은 실제로 신선하지 않았으며, 실제로 양자가 서로 관계가 없기는 하지만 예전부터 이미 있어왔던 것이라고 할 수 있다. 만청의 소설개념이 모호하여 일기가 당당하게 소설형식으로 진입한 것이다.

8. 소설로 유입된 편지

일기가 문론가의 승인을 장기간 얻지 못한 것과는 반대로, 편지는 매우 일찍부터 문론가의 주목을 받는 중요한 문체였다. 유협(劉勰)의 『문심조룡(文心雕龍)』 「서기(書記)」편은 전문적으로 편지의 원류, 성질, 특징 및 유명 작가와 작품의 풍격을 논술하였다. 이후에 문체를 분류하는 자라면

했으나 창작할 때 나중에 발표하려는 마음을 가지지 않았다고 보증하기는 어렵다. 왜냐하면 대부분의 일기는 그가 『蕪城日記』를 발표한 후에 창작했기 때문이다. 상대적으로 저우줘런, 후스 등이 발표한 일기는 사건의 기록이 완정한 전통적인 일기에 더욱 가깝다.

편지를 언급하지 않는 이가 없었다.

편지는 춘추전국시대에 여전히 주소(奏疏)나 공문서의 성격을 띠다가 한대에 이르러 진정으로 개인의 감정과 의사를 표달하는 수단이 되었다. 양(梁)대 소통(蕭統)은 중국 역사상 최초의 시문 총집인 『문선(文選)』을 편집하면서 '서(書)' 3권을 수집하는데, 그중 대부분이 사마천의 「보임소경서(報任少卿書)」, 양운(楊惲)의 「보손회종서(報孫會宗書)」, 조비(曹丕)의 「여오질서(與吳質書)」, 혜강(嵇康)의 「여산거원절교서(與山巨源絶交書)」, 구지(丘遲)의 「여진백지서(與陳伯之書)」 같은 찬미된 유명 작품이었다. 이것으로 볼 때 편지가 일찍이 소식을 전하는 응용문이었을 뿐 아니라, 시문과 같이 "일은 깊은 생각에서 우러나고, 뜻은 아름다운 문사로 귀결(事出於沈思, 義歸乎翰藻)"[106]되어 심미적 가치를 지니고 있음을 알 수 있다. 이렇게 편지를 잘 쓰는 것은 시문을 잘 짓는 것과 같이 도달하기 어려운 재능이었기 때문에, 위진 시기에 이것으로써 유명한 작가가 된 사람이 적지 않았다. 『문심조룡』 '서기'편에서는 "……위나라의 원유의 편지는 민첩하다고 칭해지며, 문거의 문장은 편단까지도 반드시 기록에 남겼다. 휴련은 창작을 좋아해서 편지에 깊은 관심을 기울이고 있었으니 실로 그 다음 가는 존재이다. 혜강의 「산도에게 절교를 알리는 편지」는 실로 뜻이 높으면서 문장이 웅건하며, 이별의 슬픔을 술회한 조지의 편지에는 젊은 이의 격정이 움직이고 있다. 구술을 필기한 진준의 편지 백 통은 각기 뜻을 달리하며, 이형은 남의 편지를 대신 썼는데 그 친하고 소원함에 따라 적절하게 서술하는 것도 편지에 뛰어난 재능인 것이다"[107]라고 말한다. 당 이후 편지를 잘 쓰는 문인이 헤아릴 수 없을 정도로 더욱 많아졌다. 당대의 한유, 유종원, 송대의 소식, 황정견 및 명청의 이지(李贄), 원중랑

---

106) 蕭統, 「文選·序」.

107) "……魏之元瑜, 號稱翩翩, 文擧屬章, 半簡半錄, 休璉好事, 留意詞翰, 抑其次也. 嵇康絶交, 實志高而文偉矣, 趙至敍離, 乃少年之激切也. 至如陳尊占辭, 百封各意, 禰衡代書, 親疏得宜, 斯於尺牘之偏才也."

(袁中郎), 김성탄, 정판교(鄭板橋) 등이 모두 중국 문학사상 특별히 품격을 지니고 있는 유명한 편지작가이다.

　순리에 따른다면 편지는 수신인이 받아 읽으면 그만인지라 옮겨 쓰거나 공개적으로 출판할 필요가 전혀 없다. 그러나 역대로 전해오는 문인의 편지는 모두 후인들이 친구의 유고를 정리할 때 우연히 발견한 것이 아니다.[108] 사마천같이 친구가 "그 편지를 비밀스럽게 간직해주기"[109]를 바란 사람은 실제로 많지 않았다. 어떤 이는 공개해도 무방하다고 여기고, 어떤 이는 시원스럽게 간행하기 위하여 지었다. "옛 사람들은 편지를 본집에 넣지 않았는데, 이한이 한유의 문집을 편찬하거나 유우석이 유종원의 문집을 편찬할 때 모두 편지를 넣지 않았다. 구양수, 소식, 황정견, 여조겸 및 방추애, 노유남, 조청광 이래로 비로소 편지 전문집이 존재하게 되었다."[110] 문인들은 편지가 문집에 실리거나 전문집으로 간행될 수 있음을 분명히 알고 있었기 때문에, 편지를 쓸 때 제삼자나 온 나라의 모든 사람, 자손들에게 주어 후세에 전하여 읽게 하려는 생각을 지녔다. 소동파, 황정견은 편지를 거리낌없이 마음대로 써서, 문장을 짓는다는 생각을 그렇게 많이 하지 않은 데 반해, 후래의 문인들이 정성을 기울여 잘 쓰

---

108) 昊闓生이 편한 『昊摯甫尺牘』에서는 부친의 시문이 초고가 남아 있지 않아서, 서신만으로 비망록을 준비한다고 말한다. 평보청은 『霞外捃屑』 상권에서 "요즘 관청에서는 서찰을 왕래하는데, 간혹 관리는 아니지만 성품이 겸허한 자가 원 편지의 판본을 돌려주었다."고 말하고, 편지를 돌려주지 않는 자는 자기를 업신여기는 자라고 생각한 宋代 宰相인 趙普의 말을 인용하여 遺事의 중요함을 일례로써 제시하였다.

109) 林紓는 「春覺齊論文」 '流別論'장 12절에서 司馬遷의 「報任少卿書」를 "유독 이 편지는 비분강개가 넘쳐 흘러 전혀 막히거나 머뭇거리지 않고, 李陵의 억울함을 힘껏 호소하는데 조금의 거리낌도 없었다. 다행히 任安이 그 편지를 비밀스럽게 간직하여 사마천이 죽고 나서 점점 세상에 알려지게 되었다"라고 평한다

110) 桂未穀, 「顏氏家藏尺牘·跋」, 周作人의 『關於尺牘』에서 재인용. "古人尺牘不入本集, 李漢編昌黎集, 劉禹錫編河東集, 具無之. 自歐蘇黃呂, 以及方秋崖, 盧柳南, 趙清曠, 始有專本."

려고 함에 따라 결국 "신식 고문이 되었다."[111] 정판교의 '편지'는 특별히 마음이 배어 있고 기이하고 경쾌하지만, 문장을 짓는다는 생각에서 벗어나지 않았다. 고의로 문장이 아닌 것처럼 지었을 따름이다. 루쉰은 '편지'라고 제목을 붙이고서 "왜 출판하여 많은 사람에게 보여주는가? 이것은 꾸며낸 것임을 면치 못한다"[112]고 비평하였다. 고대 문인의 편지가 꾸며낸 것인지 여부를 평론하는 것은 본문의 임무가 아니다. 여기서는 다만 명청 양대에 편지 별집과 총집이 대량으로 출판 간행[113]됨에 따라 편지의 저술화 경향이 크게 강화되었음을 지적하고자 한다.

　저술인 이상 자연히 대필할 수 있으니, 의탁한 편지에는 시인과 문장가의 고상한 기운이 느껴진다. "이형은 남의 편지를 대신 썼는데 그 친하고 소원함에 따라 적절하게 서술하는 것도 편지에 뛰어난 재주인 것이다." 하손(何孫)의 「형산후를 위해 그 부인에게 보내는 편지(爲衡山候與歸書)」, 유신(庾信)의 「양상황후세를 위해 그 부인에게 보내는 편지(爲梁上黃侯世如婦書)」는 모두 역대로 전송되는 의탁한 편지의 명편이다. 후세 문인들에게도 이러한 유희적인 작품이 있다. 가령, 원매(袁枚)의 『소창산방첩독(小倉山房尺牘)』 가운데에 「윤씨의 여섯째 아들이 새로 시집온 첩이 아프다는 말을 듣고 장난삼아 변문체의 편지를 지었는데 자운의 청으로 이것을 읽어 지어 회답하는 편지(尹六公子聞新妾姬人患病戲作駢體書爲紫雲之請作此復之)」가 수록되어 있다. 이러한 유희는 따분하기는 하지만, 문장이 청려하고 누구나 감동을 받을 수 있어서 고심을 느

111) 周作人, 「五老小簡」, 『夜讀抄』, 上海北新書局, 1934년.

112) 「怎麽寫─夜記之一」, 『三閑集』, 上海北新書局, 1932년.

113) 別集에는 매우 생동적인 『板橋家書』, 『小倉山房尺牘』에서 지나치게 저속하지만 심대한 영향을 끼친 『秋水軒尺牘』이 있다. 總集에는 陳臣忠이 편한 『尺牘雋言』(12권), 왕세정이 편한 『尺牘淸裁』(60권), 凌迪知가 편한 『名公翰藻』(50권), 李漁가 纂集한 『古今尺牘大全』(8권), 徐士俊과 汪淇가 편한 『尺牘新語』(24권), 王相이 편한 『尺牘嚶鳴集』 등이 있다.

낄 수 있다. 종성(鐘惺)의 이름으로 편집하고 풍몽룡(馮夢龍)이 교정·주석한『문학척독대전집(文學尺牘大全集)』(벽오산장(碧梧山莊)에서 인쇄하고 구고재(求古齋)가 발행)류는 진부한 말로 가득하고 매우 저속하여, "인정의 소개"(「序」)라고 말하면 괜찮지만, '문학'이라고 제목을 붙이는 것은 너무 지나친 일이다. 그러나 민국 초년에 '제일 고상한' 편지와 '제일 저속한' 의탁 편지가 성행하여 중국 작가들이 편지를 소설에 유입하도록 촉진하였다.

중국 고대에 편지의 용도는 넓어서 논문, 유기, 설리, 서정을 하는 데 사용할 수 있었다. 이상한 것은 어떤 사람도 편지를 사용하여 소설에 쓴 적이 없고, 심지어 소설 속의 인물이 문사가 아름다운 편지를 쓴 경우도 매우 적다는 것이다. 전자는 중국 고대소설의 대부분이 이야기를 서사구조의 중심으로 삼은 반면에 편지체 소설은 확실히 서정에 매우 적합하다는 점에서 비롯될 수 있다. 후자는 편지를 삽입하여 일으키는 장식, 서정작용은 중국 고대 소설 속의 시사(詩詞)가 대신한다는 데서 연원한다. 시로 전하는 것이 편지로 기탁하는 것보다 더욱 우아하고 정취가 있는 듯하다. 그리고 일상적인 자질구레한 일을 교환하는 편지는 많이 기록되지 않았기 때문에, 비록 중국 고대에 편지의 저술화 경향이 분명히 존재하기는 했지만 외국의 편지체 소설의 전입과 편지의 유입을 위한 심리적인 준비를 하였을 뿐이다. 우젠런이『이십년목도지괴현상』을, 왕쥔칭이『냉안관』을 창작할 때까지도, 여전히 당사자가 편지를 교환한 후에 설서인의 입으로 편지의 내용을 서술하기를 원하였지 편지의 직접적인 기록을 바라지는 않았다.[114]

---

114) 『冷眼觀』 18회에서 晉公이 보내온 편지내용을 수신자의 서술로 바꾸었다. 『二十年目睹之怪現狀』 71회에서는 3천여 자의 변려체의 편지를, 85회에서는 總理衙門大臣이 賣國을 비분강개하는 편지를, 104회에서는 계속 전해오는 苟才의 死因을 강술한 장편의 편지를 언급하는데 모두 기록하지 않고, 단지 2, 3행의 단편적인 편지만을 기록하고 있다(8회).

중국 작가가 편지를 소설에 대량을 유입한 일은, 크게 표방하지는 않았지만 틀림없이 외국소설의 영향을 받은 것이다. 린수는 『어안결미(魚雁抉微)』(몽테스키외의 『페르시아인 편지』)를 "환상 속에서 쓴 편지체"[115]라고 칭찬하고, 제타오(解弢)는 "시종일관 긴 편지로 구성된" "편지체 소설"[116]을 창작하기를 바랐다. 그러나 이에 앞서 소설가는 이미 소리 없이 창작하기 시작하였다. 1914년 쉬전야는 『옥리혼』을 『설홍루사』로 개작하여 염정편지를 대량으로 기록하는 특징을 앞서서 드러내고, 1915년 바오톈샤오는 미망인이 망부에게 전하는 11편의 편지를 엮어서 소설 『명홍(冥鴻)』을 만들었다. 이로써 편지가 중국소설의 형식으로 진정하게 진입되었다.

만약 일기의 저술화 경향이 중국 작가와 독자가 외국의 일기체 소설을 수용하는 데 도움을 주었다는 것이 본서의 추론일 뿐이라면, 편지의 저술화 경향이 중국 작가와 독자가 외국의 편지체 소설을 수용하는데 도움을 주었다는 점에는 많은 증거가 있다. 명청 양대 독서인들은 대부분 역대 편지의 명작을 편지쓰기의 모범으로 삼는 경우가 많다. 그들은 모범선본인 『추수헌척독(秋水軒尺牘)』을 모방하여 자기화하려는 노력을 기울였다. 만청 및 민국 초에 성행한 『서신필독(寫信必讀)』(唐芸洲저), 『보통척독전벽(普通尺牘全璧)』(西湖俠漢 찬) 유는 편집자가 편지 쓰는 이를 위한 만병통치약을 제공하여, 그대로 베껴도 좋을 정도였다. 인쇄 판수로 보면, 이러한 편지 전서가 매우 환영을 받은 듯하다. 가령, 상무인서관이 편역한 『통속신척독(通俗新尺牘)』(상해상무인서관)은 1913년의 초판에서 이미 1925년에는 20판이 발행되고, 선빙안(沈甁庵)이 편찬한 『척독대전(尺牘大全)』(상해중화서국)은 1921년의 초판에서 1924년에는 이미 35판이 발행되었다. 문장을 즐기는 이들은 별 어려움 없이 돈

---

115) 「漁雁快微・序」, 『東方雜志』 12권 9기, 1915년.
116) 『小說話』 86항, 中華書局, 1919년.

버는 방법을 깨달았으며, 게다가 당시 문인들도 염정을 다투어 말함으로써, 의작(擬作)한 염정편지가 세상에 가득하게 되었다. 1915년에 창간된 『소설신보(小說新報)』는 염정편지 전문란을 설정하여 그해에 「월지방의 모 기녀를 대신하여 모 총각에게 보내는 편지(代粵妓某致某公子書)」, 「곡패명을 모아 모 여인을 위해 새댁에게 보내는 편지(集曲牌名爲某女士致新嫁娘書)」 등의 염정편지 53편을 간행하였다(당연히 모두 의작이다). 유명한 애정소설 작가 리딩이(李定夷)는 『염정서독(艶情書牘)』 2책을 구혼, 기외(寄外), 표정(表情), 술사(述事), 결별(訣別)의 5권으로 나누어 편찬하였다. 소설잡지는 염정편지를 간행하는 데 정성을 다하고, 소설가도 염정편지를 쓰는 데 열심이었다. 그래서 그 시기의 소설에 염정편지를 대량으로 유입한 것이 이상할 게 없다. 결코 예술창신의 원망과 열정에서 나온 것이 아니라 그 결과일 뿐이다. 근거로 류톄렁(劉鐵冷)의 『구혼소사(求婚小史)』를 "구혼편지로 삼아 감상할 수 있다"[117]나 쉬전야의 『설홍루사』가 "애정편지를 애독하는 이라면 읽지 않을 수 없다"[118]고 말한 것을 들 수 있다.

최초로 편지를 소설에 유입한 중국 작가인 쉬전야는, 18세기 영국 소설가 리처드슨이 편지의 편사(編寫)에서 편지체 장편소설의 창작을 깨달은 것처럼 『옥리혼』, 『설홍루사』를 창작하기 전에 중화서국에서 『고등학생척독(高等學生尺牘)』과 『보통학생척독(普通學生尺牘)』을 편사하였다.[119] 『옥리혼』, 『설홍루사』가 출판된 후 크게 환영을 받았는데, 특히 그

---

117) 『小說叢報』 19기(1916년)에 게재한 『求婚小史』의 광고.

118) 『小說叢報』 13기(1915년)에 게재한 『雪鴻淚史』의 광고. 이 광고에서도 "이 책의 주인공인 夢霞와 梨影의 만남은 시종 몇 차례밖에 되지 않고, 서로의 감정을 전하는 곳은 모두 편지로써 전달한다. 전후 수십 편에 달하는 편지는 애절하고 농염하여 노래 부르거나 울 수 있다. 이 중에는 『玉梨魂』에 싣지 않은 것이 매우 많다."고 말한다. 이때 『小說叢報』는 徐枕亞가 주편을 맡고 있었는데, 이 광고로 쉬전야의 취미와 창작의 도를 엿볼 수 있다.

119) 『小說叢報』 6기(1914년)에 『枕亞特別啓事』를 게재하여 中華書局이 이 두 책 속에서

중에서도 염정편지가 그러하였다. 그래서 쉬전야도『풍월척독(風月尺牘)』
2책을 편사함에 있어 소설가의 전문적인 재능을 이용하여 상이한 상황
아래에서 마주한 청춘남녀가 어떻게 연속적으로 편지를 왕래하는지 구
상하고, 이로부터 일관되고 이야기화한 연속적인 편지를 편사하였다. 1
권의 목록을 예로 들어보자.

> 처음 공원에서 만난 후 사모한다는 편지―감사하다는 여인의 답
> 장―직접 구혼하는 편지―재차 여인에게 구혼하는 편지―위안하며
> 허락의 뜻을 간략히 표하는 여인의 편지―사진과 소설책을 보내며 여
> 인에게 쓴 편지―감사하다는 여인의 답장―여인에게 사진을 보내달
> 라는 편지―거절하는 여인의 편지―재차 사진을 보내달라는 편지―
> 사진을 보내며 쓴 편지―여인과 공원에서 만나기를 청하는 편지―여
> 인의 약속 편지―공원에서 만난 후 여인에게 보내는 편지―여인의 답
> 장―시계와 다른 예물을 보내며 쓴 편지―예물을 보내며 쓴 여인의
> 답장―여인에게 보내는 편지―공원에서 만난 후 부모 형제가 이 소
> 식을 듣고 꾸짖었던 일을 서술한 여인의 편지―여인에게 보내는 답
> 장―연애 편지 때문에 부모 형제로부터 받은 수모를 알리는 여인의
> 편지―중매인을 보내 허락하지 않는다는 일을 서술한 여인의 편지―
> 학문을 추구하겠다는 여인의 편지―일본 유학을 약속하는 남자의 편
> 지―여인의 답장

편지의 내용은 당연히 볼 만한 게 없지만, 이와 같은 소설화한 편지집
이 오히려 쉽게 편지체 장편소설이 될 수 있다는 점을 주의해야 한다. 그
때는 이미 5·4 일대의 작가가 흥기할 무렵이어서 쉬전야는 성과를 얻지
못하고 많은 반응을 일으키지 못했지만, 신소설가가 편지를 소설에 유입

그의 이름을 제거하였다고 항의하였다.

한 것은 서양소설의 영향을 받았을 뿐 아니라 중국 고대 편지의 저술화
및 신해혁명 후 염정편지의 성행과 많은 관련을 지니고 있음을 분명히 말
해준다.

염정편지를 애호하는 많은 이들과 직면하면서[120] 쉬전야 등이 대담하
게 편지를 소설에 유입한 것은, 그 주관적인 동기야 어떠하든지 결국 긍
정할 만한 예술기교의 혁신이었다. 그러나 쉬전야 등의 편지 유입은 편지
가 소설에 의지하여 예술화된 것이 아니라, 소설이 편지에 의지하여 애절
하고 농염해진 것으로, 염정편지를 팔아먹는 이러한 경향은 예술기교의
혁신을 심하게 모독하였다.

9. 일기체, 편지체 소설의 전통 서사양식 해체

중국 고대 일기와 편지의 저술화경향은 신소설가가 초보적으로 외
국의 일기체, 편지체 소설을 수용하는 데 도움을 주었다. 그러나 이러
한 저술화 경향으로 신소설가는 일기체, 편지체 소설의 심리화나 개성
화 특징을 쉽게 홀시하여 단지 그 표면적인 문체 특징만을 모방하게
되었다. 5 · 4시기에 이르러서야 개성해방 사조와 외국문학의 대량 번
역 및 적극적인 차용에 따라, 일기체, 편지체 소설이 비로소 전통소설
의 서사시간, 서사시점, 서사구조를 진정으로 극복하는 유력한 무기가
되었다.

루쉰은 『월만당일기(越縵堂日記)』에서 "이자명(李慈銘)의 마음을 읽
을 수가 없다"[121]고 비판한 적이 있다. 이것은 사실 대다수 중국 고대
일기의 병폐이다. 관리의 여행을 기록하는 자는 산수풍물에 착안하고,

---

120) 『小說叢報』 3권 10기(1917년 5월)에 광고를 게재하여 "才子奇書는 애정의 보물이
며", 『風月尺牘』은 "초판 만 권이 순식간에 팔렸고", "이번의 재판은 양장본을 사용하
여 표지를 만들었다."고 말한다.
121) 「怎麼寫─夜記之一」, 『三閒集』.

야사를 채록하는 자는 명사(名士)의 숨겨진 이야기에 착안하며, 서화가는 꽃과 새를 그리는 데 치중하고(이일화(李日華)의 『미수헌일기(味水軒日記)』), 리학가(理學家)는 수양의 감회(황순요(黃淳耀)의 『갑신일기(甲申日記)』를 중시하였다. 그러나 한결같이 광활한 세계를 마주하거나 인생의 변화를 체험할 때 절로 미묘하고 복잡해지는 심리변화를 망각하였다. 설령 우연히 기록된다 하더라도 출판할 때 그것은 가정이나 나라의 대업에 무익하거나 이야깃거리만을 던져주기 십상이기 때문에 "강렬한 횃불에 던져버리거나 심연에 가두어버릴"[122] 가능성이 매우 컸다. 목불(木拂, 葉天廖)의 『갑행일주(甲行日注)』와 같이 명나라 유민의 처량한 감개를 표현하는 데 중점을 두어, 필치에 거리낌이 없고 읽으면 글자마다 피눈물 소리가 들리는 것[123]만이 실로 걸출한 작품이라 하겠다. "근인의 일기는 변하여 대부분이 사건의 편찬이 매우 많고 심리의 기술도 날로 풍부해졌다."[124] 소위 근인으로 가리키는 이들은 5·4 이후의 작가이다. 신소설가들은 여전히 고대 문인일기의 잔재를 이어받았다. 량치차오의 『쌍도각일기』는 대부분이 시사를 기록하고, 류어의 『임인일기(壬寅日記)』 등도 대개가 금석문을 채록한 것이다. 또한 량치차오의 "어젯밤 내내 잠을 이루지 못하다가, 새벽녘에 누워서 한아의 책 읽는 소리를 듣고, 얼마 후에 잠이 들었다"(宣統 2년 정월 17일 일기)나, 류어가 서적과 금석문 수집의 이해득실에 관한 절묘한 의론을 서술하는(『임인일기』 7월 28일) 등 개인의 심정변화를 조금 기록한 것도 있기는 하다. 그러나 5·4작가라면 반드시 감개를 격정적으로 표출했을 곳에서 신소설가는 조용하게 비켜갔던 것이다. 이

---

122) 李慈銘의 『越縵堂日記』 속의 「孟學齊甲集·序」 참고.

123) 別家人이 중이 되는 감흥, 어린아이의 병사, 유랑 중에 지낸 섣달 그믐밤, 단풍을 감상하고 마음이 아파하는 등의 기술을 유입한 것은 모두 문정이 풍부하고, 심리묘사가 매우 세치하다.

124) 阮牙名(阿英), 「日記文學叢選(文言卷)·序記」, 上海南強書局, 1933년.

것은 결코 신소설가의 심리가 5·4작가만큼 복잡하지 않아서가 아니라, 그들이 개인의 진실하면서도 어수선한 사유를 기록하고 표출하는데 익숙치 않았기 때문이다. "매우 냉정한 두뇌로써 자기 내심의 움직임이나 사상의 전개를 고찰하면서, 중요한 부분을 매우 능숙한 기교를 사용하여 묘사하였다"[125]는 것이 바로 5·4작가가 쓴 일기의 특징과 우수성이다. 작가들의 모든 일기가 이러한 점을 지니고 있지는 않지만, 그들은 확실히 이렇게 쓰려고 하였다.

역대 문인들은 편지체를 논할 때 대부분 "다 말하는 것을 근본으로 한다(本在盡言)"[126]는 유협의 설을 추숭하였다. 린수의 "진실한 감정과 차분한 표현을 귀중하게 여긴다(所貴情摯而語馴)"[127]도 이 뜻에서 벗어나지 않는다. 편지의 저술화 자체가 어느 정도의 작위를 의미하지만 최소한 공개적으로 간행된 편지를 보면 이와 같다. 다른 사람에게 보여주는 문장인 이상, 표면적으로 즉석에서 일필휘지한 것처럼 꾸미더라도 당연히 여러 번 수식하지 않을 수 없었다. 전자는 흔적이 드러나지 않을 수 있지만, 후자는 머뭇거리는 느낌을 지울 수 없다. 저우쭤런은 명청의 많은 문인이 편지를 신식 고문으로 삼아서 지었다고 비평하였는데 핵심을 찌르는 말이다. 고문이라면 자연히 글의 구성과 문장의 표현에 주의하기 때문에, 일상적인 편지처럼 마음대로 글을 쓰는 가운데서 작가의 진실한 감정을 엿보기가 어렵다. 민국 초 문단에 성행한 염정편지(『소설신보』에 간행된 것처럼)는 경박하고 따분할 뿐 아니라, 천편일률적이고 억지로 꾸미는 작태가 제일 심각한 문제였다. 5·4작가들이 일기와 편지가 "문학 가운데에서 특별히 흥미 있는 문체"라고 존숭한 것은, 그 속에서 작가의 재능과 학식을 볼 수 있어서가 아니라 "다른 문장보다 한층 선명하게 작가

---

125) 錢謙吾(阿英), 『語體日記文作法』, 上海南强書局, 1931년, 181쪽.

126) 劉勰, 『文心雕龍·書記第二十五』.

127) 林紓, 「春覺齊論文·流別論」, 『春覺齊論文』, 北京都門印書局, 1916년.

의 개성을 표출할 수 있었기"[128] 때문이다. 이것이 5·4작가의 편지문체가 화려함에 빠지지 않고 진실하고 자유스러우며 개성화되도록 만들었다. 30년대 초기에 출판된 『모범서신문서(模範書信文書)』(상해광명서국, 1933년), 『현대유명작가 연애편지선(現代名家情書選)』(상해아세아서국, 1933년), 『현대편지선(現代書信選)』(상해북신서국, 1934년), 『당대편지선주(當代尺牘選注)』(상해광명서국, 1935년) 같은 근대의 편지선집은 대부분 루쉰, 위다푸, 저우쯔런, 쉬즈모, 궈모뤄, 후스 등의 편지를 선집한 것이다. 이러한 편지는 진실로 "작가 자신의 간결한 주석이며",[129] 확실히 인간이자 문인으로서의 작가의 풍격을 지나고 있다.

일기, 편지는 당연히 일기체, 편지체 소설과 동일시될 수 없다. 그러나 작가의 일기, 편지는 그의 일기체, 편지체 소설의 풍격과 밀접하게 관련된다. 신소설가가 일기체, 편지체 소설형식에 접근하면서도 그 작용을 효과적으로 발휘할 수 없었던 이유는, 그들이 심리화와 개성화 측면에서 이러한 소설형식을 이해하지 않았다는 점과 크게 연관되어 있다. 그래서 신소설가가 일기체 소설형식을 사용하여 견문을 기록하고(『화개화락』), 이야기를 서술하였지만(『비래지일기』), 루쉰의 「광인일기」, 빙신의 「병자의 수필」, 루인의 「리스의 일기」와 같이 내면의 갈등이나 정서의 기복을 주요하게 표현하지는 않았다. 상당히 내재화된 형식을 사용하여 상당히 외재화된 행동을 표현했던 것이다.

쉬전야의 문장의 재능 및 『옥리혼』의 이야기 구조라면, 슬프고 처절하여 진실하게 사람을 감동시키는 편지를 짓는 것도 충분히 가능하다(실제로 『옥리혼』의 많은 편지는 매우 감동적인데, 작자가 창작할 때 감정을 실어 보낸 것으로 여겨진다). 그러나 미사여구로 수식한 변문체의 편지(『설홍루사』)는 농염하지 않은 말이 없고 향기롭지 않은 편지가 없어

---

128) 周作人, 「日記與尺牘」.
129) 魯迅, 「孔另境編『堂代文人尺牘』序」, 『且介亭雜文二集』, 上海三閑書屋, 1937년.

서, 독자들이 도대체 어떻게 몽하(夢霞)와 이랑(梨娘)이 서로 속정을 건 네게 되는지, 쉬전야가 문재(文才)를 과시한 것은 아닌지 의심하지 않을 수 없다. 5·4작가들도 소설 속의 인물이 쓰는 편지를 지을 때 간혹 "문인이 묘사한 인물이라고 해서 모두 문에 능한 것은 아니다"라는 점을 고려하지 않고 작가가 대필한 흔적이 나타나지만,[130] 총체적으로 보면 작가들이 가능한 한 인물의 성격을 묘사함으로써 인물의 말을 대신한다고 할 수 있다. 수사의 우월함이나 이야기의 곡절함에 기대지 않고, 진실하고 심원한 내면세계와 주관정서에 의지하여 감동을 주고 있다. 작가들이 대개 인물의 감각과 기본적으로 일치하고, 편지체 소설을 빌려 자기의 감정을 쉽게 묘사하기 때문에 한층 작가의 개성을 구현할 수 있었다. 그래서 이러한 처리방식은 표현범위가 국한되기는 하지만, 이해하기가 쉬워서 5·4작가들의 총애를 받게 된 것이다. 바로 펑위안 쥔(馮沅君)이 말한 것처럼, 5·4작가가 편지체 형식을 선택하게 된 주된 원인은 "다른 장르의 작품과 비교하여 더욱 작가의 개성적인 색채를 많이 함축할 수 있기"[131] 때문이었다.

신소설가들은 일기체, 편지체 소설을 초보적으로 접촉하여 오해하는 곳도 많았지만, 일기체, 편지체 형식을 채용하여 이야기를 서술하려면 불가피하게 전통적인 설서인의 상투어를 버리고, 전지적 서사의 제한을 극복해야만 했다. 5·4작가는 인물의 주관정서와 작가의 심미개성을 중시하였기 때문에, 일기체 형식을 선택하여 자유로우면서 변화 있는 사유에 충실하고, 앞뒤의 시간을 도치할 수 있어서 더 이상 전통적인 순차적 서술을 채용하지 않았다(「광인일기」). 그리고 편지체 형식을 선택하여 "완정한 사건이 없어도 서술할 수 있"고, 인물의 입을 빌려

---

130) 夏丏尊은 「論記敍文中作者的地位并評觀今小説界的文字」(『立達季刊』 1권 1호, 1925년)에서 「超人」의 禄兒의 편지는 결코 12세의 소년이 쓸 수 있는 것이 아니라고 비평한다.

131) 淦女士, 「淘沙」, 『晨報副刊』 1924년 7월 29일.

"감정과 사상을 표출할"[132] 수 있으며, 더 이상 이야기가 아니라 인물의 정서를 구조의 중심으로 여기게 되었다. 만약 신소설가가 일기체, 편지체 소설을 빌려 중국소설 서사시점의 변천만을 실현했다면, 5·4작가는 그것으로 중국소설의 서사시간, 서사시점, 서사구조의 전면적인 변천을 실현했다고 할 수 있다.[133]

---

132) 劍三(王統照), 「評永心的超人與瘋人筆記」, 『小說月報』 13권 9기, 1922년.
133) 일기, 편지체 소설이 중국소설 서사양식의 변천 가운데서 일으킨 작용은 제2, 3, 4장에서 상세히 서술하였다.

제7장 사전(史傳)전통과 시소(詩騷)전통

대개 소설가의 말에 실증이 없으면 패관(稗官)이 사료
로 제공할 수 없지만, 조금이라도 실증이 있다면 절로
정사(正史)를 기록하는 데 참고가 될 수 있다.
—린수[1]

소설은 사건을 서술하거나 경물을 묘사할 뿐 아니라
정감을 표출할 수도 있다.…… 이러한 서정시적인 소설
은 비록 형식이 특별하기는 하지만 문학적인 특질을 지
니고 있으며 바로 사실적인 소설인 것이다.
—저우쮀런[2]

1. 두 세대 작가의 상이한 선택

위에서 인용한 두 글은 의심할 여지없이 두 가지의 다른 소설관을 드러
내고 있다. 그러나 이 두 가지 소설관은 똑같이 뿌리 깊은 중국의 문학전

---

1) 『劍則錄』제32장, 北京都門印書局, 1913년. "凡小說家言, 若無征實, 則稗官不足以供史
料, 若一味征實, 則自有正史可稽."

2) 「『晚間的來客』譯後記」, 『點滴』, 北京大學出版部, 1920년.

통에 근원하고 있다. 사전(史傳)과 시소(詩騷)의 소설유입은 20세기 초에 시작된 것은 아니지만, 20세기 초에 와서야 넓은 의미의 두 가지 문체가 소설에 침투하는 특이한 현상을 드러내어 중국소설 서사양식의 변천을 촉진하고 제한하였다.

소화, 일화, 문답, 유기, 일기와 편지는 문체적인 내용을 지니고 있어서 비교하여 개념을 정의할 수 있지만, 사전과 시소는 그렇게 쉽게 경계를 나누고 파악할 수 없다. 그것들을 문체라고 규정한 것은 천년 이전의 옛 일이다. 신소설가와 5·4작가는 편년사(編年史), 기전(紀傳), 기사본말(紀事本末) 등의 역사편찬 형식과 고체시, 악부, 율시, 사, 곡 등의 시가장르에서 그것을 대면할 수 있었다. 그러나 필자는 역사산문의 총칭인 사전(유협『문심조룡·사전』참고)과『시경』,『이소』에서 시작된 서정시 전통(시소)을 선택할 수밖에 없다. 그 이유는 중국 소설의 형식발전에 영향을 끼친 것은 결코 구체적인 역사서의 문체나 시가장르가 아니라 전체적인 역사편찬 형식과 서정시 전통이기 때문이다. 소설이 처음으로 창작된 시기에 차용한 역사서와 시가는 아마 상이한 문체의 상호침투 정도로 취급할 수 있지만, 천년 이래 사전과 시소가 중국소설에 끼친 영향은 이미 심미적 취미 등의 내재적 경향 속에 주로 구현되어 있어서, 반드시 직접 대응할 수 있는 표면적인 형식적 특징은 아니다. 사전, 시소가 중국인의 심미적 취미 형성과 중국 서사문학의 발전에 끼친 제약을 고찰하려면,[3] 그것을 문체로 보아서는 안 될 듯하다. 그러나 사전, 시소의 소설 유입 경향이 이미 예전부터 있었음을 감안한다면, 근원의 추적은 문체에서 시작하지 않을 수 없다. 그래서 본 장의 논술은 문체에 기초하면서도 문체에만 제

---

3) 「시사(詩史)를 말한다─중국시가의 서사기능을 겸하여 논함」에서 필자는 사전전통과 시소전통의 제약으로 인해 중국 시인들은 '敍事'를 '紀事'나 '感事'로 전화시켰으며 제일 대표적인 경향이 바로 시사의 설이라고 언급하였다. 기사는 역사감과 진실성을 추구하고, 감사는 형식감과 서정성을 추구한다. 잘 쓰면 시 속에 역사가 있거나 역사 속에 시가 있을 수 있으나, 잘 쓰지 못하면 시는 있으나 역사가 없고 혹은 역사는 있으나 시가 없을 수 있다. 이 두 가지 모두가 사시의 진일보한 발전을 억제하였다.

한하지는 않는다.

일찍부터 학자들은 중국의 소설형식이 발전할 때 역사저작에서 깊은 영향을 받았다는 사실에 주의하였다.[4] 시소를 소설에 유입한 표면적인 특징인 '증명할 시가 있다(有詩爲證)'는 사실은 특히 소설 연구자들이 논하기 좋아하는 주제였다.[5] 본 장에서 집중적으로 강조하는 것은 아래의 세 가지 점이다. 첫째, 중국작가가 사전, 시소의 소설 유입에 열중하는 원인. 둘째, 중국소설 발전에 영향을 끼친 것은 개별적인 사전 혹은 시소가 아니라 종합적인 사전과 시소라는 점. 셋째, 중국소설에 영향을 끼친 사전, 시소의 구체적 표현.

중국 고대에는 편폭이 거대하고 사건서술이 복잡한 사시(史詩)가 남아 있지 않아서, 매우 오랜 시간 동안 서사기교는 거의 역사서의 전유물이 되었다. [6] 당나라 이조(李肇)는 『침중기(枕中記)』와 『모영전(毛穎傳)』 "두 편은 진실로 역사서술의 재능으로 쓰여진 작품"[7]이라고 평가하고, 송나라 조언위(趙彦衛)는 당인(唐人)소설에서 "역사서술의 재능, 시의 필치, 의론을 볼 수 있다"[8]라고 평가하며, 명나라 능운한(凌雲翰)은 "옛날에 진홍이 『장한전』과 『동성노부전』을 지었을 때, 당시 사람이 그의 역사서술

---

4) 해외 학자 프루섹, 샤즈칭, 하난, 플라크가 모두 유사한 견해를 지니고 있다. 샤즈칭의 「中國古典小說導論」(『中國古代小說研究』, 上海古籍出版社, 1983년. 플라크의 「談中國長篇小說的結構問題」(『中國古典文學批評研究』, 臺灣黎明文化事業公司, 1997년), 이웨이더의 「寫實主義與中國小說」에서 프루섹과 하난에 대한 소개(『中國古典小說研究專集』, 臺灣聯經出版事業公司 1907년) 참고.

5) 프루섹은 이에 대해 매우 칭찬하였다("The Realistic and Lyric Elements in The Chinese Mediaeval Story", Archiv Orientální 32:1, 1964년 참고). 畢雪甫는 중국소설의 한계를 지적하였다("Some Linitations of Chinese Fiction", Far Eastern Quartely, 1951년 참고).

6) 서양 서사문학에서는 史詩, 中古 傳奇와 장편소설의 세 가지가 서로 혼합되어 있는 단계를 찾아볼 수 있다.

7) 『書國史補』.

8) 『雲麓漫鈔』.

의 재능을 칭찬하자 모두들 수긍하였다"[9]라고 말하였다. 여기서 '역사서술의 재능'은 모두 실록이나 역사적 지식이 아니라 서사능력을 가리킨다. 이로부터 역사를 기록하는 서사능력이 당송인의 마음속에 발달하고 있음을 볼 수 있다. 실제로 사마천(司馬遷)이 기전체를 창립한 이래 역사산문의 인물묘사와 사건서술의 예술 수법이 한층 발전하였으며, 역사서도 분명히 소설묘사를 위해 직접적으로 차용할 만한 모델을 제공하였다. 그래서 오랫동안 문인들이 소설을 얘기하면서 모두들 『사기』를 모범으로 삼은 것도 이상할 게 없다. 김성탄은 "『수호전』이 『사기』보다 뛰어나다[10]"라고 칭찬하고, 모종강은 "『삼국연의』는 사건을 서술한 우수한 작품으로 마치 『사기』를 보는 듯하다"[11]라고 말하며, 장죽파(張竹坡)는 "『금병매』는 한 편의 『사기』이다"[12]라고 직접적으로 말하고 있다. 와한초당본(臥閑草堂本)은 『유림외사』를, 풍진만(馮鎭巒)은 『요재지이』를 평가함에 있어 모두 오경재, 포송령이 어떻게 사기, 한서의 필법을 취하였는가를 크게 논하고 있다.[13] 그 밖에 역사서는 중국 고대에 숭고한 위치를 차지하고 있었는데, '경사자집(經史子集)'은 분류순서일 뿐 아니라 가치평가도 함유하고 있다. 이미 경에 역사가 포함된 점(春秋三傳의 경우)이나 "육경은 모두 역사이다(六經皆史)"라는 견해를 차치하더라도 중국 문인들의 마음속에 차지하는 역사서의 지위는 겨우 자집(子集)에 소속되는 문언소설이나 근본적으로 분류의 대상조차 되지 못했던 백화소설에 비해 상당히 높았다. 소설을 역사서에다 억지로 비교하거나 사전을 소설에 유입하는 것은 모두 소설의 지위를 제고하는 데 도움을 주었다. 게다가 역대 문인들 중에는 경사(經史)를 숙독하지 않은 이가 없어서, 소설을 창작하는 데 사전

9) 「剪燈新話·序」. "昔陳鴻作『長恨傳』并『東城老父傳』, 時人稱其史才, 咸推許之."
10) 「讀第五才子書法」.
11) 「讀三國志法」.
12) 「批評第一奇書金甁梅讀法」.
13) 無名氏 臥閑草堂本의 『儒林外史』評語와 馮鎭巒의 「讀聊齊雜說」 참고.

의 필법을 빌리고 소설을 읽는데 사전의 시각을 차용한 것은 당연한 일
이었던 듯하다.

중국은 시의 왕국이다. "서주에서 송에 이르기까지 문학사의 대부분이
실제로 시사로 구성되어 있다."[14] 당 전기(傳奇), 송 화본(話本), 원 잡극
(雜劇) 및 명청 소설이 흥기한 후에도 오랫동안 유지되어온 시가의 정통
적인 지위를 진정으로 바꾸지 못하였다. 이 시 왕국의 시의 역사에서 대
다수의 명작은 모두 서정시이며, 서사시의 비율과 성취는 서로 비교해보
면 실제로 매우 적었다.[15] 대단히 강한 이 시소전통은 다른 문학형식의
발전에 영향을 끼치지 않을 수 없었다. 어떠한 문학형식이든지 문학구조
의 중심으로 헤집고 들어가려면 어쩔 수 없이 시소의 서정적 특징을 차용
해야만 했다. 그렇지 않으면 독자의 승인과 환호를 받기 어려웠다. 문인
창작은 말할 것도 없고 민간 예술가의 설서도 예외가 아니었다. 필자도
초기 화본소설 속의 운문이 민간 설창(說唱)과 유관하다는 점은 승인하
지만 설서 속의 '증명할 시가 있다'가 전부 이 때문이라고 생각하지는 않
는다.[16] "재능과 문장을 논할 때는 구양수, 소식, 황정견, 진사도의 아름다
운 구절을 들고, 고시를 얘기할 때는 이백, 두보, 한유, 유종원의 시편을
들"며 설서인은 "많은 곡과 시를 읊조릴 수 있"[17]음을 과시하였다. 설서인
들은 이를 통해 박학함을 나타내기도 하지만, 이를 빌려 청중의 관심을
모으고 이야기의 가치를 높힌다는 데에 더 중요한 목적이 있었다. 어떻
게 보면 시문으로 출세하는 왕국이기 때문에 소설가라도 시에 능하지 않
을 수 없었다. 재주와 정감을 전환하여 소설을 지을 때 의식적·무의식적

---

14) 聞一多, 「文學的歷史動向」, 『聞一多全集』 1권, 上海開明書店, 1948년.

15) 졸고, 「시사(詩史)를 말한다―중국시가의 서사기능을 겸하여 논함」 참고.

16) 鄭振鐸, 「中國古典文學中的小說傳統」, 『鄭振鐸古典文學論文集』, 上海古籍出版社,
1984년.

17) 羅燁, 『醉翁錄舌耕敍引』. "論才詞有歐, 蘇, 黃, 陳佳句, 說古詩是李, 杜, 韓, 柳篇章." 說
書人誇耀其. '吐談萬卷曲和詩'"

으로 언제나 그 시적인 재능을 드러내었다. 송나라 홍매(洪邁)는 "대체로 당나라 사람들은 대부분 시에 능하여, 소설희곡이나 가전체(假傳體)의 글을 짓더라도 완연히 정치한 사유를 하지 않는 이가 없었다. 그래서 반드시 대가가 아니더라도 후세에 이름을 떨칠 수 있었다"[18]라고 말한다. 사실 당나라 사람들만 그러하겠는가? 후세 문인들도 소설을 지을 때 이와 같이 힘써 추구하지 않은 이가 없었다. 다만 기교가 치졸하여 혐오스러울 정도의 교만한 재주로 변질되었을 따름이다.

여기서 강조해야 할 것은, 어떤 작가는 사전을 차용하고 다른 어떤 작가는 시소를 차용하여 쌍벽을 이룬다는 점이 아니라, 작가들이 구체적인 창작 속에서 제각기 치중하는 바가 다를 뿐(심지어 같은 작품 내에서도) 양자의 공동적인 영향을 수용한다는 점이다. 바로 이 양자의 결합이 어느 정도 중국소설의 발전방향을 규정하였다. 사전의 영향이 두드러지더라도 소설의 상상과 허구의 권리를 방기할 수 없고, 시소의 영향이 부각되더라도 소설 서사의 기본적인 임무를 망각할 수 없다. 중국소설에 끼친 사전, 시소의 영향은 문언소설과 백화소설, 문인창작과 민간창작의 어느 한 부분에만 제한되지 않는다. 표현형태가 다르고 성과가 다를 수 있지만, 세밀하게 살펴보면 모두 이 양자가 남긴 흔적을 쉽게 발견할 수 있다. 필자는 중국문학 가운데의 서정시와 사시의 양대 전통에 관한 프루섹의 분석을 각별히 찬성하기는 하지만, 중국소설의 발전과정을 서술할 때 여전히 사전, 시소의 결정적인 영향을 중시할 것이다.[19] 왜냐하면 중국소설사에서는 경계가 확연하면서도 어깨를 나란히 하는 문인문학과 민간문학을 양대 체계로 정리하기가 어렵기 때문이다. 중국 고전소설은 문언소

---

18) 『容齋隨筆』15권. "大率唐人多工詩, 雖小說戲劇, 鬼物假托, 莫不宛轉有思致, 不必顯問名家而後可稱也."

19) 프루섹의 抒情詩전통은 실제로 필자가 말하는 史詩과 詩騷를 포괄한다. 史詩전통은 이야기 구성의 설서적인 풍격을 중시하는 것을 가리킨다. 그러나 필자는 설서 속의 '증명할 시가 있다'와 시대배경에 대한 상세한 소개는 모두 시소와 사전전통의 영향으로 볼 수 있다고 생각한다.

설과 백화소설의 두 부분으로 나누어지는데, 그중에서 문언소설은 당연히 문인문학에 소속되지만, 민간설서에서 발전되어온 장회체 형식을 채용한 백화소설에도 문인적인 취미가 배어 있을 가능성이 크다. 또한 서회재인(書會才人)의 편집, 문인의 수정이나 가상적인 서사를 거쳐서 유전되어온 화본소설은 실제로 원시 설서예술과 이미 상당한 차이를 지니고 있어서 진정한 민간문학이라고 부르기가 매우 어렵다.

중국소설에 대한 사전의 영향은 대체로 정사(正史)의 보충을 위한 창작목적, 실록적인 춘추필법 및 기전체의 서사기교로 표현된다. 중국소설에 대한 시소의 영향은 주로 작가의 주관정서를 부각시키거나, 사건을 서술하는 가운데 언지서정(言志抒情)을 중시하며—"문장을 펼쳐 사물을 묘사함에 있어 자유자재로 휘날리며 미묘한 분위기를 자아낸다"[20]—구조상으로 많은 시를 소설에 유입하는 데에서 드러난다. 그러나 상이한 시대의 상이한 수양을 한 작가라면 당연히 상이한 심미적 선택을 할 수 있기 때문에, 중국소설에 미친 사전과 시소의 영향도 주도적인 현상으로 말할 수 있을 뿐이며, 당연히 상이한 측면이 드러날 수 있다.

중국 고대소설과 마찬가지로 신소설과 5·4소설도 착안점은 다르지만 사전과 시소의 영향을 깊이 받았다. 신소설은 사전에, 5·4소설은 시소에 더욱 경사되어 있다. 이러한 착안점의 이동은 소설의 전체면모에 커다란 변화를 야기시켜서 중국소설 서사양식의 변천에도 파급되지 않을 수 없었다.

2. 사전전통을 수용한 신소설

역사를 보는 시각으로 소설을 읽는 중국인의 고질적인 인식에 기초하여 신소설 이론가는 처음부터 소설과 역사서를 애써 구분하려 했던 듯하

---

20) 桃源居士, 「唐人小說序.」 "摛詞市景, 有翻空造微之趣."

다. 1897년 옌푸, 샤정여우가 쓴『본사에서 설부를 덧붙여 인쇄하는 취지(本館附印說部綠記)』에서는 허구와 사실의 관점에서 분석하였다. "인사를 사실대로 기록한 책을 역사라 부르고, 인사를 기록하지만 반드시 실제 사실이 아니어도 되는 책을 패사라 부른다."[21] 1903년 샤정여우가 지은 『소설원리(小說原理)』에서는 진일보하여 상세함과 간략함의 측면에서 논술하였다. "소설은 상세한 필치로써 이미 알고 있는 이치를 묘사하기 때문에 제일 뛰어나다. 역사는 간략한 필치로써 이미 알고 있는 이치를 서술하기 때문에 그 다음이다."[22] 또한『수호전』가운데의 무대랑(武大郎) 이야기를 예로 들어 "만약 무대의 사건이『당서』,『송사』열전 중에서 서술되었다면 '처 반금련이 서문경과 간통하고, 공모하여 무대를 죽이다'라는 두 구절만으로 기록되었을 것이다"[23]라고 말하고 있다. 1907년 만(蠻)은 『소설소화(小說小話)』속에서 "글의 내용을 속어로 서술할 뿐, 특별히 수식하여 복잡하게 만들어진 곳이 없는" 역사소설은 "역사로 보기에도 그렇고 소설로 보기에도 마땅치 않다[24]"라고 비평하고 있다. 그러나 이론가들이 역사서와 소설의 구분을 소리 높여 외쳤지만 많은 사람들은 여전히 역사서를 소설로 간주하여 읽거나[25] 소설을 역사서로 여겨 비평하였다.[26]

---

21)『國聞報』1897년 10월 16일에서 11월 18일까지 간행되었다. 연재할 때에는 이름이 갖추어지지 않았다. "書之紀人事者謂之史, 書之紀人事而不必果有比事者謂之稗史."

22) "小說者, 以詳盡之筆, 寫已知之理者也, 故最逸. 史者, 以簡略之筆, 寫已知之理者也, 故次之."

23)『繡像小說』제3기에 간행되었다. 署名은 '別士'이다. "若以武大入『唐書』,『宋史』列傳中敍之, 只有 '妻潘通於西門慶, 同謀殺大' 二句耳."

24)『小說林』제2기.

25)『新民叢報』25기(1903년)에 "黃智書局出版書目"이 게재되었는데, 그중에『歐洲十九世紀史』를 "흥미진진하여 소설책을 읽는 것 같다"라고 소개하였다. 康有爲는『日本書目志』14권「小說門」을 편집하여 많은 야사, 필기와 인물전기를 수록하였다.

26) 작가가 佚失된「讀新小說法」에서는 "신소설은 사서로 여겨 읽어야 한다.『雪中梅』는 일본의 역사이며,『俄宮怨』은 러시아의 역사이고,『利殺瑟』,『滑鐵盧』는 프랑스의 역사이다."라고 말한다(『新世界小說社報』6~7기).

소설을 완전히 역사서로 혼동하는 이는 매우 적었지만, 의외로 패사(稗史)와 정사의 구별을 상세하게 하지 않아서 의식적·무의식적으로 역사를 읽고 평가하는 시각으로 소설을 읽고 평가하는 사람이 적지 않았다. 만청시기에 영향력이 매우 큰 소설가 츄웨이아이는 "소설가의 말은 반드시 사실을 기록하고 이치를 궁구하며, 역사적 사실을 검증하는 데 있어 자료를 제공할 만한 것을 정통으로 여긴다. 그 나머지 여우나 귀신에 관한 이야기, 애정이나 세속에 관한 이야기는 소일거리에 불과하여 마치 현자들의 장기나 바둑 같은 오락거리일 뿐이다. 이러한 것들은 사실을 기록하고 이치를 궁구하는 것과 장단을 비교할 수 없다"[27]라고 하였다. 그래서 그는 왕사정의 『거역록(居易錄)』이 포송령의 『요재지이』와 조설근의 『홍루몽』보다 뛰어나다고 여겼던 것이다. 이와 같이 소설을 비평하면 역사를 비평하는 것에 가까워지기 마련이다. 신소설가들이 특별히 역사소설을 중시하는 이유[28]는 권선징악의 뜻을 나타내거나, 독자들이 소일하는 가운데서 역사적 지식을 얻을 수 있도록 한다는 점 이외에, 한층 "우리나라 사람은 고인을 숭배하는 특성을 지니고 있는데, 고인을 숭배하면 옛일에 대해 말하기를 좋아하기"[29] 때문이었다. 사실 옛이야기뿐 아니라 지금 이야기도 말하기를 좋아한다면, 관건은 서술하는 인물과 사건이 실제로 존재한다 하더라도 이야기가 실제 사건과 인물에 제한되지 않는 데에 있다. "이전 문인들의 역사와 전고에 대한 흥미가 허구적인 이야기에 대한 기호를 초월한다"는 점은 중국인의 근본적인 성격에 바탕을 둔다고

---

27) 『菽園贅談·小說』 1897년 간행본. "小說家言, 必以紀實硏理, 足資考核爲正宗, 其餘談狐說魂, 言情道俗, 不過取備消閑, 猶賢博變而已, 固未可與紀實硏理者絜長而較短也."

28) 「中國唯一之文學報新小說」(『新民叢報』 14호, 1902년)은 歷史小說을 각종 소설의 앞부분에 나열하여 먼저 소개하였다. 吳趼人은 「歷史小說總序」, 「兩晉演義序」, 「月月小說序」에서 작가들이 역사소설을 창작할 것을 호소하고 "내게 큰 소원이 있는데 앞으로 역사소설을 편찬하고 번역하는 것이다."라고 자칭하였다.

29) 我佛山人, 「兩晉演義序」 「月月小說序」, 『月月小說』 1기, 1906년. "吾國人具有一種崇拜古人之性質, 崇拜古人則喜談古事."

말할 수 있지만,[30] 사전문학의 장기간의 감화 때문이라고 말하는 것이 더욱 타당할 것이다. 만청시기에 일화를 기록한 필기의 성행과 일화의 소설 유입에 대한 작가의 열중은 이러한 중국 독자의 특수한 감상취미와 크게 관련되어 있다. 색은(索隱)을 좋아하여 고증학적 시각으로 소설을 읽는 이는 그렇게 많지 않았지만, 차이위안페이(蔡元培)같이 소설의 "이면에 숨겨진 이야기가 있기 때문에 읽을수록 흥미가 난다"[31]고 비평하는 이들이 많았다.『얼해화』가 만청시기에 광범하게 유행한 것은 물론 그 묘사 기교가 비교적 성숙해서 그렇기도 하지만 중국 독자의 특수한 구미에 잘 맞았기 때문이었다. "그는 영사(影射, 넌지시 암시하는—역자)한 인물과 일화를 많이 서술하고 있는데 이는 종전의 소설에 없는 것이다. 의심스러운 이야기, 웃음을 자아내는 미신은 모두 당시의 전설에 근거한 것이지 결코 작자가 꾸며서 만든 것이 아니다."[32] 만청 작가는 소설 비평어를 빌려 독자에게 그러한 이야기나 보고가 "증거가 있는 사실"이라고 말하기를 좋아하였다. 가령,『활지옥(活地獄)』35회 평어에서는 독자에게 "이것은 실제 사실과 관련되어 있고, 작가의 귀에 익숙하여 상세하게 묘사할 수 있기 때문에, 말을 실증할 수 있는 것이다. 그래서 이것은 허구로 꾸민 이야기와 절로 다를 수밖에 없다"라고 말하고 있다.『이십년목도지괴현상』3회 평어에서는 "내가 다른 사람에게 들은 이야기는 모두 사실이지 허구로 꾸민 것이 아니다", 26회 평어에서는 "이 사건은 장무등으로부터 들은 것으로, 분명히 당시의 사실이지 허구가 아니다"라고 말하고 있다.『신중국미래기』4회에는 세 가지 작가의 방안이 있다. 첫째는 "이것은 최근의 사실로서 이번 달 14일 로이터 통신의 보고에 근거하고 있다"이고, 둘째는 "위에서 기록한 최근의 일은 모두 일본의 각 잡지에서 수집한 것이다. 한마디도 조작하지 않았으니 독자들께서 감정해보시오"이며, 셋째는 "이

---

30) 浦江淸,「論小說」,「當代評論」 4권 8~9기, 1944년.

31) 蔡元培,「追悼曾孟樸先生」,『宇宙風』 2기, 1935년.

32) 위의 책.

것은 명치 36년 1월 19일 일본의 동경신문에 근거하여 원문을 번역한 것으로 한마디도 증감하지 않았다"이다.『문명소사』54회 평어에서는 "(이것은) 남경의 모든 성에 있는 탄광의 보고서를 살피고 근일 신문의 기록을 수집한 것으로, 증거 있는 사실이 근거 없는 허구보다 믿을 만하다"라고 말하고 있다. 작가들이 왜 사실을 중시하고 허구를 경시하는가! 사실의 직접적인 기록이 작가의 예술적 명성을 깎아내리지 않고 오히려 말에 근거가 있음으로써 소설의 가치를 높인다는 점으로 설명할 수 있을 듯하다. 그러나 진정으로 "실증이 없으면 믿을 수가 없고, 독자를 만족시킬 수 없"[33]어서 그렇게 되었는가? 오히려 허구를 쓰면서도 사실을 모칭한 경우가 훨씬 많았다. 정푸의『얼해화』21회에서 "저의 이『얼해화』는, 다른 소설처럼 근거 없이 꾸며서, 마음대로 변화하고 자유롭게 붓을 놀릴 수 있는 것과는 달리, 한 구절도 억지로 꾸미지 않았고 한마디도 황당하지 않습니다. 문장에는 사실적 근거를 지니고 있어야 하며, 허구적 구상을 통해 사실을 만들 수는 없습니다"라고 한다. 우젠런의 단편소설『흑적원혼(黑籍寃魂)』에서는 심지어 "내가 황당무계한 말을 늘어놓았다면 내 혀를 뽑아내어 오그라들지 못하게 하거나 혀를 오그라들게 하여 놀리지 못하게 하리라", "황당한 것을 저주하기 때문에, 나는 몸소 목격한 사건을 서술하여 단편소설을 만들었다"라고 한다. 작가와 독자의 마음속에서 사실적인 것이 허구적인 것보다 고급스럽다고 여기는 이상, 신소설가가 의식적이든 무의식적이든 역사서에 의지하는 것은 지극히 당연한 일이다.

신소설가의 사전 차용은 그 실록정신에 체현되어 있다. '무소의 뿔을 태워 나라의 기강을 잡는다(燃犀鑄鼎)'는 견책소설의 서문에 제일 자주 보이는 술어이다.『도올췌편』12본 24장으로 구성되어 있는데 매 본마다 한 자씩 제목을 달아놓았다. 그것을 모아놓으면 "禹鑄鼎溫燃犀抉隱伏警貪癡(우 임금이 나라의 기강을 잡고 온 장군이 무소의 뿔을 태워, 숨겨진 일을

---

33) 吳趼人,「中國偵探案·弁言」,『中國偵探案』, 上海黃智書局, 1906년.

들추어내고 탐욕과 어리석음을 경계한다)"이다. 여기에는 기전체의 서사기교가 구현되어 있다. 린수는 사기와 한서의 필법으로써 디킨스와 해거드의 소설을 해석하여 삽입 기교를 많이 깨달았으며, 황샤오페이(黃小配)의 『홍수전연의·예언(洪秀全演義·例言)』에서는 "이 책을 읽는 게『사기』를 읽는 것보다 낫다"라고 자찬하고 있다. 그러나 린수의 해석법은 중국소설 서사양식의 변천에 미친 영향이 크지 않고, 황샤오페이의 비평은 김성탄과 모종강의 소설비평의 테두리를 벗어나지 못한다. 린수의 경우도 조금 새로운 의미가 있기는 하지만 실제로 서양소설에서 도움을 받은 것이므로 따로 거론하지 않는다. 진정으로 신소설가가 사전전통을 본받은 것은 정사의 보조의 창작목적 및 그로부터 진행되는 소인물로 대시대를 묘사하는 구성기교에 잘 체현되어 있다. 그리고 바로 이 점이 중국소설 서사시점의 변천을 촉진하고 제약하였다.

신소설가는 진정으로 역사를 편찬할 수 없었을 뿐 아니라 그러한 조건도 마련되지 않았고 흥미도 없었던 듯하다. 정사의 보조를 말하기 좋아하는 린수도 청사관(淸史館)으로 임명되어 명예롭게 역사를 편찬하라는 요청을 "보잘것없는 야사일 뿐으로 정사의 일부라도 보충할 수 없을까 두렵다"[34]라고 정중히 거절하였다. 이것은 결코 정사의 일부를 보충할 능력이 없어서가 아니라 자유스럽게 야사를 편찬하는 것에 더욱 많은 흥미를 지녔기 때문이다. 신소설가는 이미 "인심세도(人心世道)와 조금이라도 상통하는 많은" "패관야사"의 편찬을 자임하였으나,[35] 머릿속에서는 정사의 보조의 임무를 잊어버리지 않고 무의식중에 독자를 일깨워 "앞으로 정사로 채용될 수 있[36]"거나 "또는 언젠가 역사를 수정할 때 자료로 쓰일 수 있[37]"다는 점을 주목하게 만들었다. 정사가 되기를 바라지 않으면서

---

34) 林紓, 「劫外縣花·序」, 『中華小說界』 2권 1기, 1915년. "畏盧野史耳, 不能參正史之局."
35) 李伯元, 「中國現在記·楔子」.
36) 劉鶚, 『老殘遊記』 4회 평어.
37) 林紓, 『劍腥錄』.

정사의 보조를 희망한다면, "체례가 근엄할 필요가 없고 자질구레하게 기록해도 되며, 규범적인 체제를 피하면서도 관서의 누실된 점을 보충할 수 있는" 야사[38]를 선택하는 것이 당연히 제일 적합했을 것이다.

유가의 견해에 따르면 "야사는 정사의 결함을 보충하는 것이다. 이름은 허구적으로 만들 수 있으나 사건은 실제 사실에서 증거를 취해야 한다"[39]고 한다. 린수의 해석에 의하면 "대개 소설은 사전과 다르기는 하지만 간간이 사실을 기록한 작품이 있었다. (그러다) 바뀌어 역사가들이 채집하는 사실을 구비할 수 있었다"[40]고 한다. 소설이 허구적이면서도 역사서의 사실을 지녀야 한다는 허구와 사실 논쟁은 중국 소설이론의 발전에서 끊임없이 지속된 쟁점이어서 당연히 모든 작가들은 자기의 특수한 견해를 지닐 수 있었다. 그들의 창작품에서 살펴보면, 신소설가가 고려한 것은 역사연의(『삼국연의』)의 사실이나 환상소설(『서유기』)의 허구가 아니라 이야기를 허구화하는 서술과정 속에 어떻게 시대적 배경을 지니고 역사적 흔적을 남기는가 하는 점이었다.

이 시대 사람들은 다행히 역사적인 거대한 변화—갑오중일전쟁, 무술유신변법, 의화단운동, 8국 연합군의 침입, 신해혁명, 위안스카이의 복벽, 매번 격렬한 사회변동—를 몸소 체험하여 자신이 바로 역사의 전환기에 처해 있다는 사실을 명백히 깨닫게 되었다. 그래서 작가들은 오랜 역사를 어루만지면서, 한순간에 흥망의 기로에 처한 대시대를 위해 분분히 붓을 쥐고 순식간에 사라져버릴 수 있는 역사적인 영상을 남겼던 것이다. 만약 두보 이래의 역사 시인이 시사(詩史)를 자주 빌려 그들이 직면한 민족적인 위기에 대한 역사의식과 흥망감을 표현하였다면,[41] 만청 작가들은 소설형식을 중점적으로 빌려 이러한 경천동지(驚天動地)하는 역사적인 사

---

38) 馮自由, 「革命逸史第六集‧自序」, 『革命逸史』, 中華書局.

39) 劉鶚, 『老殘遊記』 13회 평어.

40) 林紓, 「踐卓翁小說‧序」, 『踐卓翁小說』, 北京都門印書局, 1913년.

41) 졸고, 「시사(詩史)를 말한다—중국시가의 서사기능을 겸하여 논함」 참고.

변을 상세히 묘사하였다. 종종 측면에서 서술할 뿐이긴 하지만.

　　량치쉰은 일찍이 "서구의 소설은 대부분 한두 사람의 역사를 서술하지만, 중국의 소설은 대부분 사회의 역사를 서술한다"[42]라고 단언한 적이 있다. 신소설가는 중대한 역사사건을 날줄로 광활한 사회상황을 씨줄로 하는 장편소설을 자각적으로 구상하고 있었다. 량치차오의 『신중국미래기』는 비록 정치소설이지만 서술하려고 했던 것은 예비(豫備), 분치(分治), 통일(統一), 식산(殖産), 외경(外競), 웅비(雄飛) 등 여섯 개 시대로 나누어지는 중국 60년 유신사였다. 다만 독자들이 따분하고 지루해할까 염려되어 "이 책을 과거시험을 보기 위한 『사기』나 옛일들을 자질구레하게 기록한 『통감』과 같이 만들지"(제2회) 않았던 것이다. 정치 이상인 유토피아를 연설하더라도 "서술에는 모두 역사서의 필치를 사용한다"[43]라고 생각한 이상, 당시 사람들이 "그 다음에 사건이 어떻게 전개되는지 알지 못해"[44]서 가슴 졸인 것이 이상할 게 없다. 그러나 량치차오가 사회사적인 소설을 쓰려는 바람만을 표출함으로써, 체례가 제한되어 진정으로 실현할 수 없었다면,[45] "최근 30년 신구사회의 역사를 엮은" 정푸의 『얼해화』가 이러한 점을 진정으로 실현했다고 할 수 있다.[46] 『얼해화』는 진송천의 창작을 바탕으로 썼든지 정푸가 실제로 지었든지 간에 모두 중대한 역사적 사건의 전개를 소설의 표현대상 혹은 배경으로 삼고 있다. 뒤에 서술한 것같이 이 30년이 "우리 중국이 구에서 신으로 가는 대전환기"임을 투철하게 의식하고 있는지는 말할 수 없지만, 일련의 역사적 사건을 전개

42)「小說叢話」중 曼殊(梁啓勛)의 말,『新小說』11호, 1904년.

43)「中國有一之文學報新小說」.

44) 孫寶瑄은「忘山廬日記 · 癸卯(光緒29년)」5월 18일」(上海古籍出版社, 1983년)에서 『新中國未來記』의 체례의 모순은 梁啓超가 글을 중단한 데에 원인이 있다고 인식하였다.

45)『新羅馬傳奇』중에서 梁啓超의 이 바람이 결국 실현되었다. 거리낌없이 그 극본을 "19세기 유럽의 중대한 사건을 망라한 것"이라고 평가하였다.

46) 1905년 小說林社는『孽海花資料』134쪽, 上海古籍出版社, 1982년에서 인용.

하여 독자들에게 "중대한 사건의 전경을 목격하는 듯한 인상을 심어주"[47]
는 것이 이 책의 큰 특징이라는 점은 의심할 여지가 없다. 린수는 "채운의
숨겨진 이야기"를 빌려 사회변천을 서술하는 『얼해화』의 창작특징에 대
해서는 찬탄하지만, 결국 "『얼해화』는 소설이 아니라 국민의 영웅적인 기
개를 자극하는 책이다"[48]라는 말로 정푸를 단죄하였다. 이에 정푸는 "세
계문학에서 소설의 가치와 지위를 이해하지 못했다"라고 린수를 반박하
였다.[49] 확실히 린수는 그의 생각을 분명하게 표출하지 않았으나 진실로
정푸가 비난한 것 같이 소설을 경시하지는 않았으며,[50] 특별히 이 책에서
남녀의 정사를 빌려 역사적 사변을 묘사하는 것에 흥미를 느꼈던 것이
다. 만약 "『얼해화』는 소설이 아니라 바로 30년의 역사다"라고 고친다면
아마 린수의 본의에 더욱 적합했을 것이다.[51] 린수 본인도 이러한 사회사
적인 소설 몇 종을 창작하지 않았던가? 『검성록』(『京華碧血錄』)은 사학
에 정통한 친구가 제공해준 『경신지제월표(庚辛之際月表)』를 근거로 하여
지은 것[52]으로, 경자사변 중의 북경의 참상에 대한 묘사가 매우 상세하
다. 『금릉추』는 고향 친구인 린수칭(林述慶)이 진강(鎭江)에서 도독벼슬
을 할 때 쓴 일기를 보충하여 만든 것[53]으로 신해혁명의 사료가 매우 풍
부하다. 『관장신현형기』(巾幗陽秋)는 "대부분 신문을 보고 시사를 알려주

---

47) 曾樸, 「修槪後要說的幾句話」, 『孽海花』 개정판, 眞美善書店, 1928년.

48) 林紓, 「紅礁畫槳錄·譯餘剩語」, 『紅礁畫槳錄』, 商務印書館, 1906년.

49) 曾樸, 「修槪後要說的幾句話」, 『孽海花』 개정판, 眞美善書店, 1928년.

50) 林紓도 물론 소설을 경시하는 고문가의 편견을 가지고 있지만, 「迦因小傳·序」에서
작가의 모순된 심정을 엿볼 수 있다. "魏子沖叔이 나에게 '소설은 본래 小道이지만 서
구인들은 그것을 文家라고 통칭하며 제일 귀한 것으로 평가하였다. 그리고 모두 이것
으로 명성을 얻었으며 가명으로 자신을 숨긴 적이 없었다.'라고 알려주었다." 더욱이
린수는 필경 많은 소설을 번역하고 창작한 명실상부한 소설가였다.

51) 이것은 曾樸이 후에 林紓를 '잘못 기록한' 평어이다. 『孽海花資料』 속의 『東亞病夫訪
問記』에 보인다.

52) 「劍腥錄·附記」.

53) 林紓, 「金陵秋·序」.

는" 제자의 강술을 듣고 난 후에 "손 가는 대로 서술"[54]하여 주로 위안스카이의 황제칭호에 관한 추태를 전개하였다. 소설의 예술수준과 사상경향을 제쳐두고 단순히 역사서의 필치로서 소설을 이해한 린수의 이 세 장편소설은 매우 대표성을 띠고 있다.

작가들도 아마 역사적 사변을 직접 표현하지 않고 주로 '괴현상'이나 '풍류와 운치 있는 일'에 착안하려 했던 듯하다. 그러나 소설 속에 역사적 사변에 관한 묘사를 집어넣어야 한다는 사실을 잊지 않았으며 심지어 사변을 소설의 이야기를 전개하는 중심축으로 삼았다. 우젠런의 『한해』에서 "날로 깊어지는 애정"은 "모두 난리 속에서 얻었다"[55]거나, 푸린(符霖)의 『금해석(禽海石)』이 의화단사건의 발발로 인해 비로소 사랑하는 사람의 생사의 이별이 있었다거나, 칭칭워워(卿卿我我, 鏡心靑)의 『신다화(新茶花)』조차 "근 10년 상해의 신당에 관한 각 사건을 함께 서술하"[56]려고 하였다. 뒤의 두 작품은 사변에 대해 직접적으로 서술한 것이 많지 않지만, 앞의 작품은 직접적인 묘사가 많아서 후에 아잉이 편찬한 『경자사변문학집(庚子事變文學集)』에도 애정소설로 수록되었다. '괴현상'에 대한 묘사는 정면으로 사건을 전개하지 않았을 뿐 대부분 일화, 갑오년의 풍운, 백일유신, 경자사변 등과 관련된 일을 모아서 서술하였다.

한순간에 사회사적인 소설이 유행이나 된 듯이 작가들은 분주히 자신의 작품이 그것을 추구하고 있다고 표시하였다. 『얼해화』를 읽고 나면 채운을 주인공으로 정했다고 할 수 없으며[57] 『검성록』을 읽어보아도 병중광이 주인공이라고 할 수가 없는데, 이는 양자가 모두 "애정을 위해서 사건을 전개한 것이 아니기"[58] 때문이다. 중원랑자(中原浪子)의 『경화염사

---

54) 林紓, 「宮場新現形記 · 序」.
55) 新庵, 「悔恨」, 『月月小說』 3호, 1906년.
56) 『小說觀窺錄』.
57) 林紓의 「紅礁畵槳錄 · 譯餘剩語」, 曾樸의 「修改後要說的幾句話」 참고.
58) 林紓의 『劍腥錄』 39장, 曾樸의 「修改後要說的幾句話」 참고.

(京華艶史)』의 경우 기방의 경험이나 괴현상을 서술한 것으로 읽을 수 없으며, 마땅히 "당시 중국 북경의 비사(秘史)로 읽어야"[59] 한다. 수통(蘇同)의 『괴뢰기(傀儡記)』는 흥미 있는 이야기를 강술한 것이 아니라 "시대의 변천을 마음대로 논한"[60] 것이다. "서구의 신사(新史)에서 모델을 구한" 패관소설인 우젠런의 『호보옥(胡寶玉)』(『三十年來上海北裏怪歷史』)조차 "사회의 모든 민정풍토(民情風土)나 일상적인 세세한 사건"을 기재하였기 때문에 "상해의 약사(略史)라고 말해도 무방할"[61] 정도이다. 실제로 후세의 독자도 당시 작가 스스로 평가했던 만큼 높이 평가하지는 않았으나 이러한 소설을 사회사로 읽는 경향이 있다. 가령, 후스는 "『관장현형기』는 사회사를 위한 사료이다"[62]라고 생각하고, 정전뒤은 "『경화벽혈록』이 근대 역사가에게 참고자료를 충분히 제공할 수 있다"[63]라고 칭찬하였다.

정사의 보조에 치중하여 사료의 참고자료가 되기는 하지만 결국은 독자를 흡수하기 어려워서 진정한 소설이 되지는 못하였다. 소설의 체례에 적합하면서 역사서적인 가치를 지니게 하기 위하여 신소설가는 번번이 소인물로써 광대한 시대를 묘사하였다. 『검성록』에서 린수는 누차 진퇴양난의 곤경을 말하고 그 해결방법을 제시하였다. "대개 소설가의 말에 증거할 만한 사실이 없으면 패관이 사료로 제공할 수 없지만, 조금이라도 증거할 만한 사실이 있다면 절로 정사를 서술하는 데 참고가 될 수 있다. 이와 같이 세상의 신기한 사건을 한 사람의 행동을 빌려 일관되게 서술하지 않으면 전체적인 흐름이 혼란해진다. 이것은 패관의 필체가 아니다."(32장) "중광부부가 없었으면 서술이 일관되지 않았을 것이다."(39장) "병유부부를 언급한 것은 특별히 이를 빌려 서술을 일관되게 하기 위

---

59) 『京華艶史』 1회, 『新新小說』 5호, 1905년.

60) 『傀儡記』 15회, 自印本, 1907년.

61) 新庵, 『胡寶玉』, 『月月小說』 5호, 1907년.

62) 「宮場現形記 · 序」, 『宮場現形記』, 上海亞東圖書館, 1927년.

63) 「林琴南先生」, 『小說月報』 15권 11호, 1924년.

해서일 뿐이다."(후기) 린수의 장편소설은 모두 "당시의 전쟁국면을 끌어 모으고, 미인장사(美人壯士)를 결합시킨"[64] 것이다. 전자는 사실에 속하고 후자는 허구에 속하며, 전자는 역사를 함축하고 있고 후자는 소설로 귀결된다. 린수뿐 아니라 많은 신소설가들도 사전(史傳)을 소설에 유입할 때 발생되는 모순을 이와 같이 해결했던 것이다. 그런데도 연구자들은 항상 이야기 구성의 천박함을 비웃을 뿐, 그렇게 높지는 않지만 그 가운데 포함되어 있는 예술적 독창성을 이해한 적이 없다. 이와 같이 남녀의 정사를 일관된 흐름으로 삼아 역사적 사건을 묘사하는 방법은 공상임(孔尙任)의 『도화선(挑花扇)』에 이미 선례가 있다. 신소설가들은 바로 『도화선』에서 예술적 영감을 흡수하면서도 애써 선조들의 그림자에서 벗어나려고 하였다. 량치차오는 『도화선』을 십분 존숭하여 『소설총화』 속에서 누차 언급하고 더욱이 만년에는 그것을 위해 주까지 달면서, 『신중국미래기』 속에는 『도화선』에서 받은 영향이 보이지 않고 『신로마전기(新羅馬傳奇)』의 구성이 "완전히 『도화선』에서 벗어났다"(설자 평어)고 거리낌 없이 평가하였다. 린수는 『검성록』 자서에서 "도화선은 공상임 스스로 남녀의 사랑을 묘사한 것이고, 계림상은 장사전(蔣士詮)[65]이 사료를 겸비하여 제공해준 것이다"("挑花描扇, 雲亭自寫風懷, 桂林隕霜, 藏園兼貽史料")라고 말하고, 정푸는 "이향군을 탄생시킨 『도화선』"에 대해 흥미가 유발되지 않는다고 표시하지만,[66] 독자들은 여전히 『얼해화』를 『도화선』에 비교할 수 있다.

실제로 신소설가의 이러한 작품에는 『도화선』과 다른 곳이 있다. 정푸가 채운이란 인물을 통해 전체의 흐름을 만든 것은 "근 30년의 역사를 힘

---

64) 林紓, 「劫外縣花·序」.

65) *장사전(1722~1784). 자는 心餘, 호는 藏園. 淸代의 대표적 희곡작가. 대표작으로 「藏園九種曲」이 있다.

66) 曾樸, 「修改後要說的幾句話」, 『孽海花』, 眞美善書店, 1928년.

껏 포용하는"[67] 데에 목적이 있다. 린수 등도 마찬가지이다. 채운은 결국 "주요 이야기의 부차적 인물(主中之賓)"로 여겨지며 간접적으로 역사의 혼란 속에 빠져들어간다. 린수가 일관된 흐름으로 창조한 남녀는 순전히 역사적 사변의 방관자이다. 아마도 신소설가의 준역사소설적 특색을 대표할 수 있는 것은 바로 이 목격자와 방관자일 것이다. 바오톈샤오는 당시 소설림 출판사가 정푸, 쉬녠츠와 근대 역사소설의 편사(編寫)를 약속한 사실을 다음과 같이 회고하였다. 정푸의 『얼해화』는 채운을 중심으로, 바오톈샤오의 『벽혈막(碧血幕)』(『소설림』에서 간행했으나 미완성됨)은 츄진을 중심으로 삼고 있으며, 쉬녠츠는 동삼성(東三省)의 마적과 의용군을 묘사하는 『료천일겁기(遼天一劫記)』를 준비하였으나 간행되지 않아서 한 인물을 중심으로 하였는지는 알 수 없다. 제일 의미가 있는 것은 바오톈샤오의 아래와 같은 자술이다.

> 츄진 주위의 사건만으론 많은 역사적 사실을 전개할 수 없지만, 이러한 바램이 항상 내 마음속에 자리잡고 있었다. 그래서 **정치와 무관한 한 인물을 주인공으로 삼아 역사적 사실을 일관되게 만들고** 이 인물을 통해 혁명 이전의 사건 뿐 아니라 혁명 이후의 사건도 묘사할 수 있었지만, 내 책 속의 주인공으로는 생각하지 않았던 것이다.[68](강조는 인용자)

정치인물을 빌려 사건 전개의 중심으로 삼으면 이야기 구성에는 편리하지만, 어떠한 정치인물이든지 활동영역이 매우 제한적이기 때문에 전체 사변의 전과정을 표현하기는 힘들다. 오히려 조우하고 여행하며 듣고 볼 수 있는 방관자를 매개로 삼는 것이 "역사적 사실을 엮어내고" 광활한 사회화면을 표현하는 데 유리하다. 바오톈샤오가 생각해내지 못했던 '서

---

67) 曾樸, 위의 책.
68) 「釧影樓回憶錄 · 在小說林」, 『釧影樓回憶錄』, 香港大華出版社, 1971년.

술의 주인공(書中主人)'을 린수, 류어, 우젠런, 렌멍칭이 발견했는데, 바로 대시대의 견문을 제공하는 '여행자'였다. 류어와 우젠런이 창조한 역사화면은 점점 자질구레해지고 렌멍칭의 '여행자'도 일관된 흐름이 없지만, 린수가 소설 속에서 중심된 흐름으로 만든 남녀는 줄곧 성실하고 책임 있게 충분한 견문을 제공하였다.

사전전통은 신소설가들이 소설로 사회사를 쓰는 데 열중하도록 만들었다. 그러나 소설과 역사서의 모순을 조절하기 위하여 작가는 소인물로 대시대를 묘사하는 방법을 창조하였다. 만약 작가가 역사화면의 전개를 서술자인 소인물의 시야에만 한정시켰다면 소설은 자연히 전통적인 전지적 서사를 극복했을 것이다. 실제로 『노잔유기』, 『린녀어』, 『상해유참록』, 『검성록』 등의 소설은 부분적으로 3인칭 제한적 시점의 채용에 성공하였다. 그러나 사전전통은 간접적으로 소설 서사시점의 변천을 촉진하였지만 이러한 변천의 완성에는 심각한 장애가 되었다. 작가들은 종종 역사적인 흥미를 위하여 가능성이 많은 예술적 창신(創新)의 실험을 가볍게 방기하였다. 『린녀어』 후반 6회는 완전히 일관된 흐름을 팽개치고 있다. 시점인물인 김불마가 갑자기 경자사변의 각종 일화를 대서특필한다. 예술적 관점에서 생각해볼 때 이것은 분명히 잘못된 서술이지만, '정사의 보조'의 입장에서 고려해보면 렌멍칭이 중도에서 서술시점을 바꾼 이유를 잘 이해할 수 있을 것이다. 린수의 『검성록』, 『관장신현형기』는 사회적 사료를 많이 끌어들이기 위하여 교묘한 수단을 사용하는데, 이것은 주인공의 이목을 지나치게 피곤하게 만든다. 작가는 왕왕 광대한 사회적 장면을 묘사하고 난 후에 친구에게 들었다거나 관청의 신문에서 읽었다는 한마디를 어색하게 덧붙인다. 이렇게 시점의 통일을 억지로 유지하더라도 상세하게 주인공의 행동거지나 심리활동을 묘사하기가 어렵기 때문에, 예술적 생명을 지니는 명실상부한 흐름이 약화되는 것이다.

5·4작가는 주로 단편소설을 채용하였기 때문에 광활한 사회화면과 거대한 역사적 사변을 표현하기가 어려웠다. 게다가 전통적인 '정사의 보

조'의 목적을 그다지 염두에 두지 않고 소설을 창작하여, 간접적으로 사회변혁과 역사적 사변을 표현한다 하더라도 이것은 작은 사건으로써 큰 사건을 드러내는 것이며, 세상의 일(「약」 속의 사람 피로 만든 만두나 「풍파」 속의 변발)이 아니라 인간의 내면을 중시한 것이었다. 일화를 소설에 유입하는 데 있어서 5·4작가들은 흑막소설의 비방성을 매우 싫어했기 때문에 이에 대해 경계하는 마음을 가지고 있었다. 우연히 이것을 사용한다 하더라도 그렇게 부각시키지는 않았다. 독자들도 숨겨진 일을 찾아내는 것에 흥미를 지니지 않았다. 5·4작가에 영향을 끼친 사전전통의 영향은 주로 실록정신에 체현되어 있다. "반드시 실제 사건이 있어야" 창작할 수 있다[69]는 예성타오에서, 여산(餘山)을 묘사하려면 최소한 여산을 지나가야 한다[70]는 마오둔, 기만하는 문예에 반대하는[71] 루쉰에 이르기까지 모두 이론의 출발점이 같다. 도달할 수 있는 깊이는 당연히 상당한 차이가 나지만 예술의 진실성을 추구하는 정신은 오히려 상통한다. 현실주의 이론이 중국에서 장기간 독점할 수 있었던 중요한 원인 중의 하나는 사전전통의 영향하에 뿌리 깊게 경직되어버린, 중국 독자들의 진실성에 대한 집착적인 추구임에 틀림없다. 어떤 때는 심지어 병적이다. 5·4작가에 영향을 끼친 사전전통의 이 측면은 소설 서사양식과의 관계가 그렇게 크지 않기 때문에 논하지 않는다.

3. 시소전통을 수용한 5·4소설

서사 속에 많은 시사(詩詞)를 수반하는 것은 중국 고전소설에서 제일 주목을 끄는 특징 중의 하나이다. 당나라 사람들은 시에 능하여 소설을

---

69) 顧署剛, 「隔模·序」 중에서 葉聖陶의 1914년 9월 20일의 편지에서 인용, 『隔模』, 商務印書館, 1922년.

70) 茅盾, 『什麼是文學』, 松江署假演進會 『學術演進錄』 2기, 1924년.

71) 魯迅, 「論睛了眼看」, 『墳』, 北京未名社, 1927년.

쓰려고 하면서도 자연스레 몇 수의 짧은 시를 삽입하여 풍운신채(風韻神彩)한 맛을 더해준다. 의도적으로 그것을 추구하지 않았기 때문에 오히려 청려하고 자연스럽다. 역대로 소설을 평하는 찬(贊)에 "시사도 대체로 훌륭하다(詩詞亦大率可喜)"[72]고 기록하고, 시를 품평함에 있어서도 소설 속의 시가 "흉내 내지 못할 절묘한 표현에 뛰어나서 한 자가 천금의 가치를 지닌다(大有絶妙今古, 一字千金者)"[73]고 칭찬하였다. 후세 문인들은 분주하게 이것을 흉내 내어 심지어 어떤 것은 시사로 수사를 가하여 글을 이루기도 하였다. 조그마한 단편인데도 이야기 전개에 밀접하지 않은 칠언율시 30수를 삽입한다면(李昌祺『剪燈餘話·月夜彈琴記』) 시적인 재능을 자랑하는 것을 제외하고 도대체 무슨 의미가 있겠는가? 원진(元稹)의『앵앵전(鶯鶯傳)』이 시로써 애정을 표시하는 선례를 남긴 이래 작가들은 두 명의 재자가인을 날조하여 소설 속에서 무궁무진하게 시를 음송하고 부(賦)를 지을 수 있었다.『홍루몽』1회에서 석두형은 "작가라는 이는 자기의 애정시와 염정부를 지어 남녀 두 사람의 이름을 꾸미고, 또 소인 한 명을 곁다리로 출현시켜 그 사이를 어지럽히는데 마치 연극의 각색인 축과 같다"[74]라고 세상 사람들을 비웃는다. 간단한 예로 웨이즈안(魏子安)의『화월흔(花月痕)』을 들어보자. 웨이즈안은 어려서 문장의 재능을 떨치고 만년에 "가끔 어렸을 때 지은 시사를 읽어보고, 차마 찢어버릴 수 없어서 면학부인이라는 이름을 빌려『화월흔』설부 16권을 만들었다. 이전에 지은 시사는 모두 소설인물의 언행으로 메꾸어져 세상에 전해지게 되었는

---

72) 胡應麟,『少室山房筆叢·二酉綴遺』.

73) 楊愼의『升庵詩話』8권「唐人傳奇小說」條. 그 밖에 葉夢得의『石林詩話』上권에서는 "'장막을 걷으니 바람이 대나무를 흔드는데, 아마도 고인이 온 듯하다'와 '꽃 핀 달밤을 배회하니 공연히 이 밤이 쓸쓸해진다'의 두 구가 당인의 소설 속에서 보이지만, 실제로 아름다운 구절이다"라고 말한다.

74) "不過作者要寫出自己的那兩首情詩艷賦來, 故假擬出男女二人名性, 又心旁出一小人其間發亂, 亦如劇中之小醜然."

데, 이것이 바로 이 책의 근간이 되었다."[75] 이 말이 반드시 사실이지는 않겠지만 "시사의 간략하고 암시적인 느낌이 책 속에 충만하고, 문식이 번다하여 분위기가 난삽한"[76] 것이 이 책의 가장 큰 특색이다. 신해혁명 이후 쉬전야가 『옥리혼』, 『설홍루사』를 창작하는 데 많은 시사를 끌어들인 점은 분명히 『화월흔』의 영향을 받은 것이다. 쉬정(徐曾)은 "약관의 나이에 모아놓은 시가 이미 팔백여 수나 되었다"[77]고 자술하고 있다. 『침아랑묵(枕亞浪墨)』도 '침하각시초(枕霞閣詩草)' 53수, '경술추사(庚述秋詞)' 17수와 '탕혼사(蕩魂詞)' 30수를 수록하고 있다. 이러한 시사의 풍격은 애절하고 염려하여 소설 속에서 몽하와 이량이 주고받는 대화 같았다. 그가 소설을 쓴 목적이 예전에 쓴 시사를 보존하기 위해서라고 말하는 것은 지나친 면일 수 있지만, 재자가인을 빌려 시재를 과시하기 위해서였다고 한다면 오히려 그렇게 지나친 말이 아니다. 『옥리혼』에 비해 "시사와 편지를 반 이상 증가시킨" 『설홍루사』의 경우가 특히 그러하다. 『설홍루사』는 시사 2백여 수를 삽입하는데 그중 제4장은 몇 마디를 엮어 사건을 기록할 뿐 나머지는 모두 시사로 대화를 나누고 있으니, "애절한 시사를 애독하는 독자라면 읽지 않을 수 없다"[78]고 불러도 이상하지 않을 것이다.

중국 고전소설 속에 삽입된 많은 시사는 자체의 미학적인 기능을 지니고 있어서 일괄적으로 평가절하할 수 없다. 어쩔 수 없이 시를 음송하더라도 인물의 성정과 품성을 적절하게 표출하면, 군더더기로 전락하지 않고 오히려 소설의 분위기를 부각시키고 인물의 성격을 창조하는 데 도움을 준다. 애정시와 염정부를 과시한다고 세인들을 비판하던 조설근

---

75) 『小奢摩館脞錄』은 孔另境이 편한 『中國小說史料』, 上海古籍出版社, 1982년에서 인용. "唯時念及早歲所爲詩詞, 不忍割棄, 乃托各眼鶴主人, 成『花月痕』說部十六卷. 以前所作詩詞, 盡行塡入, 流傳世間, 則今所傳本也."

76) 魯迅, 『中國小說史略』 제26편.

77) 「斷工文章 · 吟剩自序」, 『枕亞浪墨』.

78) 『小說叢報』 13기(1915년)에 게재된 『雪泣鴻淚史』 광고.

도 『홍루몽』 속에 124수의 시, 35수의 곡과 8수의 시를 삽입하지 않았는
가?[79] 신소설가도 구학(舊學)의 기초가 튼튼하여 가끔씩 시재를 자랑하
며 소설 속에 시사를 삽입하지 않을 수 없었다. 첫째로 이러한 시사는 모
두 이야기의 흐름 속에 배치되어 인물 운명의 유기적인 부분을 구성하였
다. 『노잔유기』 6회, 12회 같은 경우 노잔이 시를 읊조려 감개한 심정을
표출하는데, 시가 좋다고 할 수는 없지만 저속하지 않아서 노잔의 신분
에 더욱 적합하였다. 둘째, 삽입된 시사의 양이 매우 적었다(신해혁명 후
애정소설은 제외). 『이십년목도지괴현상』 38회에서 40회는 몇 수의 화제
시(畵題詩)가 실려 있지만 결코 서사의 순리적인 진행을 방해하지 않는
다. 『검성록』의 중광은 매아의 노래 「작은 산에 다가가다(直逼小山)」를 부
추기고, 매아는 중광의 노래 「기름진 밭을 따라 걷다(步武玉田)」를 찬탄
하지만 각기 한 수만 삽입하고 있다. 셋째, 외국시가의 소설 유입이 출현
하고 있다. 량치차오의 『신중국미래기』 속에는 바이런의 「그리스를 그리
며」가, 수만수의 『단홍령안기』 안에는 바이런의 「대해」가 삽입되어 있다.
넷째, 작가들이 중국 고전소설에서 시를 마음대로 짓고 아무 데서나 읊
조리는 점을 자각적으로 반대하였다. 류어의 『노잔유기』 13회는 취환의
입을 빌려 문인들이 시를 지은 것은 "낭설을 만들기 위해서"라고 비웃는
다. 2편 7회에서는 아예 시의 창작을 방뇨에 비유한다. 우젠런의 『이십년
목도지괴현상』에서는 『화월흔』이 걸핏하면 시를 읊조리는 것에 대해 강
렬하게 냉소한다. "세상 어디에 이런 사람, 이런 일이 있는가? 문자를 써
도 옛 사람이 이미 만들어낸 문구에 불과하며, 마침 이런 말을 하려고 할
때 절로 터져 나오는 것도 빌려서 쓴 말뿐이니! 침상이나 자리에서도 진
부한 말을 읊조릴 때는 어쩌다 한 번 하고 그만두는데, (이 책에서는) 오

---

79) 張敬, 「詩詞在中國古典小說戲曲中的應用」, 臺灣, 『中外文學』 3권 11기, 1974년. 그 밖
    에 장경의 통계에 의하면 『遊仙窟』에는 77수의 시가가, 『水滸傳』에는 556수의 시, 54수
    의 사가, 『三國演義』에는 157수의 시, 2수의 사가, 『花月痕』에는 212수의 시, 11수의
    사가 인용되었다고 한다.

히려 곳곳마다 이러하니 무슨 재미가 있겠는가! 잘 쓰기는 했지만 이것이 이 책의 치명적인 결함이다."(50회) 소설 속 재자가인의 장황한 시부가 모두 우젠런에게 욕을 먹은 것은 아니지만 최소한 작가가 시를 인용할 때 꺼리지 않을 수 없었다. 왕쿼칭의 『냉안관』 18회에는 「려강죽지(滬江竹枝)」라는 감회시를 실은 후에 "나는 후세 사람이 괴현상 같은 나의 소설을 비판하면서, '『품화보검』처럼 문장은 오히려 간결하고, 입만 열었다 하면 시를 읊조리기 좋아하여, 이것이 이 책의 결점이 되었다'라고 평가할까 매우 두렵다. 그래서 말을 가볍게 많이 하지 못하겠다"라고 자조 섞인 두 마디를 덧붙였다. 물론 더욱 중요한 것은 작가가 사회의 정치적인 국면에 중요하게 관심을 갖고 재자가인에 대한 관심이 쇠퇴했기 때문에 일찍부터 신소설에 시사의 유입이 적어졌다는 점일 것이다. 그러나 신해혁명 후의 애정소설이 증명하듯이 하루아침에 재자가인이 다시 새롭게 세력을 얻자 변려문, 시, 사, 곡, 부가 즉시 권토중래할 수 있었다.

안타깝게도, 신소설가는 소설 속에 범람하여 폐를 끼치던 시사(詩詞)를 몰아내는 동시에, 당 전기에서 시작하고 이후에 『유림외사』, 『홍루몽』, 『요재지이』 등 고전 명작이 계승하여 발전시킨 소설의 서정적 분위기도 일축해버렸다. 『노잔유기』, 『단홍령안기』 등, 문체가 가볍고 유창하며 시적인 정취와 회화적인 의경이 짙은 몇 작품을 제외한 대부분의 신소설은 모두 이야기를 강술하거나 이치를 설명하기에 바빠서, 인물의 복잡한 정서나 대자연의 아름다운 풍경에 대해서는 조금도 이해하지 못했다. 그래서 묘사와 서정에 뛰어난 작품을 발견하기가 힘든 것이다. 신해혁명 후의 애정소설에는 억지로 많은 정사(情事)를 만들고 무병신음한 것이 많아서 『유림외사』의 상금조고(傷今弔古, 고금의 사회풍조를 가슴 아파하는—역자), 『홍루몽』의 비금도옥(悲金悼玉, 몰락해버린 화려한 시절을 슬퍼하는—역자)하는 서정적 문장을 찾아볼 수 없다.

5·4작가는 전통소설이 대량으로 시사를 유입한 점에 대해 못마땅하게 생각하였다. 마오둔은 일찍이 구소설에서 인물이 등장하는 곳에는 한

수의 '서강월(西江月)'이나 한 편의 '옛 가요'가 따라나오는데 "실제로 어떠한 미감도 일으키지 못한다"[80]고 비평하였다. 뤄자룬도 "중간에 몇 수의 염정시"를 쓰기 좋아하는 "진부한 변려문파"는 "상투적으로 틀에 박힌 몇 구의 변려문과 염정한 시사를 쓸 수 있을 뿐"[81]이라고 비판하였다. 5·4작가도 비록 소설 속에 시구를 삽입하기는 하지만(위다푸, 궈모뤄, 빙신, 쉬디산 등) 매우 절제하며, 인물을 팽개치고 작가의 시재(詩才)를 과시하지는 않았다. 그래서 시사의 유입은 5·4소설의 특징을 이루지 않았고, 오히려 시소가 소설에 개입한 다른 측면(농후한 서정색채)이 5·4시대의 우수한 소설에 스며들어 있다.

5·4작가는 신소설가같이 역사서를 소설로 간주하여 읽지는 않았다. 그러나 5·4작가도 산문을 소설로 간주하여 읽는 '오독(誤讀)'이 있었다. 5·4작가의 제일 중요한 번역작품인 『역외소설집(域外小說集)』(저우쥐런, 루쉰 번역) 가운데는 셴코비치, 안드레예프, 체호프, 가르신, 모파상의 단편소설 외에 오스카 와일드, 안데르센의 동화 『행복한 왕자』, 『벌거벗은 임금님』, 솔로구프(Sologub)의 『촉(燭)』 등 10편의 우언, 마르셀 슈보브(Marcel Schwob)의 『혼석(婚夕)』 등 5편의 희곡, 에프탈리오티스(Argyris Ephtaliotis)의 『노태약사(老泰諾思)』 등 3편의 산문이 있다. 이러한 동화, 우언, 희곡과 산문에도 이야기와 인물이 있기는 하지만 주로 분위기와 의경의 묘사에 치중하고 있어서 우리들이 지금 이해하는 소설과는 많은 차이가 난다. 루쉰과 저우쥐런뿐만 아니라 5·4작가는 항상 산문, 우언, 스케치, 필기를 소설로 간주하여 읽었다. 5·4시대의 소설잡지 안에 종종 소설이라고 표시된 산문이 보이며, 5·4작가의 소설집에도 소설 속에 섞여 있기는 하지만 순수한 산문을 자주 발견할 수 있다. 빙신의 「웃음」, 위핑바이의 「원예사」, 루쉰의 「오리의 희극」, 쉬친원의 「부친의 화원」 등은

---

80) 「自然主義與中國現代小說」, 『小說月報』 13권 7호, 1922년.
81) 志希, 「今日中國之小說界」, 『新潮』 1권 1호, 1919년.

엄격히 말하자면 모두 산문이다. 5·4작가의 문학 분류가 정밀하지 않아서 이러한 비평에 의미가 없다는 점을 덮어두더라도, 5·4작가가 어떻게 역사서가 아닌 산문을 소설과 혼동하였느냐는 점은 주의할 만하다.

서양소설의 시적 정취에 대한 5·4작가의 탐구도 이 분류의 혼동과 연관되어 있다. 선안빙은 투르게네프가 "시적인 사실주의 작가"[82]라고 존중하며, 샤멘준은 구니키다 돗포를 "소설을 쓰기는 하지만 근본적으로 시인이다"[83]라고 칭찬한다. 저우쭤런은 코롤렌코를 "시와 소설이 거의 통일되었다"[84]라고 찬양하고, 위다푸는 스톰의 소설을 "작품마다 정열적이고 침울하며 청신한 시 맛이 배어 있다"[85]라고 인식한다. 궈모뤄는 괴테의 『젊은 베르테르의 슬픔』을 "소설이라기보다는 시이며, 차라리 산문시집으로 부를 수 있다"[86]라고 한마디로 잘라 말한다. 5·4작가들은 자신이 좋아하는 거의 모든 외국 작가의 작품 속에서 시적 정취를 찾으려고 했으며 또한 그것을 찾을 수 있었다. 이것은 물론 대상 자체가 지니고 있는 고유한 속성일 수 있지만 독자의 독특한 기대시야와 관련이 있다. 시문을 읽는 관점으로 소설을 감상하면 자연히 서양 단편소설 속의 시적 정취를 쉽게 발현할 수 있다.

이러한 경향을 제일 대표할 수 있는 것은 동화에 대한 5·4작가의 특별한 열정이다. 1913년에 『동화약론(童話略論)』을 발표한 이래 동화에 관한 많은 논문을 쓴 저우쭤런을 이 분야의 전문가로 볼 수 있고, 「아동문학의 관견(兒童文學之管見)」을 쓴 궈모뤄, 「아동문학의 가치(兒童文學的價値)」를 쓴 후스, 「러시아의 동화문학(俄國的童話文學)」을 번역한 샤멘준, 「와일드의 동화(王爾德的童話)」를 쓴 장원텐은 초보자로 볼 수 있을 듯하다.

---

82) 氷, 「俄國近代文學雜談」 11권 1호, 1920년.

83) 「關於國木田蜀步」, 『文學週報』 5권 2기, 1927년.

84) 「『瑪加爾的夢』後記」, 『新靑年』 8권 2기, 1920년.

85) 「『茵夢湖』的序引」, 『文學週報』 15기, 1921년.

86) 「『少年維特之煩惱』序引」, 『創造季刊』 1권 1호, 1922년.

루쉰은『에로센코 동화집(愛羅先珂童話集)』등을, 샤몐준은 에로센코의 『고엽잡기(枯葉雜記)』를, 무무톈(穆木天)은『와일드 동화(王爾德童話)』를, 자오징신(趙景心)은『안데르센 동화(安特生童話)』등을, 정전둬는『레싱 우언(萊森寓言)』을, 루옌은『해란에게 보내는 동화(給海蘭的童話)』를 번역하였다. 창작 방면에서는 예성타오가 정식 동화집인『허수아비(稻草人)』 1권을 발표한 것에 그치지만 천헝저, 빙신, 링수화, 루옌, 왕퉁자오, 저우 취안핑 등 작가들의 소설 속에 부분적으로 동화적인 색채가 가미되어 있다. 5·4작가들의 동화와의 인연이 어찌 이리도 깊은가! 저우쭤런의 견해에 따르면 "민간의 동화를 기록한 사람은 민속학자이고", "문학적 동화를 창작한 사람은 문인이다"[87]라고 하며, 자오징선은 동화를 민간, 교육, 문학의 세 종류로 구분하였다.[88] 5·4작가들은 동화의 민속적 교육학적 가치에 흥미를 느꼈지만 문학적 가치를 더욱더 중시하였다. 안데르센의 동화가 어린아이의 마음과 취미에 적합하다는 점을 밝히고 있지만,[89] 와일드의 "시적인 동화"[90]를 더욱 좋아하였다. 5·4작가들은 문학적인 관점에서 동화를 소설로 간주하여 읽거나 소설을 동화로 간주하여 창작하였는데, 그들이 실제로 착안한 것은 바로 천진순결한 환상 속에서 자연스레 흘러나오는 시적 정취였다. 궈모뭐는 동화가 아동의 심리를 주체로 삼는다는 것을 제외하면 "대체로 시적인 특성을 지니고 있다"[91]고 말하며, 저우쭤런은 안데르센이 "어린아이의 눈으로 세상을 관찰하여 시인의 필치로 묘사하기 때문에 아름답고 신묘한 분위기를 자연스럽게 창출하여 거의 신품(神品)의 경지에 이른다"[92]고 평가하고, 무무톈과 자오징선은 독

87) 周作人,「王爾德童話」,『自己的薗地』最報社, 1926년.
88)「研究童話的途經」,『童話評論』, 新文化書社,1924년.
89) 趙景深, 周作人,「童話討論(四)」,『童話評論』.
90) 周作人,「王爾德童話」,『自己的薗地』最報社, 1926년.
91)「兒童文學之管見」,『童話評論』.
92)『域外小說集·著者史略』, 上海群益書社, 1921년.

자들이 와일드의 동화를 산문시로 읽기를 희망하였다.[93] 동화의 번역은 본래 5·4시기가 아니라 저우구이성, 순위슈(孫毓修) 및 5·4 이전의 저우 줘런에게서 시작되었지만, 그들은 결코 동화의 시적 정취를 강조하지 않고 이야기 구성이나 교육작용을 부각시켰다. 여기에도 5·4작가의 독특한 '기대시야'가 나타난 것이 아니겠는가?

마찬가지로 전통문학의 영향을 수용하는 데 있어 신소설가들이 사전을 중시하였다면, 5·4작가들은 의심할 여지없이 시소를 부각시켰다고 할 수 있다. 선배 학자들이 사용한 언어와 논술의 중점은 우리와 같지 않지만, 이 점에 대해서 정밀하고 분명한 논술을 하였다. 체코의 학자 프루섹은 「중국 문학혁명에서의 전통 동양문학과 현대 서양문학의 대항(傳統東方文學與現代西方文學在中國文學革命中的對抗)」이란 글 속에서 다음과 같이 지적하였다.

구 중국의 주요한 문학경향은 서정시가 대표한다. 이러한 편애가 신문학 작품 속에서도 일관된 흐름을 이루어, 주관정서가 왕왕 사시(史詩) 형식을 지배하거나 심지어 깨뜨리기도 하였다.[94]

「중국문학 속의 현실과 예술(中國文學中的現實和藝術)」에서는 다음과 같이 말하고 있다.

한 측면은 문인문학에 속하는 것으로, 주관적이고 서정적이며 현실과 긴장을 유지하는 사상인식의 태도이며, 다른 한 측면은 설서인의 사시문학 속에 나타나는 것으로, 유연하고 생동적이며 모든 것을 포괄하고 적응성이 강한 형식이다. 이상의 양 측면이 전통을 용해하고 종합하

---

93) 趙景深의 「童話家之王爾德」, 『童話評論』 참고.

94) Prusek, "A Cohfrontation of Traditional Oriental Literature with Modern European Literature in the Context of the Chinese Literary Revolution", Archiv Orientalni 32:3, 1964년.

여 진정한 신문학의 전제조건을 창조하였다.[95]

왕야오 선생은 「중국 현대문학과 고전문학의 역사적 연계(中國現代文學與古典文學的歷史聯系)」에서 더욱 명확하게 지적하고 있다.

중국 '서정시' 전통에 대한 루쉰 소설의 자각적인 계승은 중국 근대소설과 고전문학의 연계를 이루어 민족적 특징을 획득하는 중요한 방향을 개척하였다. 루쉰 이후에 위다푸, 페이밍 아이우(艾蕪), 선총원, 샤오훙(肖紅), 순리(孫犁) 등 서정시체 소설을 쓰는 많은 작가들이 출현하였다. 그들의 작품은 상이한 사상경향을 띠고 예술적으로도 독특한 특색을 지니고 있지만 중국 시가전통의 계승이란 측면에서는 공통적인 특징을 드러내었다.[96]

내가 보충하려는 것은 다음의 몇 가지 점이다. 먼저, 중국문학 속에 시소를 소설에 유입하는 유래는 이미 오래되었다는 점이다(프루섹이 중세기의 시작을 서정시와 사시의 교류로 부르는 것과 약간 차이가 난다).[97] 이러한 경향은 5·4이전에는 설서인의 시사 삽입, 시인·문장가의 제벽(題壁)이나 재자가인의 증답(贈答)에 주로 표현되어 있지만, 5·4작가들은 고립적으로 시사를 끌어들여 그 서정적인 특색을 체현하지 않고 시사를 이야기의 서술 속에 자연스럽게 융화시켜 소설의 전체적인 분위기를 감안하였다. 그 다음으로, 5·4작가들은 결코 문인문학적인 서정시 전통과 민간문학적인 사시전통을 동시에 흡수하지 않는다는 점이다(프루섹의 언어를 차

---

95) "Realty and Art in Chinese Lierature", Archiv Orientalni 32:4, 1964년. 이 인용문은 尹慧瑉의 번역서(『國外中國文學硏究叢刊』, 中國文聯出版公司, 1985년)를 차용한 것이다.
96) 『北京大學學報』 1986년 제5기.
97) "The Realistic and Lyric Elements in the Chinese Mediaeval Story", Archiv Orientalni, 32:1, 1964년 참고.

용한다). 진정으로 설서인의 기교를 본받은 것은 40년대의 자오수리(趙樹理)에서부터 시작되었다. 5·4작가들은 곡절한 이야기를 빌려 독자를 흡수하려는 생각을 별로 하지 않았다. 공교롭게도 5·4작가들은 단편적으로나마 소설 속에 시소적 요인을 드러냈기 때문에 전통소설의 울타리를 진정으로 벗어날 수 있었다. 다음으로, 5·4작가들이 중시한 시소전통은 그들의 서양의 스승과 밀접한 관계를 지니고 있다는 점이다. 시문을 읽는 방법으로 소설을 감상하였던 5·4작가들은 산문화된 서양소설을 선택하였다.[98] 그러나 이러한 서정시소설은 오히려 시소를 소설 속에 유입하려는 열정을 촉발하였다. 마지막으로, 시소를 소설에 유입하는 예술적인 실험은 20세기 중국문학에 많은 우수한 서정소설이 창작되도록 공헌했을 뿐 아니라 중국소설 서사구조의 변천을 촉진하였다.

중국 고대에 즉흥적으로 시를 지었다는 말은 많이 들었지만, 누가 즉석에서 소설을 지었다는 말은 들어보지 못했다. 이것은 단지 시가는 일반적으로 편폭이 짧고 소설은 길다는 점 때문만이 아니라 서정적인 시가는 마음대로 표출할 수 있지만 서사적인 소설은 오히려 구성과 배치를 강구해야 한다는 점에서 더욱 그러하다(그렇지 않았다면 어찌 이러한 일이 일어나지 않았겠는가). 5·4소설가들은 마침 이점에 있어 중국 고대 시인을 본받았다. 물론 즉석에서 소설을 '써내려가는 것'을 가리키는 것이 아니라, 작가가 보편적으로 '소설을 표현(寫)'하는 것을 존중하고 '소설을 구상(做)'하는 것을 폄하한다는 것을 가리킨다. 1922년 마오둔은 당시 문단의 일반적인 경향에 대해 다음과 같이 지적하고 있다. "작가가 시를 구상하는(做) 방법으로 소설을 구상하니(做) 지나치게 딱딱하다. 거의 십중팔구의 사람들은 항상 '소설을 구상하려고 노력하면 좋은 소설을 완성하지

---

98) 신소설가와 5·4작가가 선택한 서양소설은 매우 다르다. 이것은 두 시대 사람들의 지식구조(외국어 수준을 포괄하여), 예술수양과 사상경향의 상이함에서 비롯된다. 그러나 여기서는 상세히 논술하지 않는다.

못하게 되며 반드시 순간적인 영감에 의지해야 한다'[99]고 말한다." 그 후 『문학순간(文學旬刊)』에 이 문제를 가지고 토론을 전개하였다. 먼저 루쥐(汝卓)은 편집자인 정전둬에게 편지를 보내 "소설은 표현해야지 구상해서는 안 된다"는 예성타오의 주장과 "근래 많은 사람들의 시를 표현하는 태도로 소설을 표현해야 한다는 주장"[100]을 비평하면서, 소설은 "구상해야지" "표현해서는" 안 된다고 강조하였다. "우리들이 주장하는 '구상'은 먼저 감정적인 충동이 있어야 한다는 '구상'이며, 심리학상의 원칙과 예술상의 기교를 사용하여 고유한 정서가 특별히 구체화되도록 표현해야 한다는 '구상'이고, 자신의 정서를 분석하여 독자가 특별히 쉽게 수용하도록(특별히 쉽게 감동하도록) 노력하는 '구상'이다.[101] 이에 대해 정전둬는 다음과 같이 답변하였다. 루쥐는 『전쟁과 평화』같이 '구상해야' 한다고 주장하지만, "그러나 대다수의 소설은 오히려 '표현한' 것이다." 여기에는 네 가지 이유가 있다. 첫째, 순객관적인 묘사를 한 소설은 좋은 소설이 아니다. 둘째, 정서는 어떻게든 수식하지 않아야 한다. 셋째, 창작을 할 때 문학기교에 지나치게 신경써서는 안 된다. 넷째, "예술기교의 수양이 뛰어난 사람은 자연스레 묘사되어 나오며 반드시 '구상'에 의지하지는 않는다. 표현하기만 하면 바로 배우 뛰어난 작품이 되는 것이다."[102] 그러나 표현과 구상에 관한 논쟁(당시에도 많았지만)은 개념 자체가 매우 모호하기 때문에 당연히 어떠한 결론도 날 수가 없었다. 쌍방의 공격적인 "오해"('구상'을 '만들어서 과시한다'는 의미로, '표현'을 '무책임하여 애매모호한 것'으로 여기는 오해)를 배제하면 당시 작가들의 창작심리를 쉽게 엿볼 수 있다. 표현을 주장하는 이들은 가능한 한 고정적인 한계에서 벗어나 즉흥적으로 소설을 지었을 것이지만, 구상을 주장한 이들은 10년이 지난 후

---

99) 「一般的傾向—創作壇雜評」, 『文學旬刊』 33기, 1922년.

100) 「致鄭振鐸信」, 『文學旬刊』 38기, 1922년.

101) 宓汝卓, 「小說的"做"的問題」, 『文學旬刊』 42~43기, 1922년.

102) 「復汝卓信」, 『文學旬刊』 38기, 1922년.

에 주자칭이 「예성타오의 단편소설」에서 "우리들의 단편소설은 '즉흥적'
으로 이루어진 것이 제일 많아서 작품의 구조에 주의한 작가는 실제로
몇 명 남짓이다"라고 말한 것처럼 개탄하였을 것이다. 그러나 즉흥적 소
설 표현에 대한 존중은 창작태도가 진실하지 않은 것과는 다르며, 작가
내면의 감성 표현을 중시하는 것이다. "'진실한' 문학은 마음속에 간직한
그 무엇을 묘사하는 것이다."[103] "나는 단지 나의 진실하고 연약한 '심성'
을 묘사하려고 할 뿐이다."[104] 자아와 정감을 중시하고 진실과 자연을 추
구하면 당연히 이야기의 구성과 인물의 창조를 상대적으로 소홀히 할 수
밖에 없다. 그래서 5·4작가의 "심성"이 적층된 소설은 구성이 비교적 단
조롭고 인물이 비교적 단순하지만 "그 속에는 천진한 아이의 마음, 순결
한 영혼과 열렬한 정감이 담겨 있다." 문체는 직술하지만 때때로 시적인
아름다운 구절도 있다.[105]

　5·4작가와 비평가들은 시의(詩意)로써 사람을 평가하기 좋아하여 이
것을 소설의 최고 평가기준으로 삼았던 듯하다. 천시잉은 빙신을 "그녀
의 소설 속에는 종종 아름다운 산문시가 등장한다"[106]고 평가하며, 정보
치는 "위다푸의 작품은 거의 편폭이 산문시 수준이다"[107] 라고 칭찬하고,
왕런수는 쉬위눠를 "그의 많은 소설 가운데는 시적인 구조가 많고, 표현
이 간결·정련하고 웅혼하여 황정견 같은 기위(奇偉)한 풍격을 지니고 있
다"[108]라고 평가하였다. 위다푸는 청팡우의 「유랑인의 새해」를 "실로 한
편의 산문시이자 미려한 에세이이다"[109]라고 지적하며, 선안빙은 왕루옌

---

103) 氷心, 「文藝叢談(二)」, 『小說月報』 12권 4호, 1921년.

104) 王統照, 「『號聲』自序一」, 『號聲』, 復旦書店, 1928년.

105) 魯彦의 이 자술은 당시 소설의 일반적인 특성을 개괄하고 있다. 「我怎樣創作」, 『魯
　　彦短篇小說集』, 開明書店, 1941년에 보인다.

106) 「新文學運動以來的十部著作」, 『西瑩閑話』, 新月書店, 1928년.

107) 「『寒灰集』批評」, 『洪水』 3권 33기, 1927년.

108) 「對於一個散文詩作者表一著敬意」, 『文學旬刊』 37기, 1922년.

109) 「『一個流浪人的新年』跋」, 『倉曹李刊』 1권 1호, 1922년.

의 「가을밤」을 "묘사가 '시'적이며, 시적인 선율이 이 단편소설을 지배하고 있다"[110]라고 말하며, 젠센아이는 왕통자오의 「봄비 내리는 밤」이 "매우 아름다운 시적인 산문 같아서 읽고 난 후에 무한한 처청유미(淒淸幽美)의 감정을 느꼈다"[111]라고 평가하였다. 천웨이모는 주즈칭의 「이별 후」를 묘사가 정밀하고 "산문시 같은 구절"[112]이 많다고 평가하며, 청팡우는 빙신의 「초인」을 "시인의 위대한 작품보다 더 많은 시의를 지니고 있다"[113]고 평가하였다. 그러나 이렇게 많은 시의(詩意)는 소설의 구체적인 묘사 속에 구현된 것인가, 아니면 작가와 비평가의 간절한 희망과 심미취미만을 표현할 뿐인가? 1927년 정보치는 '주관적인 서정 태도', '유려하고 곡절한 문장', '자연과 정서를 묘사하는 재능'을 사용하여 위다푸 소설 속의 "청신한 시적 정취"[114]를 정리하였다. 이 말이 바뀌어 5·4소설의 시적 정취에 관한 초보적인 비평어가 되었다. 만약 더 나아가 5·4소설의 시적 정취와 서양소설의 시적 정취를 변별할 수 있었다면, 정조(淸調)와 의경(意境)의 두 측면에서 5·4소설을 해석하여 5·4소설과 중국 시소전통의 역사적인 연계를 깊이 있게 추구했을 것이다.

소설적 정조와 소설적 의경이라는 전문적인 비평어의 창조는 아래에서 인용하는 5·4작가의 창작담(創作談)에 공을 돌릴 수 있다. 뒤의 글은 40년대에 간행되었지만 5·4소설의 특징을 설명하고 있다. 그래서 같이 언급하기로 한다.

나의 작품 평가기준으로 변함없이 견지한 것은 '정조' 두 글자이다. 한 작품이 '정조'를 구현하고, 독자가 이 정조의 감염을 받아 작품의

---

110) 「王魯彦論」, 『小說月報』 19권 1호, 1928년.

111) 「『春雨之夜』所激動的」, 『晨報·文學旬刊』 36기, 1924년 5월 21일.

112) 「讀『小說滙刊』」, 『小說月報』 13권 12호, 1922년.

113) 「評氷心女士的『超人』」, 『倉曹李刊』 1권 4호, 1923년.

114) 「『寒灰集』批評」, 『洪水』 3권 33기, 1927년.

'분위기'를 절실하게 느낄 수 있다면, 문장의 아름다움 여부, 앞뒤 의미의 연속성 여부에 상관없이 나는 이것을 좋은 작품이라고 인정할 수 있다.[115]

　　의경의 구성과 인물의 창조를 소설의 필수적인 방법이라고 말할 수 있다. 의경은 깊이 있는 감정을 전달할 뿐 아니라 동시에 생동한 장면을 배합하여 그 감정이 감각될 수 있도록 해야 한다. [116]

　5·4작가들은 대부분 이야기를 서술하는 데 그렇게 뛰어나지 못하고 오히려 자기와 자기 시대의 특별한 정조를 포착하는 데 능하였다. 그래서 간단한 서사구조에 지속적으로 정조를 부각시켜 의외로 매우 운치(韻美) 있는 산문시를 조성하였다. 루쉰의 「고향」, 위다푸의 「조라행」, 왕통자오의 「봄비 내리는 밤」, 예성타오의 「슬픈 책임(悲哀的重載)」, 페이밍의 「대숲의 이야기」, 청팡우의 「유랑인의 새해」, 니이더의 「하현달(下弦月)」 및 쉬친원의 『부친의 화원』, 젠센아이의 「귀가한 저녁(到家的晚上)」 등 5·4시대에는 이러한 서정소설이 실제로 매우 많았다. '전형적 환경 속의 전형적 인물'은 고사하고 어떤 것은 단지 감상적인 여행, 어린 시절의 회고, 추억적인 인상, 떨쳐버릴 수 없는 향수를 묘사할 뿐이었다. 이야기가 단조롭고 곡조가 조용하면서 아름다우며 서정적인 분위기가 매우 짙을 뿐 아니라, 더욱 중요한 것은 표현한 서정이 일반적인 정(情)이 아니라 어수선하면서 감상적인 담담한 애수라는 점이다. 그중에서 가장 주목을 끄는 것은 5·4작가들 특유의 세속의 모순에 분개하면서도 적자지심(赤者之心)을 잃지 않고, 과장하면서도 진실을 잃지 않으며, 변화 많은 철리를 현란하게 말하기 매우 좋아하면서 동화식의 천진하고 처량한 정조가 더욱

115) 郁達夫, 「我承認副是"失敗了"」, 『晨報副鐫』 1924년 12월 26일. 이 글은 소설 『秋柳』에서 말한 것이다. 이른바 "작품"은 특히 "소설"을 가리킨다.
116) 葉聖陶, 「讀『虹』」, 『中學生』 72기, 1944년.

많다는 것이다.

위다푸의 소설같이 '처량한 고독'[117]을 확연하게 감상할 수 있는 작품은 그렇게 많은 편은 아니지만 고민감과 고독감 및 이것과 밀접하게 관련되어 있는 감상적인 정조가 전체 5·4시기의 작가들을 감싸고 있다.[118] 필자가 흥미롭게 느끼는 것은 소설 속에 구현되어 있는, 장벽을 극복하려는 작가들의 심리적 현실(희망, 어리둥절함, 고통 및 이 모든 것을 생산하는 역사적 동인)이 아니라 처량한 정조에 대한 작가들의 감상이다. 이러한 심미적 취미에는 틀림없이 뚜렷한 민족적인 낙인이 배어 있다. 이하(李賀)[119]와 이상은(李商隱)[120]의 시, 이욱(李煜)[121]과 이청조(李淸照)[122]의 사에서『도화선』과『장생전』의 희극,『유림외사』와『홍루몽』의 소설에 이르기까지 중국문학 속에는 처량한 정조를 표현하기 좋아하는 전통이 흐르고 있다.

종래 중국문인들은 화창한 대낮에 호탕하게 술 마시며 방일하게 노래 부르기를 동경하였지만, 처량한 비바람 속의 잔잔한 노래도 찬탄하며 감상하였다. 이백식의 호방준일(豪放俊逸)과 이청조식의 처량비애(淒婉悲涼) 두 가지는 똑같이 생활에 대한 심미적 관조이다. 매우 적막할 때는 비관·절망이나 의기소침에 빠지지 않고 길게 탄식하거나 쓴웃음을 짓는

---

117) 郁達夫는「北國的微音」(『創造週報』 46호, 1924년)에서 "'처량한 고독'은 우리들 인간이 삶에서 죽음에 이르기까지 감각하는 유일한 느낌이다." "沫若! 나는 그대가『岐路』를 창작한 것에 대해 매우 안타깝다고 말했소. 그대가 그것을 쓰지 않았다면 최소한 심후한 고독감에 며칠 동안 빠져 있었을 것이오. 이제는 쓰고 난 후이니 아마 그대의 '처량한 고독감'이 감소될 것이오."라고 말한다.

118) 趙圓의『艱難的選擇』 상편 제1장 "5·4시기 소설 속의 지식인의 심리현실", 上海文藝出版社, 1986년 참고.

119) *이하(960~816). 자는 長吉. 中唐의 낭만주의 시인.

120) *이상은(812~858). 자는 義山. 호는 玉谿生晩唐의 유미주의 시인.

121) *이욱(937~978). 자는 重光. 南唐의 마지막 임금인 後主로, 깨끗하고 아름다운 詞를 많이 지었다.

122) *이청조(1081~1141?). 북송 말의 여류 사작가. 대표작으로「漱玉詞」가 있다.

다. 모든 소리가 자기감상이나 자기냉소적인 쓴웃음이다. 이러한 정감이 예술로 전화되어 문인문학에는 심금을 뒤흔드는 비장감이 매우 적고 마음속에 깊이 스며들어 신선한 감동을 주는 비량이 더욱 많아진 것이다. 중국소설사에서 문인적인 기운이 더욱 농후한 소설에는 이러한 처량비애한 정조가 한층 뚜렷하다(대체로 순수한 화본, 창본 속에서만 호방한 기운이 남아 있다). 중국소설은 주변부에서 중심으로 이동하는 과정 가운데서 시문을 맹주로 하는 중국 전통문학 전체를 주요하게 흡수하였는데, 이것이 바로 처량비애한 정조가 5·4소설 속에 침투하도록 규정하였다. 5·4소설에 5·4신시와 같은 생기발랄하고 낙관적인 정서가 매우 적다는 사실은 처량한 정조가 5·4지식인의 심경의 다른 한 측면[123]에 자리하고 있다는 점뿐 아니라, 더 나아가 5·4소설이 시소전통을 더욱 많이 차용했다는 본문의 이론적인 구상을 증명할 것이다.

예성타오의 견해에 따르면 소설 속의 의경은 장면화된 감정이다. 5·4작가들은 정(情)을 경물화하고 경(景)을 서정화하는 방면에 많은 노력을 기울였으며 그 성과도 상당히 눈여겨볼 만하다. 여기서는 5·4작가들이 어떻게 정경교융을 추구하여 특수한 미학적 효과를 획득하였는지에 대한 서술 대신에 소설가의 의경구성 활동 속에서 일으키는 전통시가(서정시)의 작용을 부각시키려고 한다. 빙신의 편지체 소설 「유서(遺書)」 중에는 다음과 같은 말이 있다.

옛 시사를 많이 감상해보니 주목할 만한 것이 매우 많아서 그것들을 편한 대로 기록해두었소. 나중에 당신도 읽을 수 있도록 보내주겠소— 나는 옛 시사에도 고유한 아름다움이 있기 때문에 결코 무시해서는 안 된다고 생각하오.

---

123) 魯迅의 강건한 정신조차도 "감상적인 정조가 많은 것은 바로 지식인의 항상적인 감정상태이다. 나 또한 이 병이 깊기에 어쩌면 평생 고칠 수 없을지 모르겠다."라고 말한다(「致曹聚仁」(1934년 4월 30일), 『魯迅書言集』, 人民文學出版社, 1976).

위다푸의 소품 「미련이 뼈에 사무친 자의 고백(骸骨迷戀者的獨語)」에서는 다음과 같이 말한다.

현재 유행하고 있는 신시는 정말 좋기는 하지만, 나같이 게으르고 무료하며 항상 불평을 터뜨리는 무능력자의 구미에 제일 적합한 것은 여전히 옛 시이다. 다섯 자나 일곱 자를 감상해도 불평을 해소할 수 있으니 얼마나 간편한가!

이 두 언급에서 작가의 자기고백을 엿볼 수 있다. 실제로 많은 5·4작가들이 신시를 제창하고 적극적으로 신시를 창작하려고 했지만, 마음속에는 옛 시를 더욱 좋아하였다. 기풍을 바꾸어야 하는 필요성이나 전통문학을 변혁해야 하는 열정에서 출발하여 5·4작가들은 옛 시를 지으려는 흥미를 의식적으로 억제하거나 개인적으로 간혹 짓기는 하였지만 발표하지는 않았다(루쉰, 주즈칭의 경우). 그러나 소설창작 속에서는 인물을 빌려 옛 시사를 창작할 수 있었기 때문에(위다푸) 이러한 금기를 타파할수 있었다. 하지만 대부분은 이야기의 서술 가운데에 몇 구절의 당시 송사 원곡을 삽입하거나, 직접적으로 인용하지 않고 구시의 경계를 장면묘사 속에 승화시켰다. 왕이런의 「몽유병자」는 「연자감잔고(燕子龕殘稿)」를 일관된 매개로 삼지 않고 전체 소설의 흐름에 따른다. '그'가 투신하기 전에 음송하는 황중칙(黃仲則)[124]의 시구인 "홀로 마을의 다리에서 있으니 알아보는 이 없고, 달 같은 저 별만 자주 바라보네(獨立市橋人不識, 一星如月看多時)"는 소설 속에서 시화된 중심의상이다. 루인의 「해변의 옛친구」는 표면적으로 후래의 소설과 같이 직접 고인(古人)의 시사를 인용

---

124) *황중칙(1974~1783). 清代의 시인. 자는 漢鏞 또는 仲則. 호는 鹿菲子. 江蘇 武進 사람. 재능을 지니고도 落魄한 인물로서 가난과 병 속에 외롭고 시름 많은 다감한 시를 많이 지었다. 『雨當軒全集』이 있다.

하지는 않지만 전체 소설은 옛 시사의 감상작용이 스며들어 있어서, 소설 속의 인물이 모두 자유자재로 7보 만에 시를 지을 수 있을 정도로 감수성이 풍부한 재녀(才女)라는 인상을 풍긴다.[125] 링수화 소설의 서사시점 처리는 분명히 캐서린 맨스필드에게서 도움을 받았지만 전체적인 분위기의 부각 및 중심배경의 배치─「집에서 만난 후(茶會以後)」에서 변화의 계기로서 깊은 밤 처량한 비에 맞아 떨어지는 꽃의 형상, 「추석의 저녁(中秋晩)」의 조화로운 경물묘사와 「꽃의 사원(花之寺)」의 인물심리─는 모두 고전 시사에서 탈바꿈한 흔적이다. 더욱 흥미로운 작가는 "소설 창작은 당나라 사람의 절구 창작과 같다"라고 자칭하는 페이밍이다.[126] 언어가 정련되고 편폭이 짧을 뿐 아니라 어떤 것은 고인의 시구를 변화시켜 사용하고 있다(「도원」에서 매우 칭찬을 받는 명구절인 "왕형이 빗장을 질러 달빛을 차단하네(王老大一門閂把月光都出去了)"는 분명히 "문을 닫아 창 앞에 어른대는 달빛을 밀어내네(閉門推出窗前月)"를 변화시킨 것이다). 소위 중국 고전시를 변화시켰다는 것은 주로 소설 의경에 대한 탐구에 구현되어 있다. 매 편의 소설이 이야기가 아니라 한 수의 시이자 한 폭의 그림이며, 작가가 고심스레 추구하는 것은 마음을 감동시키는 한순간─한 마디 웃음소리, 한 번의 눈빛, 한순간의 화면─이다. 그러나 이 모든 것이 결코 어떤 신비한 상징은 아니며 그 자체에 시의와 미감을 지니고 있다. 이러한 시의와 미감에 대한 발굴과 감상은 서양문학의 영향을 받기도 했지만 고전 시사의 다듬질을 통해서 더욱 많은 영향을 받았다. 니이더는 시소사부(詩騷詞賦) 이외에 대대로 전해오는 운림가법(雲林家法)(『세모귀향기(歲募還鄉記)』)을 더 첨가하여 시화(詩畵)를 소설 속에 용해함으로써 시적인 의경도 있고 회화적인 운치도 가미하여 한층 특별한 맛을 지니고

---

125) 劉大傑은 「黃盧隱」(『人間世』 5기, 1939년)에서 "氷心은 燕京의 환경 속에서 얼마간 외국문학의 영향을 받았다. 려은은 女高師 국문과 출신으로, 그녀의 작품에는 중국 구시사와 구소설의 정조가 매우 농후하게 나타나 있다"라고 말한다.

126) 廢名, 「廢名小說選‧序」, 『廢名小說選』, 人民文學出版社, 1957년.

있다. 중국 근대 서정소설의 개조인 루쉰 소설의 서정은, 고전시가처럼 항상 자연경물과 감성의 수용을 거쳐 형성된, 통일적인 정조와 분위기이다.[127] 당연히 성공적인 전화는 소금물같이 맛은 느낄 수 있지만 흔적을 찾을 수 없으며, 마음으로 깨달을 수 있어도 말로 전하기는 어려운 것이다. 지나치게 상세한 분석은 오히려 견강부회로 흐를 수도 있다.

시소의 소설 유입은 정조와 의경을 부각시키고, 즉흥과 서정을 강조하여 필연적으로 이야기가 소설의 구성에서 차지하는 작용과 지위를 크게 약화시켰다. 그리고 수천 년간 지속되어온 이야기 중심의 전통 소설양식을 극복하고 중국소설이 다양한 발전을 할 수 있도록 찬란한 전경(前景)을 열어주었다.

---

127) 王瑤, 「論魯迅作品與中國古典文學的歷史關系」, 『文藝報』, 1956년 19~20기.

제8장 결론

1. 서사양식 변천의 심층의식

"여기에서 중국소설은 새로운 단계로 접어들었고, 그로부터 새로운 물줄기로 진입하였다. 이 책의 논술범위 내에서는 새로운 서사양식을 채용한 것이다. 이러한 도약지점에는 자세히 식별해야 할 수많은 선구자의 족적, 길 잃은 사람의 그림자와 희생자의 몸체가 있을 것이다."—이것은 서론 마지막 단락의 말이다.

장장 이십만 자나 들여가면서 서사양식의 변천을 서술하고 연구할 가치가 있는가? 독자도 그러하겠지만 필자도 종종 가슴에 손을 얹고 자문해본다. 연구의 가치에 대한 회의는 본질적으로 연구대상의 가치에 대한 회의라고 말할 수 있다. 도치서술이나 제한적 시점을 채용한 작품이 순차서술이나 전지적 시점을 사용한 작품보다 더 우수한 것인가? 도치서술이나 제한적 시점을 이해한 근대작가가 오경재, 조설근 등의 고대작가보다 더욱 행복하다고 할 수 있는가? 서사양식의 다양화를 중요시하는 근대소설이 서사양식이 상대적으로 단조로운 고대소설보다 더욱 예술적 가치가 있다고 할 수 있는가? "예", "아니오"라는 이분법적인 대답은 단순화의 혐의를 면치 못할 것이다. 바로 이러한 가시적인 답변의 불확실로 인해 사람들이 서사양식의 변천에 대한 연구가치에 회의를 표시하는 것이다.

누구도 문학현상으로서 이러한 변천에 관한 연구의 필요성을 부인하지는 않지만, 마음속으로는 언제나 탐탁하게 여기지 않는다. "논술 속에서 소설의 주제나 풍격을 언급했으면 좋았을 텐데!"라는 가설적인 애석함은 이러한 모순적인 심리를 전형적으로 반영한다(아마도 일반화된 사유의 관습 때문에, 사람들은 언제나 동물학자가 준마의 해부도를 그릴 때 그것이 들판을 뛰어놀던 때의 영웅적 자태 및 그림의 표현대상으로서 심미적 가치를 잊으려 하지 않는다). 이러한 사유적 취향은 연구자를 때때로 온 주위에서 적을 감당해야 하는 곤란한 처지로 몰아넣어, 표면적인 모양 갖추기에 급급한 나머지 깊숙이 파고들어 논제를 신속하게 밀고나가기 어렵게 만든다. 더욱 중요한 것은, 내용과 형식의 이분법 및 내용의 형식 결정론이라는 뿌리 깊고 고루한 영향으로 인해 연구자가 주제, 인물형상 등 소위 내용층위의 연구를 근본으로 간주하고, 형식층위의 연구를 말단으로 여긴다는 점이다. 그래서 형식화된 내용의 각도에서 어떠한 표현기교의 혁신적인 의의를 충분히 긍정하기 어렵게 만들고, 더욱이 세계를 파악하는 소설적 방식의 변천이라는 각도에서 소설사의 발전을 사고한다는 것은 말할 나위도 없다.

여기에는 역사와 미학이 통일되는 높은 수준에서 어떻게 평가할 것인가 하는 문제가 남아 있다. 퍼시 러벅은 소설가가 그의 이야기를 '말할(講述)' 때가 아니라 한 사건을 만들어 '보여줄(展示)' 때, 소설예술이 비로소 시작된다고 주장하고, 웨인 부스는 '보여주기'를 견지하는 것이 '말하기'보다 우월하다는 '잘못된 이론'[1]을 만화(漫畵)적으로 공격하는데, 확실히 모두들 일면에 치우쳐 있다. 문학연구는 "왜 특정한 시기에 특정한

---

1) 러벅의 『소설의 기교』와 부스의 『소설수사학』 참고. 후자는 논쟁성이 매우 강하여 전자의 절대화 경향을 비평할 때, 근대소설의 기교를 부정하는 착각을 쉽게 조성하였다. 이 점에 대해 저자는 제2판의 발문에서 설명하고 교정하였다.

기교 혹은 형식의 혁명이 촉진되었는가"[2]를 탐구하는 것이지, 특정 시기의 작가가 특정 기교(가령 객관적인 '보여주기')를 사용하지 않았다고 질책하는 것이 아니다. 매 시기의 작가는 모두 그들이 제일 적합하다고 여기는 표현방식을 선택할 권리가 있다. 여기에는 옳고 그름이나 높고 낮음의 구분이 없다. 그러나 16세기 작가가 20세기 작가처럼 교차서술이나 제한적 시점을 채용하지 않았다고 비웃는 것은 매우 유치한 일이지만, 신·구의 서사양식에는 각각의 장단점이 있다고 평가를 내리지 않는 것도 현명해 보이지 않는다. 관건은 새로운 서사양식이 근대인의 생활과 감정을 더욱 정확하고 생동적으로 표현하느냐의 여부에 달려 있다. 교차서술은 순차서술보다 근대인의 의식의 흐름이나 사유의 도약을 더욱 잘 표현할 뿐아니라, 인물의 진실한 내면세계의 이해를 갈망하는 근대 독자의 심미적 취미에도 적합하다. 따라서 소설가가 창조한 이러한 새로운 서사시간이 놀라운 진보라는 점은 주저 없이 긍정해야 한다. 서사시점, 서사구조의 변화에 대해서도 이러한 관점을 지녀야 한다.

소설 서사양식의 전체적인 변천을 높이 평가하는 것은, 새로운 서사양식을 채용한 모든 작품을 긍정한다거나 전통 서사양식을 채용한 모든 작품을 배척하는 것과는 다르다. 루쉰의 「아큐정전」은 전통적인 전지적 시점을 사용하였으나 한 세대의 걸작이 되는 데 전혀 손색이 없다. 상반되게도 5·4시대의 새로운 서사시간, 서사시점, 서사구조를 채용한 많은 작품들은 예술적 가치가 그렇게 높지가 않다. 웨인 부스의 비유를 빌자면, 새로운 서사양식을 전유(專有)하는 것은 단지 "많은 바느질 통을 보유하면 사용할 수 있는 많은 스타일의 실이 있"[3]음에 불과하다. 수놓은 비단옷을 만들 수 있는지 여부는 작가가 뛰어난 예술적 재능을 소유하고 있는지 여부에 달려 있다. 오늘날의 작가에 대해 말하자면, 어떤 새로운 서

2) 이것은 부스가 『소설수사학』 제2판 발문에서 서술한 바람이다. 소설형식이 문화, 시간의 속박을 받는다는 점을 승인하여 21년 후에 쓰인 장편발문의 논리가 더욱 타당하다.

3) 『小說修辭學』, 중역본, 廣西人民出版社, 1987년, 425쪽.

사방식을 이해하는 데는 반나절의 시간도 걸리지 않는다. 그러나 효과적으로 새로운 서사방식을 운용하여 심미적 가치가 높은 작품을 창작하기까지는 오히려 한평생의 노력을 들여야 한다. 구체적인 작품으로 말하자면, 새로운 서사양식을 채용한 작품이 전통 서사양식을 채용한 작품보다 반드시 뛰어나다고 인정할 이유가 없다. 그러나 한 시대의 문학이 단일한 서사시간, 서사시점, 서사구조에서 다양한 서사시간, 서사시점, 서사구조로 발전하면 자연히 소설형식의 탄력성이 크게 증가하여, 작가가 근대인의 심미적 취미에 잘 부합하는 우수한 작품을 창작하기 위한 가능성을 제공해줄 것이다.

웨인 부스가 올바르게 말하고 있듯이 "한 이야기를 말하는 데 1인칭이냐 3인칭이냐 하는 것은 서술자의 특성이 어떠한 특수한 효과와 관계되는지를 좀 더 정확하게 서술할 수 있을 뿐, 우리들에게 어떠한 중요한 사실을 전해줄 수 없다."[4] 마찬가지로 어떤 소설이 순차서술을 채용했는지 도치서술을 채용했는지, 이야기 구성이 구조의 중심인지 아니면 배경이 구조의 중심인지를 말하는 것은 충분하지 않으며, 반드시 작가가 선택한 미학효과를 서술해야 한다. 그래서 필자는 제2장에서 새로운 서사시간이 인물의 정서를 더욱 절실하게 표현하고 작품의 전체적인 분위기를 부각시키는 데 어떻게 유리한지를, 제3장에서는 새로운 서사시점이 진실감과 풍자의 효과를 어떻게 쉽게 획득하는지를, 제4장에서는 새로운 서사구조가 소설의 심리화와 시화(詩化)를 어떻게 수반하는지를 주요하게 논술하였던 것이다.

서론에서 지적한 바와 같이 필자가 관심을 가진 것은 서사시간, 서사시점 혹은 서사구조의 개별적인 변천이 아니라 서사시간, 서사시점과 서사구조의 종합적인 변천이다. 장을 나누어 분별적으로 논술하였지만, 필자는 여전히 이 삼자 사이의 잠재적인 연계를 확신한다. 만약 더 나아가

---

4) 『小說修辭學』, 중역본, 157쪽.

20세기 초 중국작가가 새로운 서사양식을 채용하려고 얼마나 갈망하고 열중했는지를 살펴본다면, 우리는 서사시간, 서사시점, 서사구조의 변천이 실제로 작가의 주체성의 강화, 소설 형식감의 강화, 소설 인물의 심리화라는 총체적인 경향을 공동지향하고 있음을 어렵지 않게 발견할 수 있다. 이 경향은 소설 문체의 변천, 소설 유형의 변천 및 소설 주제의 변천 등의 측면에 관련되지만, 소설 서사양식의 변천이 그중의 중요한 요인임은 분명하다. 이러한 몇 가지 변천의 연관성을 상세히 논의하고 나아가 중국소설 근대화의 역사적 과정을 논술하는 것은 본서에서 완성할 수 있는 임무가 아니다. 그러나 이러한 연관이 존재한다는 사실을 지적하는 것은 필요한 일이다.

바로 서사양식의 변천을 제약하는 심층 심미의식의 변천을 간파할 수 있어야 비로소 이 30년 소설 서사양식의 변천을 초보적으로 완성했다고 조심스럽게 말할 수 있다. 표면적으로 보면, 근대소설이 채용한 각종의 서사양식은 5·4시대에 모두 시도되면서, 변천이 이미 철저하게 완성된 듯하다. 그러나 실제로 많은 5·4작가는 진정으로 새로운 서사양식의 미학적 기능을 이해할 수 없었으며, 단지 그 표면적인 특징을 모방할 뿐이었다. 그래서 작가가 점차적으로 성숙해감에 따라 새로운 서사양식을 채용하려는 열정이 오히려 식어갔던 것이다. 매우 상세한 통계를 사용하지 않더라도 1930~1940년대 소설이 전통 서사양식을 벗어나려는 정도가 5·4소설만큼 크지 않다는 사실을 발견할 수 있다. 결코 1930~1940년대 소설이 예술상에서 퇴보한 것이 아니라 5·4소설의 극복에 내재적인 위기가 잠복해 있었던 것이다. 5·4소설은 대개 어조가 직설적이고 과장적이어서 냉정하고 깊이 있는 작품을 찾아보기가 어렵고, 정감의 표출과 소설의 산문화에 빠진 신변소설은 편폭이 짧아서 비교적 광활한 사회인생을 표현하거나, 새로운 서사양식의 미학기능을 깊이 있게 발굴하여 구현하기가 어려웠다. 작가들이 개별적으로 이 위기를 의식하기는 했지만,[5] 이러한 편향은 30년대 이후에야 확실하게 수정될 수 있었다. 이 점으로 말하자면 30년대 이후의 소설이 예술상에서 5·4소설보다 성숙하다고 할 수 있다. 그러나 다른 측면에서 보면 소설형식에 대해 고도로 민감하고 각종 서사양식을 시도하려는 5·4작가의 열정은 오히려 30년대 이후 대부분의 작가들에게 부족했던 것이다. 우리는 라오서, 선총원, 장텐이, 우주상(吳組緗), 샤오훙, 순리, 스퉈 등의 작품 속에서 여전히 소설 표현수법과 표현공간을 개척한 5·4작가의 탐색정신을 느낄 수 있다. 또한 총체적인 수준으로 말하자면 새로운 서사양식의 미학효과에 대한 이러한 작가의 추구가 5·4작가(루쉰 등 몇 명은 제외하고)보다 더욱 성숙하다고 할 수 있다. 그러나 정치투쟁의 격렬함 및 우국우민의 역사전통으로 인해 대부분의 작가는 소설 속에서 심미적 가치보다는 정치적 양심과 계몽의식을 실현하는 데로 기울었고, 문화수준이 상대적으로 낮은 광대한 노동대중을 소설의 주요 독자대상으로 삼았기 때문에 서사양식을 혁신할 가능성이 제한되었다. 신시기에 이르러 작가는 보편적으로 소설 서사양식의 표현에 많은 흥미를 지니고 있고, 일반 독자들도 소설에 대한 형식감이 많이 고양되어 있는데, 아마도 20세기 최초의 일대 작가에서 시작된 소설 서사양식을 변천시키려는 노력이 20세기 최후의 일대 작가의 수중에서 진정으로 풍성한 결과를 맺을 수 있을 것이다.

2. 위상 전이 과정의 손실과 대화

서사시간, 서사시점, 서사구조의 삼분법의 서사학 범주는 매우 많은 가정성(假定性)을 지니고 있어서 단지 전체적인 연구의 전제가 될 따름이라면, '중국소설 서사양식의 변천은 위상을 전이시키는 두 가지 합력(合力)

---

5) 茅盾의「一般的傾向—創作壇雜評」, 成仿吾의「『一葉』的評論」, 黎錦明의「論體裁描寫 與中國新文藝」,「論文藝上的誇大性」 등에서 이러한 우려를 표명하고 있다.

에 기초한다'는 이론구상은 바로 본서의 진정한 핵심이며 논술을 전개하는 기본적인 이론방향으로 작용하고 있다. 이것은 서양소설이 모델을 제공하고 중국소설은 이를 따른다는 '영향설'이나, 중국소설은 사회환경과 문학전통의 부추김을 받아 변화가 발생한다는 '자력설'이 아니며, 심지어 절대적으로 정확하지만 지나치게 몽롱하여 아무것도 말하지 않은 것 같은 '절충설'도 아니다. 이 이론구상은 서양소설의 유입으로 인해 중국소설이 영향을 받아 변화가 발생하고, 문학구조의 주변부에서 중심으로 이동하는 과정 중에 전체 전통문학의 양분을 흡수하여 변화가 발생한다는, 위상을 전이시키는 두 가지 합력의 공동작용을 강조하는 것이다. 서양소설의 수입이 제일의 동력임을 인정하지만 중국소설의 위상 전이에 끼친 전통문학의 영향도 마찬가지로 매우 심원한 것이다.

'위상 전이'인 이상 이 소설혁신을 동태적인 구조로 간주하며, 위상 전이 과정 중에서 적지 않은 손상과 대화를 충분히 고려해야 한다. 진정으로 연구가치와 이론적인 의의가 있는 것은, 사람들이 주지하는 위상 전이의 결과가 아니라 사람들이 주의하지 않는 위상 전이의 과정이며, 금방 흔적이 나타나는 분명한 수용이 아니라 대체로 난감하게 만들지만 정채롭고 절묘함이 많은 '오해'이다. 즉, 수용, 배척, 혹은 오해 자체의 이해득실이 아니라 수용, 배척 혹은 오해를 투과하여 나타난 민족심리나 문학전통인 것이다.

위상 전이는 단지 수용의 대명사가 아니다. 결과적인 효과로 말하자면, 중국소설이 서양소설의 자극을 수용하여 변화가 발생했다는 것은 의심할 수 없는 사실이다. 그러나 중국소설이 수용한 것은 선택, 개조, 변형을 거친 서양소설이다. 위상 전이 과정 중의 이러한 손상을 고려하지 않는다면, 문학운동의 지난하고 복잡한 과정을 간과하는 결과를 초래할 것이다. 작가의 심리로 말하자면, 20세기 최초 30년 동안 서양소설에 대한 태도에는 대체로 다음과 같은 변화가 발생하였다. '중국의 것으로 서구의 것을 거부하다(以中拒西)'에서 '중국의 것으로 서구의 것을 변화시키다

(以中化西)'에 이르고, '서구의 것으로 중국의 것을 변화시키다(以西化中)'
에 이르다가 다시 "중서의 융합(融貫中西)"에 이른다. 이것은 확연히 나누
어지고 질서정연한 4개의 단계가 아니며, 동일한 작가라도 두 가지나 심
지어 세 가지의 태도 사이에서 배회할 수 있다. 그러나 총체적으로 말하
자면, 발전의 추세가 명확하고 흐름도 분명하다고 할 수 있다. 첫 번째 태
도는 이론화된 것이 매우 적고, 대체로 서양소설에 대해 일고의 가치도
두지 않는 태도나 편견적인 평가 속에서 드러난다. 네 번째의 태도는 일
종의 추세로 드러나긴 했지만, 여전히 많은 작가들이 이러한 경계에 도달
하지는 못했다. 제일 대표성을 띠는 것은 린수와 같이 사기의 필법으로
서양소설의 기교를 해설하는 '중국의 것으로 서구의 것을 변화시키다(以
中化西)'나 위다푸같이 근대소설을 '중국소설의 세계화'로 정의하는 '서
구의 것으로 중국의 것을 변화시키다(以西化中)'이다. 작가의 이러한 심
리상태 때문에 그들이 서양소설을 이해할 때 편차가 생기게 되었다. 다만
어떤 사람은 '오해'가 세련되고 어떤 사람은 '오해'가 그렇게 세련되지 않
을 뿐이었다.

　독자의 심미적 취미로 말하면, 서양소설이 중국에 유입될 때 왜곡되
지 않았다는 점을 더욱 보증할 수 없다. 신소설가는 일찍부터 "종종 갑국
의 제일 유명한 소설이 을국에 번역되면, 거의 그 우수함을 느낄 수 없다"
라고 의식하였다. 단지 이러한 오해를 사회생활의 상이함에다 귀결시키
고, 그것에 대해서 비관적인 태도를 지니고 있을 뿐이었다.[6] 실제로 이러
한 오해는 대부분 문학전통이 조성하는 심미적 관점에서 근원하는 것이
며, 반드시 잘못된 일만은 아니다. 최초로 중국작가에게 의식된 서양소설
의 장점은 구성의 기묘함이나 서사시간 운용의 민활함이지, 심리묘사의
정치함이나 성격중심의 구조가 아니었는데, 이것은 중국 장회소설의 장
기적인 영향과 관련되어 있다. 중국작가가 서양소설의 1인칭 서사를 배

---

6) 「小說叢話」中 蛻庵의 말, 『新小說』 1권 7기, 1903년.

워 처음으로 운용한 것은 견문과 기이한 일의 기록이지 인생체험의 고백은 아니었는데, 이것은 당연히 문언소설 전통과의 악연이다. 만약 상술한 두 가지의 오해가 모두 서사양식의 변천에 불리한 말이라면, 서양소설의 기능에 대한 량치차오 등의 오해는 소설 전체의 서사양식 변천에 있어 중요한 계기였다. '소설은 문학의 최상승'이라는 구호는 표면적으로 전통사상과 위배되는 듯하지만 소설이 반드시 세상인심에 유익해야 함을 강조하는 심층구조상에서는 오히려 전통사상과 매우 상통한다. 이러한 사상은 량치차오가 모범으로 여긴 서양 소설이론가와 관련시켜 말하기에는 딱히 설명할 방도가 없는 것이다.[7]

또한 번역자 자신의 어려움을 고려해야 한다. 대부분의 작가는 번역본을 통해 서양소설의 기교를 차용하기 때문에 이야기 서술은 자연히 배경의 묘사와 정감의 표현보다 다른 언어로 번역하거나 기본적인 원형을 보존하기가 쉽다. 설령 번역가의 문학수양이나 언어 능력의 한계(실제로 이러한 제한은 확연하게 나타난다)를 고려하지 않더라도, 번역 자체가 일종의 손상이다. 더군다나 번역가는 시대를 초월할 수 없으니, 번역할 때도 마찬가지로 '오해'가 생길 수 있다. 번역가의 오해는 손상을 더욱 크게 만든다.

20세기 초의 중국소설에 끼친 전통문학의 영향도 마찬가지로 변형과 손상의 과정을 거쳤다. 그러나 비교적 은근하고 정도가 서양소설의 유입만큼 강렬하지 않기 때문에 본서에서는 논하지 않는다.

그렇게나 많은 손상을 입을 수 있었던 원인으로 어쩔 수 없는 오해 이외에, 위상 전이 과정에서 수용자는 본능적으로 '수지 평균(收支平均)', 즉 평등하게 수출자와 교류하기를 희망한다는 점이 있다. 당연히 이러한 희망은 쌍방이 처한 위치가 달라서 부분적으로 실현될 수밖에 없다. 이러한

---

7) 문화전통이 서로 비슷한 일본 明治時代의 작가에 대해 말하면 이해할 수 있을 것이다. 실제로 梁啓超가 제시한 이 구호는 바로 일본 명치시대 정치소설가의 영향을 받은 것이다. 이 점은 夏曉虹의 「梁啓超與日本明治小說」에 상세히 보인다.

교류는 실제로 불평등적이다. 필자는 결코 단순한 동일시나 대항이 아니라, 상호 이해, 상호 협조, 상호 보완의 가능성이 존재하는 이러한 과정을 '대화'라고 부른다.

20세기 초의 중국문단은 서양소설과 중국소설이 대화하고, 중국 근대소설과 중국 고대문학이 대화하며, 전자의 대화와 후자의 대화가 더욱 끊임없이 대화하였다.

중국소설 서사양식의 변천을 조성한 두 가지 위상 전이는 고립적으로 발생하거나 평행적으로 발전하지 않고, 끊임없이 서로 영향을 주고 서로 제약하였다. 서양소설의 유입으로 전통적인 문학관념이 변화함에 따라 중국소설은 문학구조의 주변부에서 중심으로 이동하기 시작하였다. 소설의 가치상승으로 더욱 많은 문인학사(文人學士)가 서양소설의 기교에 대해 관심을 가지게 되었다. 서양소설은 중국작가가 전통문학의 표현수법을 새롭게 발견하는 데 도움을 주었다. 전통문학의 표현수법에 대한 중국작가의 서술과 운용은 반대로 서양소설에 대한 감상능력을 깊이 있게 하며, 서양소설 기교의 학습과 차용에 대한 자각성을 고양시켰다. 이와 같이 갈수록 형태가 바뀌고 끊임없이 인식이 심화되었기 때문에, 그 가운데 어떠한 부분이 들어맞는다고 하더라도 그것을 간단하게 서양소설의 영향이나 전통문학의 계발이라고 단정하기는 어렵다.

서사시간에 대한 이해를 위해 린수를 예로 들어보자. 『괴육여생술(塊肉餘生述)』, 『가인소전(迦茵小傳)』과 『애취록·엽자비리박(哀吹錄·獵者斐裏樸)』 등 번역작품의 비평에서 린수는 독자들이 전통소설의 순차서술과 다른 '예서필법(預敍筆法)', '보술필법(補述筆法)', '삽서필법(揷敍筆法)'에 주의하도록 부단히 깨우쳤다. 1916년에 린수는 『춘각재논문(春覺齋論文)』을 출판하는데, 그중 '서술의 8가지 규칙'은 '삽입 서술'에 관한 전문적인 논문이다. 평론가들은 그것을 매우 만족해하며 이전 사람들이 언급하지 않은 바를 발표했다고 여겼다. 린수가 언급한 것은 『좌전』과 『사기』이지만, 그중에서 서양소설의 계시가 있음을 발견하기란 어렵지 않다. 그리고 1921년에 출판한 『좌전힐화(左傳擷華)』 하권 『제나라가 안영으로 하여금 진나라 왕실을 계승하도록 청하다(齊使嬰請繼室於晉)』의 한 평어에서 다음과 같이 말하고 있다.

나는 외국 문장을 번역하여 130여 종의 책을 완성하였다. 그 문법을 자세히 살펴보니, 왕왕 한 사건에다 나중에 결말이 될 부분을 덧붙여 서술하거나, 혹은 앞 글에서 빠진 것을 보충 서술하여 사건의 전개에 문제가 없도록 만들었다. 덧붙여 서술한 곳에는 부풀린 병폐가 없으며, 보충 서술한 곳에는 견강부회한 흔적이 없었다. 생각해보니 우리나라의 문장에도 간간히 그러한 문법이 있었다…….[8]

린수의 언급은 이러한 대화의 과정을 더욱 명확하게 표명한 것이다.

이 두 가지의 위상 전이는 확연히 나누어지는 것이 아니기 때문에, 상대 속에 내가 있고 나 속에 상대가 있는, 동일한 과정의 두 가지 다른 측면이다. 본서는 상, 하편으로 나누어 논술하고 있지만 여전히 이 양자의 내재적인 연계를 매우 강조하였다. 서양소설의 계발을 논술한 상편에서, 필자는 전통 문학의식이 중국작가가 서양소설의 서사양식을 이해하고 차용하는 데 어떻게 제약하는지를 주의하였다. 전통의 창조적 전화를 논술한 하편에서, 필자는 이 전화에 영향을 끼친 서양소설의 세 가지 상이한 형식을 제시하였다.

위상 전이를 논술하면서 착안한 것은 운동의 과정과 방식이다. 운동의 결과로 말한다면, 두 가지의 위상 전이를 중국소설의 발전을 추동한 힘으로 이해하는 데 장애가 되지 않는다. 제5장에서 지적한 것처럼 중국소설 서사양식의 변천에 작용한 힘은 실제로 상술한 두 가지만이 아니다.

---

8) "仆譯外國文學, 成書百三十三種. 審其文法, 往往於一事之下, 帶敍候來終局, 或補敍前文遺漏, 行所無事, 帶敍處無臃腫之病, 補敍處無牽強之跡. 竊謂吾國文章但間有之……."

최소한 서양의 시문과 중국 고대소설 두 가지를 더 들 수 있다. 무엇 때문에 본서는 두 가지의 존재에 대해 논하지 않았는가?

루쉰, 저우쭤런이 『역외소설집』을 번역할 때 많은 산문, 희곡, 우언을 선택하였고, 많은 5·4작가들이 서양의 동화를 소설로 삼아 읽었다. 또한 신소설과 5·4소설에는 외국 시가를 삽입하거나 외국 산문의 필체를 모방한 작품이 많았다. 그러나 필자는 외국 시문을 잘못 취하여 소설에 유입한 것은 주로 시소, 사전전통의 영향을 받은 것이지 의식적으로 한 것이 아니며, 5·4소설이 수용한 것은 이미 시문을 삽입한 20세기 서양소설이기 때문에 중국작가의 창조와 서양작가의 성과를 구분하기가 어렵다고 생각한다. 그래서 필자는 제7장에서 곁들여 언급할 뿐 단독으로 논술하지 않았던 것이다.

중국 고대소설의 영향은 상대적으로 매우 분명하여, 상식에만 의존하더라도 누구나 중국 고대소설이 중국소설 서사양식의 변천을 촉진한 중요한 힘임을 판정할 수 있다. 바로 이 때문에 필자가 상식을 초월하여 진일보한 연구를 할 때, 이 힘이 결코 사람들이 생각하는 것같이 그렇게 중요하지 않다는 사실을 발견하였다. 필자가 고려한 것이 근대소설의 언어풍격과 풍자기교라면, 당연히 중국 고대소설의 영향을 중시해야 한다. 그러나 서사양식의 변천에 대해서 말하자면, 중국 고전소설은 전체에 영향을 끼칠 만한 적극적인 작용을 하지 않았다. 반대로, 이 변천이 극복해야하는 '전지적 시점으로 이야기를 중심으로 하는 고사를 순차서술하는' 전통 서사양식은 바로 중국 고전소설 구조—장회소설—의 기본특징이었다. 개별 작품의 개별적인 장(『홍루몽』의 서두와 『수호전』의 제9장)에서 도치서술이나 제한적 서사를 채용한 맹아를 발견할 수 있지만, 전체적으로 말하면, 장회소설의 체제를 결정하는 설서인의 어투와 가상적으로 '말하고-듣는' 전달방식의 제한은 중국 고대 장회소설가들이 이 방면의 탐색을 자각적으로 추구하는 것을 매우 어렵게 만들었다. 중국 문언소설 중에서 도치서술, 제한적 서사, 심지어 성격 중심의 구조를 채용한 것이 적지 않지만, 문언소설은 언어매체와 문학전통의 제한을 받기 때문에 표현 기능과 심미용량이 비교적 큰 중·장편소설로 발전할 방법이 없었다(『유선굴』, 『연산외사(燕山外史)』 등의 개별작품은 예외). 심지어 상당수가 산문과 구별하기도 어렵다(『부생육기』와 『영매암억어(影梅庵憶語)』 등). 그래서 문언소설의 연원이 오래되고 역대 문인의 평가도 낮지 않았으며[9] 만청에 와서도 여전히 시장성이 있었지만, 실제로 큰 발전을 이룩하기가 어려웠던 것이다. 더군다나 만청 작가는 문언소설이 아니라 주로 장회소설에서 양분을 흡수하기 때문에, 중국 고대소설이 소설 서사양식 변천의 주요 동력이 아니라는 말은 결코 과하지 않다.

3. 서사양식 변천의 실행과정

서양소설이 신소설과 5·4소설에 영향을 끼친 공통적인 항목이 있는데, 주로 어떻게 묘사하고 서술할 것인가 하는 문제이다. 막연하게 중국소설 서사양식의 변혁이 부분적으로 전통의 창조적 전화에서 도움을 받았다고 말한다면, 대체로 어떠한 반대의견도 없을 것이다. 그러나 본서에서 중심적으로 논술하려는 부분은 일단 실행되더라도 도대체 전통의 어떠한 부분이 어떠한 상황에서 어떠한 경로를 거쳐 소설 서사양식의 변천에 작용을 일으켰는가이다. 여기에서 갈래가 크게 나누어질 수 있다. 즉, 이 양대의 작가가 고루한 서사양식을 극복할 때 전통과 연계하는 주요방식이 통속적인 장회소설이 아니라 시문을 본받는다는 점을 강조했는데, 이것은 본서가 시클롭스키의 '숙질계승(叔侄繼承)'설을 수정 보충하여 완

---

9) 明代 陳繼儒는 "荊公은 曾子固에게 답장을 보내어 소설에 읽을 만하지 않은 것이 없다고 생각한 연후에 그것이 위대한 문체임을 알 수 있었다."고 말한다. 明代 謝肇淛는 "송대 錢思公은 앉으면 經史를 읽고, 눕거나 화장실에 가면 소설을 읽었다고 하는 것처럼 고인들이 소설을 매우 좋아하였다. 그래서 책을 읽는 사람 중에서 소설을 널리 읽지 않는 것은, 곡식과 고기는 먹지만 해산물을 버리고, 堂皇(방)에 앉아서 臺沼(누대와 연못)의 감상을 방기하는 것과 같으니 그 저속함이 심하다."고 말한다.(『五雜俎』)

정한 이론으로 성립될 수 있는지의 여부와 관련될 뿐 아니라, 본서의 다른 주요논점으로 제기한 사전전통과 시소전통이 공동으로 중국 서사문학의 발전을 제약하는지에 관한 이론구상과 연관되어 있다.

신소설가는 주로 사전전통을 차용하고 5·4작가는 시소전통에 착안하여 모범으로 삼았다는 점에 상관없이, 모두 문인문학과 민간문학의 교류가 아니며 문학의 통속화과정은 더욱더 아니었다. 명확한 사실은, 서사양식의 변천이 완성된 후의 근대소설이 고전소설보다 더 대중화되지 않고 문인화되었다는 점이다. 작가의 심미적 요구에 의거하여 소설시간을 새롭게 구성하고, 서사시점의 전환을 빌려 풍자효과를 얻고, 이야기를 약화시키고 분위기를 두드러지게 하는 등의 모든 서사양식의 변천 및 이로부터 구현되는 심층 심미의식의 변혁, 작가 주체성의 강화, 소설 형식감의 강화와 소설 인물의 심리화 경향 등 이 모든 것은 민간문학의 전통이 아니라 문인문학적인 전통을 지향하였다. 그리고 수용자도 비교적 문화 수양이 높은 지식인에 가깝지 문자에 서투른 노동자 농민 대중이 아니었다.

5·4문학혁명은 분명하게 평민문학을 제창하고 귀족문학을 반대하는 기치를 내세웠지만,[10] 이에 근거하여 5·4문학혁명의 모든 성과가 평민화된 것이라고 말할 수는 없다. '대중화'란 말을 사용하여 백화문운동을 포괄하는 것은 매우 편파적인 면이 있지만[11] 그래도 어느 정도 타당성을 지니고 있으며, 문학혁명 후의 신시가는 격률시에 비해 보다 통속적이고 이해하기 쉽다는 말에도 일리는 있다. 그러나 이후의 근대소설이 고전소설에 비해 더욱 대중화되었다고 단언하는 것은 사실에 맞지 않는다. 5·4

---

10) 陳獨秀의 「文學革命論」,『新靑年』 2권 6호, 1917년; 周作人의 「平民文學」,『新靑年』 5권 6호, 1918년 참고.

11) 만청시기의 백화문 제창자는 초기부터 확실히 대중의 편리함에만 착안하였지만 5·4 시기에 백화문을 제창한 이들은 결코 이점에만 국한되지 않았다. 그들이 생각한 것은 최소한 문학언어의 심미기능, 전통문화의 가치체계, 민족사유의 모호성 등의 특징을 포괄하고 있다.

소설의 주요 독자는 청년학생이었다. 일반 노동자 농민 대중은 「광인일기」를 이해하지 못할 수 있으나, 『삼협오의(三俠五義)』, 『설악전전(說嶽全傳)』류의 장회소설 혹은 탄사(彈詞), 평서(評書)는 매우 좋아하였다. 기억하거나 이해하기 쉬운 순차서술, 서술이나 수용에 편리한 전지적 시점, 독자를 매료시키기 쉬운 이야기 중심의 구조 등 이 모든 것들이 문화수준이 높지 않은 노동자 농민 독자들에게 매우 필요한 것임을 홀시할 수는 없다. 루쉰은 민국 초의 독자들이 '막 시작하는가 싶더니 이미 끝나버리는' 단편소설을 애독하지 않는다고 원망하고,[12] 마오둔은 5·4시기의 일반 독자들이 소설을 읽을 때 단지 이야기만을 볼 뿐 어떠한 정조(情調)나 풍격에도 주의하지 않는다고 비평하였다.[13] 근대소설의 대량 출현에 따라, 이러한 상황이 호전되기는 했지만 갑자기 감상태도가 바뀐 것은 아니었다. 기록에 따르면, 5·4시대 '최신식의 소설' 독자가 제일 적었으며,[14] 30~40년대 『제소인연(啼笑因緣)』, 『강호기협전(江湖奇俠傳)』의 광범한 판매는 『외침』, 『한밤중(子夜)』에 비견할 바가 아니었다고 한다. 사실 60년 후의 오늘날도 독자층이 제일 넓은 것은 개량적인 장회소설이지 서사양식의 변천에 역점을 두는 실험적인 소설이 아니다.

형식의 선구성은 반드시 일정 정도 군중의 이탈을 대가로 지불하였다. 5·4소설은 전통소설의 서사양식을 타파하여 분명히 중국소설의 표현공간을 개척하거나, 장기적인 관점에서 볼 때 노동자 농민 대중의 감상수준을 상승시키는 데 도움을 주었다. 그러나 일정 시기 동안 이러한 새로운 서사양식은 오히려 일반 민중의 심미적 취미와 거리를 두지 않을 수 없었다. 어떤 사람은 반대로 5·4작가가 부분적으로 일반민중의 심미적 취미를 이탈하고 문인적인 취미가 주로 구현되어 있는 시소전통을 부각시켰기 때문에 진정으로 전통 서사양식의 울타리를 벗어날 수 있었다

---

12) 「域外小說集·序」, 『域外小說集』, 上海群益書社, 1921년.

13) 「評『小說滙刊』」, 『文學旬刊』 43기, 1922년.

14) 「徐文瀅」, 『民國以來的章文小說』 1권 6기, 1941년.

고 말한다.

소설의 문인화는 20세기에 시작된 것이 아니었다. 민간 설서의 저본을 기초로 발전한 장회소설은 명청의 여러 문인의 개조를 거쳐서, 정도의 차이는 있지만 문인문학적인 색채를 지니고 있었다. 『유림외사』, 『홍루몽』 같은 걸작은 아직 설서의 어투가 남아 있지만 문인화 경향이 매우 뚜렷하였다. 필자가 6, 7장에서 언급한 바 있듯이, 유기의 소설 유입으로 인한 제한적 시점과 시소전통의 수용으로 인한 주관 정서의 부각을 이 두 소설에서 간간이 엿볼 수 있다(전자는 마이 선생이 서호를 유람할 때의 묘사이고, 후자는 임대옥의 장례 묘사 같은 경우이다). 필자가 연구하려는 것은 왜 이러한 문인화 경향이 20세기 초에 이와 같이 빠르게 발전하고, 소설 서사양식의 변천에 뚜렷하게 영향을 주었는가 하는 점이다.

여기서 이러한 변천을 촉발한 문화적 배경을 언급하지 않을 수 없다. 프루섹이 논술한 5·4소설의 주관화 경향 이외에,[15] 5·4소설의 서면화 경향을 눈여겨보아야 한다.[16] 원고료 제도의 출현으로 중국문학사상 최초로 진정한 의미의 직업작가가 나타나고, 신교육의 신속한 발전으로 근대소설의 많은 독자를 배양하였으며, 게다가 출판 연재소설 및 출판 주기의 단축으로 작가의 창작 심리가 가상적인 '말하기—듣기'에서 현실 속의 '쓰기—읽기'의 관계로 전화되었다. 소설의 주관화 경향과 서면화 경향은 20세기 소설의 문인화 추세를 가속시켜 소설 서사양식을 변천하는 중요 동력이 되었다.

고리키, 루쉰 등은 문예가 고박청신(古樸淸新)한 민간문예의 자양분을 흡수하여 새싹을 얻는다고 강조하는 데 반해, 필자는 5·4소설이 진일보한 문인화 경향으로 인하여 고루한 서사양식을 극복했다고 재차 논증하였다. 표면상으로 이러한 두 관점이 위배되는 듯하지만 실제로는 상호

---

15) Prusek, "Subjectivision and Individualism in Modern Chinese Literature", Archiv Orientální, 25, 1957년 참고.

16) 부록 「소설의 서면화 경향과 서사양식의 변천」 참고.

보충적이다. 잊지 말아야 할 것은, 시문은 중국 고대에서 문학구조의 중심에 위치한 고아한 형식이었으나 백화소설은 정통사대부가 돌아보지도 않는 통속문학이었다는 점이다. 그래서 시문의 발전은 질이 다른 민간문학의 충격에서 도움을 받고, 백화소설의 발전은 문인문학의 양분에서 도움을 받았던 것이다. 여기서 강조하는 것은 문인문학과 민간문학—실제로 근대사회 가운데 진정한 민간문학은 이미 존재하기 매우 어렵다. 여기서는 주로 고아한 문학형식과 통속적인 문학형식을 지적한다—사이에 끊임없는 대화가 이루어지며, 충격 속에서 서로 차용하고 보충한다는 점이다.

4. 서사학 이론의 역사적 의미

중국소설은 20세기 최초 30년 동안 변화가 발생하였는데, 그 영향이 심원하여 몇 마디 말로 설명할 수 있는 바가 아니다. 이 문학과정의 역사적 투시나 이론적 논술에 대해서 여러 각도로 접근할 수 있다. 어떤 하나의 관점을 선택하는 것은 동시에 일정한 이론양식의 선택을 의미하므로 연구자마다 이 관점을 승인하도록 바랄 수는 없다. 필자는 '조금의 편견도 없다'라고 표방할 뜻이 없으며 어쩔 수 없는 한계를 인정한다. 그리고 매우 의미 있고 매력적인 많은 관점을 다루지 않아서 서술이 총체적이지 못할 뿐 아니라, 필자의 논술범위 내에서도 이론 구상의 편차나 논리구사 과정의 실수로 인해 정확하지 못한 결론이 추출될 수 있다. 그래서 논술과정 중에서 종종 간략명료한 언어로 필자가 사용하는 이론양식을 소개하였는데, 그 목적은 다른 사람의 비판을 염두에 두어서라기보다는 검증과 조사를 편리하게 하여 불필요한 오해를 줄이기 위해서였다.

서사학의 이론발전에 관해 이해하고 있는 독자는 필자의 이론구조가 상당히 간략함을 쉽사리 발견할 것이다. 제라르 주네트는 '순서, 연속, 빈도'의 개념을 사용하여 서사시간을 분석하는데, 필자가 '플롯의 시간'

(즉 제라르 주네트가 논술한 '순서')에만 국한한 것에 비하여 매우 정치하다. 퍼시 러벅의『소설의 기교(The Craft of Fiction)』, 웨인 부스의『소설의 수사학(The Rhetoric of Fiction)』과 제라르 주네트의『서사담론(Narrative Discourse)』등의 서사학 전문서적의 시점에 대한 정채 있는 분석은, 필자의 몇 마디 말로 개괄할 수 있는 바가 아니다. 서사구조의 범주에 있어서도 진일보한 과학적 논증이 필요하다. 결코 이러한 점을 의식하지 못한 것은 아니지만, 상세한 이론적 서술의 유혹을 거절한 데에는 세 가지 이유가 있다.

첫째, 근대 중국소설은 고대 중국소설의 변천에서 발전해온 것이며, 변천과정에서 서양소설이 매우 중요한 촉진과 모델작용을 일으켰다. 이러한 모델은 백지 위에 그린 아주 새로운 그림이 결코 아니다. 이것은 어떤 선은 새롭게 묘사되고, 어떤 선은 원상태가 유지되거나 약간 교정·수정된 그림이다. 필자가 결정한 연구주제가 중국소설 서사양식의 변천이기 때문에, 당연히 고대 중국소설 서사양식과 근대 중국소설 서사양식 사이의 차이에 관심을 가지기는 했지만, 이 두 종의 서사양식 자체에 대한 관심은 아니었다. 기본적으로 원상태가 유지되는 '선'들을 피하고 집중적으로 새롭게 묘사된 '선'에 관심을 가져서, 이론이 완전하지 못할 수는 있지만 소설발전의 과정을 파악하는 데는 유리할 것이다. 서사시간을 예로 들어보자. "할 말이 있으면 길어지고, 할 말이 없으면 짧아진다(有話則長, 無話則短)"라는 중국 고대 설서인의 두 마디에는 세 조대의 이야기를 말하거나 한 번에 이틀 밤낮을 지새워 이야기한다는 뜻을 지니는데, 이것이 의미하는 것은 모두 제라르 주네트가 연구한 '서술의 속도'이다.[17] 설서의 상투어인 "두 가지로 나누어진 이야기를 하나씩 서술하다(花開兩朶, 各表一枝)"나 한즈원의 자칭 '천삽타섬지법(穿揷躱閃之法)'은 토도로프가 말하는 서술의 시간이다. 근대작가는 '서술의 속도', '서술의 시간'을 처리

---

17) 鄭振鐸 역,『酉諦所藏禪詞自錄』; 超樹理,「『三裏灣』寫作前後」참고.

함에 있어 당연히 고대 작가보다 더욱 노련하다. 그러나 양자에 근본적인 구별이 있다고 말하기는 매우 어렵다. 오히려 중국 고대 백화소설이 사건의 순차적 순서를 바꾸지 않았다는 점은 서사시간의 변천에 명확한 기준을 제공한다. 그래서 필자의 논술은 돌변이 발생하는 '플롯의 시간'에만 국한되며, 똑같이 변화하지만 정확하게 파악할 수 없는 '서술의 속도'와 '서술의 시간'에 대해서는 언급하지 않았던 것이다. 제라르 주네트의 이론양식에 의거하여 20세기 초 중국작가의 소설시간에 대한 처리를 고찰하면, 토론한 문제도 자연히 풍부하고 다채로워지며 이론상에서도 완전할 수 있지만, 이 때문에 변천의 발전방향에 대한 논술이 모호해질 수 있다.

둘째, 반드시 문학 변혁에 관한 이론적인 수용력을 고려해야 한다. 20세기 중국소설 서사양식의 변천은 대부분의 작가들이 자각적으로 의식하지 못한 상태에서 완성된 것이다. 선언이 없고 기치가 없는 소설혁명에 대한 지나친 이론적 개괄은 견강부회로 빠질 가능성이 있다. 20세기 초 서양소설의 제한적 시점과 순객관적 시점의 운용 및 그 미학적 추구는 헨리 제임스 같은 작가의 이론적 천명이 있은 후에 따르게 된 것이지만, 20세기 초 중국소설의 제한적 시점의 운용은 이러한 편리가 존재하지 않았다. 적어도 우젠런, 류어, 루쉰, 위다푸는 모두 이 문제에 대해 권위적인 의견을 발표한 적이 없다. 제한적 서사를 선택하려는 바람을 명확하게 표출한 샤멘준[18]은 그 창작성취가 높지 않아서 이 양대작가의 일반적 경향을 대표하기에는 부족하다. 이 양대 작가는 기본적으로 서양소설과 전통을 전화하는 과정 중에서 점점 제한적 서사의 기교를 깨닫게 되었다. 그래서 논술과정 중에서 '자각적이든 비자각적이든'이란 말을 상용하여 두 세대인의 예술적인 새로움을 서술한 것이다. 이 말은 어떤 것은 사람들이 자각하고 어떤 것은 사람들이 자각하지 못함을 지적하는 것이 아니라,

---

18) 「論記敍文中作者的地位并評今小說界的文字」, 『立達季刊』 1권 1호, 1925년.

대다수의 사람이 모두 자각과 비자각의 사이에 처해 있으며, 몽롱한 추구는 있으나 명확한 의식이 결핍되어 있음을 나타낸다. 이 점은 신소설가의 창작 중에서 매우 분명하게 표현되어 있다. 작가가 새로운 서사방식의 추구에 유의하는 듯하지만 매우 빨리 전통의 궤도로 다시 돌아가는 것을 항상 발견할 수 있다. 그러나 자세히 살펴보면, 그 사이에 뛰어넘을 수 없는 장애물이 존재하는 것이 아니라 작가의 흥미가 이미 바뀌어진 것에 불과하다. 셋째, 상술한 두 점을 자세히 살펴보면, 러벅이 헨리 제임스의 소설을 분석하거나 제라르 주네트가 푸르스트 소설을 분석하는 방법을 이용하여 이 두 세대 작가의 창작을 탐구하는 것이 매우 적절하지 못함을 알 수 있다. 필자는 어떤 하나의 서사방식이 발휘할 수 있는 예술적 기능에 관한 분석은 비교적 적게 하고, 주로 이 두 세대 작가가 어떠한 상황에서 어떠한 경로를 거쳐 새로운 서사양식을 받아들이게 되는지를 고찰하였다. 다시 말하면, 필자가 관심을 가진 것은 각종 서사양식 자체의 가치가 아니라, 중국 작가가 서양소설의 서사기교를 왜곡, 수용, 개조하는 과정 중에서 드러난 심미취미, 기대시야와 응용능력이다. 굳이 가치판단을 내리라면, 루쉰 소설과 위다푸 소설의 서사양식의 운용이 우젠런의 『상해유참록』과 린수의 『검성록』보다 훨씬 뛰어나다고 할 수 있다. 그러나 본서의 연구범위 내에서 양자는 오히려 중요한 의의를 동등하게 지니고 있다.

　본서의 서사학 이론범위가 간략한 것은, 필자의 이론 수준에 의해 제한되기도 하지만 그보다는 본서의 논술관점에 의해 제한된다. 결국 서사시간, 서사시점, 서사구조는 문학과정을 살피기 위해 빌려온 특정한 이론적 기준(완전히 다른 기준이 될 수 있다)에 불과하며, 어떻게 이 특정한 역사시기에서 이렇게 소설형식의 혁명을 생산하고 완성하게 되었는지를 탐구하는 것(서사학 이론을 위해 예증을 제공하는 것이 아니다)이 바로 본서의 진정한 목적이다.

5. 서사양식의 창조적 가능성

그러나 이것은 서사학 이론의 발전에 관해 전혀 흥미가 없다거나 서사학 이론이 당대의 소설 창작에 끼치는 영향에 대해 믿음이 부족하다는 말이 아니다. 다만 경직된 교조적 이론으로써 활기찬 창작을 구속하고 규제하는 상황을 방비하기 위해서이다. 본서는 버지니아 울프가 비웃었던 해밀턴 교수와 같이 만병통치를 위한 영단묘약을 제공하려고 하지 않는다.[19]

해밀턴 교수의『소설의 재료와 방법(Materials and Methods of Fiction)』은 1924년에 중문으로 번역 출판된 후(중역 제목은『소설법정』) 중국에 영향이 지대했으며, 많은 소설 논문 및 전문 서적은 모두 이것을 모범으로 삼았다. 이 책은 갈래를 나누어 분석하고, 매우 정치하여 초보자가 소설의 기본이론을 이해하는 데 편리하다는 우수성이 있지만, 작가가 끊임없는 해부과정에서 수단을 목적으로 오해하여, 11종의 번다한 분석 가운데 '강조수법'이 대부분 있을 정도로 심취해 있다는 데 결점이 있다. 5·4소설가와 5·4이론가가 서사시간, 서사시점, 서사구조를 구별하고 각종 서사양식의 특징을 모방하는 데 만족하거나, 서사방식이 성취할 수 있는 미학적 효과나 구체적으로 응용할 때 주의해야 할 함정에 대해 비교적 깊이 있게 탐구하지 못한 것은, 아카데미즘이 충만한 이 대학 교과서의 영향과 무관하지 않다.

본서는 결코 당대 작가에게 모델로 삼을 만한 어떠한 예술원칙을 제공할 수 있기를 바라지 않으며, 단지 독자가 역사의 계시—"예술은 무한한

---

19) 버지니아 울프는 「評『小說解剖學』」(『論小設與小說家』, 上海譯間文出版社, 1986년)에서 해밀턴을 '위조에 철저한 연구자'라고 비난하는데, 이것은 좀 각박한 평가인 듯하다. 그러나 다음의 말은 아주 적절하다. "당신은 청개구리를 해부할 수 있지만 뛰어오르게 할 수는 없소. (당신에게는) 매우 불행할지 모르지만, 여기에도 생명이라고 불리는 것이 존재하고 있기 때문이오."

가능성을 지니고 있다는 관점"[20]—를 이해하는 데 도움이 되도록 열정을
다할 뿐이다. 버지니아 울프의 말을 빌리면 다음과 같다.

세계는 광대하고 무한하여, 허위와 가식을 제외하고는 금기해야 할
어떠한 것도 없다—특정한 방식이나 실험에만 제한될 수 없으며, 심지
어 초월적인 실험에 몰두할 수도 있다.[21]

---

20) 버지니아 울프, 「論現代小說」, 『論小說與小說家』, 上海譯問文出版社, 1986년.
21) 버지니아 울프, 위의 책.

부록

소설의 서면화 경향과 서사양식의 변천

신문이 흥성하면서부터 우리나라의 문체는 크게 변하
게 되었다.[1]

—량치차오

이야기를 듣는 사람은 이야기를 말하는 사람의 공동창
작자이다. 이야기를 읽는 사람이라 할지라도 이러한 공
동창작을 향수한다. 그러나 소설을 읽는 것은 다른 읽
을거리를 읽는 것보다 훨씬 고립되어 있다.…… 이러
한 고립 속에서 소설 독자는 다른 사람보다 훨씬 신중
하게 그의 재료에 몰두하며, 그것을 완전히 자기화하여
소화하도록 준비한다. 실제로 그는 소설을 잘게 찢어서
화로 속에서 땔감이 연소되듯이 삼켜버린다.[2]

—발터 벤야민

---

1) 「中國名報存佚表」, 『淸議報』 제100책, 1901년.

2) James Guetti, *Word-Music: The Aesthetic Aspect of Narrative Fiction*, Ruthers Univ. Press, 1980년, 약표제지.

1. 문학 생산수단의 변혁

문학예술의 생산은 다른 형식의 생산과 마찬가지로 어떠한 생산기술에 의존해야 하고, 특정한 예술 생산도구는 예술 생산발전의 필연적인 단계이기도 하다. 문학영역에서 이 점은 예술영역(회화나 영화 등)보다 뚜렷하게 나타나지 않아서 늘 연구자들이 소홀히 취급한다. 표면상 고금의 중국과 외국의 소설, 시가, 산문은 모두 언어가 표현의 매개수단이기 때문에 구비전승과 문자기록이라는 두 가지 측면만으로 분류할 수 있지만, 보다 면밀히 분석해본다면 기록도구와 전파매체의 단계적인 큰 혁신이 문학형식의 발전에 의식적·무의식적으로 영향을 끼쳐왔다고 할 수 있다. 그래서 제지술의 출현과 활자 인쇄술의 발명은 작가의 창작의식을 크게 자극시키거나 변화시킬 수 있었다. 다만 이것이 자료의 부족과 천 년 이전의 일이기 때문에 단순히 총괄적으로 말할 수 있을 뿐 정확하게 설명할 수는 없다. 만청과 5·4시기의 양대 작가들의 경우는 사상변혁과 문학변혁, 문학생산 도구의 변혁에 직면해 있었기 때문에, 이러한 현상이 쉽게 드러날 뿐만 아니라 실증적인 자료도 부족하지 않다. 그리고 바로 이후의 변혁이 중국소설 서사양식을 변천시킨 역사적 과정에 직접적으로 참여했다는 점에서 심도 있게 연구할 만한 가치가 있다.

아잉은 『만청소설사(晚淸小說史)』 제1장에서 만청소설이 번영한 세 가지 원인 중 "첫째로 인쇄사업의 발달로 이전보다 서적간행이 쉬워졌고, 신문사업의 발달로 다량의 인쇄물이 필요하게 되었다"[3]고 지적하고 있다. 하지만 인쇄사업과 신문사업이 어떻게 발달하였고, 어떻게 만청소설의 발전에 영향을 주었는지에 대한 자세한 언급은 하지 않았다. 이는 자료의 결핍에서가 아니라, 적합한 이론적인 시각을 갖기 못하였기 때문에 만청의 이런 특수한 문학현상을 잘 해석할 수 없었을 것이다. 단순히 소

---

3) 『晚淸小說史』 제1항, 人民文學出版社, 1980년 新1판.

설의 수량증가라는 측면에서 인쇄와 신문사업이 소설에 끼친 영향관계를 따진다면, 문학 생산도구의 변혁이란 점은 경시될 수밖에 없을 뿐 아니라 두세 마디 정도로도 충분히 설명될 수 있을 것이다. 그러나 사실 이 문제는 결코 일반인들이 상상하는 것처럼 그렇게 간단하지 않다. 이를 위해서는 연구의 시각을 전환시켜야만 한다.

1815년 8월 5일, 모리슨(馬禮遜)이 말라카(Malacca)에서 처음으로 중국어로 된 근대화 기간물인 『찰세속매월통기전(察世俗每月統紀傳)』을 출판했으며, 중국인이 직접 운영한 근대화 신문은 1858년 우팅팡(伍廷芳)이 홍콩에서 창간한 『중외신보(中外新報)』로 추론된다. 그러나 중국인이 직접 운영하면서 출판된 신문·잡지는 19세기 후반에 이르러서야 대량으로 유통되기 시작하였다. 1815년에서 1861년까지는 총 8종의 중국어 신문이 겨우 출현하였으나, 1902년에 량치차오가 전국에서 간행된 적이 있는 신문·잡지를 통계한 자료에 의하면 124종이나 된다. 신해혁명 이후, "'인민들에게는 언론·저작·출판의 자유가 있다'라는 말이 임시 헌법에 명시되자, 한순간에 신문이 구름처럼 일어나 큰 장관을 이루었고,"[4] 전국의 신문·잡지는 5백여 종에 달했다. 원세개가 정권을 장악하자, 언론계는 폐쇄와 금지, 위협과 회유의 온갖 수단에 짓눌려 일시에 극도로 쇠락하게 되었다. 그렇지만 신문이나 잡지가 날로 번창하는 추세인지라 정치적인 탄압과 압제가 전진의 속도를 멈추게 할 수는 없었다. 1921년에는 전국의 신문·잡지가 1,104종이나 되었고 1927년에는 전국에 모두 2천여 종이 쏟아져 나왔다. 이 시기의 신문·잡지의 종류를 아래와 같이 도표화해보았다. 그러나 이 도표에서의 숫자는 서로 다른 글에서 뽑았기 때문에 당시인의 추산이 과장되었거나, 후인들의 통계에서도 누락된 부분이 있을 수 있고, 게다가 각 시기의 통계자료에 중첩되는 것도 있고 중첩되지 않는 것도 있어서, 이 도표는 단지 대체적인 추세만을 말해줄 뿐이다.(〈표

---

4) 戈公振, 『中國報學社』 178쪽, 三聯書店, 1955년.

5〉 참고)

<표5〉 중국 초기 잡지 통계표

통계시간	신문,잡지	자료 출처	잡지 (주간,월간,계간)	자료 출처
1815~1861	8	①	—	
1886	78	②	44	②
1901	124	③	44	③
1911	500	④	203	⑤
1921	1104	⑥	548	⑥
1927	2000	⑦	638	⑧

〈표5〉 자료출처

① 戈公振, 『中國報紙進化之槪觀』(『中聞周報』 4권 5기, 1927년)에서는 "『時事新報』의 기록에 근거하면, 嘉慶 20년에서 鹹豊 11년의 46년 중에 신문 8종이 있었는데 모두 교회에서 발행되었다"라고 한다.

② 티모시 리처드의 『中國名報館始末』(『時事新報』 1권, 1898년)에서는 "이전에 예수교파 사람들이 중국 각 신문의 상황을 조사하여 작년에 이미 발표하였는데, 『京報』를 제외하고 지금까지 76종이 있다"라고 한다. 실제 통계는 78종인데, 그 중에 월보 36종, 주보 8종이 포함되어 있다.

③ 梁啓超의 『中國名報存佚票』(『淸議報』 제100책, 1901년)에는 일보 80종(그중 60종이 보존), 총보 44종(그중 21종이 보존)이 수록되어 있다. 그 밖에, 『時務匯編續集』 제26책 중 『新舊名報存目票』에는 1872년에서 1902년 사이에 存佚된 신문이 144종인데, 그중 일보 65종(45종이 보존), 冊報 79종(37종이 보존)이 수록되어 있다. 모두 참고하였다.

④ 戈公振의 『中國報學史』 제5장 「민국 성립 이후」 118항에서는 "당시의 전국 통계가 5백여 종인데, 북경이 정치의 중심이어서 1/5을 독점하였으니, 성행했다고 할 만하다"라고 한다.(三聯書店, 1955년 판)

⑤ 張靜盧는 각 신문사의 자료에 근거하여『淸李重要報刊自錄』을 편찬하였는데, 잡지 203종, 신문 252종, 합계 455종을 수록하고 있다.(『中國近代出版史料初編』, 中華書局, 1957년)

⑥『第二屆世界報界大會記事錄』(戈公振의『中國報紙進化之槪觀』에서 재인용)에서는 "민국 10년에 전국에는 신문 1,114종이 있었다"라고 한다. 그러나 그 다음 글에서 제공하는 일간, 2일간, 주간, 순간, 반월간, 월간의 숫자 통계에 근거하면, 1,104종이 되어야 한다. 주간, 수간, 반월간, 월간 잡지를 통계하면 548종이 된다.

⑦ 일보가 628종이 있었다는 "中外報章類纂社"의 조사보고에 근거하여 戈公振은 "화교신문, 학교신문, 公私 정치 학술 사회 단체의 신문 및 유희적인 모든 신문을 합하면, 매일이든 2일 이상 간격으로 간행하든 간에 그 수가 2천여 종이 된다"라고 생각하였다. 戈公振의『中國報紙進化之槪觀』참고.

⑧ 張靜盧의『一九一九──九二七年全局雜志簡目』에는 주간, 순간, 반월간, 월간, 격월간, 계간 638종을 수록하고 있다(정부 기관의 공보, 학교의 보통 간행물, 종교의 선전 간행물 및 어린아이의 읽을거리, 일보의 부간은 제외). 장의 통계표는『中國現代出版史料甲編』(中華書局, 1954년)에 들어 있다.

이러한 간행물이 번창됨에 따라, 전문적인 소설잡지도 생겨나게 되었다. 만청의 각종 신문과 정치, 교육, 경제, 농업 등의 전문적인 간행물도 소설을 일부 게재하여 독자들을 끌어들였지만 진정으로 소설 발전에 영향을 미친 것은 신문의 문예부간과 전문적인 문학잡지의 출현에 의해서이다. 1897년 옌푸, 샤정여우는『국문보(國聞報)』를 위해『본사에서 설부를 덧붙여 인쇄한 취지(本館附印說部緣起)』를 써서 소설을 '널리 수집하고', '신문에 끼워 나눠 보낼' 계획이었으나 실현되지 못하였다. 1897년 상해『자림려보(字林濾報)』에서는『소한보(消閑報)』부간(副刊)을 내어, 매일 한 장씩을 발행하여 신문에 끼워 나눠 보냈고, 1900년에『중국일보(中國日報)』에서 처음으로『고취록(鼓吹錄)』부간을 창간하였다. 이후 대부분의 신문이 고정지면을 내어 문예부간(정기적, 비정기적인 것이 있음)을 설치하였다. 문예부간은 지면이 많지도 않고, 매 기마다 2~3천 자에 불과하였다. 그러나 그 세력이 만만치 않아서 신문발행량이 일반적으로 잡지보다 많다거나 독자란도 잡지보다 넓다는 점 이외에, 출판주기가 짧으면서 빈도율이 높다는 이점이 있었다. 5 · 4시기의 4대 문예부간(1918년 3월 4일에 창간된 『시사신보 · 학등(時事新報 · 學燈)』, 1918년 말에 창간된 『민국일보 · 각오(民國日報 · 覺悟)』, 1921년 10월 12일에 창간된 『신보 · 신보부전(晨報 · 晨報副鐫)』, 1923년 12월 5일에 창간된 『경보 · 경보부간(京報 · 京報副刊)』)은 문학혁명 중에 경시할 수 없을 만큼의 큰 작용을 하였다.

중국 최초의 문학잡지인 『영환쇄기(瀛寰瑣記)』는 1872년에 창간되었는데, 그중 려작거사(蠡勺居士)가 번역한 영국소설 『흔석한담(昕夕閑談)』이외에는 모두 시문이었다. 1892년 한즈윈이 독자적으로 창간한 소설잡지 『해상기서(海上奇書)』는 주로 자신의 단편 · 장편소설을 발표하면서 선조들의 필기소설도 약간 싣고 있다. 루선(魯深)의 통계에 의하면 1872년에서 1897년까지 25년간에는 5종의 문학기간물이 겨우 출현하였는데, 그중 3종은 사실 『영환쇄기』의 개정판이고, 1902년에서 1926년까지 15년간에 창간된 문예기간물은 57종이 되며, 1917년에서 1927년까지 10년 동안에 창간된 문예기간물은 143종이 된다.[5] 말하자면 뒤의 25년간의 문예기간물 숫자가 앞의 25년간보다 무려 20배나 되는 셈이다. 이들 문예잡지에는 각종의 문학작품이 실리고, 그중 소설이 차지하는 비중이 가장 많다. 더욱이 '소설'로 명명한 잡지는 당연히 소설게재가 위주였다. 간단히 목전에 파악된 자료만을 보아도 1902년에서 1917년까지 15년 사이에 창간된 27종의 잡지가 '소설'로 명명된 것(이 중에는 한 종의 신문이 포함되어 있다)임을 알 수 있다. 〈표6〉 참조 바람(괄호 중의 숫자는 이미 알려진 기수).

---

5) 魯深,「晚淸以來文學期刊自錄簡編」,『中國現代出版史料丁編』下.

〈표6〉 1902~1917년에 창간된 것 중 이름에 '소설'이 들어간 잡지(신문)

잡지명	창간년	출판지	발행주기	편집	발행부수
新小說	1902	日本 橫濱 *	月刊	梁啓超	24
繡像小說	1903	上海	半月刊	李伯元	72
新新小說	1904	上海	月刊	陳景韓	(10)
小說世界日報	1905	上海	日刊	(不詳)	(200)
小說世界	1905	上海	半月刊	(不詳)	(1)
月月小說	1906	上海	月刊	汪惟父, 吳趼人	24
新世界小說社報	1906	上海	月刊	警僧	(9)
小說七日報	1906	上海	周刊	談小蓮	(5)
小說林	1907	上海	月刊	徐念慈	12
小說世界	1907	香港	旬刊	(不詳)	(4)
中外小說林	1907	廣州	旬刊	黃伯耀, 黃世仲	(28)
廣東戒煙新小說	1907	廣州	周刊	季哲	(9)
競立社小說月報	1907	上海	月刊	彭兪	(2)
新小說叢	1908	香港	月刊	林紫虯	(3)
白話小說	1908	上海	月刊	白話小說社	(1)
揚子江小說報	1909	漢口	月刊	胡石庵	(5)
十日小說	1909	上海	旬刊	環球社	(11)
小說時報	1909	上海	月刊	冷血, 天笑	33
小說月報	1909	上海	月刊	惲鐵樵, 王西神	126 **
中華小說界	1914	上海	月刊	沈甁庵	30
小說叢報	1914	上海	月刊	徐枕亞	44
小說旬報	1914	上海	旬刊	英蛻等	(3)
小說海	1915	上海	月刊	黃山民	36
小說大觀	1915	上海	季刊	包天笑	15
小說新報	1915	上海	月刊	李定夷	94
小說畫報	1917	上海	月刊	包天笑等	21
小說革命軍	1917	上海	雙月刊	胡奇塵	3

· 발행부수가 부정확한 경우 ( ) 안에 표시함.
* 이듬해 상하이로 옮김
** 1920년까지 수록

1901년 량치차오는『청의보 100회 기념 축사 및 신문사의 책임과 본 신문사의 경험을 논함(淸議報一百册祝辭幷論報館之責任及本館之經歷)』에서 중국에서의 신문발행의 난점을 다음과 같이 개탄한 적이 있다. 첫째 경비 부족, 둘째 주필 등용의 어려움, 셋째 전체적인 분위기가 조성되지 않아 신문독자층이 적음, 넷째 종업원의 사상이 얕고 좁으며 학식이 진부함. 따라서 "대체로 자본의 부족으로 1년 수개월 만에 폐간되는 경우가 열에 일고여덟은 되었고", "그 나머지 한둘은" "표절에만 급급하여 읽을 수가 없을 정도였다." 이 때문에 량치차오는 신문사가 흥성한 지 수십 년에 간행물의 숫자가 이미 100종이나 되는데도, "전 사회에 끼치는 영향이 하나도 없다"며 불평하였다. "영향이 하나도 없다"는 말에 설득력이 부족하다 하더라도 지극히 통절한 표현으로서 신문 발간의 어려움을 진실되게 잘 말해주고 있다. 종합적 성격의 간행물이 유지되기 어려워지자 소설잡지도 자연히 경영이 좋지 않아 한두 기 발간되다가 정간되는 경우가 적지 않았다. 타오바오피의『양자강소설보 발간사(揚子江小說報發刊辭)』와 쉬넨츠의『정미년 소설계 발행서목 조사표 · 인언(丁未年小說界發行書目調査表 · 引言)』에서 이러한 소설계의 곤경을 지적한 적이 있다.[6] 그러나 이와 같은 풍조가 점점 바뀌면서 간행물의 독자 또한 점차 넓어졌고, 이에 따라 특색 있고 독자의 환영을 받을 수 있는 잡지의 판매부수도 증가하였다. 오늘날의 입장에서 보면 이 증가속도는 사실 매우 느린 편이다. 『시무보』는 4천 부수에서 1만 7천 부수로,『신청년』은 천 부수에서 1만 5천~6천 부수로 늘어났는데, 이것은 당시에 민심을 진작시킬 만한 대단한 소식이었을 것이다. 만청에서 5 · 4시기까지 신문과 정간물의 발간인들은 일반적으로 잡지의 판매부수에 대해 무책임하게 언급했지만 친구에게 보내는 편지나 사후(事後) 회고는 그래도 믿을 만하고, 독자를 끌어들이기

---

6) 陶의 글은『揚子江小說報』1기, 1909년에 실려 있고, 徐의 글은『小說林』9기, 1908년에 실려 있다.

위해 만든 광고는 과장된 면이 있다.[7] 필자는 각종 자질구레한 자료에 근거하여 만청부터 5·4시기에 이르기까지 간행된 적이 있는, 비교적 크게 영향을 미친 8종의 주요 잡지의 발행량을 통계하여 도표화하였다. 그리고 독자들의 조사에 도움이 되도록 자료의 출처를 덧붙여놓았다.

여기에서 사전에 설명해야 할 몇 가지 점이 있다. 첫째, 이 30년 동안에 8종의 잡지가 가장 중요한 것이 아니며, 다른 중요 잡지는 그 발행량에 관한 자료를 찾아볼 수가 없다는 점, 둘째, 이러한 통계숫자는 비록 실증적인 조사를 거쳤지만, 실제와 너무 동떨어진 것은 배제하였기 때문에(우장의 『양임공선생행장(梁任公先生行狀)』에서 "『신민총보』의 판매량은 10만 부에 이른다"와 같은 말), 대체적으로는 믿을 만하지만 정확하다고는 말할 수 없으며, 자료의 출처에 따라 약간의 참작을 필요로 한다는 점, 셋째, 최저 인쇄부수란 단지 필자가 찾아낸 최저 인쇄부수일 뿐으로, 량치차오가 『신민총보』에서 "매월 1천 부씩 증가하여 현재는 5천 부에 육박한다"라고 한 말에서 알 수 있듯이 최저 인쇄부수는 4천 부보다 틀림없이 낮을 것이나, 비록 신빙성은 없다 하더라도 4천 부로 인정하는 게 좋을 듯하다는 점, 그리고 『소설월보』의 '최저 인쇄부수'와 '최고 인쇄부수'는 실제로 1920년과 1921년 사이에 발행된 양의 대비일 뿐이라는 점이다.

---

7) 『新民叢報』 제9책 「본사 알림」에서 만 수천 부를 판매했다고 한다. 제11책 '편지 5천 장'에서는 판매부수가 2천에서 5천으로 증가했다고 하지만 같은 책 '본사 알림'에서는 판매부수가 1만 수천 부에 달한다고 한다. 제22책 「알림」에서는 "총발행 부수"가 9천 부로 증가하였다고 말한다. 이처럼 몇 종의 견해가 서로 모순적이다.

〈표7〉 중국 초기 주요 신문 및 간행물 발행 통계표

잡지명	출판지	주편(주필)	발행주기	창간시기	종간시기	권수, 책수, 호수,기수	최저 부수	최고 부수	자료 출처
萬國公報 (Chinese Globe Magazine)	上海	林樂知	周刊 月刊	1874.9	1907.12	周刊 450 月刊 227	1,800	54,396	①
時務報 (The Chinese Progress)	上海	梁啓超 麥孟華, 章炳麟	旬刊	1896.8	1898.8	69	4,000	17,000	②
新民總報 (Sein MinChoongBou)	日本 橫濱	梁啓超	半月刊	1902.2	1907.11	96	4,000	14,000	③
民報 (The Minpao Magazine)	日本 東京	張繼, 章炳麟, 陶成章	月刊	1905.11	1910.2	26	6,000	17,000	④
禮拜六 (The Saturday)	上海	王鈍根	周刊	1914.6	1916.4	100	(不详)	20,000	⑤
新青年(青年雜志) (La Jeunesse)	(上海) 北京	陳獨秀	月刊	1915.9	1921.7	54	1,000	16,000	⑥
小說月報 (The Short Story Magazine)	上海	王西神等(前) 沈雁冰等(後)	月刊	1920.8	1931.12	(前期)126 (後期)264	2,000	10,000	⑦
創造周報	上海	郁達夫, 郭沫若, 成仿吾	周刊	1923.5	1924.	52	3,000	6,000	⑧

〈표7〉 자료 출처

① 方漢奇의 『中國近代報刊史』(山西人民出版社, 1981년) 上册 29항에서는 『萬國公報』가 막 창간될 때는 "관심을 가지는 사람들이 없어서 아무 곳이나 나누어 판매하였다." 후에 판매량이 점점 증가하더니, 1876년에 1,800부에서 1903년에는 54,396부로 발전하여, 당시 중국에서 발행량이 제일 많은 간행물이 되었다고 한다.

② 方漢奇의 『中國近代報刊史』 上册 83항에 근거한다. 그 밖에, 1897년 9월 17일에 출판된 『時務報』 제39책에서는 『時務報館啓事』를 간행하여 "신문사가 창설되고 어느덧 1년이 지났다. 처음에는 팔리지 않을까 걱정했는데, 정부의 격려, 동지들의 도움으로 1만 2천 부나 판매되었다. 이는 애초에 기대했던 바가 아니었다"라고 한다. 1901년 출판된 『淸議報』 제100기에 양계초의 『淸議報-百册祝辭幷論報館之責任及本館地經歷』을 간행하여 "중일전쟁에서 패하고 난 후, 『시무보』를 발행하자, 순식간에 전국에 풍미하여, 몇 개월 사이에 판매량이 1만여 부나 되었다. 이것은 중국에 신문이 생긴 이래 아직 없었던 일이다. 온 나라가 미친 듯이 달려들었다"라고 한다.

③ 1902년 4월 량치차오는 캉여우웨이에게 보내는 편지에서 『신민총보』 출판상황을 "현재 판매량이 불가사의할 정도로 늘어나, 매월 천 부씩 증가하여, 지금은 5천 부 가까이 된다"라고 말하였다. 1906년 3월 1일 『申報』는 상해 신민총보 지점 광고를 간행하여 "본 신문이 창간된 지 여러 해가 지나는 동안, 꾸준히 식자층의 환영을 받아서, 판매량이 1만 4천여 부나 되었다. 현재 4년 제1기 신문이 이미 간행되었는데도, 정기구독자들이 앞을 다투는 것을 보니, 이것은 진실로 民智가 진보한 증거이다"라고 말하였다.

④ 方漢奇의 『中國近代報刊史』 하권 386항에서는 『民報』 창간호를 6차례 6천 부를 발행했다고 한다. 1906년 9월 3일 『復報』는 『민보광고』를 간행하여 "(『민보』)가 작년 겨울에 창간되어, 이미 제7호를 발행하였는데, 마침 章炳麟 선생이 출옥하여 동경에 와서, 본 신문의 총편집인을 맡았다. 그래서 신문사의 일이 더욱 발전하고, 판매량이 1만 7천여 부에 이르렀다"라고 말하였다.

⑤ 『禮拜六』 46기(1915년 4월 17일)는 천허아생의 4절구를 「미천하나마 『禮拜六』에서 소설을 주마다 간행한 지 50기가 되었다. (소설의) 풍조가 세상에 알려지면서 매 기마다 2만 권 이상이 판매되었다……」는 제목으로 간행하였다. 그 밖에, 저우서우쥐안은 『禮拜六舊話』(1928년 8월 25일 『禮拜六』 工商新聞 副刊 271기)에서 "……출판된 이후, 일시에 천둥치듯 성행하여, 제1기의 판매량이 2만 부 이상 되었다"라고 말하였다. 張靜盧는 『在出版界二十年』(上海雜志公司, 1938년) 36항에서 『禮拜六』 60기 이전 "몇 기는 분명히 1~2만 부 이상 팔렸다"라고 말하였다.

⑥ 張靜盧는 『中國近代出版史料二編』(中華書局, 1957년) 315~316항에서 "출판된 후, 판매량이 매우 적어, 내부의 증정본을 합하더라도, 매기 1천 부 정도에 불과하였다. 민국 6년에 이르러 판매량이 점점 증가하더니 최고 1만 5~6천 부나 되었다"는 『新靑年』 출판상황에 관한 왕맹추의 말을 인용하였다.

⑦ 茅盾은 「革新 『小說月報』 的前後」(『新文學史料』 제3집, 1979년)에서 1920년 "『소설월보』의 판매량이 점점 떨어져, 제10호에 2천 부만을 인쇄하였다." 그러나 "개편된 『소설월보』는 제1기에 5천 부를 인쇄해도 즉시 판매되어, 다음 기부터는 더 많이 발행하라는 각 지점의 요청을 받았다. 그래서 제2기는 7천 부를 인쇄하였고, 제1권 말기부터는 이미 1만 부를 인쇄하였다"라고 말하였다.

⑧ 於昀의 「郁達夫與創造社」, 『新文學史料』 제5집, 1979년에 근거함.

만약 근대화된 간행물이 만청에서 창간되었다고 한다면, 서적의 출판은 예전부터 이미 존재했었다. 그러나 새로운 인쇄기술의 수입과 독자들의 지적 욕구의 증가로 인해 서적의 출판도 날로 번영하였다. 1898년 광학회(廣學會)에서 번역서의 판매가격을 통계한 적이 있는데, 1893년에는 1,800여 원(圓)으로 "불과 5년 사이에 20배나 올랐으니, 중국인들의 새로운 것에 대한 추구를 충분히 짐작할 수 있다."[8] 그러나 중국의 출판업은

---

8) 蔡爾康 역, 『廣學會第十一屆(1898)年報紀略』; 張靜盧 편, 『中國近代出版史料二編』, 中

무술유신(1898년) 이후에야 큰 발전을 하였다. 리저펑(李澤彰)이 『35년 동안 중국의 출판업(三十五年來中國之出版業)』에서 기술한 1902년~1930년 사이 상무인서관(常務印書館)에서 출간된 연도별 서적 수와, 루페이퀘이(陸費逵)가 『60년 동안 중국의 출판업과 인쇄업(六十年來中國之出版業與印刷業)』에서 만청에서 1920년대까지 상무인서관의 영업실적이 전국서점의 1/3가량을 줄곧 점유하고 있다[9]는 사실로부터 이 30년간의 전국 서적출판상황을 대략적으로 파악할 수 있다. 이렇게 큰 나라에서 매년 몇백 종에서 천 종에 이르는 도서출판은 현재의 시점에서 보면 너무 적기는 하지만,[10] 당시에는 이것이 놀랄 만한 진보였을 것이다. 송원명청(宋元明淸) 시기에 간행된 서적에 대해서는 통계숫자가 없어서 이러한 발전상황을 말하기 어렵지만, 만청 14년(1898년~1911년) 동안에 출판된 소설이 이전의 250년 사이에 출판된 소설보다 훨씬 많다는 점[11]에 비추어보면, 만청의 출판업이 얼마나 성행했는지를 엿볼 수 있다.

소설의 인쇄부수에 관해서는 당시인의 언급이 거의 없기 때문에, 지금과 같이 단지 부분적인 자료에서만 윤곽을 잡을 수 있을 뿐이다. 신소설 중에서 인쇄부수가 가장 많았던 작품은 아마 정푸의 『얼해화』와 쉬전야의 『옥리혼』일 것이다. 1911년 출판된 『소설시보(小說時報)』 제9기 속에 실린 「소설신어(小說新語)」란 글에서 "『얼해화』란 책은 6, 7판까지 찍어 2만 부 정도 출간되었는데, 중국 신소설 중에서 발행부수가 가장 많다고

華書局, 1957년.

9) 李의 글은 『中國現代出版史料丁編』에 실려 있고, 陸의 글은 『中國出版史料補編』에 실려 있다.

10) 『1981년 中國出版年監』에 근거하면 1979년 중국의 출판서적은 17,212종이고, 『書訊報』 1987년 3월 30일 보도에 의하면 1986년 중국의 출판서적은 51,789종이다.

11) 孫楷第의 『中國通俗小說書目』에는 청초에서 1897년까지 출판된 소설 275종이 수록되어 있고, 袁行霈, 侯忠義의 『中國文言小說書日』에는 청초에서 1897년까지 출판된 문언소설 559종이 수록되어 있다. 양자를 합해도 겨우 834종이다. 그러나 阿英의 『晩淸戱曲小說書日』에 수록되어 있는 1898~1911년에 출판된 소설은 1,145여 종(미완성된 작품까지 포함)이 된다.

할 수 있겠다"[12]라고 말하고 있다. 1915년에 출판된『소설총보』제16기에 실린「쉬전야 알림」이란 글에서는『옥리혼』은 "출판된 지 1, 2개월이 못 되어 2, 3판이 모두 매진되었다"라고 실증하였고, 더불어 "우리들이 만약 민국 이래의 소설책 판매부수를 통계해 본다면, 이『옥리혼』이 근 20년 이래로 발행부수가 가장 많다는 점을 누구도 부인하지 못할 것이다"[13]라 고 인식하고 있다.

　5·4 소설 중에서는 루쉰의『외침』과『방황』만이 출판회수와 인쇄부수 가 명확히 밝혀져 있고, 나머지는 대체로 작가 자신의 회고나 타인의 간 접적인 진술에 의거할 뿐이다.『외침』은 1923년 8월에 간행된 제1판부 터 1930년에 간행된 제13판까지 모두 43,500권이 간행되었고,『방황』은 1926년 8월 출판부터 1930년 1월까지 모두 8판 3만 권이 출판되었다. 위 다푸의「침몰」은 5·4시기에 인기가 좋았던 책으로, 그는 "2~3년 뒤「침 몰」은 마침내 고뇌에 찬 청년들의 열렬한 사랑을 받았고, 발행부수가 2 만여 권에 이를 정도였다"[14]고 회고하고 있다. 궈모뤄가 번역한『젊은 베 르테르의 슬픔』은 1922년 4월에 초판되어 1930년까지 상해 태동서국(泰 東書局)에서 15판까지 간행되었는데, 당시 일반서적이 매판 2천 권으로 간행되었다고 할 때, 무려 3만 권이나 되는 셈이고, 게다가 1926년 상해 의 창조사 출판부에서 증정판을 내어 1928년 5월까지 6판 9천 권을 출간 했다고 한다면, 이 책은 1930년까지 최저 4만 권이 간행된 셈이다. 궈모 뤄의「낙엽」, 장즈핑의「버들강아지」는 급속도로 "전국 각지에서 많이 팔 렸다"[15]고 말하고 있다. 그러나 장징루는 북벌 전 상해의 '새책사업[新書

---

12) 阿英의『晩淸小說史』제2장에서는 "당시에『孽海花』가 영향력이 제일 커서 1~2년이 채 되지 않았는데도, 15차례나 재판을 내고 5만 부 정도가 판매되었다."고 말한다.
13)『在出版界二十年』37쪽, 上海雜志公司, 1938년. 그 밖에 範煙橋의『民國舊派小說史 略』에서는『玉梨魂』의 판매부수가 거의 십만책 정도라고 말하지만 언제까지인지를 설 명하지 않았다.
14) 郁達夫,「鷄肋集·題辭」,『鷄肋集』, 上海創造出版部, 1927년.
15) 史蟫,「記創造社」, 上海『文友』1권 2기, 1943년.

事業]'은 아주 빈약하여, "한 판에 2~3천 권을 인쇄할 수 있는데도 보통 한 판에 5백 권 내지 천 권을 인쇄하는 것도 아주 많은 셈이었다"[16]고 회고하였다. 이로 볼 때, "전국 각지에서 많이 팔렸다"라는 기술은 납득하기 어렵다.

구미, 일본 등의 국가에 비해 만청에서 5·4시기까지의 신문·잡지와 서적 출판은 상당히 낙후되었다는 점은 의심할 여지가 없다. 거공전(戈公振)은 1927년 중국에서는 대략 2천 종의 간행물이 출판되었다고 자축하면서도 그 당시 일본에는 약 4,500종의 간행물이 있었음[17]을 덧붙여 밝혀놓았고, 리저펑은 1930년도 상무인서관에서 나온 책이 439종이고, 전국에서 약 1천여 종의 서적이 출판되었으며, 일본에서는 1만 8천여 종의 서적이 출판되었다는 점을 지적해두고 있다.[18] 그러나 우리들은 만청 14년 동안에 출판된 소설이 1천 1백여 종이 된다고 찬탄하면서도 량치차오가 1904년에 제시한 조금의 과장도 없는 통계숫자, 즉 "매년 지구상의 모든 국가의 소설 출간 수량을 조사해보니, 대략 8천 종에서 만 종에 이른다. 미국이 약 2천 종, 영국이 1천 5백여 종, 러시아가 약 1천 종, 불란서가 약 6백 종, 이태리와 스페인이 각각 5백여 종, 일본이 4백 5십여 종, 인도와 시리아가 약 4백 종이 된다"[19]는 점도 동시에 기억해야만 할 것이다. 그러나 이전의 중국 출판업과 비교해서 만청에서 5·4기간의 서적과 간행물의 출판은 '전대미문의 번영'이라고 할 수 있겠다. 이러한 번영으로 "신사상의 수입"[20]과 "개인주의 경향의 심화",[21] 서양의 시, 소설, 신극의 유입

---

16) 『在出版界二十年』, 127-128쪽.

17) 『中國報紙進化之槪觀』.

18) 『三十午年來中國之出版業』.

19) 『小說叢話』 속의 梁啓超의 말.

20) 梁啓超, 『淸代學術槪論』 제29절.

21) James Guetti, Word-Music: The Aesthetic Aspect of Narrative Fiction(Rutgers Univ. Press, 1980), 제2장에서 Marshall Mcluhan의 말인 "인쇄가 개인주의의 경향을 강화한다는 것은 모든 역사학자들이 증명한 바와 같다."고 인용한다.

에 큰 파급효과가 있었지만, 필자의 주된 관심은 그것이 작가들에게 대량의 소설 창작을 자극하는 동시에, 어떻게 작가의 창작의식에 영향을 주고 나아가 중국소설의 서사양식을 변화시켰는가에 있다.

2. 간행물 중심의 문학시대

누구도 잡지의 영향력은 부인할 수 없지만, 특히 소설잡지가 신소설과 5·4소설 발전에 중대한 작용을 했다는 점에서는 더욱 그러하다. 첫째, 『신소설』을 시작으로 모든 작가와 문학단체들은 자체적으로 기획한 간행물에 예술적 주장을 펼치기 시작하였다. 만청시기에는 문학단체가 많지도 않았고 그 문학주장도 비교적 모호하며, 같은 시기의 상이한 잡지 사이의 차이점도 크게 다르지 않아서, 독자들의 기호와 출판시장에 더 많은 영향을 받았다. 그러나 5·4시기는 상황이 많이 달랐다. 1921년에서 1923년 사이에 40여 개의 문학단체에 52종의 문학잡지가 나왔고,[22] 1925년에는 "앞뒤로 성립한 문학단체와 간행물만 해도 1백여 개를 웃돌았으며",[23] 게다가 대부분의 문학단체들은 명확한 문학주장을 표명하면서 간행물을 통해 동일노선 참여를 주장하여 당시의 분위기를 조성하였다. 둘째, 당시의 간행물은 상업경영으로 출판된 잡지가 아니라, 작가 자신이 창립했거나 편집한 문학잡지였다. 량치차오가 편집한 『신소설』, 천징한이 편집한 『신신소설(新新小說)』, 리보위안과 어우양쥐위안이 편집한 『수상소설(繡像小說)』, 우젠런과 저우구이성이 편집한 『소설림』, 바오텐샤오가 편집한 『소설시보』, 쉬전야가 편집한 『소설총보』, 마오둔과 정전둬가 편집한 『소설월보』, 궈모뤄, 위다푸, 청팡우가 편집한 『창조계간』과 『창조월간』, 루쉰과 저우쥐런이 편집한 『어사(語絲)』, 린루지, 천샹허, 천웨이

22) 「最近文藝出版編目」, 『星海』(上), 上海商務印書館, 1924년.
23) 茅盾, 「『中國新文學大系·小說一集』導言」, 『中國新文學大系·小說一集』, 上海良友圖書館印刷公司, 1953년.

모가 편집한 『천초(淺草)』, 『침종(沈鐘)』 등은 거의가 신소설 작가와 5·4 작가들이 편집 작업에 참여한 잡지들이다. 셋째, 이 양대 작가들의 대부분 작품은 신문이나 정간물에 발표된 후 편집하여 출판된 것인데, 단편소설은 차치하고 단순히 신소설 작가의 중·장편소설만을 예로 들어 본다 하더라도, 잡지에 연재된 작품으로 『이십년목도지괴현상』, 『동구여호걸』, 『노잔유기』, 『문명소사』, 『린녀어』(이상 『수상소설』에서 간행), 『상해유참록』(『월월소설』에서 간행), 『얼해화』(『소설림』에서 간행), 『쇄금루(碎琴樓)』(『동방잡지(東方雜誌)』에서 간행), 『설홍루사』(『소설총보』에서 간행) 등이 있고, 신문의 문예부간에 연재된 작품으로는 『관장현형기』, 『호도세계(糊塗世界)』(이상 『세계번화보(世界繁華報)』에서 간행), 『홍수전연의』(『향항소년보(香港少年報)』에서 간행), 『단홍령안기』(『태평양일보(太平洋日報)』에서 간행), 『광릉호(廣陵湖)』(『공륜신보(公論新報)』, 『대공화일보(大共和日報)』, 『신주일보(神州日報)』에서 간행) 등이 있다. 이때야말로 간행물 중심의 문학시대라 해도 과언이 아닐 것이다. 이러한 현상 때문에 신소설 작가나 5·4작가들은 간행물에 게재하거나 연재하는 전달방식의 특성을 고려하면서 창작할 수밖에 없었다. 이 특성은 신소설과 5·4소설에 약간의 변화를 초래하였다.

1901년 량치차오가 "신문이 홍성하면서부터 우리나라의 문체가 크게 변화하였다"라고 단언했을 때에도 그는 아직 소설 창작에는 손을 대지 않았으며, 이 때문에 산문에 국한된 문체변화만이 고려의 대상이 될 뿐이었다. 1907년 황모시(黃摩西)는 "신문의 보고란 중에서 특기할 만한 것은 소설이다."[24]라는 점을 주시했고, 1908년에 황보야오도 "소설이라는 것은 은밀하게 신문계와 상호 연계되어 있다."[25]라고 지적하였다. 그러나 이 두 소설비평가는 신문잡지에 새로이 홍기한 소설이 도대체 표현 기교상에

---

24) 「小說林發刊詞」, 『小說林』 1기, 1907년.
25) 耀公, 「小說與風俗之關係」, 『中外小說林』 2권 5기, 1908년.

서 전통소설과 어떠한 차이점이 존재하는가에 대해서는 탐색하지 못하였다. 그렇지만 량치차오가 말한 "신문이 흥성하면서부터 우리나라의 소설은 크게 변화하였다"는 명언은 조금도 무색하지 않다.

신소설가들의 창작태도가 성실하지 못하여 "아침에 탈고해서 저녁에 간행해도 조금이라도 살펴보는 작가가 없다"[26]는 점은 당연히 비판받아야 할 것이다. 그러나 신소설가들이 소설을 발표하는 특수한 방식을 경시하여, 잡지나 신문이 작가의 창작구상에 미치는 제약을 고려하지 않은 채 명리만을 추구한다고 비난한다면, 다소 편파적인 면이 있을 것이다. 당시 량치차오는 신문과 잡지에 연재되는 소설의 본질적인 결점을 자신이 창간한 『신소설』에서 다음과 같이 말하고 있다.

소설은 수십 회로 이루어져 있어서 그 전체적인 구조가 수미일관하려면 심혈을 기울여야 한다. 그래서 이전의 작가들은 늘 원고를 몇 번씩 교정한 뒤에야 마음에 맞는 작품을 얻을 수 있었다. 오늘날은 신문의 격식에 맞춰 매월 한 회씩 제출하기 때문에, 원고를 수정할 수가 없어서 뛰어난 작품이 나오기 어렵다.[27]

'한 권의 책이 완결된 후, 세상에 그것을 내놓는' 것이 가장 바람직하지만, 단지 이렇게만 해서는 '수년의 세월을 보내고도 탈고할 날은 멀 것이며', 게다가 잡지로 간신히 생활을 영위해가는 문제가 또 현존해 있기 때문에, 쓰는 대로 간행할 수밖에 없었다.[28] 대부분의 신소설은 한 회 쓰고 간행하고, 어디까지 쓰고 관두어야 하는 문제점이 있기 때문에, 만약 작

---

26) 寅半生, 「小說閑評·序」, 『遊戲世界』 1기, 1906년.

27) 「新小說第一號」, 『新民叢報』 제20호, 신간 소개란, 1902년. "一部小說數十回, 其全體結構, 首尾相應, 煞費苦心, 故前此作者, 往往幾經易矯, 始得一稱意之作. 今依報章體例, 月出一回, 無從顚倒損益, 難於出色."

28) 梁啓超, 「新中國未來記·緒言」, 『新小說』 제1호, 1902년.

376 중국소설의 근대적 전환

가가 생활 도중에 변고가 발생하거나 의도가 변경되고 잡지가 정간된다면 그 소설도 돌연 중단된다. 신소설 중에 미완성 작품이 많은 것도 이 때문이다. 계획대로 한 권의 책을 완성하는 것도 한순간에 성취되지는 않고 단속적으로 오랜 기간이 지속되어야 하기 때문에, 앞뒤의 모순이나 비연속적인 문제점이 발생한다. "이 작품은 매월 한 권씩 간행되며, 한 권은 겨우 몇 회로 엮여 있기 때문에, 한 권의 책이 완성되려면 오랜 기간이 소비되지 않으면 안 된다. 그래서 앞뒤의 의미가 모순되는 경우가 얼마나 많겠는가"[29]라는 말은 량치차오의 『신중국미래기』에만 해당되는 것이 아니라, 수년간 연재하는 장편소설은 모두가 이러한 폐단을 지니고 있었다. 월간에 소설을 쓸 때에는 "책을 쓰기 위해 원고를 메우는 기간이 2~3일에 불과하고"[30], 일간에 소설을 쓸 때에는 "날마다 소설 몇 마디를 적는다."[31] 평일에는 작업에 신경을 쓰지 않다가 원고 교부에 임박해서 단시간에 완성하기 때문에, "매번 붓 가는 대로 한 편을 쓰니 작품의 세련성 여부를 따질 겨를이 없다"[32]는 것이 당연하다. 이와 같은 창작태도라면 매회의 내용은 완정할 수 있지만, 한 부의 장편으로 합쳐본다면 내용의 상하가 어긋나거나 앞뒤가 중복되기 십상이다.[33]

신문과 정간물에 연재되는 장편소설은 작가가 쓰는 대로 간행되기 때문에 통일성이 쉽게 결여되지만, 단독으로 발표하는 매 1회의 내용에 있어서 작가는 시간과 정력을 쏟아부어야만 한다.

---

29) 梁啓超, 위의 책.

30) 梁啓超, 위의 책.

31) 德洵, 「小額·序」, 『小額』, 北京和記排印書局, 1908년.

32) 楊曼靑, 「小額·序」, 『小額』.

33) 『老殘遊記』 초편 전 14회와 후 6회, 『隣女語』 전 6회와 후 6회는 모두 서술이 매우 일치하지 않으며 주제의식도 연관되지 않는다. 『文明小史』 29회와 30회는 외국인이 중국법을 범하는 것과 중국인이 외국인을 범하는 것에 관한 논의가 완전히 같다. 이것은 대개 30회를 묘사할 때 29회의 원고는 이미 우송되는데, 작가가 '정채로운 의론'을 이전 회에서 막 발표한 사실을 잊어버렸기 때문이다.

일반적인 소설에서 가장 정채로운 부분은 십수 회에 불과하고 그 나머지가 다소 짜임새가 없더라도, 독자가 질책할 틈이 없다. 그러나 이 연속물은 매달 계속 간행되기 때문에, 일회라도 적당히 처리되어서는 안 된다. 조금이라도 단점이 있으면, 책 전체가 모두 퇴색해버린다.[34]

"일회라도 적당히 처리되어서는 안 된다"는 말은 무엇인가? 이 말은 매회가 꼭 성실하게 구상되어야 한다는 것이 아니라, 매회 독자를 매료할 수 있기를 요망하는 것이다. 『홍루몽』같이 매회마다 구성이 완벽하지만 하나의 통일성을 갖춘 내용으로 독자의 대단한 환영을 받을 수 있는 경우가 아니라면, 신문이나 잡지에 연재하였을 때 발휘되는 그 효과는 반드시 좋지 않을 것이다. 그러나 『홍루몽』이 독자의 호응을 얻었던 이유는, 비록 "다음 사건이 어떻게 되는지는 다음 회의 이야기를 들어보시오"라는 상투어를 사용하거나 장회를 나누고 그 목차를 나열하기는 했지만, 장회에 따라 엄격히 단락을 구분하여 구상하지 않고 소설의 통일적인 구성을 중시했기 때문이다. 신문과 잡지의 연재는 매회 흥밋거리가 제공되어야 만이 읽을 때마다 유회(예술이든 오락이든)를 느낄 수 있다. 정채롭기는 하지만 두서가 없는 2~3천 자의 문장을 매번 읽기 좋아하는 사람은 없을 것이다. 이 신문잡지 연재소설의 특징은, 일단 시작되기만 하면 작가는 자신의 문장을 조절하도록 강요받는다는 점이다.

1892년 한즈원은 자신이 창설한 『해상기서』에 자작 장편소설 『해상화열전(海上花列傳)』과 문언소설 『태산만고(太山漫稿)』를 연재했는데, 전자는 보름에 1기를, 후자는 제10기부터 "간행시기가 너무 촉박하여 탈고가 너무 어렵다"는 이유로 1개월에 1기를 출간하였다.[35] 그래서 잡지연재

---

34) 「新小說第一號」. "尋常小說一部中, 最爲精采者, 亦不過十數回, 其餘雖稍間以懈筆, 讀者亦無暇苛責. 此編旣按月續出, 雖一回不能苟簡, 稍有弱點, 旣全書皆爲減色."

35) 「海上奇書告白」, 『海上奇書』 제10기, 1892년.

소설을 구독하는 사람들은, 약간 볼 만한 것이 있다 하면 돌연 중단되고, 또 다음 호를 기다리기 위해서는 보름 내지 1개월을 기다려야 하며, 한 권의 소설을 독파하려면 수년 수개월의 시간이 걸려서, 결말 부분이 언급되면 이제는 서두를 잊어버려 앞뒤가 서로 연결되지 못한다는 불평과 불만족을 표출하기도 하였다. 이 때문에 한즈윈은 자신의 변명 삼아 작가들의 창작중단과 독자들의 독서중단이란 묘한 관계를 밝혀놓았는데, 그것은 『해상화열전』에 대한 언급이 아니라, 『단천향전(段仙鄕傳)』에 대한 것이었다.

어떤 사람들은 『단천향전』을 읽으려면 2개월 이상은 기다려야 하니, 독자들이 답답하지 않겠느냐고 말한다. 그러나 나는 그렇지 않다고 생각한다. 나는 간혹 설부서를 읽다가 매번 매우 기이하고 위험한 상황에 빠지면, 책을 덮고 보지 않은 채, 이후에 어떻게 이어질지, 어떻게 수습될 것인지를 곰곰이 생각해본다. 며칠 동안 생각해도 실마리가 풀리지 않다가, 다음 글을 접하여 읽고서 갑자기 크게 깨닫게 되니, 어찌 즐겁지 않겠는가![36]

한즈윈뿐만 아니라, 20년 후의 쉬전야도 아직 연재가 미완된 『옥리혼』에 대한 독자들의 연속적인 독촉에, "소설독자는 결말을 요구하고 소설작가는 여지를 남기는데, 그 때문에 신문소설의 작가와 독자는 그 성격상의 완급이 서로 꼭 반비례한다"라고 변명하면서, 결말을 독촉하는 독자의 '신문소설' 독법에 대한 몰이해를 질책하였다.

요부의 시에 맛있는 술은 약간 취한 뒤에 마셔야 하고, 아름다운 꽃은 덜 피었을 때 감상해야 한다고 했다. 소설을 읽는 사람도 이와 같은

---

36) 「太山漫稿·例言」, 『海上奇書』 제6기, 1892년.

생각을 지녀야 한다. 늘 여지를 남기면 뒤에 좋은 인연이 생기듯이, 날마다 한 장씩을 읽다 보면 우연히 좋은 곳에 이르게 된다. 이러는 가운데 깊이 음미하다 보면 저절로 재미가 생긴다. 산천이 겹겹이 쌓인 막다른 길에서도 희망은 있으며, 가는 길이 불투명하기 때문에 바로 다가올 경계가 상쾌하게 느껴지는 것이다. 만약 한 권의 책을 들고 종일토록 책상 앞에 앉아서 끊임없이 책장을 넘기며, 딴눈 팔지 않고 잠시간에 책을 독파하여 사건의 진상이 밝혀지기를 바라고, 대강 음미한 뒤에 특별한 맛을 느끼지 못하자 선반 위에 방치해두고는 다시 끄집어내지 않는다면, 이런 사람들이야말로 흥을 깨는 촌놈에 불과하고, 소설의 깊은 뜻을 알지 못하는 자들일 것이다.[37)]

말은 이렇게 해도, 이것은 독자들로 하여금 "날마다 한 장씩을 읽고" 난 뒤 책을 덮고 보름을 깊이 침잠하고, "며칠 동안 생각해도 끝내 알 수 없다가" 다음 글을 받아서 읽게 하는 것인데, 실로 이런 독자는 찾아보기 어렵다. 표면상 작가는 독자에게 신문소설을 어떻게 읽으라고 당당하게 가르치고 있는 듯하지만, 사실은 작가가 신문소설을 독자들의 독서습관이나 심미적 취향에 적응하도록 노력하는 것이다.

신문이나 잡지의 편폭이 제한되어 있기 때문에 한 편의 장편소설을 1년 반이나 심지어 2~3년으로 나누어 간행해야 하는 신문소설의 근본적인 특성이 변경될 수 없는 이상, 독자들의 흥미에 부합하는 방법으로 두 가지 해결책을 찾을 수 있다. 첫째, 부분적인 장절(章節)을 간행하여 독자들의 주의를 환기시키다가 중도에 정지되면 따로 단행본을 출간하는 방

---

37) 「答函索『玉梨魂』者」, 『民權素』 제2집, 1914년. "堯夫詩曰, 美酒飲當微醉後, 好花看到未開時. 竊謂閱小說者, 亦當存如是想. 常留餘地, 乃有後緣. 日閱一頁, 恰到好處. 此中玩索, 自有趣味. 山重水復, 柳暗花明, 惟因去路之不明, 乃覺來境之可快. 若得一書, 而終日伏案, 手不停披, 目無旁瞬, 不數時已終卷, 圖窮而匕首見, 大嚼之後, 覺其無味, 置諸高閣, 不復重拈, 此煞風景之傖父耳, 非能得小說中之三昧者也."

법인데, 『월월소설』에 연재되던 『양진연의(兩晉演義)』의 정지에 대한 알림란은 작가와 편집자 간의 고심한 심정을 잘 설명하고 있다.[38] 둘째, 매번 출간되는 한두 회의 이야기가 비교적 완정하고 독립적일 수 있는 방법을 고안하는 것이다. 『해상화열전』의 각 장은 독립성이 크게 강하지 않지만, 『관장현형기』나 『이십년목도지괴현상』같이 일화를 대량으로 삽입하는 견책소설에서는 이러한 경향이 매우 현격히 드러난다. 첫 번째 방법은 항상 연재를 중단하는 구실로써, 독자들은 '학수고대하던' 속편을 기다리지 않아도 되며, 두 번째 방법은 절실하게 실행할 만할 뿐 아니라 작가의 창작구상에 분명히 영향을 끼친다는 점에서 더욱 주의할 만하다.

초기에 잡지에 연재된 장편소설(기본적으로 번역서)은 편리한 조판과 장정을 위해 장회단락을 독립시키지 않고 지면을 꽉 메우면 그 부분에서 연재를 그치기 때문에, 한 문장이라도 1~2개월이 걸려서야 겨우 완독할 수 있을 정도였다. 이러한 연재소설을 읽는 불편함을 감안하여, 량치차오는 『신소설』에서 네 가지 혁신적인 조례를 내놓았는데, 그중의 하나가 원작을 쪼개는 연재방식을 개혁하는 것이었다.

> 본 신문에 등재된 각 책들은 장편에 속하는 것으로, 매호마다 1회 혹은 2~3회씩 불규칙하게 실린다. 그러나 반드시 매호는 전 회가 완결된 내용이어야 한다. 이전에 『청의보』에 실린 『가인기우』처럼, 신문의 발행에 맞추어 이야기가 미완된 채 돌연 중단되지는 않을 것이다.[39]

---

38) "본 잡지가 연재한 『兩晉演義』는 마음대로 간행되어, 전체가 1백 회 이상인데도 매기마다 1~2회만을 간행할 뿐이어서, 독자들을 지겹게 만들었다. 만약 몇 회분을 여러 번 게재하더라도 편폭이 제한되기 때문에 다른 소설의 지면만을 차지할 뿐이다. 편집자들이 마음을 모아 크게 수식을 가하여 신속하게 속편을 내고, 전체의 원고가 탈고된 후에 별도로 단행본을 출판하여 독자들이 감상할 수 있도록 한다."(『月月小說』 1권 10기, 1907년). 그러나 이후에 출판된 『양진연의』 단행본은 여전히 잡지에 연재된 23회뿐이며, 작가의 속편이 보이지 않는다.

39) 「中國唯一之文學報新小說」, 『新民叢報』 14호, 1902년. "本報所登各書, 其屬長篇者,

이후 각 잡지마다 연재된 장편소설은 대부분 장회 혹은 장절을 단위로 하여 완성되었다.[40] 1909년에 천렁쉐와 바오톈샤오가 편한『소설시보』에서 장편소설을 완성하는 데 한 차례 또는 2기로 나누어 완간하는 선례[41]도 독자들의 독서습관에 부응하기 위해서였다.

독자들은 매기의 잡지에서 비교적 완정한 이야기를 읽고자 했기 때문에 작가들은 매회의 소설이 완결되도록 무리하게 추진하다가 상대적으로 소설의 전체적인 구상을 경시해버리는 결과를 초래하였고, 또한 장편소설이 단편고사에 근접한 연합형식이 되거나 대표선집 형식으로 쉽게 변화해버렸다(『활지옥』이 가장 전형적인 예이다). 이것은 장편소설로서는 피할 수 없는 운명이며, 단편소설로서는 번영의 서막이다. 만청의 장편소설 중에는 완정한 구조를 갖춘 작품은 찾기 어려우나, 작가가 원한다면 이러한 불완정한 장편소설 중에서 걸출한 단편소설이나 중편소설로 다듬어내기는 어렵지 않을 것이다. 이와 같은 상황에서 신문잡지 연재에 적합한 단순하고 자유로우며 신선하고 생동적인 단편소설을 더 많이 채용하였다. 실제로 1906년 우젠런, 저우구이성은『월월소설』에서 단편소설을 힘써 제창하면서, 제재로 분류한 '역사소설', '이상소설', '탐정소설', '애정소설' 등에 장르로 분류한 '단편소설'을 삽입했는데, 이 둘은 비록 유사하지는 않지만 편집자의 고심한 흔적을 엿볼 수 있다. 이후 소설

每號或登一回二三回不不等. 惟必每號全回完結, 非如前者『淸議報』登『佳人奇遇』之例, 將就釘裝, 語氣未完, 戛然中止也."

40)『小說林』에 게재된 번역소설『黑蛇奇談』등은 우연하게도 장회로 나누어지지 않고 완결된 것이다.

41)『小說時報』창간호에 게재된「본보 알림」에서는 "본 잡지는 매 기의 소설이 수미완결하다. 지나치게 길어서 한 기에 실을 수 없는 작품이 있다 하더라도 매 기에 한 종을 넘지 않으며, 그러한 작품의 연재도 두 차례를 넘지 않는다. 이것은 다른 잡지의 파편성을 교정하기 위해서이다."라고 말한다.『小說大觀』창간호(1915년)에 게재된「例言」도 이와 대동소이하다.

잡지에서는 일반적으로 장편과 단편소설을 함께 간행하여,[42) 갈수록 단편소설이 차지하는 비중이 많아졌다.

5·4작가들이 주로 단편소설을 창작했던 이유는 예술적인 함양의 결핍, '횡단면' 이론의 영향, 그리고 창작시간의 부족 때문이다. 이 점은 5·4소설이론가들이 어느 정도 언급하고 있지만,[43) 신문과 잡지에 게재하는 특정한 발표 방식이라는 무형의 제약은 파악하지 못했다. 1920년 선안빙 단편소설을 『소설월보』를 개혁하는 돌파구로 삼아, "오직 단편만으로 제한하고, 장편은 받지 않습니다"[44)라든지 "소설은 단편만 접수하며 1만 자 이상 되는 장편은 받지 않습니다"[45)라는 광고문을 내었다. 그러나 "장편소설 게재를 희망하는 독자들의 편지가 쇄도하자" 규제를 완화하여,[46) "장편소설은 3기로 나누어 한 편을 완간한다"[47)는 준비를 하였다. 이것은 장편소설이 5·4시기 신문과 잡지의 편집에서 경시되어서가 아니라, 작가 자신의 예술적 추구와 잡지와 신문이라는 특정한 전달매체가 작가들에게 단편소설 형식을 사용하는 쪽으로 기울게 했기 때문이다. 대부분의 5·4소설이 신문부간 혹은 문학잡지(『소설월보』와 같이 2~3기에 한 편의 장편소설을 완간할 수 있는 대형 문예기간물은 그렇지 않다)에 먼저 발표되고 나서 편집되어 출판된다는 사실을 고려해야만이, 왜 5·4작가들이 주객관적으로 반드시 단편소설 형식을 주로 선택할 수밖에 없었는

---

42) 『신소설』 잡지의 영문 간행명을 Novel이라 부르기도 하고(『中華小說』, 『小說畵報』), Short Story라고 부르기도 한다(『小說月報』, 『小說海』). 그러나 실제로 어떠한 명확한 구분도 없이 모두 장, 단편을 같이 게재하였다.

43) 胡適의 「五十年來之中國文學」(『『申報』五十周年記念冊』, 1922년), 汪敬熙의 「爲什麼中國今日沒有好小說出現」과 沈雁水의 답변(『小說月報』 13권 3기, 1922년) 참고.

44) 「小說月報徵文廣告」, 『小說月報』 11권 1기, 1920년.

45) 「本社啓事」, 『小說月報』 11권 10기, 1920년.

46) 『小說月報』 12권 6기, 1921년, 마지막 1항.

47) 「一年來的感想與明年的計劃」, 『小說月報』 12권 12기, 1921년.

지를 쉽게 이해할 수 있을 것이다.[48]

　필자가 2, 3, 4장에서 지적한 것처럼 20세기 초 단편소설의 흥성이 없었다면, 중국소설이 이렇게 단시간 안에 서사시간, 서사시점, 서사구조의 전면적인 변화를 이루기는 상당히 어려웠을 것이다. 신문과 잡지에 소설을 게재하는 이러한 문학현상은 장편소설의 각 장과 회가 독립성을 가지게 하거나, 단편소설의 급속한 성장을 촉진하도록 만들었다. 바로 이러한 단편소설, 특히 횡단면식의 단편소설이 중국소설 서사양식의 변천에 필요한 조건이 되었던 것이다.

3. 소설의 서면화 경향

　대체로 신문과 잡지에 게재된 소설과 소설서적의 대량출판이 소설 형식의 발전에 결정적인 영향을 끼친 요소는 이러한 유형의 변화에서가 아니라, 작가들을 진지하게 사색하게 만들고 작가와 독자의 관계를 다시 정립하게 만든 전달방식의 변천에 있다. 소설창작은 더 이상 명산(名山)에 숨겨 후세에 전하는 사업도 아니고, 10년간 펼쳐보다 다섯 차례 수정을 할 만큼 어려운 것도 아니며, "아침에 탈고하여 저녁에 인쇄하고, 10일 만에 천하에 배포하는"[49] 것이 되었다. 고대소설가 중에는 자신의 작품을 생전에 간행하지 못한 사람이 대단히 많았지만, 신소설 작가들은 늦어도 열흘 내지 보름 정도, 빠르면 하루이틀 사이에 자신의 정신적인 산물을 문자기록 형식으로 만들어 수많은 독자들과 만날 수 있었다. 이것은 작가들이 더 이상 자신이 설서장(說書場)에서 청중들을 대상으로 이야기를 한다는 가상을 하지 못하게 하고, 자신의 책상 앞에서 모든 고독한 독자들에게 소설을 쓴다는 의식을 가지게끔 한 크나큰 자극이었다. 간단히

---

48) 『晨報·副刊』에 게재된 魯迅의 중편소설 『阿Q正傳』은 잡지에 연재되는 특징을 충분히 고려했지만, 대부분의 5·4시기 중, 장편소설은 연재에 매우 부적합하였다.

49) 解弢, 『小說話』, 中華書局, 1919년, 116쪽.

말하자면, 사소한 생각의 차이 같지만, 중국에서는 몇백 년의 과정을 거쳐 완성된 소설 관념의 변화였다. 오늘날 우리들이 감별해낼 수 있는 송(宋)나라 사람의 화본이 본래 많지 않을 뿐 아니라[50] 더군다나 그중에도 서회(書會) 선생과 후세 문인들이 가공 · 윤식한 작품이 있다. 또한 루쉰이 확인한 의화본도 단지 설서형식의 소설 창작기법만이 남아 있지 진정한 구두문학과는 거리가 멀기 때문에 중국소설은 일찍부터 구두문학 단계를 탈피했다고 말해야 한다. 그러나 이러한 설서인의 외피는 몇백 년이 지나서도 벗겨내지 못하였다. 청대의 오경재나 조설근이 창작한 『유림외사』나 『홍루몽』은 이미 상당히 기록화된 소설이지만, 설서인의 어투와 그와 관련된 서사기교가 보존되어 있다.

필자는 명청 소설 중에서 "설서인의 상투어가 여전히 남아 있는" 것이 "소설가가 그 제재를 취급할 때 특수한 반어효과를 만들어내기 위해서 의식적으로 선택한 예술수법"[51]이라고 생각하지 않는다. 명청 작가들이 설서인의 상투어를 답습한 것은, 소설가가 사회에 인정받는 숭고한 직업이 되지 못하여 창작시에 설서인과 동일시하는 자체가 선택의 여지가 없는 선택이었을 가능성이 크다. 소설가는 주제, 형상, 문체 등 각 방면에서 개척한 바가 있지만 모든 면에서 설서인의 어투를 벗어나지 못하는데, 이것은 절대로 기사를 빌려 기사소설을 풍자하고 비꼬는 세르반테스와 같은 의도는 없으며, 중국소설은 아직 전통 서사양식에 대해 전면적으로 도전하지 못하고 있었다. 문화배경, 독차취향에서 작가의 수양에 이르기까지 낡은 형식에 새 내용을 담기만 하고, 진부한 옛 형식을 타파하지 못하고 있었다. 표면상으로 설서의 상투적인 말이 몇 마디의 진부하고 판에 박힌 어투 같지만, 실제로는 작가의 전체적인 예술 구상방법이 연계되어 있었다. 그중에서 가장 중요한 것은 작가와 독자의 관계이다.

---

50) 胡士瑩, 「現存的宋人話本」, 『話本小說槪論』 제7장, 中華書局, 1980년 참고.

51) 浦安迪 「中西長篇小說文類之重探」, 중역문, 『比較文學論文選集』, 中國社會科學院文學硏究所, 1982년.

오경재와 조설근은 자신들이 청중을 대면하고 이야기를 하고 있다고 생각하지는 않았겠지만 설서의 표현법칙을 준수하지 않을 수는 없었다. 설서인의 상투어와 어조를 채용하고 있는 이상, 이러한 법칙은 전지적 시점(이 점에 대해서는 말하는 사람이 많다)을 가리킬 뿐 아니라, 순차서술의 서술시간과 이야기 중심의 서사구조를 포함한다. 비록 이러한 법칙에 대한 명확한 논술은 찾아볼 수 없지만, 설서인이 어떻게 기록소설로 개작하였는지로부터 이 법칙의 존재를 역으로 추측할 수 있다. 양주(揚州)의 설서인 왕소당(王少堂)은 『수호전』 중 무송에 관한 8만자를 1백 1십만 자로 늘려 서술하여 75일간 연속적으로 설서(정리와 교정을 거쳐 강소인민출판사(江蘇人民出版社)에서 출판한 『무송』은 85만 자가 된다)를 강술할 수 있었는데, 인물, 고사, 삽입된 사소한 부분이 많이 첨가되었다. 그러나 순차서술의 서사시간이 시종일관 전도되지 않았다는 점은 전혀 변하지 않았다. 2회의 16절 '형수를 죽여 형의 제사를 지내다(殺嫂祭兄)'가 가장 좋은 본보기이다. 무송이 반금련의 머리카락을 잡고, 강철 칼을 들기까지 이야기를 하다, 한참 동안 칼을 이야기하지만 여전히 베지는 않고, 그 사이에 소성황(蕭城隍)과 이토지(李土地)의 도망, 이웃의 충고, 왕씨 할머니의 도주, 무리들의 왕씨 할머니 체포, 호(胡)노인의 자백, 반금련의 시간 끌기, 반금련과 왕씨 할머니의 상호 책임회피, 삼노두(三老頭)의 용서 등이 삽입되고 나서 마지막으로 형수를 죽여 형의 제사를 지낸다. 설서예인(說書藝人)이 긴장이 고조된 부분 내지 한 동작을 하루이틀 이상으로 말하는 것은 근대소설에서 기억 도치서술을 빌리는 것과 달리, 대량의 세목을 삽입하여 파란을 증가시키고, 혹은 더 확장시켜 임기응변을 발휘하는 것이다.[52] 이로부터 고대 백화소설가들이 기본적으로 순차서술을 사용

---

52) 鄭振鐸의 「西諦所藏彈詞目錄」(『中國文學論集』, 開明書店, 1934년)은 사람들이 소화를 강술하는 것을 서술하는데, 탄사를 강창하는 어떤 사람은 부인에게 강술할 때 몸을 숙여 신발끈을 매지만, 하룻밤 이틀 밤을 계속해서 이야기할 때는 신발 끈조차 매지 않는다고 한다. 阿英은 「雜考四題·說書篇」(『小說閑談』, 中華書局, 1957년)에서

했던 이유를 어렵지 않게 추론할 수 있겠다. 그 큰 원인은 자신을 설서인으로 가상하고 작가와 독자의 관계를 '말하기—듣기'의 관계로 가상했기 때문이다. 청중들이 알아듣기 쉽게 하기 위해서는 한 고리 한 고리씩 끼워 넣는 엄격한 순차적인 시간 순서를 준수할 수밖에 없었다. 천진(天津)의 평서예인(評書藝人) 천스허(陳士和, 1887~1955)가 강술한 '요재지이(聊齋志異) 고사는 『왕소당(王少堂)』처럼 대량의 이야기를 첨가시켰음에도 원작의 서사시간을 유지하는 것 이외에, 원작의 서사시점을 바꾸었다는 것이 더욱 중요하다. 포송령의 『운취산(雲翠山)』, 『고폐사(考弊司)』는 모두 3인칭 제한적 서사를 사용하여 양유재(梁有材)와 문인(聞人)선생을 시점인물로 삼고, 이야기의 전개는 이 두 인물에 초점이 맞추어져 있다. 천스허는 이러한 제한적 서사가 기교운용상 편리하지 않다고 여겨 설서의 관례대로 운취산(雲翠山), 운모(雲母), 책주(債主, 전편에 나옴), 허두귀(虛肚鬼), 염왕예(閻王爺, 후편에 나옴) 등의 비시점인물의 심리묘사와 설서인의 평술, 시점인물의 시야 밖 사건 설명을 덧붙였다. 이로부터 고대 백화소설가들이 기본적으로 전지적 서사를 사용한 까닭은, 그들이 의식적으로 설서인과 동일시하겠다는 의식을 가졌기 때문이라고 추론할 수 있겠다(설서장에서 제한적 시점으로 이야기를 하는 것은 매우 어리석고 좋은 결과를 얻지도 못한다). 또한 설서인이 이야기의 강술을 중시하는 반면 상대적으로 장면묘사에 소홀하다는 점을 보면 더욱 쉽게 짐작할 수 있다. 천스허가 이야기성이 강한 『화피(畵皮)』, 『몽랑(夢狼)』, 『석방평(席方平)』을 선

"하루분의 이야기를 듣고, 집에 돌아가서 연의를 펼쳐보면, 설서인이 강술한 것은 거의 반 항목 정도일 뿐이고 절대 대부분은 부연하거나 설서인이 덧붙여 강술한 것이다."라고 말한다. 趙樹理는 「『三裏灣』寫作前後」에서 설서인이 鶯鶯이 一重門을 들어가는 장면을 강술할 때, 일주간을 얘기하는데 아직 앵앵이 일중문에 들어가지 않아도, 청중들은 싫증 내지 않는다고 말한다. 이상의 이러한 '소화', '전설'은 검증할 수 없으나, 天津의 評書藝人 陳士和의 『評書聊齊志異』(제1, 2집에 13마디가 실려 있다. 百花文藝出版社,1980년)에는 분명히 몇백 자, 1천 자의 요재 이야기를 5만에서 1십만 자의 평서로 발전시키고 있을 뿐 아니라 순차적인 순서를 유지하고 있다.

택하고, 설명이 간결하거나 정경(情景)이 교차하는 『구기(口技)』나 『산시(山市)』를 설서 저본으로 선택하지 않은 까닭은 장면을 묘사하는 것은 설서형식의 특징이 아니기 때문이다. 설서는 '말하기—듣기'의 전달방식이므로 자연히 청중들과의 직접적인 교류를 통해 좋은 조건을 공동창조하고, 언어 이외의 보조수단(예를 들면 설서인의 표정, 손동작, 성대모사, 소리 등)을 빌려 극장의 효과를 증가시키면서 청각예술을 특유한 단점들을 보완해야만 했다. 역대의 저명한 설서예인은 "몸, 입, 손, 걸음, 심정"의 연기로서 정경을 대신(혹은 부분적인 대체) 묘사했다.[53] 이러한 연기는 화본의 저본에 있는 것이 아니라, 설서인의 임기응변이다. 의화본도 이러한 화본의 전지적 시점, 순차서술법, 그리고 이야기 중심의 서술구조를 보존하고 있기는 하지만, 생활의 정취나 예술적인 분위기가 배인 "몸, 입, 손, 걸음, 심정"의 연기술을 계승할 수는 없었다.[54] 이후에 의화본이나 장회소설은 예술적으로 큰 발전을 성취했지만, 설서인의 어투를 벗어나려고만 했을 뿐, 「광인일기」와 같이 교차서술법을 사용하거나, 「안녕」과 같이 순객관적 서사방법을 사용하거나 「조라행」과 같은 인물심리가 중심구조가 되는 서술기법을 사용할 수가 없었다.

19세기 말까지 중국소설은 기본적으로 전지적 시점을 사용해서 이야기를 중심으로 한 고사를 순차서술한 것이라고 주장해도 무리는 없겠지만, 이러한 문학현상을 어떻게 해석하느냐가 문제이다. 20~30년대에 적지 않은 학자들은 소설의 배경묘사의 발전을 논증할 때, 미국 소설이론가인 해밀턴의 견해를 인용하기 좋아하였다. 그에 이르러 회화와 소설의 배경이 화가와 작가에게 중요시되었고, 작품 중에서도 중요한 작용을 발

---

53) 陳汝衡,「說書史話」,『陳汝衡曲藝文選』, 中國曲藝出版社, 1985년; 胡士瑩의 話本小說槪論』, 中華書局, 1980년 참고.

54) 녹음하여 정리한 揚州의 評話 『武松』과 天津의 評書 『聊齋志異』에 근거하더라도 玉少堂, 陳士和가 강설하는 神韻의 맛을 진정으로 전달할 수 없는데, 더욱이 대강만을 강술한 화본은 말할 나위도 없다.

휘했다고 한다.[55] 이 견해는 서양소설사나 회화사에서는 아마도 설득력이 있을 테지만, 중국 소설사와 회화사에서는 절대로 성립될 수가 없다. 중국화가들은 일찍이 진송(晉宋) 때에 산수자연을 표현의 중심대상으로 삼았고,[56] 중국소설가는 19세기 말엽에서야 극소수 작가가 산수자연을 소설 속의 중요배경으로 삼아 묘사에 공을 들였다.[57] 근년에 어떤 연구자는 중국소설 서사시점의 단순성과 서사양식에 대한 소설비평가들의 경시를 아래와 같이 추론하였다. 즉 "아마 이것은 1인칭과 3인칭의 구별이 중국어가 서양어만큼 명확하지 않기 때문일 것이다. 중국어 동사는 인칭을 나타내지 않고, 또한 문장에서 주어와 대명사를 생략하는 경향도 강하다."[58] 그러나 필자가 제3장 중에서 한두 차례 지적했듯이, 중국 고대 문언소설이 결코 제한적 서사(1인칭, 3인칭)를 적게 사용한 것도 아니기 때문에, 어태(語態)를 중시하지 않는 중국어로 백화소설 서사시점의 단순성을 해석하기가 대단히 어려운 것처럼, 시태(時態)가 불명확한 중국어로 고대 백화소설 서사시간의 단조로움을 해석하기도 어렵다(왜냐하면 서사시나 문언소설 중에서도 마찬가지로 도치서술의 사용이 적지 않기 때문이다). 중국 고대 백화소설과 문언소설에 공존하고 있는 이러한 독특한 문학양

---

55) 구리야가와 하쿠손의 『近代文學十講』(중역본은 1921년 學術研究會에서 출판), 郁達夫의 『小說論』(上海光華書局, 1926년), 기무라 기의 『小說研究十六講』(중역본은 1930년 上海北新書局에서 출판), 李何林의 『小說概論』(北平文化學社, 1932년), 趙景深의 『小說原理』(商務印書館, 1933년) 등.

56) 顧愷之의 『廬山圖』, 載逵의 『剡山圖卷』, 宗炳의 『秋山圖』 등은 오늘날에 존재하지 않지만, 宗炳의 『山水畫圖』 및 唐人 張彦遠의 『唐代名畫記』에서 六朝 시대에 산수화가 이미 상당히 발달했음을 볼 수 있다. 산수시, 산수화의 흥기 및 그 원인에 관해서는 王瑤의 「玄言 · 山水 · 田園」(『中古文學風貌』, 棣上海棠出版社, 1951년)을 참고할 수 있다.

57) 胡適이 "풍경을 묘사할 능력이 구소설에서는 줄곧 없었다."라고 말한 것처럼 꼭 그러하지는 않더라도, 중국 고대소설은 중국 고대시문 속의 풍격묘사와 실제로 매우 큰 차이가 난다.

58) Milena Dolezelova-Velingerova, "Narrative Modes in Late Qing Novels", *The Chinese Novel at the Turn of the Century*, University of Toronto Press, 1980년.

식은 소설 서사양식의 형성과 발전에 대한 고찰에 좋은 시각을 제공해주고, 그럴듯한 많은 추론을 검증하는 데 유용하다. 말하자면 중국 고대소설 서사방식의 단조로움은 산수자연에 대한 낙후된 심미의식의 결과나, 중국어 어법구조상의 결함에서 발생하는 것도 아니며, 설서예인의 '말하기—듣기'라는 전달방식과 청중들의 감상기호와 함께 만들어진 특수한 표현기교가 기록형식의 소설에 장기간 잔존해 있었기 때문이라고 할 수 있겠다.

당 전기는 동시기의 서양소설에 비해 서사기교가 훨씬 빼어나다. 그런데 천년 이래로 중국소설이 서양소설의 충격을 받아 서사양식의 변화를 완성해야만 했던 가장 큰 이유는, 중국 고대(송원 이래)에 동시에 병존한 문언소설과 백화소설이 각각 극복하기 어려운 약점을 가지고 있었기 때문이다. 문언소설 중에는 제재가 새롭고 상상력이 풍부하며 문장이 간결하고 흥취가 깊은 작품도 있는데, 간결하고 옛스러운 문언으로써 세속적인 이야기를 서술할 수 있지만 묘사에는 어려움이 따른다. 게다가 문언소설은 유가적인 정통 문학관념의 영향을 더욱 깊게 받아, 시종 고급예술(大雅之堂)에 오르지 못하는 소도(小道)로 인식되어 큰 발전을 이루기가 어려웠다. 비록 문언소설이 지속되면서 청대에 이르러 큰 번영을 이루며『요재지이』라는 걸작이 산출되기는 했지만, 결국 커다란 기풍을 이루지는 못하고 중국소설의 주류는 백화소설로 옮겨지게 되었다. 백화소설의 언어는 청신하고 통속적이어서 인정세태 묘사에 뛰어나고, 더욱이 명청 양대 문인들의 개조를 거치면서 문언문학적인 색채가 적지 않게 가미되어『유림외사』,『홍루몽』등과 같은 걸작을 탄생시켰지만, 백화소설에서도 경시할 수 없는 약점—설서의 외피를 벗어나지 못한—을 가지고 있었다.

문언소설은 기록화 정도가 높아서 제한적 서사나 도치서술법을 사용할 수 있었지만 문언소설 자체에는 큰 발전이 없었고, 백화소설은 예술표현력이 강하여 중국소설사상 커다란 위치를 점했지만 설서인의 어투를 벗어날 수가 없었다. 이 두 소설형식이 소설관념이나 소설 전달방식상에 일대의 변혁을 가져왔다는 점을 제외하면 중국소설 서사양식을 변화시키는 중책을 담당할 힘이 없었다.

문언소설은 언어매체의 제약 때문에 중국소설의 주류가 될 수가 없고, 백화소설은 설서인의 어투를 탈피하지 못해서 단지 순차서술이나 전지적 서사만을 사용할 수밖에 없었다고 한다면, 이에 대한 논증을 다소 첨가해야 할 것이다. 이 점을 가장 잘 설명할 수 있는 것이 다음과 같은 문학현상, 즉 동일한 이야기가 문언소설 속에서는 도치되었다는 점이다. 여기에서 '삼언(三言)' 중 8편의 소설을 뽑아, 의화본 작가가 어떻게 체재요구에 알맞게 적용시키기 위해 문언소설의 서사방식을 변화시켰는지를 살펴보자.[59)]

①명나라 송무증(宋懋證)의『구륜집(九崙集)』중「진주삼기(珍珠衫記)」고사의 결말에는 신안인(新安人)의 죽음과 그 부인이 초인(楚人)의 후처로 가는 부분을 덧붙이고 있다. 그러나 이 이야기는『고금소설』1권「장흥가중회진주삼(蔣興哥重會珍珠衫)」중에서, 사건발생의 순차적 시간에 근거하여 소설 중간에 삽입되어 있다.

②당나라 우숙(牛肅)의『기문(紀聞)』중「오보안(吳保安)」고사는 곽중상(郭仲翔)이, 오보안이 처자를 버려두고 포로가 된 자신을 구출한 은공에 자신의 관직을 오보안의 아들에게 물려주어 보답하는 부분까지 서술한 뒤, 처음 곽중상이 포로가 되어 어떠한 고초를 받고, 다행이 오보안의 구제를 받은 부분을 도치서술하고 있다.『고금소설』8권,「오보안기가속우(吳保安棄家贖友)」중에는 이 곽중상이 포로가 되어 고초를 받는 부분이 순차적인 시간에 의해 앞에 서술되고 있다.

③당나라 이복언의『속현괴록(續玄怪錄)』중「설위(薛偉)」고사는 설위

---

59) 譚正璧이 편한『三言兩拍資料』(上海古籍出版社, 1980년)가 필자의 연구에 많은 편리를 제공하였다.

가 병이 완쾌되자, 자신이 꿈속에서 고기로 변하여 어부에게 잡혔을 때 마을로 들어가 현리(縣吏)에게 자신을 놓아줄 것을 간청했으나 응해주지 않았다는 일을 서술하고 있다. 『성세항언』 26권, 「설록사어복등선(薛錄事魚腹證仙)」 중에서는 설위가 고기로 변한 데서 시작하여, 자신이 갖은 위험을 겪다가 깨어나고 다시 자신의 경험을 서술하는 방식으로 엮여 있다.

④『원화기(原化記)』 중 「의협」 고사는 협객이, 도적이 배반했다는 선비의 말에 그가 속임을 당했다는 사실을 알게 되고, 도적이 어떻게 하여 자신에게 선비의 머리를 잘라오게 했는지를 보충 설명하는 내용으로 되어 있다. 그러나 『성세항언』 30권, 「이병공궁저우협객(李汧公窮邸遇俠客)」에서는 먼저 도적이 협객에게 선비의 살해를 요구한 부분을 쓰고, 그 다음 협객이 무심코 선비의 원망을 듣고 비로소 그가 속임을 당했다는 사실을 알게 되는 내용으로 전개되어 있다.

⑤당인소설 『보강총백원전(補江總白猿傳)』은 구양흘(歐陽紇)을 시점인물로 삼아, 임지로 처를 데리고 가는 부분부터 처를 잃어버리고 산에 들어가 원숭이를 죽이고 처를 구출하는 부분, 그리고 최후로 처가 1년 뒤 원숭이를 닮은 아이를 낳은 일까지를 적고 있다. 『고금소설』 20권, 「진종선해잠실혼가(陳從善梅岑失渾家)」는 전지적 서사로, 진종선(陳從善), 자양진인(紫陽眞人), 여춘(如春), 신양공(申陽公)과 같은 각 인물을 사건의 선후에 따라 서술하고 있다.

⑥당나라 설어사(薛漁思)의 『하동기(河東記)』 중 「독고하숙(獨孤遐叔)」, 당나라 이문(李玫)의 『찬이기(纂異記)』 중 「장생(張生)」, 당나라 백행간(白行簡)의 「삼몽기(三夢記)」 중의 한 고사는 모두 '생(生)'을 시점인물로 내세워, 그가 귀가 도중에 그의 처와 소년들이 즐겁게 노는 장면을 보고 집에 돌아와 처에게 물으니 처가 방금 꾼 꿈의 내용과 같다는 것을 알게 된다는 내용이다. 『성세항언』 25권, 「독고생이귀도뇨몽(獨孤生歸途鬧夢)」에는 먼저 생(生)이 집으로 돌아오는 부분을 쓰고, 다음으로 그의 처 백씨(白氏)가 꿈속에서 남편이 나타나는 모습을 보고 남편을 찾아 나서다가

소년들에게 붙잡혀 절에 끌려가는 부분을 쓰고 있고, 다시 생이 귀가 도중에 그의 처와 소년들이 절에서 밤에 술을 마시고 있는 광경을 목도하는 부분과 마지막으로 생이 집에 당도하여 자신이 본 것이 처가 꿈에서 꾼 것과 동일하다는 사실을 알게 된다는 내용이 서술된다.

⑦『속현괴록』 중 「두자춘(杜子春)」 고사는 자춘이 재산을 탕진하고, 어떤 노인의 도움을 세 번이나 받고, 산에 들어가 노인을 만나 신선이 되는 시험을 받았으나 끝내 실패하고 만다는 내용으로 엮어져 있다. 이 모든 서술은 두자춘의 행동에 제한되어 있다.『성세항언』 37권, 「두자춘삼입장안(杜子春三入長安)」에서는 결말을 제외하고는 기본적으로 원작의 서술 구조를 유지하고 있지만, 두자춘의 행동에만 제한되지 않고, 권세와 재력이 있는 친척들의 심경변화와 술집에서 다투는 부분, 그리고 두자춘이 노인을 만나러 간 후의 그의 처 위씨(韋氏)의 생활모습 등을 삽입하고 있다.

⑧당나라 설용약(薛用弱)의 『집이기(集異記)』 중 「이청전(李淸傳)」은 먼저 칠십 고령인 이청(李淸)이 친척들과 작별하고 운문산(雲門山)에 들어가기까지의 상황을 쓰고, 이후는 이청이 동굴 속에서 본 것과 집으로 귀가하여 행한 여러 가지 일 등에 한정하여 서술하고 있다.『성세항언』 38권 「이도인독보운문(李道人獨步雲門)」은 이도인이 산의 동굴에 들어갔다 고향으로 다시 돌아와 행한 행적을 주로 서술하고, 그 이후는 대체로 제자들이 이도인의 죽음을 추모하고 사람들이 그의 행적을 추측하는 부분과, 그의 죽음 뒤에 일어난 기이한 일에 대해서 보충서술하는 내용으로 짜여 있다.

앞의 4종의 소설로 보아 문언소설에서는 의식적이든 무의식적이든 도치서술을 하는 데 반해 의화본 소설에서는 순차서술로 바뀌었다는 점을 분명히 알 수 있고, 뒤 4종의 소설로 보아 문언소설에서는 제한적 시사를 하고 있는 데 반해 의화본 소설에서는 전지적 서사로 바뀌었다는 점을 알 수 있다. 설서의 측면에서 보면 이러한 변경은 매우 필요하다. 이렇게 바뀌지 않으면 청중들이 실마리를 잡을 수 없거나 너무 단조로워 생동적이지 못하다고 싫어할 수도 있다. 그러나 소설 발전사적 측면에서 본다면 이러한 변경은 오히려 소설 서사양식의 퇴보이며, 다양한 서사시간과 서사시점에서 단조로운 순차서술이나 전지적 서술로 퇴행한 것이다. 만약 이후 작가들도 청중들을 대면한 설서를 가상한다면, '이야기가 구조의 중심인 고사를 전지적 시점으로 순차서술하는' 전통적인 소설 서사양식을 극복할 수가 없을 것이다.

만청의 신문과 잡지, 서적의 번영, 그리고 출판주기의 단축은 작가에게 더 이상 청중을 대면하듯이 이야기를 강술하는 '가상[擬像]'을 지속시키기 어렵게 만들었다. 소설 전파방식이 '말하기—듣기'에서 '쓰기—읽기'로 전환되었음을 명확히 의식했다면, 설서인의 어투는 더 이상 불필요하다. "다음 회를 보라"는 유의 설서 상투어와 설자(楔子), 회목(回目) 등 전통 장회소설의 법칙이 점점 사라지면서, 원래 금지구역이었던 문학혁신에 관한 실험(서양방식의 다양화를 포함하여)이 자연스레 해빙되었다. 소설 독서는 설서(혹은 가상 중에 '설서를 듣는 것')를 듣는 것과 같지 않기 때문에, 이제는 청각에 의지해 한순간에 사라지는 소리를 더듬거리지 않고 혼자서 독서하거나 심지어 책을 덮고 깊이 사색할 수 있다. 한 번 읽어서 이해하지 못하면 두 번을 읽고, 순서대로 읽지 않고 거꾸로 읽거나 뛰어넘어 읽기도 하면서, 감정의 교감에 호소하거나 이지적 사고에 호소하기도 하고, 재미나 감동적인 교훈을 요구할 수 있다. 그렇다! 소설을 읽는 것은 설서를 듣고 심지어 고사를 읽는 것보다 훨씬 고독해야 하지만, 이러한 고독 때문에 독자는 책 속 인물과 대화하며 문제의 답안을 절실히 바란다. "우리들은 우리들의 독서를 하나의 문제제기와 해답의 과정으로, 또 그 의미에 접근하는 과정으로 상상하며", "기록문학에 대해 우리들은 우리들의 가장 평범한 상상력을 사용할 수 있다."[60]

---

60) James Guetti, *Word-Music: The Aesthetic Aspect of Narrative Fiction*, Rutgers University Press, 1980년, p.17, 19.

소설은 독자에게 읽을거리로 제공하는 것이지 청중에게 말해주는 것이 아니라는 점에 대한 의식적인 인식은 아주 중요하다. 이 사소한 생각의 차이 때문에 과거에는 상상도 할 수 없었던 많은 표현수법이 이제는 한꺼번에 잘 이해되고 있다. 량치차오 등은 '서두 장면제시'한 서두를 존중하는데, 이것은 설서장에서는 운용할 수 없는 방법이지만 종이에 인쇄하면 조금도 신비롭지 않아서, 누구도 『구명기원(九命奇寃)』이 이해하기 어렵다고 생각하지 않을 것이다. 소설의 시점을 고정시키는 우젠런과 린수 등의 노력이나 『신중국미래기』 중의 장편 논변 및 『노잔유기』 중의 풍경묘사는, 책상 위에서만 그 맛을 알 수 있을 뿐 설서장에서는 한갓 진부하고 고루한 내용이 되고 말 것이다.

신소설의 기록화 경향도 그렇게 명확하지는 않았다. 많은 소설들이 설서인의 어투를 완전히 벗어나지 못하였기 때문에, 기록문학을 충분히 이용하여 소설 서사방식의 이점을 살릴 수 없었다. 5·4작가들이 문학혁신을 위한 신소설의 실험을 크게 추진하고, 중국소설 서사양식의 변천을 초보적으로 완성한 가장 중요한 원인은 그들이 의식적으로 전통 설서인과 결별하여 대대적으로 소설의 기록화 경향을 강화시켰다는 점 때문이다. 중국소설 서사시간을 변화시키는 관건은 다음과 같다. 첫째, 작가가 특정한 정황하의 특수한 심리상태를 가진 인물을 표현하는 데 주력한다. 즉, 우여곡절하고 흥미 있는 고사를 강술하는 데 그치지 않고 인물의 의식 내면에 들어갈수록 순차적인 시간이 적합하지 않게 된다는 것이다. 둘째, 소설의 시간을 굴곡시키는 것은 이야기 자체의 인과관계를 준수하는 데 있지 않고, 작가의 주관적인 감성을 표출시켜 상이한 시공간의 장면을 중첩하거나 대비시켜 특수한 미적효과를 획득하는 데 있다. 중국소설 서사시점 변화의 관건은 다음과 같다. 첫째, 서술자의 시야를 제한하여 서술자가 자신이 알 수 없는 상황을 동떨어진 입장에서 서술하여 소설의 진실감을 파괴하지 않도록 한다. 둘째, 의식적으로 작가와 서술자의 거리를 두어 풍자효과를 조성하거나 다른 관찰시점을 제공하여 독자가 더 많이 음미하도록 기회를 남겨둔다. 중국소설 서사구조를 변화시키는 관건은 다음과 같다. 첫째, 5·4작가는 소설의 감정을 중시하여 예술적 개성을 강조하고, 일반 사람들의 일상생활을 표현하여 소설의 '이야기성의 약화'를 규정한다. 둘째, 5·4소설의 심리화와 시화(詩化)의 경향에 따라 작가들이 인물의 감정, 연상, 꿈, 환상, 잠재의식을 중시하여 소설의 정조, 시적 정취, 의경(意境)을 추구한다. 이상에서 열거한 것들은 설서인이나 책을 듣는 사람들로서는 결코 이해하거나 용납할 수 없을 것이다. 5·4작가들은 분명 가상의 청중을 설정한 것이 아니라 고독하고 문화적 수양을 갖춘 모든 사람들을 대상으로 삼았으며, 진지하게 독서하고 책을 덮고 난 후 사색하는 독자를 원하였다.

4. 소설 서사양식의 변천

소설의 번영이 만청에서 5·4에 이르기까지 신문이나 잡지, 서적의 대량출판과 상호 관련된다는 것은 많은 논증이 필요치 않으며, 몇 가지 통계숫자만 나열해도 될 정도의 상식적인 범위에 속한다. 그리고 구체적인 소설 표현수법의 발전은 소설창작의 열기 속에서 작가가 탐색한 성과에 전적으로 도움받았다 해도 과언이 아닐 것이다. 그렇지만 여기에서 좀 더 나아가, 만약 소설 서사양식의 변천과 신문, 출판업 흥기의 구체적인 관계—말하자면, 순수형식적인 소설 서사양식 연구와 문화배경을 중시하는 소설 사회학적 연구를 결합시켜 문학의 내적 연구와 외적 연구를 융합시키는—를 인지하면서도 견강부회로 흐르지 않으려면, 한차례 노력을 기울여야 한다. 이언 와트(Ian Watt)는 『소설의 발생』에서 교육, 출판의 발전과 장편소설 흥기의 관계를 논의하면서[61] 사회사와 문학사 간에 존재하는 모종의 대응관계를 긍정하였다. 만약 이것으로 16세기에서 18

---

61) 제2장 「독서계와 소설의 발생」 참고.

세기까지의 중국사회와 명대 장회소설의 흥기를 관련짓는다면 그럭저럭 가능하겠지만,[62] 이것을 만청에서 5·4시기에 이르는 소설 서사양식의 변천에 적용시킨다면 그렇게 적합하지는 않을 것이다. 그 가장 근본적인 이유 중의 하나는, 이 변천이 소설을 더욱 통속화하고 구어화하며 민간적인 색채를 띠게 한 것이 아니라, 더욱 고상하고 기록화하며 문인적인 취향을 짙게 했기 때문이다.

여기에서 본서의 기본적인 관점을 언급하겠다. 중국소설 서사양식의 변천은 서양소설의 계발과 중국소설의 변동이라는 두 가지가 복합작용하여 완성된 것이기는 하지만, 중국소설의 위상 전이는 필연적으로 전통문학 내부의 민간문학과 문인문학 사이의 대화를 불러 일으켰다. "구문학이 쇠퇴할 때 민간문학 혹은 외국문학을 흡수하여 새로운 변화를 일으키는 현상은 문학사에서 흔히 나타나는 예이다"[63]라는 루쉰의 글은 문인문학과 민간문학 사이의 대화가 문학혁신에 도움이 된다는 점을 강조한 말로 빈틈의 여지가 없다. 그렇다고 고지식하게 매 차례 문학혁신 중에서 민간문학의 촉진작용을 찾아보려 해서는 안 된다. 만청의 시계혁명은 잡가요(雜歌謠)의 주장과 실천(황준셴과 량치차오 등)을 거울로 삼았고, 5·4백화시인도 산가민요(山歌民謠)로부터 적지 않은 양분을 흡수했으며 (류다바이와 주샹 등), 이 두 가지 시가운동은 모두 민간문학과 외국문학의 흡수에서 발생했다고 말할 수 있겠다. 그러나 소설 서사양식의 변천은 이와 경우가 다르다. 만약 당시에 문언소설이 중요 소설형식으로 선택되었다면, 반드시 민간문학의 양분이 보다 많이 흡수되어 더욱 통속화하고 구어화되며 민간적인 색채를 지녔을 것이다. 그러나 여러 가지 원인으로 문언소설은 이러한 중임을 감당하지 못하고, 신소설작가, 특히 5·4작가들은 백화소설이라는 통속적인 문학장르를 선택하였다. 그래서 중국소

---

62) 浦安迪,「中西長篇小說文類之重探」,『比較文學論文選集』, 中國社會科學院文學所, 1982년 참고.

63) 魯迅,「門外談」,『且介亭雜文』, 上海三閑書屋, 1937년.

설이 서양소설의 자극을 받아 문학구조의 주변부에서 중심으로 이동하는 과정 중에서 주로 민간문학을 흡수하지 않고 문인문학의 양분을 흡수하며, 더욱 구어화되지 않고 오히려 더욱 기록화되었던 것이다.

제5장에서 필자는 소설이 '문학의 최상승'으로 발돋움하였다고 강조했는데, 그것의 중요한 원인 중의 하나가 소설은 이제 대중오락의 도구가 아닌, 민중을 계몽하고 개선하는 이기(利器)라는 점이다. 제7장에서는 5·4작가들은 주로 시소(詩騷)전통의 영향을 받고 사전(史傳)전통의 영향을 받지 않았기 때문에 작가의 주관적인 경향이 뚜렷하다고 하였다. 제1장에서는 5·4소설의 주요 독자는 무식하거나 글을 조금 아는 시정의 평민이 아니라, 신교육을 받은 청년학생이기 때문에 5·4작가들은 개인의 주관적 감정 표현으로 "감정을 쓰는" 것을 더욱 중시하고, 설서와 같이 흥미 있는 고사를 강술하지 않았다고 하였다. 이 모든 것은 필자가 여기에서 논증한, 잡지·서적의 번영으로 야기된 작가의 창작의식의 변화('말하기—듣기' 중시에서 '쓰기—읽기' 중시로)와 소설의 명백한 기록화 경향과 서로 일맥상통한다.

이러한 시화(詩化), 문인화(文人化), 기록화 경향은 중국소설 서사양식의 변화를 촉진시키는 동시에 일반 민중의 감상취향에서 어느 정도 벗어났다. 그래서 구파소설(舊派小說)이 장시간 동안 여전히 큰 시장을 점유했다는 점을 부인해서는 안 된다. 문화수준, 예술취향, 출판능력, 개성의 요구 등 여러 방면에서 종합적으로 고찰해보면, 중국은 발전된 나라와 상당한 거리감을 지니고 있다. 이것이 세계문학 조류와 보조를 맞춰나가려는 중국작가들의 시도를 매우 어렵게 만든다(작가의 생활체험과 독자의 심미적 요구는 어떠하든지 간에 경시할 수 없다). 게다가 현실을 개혁하려는 사회책임감이 중국작가들을 계몽의식과 예술적 취미 사이에서 오랫동안 방황하게 만들었다. 계몽을 실현하려면 일반민중의 감상취미에 맞추지 않을 수 없지만, 수준 높은 예술을 창조하려면 문화수준이 지나치게 낮은 일반 민중들에게서 벗어나지 않을 수 없다. 전달방식으로 말하자면,

소설적인 독특한 예술가치를 추구하려면 반드시 '고독한 독자'에 호소하는 소설적인 언어예술의 특성을 살려야 한다. 그래야만이 불리한 조건하에 있는 소설이 청각에 호소하는 설서나 시청각에 호소하는 희극, 영화, TV 등의 종합예술과 비교되지 않을 수 있다. 그래서 지속적으로 소설의 서면화 경향을 부각시켜야 하는 것이다. 그러나 계몽효과를 추구하려면, 중국 민중들의 문화수준이 높지 않은 현상을 직시하여 설서에 가까운 언어나 이와 관련된 서사양식을 사용하여 독자층(청자)을 확대해야 한다. 이것이 바로 '자오수리 노선'이 20세기 소설상에서도 여전히 그 역사적 지위를 가질 수 있는 원인이다.

시사(詩史)를 말한다
중국시가의 서사기능을 겸하여 논함

1. 시사의 개념

시사(詩史)[1]는 상당히 흥미를 유발하는 모호한 개념이다. 그것은 주제학, 유형학, 풍격학의 분야에 소속되지는 않지만, 세 방면에 모두 연관되어 있다. 공인되는 일반화된 정의는 없으나 그렇다고 마음대로 바꾸어 쓸 수 있는 월계관도 아니다. 최소한 이백 또는 왕유(王維)의 시를 시사라고 가리키는 사람은 아무도 없다. 개념이 모호해서 좋은 점도 있다. 누구든 수용할 수 있고 자유롭게 해석할 수 있는 권리가 있어서 탄력성이 매우 크기 때문이다. 그러나 후세의 연구자들에게 많은 어려움을 가중시킨다. 비록 모든 시평론가들이 저마다 시사에 관한 정의를 내린다고 말

---

1) *저자는 史詩, 敍事時, 詩史를 구별하여 사용한다. 일반적으로 史詩는 敍事詩로 번역되지만, 저자는 두 개념을 구별하여 사용한다. 사시는 헤겔의 『시학』 속 '서사시'에 해당하는 것으로 민족의 탄생과 발전에 관한 역사적 운문적 기록을 의미하고, 시사는 특정 시대의 정치적 사회적 사건이나 민심을 서정적으로 표현한 시를 뜻하며, 서사시는 서정시의 상대적 개념으로 특정한 사건이나 역사를 서사적 방식으로 표현한 운문을 총칭한다. 이 세 가지 개념을 구별해야지 만이 본문을 혼란스럽지 않게 읽을 수 있을 것이다.

할 수는 없지만, 난감하게 만드는 많은 묘론(妙論)들이 분명히 존재하고 있다. 시사는 시 창작의 역사나 역사를 보조할 수 있는 시라는 말은 이미 타당성이 있는 개념으로 받아들여지고 있으며, 시사가 "시간, 공간, 본말 등"[2]을 기록할 수 있다거나, "많은 문체를 구비하고 있다"[3]거나, "위로 시경(詩經)의 시에 가깝고" "시경의 뜻을 지니고 있다."[4]는 견해도 제시되고 있다. 본래 비유적인 표현방법은 말로써 전하기 어려운 뜻을 느끼게 할 수는 있지만, 제창자가 엄격하게 정의를 내리지 않고 동조하는 자도 마음대로 사용하여, 개념이 갈수록 모호해지기 마련이다.

시사 시인이라고 최초로 불리는 이는 두보이다. 만당(晚唐) 맹계(孟棨)의 『본사시·고일제삼(本事詩·高逸第三)』 가운데서 "두보는 안록산의 난을 만나 용촉 지방을 떠돌면서 (체험한 일들을) 모두 시에 표현하였다. 지극히 은밀한 것까지 짐작할 수 있고 거의 버려진 일이 없어서 당시에 시사라고 불렀다"[5]라고 말한다. 후세에 두보를 평가할 때 이 설을 많이 따르지만, 별다른 이론적 설명 없이 그것을 명약관화한 특정 개념으로 생각하여 수용해왔다. 송, 원, 명, 청 시인들 중에는 두보의 시를 읊조리며 그로부터 시작(詩作)을 출발한 이가 많아서, 시사가 두보의 대명사처럼 되었다. "역사책 수십 편을 보는 듯하니, 재기가 얼마나 장엄한가!"[6] "시사에는 외로운 충정이 배어 있고, 문장에는 만고의 역사가 담겨 있네",[7] "한 시대의 슬픈 노래로 국사를 이루고, 시경 이남의 풍자와 교화가 시인에게 남아 있네!"[8] "춘추의 필법으로 시사를 지으니, 위대한 명성이 두보에게

---

2) 姚寬, 『西溪詩話』 上권.

3) 楊維楨의 「詩史宗要序」, 『東維子文集』 7권; 釋普文, 『詩論』.

4) 釋普文, 『試論』.

5) "杜逢祿山之難, 流離隴蜀, 畢陳於詩, 推見至隱, 殆無遺事, 故當時號爲詩史."

6) 宋·戴復古의 「杜甫祠」. "如史數十篇, 才氣一何壯."

7) 元·宋無의 「杜工部祠」. "詩史孤忠在, 文星萬古沈."

8) 明·屈大均의 「杜曲謁子美先生祠」. "一代悲歌成國史, 二南風化在騷人."

드리우네."[9] 두보를 시사라고 칭찬하는 것은, 물론 그가 시가형식을 사용하여 역사적 사실을 기록해서 그러하기도 하지만, 그보다는 정사(正史)에 보이지 않는 전란 당시 일반 백성의 어려운 생활과 정감반응을 형상적으로 표현했기 때문이다. 이 개념이 정확하다고 말할 수는 없지만, 형상이 생동하기 때문에 오랜 세월 동안 많은 시평론가들에 의해 수용되었던 것이다.

시사 시인이라는 호칭은, 두보를 비롯하여 민족존망의 긴급한 기로에서 생활하면서 시로 민족의 고난과 굴욕을 기록하고 비분과 희망을 표현하는 애국시인을 포괄한다. 그들은 두보를 존숭하며 자각적으로 두보의 '평생 민중을 걱정하고', '사회를 구제하기 위해 헌신하는' 인격정신과 '운문으로 시사(時事)를 기록하는' 표현수법을 계승하여 중국 문학사의 독특한 시사 전통을 형성하였다.

> 「지남」, 「집두」가 아니면 무슨 수로 민광(복건성과 광동성)의 흥쇠를 알겠는가?……(따라서) 이것을 시사라고 하지 않을 수 없다.[10]
>
> ──황종희(黃宗羲),
> 『황리주문집만리안선생시서(黃梨州文集·萬履安先生詩序)』

> 당의 사건은 두보의 시에 기록되어 있는데 후인들은 이것을 시사라고 여겼다. 수운(왕원량)의 시도 송나라의 패망을 기록한 시사이다.[11]
>
> ──이옥(李玨), 「서왕수운시후(書汪水雲詩後)」

> (고염무의) 시사를 근심하는 여러 작품들은 진실로 한 시대의 시사

---

9) 淸·徐增의 「讀杜少陵詩」. "詩史春秋筆, 大名垂草堂."

10) "非「指南」,「集杜」, 何由知閩廣之興廢, …… 何不謂之詩史乎?"

11) "唐之事記於草堂, 後人以詩史目之. 水雲之詩, 亦宋亡之詩史也."

라고 할 수 있다. 이 시들은 두보를 계승한 것이다.[12]

　　　　　　　—서희(徐喜), 「고정림시천주 · 범례(顧亭林詩箋注 · 凡例)」

매촌(오위업)의 시도 시사라고 부를 수 있다.[13]

　　　　　　　—조익(趙翼), 『구북시화(甌北詩話)』 9권

공도(황준셴)의 시는 시사이다.[14]

　　　　　　　—량치차오(梁啓超), 『음빙실시화(飮氷室詩話)』 79

　　세상이 날로 어지러워지니, 근심이 점점 많아지고, 시사에 기탁하려
하니, 울적한 마음 한없이 가득 차네.("離亂日已久, 憂思日已多, 我欲托詩
史, 郁結彌山河.")

　　　　　—캉여우웨이, 「피난지 페낭에서 외출하지 않고, 날마다 두보
　　　　　시를 읊조리며 소일하다(避地檳 榔嶼不出, 日誦杜詩消遣)」

　　유구한 중국문학사에서 두보, 문천상(文天祥), 왕원량(汪元量), 고염무
(顧炎武), 오위업(吳偉業), 황준셴, 캉여우웨이 일곱 사람을 선별하여 '시
사'[15] 시인이라고 부르며 추상적으로 분석하는 것은, 목적이 '시사'의 올
바른 명칭을 정립하는 데 있을 뿐만 아니라 특수한 관점에서 중국문학
전통을 파악하고자 함이다.
　　중국문학을 논의할 때는 시소(詩騷)전통을 말하지 않을 수 없다. 북방

---

12) (顧炎武) "撫時感事諸作, 實爲一代詩史, 踵美少陵."

13) "梅村亦何稱詩史矣."

14) "公度之詩, 詩史也."

15) "시사"시인이라고 불리는 文天祥도 "시사"라고 자칭한 적이 있다(「集杜詩自序」). "시
　　사"시인이라고 자칭한 康有爲의 시는 "中國의 維新史로 삼아볼 수 있다"(康同璧의 「康
　　南海先生 詩集 · 跋」).

문화를 대표하는『시경』속에도「동산(東山)」,「백성(氓)」같이 서사성을 지니는 서정시나 서사시적인 맹아를 대략 갖추고 있는 시편들이 있다. 그러나 총체적으로 말하면,『시경』이 서정시집이라는 것은 의심할 여지가 없다. 중국시가의 다른 연원인 남방의 초사는 표현이 화려하고 상상력이 기이하여, 심지어『이소』와 같이 서사구조를 지니는 장편 서정시를 탄생시켰다. 그러나 전체적인 경향은 여전히 "슬픔의 말로 근심을 부르고, 화를 내어 마음을 나타낸다"[16]였다. 만약 주관정감의 표출을 중시하는 것이 작품에 나타난 시소전통이라면, 상대적으로 복잡한 이야기의 서술과 생동하는 인물묘사를 홀시하는 점은 작품의 배후에 남겨진 유산이라고 할 수 있다. "『시』로 뜻을 말하고,『서』로 일을 말한다."[17] "『시』가 말하는 것은 그 뜻이고,『서』가 말하는 것은 그 일이다"[18]는 서사와 서정을 확연히 나누어 시가의 서정적인 특성을 두드러지게 했으나, 시가에 존재할 수 있는 서사적인 기능을 말살하였다.[19] 사(史)를 시가에 유입하여 "운문으로 시사를 기록한다는 것에 대한 자각은 중국시가의 서정전통에 충격을 던져주었다.

그렇지만 이러한 충격은 시인의 서사적 재능과 독자의 심미적 취미의 제한으로 인해 힘이 크게 감소되어 중국시가의 내용구조를 변화시킬 수 없었다. 만청에 이르기까지 중국시가는 여전히 편폭이 짧은 서정시가 위주이며, 양적으로 제한적인 서사시에도 신운(神韻)이 깃들어 있는 가작(佳作)이 적지 않지만 총체적으로 보면 이야기 구성이 평담하고 인물의 성격이 단순하며 서사방법이 간략하였다. 가령 당대의 장편서사곡인『대

---

16) 屈原,『九章 · 惜誦』. "惜誦致湣兮, 發憤以抒情."

17)『莊 · 天下篇』. "「詩」以道志, 「書」以道事."

18)『荀子 · 儒效篇』. "「詩」言是其志也, 「書」言是其事也."

19) 명대에 이르기까지 "서사와 의론은 시인에게 절대적으로 필요한 것이 아니다. 왜냐하면 서사는 문체를 상하게 하고, 의론은 문사를 허비하게 만들기 때문이다"라고 단정한다(陸時雍『詩鏡總論』).

한삼년계포매진사문(大漢三年季布罵陳詞文)』, 송대의 『유지원제궁조(劉知遠諸宮調)』, 명대의 『21사 탄사(二十一史彈詞)』는 모두 편폭이 매우 크다. 정전둬는 청대의 『안방지(安邦志)』, 『정국지(定國志)』, 『봉황산(鳳凰山)』 삼부곡 674회가 "중국문학 가운데서 편폭이 제일 큰"[20] 작품으로 평가하고 있다. 그러나 대부분이 시 맛이 없고 고급예술(大雅之堂)에 오르기 어려워서, 중국문학 전통의 형성과 발전에 끼친 영향이 매우 미미하였다. 시가는 전체 중국문학 구조의 중심에 위치하며 중국시가 가운데서도 서정시를 정수로 여기고 있다. 이러한 측면으로 인해 중국문학의 서정적 특성이 조성되기는 하지만(늦게 성장한 어떠한 문학형식도 사회의 승인을 받아 문학구조의 중심으로 헤집고 들어오려면, 모두 시가에 접근해야 한다), 역으로 서사문학의 발전을 억제하였다(당인들이 "의식적으로 소설을 창작하기 시작하였"[21]으나, "언어, 동작, 가창을 결합하여 이야기를 공연하는"[22] 중국 희극은 원대에 이르러서야 진정으로 성숙하게 되었다). 송 이후 서사문학이 신속하게 발전하기는 하지만, 20세기 초에 와서야 소설, 희극이 비로소 최상승의 문학형식으로 승인받게 되었다. 소설, 희극의 뒤늦은 성숙과 지위의 비천함은 역으로 창작심리와 서사기교의 양 측면에서 서사시의 발전을 억제하였다.

서정시 전통에 대한 서사시적 요소의 충격은 비록 중국시가의 내부구조를 바꿀 수는 없었으나, 그 도전-응전의 과정 속에서 중국인의 심미적 취미를 제약하는 심층의 문화심리를 드러내었다. 사전전통과 시소전통의 도움으로 중국인은 중국의 서사시를 끊임없이 오해하고 제한하며 개조하였다. 양대 문학전통에 끼여서 중국 서사시는 어렵게 발전하면서, 기사(紀事, 사건의 기술), 감사(感事, 사건의 감성화) 방법의 경향을 형성하여 시가의 서사 기능적 특성을 발휘하였다.

---

20) 『中國俗文學史』 357쪽, 作家出版社 1954년판.

21) 魯迅, 『中國小說史略』 제8편.

22) 王國維, 『宋元戲曲考』 4장.

2. 중국의 서사시 발전을 제약하는 삼대 산맥

이민족의 침입에 대해 항거하고 민족정신을 진흥시키는, "진정으로 사시(史詩)적인 성격을 띠는"[23] 역사운동에 똑같이 직면하면서, 서양 시인들이 서사성이 매우 강하고 규모가 큰 사시를 많이 창작하는 데 반해,[24] 중국 시인들은 오히려 서정색채가 매우 농후하고 편폭이 짧은 시사를 창조하였다. 제재의 유사성은 문학연구에서 절대적인 가치는 없지만 매개자가 되어 시인이 유사한 제재를 처리할 때 구현되는 독특한 심미의식과 형식감을 신속하게 이해하도록 도움을 준다. 두보 등은 '운문으로 시대를 기록하는' 자각의식을 지닐 뿐 아니라 사시 창작에 필수적인 "인간으로 태어나 예부터 죽지 않은 이 없으니, 참된 마음으로 역사서를 남기네(人生自古誰無死, 留取丹心照汗青)"(문천상) 같은 숭고한 마음, "칼을 뽑아 늙음을 베어내고(撥劍撥年衰)" "국가의 어려움과 위험이 닥치자 기운이 날로 증가하는(艱危氣益增)"(두보) 같은 영웅적 기개, "17사는 어디서부터 말해야 하는가? 3천 겁의 장구한 시간 동안 몇 차례나 윤회를 거듭했는가?(十七史從何說起? 三千劫幾歷輪回)"(캉여우웨이) 같은 역사의식이 적지 않지만, 사시(혹은 장편 서사시)를 창조하지는 못하였다. '전쟁을 그치게 하는 것이 참된 무이다(止戈爲武)'라는 중국인의 평화주의 사상으로 인해 그들이 전쟁을 찬송할 수 없었다거나, 송말, 명말, 청말의 중국이 모두 침략을 당하는 처지에 놓여 영웅주의 송가를 노래할 수 없었다거나, 사시의 시대는 이미 지나가버려 시인이 더 이상 사시를 창조할 수 없었다고 말할

---

23) 헤겔은 전쟁이 있어야 하고, 그 전쟁은 민족전쟁이어야 하고, 그 민족전쟁도 정의로운 민족전쟁이어야만, "진정으로 사시적인 성격을 구비할 수 있다"라고 인식하였다. 『미학』 제3권 하권 '사시' 부분 참고.

24) 문명사회가 사시의 창작에 적합한가의 여부는 논쟁할 만한 이론문제이지만, 문명사회에 진입한 동서의 시인들이 여전히 사시의 창작에 심취한다는 것은 오히려 기정사실이다. 헤겔, 『미학』 제3권 하권 참고.

수 있다. 그러나 나름대로 일리는 있지만 모두 특수한 발전과정 중에 형성된 중국시가의 형식적 특징을 홀시하고 있다. 아마도, 진정으로 중국의 서사시 발전을 제약한 것은 다음과 같은 '삼대 산맥'이다. 첫째, 중국에는 사시전통이 없다. 둘째, 표의문자는 문어와 구어가 분리되어 있다. 셋째, 중국시가는 고도로 형식화되어 있다.

한족(漢族)에게는 왜 사시가 남아 있지 않는가? 이것은 아마도 영원히 풀리지 않을 수수께끼이다. 이 의혹이 20세기의 유명한 시인, 학자들의 관심을 끈 적이 있지만 연구성과는 그렇게 크지 않다.[25] 그래도 제일 현명한 방법은 한족에게 사시가 남아 있지 않다는 것을 임시적인 사실로 수용하여 중국문학에 대해 이 사실이 끼친 심원한 영향을 연구하는 것이다. 장래에 어느 날 갑자기 중국사시의 원시기록이 발견될 수 있다는 점이나, 민간에 많은 민족의 사시가 유전될 수 있음을 조금도 의심하지 않

---

25) 蘇曼殊는 『孔雀東南飛』를 중국의 사시라고 지적하였는데(『文學因緣序文』), 이것은 분명히 사시와 서사시를 혼합하여 말한 것이다. 胡適은 중화민족이 온대와 한대의 중간 지대에서 생존하여 상상력이 부족하게 됨으로써 사시를 써내지 못했다고 인식하였다.(『白話文學史』). 그런데 매우 비슷한 지리환경에서 거처한 傣族에게는 1천여 년 전 승되어온 『召樹屯』이, 維吾爾族에게는 13세기에 정착된 『烏古斯傳』이, 藏族에게는 1백만 행에 달하는 『格薩爾王傳』이, 哈薩克族에게는 아직까지 영웅사시 60여 수가 전해지고 있는데, 무엇 때문에 유독 한족에게만 상상력이 그토록 결핍될 수 있는가? 章太炎은 조심스럽게 "아마 蒼, 沮 이전에는 사시가 있었을 것이다"라고 생각한다(『文學說例』). 聞一多는 이야기 가운데 堯, 舜, 禹에 관한 기록은 "모두 사시적인 의미를 지니고 있다"라고 지적한다(『聞一多論古典文學』). 중국에 사시를 생산할 만한 각종 조건을 구비하고 있다는 사실은 논증하기 어렵지 않으나, 무엇 때문에 한족에게 사시가 남아 있지 않느냐 하는 점을 어떻게 이해할 것인가가 난제이다. 茅盾은 사시는 신화와 같이 역사화되었기 때문에 소실되었다고 인식한다(『世界文學名著講話』, 『中國神話研究初探』). 그런데 무엇 때문에 똑같이 역사화되면서 중국 신화는 아직도 많이 전승되는데 사시는 전혀 존재하지 않는가? 林庚則은 상고시대 수량이 제한된 상형문자로서는 풍부한 구어로 음송되는 사시를 기록할 수 없었다고 생각한다(『中國文學中上一個迷』). 그런데 왜 똑같이 상형문자를 사용하면서, 바빌론 사람들은 『길가메쉬 사시』를 기록하고 중국 내의 納西族들도 『創世紀』를 남기고 있는데 한족만이 유독 남겨놓지 않았는가?

는다(가령, 신농(神農)이 만들었다는 호북(湖北)지방의 『흑암전(黑暗傳)』).
그러나 문학교류 체계에 진입하지 못한 이 사시는 2천 년 중국문학 발전
에 직접적인 영향을 끼친 적이 없었다. 오히려 그것의 부재(정확하게 말하
면, 문학교류 체계 가운데 존재하지 않는)는 우리가 중국문학의 특성과 중
화민족의 특수한 문화심리를 연구하는 데 사유의 실마리를 제공해준다.

　『시경』같이 경(經)으로 존중될 수 있는 사시의 부재는 중국 서사시의
발전에 상당한 어려움으로 작용하였다. '시언지(詩言志)', '시연정(詩緣
情)'의 분화는 있으나 '시서사(詩敍事)'의 설이 없는 것으로 보아, 좋게 보
더라도 서사시는 정통이 아니었던 듯하다. "말로 다할 수 없는 뜻(言不
盡意)"을 이해하고, "뜻은 얻고 수식은 버리는(得意忘筌)" 것을 추구하며,
"성정만을 살필 뿐 문장의 수식은 보지 않는다(但見性情, 不睹文字)",[26]
"한 자를 덧붙이지 않아도 풍류를 다하는(不著一字, 盡得風流)"[27] 시가의
풍격을 존숭한다면, 서정시가 복음인 반면 서사시는 액운이 될 것이다.
「장한가(長恨歌)」가 "백거이의 시중에서 제일 수준이 낮다"[28]고 비평한 것
은 반드시 감정적으로 일을 처리해서 그렇게 된 것이 아니다. 두목과 왕
부지 같은 이들은 그의 시를 "도덕감"의 의분에서 연원한다고 평가하지
만,[29] 더욱 많은 사람들이 "그 표현이 지나치게 번거롭고, 그 뜻이 전혀 함
축적이지 않아서, 결국 장황하고 비루하게 되었을 뿐이다"[30]라고 질책하
였다. 제일 자주 보이는 것은, 시대를 근심하는 두보의 서정시적인 간결
과 세련됨으로 백거이 서사시의 번잡과 장황함을 비평하는 것이다. 왕
사정(王士禎)은 두보의 「애강두(哀江頭)」가 "난리에 벌어진 일들을 단지
두 구에 서술할 뿐이고(亂離事只敍得兩句)", "두 구도 탄식을 노래한 것이

---

26) 皎然, 『詩式』.

27) 司空圖, 『二十四詩品』.

28) 張戒, 『歲寒堂詩話』 상권.

29) 杜牧, 『唐故平盧軍節度巡官隴西李府君墓志銘』, 王夫之, 『薑齋詩話』 하권.

30) 張戒, 『歲寒堂詩話』 상권. "其詞傷於太煩, 其意傷於太盡, 遂成冗長卑陋爾."

지 사실대로 서술한 것이 아니(卽兩句亦是唱嘆, 不是實敍)"지만, "백거이의 「장한가」는 두보의 시에 비해 상당히 수준이 떨어진다(樂天「長恨歌」便覺 相去萬裏)"[31]고 말한다. 두보와 백거이에 대한 평가를 놓고서 학술계에서 는 일찍부터 공개토론이 있었다. 그러나 문체의 특징을 고려하지 않는 이 러한 혼란한 비교에서 서사시의 기능에 대한 시평론가의 모호함을 엿볼 수 있다. 비단 백거이만이 이러한 액운을 만난 것이 아니라 "묘사한 장면 이 핍진하여 실물을 보는 듯한" 두보의 「석호리(石壕吏)」도 "역사로 보기 는 충분하지만, 시라고 보기엔 부족하다(於史有餘, 於詩不足)"[32]는 비난을 피하기 어려웠다. 더욱 난감하게 만드는 것은 경계 없는 칭찬들이다. 서 사시의 특징에 대해 조금도 이해하지 못한 채 신발 위로 가려운 곳을 긁 는 듯한 시 평론가들의 평가 속에는 신중을 기하지 않는 냉담이 무의식 적으로 드러난다. 마치 두보, 백거이 같은 시인들의 공헌이 "평범하게 전 해져오는 사실을 절묘한 언어로 묘사"[33]하여, 이러한 서사적인 장편시의 "매 구가 한결같이 완정하고, 견강부회한 태도가 없"[34]을 뿐 아니라, "한 나라 시인의 풍격을 간직한"[35] 점에 있는 듯하다. 사시가 아니라 사전과 시소를 읽는 시각으로 서사시를 읽으면, 비록 장편에 능하고 옛 뜻을 지 니며 한위의 풍골을 겸하고 있다고 찬양하든 아니면, 천박하고 장황하며 직설적인 서술이 많고 비흥이 적다고 비평하는 것에 상관없이, 전부 핵심 에서 벗어난 것이다. 설령 어떤 사람(가령, 두보)이 시각을 바꾸어 한 악부 의 표현기법을 차용하여 서사시의 창작을 시도하더라도, 서사기교가 고 도로 발달하여 모범을 삼을 만한 사시가 없기 때문에, 발걸음이 비틀거리

---

31) 『帶經堂詩話』 13권, 그밖에 蘇轍의 『欒城集』 8권 『詩病五事』, 魏慶之의 『詩人玉屑』, 施補華의 『峴傭詩話』도 유사한 견해를 지니고 있다.

32) 王夫之, 『古詩評選』 4권 「上山采蘼蕪」 평어.

33) 趙翼, 『甌北詩話』 4권. "以易傳之事, 爲絶妙之詞."

34) 王若虛, 『滹南詩話』 1권, "句句如一, 無爭張牽强之態."

35) 胡應麟, 『詩藪』 內編 2권. "尙有漢人遺意."

기 마련이다.

　모든 언어는 자기의 장점과 단점을 가지고 있다. 한어(漢語)는 중국 작가를 도와주기도 하고 제약하기도 하며, 어느 정도 중국문학의 발전방향을 규정한다. 중국 표의문자의 창조상의 어려움과 옛 문인들이 처한 서사조건의 제약은[36] 자연히 한어의 간결한 표현습관을 형성하였다. 한어는 엄격한 수, 격이 없고 복문이 적으며, 논리성이 약해서 중국인들은 상대적으로 "취한(醉)" 시에는 능하지만 "깨어 있는(醒)" 문에는 취약하였다.[37] 문언문은 말은 간결하나 뜻은 포괄적이고, 의미가 모호해서 느낌이나 깨달음을 중요시한다. 그래서 중국 시인들은 "끝이 드러나기 쉬운(易於窮盡)" "직설적인 언술(正言直述)"[38]을 피하고, 비흥의 수법을 사용하여 함축을 추구했던 것이다. 아마도 중국 서사시에 제일 큰 영향을 끼친 점은 표의문자를 사용하여 만든 언어, 문자가 서사시와 심각하게 어울리지 않는다는 사실일 것이다.

　아득한 천년 전에도 중국인은 여전히 서적을 통해 선진제자와 직접적인 대화를 나눌 수 있었는데, 이것은 매우 흐뭇한 일이다. 바로 이러한 언어 문자의 편리함 때문에 중국인은 심후한 역사감과 숭고한 가치취향을 쉽게 양성할 수 있었다. 중국 표의문자의 연속성과 상대적으로 안정적인 특징은 문학전통을 형성하는 데 간과할 수 없는 작용을 일으켰다. 그러나 진시황이 문자는 통일하였지만 독음을 통일하지도, 아니 통일할 수도 없었다는 사실은 후세의 문언과 구어가 엄격히 분리되어버리는 화근을 남기게 되었다. 방언지역에서 생활하는 시인은 말을 할 때 반드시 초방

---

36) 阮元은 『揅經室三集』 2권 「文言說」에서 "고인에게는 필묵과 종이의 편리한 공구가 없어서, 종종 금석에 새기면서부터 널리 전해지기 시작했다. 簡策에 기록한 것도 옻칠을 하고 잘라내는 수고를 들이더라도, 오늘날 사람들이 종이에다 많은 글을 쓰고 사건을 쉽게 말하는 것보다는 못했다."고 말한다.
37) 劉熙載는 『藝概·詩概』에서 "대체로 문은 깨어 있는 정신(이성)의 표현에 좋고, 시는 취한 심정(감성)의 표현에 좋다."고 말한다.
38) 李東陽, 『麓堂詩話』.

언적인 통용언어(선진시대의 아언(雅言), 명대의 관화(官話), 아편전쟁 이후의 보통화)를 구사하지는 않지만, 시를 지을 때는 반드시 그것을 사용하였다. 운서를 빌려서 각 방언지역의 시인들은 동일한 음조를 얻었지만, 이로 인해 생활의 실감이 충만한 구어를 버리고 문어투의 서면어로 귀결되는 희생을 치러야 했다. 시인이 자기의 시편이 문학 교류체계에 진입하여 각 방언 지역의 독자에 의해 수용되기를 바란다면, 이전 사람들의 서적에서 통용되는 언어를 배워야 했던 것이다. 어떤 시인들은 특별히 구상하여 방언이나 토속어를 시에 유입하기도 했지만,[39] 그것도 어쩌다 한 번씩 해야지 신선한 느낌을 줄 수 있었다.

언어의 변화는 빠르지만 문자는 상대적으로 정체한다는 것은 본래 일반적인 법칙이다. 표의문자를 사용하는 국가에는 문언과 구어 사이의 거리감이 매우 현저한데, 이것은 한편으로 고어가 지금의 의미를 전달하지 못하고, 다른 한편으로 새로운 의미에 새로운 언어가 생겨나지 않고 새로운 발음에 새로운 글자가 없었기 때문이다(중국에서 문자의 창조는 천지를 놀라게 하고 귀신을 울리는 신묘한 일이어서 문자의 창시자인 창힐(倉頡)이 아니면 할 수 없는 것이었다). 새로운 언어가 문학표현 체계로 비집고 들어가려면 시인의 승인을 받아야 하는데, 이것은 간단한 일이 아니다. 비록 중국 시인이 문자의 연마에 대해 연구하기도 했지만, 더욱 많은 이들은 오래된 구리를 새롭게 바꾸는 데 몰두했을 뿐 산을 파고 광석을 채굴하지는 않았다. 황정견의 "한 자라도 출처가 없는 것이 없는(無一字無來處)" "탈태환골(奪胎換骨)", "점철성금(點鐵成金)"[40]이 제일 전형적인 경우이다. 송나라 사람들은 문을 쓰듯이 시를 지어 언어의 제약이 점점 사라

---

39) 시에 유입된 방언과 사투리는 평측에 근거하여 판단할 수 있다. 가령 淮楚지방에서는 '十'을 '침'음이라고 생각하는데, 백거이의 "綠浪東西南北水, 紅欄三百七十橋"는 시율에 어긋나지 않는다(『苕溪漁 隱叢話』 전집 21 蔡寬夫 『詩話』에 근거). 간혹 작가 스스로 小注를 다는데, 陸遊는 "女郞花樹新移種, 官長梅園亦探租"의 시에 월나라에서는 "수양버들과 매화를 梅라고만 하며, 관장은 그것의 높은 품격이다"라고 소주를 붙인다.

40) 黃庭堅, 「答洪駒父書」.

지고 유행어나 토속어를 시에 유입할 수 있었던 듯하지만, 실제로 그들은 그것에 대해 많은 연구를 하였다. "길거리나 시장에서 쓰는 말이 모두 시에 유입될 수 있지만 시인의 구상에 의해 용해되어야 한다(街談市語皆可入詩, 但要人熔化耳)."[41] 용해의 관건은 "속된 것을 고아하게 만드는(以俗爲雅)" 일이며, 구체적인 경로는 "반드시 선배들의 형상화 방식을 거쳐야 따를 수 있다(須經前輩熔化, 乃可因襲)."[42] 그러나 누구든지 선배들의 형상화 방식에 의지하면 시에 유입된 구어도 생명력이 없는 말이 되었다. 제일 많은 경우가 송나라 사람들이 당나라 사람들의 구어를 사용하는 것인데, 한 조대가 완전히 시들어버린 후의 그 구어는 아마도 더 이상 구어일 수 없을 것이다. 또한 당시의 구어를 시에 유입할 때, 태반이 기이한 것을 끌어모으고, 거칠고 방탕한 것을 엮어놓으며, 일부러 엉성하고 부자연스럽게 만들었는데, 이것은 조심스럽게 선택한 것이지 서술과 표현의 편의를 위하여 "말이 나오는 대로 문장을 만든" 것이 아니었다. 이와 같이 구어를 시에 유입하는 것은 "부잣집 부엌에서 야채를 구하여 다섯 가지 맛의 조미료를 섞어 요리하면 그 맛이 절로 특별하게 되지만, 이것은 가난한 집에서 야채를 요리하는 것과 아주 다르다는 일로 비유될 수 있다."[43] "선배들의 어록"과 "부잣집 야채"인 구어가 마음대로 시에 유입되면 이미 시가의 언어구조의 의미가 상실되고 변질되어버린다. 그래서 루쉰이 "보아하니 언제나 '흔히 쓰지 않는 전고(僻典)'를 운용하는 듯한 정신이 느껴집니다"[44]라고 비난한 것도 당연한 일이다.

사람들은 종종 만청시인이 사용한 어휘와 구법이 당나라 시인과 크게 차이가 나지 않는 사실에 놀란다. 이 기적은 중국 시가가 사용한 서면어(문언문)의 자생능력에 공을 돌리지 않을 수 없다. 매 시대마다 시인들

---

41) 蘇軾의 말. 周紫芝의 『竹坡詩話』에서 재인용.

42) 楊萬裏의 말. 羅大經의 『鶴林玉露』 15권에서 재인용.

43) 謝榛, 『四溟詩話』 3권. "譬諸富家木廚中, 或得野蔬, 以五味調和, 而味自別, 大異貧家矣."

44) 「致胡適」, 『魯迅書信集』.

412 중국소설의 근대적 전환

은 개방적인 일상생활이 아니라, 이전 사람들의 시집과 문집—즉 스스로 봉쇄한 문학체계—속에서 언어를 배웠는데, 이로 인해 분명히 시가언어의 서정능력은 강화되었지만 그 서사기능은 쇠약해지게 되었다. 서면어는 문인학사의 장기간의 수련을 거쳐 표현력이 강화되고 정감의 표현범위가 확대되어, 매우 많은 전통적 이미지 중에서 술, 검, 눈, 달, 매화, 국화 같은 심후한 시 맛을 축적할 수 있었다. 심지어 어떤 사람은 이러한 것을 떠나서는 시를 지을 수 없게 되었다.[45] 그러나 또한 외연이 커지고 의미가 모호해지며 정확도가 작고, 게다가 언어가 진부해지고 상투화되는 경향이 심해지게 되었다. 서면어는 한가한 구름(閑雲), 들판의 학(野鶴) 같은 감흥이나 오랫동안 통용되던 인류의 보편적인 정감을 부각시키는 데 사용할 수는 있지만, 날마다 새로워지는 당대의 생활과 복잡한 인물과 이야기를 표현하려면 어려움을 감수해야 한다. 구두어는 조탁하지 않은 좋은 구슬같이 감정의 깊이가 얕기는 하지만(특별히 새로운 언어와 이미지의 경우), 탄력성이 크고 생동감이 풍부하며, 게다가 당대 생활과 직접 연계되어 있어서 비교적 서사에 적합하다. 이것이 중국 고대시인을 진퇴양난의 경지에 처하게 만들었다. 즉, 서사를 하려면 구어에 기대야 하고, 구어를 시에 유입하면 반드시 천박함, 장황함을 띠게 되어 전통적인 심미적 취미에서 어긋나게 되었던 것이다.

중국 시가는 고도로 형식화된 예술이다. 대구, 평측, 운자의 운용, 격률을 엄격하게 따지기 때문에 시인이 족쇄를 차고 춤추도록 만들었다. 시인의 천재성은 격률을 파괴하고 새로운 것을 만드는 곳에서 구현되지 않고, "법도를 엄수하는 가운데서 새로운 뜻이 나타나는(出新意於法度之中)"[46] 곳에 구현되어 있었다. "역경 속에서 절개를 굽히지 않는 사람을 알 수 있

---

45) 歐陽修는 『六一詩話』에서 許洞이 9명의 詩僧을 만났다. 시를 지음에 있어 "산, 물, 구름, 대나무, 돌, 꽃, 풀, 눈, 서리, 별, 달, 금수, 새의 시어를 쓰지 않기로 약속하자 모두들 붓을 던져버렸다"라고 기록하고 있다.

46) 蘇東坡, 「書吳道子畵後」.

고, 난해한 곳에서 작가의 역량이 나타난다(歲寒知松栢, 難處見作者).ᵁ⁷⁾
우수한 시인은 최대한의 제약 속에서 최대한의 자유를 찾아, 법칙에 얽매이지 않고 마음대로 운용하며, 익숙하게 자유자재로 움직여서 자연스럽게 글을 쓰며, 입에서 나오는 대로 내뱉어도 시율에 적합하지 않은 것이 없으며, 또한 절로 시인의 마음에서 흘러나오도록 표현하는 데 능숙하였다. 노년 두보의 "늙어가면서 점점 시율에 상세하게 되었네(晚節漸於詩律細)"(두보, 「견민희정로십구조장(遣悶戲呈路十九曹長)」)를 배우면서, "온 세상이 시의 감옥(高天厚地一詩囚)"(원호문(元好問), 「논시삼십수(論詩三十首)」)이 될까 조심하였다. "율격에 속박된 소승(小僧縛律)"이나 "법도에서 벗어난 들 이리(外道野狐)"⁴⁸⁾가 되는 것을 시인들은 크게 금기하였다. 제일 도달하기 어려운 경지는 유법(有法)이나 무법(無法)이 아니라, 무법지법(無法之法)이었다.

시가의 표현기교에 대한 고도의 중시는 시인이 형식적인 측면에서 예술의 완정함을 추구하도록 만들었다. 새로운 표현영역을 개척한 듯하더라도 한 자(字)를 안배하고 "40현인(四十賢人)"⁴⁹⁾을 배치하고 나면 신선함이 사라지게 되었다. 그래서 사람들은 작고 정교하면서 영롱하고 긴장감이 있으며 신선한 자극을 줄 수 있는 절구(絕句)를 선택하려고 하였지, 기백이 웅혼하지만 결점이 보이는 장편의 가행체(歌行體)를 찬성하지 않았던 것이다. 예술의 완정함에 대한 집착적인 추구로 인해 병적으로 연마한 글자(煉字)나 '아름다운 말(佳話)'이 많이 출현하였다. 한 글자로 시의 수준을 평가하는 설이 있어서 "두 구를 삼 년 만에 만들어, 한 번 읊조리니

---

47) 薑夔, 『白石道人詩說』.

48) 胡應麟은 『詩藪』 內編 5권에서 "법도는 있으나 깨달음이 없는 것은 규율에 속박된 소승과 같고, 깨달음이 법도에서 비롯되지 않는 것은 법도에서 벗어난 들이리일 뿐이다."라고 말한다.

49) 李沂는 『秋星閣詩話』에서 옛날 사람의 말을 인용하여 "한 수의 오언율시는 40분의 현인과 같아서 한 마디라도 비천하게 써서는 안 된다"고 말한다.

두 눈에 눈물이 흐르는(兩句三年得, 一吟雙淚流)"고음시인(苦吟詩人)이 있었다. 탈태환골의 설이 있어서 전적으로 옛 시인의 중요한 시구만을 깁는 헝겊조각의 명인(補丁能手)이 있었다. 그러나 두 구가 절묘한 좋은 시를 지어야만이 사회의 승인을 받고 광범위하게 전송(傳頌)되어 영원히 빛날 수 있었다. 하주(賀鑄)는 "온 개울가의 풀밭에 안개 서리고, 성안에 가득히 버들강아지, 매실이 누렇게 익을 때 부슬부슬 비 내리네(一川煙草, 滿城風絮, 梅子黃時雨)"란 구절로 '하매자(賀梅子)'50)라고 불렸다. 장선(張先)은 "구름 헤치고 달빛 내리니 꽃 그림자 생기네(雲破月來花弄影)", "주렴을 걷으니 꽃 그림자 지네(簾壓卷花影)", "몰아치는 바람에 버들 그림자 사라지네(墮風絮無影)"로 "그림자 시인(三影郎中)"51)이라고 칭찬받았다. 애석하게도 유희이(劉希夷)는 "해마다 해마다 꽃 모양 여전한데, 해마다 해마다 그 사람이 아니네(年年歲歲花相似, 歲歲年年人不同)"라는 좋은 시를 양도하지 않으려 하다가 비명횡사하였다.52) 지나치게 좋은 시구의 창조에 열중하다 보니 당연하게 제재의 개척과 주제의 깊이에 냉담하였다. 진나라 때의 명월(明月), 한나라 때의 관문(關), 명나라 때의 긴 강(長河), 청나라 때의 산(山)은 천고불변의 시가형식이자 천고불변의 시가제재가 되어버려서, 누구든지 자기의 독특한 예술감성을 발현하지 않아도 고도로 형식화한 시가언어 덕분에 그것을 표현해낼 수 있었던 것이다. 제재의 일반화된 경향은 중국시가로 하여금 주관감성을 중시하게 만들어 종종 옛 뜻을 새롭게 바꿀 수 있었다. 그러나 자그마한 공간에서 오랫동안 머무르면서 곤두박질 하다 보면, 항상 "후인이 고인의 시구를 훔친 것이 아니라 고인의 시구가 후인을 범하는(不是師兄儌古句, 古人詩句犯師兄)"53) 난처한 상황에 빠지게 되어, 결국 예부터 지금까지 "이러한 상황과 경치에는 이

---

50) 周紫芝,『竹坡詩話』1권.
51) 胡仔의『苕溪漁隱叢話』前集 37권이『古今詞話』를 인용하였다.
52) 魏泰의『臨漢隱居詩話』가『劉賓客嘉話錄』을 인용하였다.
53) *宋의 僧侶 惠崇이 前代人의 시구를 沿用한 것을 두고 當時人들이 비웃으며 한 말이다.

러한 감정과 묘사"[54]로 고정되어버렸다.

격률이 엄격한 중국시가(특별히 근체시)가 지극히 제한적인 편폭 가운데서도 끊임없이 뛰어난 작품을 창조할 수 있었던 것은 부분적으로 중국 고대시가의 어순이 자유롭게 전환될 수 있었다는 점에서 기인한다. 한어는 명확한 시제나 (수동, 능동의) 어태가 없이 주로 고정적인 어순이나 허사에 기대어 표현한다. 그러나 시가에는 나름의 특수한 어순이 있어서 시인이 도치어를 사용해도 질책을 받지 않을 뿐 아니라 오히려 찬탄을 받는 경우가 많다. 격률의 요구라는 관점에서 시 속의 도치어를 해석하면[55] 물론 많은 고시의 의미를 읽어낼 수 있지만, 두보 같은 이의 고심을 오해할 수도 있다. 소식의 "설유차가 넘어져 발을 데이고, 소나무에 바람 스치니 물 쏟아지는 소리 나네(雪乳已翻煎脚處, 松風仍作瀉時聲)"는 정상적인 어순으로 바꾸면 격률에서 어긋나지만, 두보의 "나의 앵무새는 향기로운 벼알을 쪼고, 늙은 봉황새는 푸른 오동나무에 깃들어 있네(香稻啄餘鸚鵡粒, 碧梧棲老鳳凰枝)"는 정상적인 어순으로 바꾸어도 평측, 대구, 용운이 모두 변하지 않는다. 선인들은 시 속에서 도치어를 사용하면 "언어가 탁월하고 체재가 강건하여(語峻而體健)"[56] "굳건함을 느끼는(乃覺勁健)"[57] 예술효과에 도달할 수 있다고 말하지만, 이것은 대개 읽어서 매끄럽지 않고 껄끄러우며, 사유의 논리정연함이 끊어져서 본래 익숙하던 것이 어순의 전환으로 인해 갑자기 낯선 것으로 변화되어 새로운 느낌을 자아내는 현상을 가리킨다. 인간세계에 대한 신선한 감각을 회복하고 창조하려는 노력은 시가의 중요한 사명이다. 정상적인 어순을 바꾸거

---

54) 羅大經, 『鶴林玉露』 9권. "只是如比人情物態."

55) 俞樾은 "시는 반드시 운을 사용해야 하기 때문에 도치구가 매우 많다."고 생각하였다(『古書疑義擧例』 1권). 錢鐘書는 "대개 운문의 작품은 자수가 제한적이고 성률에 구속되기" 때문에 작품을 쓸 때 "문자의 어순"을 파괴할 수 있다고 지적하였다(『菅錐篇』 149항).

56) 蔡夢弼이 集錄한 『杜工部草堂詩話』 2권이 王彦輔의 『塵史』를 인용하였다.

57) 李東陽, 『麓堂詩話』.

나 중심어를 앞으로 끌어내는 방법을 이용하여 중심 이미지를 부각시키고(한유의 "난새는 연못을 바라보면서 춤을 추고, 천마는 다리를 건너가네(舞鑒鸞窺沼, 行天馬渡橋)"), 어떤 것은 공간화면의 직관을 인식의 심리 과정으로 환원하고(왕유의 "대나무 사각거리며 빨래하는 아낙네들 돌아가고, 연꽃 나풀거리며 고깃배 내려오네(竹喧歸浣女, 蓮動下漁舟)"), 어떤 것은 명확한 논리관계를 버리고 일부러 의미의 모호함을 조성함으로써 독자의 주관적인 상상이 개입하도록 만들었다(두보의 "지는 해는 들판으로 흘러가고, 산 위의 구름은 강물 속으로 들어가네(野流行地日, 江入度山雲)"). 우리는 도치어라고 말하지만 실제로는 그것을 정상적인 어순의 말로 바꾸어 이해하기 때문에, 표면적인 비논리성이 결코 시구 속의 시어와 시어 사이의 내재적인 논리적 연계성을 파괴하지는 않는다. 시인이 이러한 연계성을 완전히 끊어버리고 독립적인 이미지를 한 곳에 집중시킬 때(온정균의 "닭 울음소리 들리는 주막에 걸린 달, 인적이 남아 있는 판교의 서리(鷄聲茅店月, 人跡板橋霜)"),[58] 이른바 정상적인 어순의 말이나 도치어가 없어도 얼마든지 강렬한 시각적인 정체효과를 자아낼 수 있다. 서정시 속에서 한어의 이러한 오묘한 운용은 서사시에서는 거의 발휘할 수 없는 것이다. 최소한 서사시는 분명한 사건서술, 명확한 인물관계를 요구하기 때문에, 어순의 전도로 인한 의미의 모호함을 힘껏 피해야 한다.

'삼대 산맥'의 도전에 직면하면서 '운문으로 시대를 기록하는' 것을 자각한 시인들은 어떻게 대처해야 하는가? 사시 전통이 없으니 악부와 사전(史傳)문학의 서사방법을 차용하고, 문언은 서사하기에 어려우니 시에 구어의 유입을 시도해야 한다.[59] 근체시는 격률이 엄격하고 편폭이 짧아

---

58) 닭 울음소리 들리는 주막에 걸린 달, 인적이 남아 있는 판교의 서리.

59) 두보의 「新安吏」, "살찐 사내에겐 전송하는 어머니가 있는데, 여윈 사내는 홀로 방랑하네(肥男有母送, 瘦男獨伶俜)", 오위업의 「捉船行」, "관리가 배를 징집하여 병사를 싣는데 큰 배는 세 주고 중간 배로 가네(官差捉船爲載兵, 大船買脫中船行)", 황준셴 「拜曾祖母李太夫人墓」의 "치마 때문에 허리띠가 아깝고, 합사로 짠 비단은 흰 비단과 비교할 수 없네(因裙便惜帶, 將縑難比素)." 황준셴은 특히 "내 손으로 내 말을 쓰니, 옛

서 서사에 적합하지 않으니 장편 가행체나 연장합영(聯章合詠, 몇 연을 합하여 읊조리는 방법)을 채용해야 한다. 그러나 얼핏 보면 어떤 사태에도 자유롭게 대처할 수 있는 듯하지만, 구어의 시속으로의 유입은 몇몇 작가의 몇몇 작품에만 한정될 뿐이며, 사전문학은 서사가 아니라 특히 기사(紀事)를 중시하고, 연장합영은 감사(感事)에 뛰어나지만 서사에는 능하지 못하다. 중국 서사시는 천상 발걸음이 뒤늦을 수밖에 없었다, '삼대 산맥'에 가로막힌 배경을 알아야만 비로소 시사의 예술창신의 정신과 용기를, 그 성과와 한계를 진정으로 이해할 수 있을 것이다.

3. 중국 시사의 특징

실록만을 추구할 뿐이고 허구를 허용하지 않는다면, 이것은 역사(史)이지 어떻게 시(詩)일 수 있는가? 단순하게 개인의 감정을 표출할 뿐이고 국가민족의 운명과 전혀 관련되지 않는다면 그것이 어찌 역사가 될 수 있는가?

"시의 도(道)는 매우 원대하여, 한 사람의 성정과 세상의 상황이 모두 그 속에 용해되어 있다."[60] 제일 이상적인 것은 한 사람의 성정을 표현하면서 세상의 상황을 구현할 수 있는 것이지만, 실제 창작 속에서는 왕왕 한쪽에 치우치는 경우가 많다. 제일 대표적인 것은 아래와 같은 견해이다.

두보는 시사의 서술에 능하고, 격률이 엄격하고 정묘함이 깊어서, 장편이라 하더라도 조금의 손색이 없다. 그래서 세상 사람들이 그를 시사

것에 어찌 얽매이겠는가(我手寫我口, 古豈能抱牽)"의 예술주장이 있다.
60) 黃宗羲, 「詩歷題辭」, 『南雷集·南雷詩歷』. "夫詩之道甚大:一人之性情, 天下之治亂, 皆所藏納."

라고 불렀던 것이다.[61]

—송기등(松祁等),「신당서 · 두보전찬(新唐書 · 杜甫傳贊)」

선생(두보)은 당나라 때 시로 이름을 날렸다. 대개 출처나 거취, 노동
과 휴식, 슬픔과 즐거움, 충정어린 분노와 감격, 현명한 이를 좋아하고
사악한 이를 싫어하는 것들이 모두 시에 드러나 있다. 그래서 그것을
읽으면 세상을 알 수 있기 때문에, 학사대부들이 시사라고 불렀다.[62]

—호종유(胡宗愈),
「성도신각초당선생시비서(成都新刻草堂先生詩飛碑序)」

전자는 기사(紀事)를 중시하여 비교적 역사(史)에 가깝고, 후자는 감사
(感事)를 중시하여 시에 근접한다. 두 가지 견해가 모두 송나라 사람에게
서 연유하며 후세에 일정한 영향을 주었다. 전자는 논리가 직설적이고 기
세가 조악하여 일반인들에 의해 쉽게 수용되는 듯하지만, 견강부회한 해
석에 의해 원의가 확대되어 황당무계한 지경으로 빠지기 십상이다. 후자
는 분명히 시가의 예술표현 법칙에 매우 부합하지만 어떻게 일반 서정시
와 경계선을 나누어야 할 것인가라는 어려운 문제를 안고 있다. 더군다
나 역사에 대한 중국인들의 숭배는 언제나 제창자들의 마음을 허전하게
만든다. 시평론가들이 애매하게 누구의 시를 가리켜 시사라고 여기면서
총체적인 예술 감상에 치중할 때는 대부분 후자에 기초하지만, 어떤 시의
어떤 구가 역사상 어떤 사람, 어떤 사건에 정확하게 들어맞는다고 지적할
때는 모두들 전자에 근거한다. 도대체 무엇이 "시사"인가에 대해 시평론
가들의 심리에 연상되는 것과 입으로 말하는 것이 결코 동일하지가 않다.
이러한 이론적 곤혹감은 종종 시평론가들이 상당히 정확한 판단을 내리

---

61) "甫於善陳時事, 律切精深, 至千言不少衰, 世號詩史."

62) "先生以詩鳴於唐. 凡出處去就, 動息勞伏, 悲權懷樂, 忠憤感激, 好賢惡惡, 一見於詩,
讀之可以知其世, 學士大夫, 謂之詩史."

고 난 이후에 매우 어리석은 논증을 하게 만든다.[63]

시사는 물론 시대의 직접적인 진술이지만, 시대의 직접적인 진술을 모두 시사라고 부르지 않는다. 조익이 오위업의 시를 시사(詩史)라고 부른 것은 그가 "몸소 변혁을 체험하고, 읊조린 시들이 대부분 중요한 시대적 사건과 관계되는 것"[64]이기 때문이다. 민족 존망의 역사적 전환기에는 태평시대에 부족한 비장한 감정이 쉽게 일어나며, 단번에 사유가 천고에 닿아 의식적으로 민족발전의 사슬 속에 몸을 내던지니, 자연히 깊이 있는 역사의식이 생겨나기 마련이다. 역사적인 안목으로 눈앞의 변혁을 바라보면서 흥망의 감개를 터뜨릴 뿐 아니라 붓을 쥐고 직서(直敍)하여 역사적으로 의미 있는 중대한 사건을 기록함으로써, "후세에 좋은 역사서를 쓰는 데 참고할 만한 것이 있기를 기대하였다."[65]

「임강참군행(臨江參軍行)」은 노상승(盧象升)을 서술하고, 「영화궁사(永和宮詞)」는 전귀비(田貴妃)를 읊고, 「송산애(松山哀)」는 홍승주(洪承疇)를 비난하며, 「용성행(茸城行)」은 마진보(馬進寶)를 풍자하고…… 오위업은 시로써 명말의 많은 중요한 인물, 사건을 기록하고 있다. 시사에는 금기하는 것이 많아서, 제목 가운데 명대 누구누구의 일이라고 지적하지 못하지만(「용성행」의 결구 "비스듬히 돌아보며 갑자기 크게 웃는 걸 보니 이 사람 또한 오늘날의 馬援 장군 신세로구나(側身回視忽長笑, 此亦當今馬伏波)"에서 항복한 장군의 성을 얼핏 드러낸다), 후세인들은 주에 기대어야 읽을 수 있는 것도 당시인들은 마음으로 깨달을 수 있다. 황준셴에게는 이러한 금기가 없었다. 「비평양(悲平壤)」, 「동구행(東溝行)」, 「애여순(哀旅順)」,

---

63) 趙翼 같은 이는 吳偉業을 평가할 때 분명히 전체적인 풍격에 착안하여, 곳곳에서 詩史를 둘러싸고 논술을 전개한다. 그러나 '시사' 두 자를 직접 이끌어낼 때는 오히려 『明史·李瀣博』에 인용된 梅村의 「遇劉雪舫」이란 시를 증거로 삼는다. 『甌北詩話』9권 참고.

64) 『甌北詩話』9권. "身閱鼎革, 其所詠多有關於時事之大者."

65) 文天祥, 「集杜詩自序」. "後之良史, 尙庶幾有考焉."

「곡위해(哭威海)」, 「대만행(臺灣行)」 등의 시는 사건의 기록이 상세하고 명백하여 시원스레 이해할 수 있었다. 그래서 당시사람들이 역사로써 그의 시를 증명하면서 그를 두보의 휘하에 두지 않고[66] "시사라고 말할 수는 있지만, 시만으로 옳은 것이 아니다"[67]라고 여긴 것도 이상할 게 없다.

하지만 "시사의 진술에 능하다"는 말을 중대한 시사를 다루었다는 사실에만 국한하는 것은 협소함을 면하지 못한다. 시가는 높은 수준에서 개괄하고 지극히 제한적인 언어 속에서 시대의 전형적인 현상을 묘사할 것을 요구하므로, 당연히 간단한 실록에 만족할 수 없다. 아마도 어떤 사람, 어떤 사건인지는 직접 증명할 수 없고 배경이 상대적으로 허구일 수 있지만, 매우 뛰어난 개괄성을 지니고 있으면 더욱 큰 의미의 역사 진실에 부합될 수 있을 것이다. 고염무의 "하루아침에 장기간의 평화가 깨지고, 시체가 산등성에 가득히 널려 있네. 오랑캐 배 삼백 척, 배마다 앳된 소년들이 실려 있네"[68]는 정사(正史)에 실려 있지 않은, 청나라 병사가 관문에 들어온 후의 폭행을 기록하고 있다. 그러나 본질적으로 소주(蘇州)의 부역인지 곤산(昆山)의 함락인지, 아니면 평화로운 평정인지 학살인지를 지나치게 분별하려고 해서 견강부회로 흘러버렸다. 두보의 "궁정에서 나누어주는 비단은 본래 가난한 집 여인이 만든 것인데, 그 집안을 들볶아 세금으로 궁정에 바친 것이라네"[69]와 "부잣집엔 술과 고기 냄새 진동하는데, 길거리엔 얼어 죽은 시체가 널려 있네"[70]는 역대로 시사의 전범으로 인용되어온 것이다.[71] 그러나 도대체 가난한 집 여인이 누구이며, 부잣집이 어디에 있는지를 따져 묻는 이가 없었다. 이로 볼 때, 소위 "사서의

---

66) 王遽常, 『國恥詩話』.

67) 袁祖光, 『錄天香雪簃詩話』. "可謂詩史, 不懂以詩鳴也."

68) "一朝長平敗, 伏遍岡巒, 胡裝三百舸, 舸舸好紅顔."

69) "彤庭所分帛, 本自寒女出, 鞭撻其夫家, 聚斂貢城闕."

70) "朱門酒肉臭, 路有凍死骨."

71) 仇兆鰲의 『杜詩評注』 속에 있는 「詠懷五百字」 주석 참고.

필치는 삼엄해야 하고(史筆林嚴)", "시사는 춘추의 필체로 서술하며(詩史春秋筆)", "먼 훗날 진정으로 경각심을 던져줄 수 있다(他日眞堪付董狐)"[72)는 말은 결코 모든 일이 실제적인 기록으로 "모두 근거를 가져야(皆有據依)"[73) 한다는 것이 아니라, 용감하게 붓을 들어 직서함으로써 어지러운 시대의 사회현실을 진실하게 묘사하고 동시대인의 희로애락을 절실하게 표현하는 것을 뜻한다.

평화로운 시대라면 자연히 역사를 기록하는 사관이 있어서 시인의 부담이 좀 가벼워질 듯하다. 그러나 하루아침에 외족이 중원을 점령하고 한 시대의 영웅이 분기하여 침략에 항거한 영웅적인 사적은 원나라 사람, 청나라 사람이 기록한 송사(宋史), 명사(明史)에서는 찾아보기 힘들다. 그래서 "역사가 망한 후에 시가 지어지는(史亡而後詩作)" 것이다. 비록 "천명을 받지는 않았지만" 시인도 세상의 어지러움을 묘사하고 영웅호걸을 찬송하며 버려진 사건을 수집하고 피난민을 표현하는 중책을 의식적으로 떠맡았다.[74) 그래서 시사는 예술적 가치가 반드시 높은 것은 아니지만 역대로 지식인의 마음속에서 숭고한 지위를 차지하였던 것이다.

그러나 시사는 결국 시이지 역사는 아니다. 지나치게 역사적인 가치를 강조하다 보면 "운율 있는 산문"[75)으로 변질될 위험이 도사린다. 정말로 두보의 시를 당나라 역사로 간주하여 마구 긁어모아서 두보의 몇몇 시를 서사의 철칙으로 삼아 사람들을 놀라게 했던 송인의 어리석음을 저지를 뿐이다. "급히 술 한 말을 마시려면 청동 삼백 전이 있어야 하네"[76)를 들

---

72) 蕭塤, 『題汪水雲詩卷』.

73) 陳巖肖, 『庚溪詩話』.

74) 黃宗羲, 「黃梨洲文集 · 萬履安先生詩序」.

75) 施補華의 『峴傭說詩』는 杜甫의 「詠懷五百字」, 「北征」이 운이 있는 고문이라고 비난한다.

76) "急須相就飮一鬥, 恰有靑銅三百錢."

어 당의 술값을 설명하고,[77] "보응 원년 사월에, 교서랑 초씨가 있었다"[78]
를 들어 두시가 "사서의 삼엄한 필치"[79]라고 설명하며, 왕규의 어머니 성
을 변증하는 두시를 인용하여 "사서에 빠져 있거나 잘못된 것을 오직 두
보만이 (시에) 담아 놓았으니, (그를) 시사라 부르는 것이 신빙성이 있
다"[80]고 설명하고, 사서에서 두보가 묘사한 측백나무를 역사서에서 얼토
당토않게 증명하고는 두보가 시사로 불린 데는 다 근거가 있다고 설명하
였다……[81] 본의야 바다를 삼키고 하늘을 짊어질 만한 두보 시의 웅장함
을 드날리기 위해서지만, 실제로는 시가의 제련, 재단, 허구, 상상, 과장변
형의 예술특성을 말살하여 두보의 시를 운문으로 쓴 역사책으로 낮추어
버린 셈이다. 그래서 "시로 성정을 말한다(詩以道性情)"를 강조하는 양신
(楊愼)과 왕부지(王夫之)[82]가 시와 역사의 구분을 분명하게 밝히려는 것
도 당연하다. 양신은 송나라 사람이 "직접 시대를 진술하여 폭로에 가까
운(直陳時事, 類於訕訐)" 두보의 조악한 시를 끌어모아 보옥으로 만들고,
'시사'라는 두 자를 지어내어 후인들을 오해하게 했다고 공격하였다. "시
가 역사를 겸할 수 있다면『상서』,『춘추』를 생략할 수 있다."[83] 왕부지는
많은 사람들이 두보를 "시사"라고 찬양하는 것은 "낙타를 보고서 말 등에
혹이 생겼다고 안타까워하는"[84] 일이라고 비난하였다. "시가 역사의 역할
을 수행할 수 없는 것이 입과 눈이 서로를 대신할 수 없는 것처럼 시가 역

77) 陳巖肖,『庚溪詩話』상권.

78) "元年建巳月, 郎有焦校書."

79) 黃徹,『庚溪詩話』1권.

80) 胡仔,『苕溪漁隱叢話』前集 13권에 인용된『西清詩話』. "史缺失而謬誤, 獨少陵載之,
    號詩史, 信矣."

81) 胡仔,『苕溪漁隱叢話』前集 8권에 인용된『緗素雜記』.

82)『升庵詩話』11권,『明詩評選』5권 徐渭의「嚴先生祠」평어.

83) 楊愼,『升庵詩話』11권. "如詩可兼史, 則『尚書』,『春秋』可以幷省."

84)『古詩評選』4권「上山采蘼蕪」평어. "見駝則恨馬背之不腫."

사의 역할을 수행할 수 없게 된 지가 오래되었다."[85] 시는 허구를 추구하고, 역사는 실록을 추구하기 때문에 서로 대신할 수 없다는 점을 강조하는 것은 물론 송나라 사람의 자질구레한 고증보다 훨씬 고명한 견해이다. 그러나 양신과 왕부지의 공격은 시사 자체가 아니라 두시를 당의 역사로 읽으려는 학구적인 책벌레를 겨냥한 것일 뿐이다.

어리석고 진부한 학구열로 인해 시사를 당사, 송사, 명사, 청사로 간주하여 읽으려 하였지만, 시인은 결코 시가를 당사, 송사, 명사, 청사로 생각하여 짓지 않았다. 실제 '춘추필법'이란 말이 무상할 정도로, 시인들은 대부분 '냉정함을 지키지 않고' 언제나 결정적인 시기에 자기의 목소리나 서정, 의론을 표출하였다(오위업 「영화궁사」의 "예상우의곡, 천보곡을 연주하지 마시오, 조정이 삼공의 손아귀에 넘어가오",[86] 「임수노기행(臨淮老妓行)」의 "가을 홰나무 이미 옛 궁에 떨어지고, 봄 풀이 남쪽 길가에 새로 돋아나네",[87] 황준셴 「동구행」의 "사람들은 전함은 견고한 것보다 빠른 것이 좋다고 말하지만, 기계는 있으나 조정할 사람이 없으니 결국 외국인에게 떠맡기네",[88] 「대만행」의 "평소에 전쟁에 대비하지 않고, 충의만 되뇌이고 있으니 어디에 의지하랴!"[89]). 이러한 서정은 도식적이고 의론도 그렇게 뛰어나지 않지만, 수분과 혈액이 말라 비틀어진 신체에 탄력성과 활력을 불어넣는 작용을 하였다. 감사(感事), 서정의 성숙은 중국문학사상 훌륭한 영사시(詠史詩)나 회고시(懷古詩)를 출현하게 했을 뿐 아니라, 시대의 기록에 치중하는 시사(詩史)가 시가의 예술 법칙을 유지하여 운문으로 기록된 역사서로 변질되지 않도록 하였다.

시인들이 구체적인 역사사건을 배경으로 처리하고 개인의 주관감정을

---

85) 王夫之, 『薑齋詩話』 1권. "夫詩之不可以史爲, 若口與目之不相爲代也, 久矣."
86) "莫奏霓裳天寶曲, 景陽宮井落秋槐."
87) "已見秋槐隕故宮, 又看春草生南陌."
88) "人言船堅不如疾, 有器無人終委敵."
89) "平時戰守無豫備, 曰忠曰義何所恃."

전면에 제시할 때, 시사도 기사(紀事)의 강조에서 감사(感事)의 중시로 전환하였다. 캉여우웨이는 두보의 시가 "위로 임금과 나라의 위기를 근심하고, 아래로 백성의 고통을 걱정하며, 그 가운데 처량한 신세를 애통해하고, 강개한 심정으로 불운을 슬퍼한다"[90]고 평가하고, 푸치롱(浦起龍)은 두보의 시가 "일 개인의 감정이지만, 삼조의 일이 기탁되어 있다"[91]고 칭찬하였다. 이것은 시사는 시인의 희로애락을 중시하며 "그것을 읽으면 그 세상을 알 수 있다"는 호종유의 말과 일맥상통한다. 감사를 강조하는 것은 연구자가 단순하게 시를 역사에 덧붙이거나 역사로 시를 논증하는 경향을 극복하고, 시인의 관점에서 민족적인 위기에 대한 사회심리나 시인의 주관 감수 속에 적층된 시대분위기를 포착하여, 더욱 높은 수준에서 역사정신을 파악하는 데 도움을 준다.[92] 한편 시인은 대부분 장점은 살리고 단점은 피하기 마련인데, 중국작가는 서정적인 요인을 드러내고 서사의식을 보류함으로써 중국의 시가언어, 시가형식에 서사기능이 발달하지 못하는 선천적인 결함을 애써 비켜나갔던 것이다.

시가언어가 구어화되지 않고 시가형식에도 어떠한 큰 변혁이 없었지만 (가행체나 심지어 율시절구에도), 의외로 시인들은 서사를 염두에 두고 있었다. 그래서 하는 수 없이 기발한 방법을 생각하여 서사시 같지 않은 서사시를 창조할 수밖에 없었다.

중국 고대시가의 전고의 운용은 박학함을 자랑하거나 재정(才情)의 메마름을 숨기려는 요소라는 것은 두말할 나위 없지만, 사건을 시에 유입하고 표현영역을 확대하며 사시적 요소를 빌려 서정시 체계의 작용을 자

---

90) 「避地檳榔嶼不出, 日誦杜詩消遣」. "上念君國危, 下情黎民病, 中間痛身世, 慷慨傷蹉跎."
91) 「讀杜心解 · 少陵慢年詩目譜」 부록. "一人之性情, 而三朝之事會寄焉者也."
92) 陸遊는 서사시를 짓지 않았다. 도리어 "꿈속에서 큰 말을 타고 몸소 정벌하여 한, 당의 옛 땅을 모두 수복하였다(夢從大駕親征, 盡復漢唐故地)"는 꿈을 기록한 시에 약간 기사적인 필치가 있지만 역사가의 정신을 크게 훼손하였다. 육우의 시를 詩史라고 부르는 것(褚人獲의 『堅瓠補集』)은 대체로 「關山月」, 「書憤」 등의 感事抒情詩가 동시대인의 고민과 울분을 전형적으로 표현했기 때문이다.

극하고 보충하였다. 시사 시인이 운용한 전고는 직접 기사(紀事)나 서사에 복무하는 경우가 많았다. 어떤 것은 문자화(文字禍)를 피하기 위해서 어쩔 수 없이 우회적인 필치를 사용한 경우로, 역사적 사건을 빌려 당시 사건에 투사하였고(고염무의 「문호주사옥(聞湖州史獄)」라는 시 중에서 "유명한 오랑캐인 석륵이 주살당하고 애꾸눈 부생이 살육되었네(明胡石勒誅, 觸眇符生戮)"에 장정롱(莊廷鑨) 사화(史禍)를 덧붙여 기록하고 있다), 어떤 것은 시가의 표현력과 감염력을 강화하기 위해서 지나치게 직설적이고 싱거워 맛이 없는 것을 방지하였다(캉여우웨이 「성파에서 폐랑으로 옮겨 살다가, 수도가 매우 혼란스러워, 수레를 타고 민심을 살피며, 군사를 일으켜 왕을 모시다, 북쪽을 바라보며 감회하는 시 13수」[93]의 "애간장 끊어질 듯 빗소리 요란하고, 처량하게 밤에 진으로 도망가네"[94]는 당 현종의 사건을 빌어 경자년 진비(珍妃)의 피해와 광서제의 도피를 묘사한 것이다). 그러나 전고를 차용하여 기사할 때 사실(史實)과 시사(時事)의 '같음'만을 중시하고 더욱 중요한 '다름'을 홀시하면 기록한 사건은 몽롱한 그림자가 될 수밖에 없다.

중국 고대시가의 제목은 주제를 밝혀주고 묘사범위를 확정하며 대화대상을 소개하고 창작동기를 설명하지만 시원스럽게 "무제(無題)"를 표명한 작품도 있다. 캉여우웨이는 특별히 구상하여 뜻밖에 180자의 시 제목을 사용하여 기사하고, 다시 56자의 칠언율시를 사용하여 감사·서정한다(「割臺成行後, ……」). 「청일전쟁에 패하자, 18성의 거인들과 연합하여 ……」[95]라는 시도 61자를 사용하여 시의 제목을 만들어 공개적으로 상소한 이 역사적 사건의 전과정을 간략하게 소개하고, 연후에 한 구로 한 사건을 서사하여 제목을 시화시킨다. 캉여우웨이가 기사한 시의 제목, 문천상의 시 서두의 짧은 서문(「탈경구(脫京口)」 등의 연시는 매 수 앞

---

93) 「自星坡移居擯榔嶼. 京師大亂, 乘興出狩, 起師勒王, 北望感懷十三首」.

94) "腸斷淋鈴雨, 凄涼夜走秦."

95) 「東事戰敗, 聯十八省擧人……」

에 기사한 산문을 신는다), 고염무의 시 뒤의 주석(「감사」 7 "깃발을 태우니 불꽃이 붉게 타오르네"[96]에는 주석이 있다)는 모두 원래의 시가형식을 파괴하지 않으려는 전제하에서 부가 성분을 증가시켜 사시적 요소로 유입한다. 다만 그것이 부가이기 때문에 진정으로 시 속에 융해되지 못하고 배경의 묘사로 구성될 뿐이다. 연장합영(聯章合詠)은 시인들이 역사를 시에 유입하여 기사와 감사를 조화롭게 하는 다른 한 방법이다. 더 이상 동일한 제재의 반복적 음영이나 집중적인 과장이 아니라, 명확한 서사의식을 지니고서 연시(聯詩)를 하나의 구조적 정체로 만들어 안배하고, 시와 시 사이의 연결을 취함으로써 사건의 발전과정을 표현하여 역사가 진정으로 시 속에 실현되게 한다. 문천상은 진강(鎭江)에서 위험을 벗어나 진주(眞州)에 이르고, 양주(揚州)를 떠나 고우(高郵)에 이르고, 곧장 고사(高沙)를 출발하여, 동쪽으로 점차 진입하면서 모두 「탈경구」 15수, 「진주잡부(眞州雜賦)」 7수, 「출진주(出眞州)」 13수, 「지양주(至揚州)」 20수 등 칠언절구를 지었는데(매수 앞에 대부분 간단한 기사가 있다), 정경과 사건이 등장할 때마다 각각 시를 지었다. 연결하여보면, 시인의 "저의 마음 자석 같아서, 남쪽을 향하지 않으면 마음이 편안하지 않네"[97](「揚州江」)라는 굳은 신념의 표현이 부각될 뿐 아니라, 그가 남쪽으로 돌아가는 전과정이 상세하게 기록되어 있다. 그가 처한 역사적 지위나 그것이 차지할 수 있는 특수한 역사적 시각으로 인해 개인의 상황을 서술한 시편이 역사적인 의의를 획득하게 되어 후인들은 「지남록(指南錄)」을 시사라고 말하였다. 마찬가지로 연시로써 서사한 왕원량의 「호주가(湖州歌)」98수는 짧은 서문(小序)을 없애고 개인의 처지를 부각시키며, 삼궁(명당, 벽옹, 영대)이 포로되어 북상하는, 심금을 울리는 역사적 사건을 묘사하여, 송나라 유민들이 "자리를 치며 통곡하고(撫席慟哭)", "근심하여 수척하게(爲之

---

96) "焚旗火乍紅."

97) "臣心一片磁針石, 不指南方不肯休."

骨立)"98) 만들었다. 북상 도중에 왕원량은 또한 많은 서정 율시를 지었다. 동일한 상황하에서 율시 속에는 자아감성을 중심으로 하고,「호주가」에 서는 삼궁을 표현대상으로 삼고 있다. 모든 시가 일시에 지어진 것은 아 니지만 자각적인 서사구조 의식이 존재하므로 서사장시로 읽을 수 있을 듯하다.

전고의 운용, 시의 제목, 짧은 서문이나 연장합영은 모두 시인이 서정 을 묘사하기에는 유리하지만 상세하게 서사하기에는 불리하다. 시인의 입장에서 볼 때 서사는 규정된 장면만을 제공하는 듯하며, 이로써 "문장 을 짓는 이는 감정이 움직여 문사로 표출되며, 문장을 보는 이는 문을 펼 쳐야 감정이 생겨나는"99) 것이다. 만약 '감정을 유발하는' 규정된 장면이 주지하는 바라면 제목에서 밝히는 정도라도 무방하다. 그렇지 않다면 짧 은 서문, 보주(補注)를 덧붙여야 한다. 그것으로 부족하다면 서두에 간략 하게 서사한 후에 서정으로 들어가야 한다. 시인의 주안점이 서사가 아니 라 서정에 있는 이상, 생동적인 이야기 구성이나 복잡한 인물성격은 자연 히 시인의 많은 흥취를 일으킬 수 없다.

4. 시사에 대한 사전, 시소전통의 제한과 개조

기사(紀事)는 중대한 역사적 사건과 사회생활의 전체 화면을 중시하 며, 감사(感事)는 시인의 생활체험과 생활감수를 중요시하는데, 이 양자 사이에「공작동남비」같이 구체적인 개인의 운명에 대해 정치하고 세밀한 묘사를 하는 많은 작품들이 누락되고 있다. 그래서 이 시사에도 "뛰어나 고 풍부한" 면모가 드러나며 분명한 전체 윤곽이 있고 전신(傳神)하는 필

---

98) 馬延鸞·周文,「書汪水雲詩後」. 汪元量 의 연시에는 宋 왕실의 투항, 원의 성 침입을 묘사한「醉歌」10수, 元이 성을 침입한 후의 정황을 서술하고 南宋 조정의 일을 기억 한「越州歌」12수가 있다.

99) 劉勰,『文心雕龍·知音』. "綴文者情動而辭發, 觀文者披文以入情."

묵의 정취는 있지만, 생동하고 세치한 세부묘사가 결여되어 있는 것이다. 그렇지만 이것은 시인의 과실이 아니라 시평론가들의 의도적인 소홀에서 비롯된 것이다. '시사의 직접 진술'과 '감사·서정'의 사이에는 실제로 개인의 운명을 중심으로 하면서 완정한 이야기 구성이 있고, 예술적 허구성분이 비교적 많은 진정한 서사시가 존재하고 있다.

이야기의 서술은 악부민가의 영향을 받아서 중국 서사시 속에서 주요 지위를 차지하지 못하고 오히려 장면의 묘사와 정감의 표출이 중심을 이루었다. 관건은 이야기의 내함을 잘 체현할 수 있는 번뜻한 한순간을 포착하여 부각시키고, 이것을 풍부하고 세밀하게 묘사하느냐에 달려 있다. 이야기의 구체적인 전개과정은 그렇게 긴요하지 않으며 총총히 스쳐 지나갈 수 있다. 그래서 장면이 중국 서사시의 기본단위가 되고 장편 서사시는 많은 장면의 '시리즈'에 불과하였다. 이러한 장면의 중시와 과정의 경시, 세부의 중시와 이야기의 경시, 서정의 중시와 사실(寫實)의 경시라는 서사의 특징은 두보, 오위업, 황준셴의 서사시 속에서 충분하게 표현되어 있다. 마찬가지로 극적인 장면 묘사를 중심으로 하는 작품도 세 종의 다른 표현형식으로 나눌 수 있다.

첫째, 두보의 「병거행(兵去行)」, 오위업의 「비파행(琵琶行)」같이 말의 기록(記言)을 위조로 하는 경우이다.[100] 전자는 정식화된 많은 서사구조를 무너뜨리고 그것을 '흥을 일으키는' 매개로만 삼아서 '행인(行人)'의 세태 인정에 대한 묘사를 끌어내는 데 사용한다. 부(賦)의 문답체를 차용한 듯이 자아를 두 부분으로 나누어 한쪽은 '행인'의 구술로 세태를 묘사하고, 다른 한쪽은 시인 자신의 감개를 드러낸다. 후자의 비파소리도 "선조의 옛 건청궁을 만난(先祖舊値乾淸殿)" "좌중객(坐中客)"이 싸라기눈처럼 눈물을 흘리며 고국 산천의 추억과 슬픔을 이끌어내기 위해서이다. 시인은

---

100) 유사한 것으로 白居易의 「新豊折臂翁」, 元稹의 「過元昌宮」, 李商隱의 「行次西郊作一百韻」 등이 있다.

객(客)이 무엇 때문에 비파소리를 듣고서 반가워하는지 등 이야기성이 비교적 강한 부분을 모두 간략하게 처리한다.

둘째, 두보의 「신안리(新安吏)」, 「석호리(石壕吏)」, 「동관리(潼關吏)」, 오위업의 「려주행(廬州行)」, 「착선행(捉船行)」, 「마초행(馬草行)」같이 단일한 장면묘사로 처리하는 경우이다.[101] 극적인 장면을 선택하여 인물의 묘사, 기언, 서사를 결합하고 시인의 어감, 이상을 이야기의 객관서술 속에 삼투시켜 시가의 서사기능을 부각시킨다. 복잡한 이야기의 배치나 삽입에 주력하는 것이 아니라 특정한 배경 속에서 시의가 풍부하고 사람의 마음을 울리는 세부와 언어를 찾아서 눈이 번쩍 뜨이는 한순간에 전체 이야기를 투영한다. 뜻이나 감정의 표현으로 돋보이는 것이지 사건의 서술로 뛰어난 것이 아니다.

셋째, 두보의 「강촌삼수(羌村三首)」, 오위업의 「원원곡(圓圓曲)」, 황준셴의 「도료장군가(度遼將軍歌)」, 「배증조모이태부인묘(排曾祖母李太夫人墓)」같이 많은 장면을 집중하는 경우이다.[102] 완정한 이야기가 있고 배경을 강조하여 "그림처럼 사건을 서술하며(敍事如畵)",[103] 인물의 묘사와 말의 서술에 있어서 "각각 그 인물의 개성을 핍진하게 묘사하고 있다(各各肖聲精)."[104] 이러한 시는 서양의 서사시와 비교적 가까우며, 완정한 이야기 흐름을 끊으면 각기 상대적으로 독립된 장면이 될 수 있다는 점이 다르다. 시인은 이 장면을 움켜쥐고 기발한 상상력과 호쾌한 필치를 발휘한다. 이러한 장면을 연결하는 서술언어는 매우 간략하고, 흠이 생기면 그쳐버리거나 시원스럽게 생략한다. 통일적인 이야기 구조(「도료장군가」)가

---

101) 유사한 것으로 漢 樂府의 「上山采蘼蕪」와 「陌上桑」, 辛延年의 「羽林郎」, 陳師道의 「別三子」, 範成大의 「催租行」, 蔣士銓의 「遠遊」 등이 있다.
102) 유사한 것으로 漢 樂府의 「孔雀東南飛」, 北朝 民歌의 「木蘭詩」, 白居易의 「琵琶行」과 「長恨歌」, 韋莊의 「奉婦吟」, 鄭板橋의 「姑惡」, 金和의 「蘭陵女兒行」 등이 있다.
103) 王世貞의 『藝苑危言』 2권.
104) 陳祚明의 『采菽堂詩選』 속의 「孔雀東南飛」 평어.

있을 수도 있고, 일관된 장면묘사(「강촌삼수」)가 될 수도 있다. 시간의 순서에 따른 필법(「배증조모이태부인묘」)을 사용할 수 있고, 도치 삽입을 겸용할 수도 있다(「원원곡」). 그러나 모두 한 중심인물을 둘러싸고 있으며, 상이한 시간에 발생하는 일관된 사건을 하나로 연결한 것이다. 표면상 시간의 순서에 따라 선후를 배열하지만 시인의 관심은 이 많은 사건 사이의 내재적인 발전논리일 뿐이며, 더욱 중요하게는 이 많은 장면이 집중적으로 조성하는 전체 인상이다. 이 전체 인상에 대한 관심으로 인해 시인은 이야기의 구체적인 전개과정을 상대적으로 소홀히 하는데, 이것도 아마 중국 서사시에 서사기능이 발달하지 못하고 서정색채가 농후하게 된 중요한 원인일 것이다.

이상하게도, 개인의 운명의 구체적인 묘사를 통해 시대상을 전개하는 이러한 서사시는 그 예술적 성취가 뛰어남에도 불구하고 여전히 시평론가들의 눈에 들어오지 않아서, 어떤 사람의 시를 시사라고 존중할 때, 이러한 류의 서사시를 시사의 사생아인 듯이 취급할 뿐 그 사례로 거론하지 않았다.[105] 시평론가들을 주저하게 만드는 것은 이러한 서사시의 시적 가치가 아니라 그 역사적인 가치이다. 다시 말하면 인물, 이야기의 진실성에 대해 의심을 표시한다는 것이다. 당 명황이 어떻게 "외로운 등불 다 타들어도 잠이 오지 않네"[106](「장한가」)[107]같이 처량할 수 있는지 비웃을 수 있고, 백거이가 어떻게 깊은 밤에 혈혈단신의 여인을 만날 수 있는지

---

105) 杜甫의 시를 詩史라고 존중할 때 「北征」, 「詠懷五百字」를 예로 든다(宋祁 등 『新唐書 · 杜甫傳贊』, 葉夢得 『石林詩話』권). 吳偉業의 시를 詩史라고 존중할 때 「遇劉雪舫」을 예로 든다(趙翼 『甌北詩話』 9권). 黃遵憲을 詩史라고 존중할 때 「朝鮮恨」을 예로 든다(梁啓超 『飮氷室詩話』 79).

106) "孤燈挑盡未成眠."

107) 張戒, 『歲寒堂詩話』 상권. "임금이 거처하는 곳이 처량하다 하지만, 외로운 등불 타드는 내전만 하겠는가?" 趙翼, 『甌北詩話』 4권에서는 「長恨歌」에서 方士가 금비녀 담긴 화장함을 지니고 궁궐에 들어가는 것은 궁정의 검색이 삼엄하기 때문에 불합리한 일이지만 이러한 예술적인 허구는 긍정한다고 지적한다.

(「琵琶行」,「夜遇歌者」)[108]를 의심할 수 있다면, 당연히 두보류의 서사시가 역사적 진실에 맞지 않다고 질책할 수도 있을 것이다. 이러한 병적인 '초진실'관은 문학을 역사와 동일시하고 고증학자의 시각으로 시를 읽어서, 시인의 상상의 날개를 단호하게 잘라버렸다. 서정시에서는 꼬투리를 잡을 수 없지만 서사시에는 곳곳에 함정이 도사리고 있기 때문에, 시평론들이 시사를 말하려면 어쩔 수 없이 "사실에서 벗어난 허구"적인 서사시를 피할 수밖에 없었다.

아리스토텔레스는 시와 역사의 구별을 역설하지만[109] 중국 시평론가는 시와 역사를 하나로 묶으려 하였다. 서사문학의 진실성에 대한 높은 중시는 사전전통에 힘입은 것임이 분명하다. 엽몽득(葉夢得)은 두보의 「북정(北征)」, 「영회오백자(詠懷五百字)」 등의 시가 "필력이 극진하여 태사공의 기나 전과 같다"[110]고 칭찬한다. 유희재(劉熙載)는 "(두보 시의) 파란만장한 사건 진행, 계속되는 이별과 만남이 『사기』에서 배운 것"[111]이라고 지적한다. 이것은 상당히 높은 평가이지만, 곰곰이 생각해보면 구속적인 면이 있다. 사시전통이 없기 때문에 『사기』를 서사문학의 모델로 삼지 않을 수 없는데, 원진은 『사기』를 배워 전기를 지었고, 김성탄은 『사기』를 모범으로 삼아 소설을 평하며, 린수는 『사기』를 빌려 디킨스 소설의 구성기교를 발굴하였고, 두보 등도 『사기』를 배워서 서사시를 창작하였다. 중국 서사문학에 끼친 『사기』의 영향이 얼마나 큰가! 중국 서사문학이 진실성을 중시하고, 간결 명쾌함을 숭상하며, 상대적으로 흐름을 중시하지만 공간구조를 경시하고, 외재적 행위는 중시하지만 내면의 갈등은 경시하는 이러한 것들은 모두 『사기』의 영향과 직접적인 관계가 있다. 『사기』는

---

108) 洪邁, 『容齋隨筆 · 三筆』 6권. 趙翼은 『甌北詩話』 4권에서 "제재를 빌려 자신의 재능을 발휘했을 뿐"이라고 백거이를 변호한다.

109) 『시학』 제9장 참고.

110) 『石林詩話』 상권. "窮極筆力, 如太史公紀, 傳."

111) 『藝槪 · 詩槪』. "節次波瀾, 離合斷續, 從 『史記』 得來."

대부분 역사저술이지 문학작품이 아니며, 실록을 추구하고 허구를 가능한 한 피한다. 그래서 『사기』에서 배운 서사가 쉽사리 손발이 묶이고 지나치게 구속되어 "역사서로 보기엔 충분하지만, 시로 여기기엔 부족하다"라고 한 것이다.

중국 시가의 언어, 형식은 모두 서정에 유리하고 서사에 불리하며 게다가 시소(詩騷)전통의 견제로 인해, '운문으로 시대를 기록한' 시사도 무의식적으로 서정을 기울게 되었다. "먼저 나라의 혼란을 분개하고, 다음으로 종족의 운명을 가슴 아파하고, 그 다음으로 민중의 고통을 슬퍼한다"[112]는 말은 시인의 주안점이 이미 객관적인 '나라의 혼란'에서 주관적인 '분개', '아픔', '슬픔'으로 전환되고 있음을 나타낸다. 사시의 제목을 선택한 후에 시사를 창조하면, 그 역사적인 흥망감과 우환의식이 보존되기는 하지만 그 서사기능은 크게 쇠약해지고 정감적인 요소가 두드러지게 된다. 서사시에 대한 시소전통의 개조결과로 시사가 '사건의 기록'에서 '사건의 감성화'로 바뀌었을 뿐 아니라, 악부전통을 계승한 서사시는 장면의 묘사와 정감의 표출을 중심으로 삼게 되었다(「강촌삼수」, 「원원곡」). 그래서 아리스토텔레스가 사시의 서술구조의 탐구[113]에 주목한데 반해 중국 시인은 감정의 표출과 시사의 진술을 "눈앞에서 보듯이 간절하며(懇惻如見)",[114] "눈물 흘리며 호소하듯이(如泣如訴)"[115] 추구하였던 것이다. 사전전통과 시소전통이 시사를 제약, 개조했다는 사실은 우리들이 중국 서사문학의 독특한 발전과정을 연구하는 데 매우 좋은 시각을 제공할 것이다.

---

112) 康有爲, 「人境廬詩草序」. "上感國欒, 中傷種族, 下哀生民."
113) 『시학』 제23장 참고.
114) 胡應麟이 「兵車行」, 「新婚別」을 평하는 말. 『詩藪』 내편 2권에 보인다.
115) 賀貽孫이 「長恨歌」, 「琵琶行」을 평하는 말. 『詩筏』 상권에 보인다.

　최근 중국 지식계에 '80년대로 돌아가자'는 흐름이 형성되고 있다. 이는 주로 문혁이 종결된 이후 중국의 신계몽주의를 주도하던 인문학도인 '80년대 지식인' 사이에서 공감되고 있는 현상이다. 즉 90년대 이후 중국 경제가 급성장하는 과정에서 정신적 가치보다는 물질과 효율성을 우선하고 사회과학 특히 경제학이 중국 지식계의 중심적 역할을 수행하면서 상대적으로 인문학 지식인이 주변화되는 현실을 비판하는 구호라는 것이다. 80년대에 대한 이들의 그리움은 제 분야 '80년대 지식인'들과의 인터뷰를 통해 이 시대의 의미와 지식인의 내면 풍경을 묘사하고 있는 자젠잉의 『80년대 중국과의 대화』(이성현 옮김, 그린비, 2009)에 잘 드러나 있다. 이 책에는 소설가 아청, 시인 베이다오, 화가 천단칭, 음악가 추이젠, 미술평론가 리셴팅, 영화감독 톈좡좡 등과 더불어 인문학계 대표로 천핑위안의 인터뷰가 실려 있다. 인터뷰 대상자로 천핑위안이 선정된 것은 그가 새로운 시대를 개척하고 이상적 열정을 분출하던 '80년대 지식인'의 진정성을 지니고 있다는 것을 의미한다.

　물론 '80년대로 돌아가자'는 구호가 단순히 과거의 시간으로서 80년대로 회귀하자는 복고운동인 것은 아니다. 이 구호 속에는 인간의 존엄과 자유가 구현되는 사회를 건설하기 위해 다양한 지적 모험을 감행하던 80년대의 고뇌를 통해, 신자유주의적 경제성장 논리가 지배하고 있는 현실 중국의 풍토를 비판하며 인간학적인 가치가 중심이 되는 새로운 사회를 상상하려는 욕망이 내장되어 있다. 80년대를 그리워하는 천핑위안의 속내를 들여다보자.

중국에서 80년대 지식인은 그래도 사회에 영향을 주고 사회의 발전 방향과 구체적인 진행과정에 영향을 줄 수 있었습니다. 그래서 중국의 80년대는 그리워할 만합니다. 그 시절에는 사회적 규범이 아직 제대로 세워지지 않아서, 학자들이 한 발은 강의실에 걸치고 다른 한 발은 사회로 걸어 나가 학술적 연구와 사회적 실천을 서로 결합할 수 있었습니다. 말을 하면 누군가가 들어주고, 게다가 이 사회의 변화가 자신의 노력과 관련된다는 것을 확실하게 감지할 수 있었습니다. 이는 아주 행복한 일입니다. 전공 영역에서 학술 패러다임 전체가 변화하고 있었으며, 자신의 작업이 간직접적으로 이러한 변화의 완성을 재촉하는 것이기도 했습니다. 그래서 그 세대의 학자들의 작업은 많은 부©분 만족스럽지 않은 것이 사실입니다만, 멀리서 바라보자면 몇십 년, 1, 2백 년 후 되돌아본다면, 그들이 기본적으로 학술적 변화를 완성시켰다고 할 수 있습니다. 그런 의미에서 그들은 사실 역사를 창조했다고 할 수 있습니다. 때문에 이런저런 병폐가 있다고 해도 상관없습니다. 역사는 원래 이렇게 흘러오는 것이니까요. 훗날 누군가의 전공 연구가 그들보다 전문적이고 그의 저작이 그들보다 정밀하다 하더라도, 그들이 사회에 끼친 영향력과 학술적 변화에 기여한 공헌은 여전히 선망의 대상이 될 것입니다.(『80년대 중국과의 대화』 중)

천핑위안의 이 말 속에는 80년대에 자신이 행한 작업의 역사적 의미와 자부심이 고스란히 드러나 있다. 이러한 '80년대 지식인'에게는 공통적인 이력이 있는데, 문혁기간의 하방·하향의 고통스런 체험을 통해 중국사회주의를 반성할 수 있는 계기가 있었다는 점과, 대학학력고사가 부활된 1977년 이후에 대학에 입학하여 새로운 사회에 대한 이상과 열정에 충만해 있었다는 점이다. 천핑위안 역시 이러한 경력을 지니고 있다. 그는 1954년 광저우 차오저우 출신으로, 광동의 산골에서 하향 체험을 하다가 1977년에 중산대학 중문과에 입학하였다. 1982년에 중산대학을 졸업하고, 1984년에는 중산대학 대학원에서 문학석사학위를 취득하고, 1987년엔 베이징대학 대학원에서 문학박사학위를 받았다. 『중국소설의 근대적 전환(中國小說敍事模式的轉變)』(1988)은 베이징대학 박사학위 논문으로 천핑위안의 80년대적 역정의 결과물이자, 그를 명실상부한 '80년대 지식인'으로 만들어준 대표작이다. 또한 이 책은 1991년 국가교육위원회 및 국무원 학위위원회에 의해 '뛰어난 공헌을 한 중국박사학위 수여자'에 선정되게 해준 저작이기도 하다. 박사학위 취득 후 천핑위안은 베이징대학 교수로 부임하였으며, 일본 도쿄대학과 교토대학, 미국 컬럼비아대학, 독일 하이델베르크대학, 영국 런던대학, 프랑스 동방언어문화연구원 및 타이완대학에서 객원교수를 역임했으며, 30여 종의 저술을 집필하였다. 최근에는 중국소설 영역을 넘어 20세기 중국문학과 산문, 교육사, 학술사, 사상사, 문화사 등으로 연구주제를 확대하고 있는데, 그의 궁극적인 목표는 텍스트 해석과 사회문화사를 연계한 중국소설사 저술에 있다고 한다.

'80년대 지식인'으로서 천핑위안은 관습적이고 교조적인 연구풍토를 비판하며 변화하는 새로운 시대의 감각에 맞는 새로운 연구경향을 추구하는데, 기존의 사상 위주의 '이념비평'에서 벗어나 다양한 층차에서 문학의 변화와 그 속에 내재된 시대정신을 해석할 수 있는 체계 비평을 시도한다. 『중국소설의 근대적 전환(中國小說敍事模式的轉變)』은 중국소설 서사양식의 변천을 연구대상으로 삼고 있지만 결코 형식주의 비평이 아니며, 문학은 '의미 있는 형식'이라는 시각을 통해 문학형식 속에 투영된 당대의 문화의식과 시대정신의 의미를 밝혀내는 것을 목표하고 있다.

이 책의 문제의식은 동서양이 조우하여 새로운 문화가 형성된 '근대' 문학을 해명하는 것이다. 이 책에서 사용하고 있는 방법론이 이미 '한물간' 구조주의 서사학 이론이기는 하지만, 그에게 있어 이것은 고대소설에서 근대소설로 변천하는 소설사의 내적 논리를 해명하기 위한 편의적 '방법'에 불과하다. 그의 목적은 서사학 이론을 빌려 중국 소설사의 변천을 해석하는 데 있는 것이 아니라, 중국소설 서사양식의 변천을 일으키는 숨겨진 문화적 논리를 밝혀 근대소설이 탄생하게 된 이행기적 상황을 역사적으로 분석하고 그 미래적 가능성을 서사학적 측면에서 제시하려는 데에 있다. 그래서 이 책이 이론적인 문제를 대상으로 삼고 있으면서도 오히려 현실적 긴장감이 느껴지며, 또 연구대상인 근대소설이 당대(當代) 소설과 시간적 거리감이나 수준면에서 상당한 차이가 존재함에도 불구하고, 20세기 소설이 발전하는 중국적 맥락을 다양하게 분석하여 당대소설과의 연계성을 이해할 수 있게 만드는 것이다.

천핑위안은 중국 근대소설의 형성을 전반적 서화의 결과로 파악하는 '이식론'이나 중국소설 자체의 내재적 발전에 기인한다는 '전통계승론'의 단면적인 해석을 비판하고, "서양소설의 유입이 일으킨 표현기교에 대한 모방과 중국소설이 문학구조의 주변부에서 중심으로 이동하는 과정에서 전통문학의 양분 흡수(전통문학 형식의 창조적 전화를 거친 실현)라는 두 가지 합력(合力)이 공동으로 중국소설 서사양식의 변천을 촉진한다."고 주장한다. 이러한 신문화 창조의 논리는, 물론 서사양식의 변천을 대상으로 추출한 것이기는 하지만, '근대'문학의 이행성과 복잡성을 해명하려는 천핑위안의 독특한 문제의식이 투영된 것이다. 이 책의 체재가 1부는 「서양소설의 계발과 중국서설 서사양식의 변천」, 2부는 「전통문학이 중국소설 서사양식의 변천에 미친 영향」으로 구성된 것도 이러한 문제의식의 반영이라고 할 수 있다.

천핑위안은 신문화 창조의 두 가지 합력 중에서 현실적으로는 '서양소설의 계발'을 변천의 지배력을 지니는 것으로 인정하고 있지만, 잠재적으로는 '전통문학의 작용'에 관한 분석에 한층 무게중심을 두고 있다. 그가 힘주어 강조하는 '전통의 창조적 전화'는 연구를 위한 논리일 뿐 아니라, 중국의 문화적 뿌리를 찾아 창조적으로 계승하겠다는 천핑위안의 사명감이 반영된 것이기도 하다. 이러한 측면은 그의 연구대상이 실제적 삶(천핑위안이 사는 당대 중국의 혼돈도 그의 연구 대상인 근대 시기의 혼돈과 구조적으로 유사하다)과 밀접하게 연결되어 있음을 설명해준다. 그의 연구는 역사적 혼돈 속에서 중국 문화의 정체성을 찾아나가는 역정에 다름 아니다. 어쩌면 천핑위안 특유의 난삽한 표현과 고문적인 어투도 근대적 전환기에 살았던 지식인과 자신을 동일시하려는 역사감에서 비롯된 것인지도 모른다.

이 책의 핵심원리는 '전통의 창조적 전화'와 '근대화'이다. 천핑위안의 사유 속에서 이 두 가지는 서로 분리될 수 있는 개념이 아니다. 그가 고심하는 전통은 표면적인 전통이 아니라, 겉으로 드러나지 않고 잠재되어 있는, 무의식중에 수용되는 전통의 생명력이다. 근대 문학을 서양문학의 전반적 서화과정으로 이해하는 입장에서 볼 때, 천핑위안의 전통관은 형식논리로 비칠 수도 있다. 그러나 근대라는 시대 자체가 낡은 것과 신생하는 것, 서구적인 것과 중국적인 것이 투쟁 갈등하고, 근대인의 의식구조에는 여러 가지 가치들이 혼용되어 존재하기 때문에, 모든 문화현상들을 일관된 논리로 설명할 수 없는 모순점이 내포되어 있다. 일관된 논리가 오히려 현상의 왜곡을 초래한다. 이러한 이중적인 현상 혹은 보이지 않는 부면을 해석하기 위해 알튀세르가 '징후적 독법'을 제시하듯이, 천핑위안도 '표면적인 현상 속에 숨어 있는 보이지 않는 논리'를 읽어내기 위하여 다각도로 접근한다.

20세기 최초 30년의 중국소설 서사양식의 변천에서 전통 문학형식의 창조적 전화가 일으키는 작용을 논술할 때 직면하는 제일 어려운 문제는, 연구대상에 직접 인용할 수 있는 논거가 매우 부족하다는 점도 있지만, 오히려 전통의 전화를 부정하는 당시인들의 많은 증언을 감수해야 한다는 점이다. 다시 말하면, 주요한 신소설가는 대개 서양소설의 영향을 받았다고 논급하지 않고 전통소설과의 연계를 강조하며, 반대로 주요한 5·4작가는 모두 그들의 창작과 전통소설과의 연계를 부인하고 외국소설의 영향을 부각시킨다는 것이다.(199쪽)

그의 이러한 논리를 응축하고 있는 개념이 바로 '전통의 창조적 전화'이다. 전화는 있는 그대로의 계승이 아니라 시대적 문화적 조건에 따른 변형적인 계승 혹은 무의식적 수용을 의미한다. 특정시대에 수용되는 어떠한 것도, 그것이 전통적 유산이든 아니면 외래문화든지 간에 원형대로 작품 속에 반영되는 것은 아니다. 항상 그것을 수용하는 본체(本體)의 특수한 조건과 시각에 굴절되어 '왜곡'을 겪기 마련이다. 천핑위안은 이러한 굴절적 반영을 바흐친의 개념을 도입하여 '대화'라고 명명하고, 중국 근대소설은 첫째, 중국 고전소설 표현기교의 계승, 둘째, 서양소설 표현기교의 이식, 셋째, 전통문체의 삼투, 넷째, 서양시문의 영향이라는 4대 요인을 흡수하여 발전한 것이라고 인식한다. 소설은 일정한 장르적 형태가 존재하지 않는다(바흐친)는 관점하에 근대소설을 형성시킨 중국문학 전체의 장르체계와 서양문학의 유입양상을 총체적으로 파악하여, 근대소설의 본질적 구조를 다양하게 분석한다. 그의 이러한 논리는 시클롭스키의 문학변천 이론을 중국적 특수성에 입각하여 발전시킨 것으로 상당한 설득력을 지니고 있다.

일반적으로 80년대 지식인들이 차분한 분석을 바탕으로 한 대안을 제기하기보다는 사회개혁을 위한 이상과 열정에 치우쳐 있다고 비판되지만, 천핑위안의 작업은 방대한 자료를 기반으로 분석적인 글쓰기를 한다는 점에서, 이미 80년대를 넘어서는 작업을 진행하고 있다 해도 무방할 것이다. 다만 『중국소설의 근대적 전환(中國小說敘事模式的轉變)』이 중국소설 내부의 형식적 발전이란 측면에 착목함에 따라, 그러한 변화를 발생케 한 중국근대의 사회역사 및 문학주체의 형성과정에 대한 문제를 상대적으로 간략하게 처리한 점은 아쉬움을 남긴다. 이러한 측면은 그가 서사양식과 소설사회학의 접목을 시도하겠다는 말에도 불구하고, 중국소설 서사양식의 변화와 당대 현실과의 연계성이 약화될 수밖에 없는 요인으로 작용하고 있다.

이 문제는 중국소설이 전통의 창조적 전화를 통해 '근대화'로 나아갈 것이라는 당위성을 설정한 점과 긴밀히 관련되어 있다. 본인 스스로도 '근대화'의 구체적 함의가 무엇인지는, 복잡한 개념이라 무어라 단정할 수 없다고 밝히고 있듯이, '근대화'는 구체적인 분석을 통해 형성된 개념이라기보다는 80년대의 지적 풍토 속에서 새롭게 추구해야 할 이념 혹은 가치에 가까운 어떤 것이었다. 이 속에는 모호하지만 절실하게, 사회주의 이념의 속박에서 벗어나 개방적이고 다원화된 세계문학 속으로 진입하려는 욕망이 내포되어 있다. 즉 '근대화'는 문혁 시기의 억압에 대한 반발에서 기인하며, 그 대체적인 함의가 당시 중국의 유일한 세계문학이었던 소련문학의 굴레에서 벗어나 서구세계의 문학을 수용하거나, 중국 사회주의 문학의 이념적 폐쇄성에서 벗어나 자유롭고 다양한 문학을 추구하는 것이었다. '근대화 서사'를 이용하여 그 전까지 계속 사용되던 계급투쟁의 시각을 대체하려 했던 것이다.

80년대 이후 국내외 학자들과의 비판적 대화를 통해 천핑위안도 이 문제를 직시하며 근대화 서사로 20세기 중국문학사를 재구성하려는 시각 (20세기 중국문학론)에 대해 다음과 같이 고백하고 있다. "80년대 개혁 개방과 더불어 근대화, 서양화라는 문단과 학계의 추세 속에서 20세기 중국문학론은 출발했습니다. 그리고 그 내용 또한 지극히 간단한 용어나 설명으로 제시되었기 때문에 논의의 여지가 많았던 것인지도 모릅니다. 그런 의미에서 전 좀 더 생동적이고 구체적인, 세부적인 작업을 통해 지역, 시간, 작가, 문체 등 여러 측면에서 20세기 문학사를 재구성하고자 노력했던 것이지요. 당시 근대성 자체에 관한 문제를 단순히 처리한 것도 물론 인정합니다. 문학사 시기는 역사적 시간과 이론적 시간을 함께 고려해야 한다면, 지금 21세기에 와서 10, 20년 또는 50년 정도의 가감은 여전히 이론적으로 가능하고, 필요하다고 생각합니다. 어쨌든 그 문제는 반성적 검토를 해나가는 중이고, 구체적 작업을 통해 계속 논의할 수 있을 겁니다."(이등연, 「陳平原 교수와의 대화」 중)

위의 고백을 통해 볼 때 『중국소설의 근대적 전환(中國小說敍事模式的 轉變)』 이후 천핑위안이 소설 영역을 넘어 학술사, 사상사, 교육사의 작업을 수행한 것은 문학연구의 외도라기보다는, 80년대의 시각에 내재한 모호한 이상을 극복하기 위해 자신이 회피했던 사회 역사적 현실을 대면하고 차분히 분석하는 연구 과정이었다고 해야 할 것이다. 더군다나 2008년 미국 금융위기로 서구 근대화의 신화가 깨진 이후 중국의 역사와 문화의 뿌리를 탐색하는 천핑위안의 작업은 더욱 탄력을 받을 것으로 보인다. 아마도 천핑위안의 이러한 작업이 일정한 성과를 얻어 근대화 서사를 대체하는 새로운 시각을 구비할 수 있을 때, 그때가 비로소 그가 궁극적으로 목표하던 중국소설사 서술에 착수하는 시점이 될 것이다. 미래의 그 저작은 80년대를 초월하여 진정한 의미에서의 20세기적 시각을 투영한 지적 성숙함을 보여줄 것으로 기대된다.

그 저작을 번역할 수 있는 기회가 주어진다면 나로서는 더할 나위 없는 즐거움이 될 것이다.

| 찾아보기 |

가

『검성록』 101, 115, 120, 242, 245,
266, 268-271, 273, 309-312, 314,
318, 354
『관장현형기』 52, 108, 206, 220,
235, 239-241, 245, 246, 311, 375,
381
『광인일기』 131, 178
구니키다 돗포 130, 179, 321
구리야가와 하쿠손 46, 149, 389
『구명기원』 64, 73
궈모뤄 43, 46, 82, 86, 90, 130, 133,
135-137, 143, 173, 180, 183, 185,
186, 218, 276, 278, 292, 320-322,
372, 374
『금병매』 36, 68, 247, 298
김성탄 59, 60, 62, 63, 95, 147, 209,
225, 283, 298, 306, 432

나

『냉안관』 79, 108, 111, 163, 232,
266, 273, 285, 319
『노잔유기』 52, 100, 108, 114-116,
148, 167-169, 222, 238, 239, 250,
258, 260, 261, 264, 266, 268-271,
314, 318, 319, 375, 395

다

다화녀 63, 74-78, 109, 113, 142,
159, 277
『단홍령안기』 113, 169, 318, 319,
375
『도올췌편』 80, 102, 168, 233, 247,
258, 260, 261, 305
두보 78, 299, 307, 401-403, 406,
408, 409, 414, 416-419, 421-423,
425, 429, 430, 432

라

라오서 15, 340
량치차오 21, 22, 34, 40, 43, 48, 50,
52, 54, 64-67, 99, 110, 140, 154,
197, 205, 208-210, 214, 217, 220,
250, 254, 255, 258, 259, 261, 262,
276, 290, 308, 312, 318, 343, 359,
361, 366, 367, 369, 373-377, 381,
395, 397, 403
루쉰 15, 22, 23, 32, 43, 44, 46, 50,

찾아보기 443